ノワール・レヴナント

浅倉秋成

角川文庫
22816

目　次

contents

それは、あなたに預けます。
ですから、その時まで、
どうぞご自由にお使いください。
ただもしも、その時が来たら、
私に協力しなさい。

その時が来ても、
あなたが、私に協力をしないと言うのなら、
あなたは——

少し長めのプロローグ

ダブルエスプレッソとショパンと名言と「85」の背中

大須賀 駿 ♣

僕は完璧に油断していた。

それはもう、薬缶(やかん)を火にかけたまま鍵もかけずにグアム旅行に出かけてしまうくらいの油断だ。とてつもない油断である。

原因はいくつか考えられるけど、第一にこのうだるような暑さがいけなかったのだと思う。おそらく僕はこのエアコンもない安アパートの猛烈な蒸し暑さに、気づかぬうちに俊敏さや活力の類(たぐい)を奪い取られてしまっていたのだ。箸で食事を口に運ぶ動作から、制服への着替え、歯磨きに及ぶまで、すべての動作がややスローになっていた。今思えば、そんな気がする。

また第二に、今日が終業式というのがいけなかった。僕はどうやら、いつもの授業よりも重要度という点において、終業式というイベントを数段下に見積もっていたようだ。とりあえず体育館に集まり、通知表を貰って一喜一憂し帰宅する。何となくその程度の認識だった。もっともそれが直接的な理由だとは断定できないけど、そのせいも幾らかあって、動きは更に緩慢になり、自然と時計を見る回数も減っていた。心の怠惰の表れである。

でもそれらはあくまで結果を元に事後検証的に考えてみたことであって、起きてから今にいたるまで、僕はなんてことなく時刻表通りに朝の準備を進めていたつもりだった。つまりは、体内時計を過信していたわけだ。

と、まぁ長々とした言い訳はこのくらいにしておいて。詰まるところ僕は、母さんの声を聞くまで事態の深刻さにまったく気づいていなかったということだ。

「あんた。まだ行かなくていいの？」

ダイニングテーブルに座り、呑気に麦茶を飲んでいた僕は、時計を見ると思わず「うぉ！」という驚きの声をあげてしまった。

八時九分。

いつもならばとうに家を出て、学校に向けて自転車を漕ぎ回している時間だ。

僕の身体はあまりの絶望的な時刻に言いようのない悪寒に包まれ、血の気がまるで急激な干潮のように引いていく。

大慌てで麦茶を飲み干し、和室の奥に置いてあった鞄を取りに走った。手に取った鞄はいつもより不自然なほどに軽く、僕は一瞬だけ不安を覚えるが、なんてことはない。今日は終業式なのだ。弁当も教科書も要らない分、必然荷物も少ない。僕は急いで玄関へと反転した。

母さんは慌てる僕を尻目に、静かに食器を洗っていた。簡素な花柄のエプロンを纏い、高さの合わないシンクに対して帳尻を合わせるように僅かに背を丸めている。

僕はいつもの習慣として、母さんの横を通り過ぎるときに少しだけ走るスピードを緩め、母さんの背中をちらりと窺う。時刻を確認するときのように横目でさりげなく、それでも決して見落としがないよう目ざとく。

これは、たとえ遅刻が濃厚であったとしても、僕にとって決しておろそかにできない行事の一つなのだ。それは、母さんの背中を見るのが特別好きだとか、そこに母親としての言いえぬ偉大さを感じるだとか、そういった観念的な理由からではなく、極めて実際的な理由から。

そこには、つまり母さんの背中には、数字が書いてあるのだ。もっとも母さんにだけではない。誰しもの背中に数字が書いてある。少なくとも、僕にはそれが見える。

そして今日の母さんは「49」という数字を背中に浮かべていた。

ふむ。と僕はひとつ頷く。

まずまず、もしくは可もなく不可もなく、といったところだろうか。決して喜べるような数字ではないけども、ひどく落胆する必要もない。なにせこの数値は、一般的な意味での点数ではなく、どちらかというのなら偏差値に近いものであるのだ。だから「49」なら大いに許容範囲。至って平和な一日であるはずだ。

一応、母さんの名誉のために断っておくと、これは母さんの年齢ではない（母さんはもう少しだけ若い）。

僕はそれだけ確認すると再び加速して玄関に駆けこみ、足をローファーにねじ込み、つま先で地面を叩く。そして一応の礼儀として、また、ほんの少しの期待の気持ちを込めて、ダイニングと居間の中間に設置されたアナログの掛け時計を見る。

時刻は八時十一分。残念ながら見間違いではなく、それは何度見ても八時十一分だった。うん。これは大変よろしくない。

僕は今一度自分のピンチを確認してから、玄関扉のノブに手をかける。

「行ってくる！」

母さんは蛇口をひねって水の流れを止めた。「行ってらっしゃい。お昼ごはんはどこかで適当に済ませちゃって頂戴ね」

「分かった」

僕は焦りの気持ちの表れとして、いつもより少しだけ勢い良く扉を開ける。それと同時に、扉の外で待ち構えていた夏の日差しがぎらりと顔に照りつけた。まばゆい光に包まれた僕は反射的に目を細める。

「おっ？　おはよう駿くん。今から学校かい？」

日差しをかき分けるようにして声のする方を見てみると、外の廊下に一人の男性が立っているのが確認できた。歳は二十代後半。短く整えられた清潔感のある髪に、彫りの深い端整な顔立ち。僕にとっての爽やかな大人の象徴である、お隣二〇一号室の田中さんだ。

僕は扉を閉めてから、手短に挨拶をする。

「おはようございます。今からお仕事ですか？」

「いやいや……」

田中さんはそう言って、ゆっくりと右手を振って否定する。

「早めの夏休みがとれたもんでね。どこかに出かけようってことになったんだ」

「なるほど……」

僕がそう言ったのと同時に、右隣の二〇一号室の扉が控えめな音を立てて開き、一人の女性が出てくる。田中さんの奥さんだ。もっとも『奥さん』だなんて表記すると、少し婆臭い印象になってしまうのだけれど、田中さんの奥さんはまだまだ二十代の半ばであってどちらかと言うのなら『お姉さん』という印象である。やや赤みを帯びた茶色のふわふわ髪に、今すぐにでも女性誌の表紙を飾れそうな抜群のコーディネートが光る。

「あら、駿くん。おはよう」

奥さんは僕の姿を見つけると、これまたご主人に負けず劣らずの爽やかな笑顔で挨拶をした。僕もまた、そんな二人に負けないようなるべく爽やかに挨拶を返す。

「まったく……」とご主人が誰に言うともなく呟いた。「こんな朝早くから出かける必要もないのに、勘弁して欲しいよね。休みの日くらいはゆっくりとさせて欲しいもんだ」

奥さんは不服そうに少しだけ頬を膨らませる。

「この人、すぐこうやって、文句ばっかり言うのよ。出かけるなら早いほうがいいじゃない。その分、一日が長くなるんだから、ねぇ？」

奥さんは、少し首を傾けて僕に同意を求める。首を傾けると、緩やかに巻かれた髪がふわりと宙に揺れた。僕はそれに対し、どちらともとれるような曖昧な笑顔で対応する。

それにしても田中夫妻は夏の最中(さなか)だというのに、汗ひとつ掻かず、風鈴さながらの涼しげなオーラを振りまいている。そのおかげで僕の体感温度も不思議と二度ばかり下がり、中々に心地好い。

　しかし僕には、雰囲気に飲まれてゆっくりとしている余裕など毛ほどもないのであった。冷静になってみれば、僕は今、未曾有のピンチなのである。

「そうだ！　僕、遅刻しそうなんでした。すみません、もう行きますね」

「おう。行ってらっしゃい」と、ご主人が景気のいい笑顔を見せる。やはり爽やかだ。

「デート楽しんできてくださいね」

「はは。楽しめるもんなら楽しんでくるさ。ただ、これはこれで、実のところ仕事より骨が折れるんだよ。お姫様の機嫌を損ねないように立ちまわるのは、司法試験の次くらいに難しいんだ」

「何で、そういうこと言うのかなぁ？」と奥さん。

　僕は小突き合う二人を尻目に、別れの挨拶を告げてから、二人の横をすれ違って階段へと向かう。

　するとそのとき、ご主人の背中に書かれた例の数字が僕の目に飛び込んできた。

　白の明朝体で書かれた二桁の算用数字で、大きさは大体ナンバープレートのそれと同じくらい。厳密には背中に書いてあるというよりは、背中から数センチほど浮かび上がって存在している。見方によっては背番号のようにも見える。

　ご主人のその背中には「61」と書かれていた。

それは、休日に美人な奥さんと一日デートという素敵なイベントを考えれば至極当然のことなのだけども、先程までのご主人の言動を考えると僕はどうしても少しだけ可笑しくなって、思わずにやけてしまう。口では『骨が折れる』などと言っていたが、背中は実に正直だ。

僕は、思わず奥さんに告げ口せずにはいられない。

「奥さん、ご主人は口ではこう言ってますけど、なんだかんだ言って結構デートを楽しみにしてますから、安心してください」

奥さんは表情を変えないまま「どうだかなぁ……」と言って、ご主人に対し値踏みするような視線を向けた。

僕は間髪容れずに「間違いないです」と念を押してから、一気に階段を駆け下りる。赤錆まみれの鉄骨の階段は、その脆さを主張するように一歩ごとに律儀に小さく揺れた。

僕はアパートの裏に回って、駐輪スペースから自分の自転車を引っ張り出し、鞄をカゴに放り投げてから素早くまたがる。そして、重たいペダルに力を込めゆっくりと走り出した。

「気をつけてね！」

上を見ると、奥さんが二階の廊下から僕に手を振っているのが見えた。僕は右手でハンドルを押さえながら左手で手を振り返す。

ご主人もその隣で、柔らかな笑みを浮かべながら「駿くん。あんまり、余計なことを言うもんじゃないぞ」と言って、軽く手を振った。さっきの僕の発言は図星だったのであろう。本当に可愛らしくも爽やかな人だ。僕はご主人にも手を振り、いよいよ力強くペダルを踏み込む。

みるみる僕の住むアパートは遠ざかり、自転車は総武線沿いのやや閑散とした道路へと乗り込む。

　手入れ不行き届きの錆びついたチェーンは、久しぶりの全速力にすぐにパキパキという悲鳴を上げ始めた。それでも僕は情け容赦なく、サディスティックにペダルを漕ぎ続ける。遅刻はごめんだ。


　湿度で飽和した不快な夏の空気を、自転車で勢い良く切り裂いていく。大体いつもの一・五倍ほどの速度で飛ばしていくうちに、瞬く間に身体中からは汗が吹き出し、制服がサランラップのようにべっとりと肌に張り付いてきた。それでも、速度を緩めている暇なんてない。

　幸いにして僕の選んでいる通学路は、一貫して人通りが少ない上に、信号機も少ないので、その気になって飛ばせばかなりの好タイムで到着できるはずなのだ。僕は歯を食いしばって、体力の許す限り加速を続ける。

　しばらく自転車を漕ぐと、運悪くも数少ない信号機の一つに捕まってしまう。僕は赤信号の時間を利用して乱れる呼吸を整え、ポケットから携帯電話を取り出し時刻を確認する。時刻は八時二十一分。始業までは残り九分だ。これならいけるかもしれない。

　僕は心の中で自分を鼓舞し、またペダルに足を掛け、他の歩行者と共に青信号を待つ。

　しかし、信号は中々青になってくれない。果たして、ここの信号機はこんなにも赤の時間が長めに設定されていただろうか。それとも焦りからいつもより赤の体感時間が長くなっているだけなのだろうか。いずれにしても非常にじれったい。

長すぎる信号に対し幾らかの焦りを覚えていると、不意に誰かの舌打ちが聞こえてきた。舌打ちの主は、僕の右隣で共に信号を待つ、紺のスーツ姿の中年男性であった。男は携帯片手に明らかに不愉快そうな顔をしながら、ハンカチで滴る額の汗を拭っている。その不愉快の矛先は、果たして夏の暑さに対するものなのか、あるいは携帯から入ってきたよからぬ情報に対するものなのか、それとも僕と同じように長すぎる赤信号に対するものなのか（もしくはそのすべてなのか）は定かではないが、男の眉間に刻まれている深いシワがその男の不愉快の度合いの大きさを克明に表していた。

僕はついついそういった極端な感情を表に出している人間を見ると、その人の背中を見に行ってしまう。悪い癖かもしれない。なるべく目立たないように静かに自転車を後退させ、男の背中を覗き込む。

紺のスーツに浮かび上がった男性の数値は「39」であった。

これは、他人事ながらあまり気分のいいものではない。なんてったって「39」はここ最近でもワースト記録かもしれない程の低数値だ。そうそう見られるもんじゃない。

僕はこの男の今日一日を悼んで、心の中で黙禱を捧げる。情けないが僕にそれ以上のことはできない。これはある意味での決定事項であって、僕が何らかのアドバイスをしたところで、決して数値に変化は起こらないのだから。

黙禱を捧げ終える頃には、信号はすでに青に変わっていた。僕は慌ててペダルに足をかけ直し、目一杯に踏み込む。そもそも、僕だって油断は禁物なのだ。遅刻の危機に晒されている僕だって、ともすれば30台の数値が背中に浮かび上がっているかもしれないのだから（もっとも自分の数字はたとえ鏡に映しても見えないのだけど）。

遡れば、それは確か四年前の夏休みだった。僕は気付くと、人の背中に数字が見えるようになっていた。本当に突然、何の前触れも、予兆もなく（僅かに前日の夜中にお告げみたいなものはあったのだけど。それは、とりあえず棚上げにしておく）。

とにかく僕は、家族、友人から、道端ですれ違う人にいたるまで、あまねくすべての人の背中に数字が浮かび上がって見えるようになったのだ。

この数字が見え始めた頃は、一体これが何を意味しているのかまったく見当がつかなかった。誰かに相談しようと思ったこともあったけど、おそらくまともな回答など得られない気がしたし、現に何人かの友人や大人に打ち明けてみてもすぐに笑い飛ばされてしまった。とにかく、僕はこの数字の意味がわかるまで、ただただ首を傾げる毎日だった。

もっとも四年経った今だって、誰かが僕にこの数字についての解説や講義をしてくれたわけじゃないから、果たして今の解釈であっているのかはいくらか不安ではある。だけれども、大体のところにおいて解釈に大きな間違いはないと思う。なにせ、この数字が見えるようになってから今日に至るまで四年間、毎日この数字と付き合ってきたのだ。それなりに自信はある。

これはおそらく、その人の今日一日の幸運レベルを示しているのだ。一言で表すなら「幸運偏差値」もしくは「幸福偏差値」とでも言えるかもしれない。

　この数値は偏差値であるがゆえ、基本値は「50」。特に幸運だったわけでもなければ、不運だったわけでもない。極めてフラットな一日、それが「50」。これ以上数値が高ければ幸運・幸福。低ければ不運・不幸。簡単に説明してしまえば、そんなところ。

　よって「49」だった母さんは、本当にほんの少し、ほんのりアンラッキーな一日。「61」だった田中さんのご主人は中々のハッピーデイ（きっとデートは田中さんにとって幸運なイベントなのだろう）。そして、「39」だったさっきの中年男性は、おそらくそれなりに散々な一日。至って単純明快だ。

　更に過去の例を挙げさせてもらうなら、高校の合格発表の日に「67」を叩き出した友人の和樹は、周囲に無理だと言われ続けた難関校に合格していたし、中三の春に体育のマット運動で足首を折り、夏の総体を棒に振った陸上部の土屋の背中には、その日「32」と書かれていた。とにかく例を挙げればキリがない。よくも悪くも、僕はそういった数値が見えるのだ。

　見えてしまうのだ。

　遅刻というリスクを背負っているこんなにも逼迫した状況であっても、僕は自転車を漕ぎながら過ぎゆく人々の背中に思わず目が行ってしまう。スーツ姿のＯＬ「52」、走りまわる小学生男子「48」、その隣の小学生女子「55」、僕とは違う制服を着た他校の男子高校生「46」。

　大体は基本値の「50」からそこまで大きく逸脱はしない。この辺りが相場だ。

数値という形で幸運が可視化されている僕はどうしても意識してしまうけれど、当の本人からしたら、おそらく「45」から「55」の差なんて知覚できない程度の差異であるのだと思う。きっとツイてる日とツイてない日の差なんて紙一重なのだ。みんな無意識に、無自覚に、平凡だと思われる一日を過ごしている。

とまあ、そんなことを考えているうちに、僕の視界はいよいよ学校の姿を捉える。

千葉県千葉市美浜区の閑静な住宅街にそびえる、平々凡々な公立高校。決して素晴らしく賢くはないが、お馬鹿さんと言われる筋合いはない。そんな愛する我が母校。

校門を潜り、自転車を駐輪場に置いたところで、無情にも僕の耳はチャイムの音を捉えた。チャイムは重たい絶望感を伴って僕の心に響く。僕の努力をあざ笑うように、遅刻が確定した。

それでも僕は大急ぎで校舎に飛び込み、二年一組、つまり自分のクラスの後方の扉を、なるべく音を立てないようにゆっくりと開ける。そして、内部の状況を確認するために顔をのぞかせた。

「はい、大須賀(おおすが)くん、遅刻ね」

担任の機械的な対応に、僕は反省の意味を込めて控えめな照れ笑いを浮かべる。周囲からは小さく笑いがこぼれた。男性にしては不思議なほどにか細い声の、御年五十を越えようかという我がクラスの担任は、出席簿に僕の遅刻を記入した。

僕は「すみませんでした……」と言いながら、教室後方窓際から二列目の自分の座席へと移動する。何人かの生徒が僕に向けてにやにやしながら、〈遅刻してやんの〉と言わんばかりの友好的かつ侮蔑的視線を送っていたが、それ以外は至って平和であり、僕は速やかに静かな朝のホームルームに潜入することができた。席につき、荷物を机の横に置くとようやくほっと一息つく。遅刻はしてしまったが、幸いにしてそこまで大きな遅刻ではない。あの時刻に家を出たにしては上出来と言えるだろう。

「どうして、遅刻したの？」

そう小声で訊いてきたのは隣の席の岩渕さんだった。岩渕さんは持ち前の無機的な瞳をこちらに向けている。

僕は「よくわかんない」と答えて、苦笑いを作る。「なんだか、気付いたら遅刻しそうだったんだ」

「ふぅん。変なの」

岩渕さんはそう言うと、もともと僕の遅刻理由になどさして興味がなかったのか、すぐに正面に向き直ってしまった。岩渕さんはこういう人だから仕方あるまい。背中の数字も必ず「49」から「51」以内に収めてくるようなドライな人なのだ（本日は「50」である）。

僕は、静かに、そして形式的に進行していくホームルームの行く末を見守るため、視線を岩渕さんの方から正面に移動させた。

当然、このときの僕には正面に何が待っているかなどまったく予想できておらず、僕は極めて無防備に、正面を見てしまうこととなった。まるでノーガード。

その瞬間の僕の驚きは、地動説に思い当たったコペルニクスや、リンゴの落下を目撃したニュートンに匹敵したかもしれない。

「うおぉ!!」

僕は静まり返った教室で、思わぬ咆哮を上げてしまった。きっとこの声はお隣の二組を通り越して、三組にまで響き渡ったことだろう。僕は驚きに後押しされる形で、椅子から僅かに立ち上がり中腰の姿勢になってしまった。

教室中の視線が一瞬にして僕に集まる。一人の生徒の異様な叫び声に対し、全員が疑問と驚きと訝しさを募らせた表情を浮かべていた。

そんな僕以外の全員の疑問を代表するようにして先生が僕に問いかける。

「えー、大須賀くん。どうしたのかな?」

僕はしばらくの放心状態の後、「……い、いえ。なんでもないです」とだけ答えて席に着いた。実際のところなんでもないわけないのだけれど。

何人かのクラスメイトが僕に対し色々と茶化すようなことを言っていくらかの笑いをとっていたが、いずれも僕の耳には入ってこなかった。僕は、そんな他愛もない戯れをよそに、何度かしっかりとした瞬きをして、それを確認する。

見間違えではない。

今日の朝、何度時計を見直しても時刻は変化しなかったのと同様に、今僕の目の前にあるそれも何度見直しても変化しない。

僕は、思わず小さな声で、それこそ蚊の鳴くような声で呟く。

「……は、85？」

僕の左斜め前。

黒髪をツインテールに結んだ女の子。

潤いに富んだ円な瞳以外は、全体的に小ぶりで、愛らしくもやや幼い印象をあたえる外見。極めて自己主張が少なく、常に何かに怯えているような、引っ込み思案で控えめな性格。僕と同じ中学から高校に入学した数少ない同級生。

真壁弥生。

彼女の背中に、くっきりと揺るぎなく、確かに「85」という僕にとっての天文学的数字が浮かび上がっているではないか。以前、海浜幕張駅で不意に見かけた見ず知らずの白髪交じりのおばさんが保持していた「73」という世界最高記録（僕調べ）を大幅に塗り替え、かつて見たことがない数字が目の前に現れた。

僕はやっぱりどうしても信じられず、もう一度しっかりと目を閉じてから、再び開く。

「85」

やっぱり何度見ても「85」である。

僕は皆既日食やオーロラなどの幻想的なものを拝むように、食い入るようにして弥生の背中を見つめる。少しでも目を離してしまえば、それは天敵を前にした野生動物のように、凄まじいスピードでどこかに逃げ去ってしまいそうな気さえした。

「ねぇ弥生。大須賀くんがさっきから熱心に弥生のこと見つめてるよ」

僕は岩渕さんの不意の横槍に「えっ⁉」という焦りのせいで上ずった間抜けな声を上げてしまった。岩渕さんはそこに何らかの茶化しのようなニュアンスは含めずに、極めて事務的に弥生に報告を入れる。

それを聞いた弥生は、恐る恐るこちらを振り向いた。驚きと緊張のせいかどことなく顔を赤らめ、怯えにも似た表情を浮かべている。そして彼女の性格とは対照的に、極めて饒舌で何か言いたげな潤んだ瞳が僕の姿を捉えた。

僕は慌てて弁明の言葉を述べる。

「いや……別に、見つめていたというわけじゃなくて、ただ、何ていうか――」

「弥生のこと好きなの？」僕の発言を遮り、岩渕さんはぶれない表情のままに問いかける。あくまで無感情に。

岩渕さんには、自分の問いかけがどのような結果を生むだとか、そういった公算はまったくもって頭にないらしい。議論がだいぶ飛躍してしまっていることにも無自覚なのだろう。

僕が大変デリケートな質問への返答に困っているうちに、突然の嵐に巻き込まれた弥生はみるみる顔を赤らめていく。ここで何も言えなくなってしまうのが弥生だ。

弥生はほおずき提灯さながらの真っ赤な顔のまま、僕の目をまっすぐに見つめ、こちらの反応を窺っている。弥生がそんなにも動揺していると、思わず僕も胸が早鐘を打ち始めるのだが、ここでたじろいでしまってはいけない。どうにかして平和的にこの沈黙を打破しなければ。

しかし演算されるあらゆる返答例は、頭の中の審査をうまくパスできずに次々に消去されていく。どう答えたものだろうか。

「ねぇ、好きなの？」

「その、あれだ、岩渕さん。こうしよう。ひとまずこの場合、好きなのか、そうじゃないかという命題は棚上げにしておくとして、僕が弥生の背中を覗いていたのか否か、ということについて言及しようじゃないか。論点がすり替わってしまってはいけない。うん。そうだ。間違いない。……話が盛り上がっていくうちに話の内容があらぬ方向へと飛び火してしまうのは、根本的な問題の解決を遅らせることにもなるわけだし、その……何というか生産性に欠けるというか、そんな感じなわけで……。よって今、我々がするべきは、この問題に――イタッ！」

僕は頭に乾いた痛みを覚える。振り向くと、凶器として用いられたであろう出席簿を片手に、先生がこちらを窺っていた。

「大須賀くん。遅刻をして、奇声を上げて、それでも飽きたらずにおしゃべりとは、これは極刑ですよ」

先生の眼差しは完璧に凍りついていた。僕は頭を下げる。

「す、すみませんでした……」

「まあいいでしょう。今日の所は執行猶予ということにしておきます。終業式の最中はくれぐれも奇声を上げないでくださいね」先生は一つ咳払いを入れた。「では皆さん、ホームルームは以上です。素早く体育館に移動しちゃってください」

先生がそう言うと、教室中の生徒が気だるそうに立ち上がって体育館への移動を始めた。そんな教室の流れに乗っかるようにして、岩渕さんも立ち上がり、すたすたと歩き始め教室を出て行ってしまう。もともと、質問した内容に興味などなかったのだろう。なら、質問などしないで欲しいものだ。

僕は体中に張り詰めていた緊張と動揺のガスを吐き出し、椅子の背もたれにどっと寄りかかる。そして、未だに椅子から立ち上がることができずに硬直したままの弥生に向かって、簡単に謝罪の言葉を述べる。

「その、何だかごめん。なんか……変な流れに巻き込んじゃって」

「い、いや、べ、別に大丈夫だよ。少しびっくりしちゃっただけ」と言って弥生はぎこちない笑みを浮かべながら胸の辺りでぱたぱたと両手を振る。体格相応にピッチの高い声だ。

「それじゃ、僕達も体育館に移動するとしよう」

「う、うん。そうだね」

弥生はゆっくりと立ち上がり、簡単にスカートの裾を整えてから歩き出す。ツインテールの髪が甘い香りを立てて小さく揺れた。

僕の前を、唇をかんで恥ずかしげに通り過ぎる弥生の背中には、彼女の慎ましやかな雰囲気とは対照的に圧倒的な存在感を誇る「85」という数値が燦然と輝く。

今一度、冷静になって考えてみても、身震いするほどに異次元級の数値だ。一体、今日の弥生にはどれほどのラッキーが舞い降りるというのだろう。何と言っても「85」だ。並の幸運ではない。

観光に来ていたイギリスのイケメン王子に見初められ、突如王女の座を射止めることになるだとか、あるいは有名プロダクションのスカウトの目に留まり一夜にして超一流アイドルのスターダムにのし上がるだとか、はたまた不意に購入した宝くじが一等前後賞付きで三億円という特大の利益を上げるだとか……考えれば考えるほどに、いずれも現実味がなく、全くもって想像もつかない。何が起こるというのだろう。

いや、待てよ。もしかすると、こういう可能性もある。幸運は今から起こるのではなく、すでに朝のうちに起こっている、という可能性だ。実は今日の朝、自宅の庭から徳川の埋蔵金がザクザク発掘された、とか。

僕は教室を後にしようとする弥生を呼び止めて質問をする。

「変なこと訊いて申し訳ないんだけど。今日、何かいいことなかった？　とてつもないくらいのハッピーな出来事。それはもう、ものすごいやつ」僕はジェスチャーを交えて、そのものすごさを表現してみせた。

弥生は一瞬きょとんとした表情を浮かべたあと、しばらく考えてから「た、多分……何もなかったと思うよ」と消え入りそうな声で答えた。

僕は弥生に、変なことを訊いて悪かったと詫び、ともに体育館へと向かう。

ふむ。確かに言われてみれば、中学校から約五年間、ともに時間を過ごした僕の目から見ても今日の弥生は極めていつも通りだし、何ら変わりないように見える。やはり、弥生に幸運が訪れるのはこれからということか。なんと言ってもまだ、午前中だ。

僕は終業式が始まっても、弥生の数字のことが気にかかって仕方がなかった。体育館にずらりと並ぶ数多の数字を見ようとも、十の位が「8」の人間など弥生の他にいるはずもなく、どうしても目についてしまう。一体弥生の身に何が起きるというのだろう。気になる。気になりすぎる。

僕は金銭的な幸運から恋愛的な幸運まであらゆるイベントを想像してみるが、貧困な想像力ではいまいちこれと思う答えが見いだせない。そもそも女の子が大喜びするシチュエーションとは一体どんなものなのだろう。僕は体育館の隅で頭を抱えて悶え苦しんだ。

するど、僕は一つの答えに到達する。至極シンプルで、最短距離で答えが導き出せる画期的な方法だ。

実に単純。今日、一日。弥生と行動を共にすればいい。

そうすれば、もっとも確実に弥生の身に訪れる幸運を目に焼き付けることができる。

「85」もの幸運にめぐり合うのだから、家で一日ごろごろということもないだろうし、きっと今日の弥生はどこかに出かける予定があるはずだ。そこで、僕はさりげなく『僕も、連れてってくれない？』などと声をかけ、弥生から同伴の許可を得る。そうすることができれば、幸運の正体が暴けるだけでなく、その上、あわよくば、本当にあわよくば、幸運のおこぼれにあずかれるかもしれない。なんて非常に汚い考えではあるのだけども。まあ、それはあくまで副産物。

とにかく、ここまで悩み苦しんでしまったのなら、もはや直接見るしかあるまい。そうしなければ、僕は一生後悔しそうだ。絶対に夢にだって出てくる。やるしかない。

終業式が終わり、皆が教室に戻って通知表を貰う。歓声とため息が入り交じった混沌とした時間を越え、帰りのホームルームは滞りなく進み、夏休みに際しての心構えのようなものを説かれたのち解散となった。僕は、虎視眈々と弥生に声を掛けるタイミングを待つ。

ところで弥生に声を掛ける機会を窺うというのは、実のところ、至極簡単な作業である。というのも弥生はどういった理由からかは分からないが、必ずどの生徒よりも遅く教室を後にするのだ。誰よりも早い時間に登校し、誰よりも遅く帰宅する。そういう習性みたいなものがある。

今日は学校が午前中に終わったこともあって、友人と遊びに出かける生徒も少なくない。生徒たちは時間を有効利用したいという意思の表れからか、比較的速やかに教室を後にする。かく言う僕も何人かの友人に誘われはしたのだが、もちろん今回ばかりは丁重にお断りを入れさせてもらった。

僕はしっかりと椅子の上に根を張り、弥生と二人きりになるシチュエーションを待った。もっとも、別に二人きりを待たなくてもいいのだが、公衆の面前で声を掛けるよりも幾分気が楽なのでそうさせてもらうことにする。と言うかそんなことをしたら、僕がどうと言うよりも、緊張しいで恥ずかしがりの弥生のほうがどうかしてしまうかもしれない。

そんなこんな、色々なことを考えているうちに教室から一人、また一人と生徒が居なくなり（岩渕さんがスムーズに帰ってくれたのは非常にありがたかった）僕の目論見通り、弥生と二人きりのシチュエーションが形成される。

弥生は僕が中々帰宅しないことを訝しく思ったのか、椅子に座ったまま、時折こちらをちらちらと覗き見る。その都度しなやかなツインテールがパタパタと揺れた。まるで何かに警戒しているプレーリードッグのようでもある。

僕は今一度、弥生の背中の「85」を確認してから、意を決して声を掛けた。

「弥生」

弥生は、かくれんぼで見つかってしまったみたいに、ぴくりと跳ね上がってから、ぎこちなくこちらを振り向いた。

「……な、なに？」

ただでさえ細いソプラノ声を、怯えでビブラートさせながら答える。

そんなに、怯えなくてもいいだろうに。ひょっとすると、弥生の目からみると僕はかなりの危険人物なのだろうか。そう考えだすと、少し気持ちに暗雲が垂れ込め始めるが、僕は気をとりなおして話を切り出した。

「あのさ、これからどっかに行く予定とかある？」

「……ど、どうして？」

「もしどっかに行く予定があるなら、是非ともご一緒させていただきたいなぁ、なんて、思ったんだけど……どうかな?」

我ながら、思いの外スムーズに提案できたことに感心した。言葉は違和感少なく、至極自然に発せられたと思う。

弥生は驚いたような顔を見せた後、また白熱灯のようにじんわりと頬を紅潮させ「べ、別に……ど、どこに行く予定もないんだけど……」と答えた。

意外な回答だった。どうやら僕は早合点していたらしい。

弥生に外出予定がないとすると、幸運イベントは、弥生の自宅にて発生するということなのだろうか。だとすると、僕にとって弥生の幸運ウォッチング計画はご破算になってしまう。なんてったって僕には弥生に向かって唐突に『じゃ、家に行ってもいい?』と訊くだけの気概はないし、そんなことを言えば『人間たるもの、常に人に対しては誠実でありなさい。女性に対しては特に』という我が母親の教えにも背くこととなってしまう（この教えは絶対的な効力を持っている）。

ならば非常に残念ではあるが仕方あるまい。本日は諦めて、後日、弥生から「85」についての真実を訊くとしようか（弥生が怯えずに答えてくれたら、ということだけど）。

「そうか、ならいいんだ。ごめん、変なこと言っちゃって」僕は静かに立ち上がり、鞄を肩に掛ける。「それじゃまた——」

「あっ!　でも……」

弥生は僕の言葉を遮って、突如何かを思い出したように僕を引き止めた。弥生のものとは思えないほどに思い切った、比較的大きめな声だった。弥生は今一度声のボリュームをもとに戻し続ける。

「あ、あの。本当は、行こうと思ってたところがある……の」

「本当に？」

思わぬ急展開に僕の心は思わず高ぶる。

まったく、白を切ろうとするとは弥生も中々どうしてしたたかなやつだ。弥生は一度嘘をついてしまった反省からか、視点を床の一点に定めて、両手でスカートの裾を力強く握っていた。

しかしながら、素直に白状したものの、わざわざ一度僕を欺こうとしたということは、それはつまり少しばかり言いにくい場所だったのだろうか。ひょんなことから、とんでもなく女性向けな（ランジェリーショップ的な）場所に誘導されてはたまらない。

僕は確認を取る。

「そこには、僕がついて行っても、問題ない？」

弥生は何も言わず、こくりと頷いた。頷いた後は、きれいな唇を優しく内側に噛んで、何かの覚悟を決めたようにじっとしている。

僕は心の中で拳を握り締め、力強いガッツポーズを決めた。

これにて晴れて僕は弥生の「85」にも及ぶ今世紀最大級の幸運に同伴する権利を手に入れたのだ。僕は期待と希望に胸膨らませながら弥生と共に教室を出る。

一体、今日、何が起こるというのだろう。

これから始まる夏休みに先駆けて、とんでもないビッグイベントになりそうだ。僕は、弥生の小さな背中に引っ張られるようにして、学校を後にする。

三枝 のん ◆

鳴り響いたチャイムの音は、自由と解放を宣言するファンファーレのようにも聞こえた。あたしはそんな鼓笛隊の先導に従うままに、鞄を持って誰よりも先に教室を抜けださんとする。

「ちょっとちょっと、のんってば。そんなに慌てて帰らなくてもいいじゃない」

声をかけてきたのはクラスメイトの美智子(みちこ)ちゃんであった。美智子ちゃんが微笑を浮かべながら、帰り際のあたしに持ちかける提案といえば一つしかない。

あたしは早々に辞退の意を述べた。

「美智子ちゃん。どうか、お見逃しを……このあたくし『三枝(さえぐさ)のん』が、大急ぎで向かう場所といったら一つしかないでしょうが」

「神保町？」

「惜しい」

「まあ、何でもいいけどさ」

美智子ちゃんはまるで聞く耳を持たなかった。

「せっかく学校が終業式で早帰りなんだから、ちょっとくらい遊んで行こうよ。ただでさえの、

くらいサボっても、アディソンさんも文句は言わないでしょ」

「いやいや美智子ちゃん。《もし世界の終りが明日だとしても私は今日林檎の種子をまくだろう》そういう精神が、大事なのさ。日々の積み重ね、そして、有事への備えが肝心なのさ」

「それも誰かの名言なの？」

「C・V・ゲオルギウ。ルーマニアの作家」

「……ふん」美智子ちゃんは、ため息をついてから降参の意思表示として両手を広げた。「はいはい。分かった分かった。本屋さんでもパン屋さんでも好きなとこに行ってきな。そのかわり、次はきっちり付き合いなさいよ。男子からのプレッシャーもそれなりにあるんだから」

「かたじけない」あたしはそう言って深々とお辞儀をし、鞄を持ち直して美智子ちゃんに背を向ける。

「そうだ、のん。私ものんにぴったりな、とっておきの言葉を教えてあげるよ。ちょっと勉強してきたんだ」美智子ちゃんはそう言うと、自信あり気に胸をはる。

あたしは振り返る。「ほう。して、その言葉とは？」

「《貞淑とは情熱の怠惰である》誰の言葉だったかは忘れた」

あたしは片方の眉をぐいっと吊り上げる。「美智子ちゃん。それ、どこで覚えたのさ」

「へっへー。うちのお父さんが私に教えてくれたんだよ。すごいでしょ」

「何というか、美智子ちゃんのお父さんは、自分の娘に対して随分前衛的なんだね」とは言えず、あたしは代わりに捨て台詞を吐いて教室を後にする。

「美智子ちゃん。名言は何よりもバックグラウンドを押さえなくてはいけないのさ。誰の言葉か忘れちゃいけない。それは、フランスのモラリスト文学者、ラ・ロシュフコォ公爵の言葉」

あたしは一つ仰々しく咳払いを挟んでから、話の区切りとして反論の言葉を付け加える。

「《ネズミでも恋はする。だが、本は読めまい》どうさね？　美智子ちゃん」

「それは誰の言葉？」

「あたしの言葉」

美智子ちゃんは、アメリカンコメディのように、大げさに両手を広げて、首を振ってみせた。〈やれやれ〉と言う声なき声が聞こえてくるようだった。

殆ど空（から）と言っても子細ないスカスカの学生鞄の中には文庫本が一冊と、布製の大きめのエコバッグが二つだけ入っている。戦闘準備は万全。余計なポーチだとかペンケース、お菓子などの余剰品はこの日に限ってはすべて自宅待機。来るべき決戦に備え、抜かりはない。

学校を出ると、あたしはここから歩いて僅かに数分の水道橋駅へと向かった。あたりには、早めのお昼休みを手に入れたサラリーマンや大学生の姿がぱらぱらと窺える。

あたしは電車の時刻を考慮して、やや小走りで駆けた。高校生になってからは運動からいくらか遠ざかっているものの、小・中学校での陸上競技にて鍛え抜かれた我が脚力と体力を以てすれば、この程度の距離の駆けっこなどお茶の子さいさい。息が切れることもない。

本好きだからといって、必ずしも、眼鏡を掛けた図書委員的文学少女を連想されては敵わない。文武両道にして、才色兼備。そんなパーフェクトな姿こそがあたしの目指すフロンティアなのである。

しばらくしないうちに駅の姿が見えた。

現在、時刻は十一時四十四分。

水道橋駅を発車する次の電車は、十一時四十六分の中野行き。それを逃すと、次は十一時五十二分の三鷹行き。

電車の時刻表は暗記したわけではなく、すっぽりと頭の中にそのまま収納してあるので、電車の時刻に関しては自信がある。『自信がある』という表現もどこか違う。これは、答えを見ながら解いただけであるのだから。

あたしは駅にたどり着くと、改札を抜けそのまま階段を駆け上る。この時間帯の駅は人の数もまばらで、特に人ごみが鬱陶しくなるようなこともない。あたしはするりするりと予定通り十一時四十六分中野行きの電車に乗り込むことに成功。

それから適当な席に着いて、早々、鞄から文庫本を取り出し素早く物語の世界に溶け込んだ。水道橋から新宿間の移動では、十分強程度の時間しかないのだが、それでも空いた時間を見つけると思わず本に手が伸びるのは、あたしの性と言えるだろう。

数ページもめくらないうちに、物語はまるで水溶き片栗粉を混ぜたように徐々に粘り気を見せ、あたしの脳内に絡みついてくる。現実の世界がその均衡を不確かなものにし、夢と現の境界を滲ませる。

あたしは決して生まれた時から本に囲まれ、本と共に育ったという種類の人間ではない。実を言うと、あたしと本との出会いは、たった五年ほど前のことである。よって、あたしの人生という名の歴史においては、『読書』は決して長期的な政権を誇っていない。

あたしと読書の出会いは、そのままイコールの形で、五年前のあたしとサッちゃんとの出会いということになる。つまりは、あたしは、サッちゃんと出会い、読書と出会った。

あのときのサッちゃんの言葉は今でもあたしの中で、時折活火山のように燃え盛り、あたしの心を突き動かす。あたしにとってそれはナンバ走りのように画期的に思え、マリアナ海溝よりも深く心に響いた。

『《すべての良書を読むことは、過去の人と会話をするようなことである》こんなようなことをデカルトは言ったわ。だからもし何かに迷ったら、本を開いてみるといい。そこには、かけがえのない人生訓や、相談相手がいるはずだから』

あたしは、その言葉の重みもさることながら、サッちゃんの語り口調に惚れ込んだ。嫌味なく、するりと、丁寧に、中学生ながら気品たっぷりに言葉を置いていった。

あたしもこんな風になりたい。

当時、小学校五年生であったあたしにとっては、二つ上の中学一年生は随分と大人びて見え、あまりにも洗練されているように思われた。毎日、男の子に交じって追いかけっこに興じていた泥まみれの自分とは決定的に違う。あたしもこうなりたい。こんなスタイリッシュで知的な人間になるには、本を読むしかない。

そのときから、あたしは読書に没頭した。初めは、意識的に本を開くように努めていたのだが、いつの間にか読書はあたしの中での習慣としての地位を確立し、薬物のようにあたしの身体を支配した。

《言葉は、人類によって使われた最も強力な薬品である》とは、ラドヤード・キップリングの言葉。あたしの身体はすでに薬にどっぷりなのである。薬に頼らずには生きていけないのだ。よって、運動能力に関してはそれなりに高い評価をされていたにもかかわらず、高校入学時にはきっぱりと陸上競技とは縁を切り、読書の時間を潤沢にとることに決めた。

読書とはある意味で対話である。

うむ。実に素晴らしいたとえだ。

だからもし、あたしが今現在持っている、普通とは少し違う力がなかったとしても、あたしは本を読むことになっていたと思うし、読まずにはいられなかったはずだ。美智子ちゃんに貞淑を情熱の怠惰だと言われようが、あたしにとっての最優先事項にして最も幸福を感じる時間は読書の時間なのである。

物語の世界に浸っていたあたしの心の中に、僅かにすきま風が吹きつける。弱々しくも研ぎ澄まされたすきま風は、にわかにいくつもの小さな亀裂を生み出し、あたしを覆っていた物語の輪郭を歪める。美しく広がっていた物語のセットは、突風によってたちまち虚空の彼方に吹き飛ばされ、気付くとあたしは電車の中に居た。電車は止まっている。

　車内の電光掲示板を見上げる。

「新宿」

　到着していた。

　あたしは慌てて立ち上がり、ドアが閉まるすんでのところで間一髪、電車を飛び降りる。駆け込み乗車ならぬ、駆け込み降車。

　心で冷や汗を拭い、息を一つ吐く。

　そして、ホームをローファーで二回ほど叩き、現在と現実を実感する。頭の中に残る物語の残骸を丁寧に掃きそうじして、思考をフォーマットした。

　東口の改札から出ると、一目散に目的地である大型書店を目指した。新宿駅周辺は、あたしのことを歓迎するかのように賑やかな様相を呈し、あたしを一直線に書店へと導く。アルタも、電器屋も、服屋も、今のあたしにとっては荒野のサボテンと同様に非実用的であって、ただの演出のための背景にしか成り得ない。

　あたしにとってこの新宿という街は、神保町に並んで『聖地』と称するに相応(ふさわ)しい街である。というのも、おおよそ古本以外の書籍を収集するには十分すぎるほどの大型、中型書店が立ち並んでいるためだ。ちょっとばかりマイナーなレーベルであっても、発行部数が極端に少ない書籍であっても、この街に来ればほぼ間違いなく手に入る。

　そんなわけで、あたしが時折決行するのがこの『新宿新刊ローラー作戦』である。もっとも『ローラー』などと大層な名前がついてはいるが、正直なところ複数の書店を回れるケースは皆無に等しい。恥ずかしながら、あたしの心に巣くう『衝動買い』という名の山羊さんが、いつの間にかお財布の中のお札というお札をメェメェ食いつぶしてしまうのだ。

　よって実際のところは、一店舗目が初戦にして決勝戦。

　本日の軍資金はジャスト二万円。おそらく購入できる冊数は三十冊前後。

　あたしは今から始まるであろう数多の本達との格闘を前に、キリリと口元を引き締めた。書店での最たる醍醐味は、思わぬ形での未知の書籍との出会いである。買いたいものを買うだけならインターネットで事足りてしまう現代に、実際に現地に足を運んで本を物色する最大の利点はここにある。

　表紙が、装丁が、コピーが、作者が、タイトルが、POPが、思わぬ注意を引きつけ、あたしの財布を動かす。まさに、外交交渉さながらの本との駆け引き。考えただけで心が躍る。

　あたしは一度深呼吸をし、精神を整えてからいよいよ目的地のゲートを潜る。

　焦って店内を駆けまわるようなことをしてはいけない（それは二流の行うことである）。一歩一歩距離を歩測するように、あるいは期末試験の試験監督のように、ゆっくりと通路を歩く。

　新刊、文庫、新書、漫画、ビジネス書、実用書。

　すべてを別け隔てなく、公平に、余す所なく物色する。

　時間をかけてすべてのフロアを見終えると、また、時間をかけて二度目の視察に出かける。

二度とは言わず、三度でも四度でも階段を用いてフロアの往復を繰り返す。

そうしていくうちに、購入候補にノミネートしていた本達が、あたしの中での篩にかけられ、真に魅力的な本が浮かび上がってくるのだ。本日の軍資金、二万円の中に収まるように候補の追加と削除が暗黙のうちに繰り返される。

そして、いよいよ、あたしの中で本の選出が終了する。

栄えある『三枝JAPAN』に選出された、各ジャンルの精鋭の集結だ。あたしは脳内にて選出された本を、方々からかき集めて、一つ、また一つと両手に積み重ねていく。

そんなフロアの移動の最中、スポーツ関連のコーナーを横切ったとき、あたしは不意に学校で出されていた課題のことを思い出した。保健体育の課題である。

確か、何かしらのスポーツの歴史についてレポートにまとめなさいという内容であったと思う。取り上げるスポーツは、野球でもサッカーでもポロでもペタンクでも、なんでも良かったはずだ。

あたしは脳内を検索してみるが、どうにも自分の中にスポーツに関する書籍はあまり多く収容されていないことに気付く。これは、課題に際して何かしらの資料が必要だ。

あたしは、一旦『三枝JAPAN』を平積みの本の横に置き、題材として取り上げるスポーツの選定にかかる。

確か、あの保健体育のゴリラ顔の教師は、無類の野球好きであったはずだ。授業の端々で、さも筆頭株主であるかのように、ジャイアンツの戦況やら補強やらに文句を垂れることを得意

ている だとか。

としていた。やれ誰それはセカンドの方が向いているだとか、あいつを抑えに使うのは馬鹿げているだとか。

放課後にそのままの足で巨人戦を見に行くことも、年に一度や二度ではない。とにかく、あの教師は典型的な巨人ファンだ。

ならば、取り上げるスポーツは野球で結構だろう。

多少レポートの出来栄えが悪くとも、自分の贔屓にしている競技を題材にレポートが組まれていれば、大概の教師は、評価が幾らか甘くなるというものだ。

あたしは、野球についての本を二冊ピックアップする。

『激動！　野球と巨人　～沢村栄治からKKコンビまで～』

『昭和の野球史』

どちらも異様に分厚い。

この二冊を選んだ理由は特にない。ただ、なんとなくである。現時点であたしには、KKコンビとは何のコンビなのかもわからないし、沢村栄治からKKコンビまでが一体何年間の出来事なのかもわからない。読んでみるしかない。

しかし読むと言っても、あたしはこのようなただのレポートの資料のために、貴重な軍資金を割くつもりは毛頭ない。すでに『三枝JAPAN』は満席なのだ。外交予算の二万円の配分はすでに決定しており、思いやり予算の食い込む余地はない。

よって、あたしは今ここでこの本をすべて頭に叩き込む。それは決して速読などのけち臭い方法ではない。余談ではあるが、あたしは速読を嫌悪すらしている。ディテールは気にせず素早く読んで、大体の内容を把握するなんてことをするくらいなら、端(はな)から要旨を読めと言いたくなってくる。

ので、あたしは一字一句どころか、挿入された参考写真までも、すべて逃さず、忘却など一切しないように、頭の中に収容する。

書きこむ。刻みこむ。

あたしはその為に『昭和の野球史』と『激動！　野球と巨人』をあえて一度書棚に戻した。

そして、深呼吸をする。

今から行うそれは、外から見た作業の地味さに比べ、遥かに体力を消耗する行為なのである。

一粒三百メートルならぬ、一冊三百メートル。

全力疾走とまではいかないが、大体三百メートルを小走りで駆け抜けたのと同じ程度には疲れる。

あたしは『昭和の野球史』の背表紙にそっと、右手の人差指を載せた。本のてっぺんである、『昭』の字のやや上辺りに。

そして目を閉じ、ゆっくりと背表紙を撫でるように、本の材質を確かめるように、人差指をじりじりと降下させていく。

すると、指の動きに対応して、みるみる本の内容があたしの中に流れこんでくる。

そこには理屈や原理の介入する余地など一切なく、まるで何もない高原に佇む一軒の山小屋のように、ぽつりと実感だけが存在する。

なぞれば、なぞった分だけ、情報が流れこむ。

決壊したダムから次々に大量の水が溢れ落ちてくるように、指を伝って、情報があたしの中に流れ落ち、吸収されていく。情報が氾濫し統合される。

やはり今回は、本が厚いこともあって容量が大きい。

あたしは、時間をかけ、身体への負担が最小限で済むように、ゆっくりと指を降ろす。

そして、降ろし終える。

「……ふーっ」

あたしは乱れそうな呼吸を息吹で整え、目を開ける。

ふむ。

稲尾に田淵、衣笠に北別府。空白の一日に黒い霧。まずまずの情報が得られた。

これ一冊でも充分にレポートは書けそうだが、念の為に、もう一冊も同じようにして読む。大体にして、レポートというものは二冊以上の本から情報を拝借するのが肝心なのだ。そうすることで、内容の厚みがぐっと増す。

あたしは『激動！　野球と巨人』の方にも指をかけ、背表紙をなぞり、本を頭に収容する。

二冊分の疲労があたしの上にのしかかり、情報がまたも収容される。

名投手沢村栄治とルー・ゲーリッグの一発。悲しき徴兵、そして戦死。桑田と清原でＫＫコンビ。ドラフト制度の功罪。

ふむ。中々面白そうなのが書けそうだ。

あたしは呼吸が整ったことを確認すると、しばらく片隅に置き去りにされていた『三枝JAPAN』を再び手に取る。

暗算したところ、なんとか二万円以内には収まっていそうだ。

夏休みは長い。また何度か補給は必要だろうが、しばらくは持つだろう。

あたしは漫画と小説とエッセイが入り乱れた、個性豊かな『三枝JAPAN』を両手いっぱいに運びながら、ふと美智子ちゃんのことを思い出す。

一九九五年五月二十四日。桑田真澄が三塁線の小フライに飛びつき、選手生命に亀裂を入れてしまった東京ドームにて、美智子ちゃんは今頃、和気藹々（あいあい）と若者の青春と題した紋切り型のイベントに興じているのだろうか。

美智子ちゃん。東京ドームの人工芝は硬いそうだから、くれぐれも無茶はしないように。なあんてね。

あたしはそんなことを考えながら、約三十冊にも及ぶ『三枝JAPAN』を落とさないように、慎重にレジへと向かう。

江崎純一郎 ♠

静かな目覚めだった。

その目覚めは外的な要因によって強制的にもたらされたものではなく、雪解けの水が大海に流れ着いたような、実にゆるやかで漸進的な目覚めだった。

俺はベッドから身体を起こし、目覚まし時計の時刻と日付表示を確認する。

時刻はすでに午後の一時過ぎ。日付は七月十五日の金曜日。

だいぶ長い時間、眠っていたようだ。俺は、自分がなぜ金曜日だというのにアラームをセットしなかったのかということについて考えてみる。

そうだ、今日は終業式であったのだ。

前日の俺は、終業式という特に実利的でない学校行事に対し、自主的に欠席の判断を下していたのであった。

俺はベッドから起き上がり、小さく身体を伸ばした後、いつものように机へと向かい椅子に腰掛けた。ベッドから机への流れるような移動は、半ば自動化された閾下での動作である。まずもって、朝のルーティーンとなっているそれを行うためには起床してからあまり時間をおいてはいけない。溶解したガラスが、すぐさま固体に戻ってしまうように、時間をおけば予言はにわかに変容し、その存在を唐突に捉えようのないものへと変化させてしまう。

俺は机の引き出しから愛用の手帳を取り出し、本日のページを広げ、右手に黒のボールペンを握りしめた。

そして目を閉じ、いつものように言葉を捜索する。

息を止め、心を澄まし、言葉に耳を傾ける。

それはまるで、砂の中に埋もれた小さな鉄塊を収集するような手探りの作業である。指先の感覚を研ぎ澄まし、虚偽と真実を見極め、本当の言葉だけを選びとる。

慎重に一つ目を掬い出し、二つ、三つと順次、脳内から予言を回収していく。

回収された言葉はすぐさま、右手によって手帳へと記される。ボールペンが紙と摩擦する瞬間、抽象物が具体物に、無形が有形へと変化していく。

そして俺は、いつものように五つの予言を手帳に書き入れ終える。

五つが定数。どんなに時間をかけても、これ以上の予言は見込めない。

この行為が、ただでさえ面白みに欠ける自分の人生を、より一層無味乾燥なものにさせるということは重々承知している。ただもはや悪弊としてこの習慣は俺の中に定着してしまっていて、簡単には断ちきれそうにもない。もし反骨精神を顕にして予言を体外に排出せずに一日を始めようものなら、予言はまるで、どうしても思い出せない知人の名前のような居心地悪い存在感を残し、終日俺を不快な気分へと誘う。

本日、排出された予言は以下の五つ。

・おや、江崎少年ではないか。ささ、座りたまえ。
・そうとも。中々に楽しいぞ、これはこれで奥が深い。
・ええ。エースとクイーンだ。
・ええ。すべてポストに入っておりました。

・別に行ってもいいわよ。勉強さえおろそかにしないんだったら。

いつも把握できるのは、およそ人間が一息に発することができる程度の分量。それなのに、たったこれだけの文章で、誰の発言なのかなんとなく想像できるのが実に滑稽だ。

俺は予言を書き記した手帳を閉じると、汗を潤沢に吸収したTシャツを脱いで丸め、代わりにクローゼットの中からポロシャツとジーパンを取り出し身につける。そして顔を洗うために、自室を出て一階の洗面台へと向かった。

鏡を見ると、頭に大きな寝ぐせが確認できた。全体的にボリュームがあり、やや剛毛とも言えるこの髪は往々にして寝ぐせが付きやすい。俺はその寝癖を手櫛（てぐし）で乱暴に整えてみるが、改善の兆しは一向にみられず、すぐに諦める。もとより容姿に関してこだわりのようなものはない。

顔を洗い終えると、そのまま手帳と財布と自宅の鍵をそれぞれジーパンのポケットにしまい、玄関に向かう。携帯は持っていない。今まで十七年間生きてきて、これといって必要だと感じたこともなかった。単純に、連絡をとる必要性があるような友人が居ないということに帰結されるのかもしれない。

俺は掬い上げるようにしてサンダルに足を通し、玄関を開ける。

自宅の駐車場に停まる黒塗りのメルセデス・ベンツS63 AMGと、赤のポルシェ・911カレラが夏の日差しを遠慮することなく全反射させていた。傷も埃（ほこり）も一切ない滑らかな車体は新品同様の輝きと光沢を誇っている。もとい実際のところ新品同様であった。

車は駐車してあるというよりも、展示してあると言った方が幾らか正しいかもしれない。父にとって車とは、高額でさえあれば極論、走らなくてもいいものであるのだから。それはナチスのハーケンクロイツのように、強い威光とメッセージ性さえ放っていればいいのだ。

家の門を出ると、いつもの場所へと向かう。

特に行く必要性もないのだが、少なくとも学校や誰もいない空の自宅よりは有益で有用な時間が送れる。つまるところ、退屈なようで、退屈しない場所。

住居が建ち並ぶ狭い路地を抜け、四五七号線を跨ぎ、再び狭い路地へと入る。昼下がりの西日暮里は人通りも少ない。

五分ほどの道のりをサンダルで擦るように歩き、目的の場所にたどり着く。

住宅街の中に佇むコンクリートの打ちっぱなしの建物。建物全体に絡みつくまばらな蔦が、その妖しさを助長する。

入り口には何の看板も、表示もない。ステンドグラスがあしらわれた木枠の玄関の横に、寂れた傘立てだけが設置されている。あるいはその傘立てだけが唯一、この建物が客人をもてなす施設であることを示すほんの僅かな証拠と言えるかもしれない。

おそらくこの近辺に住む人間であったとしても、ここが歴とした喫茶店であることを知る人間はほとんどいないと言ってもいいだろう。誰がどう見ても、周囲の建物と相違ない一般的な住居にしか見えない。あるいは、たとえここが喫茶店だと知っていても、率先して入店してみたくなるような店構えではない。

俺自身もどういった経緯でこの店を知ったのかはまったくもって覚えていない。それはまるで声変わりのように唐突に自覚の外からやってきて、いつの間にか俺の中の重要なポジションに居座った。

重い扉を開けるとベルがカランカランと乾いた音を立て、店内の異世界観溢れる空気が零れ出した。

「いらっしゃいませ」

「おや、江崎少年ではないか。ささ、座りたまえ」

早速、予想通りの人間から予想通りの反応が見られた。

店内は店構えからは想像もできないほどに洗練されている。

冗談かと思うほどに、過剰にレトロな雰囲気を意識した装飾で、椅子からカウンター、蓄音機や食器類にいたるまで、すべてが意匠を凝らして製作された値の張るアンティークのように見えた。更に、店内に流れるしゃがれたクラシック音楽が小憎らしくも店の雰囲気を色調補正のように整える。

『扉のこちら側とあちら側では、時代、もしくは文化的な何かが決定的に異なっている』そう思わせるには充分すぎる程に徹底された演出であった。

そんな店内には、いつもと変わらず二人の男性が佇んでいる。

マスターとボブ。

マスターとは文字通り、この店のマスターである。それは何かしらの愛称ではなく純粋な職業名だ。本名は知らない。黒のチョッキに、白のちょび髭のその姿は、これ以上ないほどに喫茶店のマスターという肩書きがしっくりと来る。やや痩せこけ、薄くなった頭がよりマスターとしての風格と適性を醸し出し、この店のアンティークの一つと化している。

そんなマスターは俺の姿を確認すると、無言のうちにコーヒーを淹れる準備を始めた。人目を引くほどの素早さこそないものの、洗練された手さばきには一切の無駄がない。

もう一人の男はボブ。こちらは愛称だ。どの角度からどう見ても生粋の日本人であって、その風貌に『ボブ』らしき要素は見当たらない。それでも、なぜ彼がボブと呼ばれているのかといえば、それは他ならぬ本人がそう名乗るからである。マスターと同じく本名は知らない。歳はおそらく五十前後。白髪交じりのオールバック。恰幅のよい体躯に血色の良い浅黒い肌をしている。服装は常に黒のスーツにノーネクタイ。その生地を見て判断するに、決して安物のスーツではないように見受けられるのだが、ボブは毎日このスーツを着用しているのでだいぶくたびれている。ところどころに決定的な皺が幾つも寄っていて、裾や袖の先は若干縫製がほつれていた。

そんなボブは、自称どこかの会社の元社長だそうだ。ただ、彼の奇人的なライフスタイルと現在の風体を考慮すれば、言わずもがな信憑性は高くない。

ボブは今日も例のごとくスーツ姿で、マスターと向かい合うカウンター席に着いている。絵画が常に額縁に入れられているのと同じように、彼もまた常にその椅子に収まり、座り込んでいる。

マスターとボブに共通して言えることは、三百六十五日、例外なくこの店に存在していることなのだが、二人の決定的な違いは、マスターは店員で、ボブは客であるということだ。

俺は声を掛けてきた二人に対し特にこれといった挨拶もせず、俺にとっての定位置であるボブの右隣のカウンター席に腰掛ける。

マスターは俺が席に着くのとほぼ同時に、いつものエスプレッソのダブルを差し出した。カップとソーサーがかちゃりと音を立て、黒く透き通った液体から濃厚で芳醇な香りが立ち上がる。

「マスター、今日はサンドイッチも頼む。朝から何も食べてない」

俺の注文にマスターは小さく頷いて「かしこまりました」と言ってから、カウンターの後方にあるステンレスの冷蔵庫を開けた。

「江崎少年。今日は随分と早い来店じゃないか。それに私服姿だ」

そう訊いてきたボブは、いつものように一番安価なアメリカンコーヒーをちびちびと口に運んでいた。なぜかボブの目の前には見慣れぬ数枚のトランプが散乱している。

「今日は終業式だ」と俺は言う。

「ふん」ボブは顎に手を当て、怪訝な表情を作った。「だからと言って、私服の理由にはならんだろう。今までだって、君は学校帰りにここに来ていたんだ。なら、今日も制服でいいじゃないか」

「学校には行ってない。面倒だったんだ」

ボブは右の頬を吊り上げ、小さく笑った。

「これは、とんだ不良優等生もいたもんだ。成績が良くてもおサボりはするのだな」

「行ったところで面白みがない。面白みのなさをカバーするだけの対価もない」

「ふむ、確かに」ボブは目をつむって頷いた。「だが、何事にも積極的とはいかないまでも、それなりに参加しておくのは大事なことだ。人生の土壌を肥やすためにも」

俺はエスプレッソをブラックのまま啜ってから、口を開く。

「俺の見立てが間違ってなければ、あんたは毎日ここにいりびたっているばかりで、何かに参加しているようにも見えないが？」

ボブは左の手のひらで自分の額を打つと、苦笑いを浮かべた。

「痛いところを突いてくるなぁ、江崎少年。その通りだ……いやはや、実にその通り」

ボブはからからと笑った。あくまで無反省に、そして陽気に。

「お待たせしました」

マスターが俺の前にできたてのサンドイッチを差し出した。上品な白のプレートに、四切れのサンドイッチと、彩りとしてのパセリが添えられている。

俺はレタスとトマトとチーズがサンドされたものを一つ手に取り、口に運んだ。それからエスプレッソをまた啜る。

マスターは念入りに手を洗ってから静かにカウンターを出て、店の中央に設置された蓄音機へと向かった。そして、手慣れた手つきで鳴り終わったレコードを入れ替える。

また、俺の知らない別のクラシック曲が流れだした。

「おお、マスター。『新世界より』じゃないか。今までなかったろう？　こんなレコード」

マスターは渋い笑顔で頷く。「ええ。先日、入手したものですから」

「いいぞマスター。たまにはこういうメジャーな曲も必要だ」

ボブはそう言うと、思い出深そうに目を閉じて旋律に耳を傾け始めた。鼻歌を混ぜながら、メロディラインを優しく追従している。

基本的に店内には常時クラシックが流れているのだが、ボブが音楽に対し些かの興味を見せたのは初めてのことであった。俺がこの喫茶店に来るようになってから早五年の月日が経とうとしているが、これは珍事と言えよう。

「好きなのか？　この曲」と俺は訊いてみる。

ボブは鼻歌を一旦中止し、重たそうに目を開いてから、こちらを窺う。

「好き嫌いというよりも、ただ単純に懐かしいんだ。弟が一時期狂ったように聴いていたものでね。来る日も来る日も、まるでそれが精神安定剤であるかのように齧りついて聴いていた。図らずも私もそれを副流煙のように、受動聴取していたというわけだ」ボブはアメリカンを小さく啜る。「ところで、江崎少年はどんな音楽を聴くのだね？」

俺は正直に「音楽はほとんど聴かない」と答える。

「かーっ」ボブは喉の奥から声を出した。「江崎少年は音楽も聴かずに、あんな偏差値の高い高校に通っているのかね？　これはまいった。とんだ空虚な、まるで肉なし肉まんのような人生じゃないか」

ボブは半ば俺をからかうのが目的であるように、大げさにそう言ってみせた。それにしても『肉なし肉まん』とは、あまりに知性を欠いた表現に思える。

「俺には、音楽の必要性がそこまであるとは到底思えない」

「なにをなにを……そんなことを言っていると後悔するぞ、江崎少年。そういう人間に限って、不意に出会った音楽に、根こそぎ心を搔っ攫われるんだ。終いには『人生はロックだ』なんて叫び出す。ちょうど君のその不精な髪の毛と怠惰なサンダル姿は、見方によってはアナーキーなパンクロッカーのようじゃないか」そう言ってボブは俺の全身を覗き見てから「テレキャスターが似合いそうだ」と言った。

「勝手な話だ」と俺は言う。「音楽を聴いた程度で人生が変わるなら、是非とも聴いてみたいもんだ。だが、実際はそんな魔法のようなことは起こらない。人生は断固として不変的で、透明なガラスのように見え透いている」

「ほう。これはまた随分と悲しげな一言だ。思春期ならではのそれかな、江崎少年？」

俺は首を横に振る。

「別に自己陶酔に浸ってるわけじゃない。ただ、常々そう思うだけだ。人生は酷く無味乾燥で味気がない」

「ふむ。それは君が毎朝聞く、『予言』のせいかね？」

「そうかもしれない」俺は一度、自分の頭を整理してから続ける。「というより、確実にそれがきっかけではあると思う。ただ、予言は原因ではなくあくまできっかけだ。問題は一日というスパンの近視眼的なものじゃなく、もっと長いスパンの話だ」

ボブはカウンターに両肘を突いて手を組み、やや前傾の姿勢になった。

「ふむ。どういうことだね？」

「俺はあんた相手に謙遜をするつもりはないから全部をありのままに話す」俺はボブが頷くのを確認する。「客観的に見て俺は、頭がいい方に分類されている」

ボブは深く頷いた。「そのとおりだな。それも、かなり」

「ああ。かなり。だが、それがいけなかった。勉強などするべきじゃなかったんだ」

「面白い結論だ」

ボブはそう言うと、決まりのいいジョークを聞いたときのような、興味深げで重みのある笑顔を見せた。俺は続ける。

「正直なところ俺は毎日がつまらない。別にとりたてて『俺は世の中に絶望している』だとか『この世は腐ってる』だなんて言うつもりはない。ただ純粋につまらなくてしかたがないんだ。毎日が平凡で、至極退屈なんだ。だから俺はとりあえず勉強をしてみることにした。ひょっとすると、世の中のどこかには予想もできない面白いものが転がっているんじゃないか？　どこかに骨を埋めたくなるような学問が、あるいは世界が、無限に広がっているんじゃないかって

……しかし、答えは逆だった。世の中を知れば知るほど、参考書を積めば積むほど、世界の狭

さが際立った。俺の想像より遥かに世界はミニマムだった。よく『空腹は最高のスパイス』だなんて言うが、正しくその通りだったんだ。無知こそ、世の中を楽しく生きるための最上のスパイス。タブラ・ラサのままで居ればよかったのに、常識を、知識を蓄えてしまう。そして、世界は色褪せ、その驚きや感動が薄れていく。そうは思わないか？」

ボブは肯定とも否定ともとれるような曖昧な表情のままに小さく頷いていた。何かが眩しくて仕方がないみたいに眉間に皺を寄せながら目を細めている。俺はひとまずボブが明確なアクションを見せるまで、自分の中に堆積したすべての意見を吐き出すことにした。

「そして極めつけは『予言』の存在だ。これが俺に決定打を浴びせる。毎日毎日休みなく予言を聞いてると、とにかくそのバリエーションの少なさに驚かされるんだ。きっと俺と同じ境遇に陥れば誰しもがそう感じるはずだ。こんなにも毎日はワンパターンで平坦なものなのか、そして人生はそんなワンパターンの総体に過ぎないものなのかって。そこで思ったんだ。今、俺が歩いている、もしくは進んでいる道はこの世で最も面白みのかけらもない、そんな道なんじゃないかって。レベル99で始めるRPGみたいなもんだ。いい高校に進み、いい大学に進み、いい企業に就職する。誰かと結婚し、子供を授かり、高い給料をもらって、家を建て、駐車場にマイカーを並べる。やがて年老い、大して信仰心もない仏葬で送られる。すべてが予定調和だ。なまじ賢くなってしまったばかりに、スリルもピンチもない。ただ『死』までの余暇を平凡に食いつぶすだけ。まるで工場で稼働している精度の高いロボットアームのように、空虚で、消耗的な人生だ」――だから俺はあんたみたいな、俺と違う次元のレールに立っている『奇人』に惹かれているんだ。とまでは言わなかった。

ボブは俺の話を聞き終えると、小刻みに頷いてからにやりと笑い、右手の人差指を立てた。とっておきの治療法を思いついた医者のような、何かを閃いたという風な表情であった。

「君の話を聞いて、一つ思い出したことがある」

そう言うとボブは、寡黙に食器を磨いていたマスターに対し「悪いが、もう一度レコードを最初から流してはくれないか？　第四楽章の最初からだ」と告げた。

マスターは食器を磨いていた手を止めてから「かしこまりました」と言い、また念入りに手を洗ってから蓄音機へと向かった。

蓄音機の針が降り、また曲が流れ出す。

俺は意図がつかめずボブに対して訝しげな顔を作ってみたが、ボブは構わず目を閉じてまた旋律に身を委ねていた。俺も仕方なく曲に耳を傾けてみる。

「新世界より」の第四楽章は十分ほどの長さであった。俺は大衆音楽にすらひどく疎い人間であり、ましてやクラシックに耳を傾けた経験など殆どなかった。そのため音楽を能動的に聴取するという行為は幾らか新鮮で馴染みのないものである。それでも、この曲に対する感想を述べさせてもらうなら、悪くない、とそう思えた。意識的に聴取してみれば、なかなかに威厳も迫力もある。

「どうだったね。江崎少年？」曲が終わると、ボブは腕を組みながら尋ねてきた。「なかなか、かっこいい曲だろう？」

「荘厳な曲だ」

「気に入ってもらえたかな？」

「程々に」

俺の反応に対し、ボブは鼻から小さく息を漏らしながら口元で笑った。まるで自分が取り仕切った縁談が上手くいったような、どこか満足気な笑みだった。ボブは静かに笑いを収めると、腕組みをほどいてからまた口を開いた。

「ところで、江崎少年。さっきの曲の中にシンバルの音は聞こえたかね？」

「シンバル？」

「そう、シンバルだ。『じゃーん』と鳴る、あのシンバル」

俺は「新世界より」を脳内にて簡単にリピートしてみるが、どうにも上手く再生できない。先ほど初めて聴いた曲だ。無理もないかもしれない。

「よく、思い出せない」と俺は答える。

「ふむ。なら、もう一度だけ曲を聴いてみてくれ。今度はシンバルの音を逃さないように。それだけに集中して」

ボブはそう言うと、改めてマスターに指示を出し、曲を頭出しさせた。「新世界より」の第四楽章が、重たい弦楽器の音を先導に再び店内に流れ始める。俺は意図が飲み込めないまま、ボブの指示通り今度はシンバルの音にだけ注意を払い、曲に耳を傾けた。

すると曲の開始から二分程経ったところで、かすかにシンバルの音が聞こえた気がした。気のせいかもしれない。様々な音が小さく混ざり合う中、茂みから僅かに顔を覗かせたような、弱々しくも非主張的なシンバルらしき音が響いた。

「聞こえたかね？」ボブは横目で俺を覗き見る。

「今の小さい音がそうか？」

「そうとも。あれがシンバルの音だ」ボブは椅子の上で身体をよじり、俺の方に正対した。「この曲において、たった一度だけ鳴らされるシンバルの音だ。後にも先にも、もうシンバルは鳴らない」

「この一回きり？」

「そう、一回きり」ボブは右手でオールバックを整えた。「刹那的で、哲学的だろう？　なぜ、ここで一回だけ、シンバルの音が鳴るのか？　鳴らす必要があるのか？　どうせ鳴らすなら、どうしてもっと派手な音にしないのか？　この、たった一度だけ鳴るシンバルの話はクラシックの世界ではあまりに有名だが、いやはや、実に興味深い」

ボブはそこまで言うと、不意に何かを提案するように、右手を小さくこちらに差し出した。

「ところで、どうだったね？　江崎少年。二度目の『新世界より』の感想は」

「感想？」

「そう、感想。先程は『荘厳』だと言ってくれたではないか。二回目の感想はどうだね？」

「特に変化はない。というか、今回はシンバルの音に集中していて、曲の方は特に聞いちゃいない」

俺がそう言うと、ボブは右手で力強く俺を指差した。表情は落ち着き払っていながらも、確実に俺の言葉に何かを見出したようだ。その所作からは〈そう、それだよ〉という心の声が聞こえてくるようだった。とにかく、ボブの中で何かが結論に達したらしい。

「江崎少年。それは君の人生の話に通じやしないかね？」

「どういう意味だ？」俺にはまったく話の接点がわからない。

「つまりは、『一つのことに執着すれば全体は見えず、反対に全体を見れば詳細は埋もれる』ということだよ」ボブは何かのスイッチが入ったかのように、身振りを織り交ぜながら語り始めた。「君は、人生が見え透いていてつまらないという。それはつまり、君が全体としての『人生』に執着するあまり、詳細をなおざりにしてしまっているということとは言えないかね？　確かに長期的な目で見れば、おおむね、君の人生は君の描くような構図を大きくは外れないだろう。だが、もっと詳細に気を払えば、日々の何かに、つまりはシンバルの音に集中すれば、全体としての人生の意味も自ずと変化してくる。いい意味でも悪い意味でも。どうだね？」

「つまり、日々の勉学や日常生活に感動と感銘を覚えろと？」

「いやいやいや」ボブは空気をかき混ぜるように、大きく右手を振った。「そうじゃあ、ない。君はそこには興味が持てないのだろう？　なら、それは傾聴するべき音じゃないんだ。聞くべき音は他にある」

「それはなんなんだ？」

「それは、わからない。君が自分で見つけるんだ。君のこれからの人生という名の曲の中で……。それでもし気に入った音を見つけ出せたなら、その音を何度も鳴らしてしまえば良い。一度と言わず、二度でも三度でもシンバルを叩くんだ。そうしていくうちに、曲それ自体が変革を遂げていく。全体としての曲が君の気に入る音楽に変わる。言っている意味がわかるかね？」

「なんとなく」俺はサンドイッチを小さくちぎってから、口の中に放り込む。「つまりは、『何事にも積極的とはいかないまでも、それなりに参加しておけ』ということだろ？」

ボブは、ふふんと笑った。「そこに帰結されるかもしれない。一体、自分の肌には何が一番馴染むのか、色々見比べてみる必要がある。私だって一昔前なら、いい歳こいて喫茶店で毎日コーヒーを飲むことになるとは思わなかったよ。だが、体験してみれば、これはこれで悪くないもんだ」ボブは乾杯でもするように、コーヒーカップを持ち上げてみせた。「視野は広く持つべきだ」

店の端に設置された振り子の時計が午後二時を指し、重たい鐘の音を二度鳴らした。本日の講義の結論を明示するような、極めて象徴的な鐘の音であった。

俺は頭の中でボブの言葉を反芻する。自分の凝り固まった心を努めてスポンジのように柔らかくし、話の内容をゆっくりと染みこませていく。親や教師に対してはあまりこういった努力をしようとは思わないのに、なぜだかボブの話はそれなりに真摯に受け止めようという気になる。

俺はパセリを残して、皿の上のサンドイッチを綺麗に平らげた。昼食にしてはやや物足りなくもあるが、とりあえずは満足。空腹感からは解放される。

ボブはそんな俺を横目に、先程からカウンターに無造作に散らばっていたトランプを、丁寧に一枚一枚かき集めていた。

「さっきから気になってたんだが、そのトランプはどうしたんだ？」と俺は訊いてみる。

ボブはトランプを束にすると、笑いながら「店内の整理をしていたら、不意に隅っこからトランプが発掘されたらしくてね、ちょっと童心に返ってさっきまでマスターと遊んでいたのだよ」と言った。

不意にトランプが発掘されるというシチュエーションもにわかには想像しがたいが、確かにこの装飾品がうごめくごちゃごちゃした店内ならばありえない話ではないのかもしれない。まだまだ探せば何かが発掘されそうだ。

俺がそんなことを考えながら店内を見回していると、不意にボブが提案をしてきた。

「そうだ、どうせなら江崎少年も一緒に遊んでみるかね？」

俺は思わず眉をひそめる。「トランプを？」

「そうとも。中々に楽しいぞ、これはこれで奥が深い」

このタイミングでこの台詞が来るのか、と思わず頭を掻いた。

俺は特に考えもせず、当然のごとくボブの提案を一蹴しようと考えていたのだが、不意に先程のやりとりが思い出されて出かかった言葉を引き戻した。

『何事にも積極的とはいかないまでも、それなりに参加しておけ』

ある意味ではこういうことなのかもしれない。

「分かった」と俺は言う。

「ふふん。そうこなくては」

ボブは言葉通りの、やる気に満ち溢れた笑顔を見せながら、トランプを切り始めていた。トランプはボブの手の中で軽快にシャッフルされていく。

「ところで、何をやるんだ？　ポーカーか？　ブラックジャックか？」

「おっと、そうであった。その説明からしないといけないな……」

ボブはそう言うとシャッフルしていた手を止め、意味深長な笑みを浮かべた。「少し珍しいゲームをしようじゃないか」

「珍しいゲーム？」

「そう、珍しいゲームだ。マスターともこのゲームで盛り上がった。中々に戦略性に富み、心理戦を要するゲーム」

「勿体振るなよ。なんてゲームなんだ？」

ボブは状況が状況なら悪人と呼んでも差し支えないような年季の入った悪魔的な笑みを浮かべてから、ゆっくりと答えた。

「ノワール・レヴナント」

葵 静葉 ♥

「では、この面会証をお持ちになって、病室の方へどうぞ」

書類に必要事項を記入し終えた私に、受付の看護師さんが笑顔で小さなプラスチックの面会証を手渡した。私はそれを受け取り、お辞儀をしてから『あの男』が入院している三階の病室へと向かう。この二年間、ほぼ毎日のように繰り返してきた面会だけれども、何度ここを訪れても慣れるということはありそうにないなと、病院のリノリウムの廊下を歩きながら私は改めて感じた。

ここに来れば私は必然的に様々なことを思い出すことになる。一つの思い出のピースからまた別のピースが見つかり、想起の連鎖が次々に湧き起こる。まるでゴールが間近のクロスワードパズルのように、ヒントがヒントを呼び、次々に当時の感情と情景が浮かび上がる。『決してそれを忘れてはいけない』そう強く観念付けるかのように、瞬く間に私の脳内に二年前が再現される。できることなら永遠に目を背けていたい、私の中の最も暗く淀んだ経験。後悔と反省と憤りの思い出が。

私はすれ違う看護師さん、お医者さん、患者さん（顔見知りになった人も多い）に適宜、会釈をしながら病院内を移動していく。中には「あら、静葉(しずは)ちゃん。今日も彼氏のお見舞い？」などと声を掛けてくれる人もいた。私はそういった声を聞くたびに少し複雑な気分になったけれども、それでも笑顔で「ええ、そうです」と言うことにしていた。何気ない会話とは言え、嘘をつくということは私の中に良心の呵責のようなものを確実に残していったが、それでもすべてを説明できるはずはない。これでいいんだ。私はこれまで何度も自分にそう言い聞かせ続けてきた。

目的の三〇五号室の扉を開くと、真っ白な病室の真っ白なベッドに横たわった『あの男』と、若い女性の看護師さんの姿があった。

「あら、葵さん。今日はいつもより早いんですね」看護師さんは何かの検査中であったらしく、手元を動かしながらそう言った。

「ええ。終業式でしたから」

私は学校鞄をベッドのとなりの椅子の上に優しく置く。

今日も当然のごとく『あの男』の表情に変化は見られない。いつものように目と口を優しく閉じ、小さな呼吸音を立てたままベッドに眠っている。注意深く覗けば、口周りに青年期ならではの、産毛と髭の中間のようなものが野放図に生え散らかり、長い間眠りに就いている証が垣間見えた。植物状態とは言え、この男は確かに生きている。それは、私にとって幾らかの救いでもあり、また同時に、幾らかの絶望でもあった。私の中で二つの感情は、流れの強い河口のように激しくせめぎ合い、対立し、共存している。

私は看護師さんに断りを入れてから、いつものようにこの男の身の回りの世話を始める。幸いにもこの男の両親がそれなりの資産家であり、男は自宅療養ではなく入院という形をとれたため私がやるべき仕事は決して多くはない。花瓶の水を入れ替え、自宅にて洗濯してきた男の衣服を病室に置き（着替えは病院の方がやってくれる）、最後に男の身体を簡単に濡れたタオルで拭く（拭くと言ってもさすがに上半身だけだけれど）。男のパジャマを脱がし、きつく絞ったタオルで汗を丁寧に拭っていく。ある程度拭いたら一旦タオルを濯ぎ、再びきつく絞ってからまた男の身体を拭いていく。何度も何度もそれを繰り返す。長い点滴生活の弊害で男の身体はやせ細り、うっすらと肋骨が浮かび上がっていた。もともと細身ではあったが、さらに胸板は薄くなり、ゆっくりと、しかし確実に筋肉が削ぎ落とされているのが確認できる。

男の身体をひと通り拭き終えると、私は一段落して椅子に腰掛け、鞄の中からミネラルウォーターを取り出し、口をつける。

水を飲みながら不意に目をやった男の顔は皮肉にもあまりに整っていて、誰かのキスを待つ王子様のようにも見えた。本当にお世辞を抜きにして、顔に関しては文句のつけようがない程に端整である。本当に、顔に関してだけは。

私は何度も、何度も考えてしまう。

この男の顔が醜悪でさえあったのならよかったのに、そうであったのなら誰も不幸にならなかったのに、と。それがあまりに馬鹿げていて、下らない妄想だというのは自分でもよく分かっている。でも、考えずにはいられない。

あるいはこの男にもう幾らかの理性や知性が備わっていれば、もしくは私がもっと強くチカを説得していれば、あの日私がもっと確固たる警戒をしていれば……。頭の中のタラレバは尽きることを知らず、湯水のように溢れ出す。何をどう考えても、現実は変わらない。何をどう考えようとも、チカも、この男も、私自身も、何も変わらないのに。

私はやっぱりため息をついた。

「大丈夫ですよ、葵さん。きっとよくなりますって」

私のため息を聞き逃さなかった看護師さんが、快活な笑顔と握りこぶしで励ましてくれた。

「こんなに可愛い彼女が毎日お世話をしてくれてるんですもの。回復しなくちゃ嘘ってもんですよ」

私はため息の理由を訂正せずに「ありがとうございます」と答える。なるべく笑顔が歪まないように気をつけながら。

こうする他にない。すべてを話せるわけなどないのだから。

――私はただ毎日、ここに責任を取りに来ているだけであって、この男の恋人ではないんです。この男は私の彼氏ではなくて、私の親友の『チカ』の彼氏なんです。彼氏だったんです――

私は二年間、ずっと誰かに打ち明けたいと思い続けている言葉を飲み込み、病室を後にする。

病室を去る前に覗き込んだ男の顔は、やはり美しく整っていた。少し痩けたとは言え、鼻筋は通り、目は閉じていながらも形がよく、口元にも品がある。天は二物を与えずとはよく言うけれど、この男はある意味でその体現なのかもしれない。

チカを虜にしたこの男。

チカを殺したこの男。

世話もしたくないこの男。

考えたくもないこの男。

だけれども……私が壊してしまったこの男。

私は心の中で呟く。

——何度でも言います。本当にごめんなさい。私は取り返しのつかないことをしてしまいました。私のしてしまったことは何があろうとも決して許されることではないと思います。何年かけても、一生をかけても、償い続けなければならないことです。だけれども……それを重々踏まえた上でも、やはり私はあなたを許せません——

男は当然、笑いも、怒りもしない。

病院を出ると、私は鞄から音楽プレーヤーを取り出しカナル型のイヤホンを耳に差し込んだ。ノイズキャンセルのスイッチを入れると、世界は静寂に包まれる。宇宙の誕生以前の本当に何もない世界のような静寂に。人の声も、車のエンジンも、鳥のさえずりも、すべてが一点に吸収され、綺麗に消え去る。

音楽プレーヤーは基本的にシャッフルモードにしているから、最初に何が流れ出すかはわからない。コードレスリモコンの再生ボタンを押すと、今日はチャットモンチーの「親知らず」が流れ始めた。私は小さく微笑む。今日はひょっとすると、そんなに悪くない一日なのかもしれない。

病院のあった戸塚駅から横須賀線で一駅だけ移動し、自宅のある東戸塚で降りた。そのころには、流れている曲はレミオロメンの「明日に架かる橋」に変わっている。悪くない選曲が続いている。

自宅はここから歩いて十五分程のところにあるのだが、私の足はどうやら寄り道をする方向に進んでいる。鮭がその帰巣本能によって川を登るように、私もまた自分の足が赴く本能に従って寄り道を画策していた。

本来ならばもう寄らないほうがいいのかもしれないのに、寄れば辛くなるだけかもしれないのに、それでも足は帰宅ルートをやや外れて進んでいく。

駅周りのほんのりとした喧騒を抜け、更に住宅街を抜け、音楽プレーヤーから流れる曲が四曲ばかり変わった頃、つまり二十分程度経った頃に、私は目的の場所にたどり着いた。

小さな、本当に小さな個人経営の楽器店。主にアコースティックな楽器、とりわけピアノを始めとした鍵盤楽器が中心に取り揃えられた七、八坪程度の、こぢんまりとしたお店。

私は音楽プレーヤーを停止させ鞄にしまい、お店の扉を開く。

「いらっしゃい……おお、静葉ちゃんか。三日ぶりだね」

店主である吉田のおじさんは読んでいた新聞を畳んで、こちらに笑顔を向けた。丸くてぷっくりとした身体に、まるで野菜のヘタのような薄緑のニット帽をかぶっている。『別にお洒落しようとしてるわけじゃないんだよ。ちょっと薄くなってきちゃったもんでね』吉田のおじさんは照れくさそうにそう言っていたが、それでも、おじさんにそのニット帽はとても良く似合っていた。

「こんにちは。また来ちゃいました」

「なぁに、静葉ちゃんならいつだって大歓迎だよ。こっちは毎日毎日、自分でもビックリするくらい暇なんだからね」

私は入り口付近に置かれたおじさん自慢のスタインウェイのグランドピアノ（一番目立つところに置いてあるものの、売り物ではない）をすり抜け、おじさんの座るカウンターの正面の椅子に腰掛ける。

店内にはスタインウェイの他に、（私が壊してしまった）ヤマハのグランドピアノが一台。また壁に沿うようにして黒光りするヤマハのアップライトと、埃をかぶったウーリッツァー、それにローズが一台ずつ置かれている。いずれも私が幼稚園の頃からここに置かれたきりで、ひとつも売買によって移動された形跡はない。おじさんの後ろに置かれたビオラもバイオリンもフォークギターもクラシックギターも、すべてがそこに長年居座っていて、少しでも定位置からずらしてみれば、埃のない綺麗な床や壁が顔をのぞかせることが容易に予想される。いったい、ここのお店はどのようにして生計を立てているのだろうと、不安になるのもしばしばだ。

私はおじさんに断りを入れて、いつものようにヤマハのグランドピアノを弾かせてもらう。と言っても、すでに壊れてしまっているので音は鳴らない。どの鍵盤を押し込もうがハンマーはピアノ線を振動させることなく、ただ打鍵音をパタパタと言わせるだけ。でも、それでいい。

そうでなければいけない。これ以上を望んではいけないのだから。

二年前のあの日から、ピアノを演奏するという行為は私の中での最大の禁忌となったのだ。

私は頭にある曲目の中から、いくつかの気に入っている部分を無作為に、無造作に弾いてみる。当然、音は鳴らない。それでも運指を確かめているだけでも気持ちが充足されていく。鍵盤と指が接触する瞬間、私の中の細胞が瞬く間に小さく分裂し、身体が次々に新しいものへと更新されていく。垢をそぎ落とすように、新しいブラウスに袖を通すように、何かが変わる。

「ねぇねぇ、お姉ちゃん。そのピアノ壊れてるよ」

私は突然の声に指の動きを止める。聞いたことのない、幼い男の子の声だった。

「ねぇお姉ちゃん、あっちのピアノはね、音がちゃんと鳴るよ」

振り向くと、まだ小学校低学年くらいだろうか、小さな男の子がスタインウェイのピアノを指差して得意げな顔を作っていた。さも、とっておきの知識を披露したときのような、自信満々の表情だ。

「おや、誠司。いつの間にそんなところに……」

吉田のおじさんがカウンターから乗り出してこちらを窺う。男の子は吉田のおじさんに対して、「おじいちゃんが、新聞読んでる間にだよ」と言い、また得意げな笑顔を見せていた。どうやら吉田のおじさんの知り合いのようだ（お孫さんかもしれない）。その口ぶりからすれば、男の子はおじさんの目を盗んでお店の奥（自宅部分）から飛び出してきたということだろう。

私は男の子に対して微笑みかけながら『セイジくん』って言うのかな？」と声をかけてみる。

男の子は大きく頷いてから「そう。お姉ちゃんはなんて言うの?」と訊いてきた。誇らしげな表情が可愛らしい。

「私は『静葉』」

「ふーん……なんか覚えづらいや」

「こら誠司、失礼だろう」

口調は柔らかながら、眉をひそめる吉田のおじさんに対し、私は「別に気にしないですよ」と言って、手を振ってみせる。

吉田のおじさんはニット帽越しに頭をぽりぽりと掻いてから、「いやぁ、申し訳ないねぇ静葉ちゃん。夏休みなもんで、娘の家族が里帰りに来てるんだ。まぁ、察しは付くかもしれないが、誠司は私の孫でね」と言った。

おじさんの紹介を受けた誠司くんは両手を腰に当てて胸をはってみせる。精一杯に身体を大きく見せるその姿は歳相応にして微笑ましい。

「お姉ちゃんは、ピアノが好きなの?」

私は頷く。「うん。とっても好きよ」

「じゃあさ、じゃあさ、あっちのピアノを弾いたほうがいいよ。あっちはちゃんと音が出るからさ。ちょっと変な音だけどね」

スタインウェイの音質はどうやら誠司くんのお気に召さないらしい。私は思わず顔をほころばせてから答える。

「ありがとう。でもね、私はこっちの音の出ない方のピアノでいいの。それに、このピアノを壊しちゃったのは私だしね」

「えっ、お姉ちゃんがこのピアノを壊しちゃったの？」

「そう」

私がそう答えると、吉田のおじさんが話に割り込んだ。

「何を言ってるんだい静葉ちゃん。たまたま静葉ちゃんが弾いてたときに音が鳴らなくなっちゃっただけじゃないか。静葉ちゃんが壊したわけじゃないだろう」

私は笑顔で取り繕ったが、心の中で訂正をした。

――いいえ、吉田のおじさん。このピアノは私が確かにこの手で壊してしまったの。間違いなく、疑いようもなく――

私がそんなことを考えていると、目の前に居た誠司くんが突然何かを閃いたように大きく目を見開いた。

「ねぇ、じゃあさ、お姉ちゃんはさあ、ピアノ弾くの上手なの？」

「えっ？」

「ねぇ、上手なの？」

私は一瞬、答えに詰まる。頭の中の様々なものがばらばらに散らばり、黄砂のように方々に飛び散る。言葉がうまく紡げない。口が最初の一文字二文字を発してみせるのだが、その続きが出てこない。すると、私の代わりに吉田のおじさんが答えた。

「そりゃあ、上手だよ。静葉ちゃんはコンクールで一等賞を取ったことだってあるんだよ」

「本当に？」

「ああ、本当さ、ねぇ静葉ちゃん？」

私は詰まりながらも「……ええ」とだけ答える。

誠司くんは目を輝かせた。

「じゃあさ、じゃあさ。あれ弾ける？『あかんぱれら』」

「あかんぱれら？」と私は聞き返す。

「そう、『あかんぱれら』」

私は少し頭をひねって考えてみる。「ひょっとすると、あれかな？『ラ・カンパネラ』かな」

「そう、それ！」

私は頭の中でリストの「ラ・カンパネラ」を流してみる。言わずと知れた名曲。雄弁に動きまわる右手のオクターブが印象的な曲だ。

「ねぇ、弾ける？」

「少しだけならね。でも今はもう――」

「本当に!?」

誠司くんは話を遮ってそう言うと、無邪気に私の手を掴んでスタインウェイの方に引っ張った。

「弾いて弾いて！」

一度灯った喜びと好奇の炎は弱まることを知らない。誠司くんは私の戸惑いの声などお構いなしに、ぐいぐい私を引っ張り、ついにはスタインウェイの前にまで誘導した。私はおままごとのお人形さんのように、なされるがまま、音が鳴るピアノの椅子に着座させられる。

私は断りを入れようと、誠司くんの方を振り向いてみるが、誠司くんはすでにこれ以上ないほどの期待のまなざしを向けていて、私は何も言えなくなってしまう。今から聞こえて来るであろう「ラ・カンパネラ」の音色を心待ちにして、目をきらきらと輝かせている。あるいはもうすでに、誠司くんの頭の中では「ラ・カンパネラ」が鳴り響いているのかもしれない。

ここで私が『弾かない』と言ったら、誠司くんはどう思うだろう。怒ってしまうだろうか。泣いてしまうだろうか。私はそんなことを考え始めると、ますます断りを入れることができなくなる。どうしよう……弾いてあげたい、でも、弾いてはいけない。

おそらくどんな形であれ、一曲でも、一音でも、本当のピアノの音色を奏でてしまえば、私の中にうずたかく積み上げられてきた何かが崩壊し、瞬く間にすべてが無に帰していく。

私の脳裏にチカの顔と、『あの男』の顔が浮かんだ。

呪縛のような、宿命のような、脅迫のような何かが、私の肩にのしかかる。

駄目だ。弾けない。

「ごめんね……私、嘘ついちゃった。やっぱり弾けないの、『ラ・カンパネラ』」

誠司くんは明らかな落胆の表情を浮かべた。

「えぇ、そんなぁ……だってさ、さっきさ、弾けるってさ」

「本当に、ごめんね……」

誠司くんは先程の期待の表情から一変して、今にも泣き出しそうに顔をくしゃくしゃと丸め始めた。私は慌てて何か声をかけようと言葉を選んでみるが、どれもが誠司くんの心の風船を割ってしまう針のように思えて、何も告げることができない。

「ほら、誠司。わがまま言うんじゃないよ」

そのとき、吉田のおじさんが誠司くんの背後にするりと回りこみ、誠司くんの両肩に手を置いて声をかけた。

「静葉ちゃんだって、色々事情があるんだ。無理を言っちゃいけないよ」

「だってさ……だってさぁ」

吉田のおじさんの言葉を聞いても、誠司くんはなお納得がいかないように項垂れていた。不満の矛先をおじさんに向け、肩を怒らせている。

「だって、弾いてくれるって言ったんだもん」

「そうは、言ってなかっただろ？　誠司が勝手にわがままを言っただけだ」

「……もう、知らない！」

誠司くんはそう言い残して、駆け足でまたお店の奥に駆けこんでしまった。

「ごめんよ、静葉ちゃん。誠司が迷惑かけちゃって」

誠司くんが姿を消してしまうと、吉田のおじさんが申し訳なさそうな表情を浮かべながらそう言った。

「いえ……私が、弾かなかったのがいけないんです。ごめんなさい。あとで誠司くんに謝っておいてもらえますか？」

「いやいや、元はと言えば、私が『静葉ちゃんはピアノが上手』だなんてうっかり言っちゃったせいで、こうなったんだ。こちらこそ謝らせてもらうよ」

吉田のおじさんはニット帽を取ってからゆっくりと頭を下げ、またゆっくりと上げた。

「お詫びと言う訳ではないんだけども、そう言えば、静葉ちゃんにプレゼントがあったんだ」

と吉田のおじさんは言う。

「プレゼント？」

「そうさ。この間、ひょんなことから手に入ったものでね……今度、静葉ちゃんに会ったら渡そうと思ってたんだ。ちょっと待っててておくれ」

そう言っておじさんはカウンターに戻り、引き出しを開けた。プレゼントと称されるものは、引き出しの最上部にあったようで、おじさんはすぐにプレゼントを手にこちらに戻ってくる。

「これだよ」

おじさんはそう言って、私に一枚の紙を差し出した。

「何ですか、これ？」

「チケットだよ」

私は首をかしげながら、そのチケットを受け取る。横長のよくあるオーソドックスなチケット。半券の切り取り線があり、何かのホログラムが入っている。一体何のチケットなのだろう。

チケットの内容を確認しようと覗き込んだその時、不意に私は胸の奥に静電気のようなものを感じた。何かが小さくぱちりと弾ける。

気のせいではない。私はどきりとして思わず顔を上げる。冷え切った鉄の塊が背筋を撫でていくような、異様な寒々しさを感じた。

「どうしたんだい？　静葉ちゃん」

「い、いいえ。なんでもないです」

心配そうな表情で声を掛けてくれたおじさんに、私は手を振って無事を主張する。私には今の現象が一体何であったのか、まるで理解できない。胸の奥底が、焦燥感のような、あるいは罪悪感のような何かで満たされる。

まるで分からない。

ただ一つ確実に言えることは、私の右手に握られているチケットから、今、確かに何かが流れ出してきたということ。

私はひとつ小さく息を呑んだ。

大須賀　駿　♣

弥生は行儀よく椅子に座ったまま、ハンバーガーをちまちまと口に運んでいた。小さな手でしっかりとハンバーガーを握り、小さく口を開け、小さく齧り付く。ハンバーガーは防御力の高いモンスターのＨＰのように、もどかしい程にゆっくりと減っていく。僕はそんな弥生の食事風景を黙ってただただ見つめた。

僕と弥生は共に学校を出てから、ひとまず昼食をとろうという話に落ち着いた。弥生が本日「85」にも及ぶ幸運を引っさげて、一体どこに向かうのかは今のところ定かではないが、何にしてもまずは腹ごしらえが必要だ。そこでとりあえず僕達は若者らしくも、ローコストで高カロリーなハンバーガー屋さんに飛び込むことにし現在に至る。

弥生は時折、上目遣いで僕の顔色を窺いながらも、粘り強くハンバーガーと対峙し、今ようやく完食した。弥生は拳を交わし合った強敵を慈しんで埋葬するように、ハンバーガーの包み紙を丁寧に畳んでトレーの上に置き、ナプキンで口を拭いた。弥生が注文したのはハンバーガーとアイスティーだけだったのだが、弥生は満腹に達したようで、ふーっとお腹から息を吐いた。

僕は弥生の完食を見届けるといよいよ待ち切れなくなって、話の核心を突っつきに掛かる。

「それでさ、弥生は今日、どこに行くつもりなの？」

弥生は久しぶりに声を掛けられた驚きからか、少し目を大きくした。

「……そ、その」

「その？」

「……そ、そこにある」

弥生は言いにくいことのように下を向いて目を伏せ、右に左に視線を交互に動かす。そして、やはりお決まりのように顔を真っ赤に染め上げた。しかしながら、この顔の染まり方は今日一番かもしれない。視線が泳いでいる分、いつにも増して動揺が感じられる。やっぱり弥生が今から行こうとしている所は少しばかり言いにくい場所なのではないだろうか。僕の心に一抹の不安がよぎる。

「……どこなの？」

弥生がつばを飲み込む音が聞こえた。弥生は深呼吸をして声を落ち着けてから、とうとう待ちに待った答えを発する。

「ぷ、プラ……プラネタリウム」

「へっ？」

僕は思わず間抜けな声を上げてしまった。声だけならず、おそらく顔も相応に間抜けな雰囲気に仕上がっているに違いない。それはそれは何だかもう、ものすごく拍子抜けだった。

「プラネタリウム？」

「う……うん」

「そこに行こうと思ってたの？」

「……う、うん」

なんだろう、あれなのだろうか。男子高校生と女子高校生とはこうまでも一段違った世界に生きているのだろうか。僕は思わず頭を掻いてみる。

今日日（きょうび）の女子高生は終業式が終わってすぐに、思わず単身プラネタリウムに飛び込んでしまうものなのだろうか。とかく女の子はロマンチックな生き物だと聞くけれど、まさかこんなことがあるだなんて。毎朝、星座占いをニュースの端っこでやっているくらいだから、月に一度くらいはプラネタリウムに飛び込んで星座の復習をしなければということなのだろうか。……きっと、そうだ。僕は無理やり自分を納得させる。

「でも、プラネタリウムなんてこの辺にあったっけ?」

すると弥生は〈それだけは確実である〉と豪語するように、力強く頷いた。

決して速くはない弥生の歩行スピードに合わせ、自転車を押しながら並んで歩くこと数分。幕張新都心を代表するビル街の一角に確かにプラネタリウムはあった。それも結構、本格的な仕様の建物で、これは星座に関してはちょいとうるさい女子高生でも思わず唸ってしまうのではないかというような雰囲気を醸し出していた。黄金(こがね)色をした球形の天井は鮮やかに日光を反射させている。

僕と弥生は売店でチケットを買い、早速中に入場した。ドーム型の館内には座り心地の良さそうな折りたたみ式のシートがずらりと並び、壮大な雰囲気を演出するに一役買っていた。

「あ、あの……大須賀くん」

僕の背後にいた弥生が不意に声を掛けてくる。それも、いつもなるたけ僕とは視線を合わせないようにしていた弥生が、しっかりと僕の目を訴えかけるように見つめている。

弥生の方から僕に声を掛けてきたのはひょっとすると今日初めてかもしれない。弥生が僕のことを『大須賀くん』と呼ぶことすら今初めて知ったような気がする。

「どうしたの?」と僕は言う。

「その……あ、あっちの方に座りたいな、って」

そう言うと、弥生は僕をするりと追い越してぱたぱたと中心の方へと駆けていく。そして、目的の座席にたどり着くと、まだシートには着かずに視線で了承を求めた。まるで、ご主人の『よし』を待つ飼い犬のようにも見える(ツインテールがまるで、しっぽのようにぱたぱたと揺れて……はさすがになかったけど)。

僕の心臓が一つパチリと脈打った。

僕はひとまず自分の異変は棚上げにして、弥生のもとに歩み寄る。

「こ、ここなら、多分……よ、よく見えると思うの」

あの寡黙な弥生が、自分の中から溢れ出る興奮を抑えきれないように、若干の身振りを加えながら主張する。僕はぐるりと天井を見回してみるが、弥生の言うとおり、確かにここなら全体が限なく見渡せそうに思えた。

「うん。悪くないと思うよ」と僕は言い、そのまま着席する。

弥生も僕の反応を見てから、素早く席に着く。そして本当に嬉しそうに微笑んだ。照れ笑いでも、苦笑いでも、愛想笑いでもない、まじりっけのない、心のそこから沸き上がる『喜』の感情がそのまま滲み出してきたような、温かい笑みを。

また僕の心臓が跳ね上がる。

いけないいけない、何だかいつの間にか、僕は当初の目的を忘れそうになっている。今日は弥生の身に訪れる「85」にも及ぶ、超弩級の幸運を見学しに来たのだ。

今からこのプラネタリウムにて、弥生に「85」もの幸運が訪れる。当然ながらそれは、『わぁ、プラネタリウムって綺麗……』程度の枠に収まるはずがない。とてつもないことが起こるはずなんだ。

僕は今一度、気を取り直し、弥生の横顔をぐいっと見つめる。確かに弥生は今から始まるプラネタリウムを前に、すこしばかりわくわくしているようには見えるが、まだまだ幸運の本領発揮とまではいっていないようだ。まだまだ序章、プロローグ。

幾分熱かったかもしれない僕の視線に気づいた弥生が、急に慌てたように、また下を向いてしまう。とても恥ずかしそうに、申し訳なさそうに。

僕は、なんだか弥生のわくわくに水を差してしまったように思えて、なにか一言二言取り繕おうと思ったのだが、僕が言葉を発するよりも先に、館内の照明が落とされた。

プラネタリウムの始まりだ。

——皆さん、大変長らくお待たせいたしました。本日はご来場いただき誠にありがとうございます——

洗練されたアナウンス嬢の声が響き、プラネタリウムが静かに幕を開ける。何も見えない真っ暗闇の中、浮き出るようにしてドームに星空が現れた。辺りが淡い光に包まれる。

正直、僕はプラネタリウムになんてあまり関心もなかったけど、これはこれで想像以上に感激した。揺れ動く星々は人工物とは到底思えず、まるで本当の夜空を見上げているような錯覚さえ覚える。なかなかに素敵な空間だ。

アナウンスは都度星の等級、季節ごとの主な星座、またその星座にまつわるエピソードなどを紹介した。

いずれも普段はあまりお目にかかれないような情報で、なかなか興味深くもあった。中でも印象深かったのはギリシャ神話におけるオリオン座のお話。

星座に関して疎い人でも（僕も含めて）、オリオン座なら分かるという人は多いかもしれない。何と言っても、掛け値なしに形が分かりやすい。冬の空にぽっかりと三つの星が綺麗に並ぶ様は、なんとも特徴的だ。

神話によれば、そのオリオンというのは海の神ポセイドンの息子で、相当の乱暴者だったらしい。そこで、そんな乱暴者にほとほと困った大地母神ガイアが、オリオンを殺してしまうことにした。そこでガイアが解き放ったのが、サソリだそうだ（これがサソリ座）。サソリはものの見事に一撃でオリオンを葬ってしまう。大暴れしている神の息子をサソリごときが刺殺できてしまうとはなんとも腑に落ちないのだけども、まぁ神話というのは得てしてそんなものなのだろう。ちなみに、もしもオリオンを倒したサソリが調子に乗って大暴れした場合、更に後ろにはケンタウルス族の一人、ケイロンが弓を構えて待っているらしい（これがいて座）。

色々と突っ込みどころはあるが、大筋はそんなお話。

夜空にただ並んでいる星々にもそんなエピソードがちりばめられているとは、なかなか面白くもあった。以降は空を見るときに、少し意識をしてみようかな、とさえ思わされる。

アナウンスの合間にふと、弥生の顔を覗いてみると、弥生は目をきらきらと輝かせながら、星空を見上げていた。この世で、最も貴重で幻想的なものを眺めるように、引き込まれるようにして熱心に眺めている。あまりに熱心なものだから、僕は何かの拍子に弥生がそのまま天井の方に吸い込まれていってしまうのではないかと思った。星明かりに浮かび上がる弥生の瞳には、どことなく感動の涙のようなものさえ垣間見える。

その時、弥生が僕の視線に気づいたのか、くいっとこちらを振り向き、潤んだ視線を僕に向けた。

「……きれいだよね」

目を逸らすこともなく、詰まることもなく、弥生はまっすぐにそう言った。高く透き通った声は、上質なスポンジケーキのように僕の耳の奥を優しく包み込む。

館内は、ゆっくりと回転する天球に、囁くように鳴り響くオルゴール調のＢＧＭがなんともいい雰囲気作り。

なぜだか急に心臓が不整脈を打ち始め、あろうことか、顔の火照りを感じる。

「う、うん……す、すごくきれいだと思うよ」

思わずこちらが詰まってしまう。

弥生は僕に対して一等星のような笑顔を見せつけてから、また視線を星空に移す。星空を見つめて三秒もすると、弥生は再び星座の世界に溶けこんでしまった。

僕は両手で顔をごしごしと擦ってみる。そして、深呼吸。少しずつだけど、背中の数字のことなどどうでも良くなってきていた。

結局のところ、プラネタリウムにおいては、それらしき特別なイベントは発生しなかった。弥生は終始プラネタリウムに胸打たれ、そんな弥生を横目で見ていた僕も中々楽しめたが、「85」という数字に相応しい出来事は見当たらないままだった。

上映が終わり、館内を出ると、弥生は両手を横に大きく広げて伸びをした。未だにプラネタリウムの魅惑的な芳香が身体に残っているのか、表情はどことなく笑みを隠しきれない。なんとも上機嫌な雰囲気。

しかしながら、はて、これからどうしたものだろう。

プラネタリウムではこれといった何かが起きたわけでもなかったし、未だに謎は謎のままだ。弥生はこれからどこかに行く予定でもあるだろうか。

その時、僕の携帯が鳴り始めた。僕は弥生に断りを入れてから、携帯を開いてみる。職場にて仕事中であろう母さんからの電話だった。通話ボタンを押すと、やや焦っているような母さんの声が聞こえた。

「もしもし、あんた今、家に居る？」

「いいや。お出かけ中だけど、何か用？」

「それがさぁ、私ったら、家に忘れ物しちゃったみたいでね、悪いんだけど取ってきて欲しいんだよねぇ。できる?」

僕は母さんにちょっと待っててと言い、マイク部分を左手で塞ぐ。なんだか、面倒な注文を受けてしまった。

「……ど、どうしたの?」

携帯を片手に難しい表情を作っていた僕に、弥生が不安そうな顔で声を掛ける。僕はなるべく明るい表情で答えた。

「いや、別に大した問題じゃないんだ。ただ、母さんが家から忘れ物を持ってきてくれないか、って」

「そ、そう……」

弥生はなぜか急に落胆したような表情になり、ほんの少し肩をすぼめて小さくなってしまう。まるで、水が足りていない朝顔のように。

僕は頭の中に天秤を作って、二つを秤(はかり)にかける。

一つは母さんからの依頼。仕事中に母さんが僕に電話をかけてくるなど、めったにない出来事だ。つまりは、母さんはその忘れ物のせいでそれなりに切羽詰っているのかもしれない。手を貸してあげたくもある。

二つ目は、引き続き弥生の幸運ウォッチング。プラネタリウムは不発だったが、これから何かが起こることは確定的。今も弥生の背中をチラ見してみれば、「85」という驚異の数値が、僕にピースサインを送る。『どうだい? 気になるだろ?』と、声をかけてくるようだ。

僕は自分の秤の行く末を静かに見守る。どちらに針が振れるのか、どちらがより重いのか。答えは割にあっさりと弾きだされた。

僕は左手をマイク部分からのけ、携帯を再び耳にかざす。

「ごめん、母さん。僕も今、ちょっと手が離せないんだ。悪いんだけど、期待には応えられそうもない」

母さんは少し声のトーンを落とした。「……そっか、それは残念。あんまり遅くまで遊んでるんじゃないよ」

「分かった。それじゃ」

僕はそう言って電話を切り、弥生の方を振り向く。弥生は意外そうな顔をしていた。大きな目をさらに大きく見開いて、ぽかんとした表情。

僕は言う。

「そのさ……もし弥生がまだ、どこかに行く予定があるのなら、引き続きお供させていただきたいんだけど、どうかな？　どこかに行く予定とかある？」

弥生は何か声を出そうと口をあぐあぐさせた後、振り絞るようにして答えた。

「……あ、あるよ」

僕はにんまりと笑って、弥生の先導に従い次の目的地へと向かう。

正直なところ、今、弥生の背中に「50」と書かれていたって、同じ選択をしたと思う。純粋に、弥生と居るのが楽しくなってきた。

弥生は、これまた拍子抜けすることにゲームセンターに行きたいと言った。僕たちは近くにあったゲームセンターに飛び込み、幾つかのゲームをやって楽しんだ。それからまた弥生が行きたいと言ったスターバックスに行き、数時間おしゃべり（会話の密度は低めだったけれども）をして、これまた弥生が行きたいと言ったショッピングモールの中をぐるぐると回った。ひやかし精神丸出しで、雑貨を見たり、家具を見たり、とにかくいろんなものを見た。

そうこうしているうちに、時刻はいつの間にか、夜の八時になっていた。まるで、誰かがはさみで三時間くらいバッサリと切り取ってしまったのかと思うほどに体感時間は短かった。すべてがあっという間。

残念ながら、未だに弥生の「85」らしき、それは姿を現していなかったけど、辺りはもう充分に暗い。

『あまり遅くなるな』と、先ほど母さんにも釘を刺されてしまったし、こんなにも幼げな雰囲気の残る弥生にアフターシックスの街を徘徊させるのはどうにも気が引ける（心配しすぎな気もするけど）。とにかく、これ以上、弥生につきまとうのは非常に非常識だ。

「もう八時だし、そろそろ帰る？」

弥生は複雑な表情で僕を見上げた。まるで、ドリンクバーの飲み物を全部混ぜたような、混沌とした表情だ。

「……そ、その、私はもう少しだけ、遊んでも……いいかなって」

その台詞は尋常じゃないほどに僕の心を揺り動かしたが、ここはジェントルマンとして引き下がるわけにはいかない。

「あんまり遅いと、ご両親が心配するんじゃない？」

弥生はぶんぶんと首を振った。

「だ、大丈夫……それは、本当に大丈夫」弥生は一度躊躇するように一呼吸置いてから続ける。「そ、その、私、お父さんも、お母さんも居ないから」

一瞬時間が止まった。

夏だというのに妙に風が肌寒く感じ、街を照らすビルの明かりが酷く人工的で無感情なものに思えた。

弥生がそんな境遇にあるだなんて、今日までまるで知らなかった。

僕は呆気に取られて、何も言えなくなってしまう。それは、無神経な発言をしてしまった反省や後悔という意味もあるけれども、また別の意味も含んでいる。

身勝手なシンパシー。

僕は沈黙を打破するために謝罪の言葉を述べる。

「その……ごめん」

「べ、別に気にしないでいいよ……お父さんなんて会ったことないし、お母さんは、私が小さい頃に亡くなっちゃったし」

「じゃあ、弥生は一人暮らしなの？」

「ううん。叔父さんと叔母さんの家に住んでる」

本当に何も知らなかった。それだけインパクトのある情報ならどこからか伝わってきそうなものだけれども、僕はそんな噂の欠片すら聞いたことがなかった。それだけ、弥生は周囲に自分の実情を秘匿していたということだろうか。もっとも、それは僕自身にも言えることなのだけども。

僕は言うべきか少し迷ったが、タイミングを計ってから口を開く。

「実はさ、僕も母さんは居るけど。父さんが居ないんだ」

僕の突然の告白に弥生は驚いた顔を見せる。僕は続けた。

「僕が産まれる前。まぁつまり、僕ができちゃったときに、父さんは蒸発しちゃったんだ。母さんとお腹の中の僕をほったらかしにしてね。以降は音信不通」僕は話に深刻さを加味しないように笑顔を作る。「それで、最近になって、やっと消息が分かったんだ。分かったと言っても、すでに亡くなってたんだけどね。トラックに撥ねられちゃったらしい。何だか、実感も湧かないけどね」

僕は弥生の小さな肩にひょいと手を置いた。僕の手が触れると、弥生はぴくりと小さく跳ねたが、決して嫌がる素振りは見せなかった。

「さっきはごめん。弥生は気にしないでって言ったけれど、やっぱり謝らせてもらうよ。僕も、父さんの話題を出されると、やっぱり、どこかいい気持ちはしなかったから」僕は一度言葉を区切って、話を結ぶ。「弥生の境遇を知ったようなことを言うつもりはないけど、それでも、お家で待ってる叔父さんと叔母さんが居るなら、今日はもう帰ろう。僕だって正直言うと、もう少し遊んでたいけどさ。あんまり夜遅くても、色々迷惑かけちゃうしね」

僕がそう言うと、弥生は何も言わずこくりと頷いた。僕は思わず笑みをこぼす。ジェントルマンとしての使命は何とか達成できたようだ。

同じ中学に通っていただけあって僕らの家は近い。よって、必然的に僕と弥生の帰り道はほぼ同じ道をたどることになる。

僕は自転車。弥生は徒歩。

僕は本当に軽い気持ちで、それもずる賢くも後で『冗談冗談。わはは』と言って逃げられる程度のライトな口調で、弥生にある提案をしてみた。弱腰の姿勢は我ながら情けない。

「どうせなら、後ろに乗ってく？」

しばらく沈黙があって、僕が心の中で用意していた『冗談冗談』という単語を発しようとしたとき、弥生はプロポーズを受け入れるように、神妙に頷いてくれた。


「そ、その……こ、この辺で大丈夫だよ」

僕は背後から聞こえる弥生の声に自転車を止める。幕張駅前の商店街だった。

僕は「ここでいいの？　どうせなら家の前まで送るよ」と言ったのだが、弥生は大丈夫だよと言い、転びそうになりながら、小さな身体をくねらせて自転車を降りた。

弥生は地面に降り立つと、スカートをぽんぽんと叩いて皺を伸ばす。そして、自分の身なりにおかしな点がないか観察してから、僕に向かって気をつけをした。

「そ、その……今日は、ありがとう。すごくすごく、楽しかった」

弥生は詰まりながらも、懸命に言葉を紡いでから、果物のような瑞々しい笑顔を見せた。どんな苦労や、どんな疲労でも、一瞬で浄化させてしまうような、本当に心から温まる笑顔だった。

「こ、これから、夏休みになっちゃうけど……ま、また遊んでくれる？」

僕はもちろんと言い、契約を交わすように、携帯のアドレスを交換した。連絡先を交換する際のあの何とも言えない間は、なかなかどうして気恥ずかしいものだったけれども、弥生はその間もクッキーの焼き上がりを待つように待ち遠しそうに笑顔を絶やさなかった。

それからほんの少しの雑談の後、僕と弥生は別れの挨拶を交わし合う。

反転して、自宅の方向に進みだした弥生の背中には、やっぱり「85」という数字が浮かび上がっていた。結局、決定的な答えは分からず終いだったけれども、もう諦めるしかないだろう。

僕は去り際の弥生を引き止めて、また言葉をかける。

弥生はツインテールで風を切りながら、右足を軸にくるりと振り向いた。僕は少し遠くに声が通るように、大きめの声で言う。

「弥生の好きな食べ物って何かな？」

弥生はきょとんとする。「す、好きな食べ物？」

「そう」

「え……えと」弥生は握りこぶしを口元にあてがいながら考える。「オ、オムライス……かな？」

僕は断言した。「なら、今日の弥生のお家の夕飯はオムライスだ。間違いない。それも飛びっきりのオムライス。鳥は国産の地鶏で、ケチャップは有機栽培のトマトしか使ってない最高級品、卵はヨード卵でしかも程よい半熟のトロトロ……とにかく、そんな感じの最高に美味しいオムライス」

「ど、どうしてそう思うの？」

「そのくらいのことがないと、説明がつかないからね」

弥生は終始きょとんとしたままだったが、僕たちはそのまま手を振り合って別れた。

僕は弥生の頼りない小さな背中が更に小さくなって、闇の一点に消えてしまうまで見送ってから、家路に就いた。

心の中がものすごい質量の暖気でいっぱいになったような、充足した気持ちの帰路だった。

僕は気付くと、ふと考えている。

夏休みには、いったい何回弥生と会うことができるだろうか、と。

三枝 のん ◆

あたしは荷物をフローリングに置くと、雪崩れるようにしてリビングのソファに倒れこむ。

肩に掛けた学生鞄に十冊、右手に持ったエコバッグに十冊、同じく左手のエコバッグにも十冊。計三十冊にも及ぶ本たちの重みと新宿からの道中を共にし、さすがのあたしも疲労に打ちひしがれた。無事自宅に到着し、確固たる休息と安寧を獲得した今、心の底から言える。本当に、本当に重たかった。

しかしこれでいいのだ。あたしは正の方向に思考を誘導する。苦痛が大きければ大きいほどに、与えられる悦楽の大きさもまた相応に大きくなるというもの。かの有名なゲーテも言っている。

《涙とともにパンを食べたものでなければ、人生の味はわからない》

苦しみと悲しみを乗り越えてこその人生なのだ。

「姉ちゃん。絶対、お金の使い方間違ってるって」隣に座ってテレビを見ていた弟が、あたしに向かって暴言を吐き捨てた。「俺なら、絶対にもっと有効活用できるよ。そのお金」

この痴れ者が何を言う。あたしは鼻で笑ってから答える。「え〜と、我が愚弟よ、君は確か中学一年生だったかな？」

「それがなんだよ？」

「君に訊くとしよう。君が最後に読んだ本は何かね？」

「えっ？」弟は顔に皺を寄せて考える。「なんだっけなぁ……ザテレビジョンかな？」

おお、想像以上の回答だ。こやつの中では本という概念の定義自体がかなり危ういらしい。あたしは言う。

「愚弟よ、キケロの有名な言葉に、こんなものがある。《本のない部屋は、魂のない肉体のようなものだ》……どうだね？　君の部屋には本があるかね？」

弟は頭を振る。「ねぇよ。だけど、姉ちゃんは買いすぎだっつぅんだよ。それと、その会話の端々に名言突っ込んでくるのやめてくんない？　なんか怖いわ」

あたしはため息をつく。この愚弟と話していると、あたしはつくづく、分かり合えない人間というものの存在を思い知らされる。

サッちゃんがあたしに読書の素晴らしさを示したように、あたしもこの弟に対し読書の素晴らしさを説こうとしたのだが、どうやら叶わない願いのようだ。なるほど、どうりで世界から戦争はなくならない。

あたしは弟との不毛な会談を中止し、購入したての本たちを物色することに決める。景気づけに両手で頬をピシャリと叩いてから、勢い良く立ち上がり、心の中で高らかに開会の言葉を述べる。『皆の者、武器は揃った。さぁ、読書を始めようではないか』

あたしは、心の中で沸き起こる拍手が鳴り止むのを待ってから、洗面所に向かう。古本ならいざしらず、新品で買った本をむざむざこの手で汚すわけにはいかない。念入りに、周到に手を洗う必要がある。よく水で濡らし、たっぷりと泡を立て、指の付け根、手の甲、爪の間まで丁寧に洗い上げた。うむ、我ながら完璧だ。

あたしはリビングに戻り、先ほど自らによって『三枝ＪＡＰＡＮ』と命名された三十冊の本たちを持ち上げ、弟に言う。

「弟よ、あたくしはこれから自室にて、厳粛にて清らかなる読書の時間に入ることにする。よって、野蛮で愚劣な貴君のような人間は、許可があるまであたくしの部屋には決して入室しないように。また、当然ながら、あたくしの部屋の近辺にて必要以上の騒音を立てないように。どぅーゆぅーあんだすたん？」

「はいはい」

「分かればよろしい。お母さんが買い物から帰って来たら、お母さんにも伝えておくように」

あたしはそう言い残し、本の重さと闘いながらのそのそと自分の部屋へと向かった。

部屋に入ると、あたしはお気に入りである大きめのビーズクッションに深く沈み込み、ローテーブルの上に戦利品である書籍の山を広げる。初めにどれを読もうか若干迷ったが、山の中からひとまず一冊を抽出し、読むべき本を選定する。こういった選定に関しては何よりもインプレッションとインスピレーションが大切だ。少しでも理屈や必要性、あるいは使命感や義務感に苛まれながら本を読むと、往々にして内容によからぬバイアスがかかり、本来得られるであろう、感慨、感動に大きな悪影響をもたらす。どんな良書であっても、摂取すべき時期と環境がマッチしなければ、効果は大きく半減していくのだ。

だから、何となくでもいい、とにかくこれが読みたい気分だ、という感覚をあたしは大事にしている。

そんな訳で、今はこの本だったのだ。

あたしは、ハードカバーの厚めの文芸書を開く。期待の新人が書き上げた、本年度の『このミス大賞』有力候補作品だ。肌理細かな凹凸が刻まれたカバーに手をかけると、あたしの胸は思わず高鳴る。今から始まるであろうめくるめく文章の世界が、今、あたしの目の前で、重たい緞帳を静かに開け放とうとしているのだ。誰があたしのわくわくを止めることができよう。

あたしは一息に表紙を開いた。

はらり。

その時、一枚の紙が本からするりと落ちてくる。紙は桜のようにひらひらと舞い踊り、ローテーブルの上に優しく着地した。

本の間に、おすすめの書籍情報の冊子や、付属のしおりなどが挟まっていることは決して珍しいことではない。だから、あたしも初めは特に気にもしなかった。何が挟まっていたのだろう、という程度の感覚でその紙をなんとなく見つめてみる。

しかしそれはどことなく、いつも目にする冊子やしおりとは異質なものであるような印象を受けた。これは、なんだろう。あたしは、おもむろにその紙を拾い上げようとする。その時だった。

紙に触れた瞬間、突如、あたしは原因不明の目眩を覚えた。視覚や聴覚がぐにゃりとねじ曲げられ、脳が直接的に揺さぶられるような感覚。思考や思想や存在論などのあらゆる原理が彼方に追いやられ、ただただ身体の中枢が異変を感じ取る。あたしは思わず、反射的にその紙片を投げ捨てた。意図せず気色の悪い昆虫に触れてしまったときのように、素早く、勢い良く。

紙から手を離すと、目眩は治まり、不思議な後味だけが残った。高揚感のような、疲労感のような、乗り物酔いのような、とにかく不気味で生暖かい感覚があたしを包み込んだ。

あたしは目をぱちくりさせてから、辺りを見回す。一通り確認をしてみても、室内にも、あたし自身の身体にも特に肉眼で確認できるような異変はないようだ。一体、今の現象はなんだったのだろう。

あたしは疑問を感じながらも、投げ捨ててしまった紙片に視線を落とす。原因は不明だが、あたしに対し謎の不快感を与えた、怪しくも不愉快な紙片だ。紙片に向けられるあたしの視線は決して友好的なものではない。ガンを飛ばして睨みつけるように紙片を覗いてみると、その正体は何かのチケットのようだった。

『ラッキーチケット！』という文字が最も大きく印刷され、いの一番にあたしの目を引く。酷い不快感を覚えた後で、今更『ラッキー』だと嘯かれても不快感はどことなく助長され、跳われているような感覚さえ覚える。あたしは更に深く眉間に皺を寄せながら詳細を読み込む。

『おめでとうございます！　本券は三千冊に一枚の割合で封入されている特別招待券です！』

ふむ。三千冊に一枚の割合。

確かに、もしこれが本当ならば、それなりにラッキーな確率での出会いなのかもしれない。

『本券一枚で、一名様のご入場、ご宿泊が可能でございます』

あたしは唾を一つ飲み込む。ご入場、そして、ご宿泊。

この一文を読んだ瞬間に、先程の不快感は口の中のわたあめのように、すぅと存在感を稀薄なものへと変えていった。それどころか、心臓のポンプが加速を始め、血流の速度上昇が胸の高鳴りで感じられる。ひょっとすると、あたしは、とんでもない当たりくじを引いたのではないか？　不快感に対する一連の不満はひとまずどこか遠くに忘れ去られ、視線はラッキーチケットにいよいよもって本格的に、力強く注がれる。

あたしは思わず震える手でチケットを乱暴に拾い上げ、食い入るようにして見つめる。今度はチケットを触ろうとも先程のような目眩は発生しなかった。うむ。先程のあれは気のせいだったのだ。間違いない。

ただ、チケットの内容を理解していくに連れ、あたしはまた別の意味で目眩を起こしそうになった。

『参加出版社数約三百社！　講演予定作家三十名以上！　絶版本、希少本の販売会も実施！

株式会社レゾン電子提供──国内最大級ＢＯＯＫフェスタご招待券』

「何ですか、これは……」思わず、声が出ていた。

『会場：東京ビッグサイト東ホール（受付：東６ホール）

日時：七月二十三日～二十七日　午後八時入場開始

なお、本券を持参いただければイベントの全日程にご参加いただける上、上記の期間、会場に近接する有明ボストンホテルにご宿泊が可能です（朝、夕食付き）』

あたしは深呼吸をして、なんとか正気を保とうとする。一体、今、あたしの手の中で何が起こっているのか、何が説明されているのか、理解が難しい。いや、理解するのは至極簡単。ただ、あたしが理解しているそれをありのままに受け入れると、それはとんでもなく、とんでもないことであって……。

あたしは気付くと、何故かそのチケットを静かに机の引き出しの中にしまっていた。あたしの身体が、もしくは本能が、直感的にこのチケットを傷つけたり、紛失したりしてはいけないと判断したのだろう。あたしはそっと、滅多なことでは使わない引き出しの鍵を閉める。

次の瞬間。あたしは一人で歓声を上げた。狂喜乱舞。チケットに書いてあった内容に、あまりの興奮と期待と興味が入り乱れ、増幅し、制御できない。やった、やったぁ！　飛び跳ね、踊り、くるくると回る。もう、止まらない、止まれない。脳内ではすでにBOOKフェスタ当日の情景が身勝手に想像され、イメージ映像が流れ始める。会場に無限のごとくに居並ぶ真っ白の本棚、飾られる骨董品の如き書籍達。高々と掲げられる各出版社の宣伝バルーンに特設ブース。会場の中央では、数々の著名作家が講演、サイン会、握手会を開く。すごい、すごすぎる。

三千冊に一枚の割合……何という僥倖（ぎょうこう）。あたしツイてる。

今まで神田神保町を練り歩き、足を棒にして探しても探しても、ついぞ見つけられなかった絶版本の数々が手に入るかもしれない。そう考えだすと、頬が緩むのをこらえきれない。

これはいよいよ、あたしがコツコツとお小遣いとお年玉を貯蓄し続け積み重ねてきた、銀行に眠る埋蔵金『金二十万円』を使うときがきたのではないか。今こそ、あの非常用の大金を解放するべきときなのではないか。あたしは一人低く唸る。

「姉ちゃん。めちゃめちゃ、うるさい」

その声に正気を取り戻し、部屋の扉を振り向くと、そこにはいつの間にか弟が立っていた。無遠慮にもレディの部屋の扉を無許可に開け放ち、弟は憮然とした表情で立ちすくむ。

「静かにしろっつったのは姉ちゃんのくせして、なに一人でどんちゃん騒ぎしてんだよ」

あたしは途端に幾許（いくばく）かの気恥ずかしさを覚えるが、気を取り直し、一つ咳払いをしてから弟に言う。

「え〜、これは失礼しました。でも、こういう言葉があるじゃないか。すごく嬉しいときは騒いで歌ってわいわいと……」

「何があったのか知らねぇけどさ、思いつかないなら無理して名言、言わなくていいから」

これは、うっかり。あたしは、あははと笑ってから付け加える。

「これまた失礼。でも我が弟よ、時として名言は不要なのだ。《名言のない時代は不幸だが、名言を必要とする時代は、もっと不幸だ》ベルトルト・ブレヒトの英雄論になぞらえた寺山修司の言葉。「どうさね？」

弟は苦々しい表情のまま、あたしを黙って見つめていた。

江崎純一郎 ♠

「この『ノワール・レヴナント』は、言うなれば『差』のゲームなのだよ」とボブは言い、『ノワール・レヴナント』と称されるトランプゲームの遊び方を説明し始めた。ボブは声に抑揚をつけながらゲームの要点に的を絞り、実際のトランプを用いてルールの説明をする。余分な情報は極力省き、なるべくすべてを簡潔に語ろうとしてくれていたため、概要の理解にそう時間はかからなかった。

店主であるマスターはつい先程、「今しばらく、店先の掃除をしてまいります」と言い残し、ちりとりと箒を手に店を出て行ってしまった。客を残し、店主が店を空けるという構図はいくらか無用心なものであるが、そこは我々が信用されている証と受け取っていいのであろう。マスターが居ない間、俺はボブと二人きりの店内で、トランプのレクチャーを受けた。

ボブから教わった『ノワール・レヴナント』のルールを簡単に要約するなら、以下のようなもの。

1. 初めに手札としてカードが五枚配られる。
2. その五枚のうち、不必要だと思われるカードを裏向きにして一枚捨てる（これをレヴナントのカードと呼ぶ）。
3. 残った四枚の手札の中から二枚を選び、こちらも裏向きにして場に出す（これが勝負札）。
4. 勝負札を開き、対戦相手と見比べ、その関係によって勝敗が決まる。

「ただ、この勝負札の関係性が若干複雑で、説明するのがややこしい」とボブは言った。「基本は先程も言ったとおり、二枚のカードの『差』が大きいほうが勝ちとなる。A（エース）とK（キング）を出せば単純な引き算でその差は『12』、6と7を出せばその差は『1』、こんな調子で、差を導き出し、その差が大きい方が勝ち。まぁ、つまりAとKは中々に強い組み合わせと言えよう」

「随分と簡単そうだが？」

「いいや……そうでもないのだよ。ここがこのゲームの面白いところでもあり、複雑なところでもあるのだが、差の大きさが『10』以上の場合にはある制限がつくのだ」

「どんな制限だ？」

「差が『10』以上の場合、相手の勝負札が、同一数字の組み合わせだと負けてしまうのだ。6と6だとか、AとAだとか、差が『0』になる組み合わせにはね……言ってる意味が分かるかね？」

俺は正直に答える。「分かりにくい」

ボブはからからと笑った。「物分かりの良い君がよく分からないというのだから、それは私の説明力が及んでいないことの証明だろう。反省させてもらおう」

別にまるっきり分からなかったわけじゃない、と俺は心の中で呟く。

「つまり、基本的には、差が大きいほうが強いが、大きすぎると、差が『0』の組み合わせに負ける可能性がある、ということだろ？」

ボブは口を蛸のように丸くして、二、三瞬きをした。「おお、その通りだ江崎少年。分からないと言いながらも、流石（さすが）に飲み込みが早い」

「分からないとは言っていない、分かりにくいと言ったんだ」

「ふふん。まぁいい……本当はそれぞれ『グランデ』『ジェメリ』『カバロ』なんて言う役名もあるのだが、これはまぁ、放っておくことにしよう……追い追い覚えていけばいい。早速遊んでみようじゃないか」

ボブはそう言うと、流れるような手さばきでカードをシャッフルし、素早く自分の分と、俺の分のカードを五枚ずつ配った。俺はカードを拾い上げ、自分の手の中に整列させてみる。

俺はその時、ふとあることを思い出した。トランプか、なるほど。

それは一度思い出してしまうと、俺の中で拭い去れない重要な情報となり、俺に必勝の計を囁きかける。卑劣で、卑怯ながら、絶対の必勝法。

俺はボブに提案をしてみる。

「悪いんだが、今日の勝負は、ひとまずこの一回きりにしないか？」

ボブは俺の提案に目を大きくして、頭の上に疑問符を作り上げた。「ふむ……不思議な提案だ。あまりこのゲームをやることに気乗りしないのかね？」

俺は首を振る。「そうじゃない。ただ、この一回きりにしてくれるなら、俺は絶対にあんたに勝ってみせる。絶対に」

「ほほう」ボブは椅子に座りなおし、手札を強く握りしめた。「いいだろう。なかなか挑戦的な発言ではないか。言っておくが、私は弱くないぞ」

俺は頷くと、自分の手札の中から不要であると思われる『レヴナントのカード』を選びにかかる。俺はダイヤの４を選び、裏向きにしてカウンターに伏せた。

先程の俺の発言はどうやら、ボブの闘志に炎を灯してしまったらしく、ボブはこれまで見せたことがないほどに真剣な表情で自分の手札と俺の顔を交互に見比べていた。俺の僅かな視線の動きや、表情から深層心理を暴こうと努めているようだ。その眼差しは被疑者を叩きにかかる刑事のそれと似ているかもしれない。

そんなボブは葛藤の末、ようやくレヴナントのカードを選び、裏向きにしてカウンターに置いた。カードを選んだボブは満足気な笑みでこちらを見下ろしている。暗黙の勝利宣言のようだ。

俺はボブのそんな表情を横目に、心の中で謝罪する。申し訳ないボブ。どんなにあんたが、深く裏をかこうと努めても、俺には今からあんたが選ぶ勝負札がわかってしまうんだ。あんたは、今からA（エース）とQ（クイーン）を出すんだろう？

俺は二枚の勝負札を選んで場に伏せる。

ボブもまた二枚を選んで場に伏せた。

「江崎少年……準備は整ったようだな。では、私からカードを開かせてもらおう……」

ボブは勝負札を右手でつかみ、くるりと表に向けた。

何の裏切りも、驚きもない、予想通りのカードが俺にその姿を晒す。

「A（エース）とQ（クイーン）だ」ボブは自信あり気な表情で俺を見つめる。「つまり差は『11』……どうだね？江崎少年。ささ、早くカードを開いてみてくれたまえ」

俺は言われたとおり、カードを捲（めく）る。なるべく回答を先延ばしに、後回しにするように、焦らすように、ゆっくりと捲る。まるで長編の野暮なミステリー作品のように。

俺はようやく捲り終わるとボブに言う。

「ハートの5と、ダイヤの5……つまり、差は『0』」

――差が『10』以上の場合、相手の勝負札が、同一数字の組み合わせだと負けてしまうのだ――

「さっき、あんたから聞いたルールに則れば、これは俺の勝ちで間違いないだろ？」

ボブは故郷の滅亡でも知らされたように、両手で顔を覆って項垂れた。「これは、完璧にやられてしまったようだ……」

それから言い訳のように、自分の戦術をくどくどと語り始める。

「いやはや、このゲームではなんだかんだ言っても、同じ数字、つまり差を『0』にするのはなかなか勇気のいることなのだよ。普通ならリスクを冒してまで、無理に差を『0』にして裏をかこうとは思わない……それなのに、まさか初挑戦の江崎少年が、同一数字の組み合わせで来るとは思わなかった……私の読み間違いだったか」ボブは両手を顔から離し、開き直った表情を作る。「一回きりの勝負とは言え、久しぶりに負けたよ、江崎少年」

俺が、朝たまたま聞いた予言を頼りに勝っただけであるのに、ボブは何も知らず清々しくも敗北宣言を掲げた。俺は真実を隠蔽したままに、このゲームについて詳しく訊いてみる。

「気になってたんだが、このカードはいつ使うんだ？」俺はそう言って、最初に捨てた、レヴナントのカードを人差指で二度叩いてみる。「わざわざ『レヴナントのカード』だなんて大層な名前が付いてるんだ。使うときはあるんだろ？」

ボブはどこか苦い顔をして答える。「それか。それはまぁ……滅多なことでは使わないカードだ。このゲームの複雑なルールの一つで、一か八かのときに、そのカードで一発逆転ができるのだよ。一度捨てたカードが蘇って大逆転。中々にドラマチックだろう？」

「それで、『レヴナント』？」

「そうさ、『蘇るレヴナント』……もっとも、これは九蓮宝燈（チユウレンポウトウ）やロイヤルストレートフラッシュみたいなもので、あまり頻繁に出会えるような役じゃない。江崎少年のようなビギナーが触れるにはまだまだ、早過ぎるというものだ」

ボブはうっすらと笑いながらも、俺が所詮初級者であるということを強調して、そう吐き捨てた。ボブにとっての、敗戦後のせめてもの抵抗であるようだ。

ボブは散らばったトランプをそのままに、未だなくならない冷め切ったアメリカンコーヒーをまた一啜りした。一体、この男は何時間掛けてコーヒー一杯を消費するというのだろう。子猫の方がもう少し手早く飲み干しそうなものだ。

細々した所作から、ライフスタイル、それに先程の謎のトランプゲームと言い、どれをとってもボブの奇人さ加減が窺える。本当に分からない人間だ。

「あんたは、どこからこんなゲームを仕入れてきたんだ？　聞いたこともないゲームだ」と俺は訊いてみる。

ボブはコーヒーカップをソーサーに戻してから答えた。

「私がまだ幼かった頃に、弟が私に教えてきたんだ。『面白いゲームがあるぞ』と言ってね。もっとも、私の方が弟より遥かに強かったがね。ワンセットだけ対戦して、コテンパンにしてやったのを今でも鮮明に覚えているよ。いやはや、今となってはいい思い出だ」ボブは目を細めて僅かに前歯を見せた。「それ以降は、毎日、毎日、弟に再戦を迫られたよ……『勝ち逃げは許さん』と言われてね」

「それで、あんたは再戦したのか？」

ボブは首を振ってから「いいや……まんまと、勝ち逃げさ」と言う。「もっとも、弟は異常なまでの負けず嫌いで、その上執念深くてね。これが計算外だった。そのたった一度の敗戦をずっと根に持っていたらしくて……いやはや、たかだかトランプであそこまで執念を燃やすこともなかろうに。あいつにとって、敗北とはたとえどんな形式であれ、それ自体の存在が許せなかったのだろう……いやはや、いやはや。今となっては私の負けだ」

ボブは言い終わると、それが合図であるかのように、残りのコーヒーを一気に飲み干した。とうに淹れたての旬を過ぎた冷たいコーヒーがボブの太い喉を伝っていく。何かの錠剤を無理に流し込んでいるようにも見えた。

俺にとってボブが発した最後の一言は今ひとつ理解の及ばないものであった。『今となっては私の負けだ』。そこには、深い沼のような薄暗さと、そこはかとない謎めきが存在している。俺はそこに、ボブが引いた明確な公と私のラインを垣間見た気がし、それ以上詮索してみようという気になれなかった。

午後三時。振り子時計の鐘の音が三度鳴る。

しばらくすると、外の掃き掃除からマスターが帰ってきた。手には掃除用具の他に、ゴミを集めたビニール袋と、ポストから取ってきたであろう幾らかのチラシが握られている。マスターは手早くゴミを地域指定のゴミ袋にうつし、掃除用具を所定の位置に戻す。それからチラシをカウンターの上にそっと置いた。すべての所作が帝国ホテルでも通用しそうな淀みのない動きで形成されている。

そんなマスターを尻目に、ボブはいたずらっぽい表情で椅子から腰を浮かせ、身勝手にもカウンターに置かれたチラシの束を取り上げた。そして、その一つ一つを物色し始める。チラシごときに興味を抱いてしまうほどに、トランプを終えてからのボブは退屈であったのだろう。

「ふむ。何かめぼしいチラシがあるといいんだが……」とボブは右手で顎を摩りながら呟いた。

一体ボブの言う『めぼしいチラシ』というものが、どういった存在なのかは俺の知る範疇ではないが、ボブはそれを求めて一枚一枚のチラシをペラペラと捲る。ボブの手元を覗いてみると、政治家の会報であったり、地域のイベント情報であったり、不動産の物件情報であったり、色気のないチラシの数々が顔をのぞかせていた。いずれもボブとは程遠い世界の情報であるように思える。

「おや……これは何かね？」と、ボブが一枚の小さな紙を持ち上げて言った。「マスター。このチラシ類は全部、ポストに入っていたのかね？」

カウンターの中でゴミの分別作業をしていたマスターは一旦手を止め答える。「ええ。すべてポストに入っておりました」

「ふむ……」

ボブは紙を見つめたまま黙りこんだ。難解な数式や化学式を前にしているような、険しい表情で。

俺は『めぼしいチラシ』があったのか？」と冗談半分で訊いてみる。

ボブは両の眉を吊り上げてから「まぁ、めぼしいと言えば、めぼしいのかもしれない。興味深いが、些か奇っ怪な送付物だ」と答えた。

するとボブは次の瞬間、指をぱちんと弾いてから、その小さな紙をカウンター越しにマスターに見せつけた。先程の小難しい表情は影を潜め、澄み切った歳不相応な笑顔がボブの顔を占拠する。何か大きな閃きがあったようだ。

「マスター。これ、貰ってもいいかね？」

マスターは老眼のせいか、紙にピントをあわせるのに時間がかかる。顔を前後させてから、ようやく紙面の内容を理解したようだ。

「こんなものが、そこに挟まっておりましたか？」と、マスターは怪訝な顔をする。

ボブは頷いてから「ああ、不思議だがね」と言った。「だが、マスターはこんなもの、使うまい？　私が是非とも有効活用させていただきたいのだが、貰ってもいいかね？」

マスターは頷く。「ええ。構いません。私はここの店番で手一杯でございますから」

ボブは口の端を目一杯持ち上げてにっこりと微笑んだ。そして、表情そのままに、今度は俺の方に向き直る。

「江崎少年。そういうことだ。この紙はただ今をもって、私がマスターから譲り受けた。つまり、この紙を今後どうしようとも、それは私の自由だ」

「何が言いたい？」

ボブは一呼吸置いてから、その紙を勢い良く俺に差し出した。

「これは君にあげよう。江崎少年。君が最も有効活用できる」

俺はすぐには受け取らず、ボブの手の中に収まったままの紙を覗き見る。俺は内容に少し目を通すと、思わず眉をひそめた。

『国内最大級、学問の祭典―アカデミックエキスポ無料招待券』

なんだこれは。俺は、その招待券から視線を逸らし、ボブの顔を見上げる。ボブは何も言わずに、目線で〈さぁ、続きを読みたまえ〉と促した。俺はしぶしぶ、再び視線を招待券に移す。

『文系学問・理系学問ともに、七十以上の大学・研究機関から多くの研究者が集結。学問の最先端がここに集う！』

俺はあからさまに不快感を滲ませた表情で訊いた。

「ここに、行けって言うのか？」

「そうとも。行ってみたらいいではないか。ちょうど、厭世的（えんせいてき）になっていた江崎少年にはぴったりだ」とボブは言う。「どうせ、夏休みの予定などほとんどあるまい？　この紙によれば、会場はここからそう遠くない東京ビッグサイト。それにこの紙一つで五日間のホテル宿泊券にもなっている。物理学、哲学、数学、理工学、医学。様々な学問が五日間にわたって紹介されるらしい。大学選択の幅も広がるし、新たな発見も見込めそうではないか。魅力的だとは思わんかね？」

「いや。あまり」

ボブには俺の否定的意見が聞こえていないのか、構わず話を続ける。

「日程は七月二十三日から二十七日まで。今から約一週間後だ。どうせ暇なのだろう？　なぁ江崎少年」

返答に面倒臭くなった俺は、ため息をついてから頭を掻いてみる。未だ無傷で保存されたままの、屈強な寝癖が俺の手に強い跳ね返りを感じさせた。

確かに、ボブの言うとおり、夏休みにこれといった予定はない。新学期からの授業に遅れを取らない程度に、程々に課題と勉強をするくらいのものだ。五日程度の外出なら問題もない。もとより高校の勉強はすでに食傷気味。できることならそんなことに時間を割きたくはない。家にいても何一つ面白くはないし、空いた時間はここでエスプレッソを消費することに充てられるだけだ。冷静になって考えてみれば、イベントに行くことにもやぶさかではない。ただ。

「あまり気乗りしない理由が二点ある」と俺は言う。

「なんだね？」

「一つはイベントの内容だ。学問はもう飽き飽きだ、とさっきも言っただろ？　ただでさえ、まっすぐに敷かれた大学から大学院、もしくは就職という明白な線路の存在を、自分の中で更に克明に描くことになる。あまりそういったイベントに俺は気乗りしない」

「ふむ。なるほど君の言い分は分かる。だが、そこに自分でフィルターを設けてはいけないと、こちらも先程、言ったであろう？ 高校の勉強と、大学の研究は別の意味合いを帯びてくる。ひょっとすれば、何か新たな興味がくすぐられるかもしれない。せっかくの『無料招待券』なんだ、行くだけ行ってみればいいではないか」

「それが二点目だ」

ボブは首を傾げる。「ほう。どういう意味だね？」

「どう考えたって、怪しすぎるだろう？ そんな無料招待券。なんで五日間のホテル宿泊券を兼ねたイベント招待券が、場末の喫茶店のポストに投函されてるんだ？ 不可思議や奇っ怪を通り越して、胡散臭いだろう？ そこに記載されている内容をそのまま信頼するなんてどうかしてる」

ボブは人差指を立てて、年季の入った笑みを浮かべる。

「そこは、気にしなくてもいいだろう。江崎少年」

「はっ？」

ボブは前もって用意していた質問に回答するように淀みなくしゃべる。

「江崎少年は先程言ったではないか。『人生は不変的で、見え透いている』と」ボブは招待券を指差す。「もし、これが真っ赤な嘘だとして、このイベントが開催されず、怪しげなイベントが代わりに開催されたとしよう。どうだね。それはそれで、結構ではないか。新興宗教の勧誘でも、マルチ商法の説明会でも、君にとって『不変的』で『見え透いている』人生に、一石を投じる素晴らしき、革命的イベントではないか。題して、『世の中の裏側、のぞき見ツアー』だ」

俺は呆れ果てて言う。「あんた、本気で言ってるのか？」

ボブはやや黄ばんだ歯を見せながら「半分は本気だ」と言った。「まあ、安心したまえ。江崎少年。私の見立てが間違っていなければ、この招待券は本物だよ。どういった経緯でここのポストに投函されたのかは不明ではあるがね……このホログラムも安物には思えないし、紙の材質も決してけち臭い商売をやっている業者が使うようなもんじゃあない。九分九厘、この招待券は本物さ」

あんたの見立てという点が一番信用ならないのだが、とはさすがに言わなかった。俺は今一度冷静になって考えてみる。

確かに招待券の内容は些か怪しげではあるが、どうせ下らない夏休みだ。時間を潰せるのなら願ったり叶ったりとも言える。それにボブの言うように、紙の内容のすべてが虚構で構築されていたとしても、それはそれで結構であるような気さえしてきた。むしろそのほうが興味深くも感じられる。『世の中の裏側、のぞき見ツアー』とは、相変わらずボブらしくも知性の欠乏したネーミングセンスに思えるが。

『何事にも積極的とはいかないまでも、それなりに参加しておくのは大事なことだ。人生の土壊を肥やすためにも』

ボブの言うことはひとまず一貫している。

「分かったよ……覗くだけ覗いてみる」

俺がそう言うと、ボブはにっこりと微笑む。

「そうこなくては、江崎少年。君はいつも色々と難癖をつけるが、最終的には私のアドバイスに従うところが実に従順で可愛らしい。いい傾向だ」

俺はボブの台詞に少しく不快感を覚えたものの、特には触れないことにした。その台詞に、あながち間違いは含まれていないのだから。

「ところで、江崎少年。私には一つ懸念事項があるのだが、君のご両親は君の外泊を許諾するだろうかね？」

俺は、問題ないと言う。「あんたが俺の親にどういったイメージを持っているのかは分からないが、少なくとも俺の親は、俺がそれなりの成績を取っている限り寛容で、放任主義だ。自分のステイタスに傷が付きさえしなければ、俺が無断で去勢したって文句は言わない」

ボブは今日一番の笑い声をあげた。

「それは傑作だ。君にそんなユーモアがあるとはいざ知らなかったよ。まあ、何にせよ、無断の外泊は良くない。きちんと了解は取るのだぞ」

なぜかボブは執拗に親のことについて固執しているようだが、俺は改めて思う。その点は問題がない。

『別に行ってもいいわよ。勉強さえおろそかにしないんだったら』

結果はすでに朝のうちに出ていたのだ。俺の人生の象徴であるかのような予定調和。腕時計の中を回っているギアのように精巧で、安定的な人生。予言は絶対に覆らない。なにせ予め言われていることであるのだから。そこに事実関係の齟齬は発生しない。

ボブは改めて俺に招待券を差し出した。

浅黒く肉付きの良いボブの右手の間に挟み込まれた招待券は、酷く不憫で場違いな印象を受けた。まるで工事現場に無理やり連れ込まれた、温室育ちのお嬢様のようにさえ見える。

俺はしばらくしないうちにこの招待券を手渡しでボブから受け取ることになるのだが、今の俺はまだ知らない。

この招待券を手にしたときの奇妙で気味の悪い感覚を。

葵　静葉　♥

『ピアノの詩人――フレデリック・ショパンを奏でる、ピアノコンサート』

私は吉田のおじさんから貰ったそのチケットを眺めながら家路についていた。ホログラムが太陽の光を受けて、きらきらと幻想的なプリズムを生み出す。

『ショパン幼年期の「ポロネーズ」「ロンド」から、後期様式の名作までを五日間にわたってお送りいたします』

なんとも盛大なコンサートだな、と私は思った。当然、ショパンは世界で最も有名な作曲家の一人ではあるけれども、その幼年期の作品が演奏されることは殆どない。初期の頃のショパンの曲はまだ所詮、それまでの古典派の流れを汲んだものに過ぎず、彼の個性が存分に発揮されているとは言い難いからだ。彼自身の内面を滲ませた重厚な音楽というよりも、華麗で技巧的で外交的な、当時の流行に則った音楽だった。

よって、ショパンの初期作品を演奏するコンサートなど、私はあまり聞いたことがない。それなのにこのコンサートは幼年期から晩期までを五日間にわたって演奏すると豪語している。私の知る限り他に類を見ないほどに、盛大な催し物だ。

楽器店でチケットをおじさんから譲り受け、笑顔でそれを頂戴したものの、私はこれに行くべきかどうか、実際のところまだ迷っていた。ショパンは私が最も敬愛する作曲家であるし、このコンサートの内容にも非常に強く心惹かれている。だけれども、私は果たしてこのような催し物に(聴衆としてとはいえ)参加していいものなのだろうか。

私は二年前のあの日以降、自分に対し二つのペナルティを科した。法律も、神様も、死神も、誰も私を裁いてくれないのだから、自分で断罪する他ない。

そのうちの一つが『決してピアノを弾かないこと』。

物心付いた頃から共に時間を消費してきた、私にとって臓器の一つと化していると言っても過言ではないピアノの演奏を、自分から切り離すこと。それが一つ目のペナルティ。私に下された（私が下した）一つ目の判決。

ピアノを奏でることを止め、聴衆から沸き起こる地鳴りのような拍手も放棄し、ピアノが置いてある壇上から潔く降りる。ピアノの蓋を閉じ、鍵をしめる。

吉田のおじさんは私がピアノを弾かなくなったことについては知っているものの、その原因である、『あの事件』については何も知らない。私がそのことについてあまり触れたがらない雰囲気を敏感に察知して、おじさんなりに気を回してくれているのだろう。おじさんは一切詮索しないでくれている。

おじさんとはピアノを習い始めた幼稚園生のころからの付き合いになるけれど、本当に心の底から、温かく、そして優しい人だと思える。

私は歩きながら、またチケットに視線を落とした。

『会場：東京ビッグサイト東ホール　（受付：東6ホール）

日時：七月二十三日〜二十七日　午後七時入場開始

なお、本券を持参いただければコンサートの全日程にご入場いただける上、上記の期間、会場に近接する有明ボストンホテルにご宿泊が可能です（朝、夕食付き）』

本当に気前の良いチケットだ。吉田のおじさんはこれをどこで入手したのだろう。こんな大掛かりなイベントのチケットとなれば、きっとさぞ高価であろうに。『私はもう歳だから、遠出は少し気が引けてね。誠司もリストが演奏されないんじゃ、行きたくないって言うだろうし。静葉ちゃんが行くのが一番いい』吉田のおじさんの柔和な笑顔が思い出された。

『主な演奏予定曲：ポロネーズ第六番 作品五十三「英雄」
エチュード 作品十ー十二「革命」』

スペースの関係だろうか。五日間に及ぶ演奏会にもかかわらず、曲の紹介がたったの二曲しか書かれていない。どちらも有名すぎるほどに有名な二曲。ショパン後期の傑作と、中期の傑作。

だが、私は有名ということを差し引いて、この二曲の並びに何かしらの既視感を覚える。この二曲の並びは私の中で、特別な意味をなしているように思えた。神経衰弱にて選びぬかれた、つがいの二枚のような特別な関係性。

そこで私はふと思い出す。

これは、私が中学二年生のとき、つまり四年前に参加したピアノコンクールの最後の二曲と同じなのだ。

あの日、最後から二番目に演奏した私が弾いたのが「英雄」で、最後にトリを飾った同い年の女の子が弾いた曲が「革命」だったのだ。

思い出す。

あの時、私は見事にコンクールの最高位を取った。綿密にレッスンを重ねた、課題曲であったツェルニーの練習曲と、この「英雄」で。弾いた私自身も、会心の演奏だと、そう思った。指の動きは自動化され、私の意志を伝達するための最適の出力装置と化していた。優雅で力強く絢爛（けんらん）な音色が、ホールの隅から隅まで、隙間なく充足されていったのが感じられた。

演奏後には大きな拍手を浴び、私は照らされるスポットライトの中でお辞儀をした。誰もが私に惜しみない賛辞と祝福を捧げてくれた。まるで、今この地球上で私が最も輝いているような錯覚を覚えるほどに。

だけれども、最後に登場した女の子に、すべてが攫われた。聴衆の視線も、心も、魂も、すべてが。

私の演奏のことなど、すでに戦前の出来事であったかのように、会場はその女の子の、まさしく革命的な「革命」に、心を引きぬかれた。無論、私も例外ではない。

彼女は、会場に蔓延していた私の華やかな「英雄」の空気を一瞬にして叩きつけ、凍らせ、すべてを急激な絶望と怒りの淵へと誘い、変革させた。雪崩れるように滑りこむ饒舌な低音と、激しく主張を繰り返す右手の高音。すべてが融合し、調和し、化学反応を起こした。

そんな私の「英雄」と、彼女の「革命」。

因縁めいた並びだ。私は折り曲げないように気をつけながら、そっとチケットを鞄の中にしまう。

私は、私の中に未だ根付くかつての栄光にそっと蓋をし、ガムテープでしっかりと目張りをした。あまり無闇矢鱈に過去のコンサートのことなどを思い出そうものなら、私はいよいよもって自分に制限がかけられなくなってしまうかもしれない。できることなら思い出さない方がいいのだから。

『ピアノはもう弾かない』

そう決めたのだ。判決に背いてはいけない。

私は、あの時の「革命」の女の子に想いを馳せる。あの子は今も、ピアノを弾いているだろうか。そうであったらいいな、と私は心の底から思った。私の代わりに、今もどこかで「革命」を起こしてくれていたらいいな、と。

大須賀駿 ♣

僕は午前十一時過ぎに目覚めた。

基本的に早起きは苦手な方ではないし、何の予定もない休日にだって、僕は八時くらいには起床していることがほとんどだ（それも、目覚まし時計抜きで）。だから、僕にとって十一時起床というのは、かなりののんびり起床と言える。

お隣の田中さんの奥さんが昨日、『早く起きれば、その分一日が長くなる』と言っていたように、朝寝坊はどことなく損した気分になる上、ほんのりとした罪悪感すら覚えてしまう。目が覚めてすぐ枕元の時計を見た僕は、思わず苦い顔をしてしまったものだ。

僕が本日、こんな時間に起きてしまった理由は実に明確であって、それは説明するも実に容易い。ずばり言って、僕は昨日、中々寝付けなかったのだ。

弥生とプラネタリウムに行き、色々なところを巡り、二人乗りで自宅に帰ってきた僕の胸の中は、それはそれはとんでもない飽和状態であった。身体の中で何かのタービンがぐるぐると高速回転しているような高鳴りと、そこから生まれ来る暖気の応酬に、僕の目はぱっちりと開かれたままになってしまっていたのだ。まぶたを意識的に閉じようと試みるのだが、一向に眠気は訪れる気配を見せず、ただただ時間だけが無為のうちに消費されていく。

そんな訳で僕は、それなりに早い時間に布団に潜り込んだものの、実際に睡眠を開始できたのは草木も眠る丑三つ時をとうに過ぎた、明け方近くなってからであった。

「おそようさん」

土曜で仕事が休みであった母さんは、不敵な笑みを浮かべながら僕にそう言った。居間の座椅子に座りながら昼前の情報番組を眺めている。

「おはよう」

僕は挨拶を返すと、いつものように母さんの背中をちらりと覗き込む。座椅子の隙間から僅かに垣間見えた母さんの今日の数値は「53」であった。うむ。問題ない。それどころか良好な数値と言えよう。僕はひとまず、確約された母さんの幸福に胸をなで下ろす。

僕には父さんが居ない。それは昨日、弥生にも打ち明けたことであるけども、とにかく、僕は父さんとは結局会わずじまいで一生を終えることとなってしまった。よって、僕には父親というものの存在としての相場や、あり方のようなものが今ひとつピンと来ない。母と子供という関係性の中に、どのようにして父親というものが割り込んでくるのかが想像できないのだ。

母さんは蒸発してしまった父さんについて、直接的な表現で悪口のようなものは一切言わなかったものの、常々『私は、本当に男を見る目がなかったのよ』とは口にした。つまるところ、父さんは悪い人間ではあったが、それを見抜けなかった私にこそ責任がある、ということらしい。

当時、父さんと交際中であった母さんは、周囲からその交際について色々と反対を受けていたらしい。あの男はちょっと軽すぎる、誠実さが感じられない、絶対に浮気する、などなど、とにかく周りからの風当たりは相当に冷たかったらしい。『でもね、あんまり周りにとやかく言われると、少し反抗してみたくなるじゃない？　何言ってんのよ、私の判断は正しいのよ、ってね』そんな調子で、母さんは断固として、周囲の意見に耳を貸さなかった。

そうしてある時、僕ができちゃった訳だ。

そこからの男の行動はアメリカの特殊部隊もビックリするほどに迅速だったと、母さんは言う。『もう、妊娠を報告した次の日には、連絡が取れないの。大した所じゃなかったけど、住んでいた賃貸マンションも見事に引き払って、もぬけの殻』

子はかすがい、なんて言うけども、ある意味じゃ僕はその真逆ということになる。僕の誕生が、もとい発生が、見事に二人を引き裂いた。『もともと、冷静になってみれば、早くに別れるべきだったのよ。あんな男とは……みんなの言うとおりだったわ』

母さんは子供に話すにしてはややグレーゾーンとも言える領域を、包み隠さず明け透けに話した。母さんは、つまりは僕にこう言いたいらしい。

『女性に対しては常に、真摯に紳士でありなさい』

自分と同じような轍を踏むことになる、いわば不幸な女性を生み出すんじゃない、と、そう言いたいらしい。何といっても、僕は前科持ちの父さんの息子だ。遺伝的な意味ではプレイボーイで不誠実な人間の素質を兼ね備えているとも言える。

そんな訳で、どのくらい僕の日常のそれが上手く機能しているかは別として、僕は今日まで、一応は母さんの教えを守り、それなりに女性に対しては真摯にかつ紳士で振る舞うように心がけていたつもりだ。

昨日の弥生にしたって、僕はなるたけ紳士であったつもりだ。あくまでつもり、つもりの域は出ないけど。

しかしながら、僕は今、ある重大なミスに気付く。

なんと、昨日の夜。弥生と別れて間もない午後九時二十六分に、弥生からメールが来ていたことに、一晩明けた『今』気が付いたのだ。メールは未開封のまま放置され、すでに半日以上経過している。

驚くべき大失態。何という大須賀家にあるまじき、アンチジェントルマンな振る舞いなのだろうか。僕の心の中に、罪悪感という名の薄汚い濁流が注ぎ込まれる。

僕は昨日の帰宅後、アドレスを交換したての弥生からメールが来るなどまるで想定せず、何の気なしに携帯をダイニングテーブルの上にほっぽり出したままにしてしまっていた。

『今日は本当にありがとう。また夏休みに遊ぼうね』

ささやかながら温かい文面に胸が高鳴ると同時に、それを半日以上放置してしまった後ろめたさが直ちに畳み掛けてくる。僕は電光石火の如く、慌てて返信をした。

『返信が遅れちゃって本当にごめん！　本当に本当にごめん！　こちらこそ、僕でよければ是非、またどこかに遊びに行こう！』

あまり考えずに打ち込んでしまったため、内容は今ひとつ冴えないものになってしまったが、とりあえず今求められているのはスピードだ。これ以上、弥生を待たせるわけにはいかない。メールがなかなか返って来ないときの不安感というやつは、痛いほど理解しているつもりだ。僕はメールを打ち込むと、携帯をぱちりと閉じた。なるべく弥生が傷ついていないことを祈りながら。

すると、弥生からの返信がすぐさまやってきた。ほぼ携帯を閉じたと同時に、外側のディスプレイにメールの着信を示すメッセージが流れる。何というスピードなのだろう。僕は慌てて携帯を開いた。

どんな内容のメールなのだろう。メールが遅かったことに対する怒りだろうか、あるいは呆れか、もしくは、それとも……僕は瞬間的に様々な可能性を想定しながら新着メールを開封した。

しかし、弥生からのメールは、僕のいずれの予想も見事に裏切る内容であった。

『突然で申し訳ないんだけども、今から会えるかな？　渡したいものがあるの』

僕はその後、弥生とメールを何回か往復させ、昨日別れた幕張の商店街で落ち合うことになった。弥生の言う『渡したいもの』とは何だろう、ということもさることながら、それよりも純粋に今日も弥生に会えるという事実の方が、僕にとって足を運ぶ上での大きな原動力となっていた。

急いで自転車を漕ぎ回して、待ち合わせ場所であった商店街の古本屋の前に滑りこむと、すでにそこには弥生の姿が見える。

弥生は首もとにリボンの付いた白い半袖のブラウスに、格子柄のスカートを穿いていた。自分でも本当に単純だと思うけど、やはりどうにも見慣れぬ私服姿というものは、込み上げるものがあった。

「ごめん、待った？」

僕は乱れる呼吸を整えるのもそこそこに声を掛ける。弥生は素早くぶんぶんと首を横に振った。

「……だ、大丈夫。い、今着いたところ」

そう答えた弥生の表情はどことなく申し訳なさそうに見える。今から何かの謝罪会見を開こうかというような、どことない反省と緊張の面持ち。

「突然、呼んじゃって……ごめん」

「謝らなくていいよ。こちらこそ、メールの返信が遅れてごめん」

僕は自転車を降りて、スタンドを立てた。

弥生は相変わらずどことなく浮かない表情。何かに悩んでいるようにも見えるし、何かを思い出そうとしているようにも見える。小さな唇を噛み締めて、眉間に控えめなシワを寄せていた。僕は、弥生が僕を呼び出した理由にそこはかとなく怪しげな臭いを感じて、やや不安な気持ちになる。

「なんだか、どことなく元気がなさそうに見えるんだけど、大丈夫？」

弥生はその言葉を聞いた瞬間、何かの秘密が露呈してしまったのを取り繕うように、慌てて目を大きくして「だ、大丈夫！」と言った。

「そうか……ならいいんだけど」

僕はこめかみを掻いてみる。どう考えても、弥生のその台詞は空元気や強がりのようにしか思えなかったのだが、わざわざ追及するのも気が引けたので、早速本題を切り出す。

「ところで、『渡したいもの』って何かな？」

すると、弥生は再び表情を陰らせ、眉間にシワを寄せてしまった。まるで雨に打たれたおじぎ草のように反射的に。

「そ、その……こ、こんなこと言って、変だなんて思わないでね」

弥生は眉毛を八の字にさせて上目遣いで僕を見る。弥生にこんな表情で訴えられて、僕はNOと言えるはずがない。僕は迷わず、わかったと言う。

「あ、あのね……」

弥生は一度そこまで声に出した後、また言うべきかをためらうように一呼吸置いた。視線を地面に動かした後、今度は右の方を見つめ、左の方を見つめ、また僕に視線を戻す。僕と目があった弥生はようやく意を決したらしく、続きを述べた。

「な、何で大須賀くんをここに呼び出したのか……お、覚えてないの」

「えっ？」

僕は思わず聞き返してしまった。弥生のことを『変だ』と思わない約束を交わしたにもかかわらず、僕はその発言を『変だ』と思ってしまう。それは、僕がある程度規定していた、『変』の枠を遥かに超えた『変』な発言であった。

僕のそんな怪訝そうな表情を見て察したのか、弥生はまた懸命に説明を再開する。

「じ、自分でもおかしいな、って思うんだけど……メールを打ったのも私なのは確かだし、大須賀くんを呼ばなきゃ……って思ったのも事実なんだけど、なんで呼んだのか。どうして呼ばなきゃいけなかったのか、うまく思い出せないの」

弥生の顔から見て取れるそれは、決して嘘のようには見えなかった。何よりもその事実に最も困惑しているのが弥生本人であって、弥生自身が僕に話すことによって、懸命に事態の把握をしようとしているように見える。弥生は続けた。

「な、何となくメールで大須賀くんを呼んだのは覚えてて、それで自分が送ったメールを見てみたら、『渡したいものがある』って書いてあったから、私はきっと何かを渡そうと思ってたと思うんだけど……」

「それが思い出せない？」

弥生はこくりと頷いた。「お、思い出せないんだけど……たぶんこれかなって」

弥生は僕に一枚の小さな紙片を差し出した。

「これは？」

「た、たぶん……何かのチケットだと思う。き、気づいたら持ってたの」

僕は弥生からそのチケットとやらを受け取る。

驚き。

そのチケットに書かれた最も大きなタイトルを読んだ僕は、自分の体に鳥肌が立つのを感じた。そこにはあまりにピンポイントで僕を狙い撃ちしたような文言が綴られている。僕は訊く。

「弥生は、これをどうやって手に入れたか、思い出せる？」

「わ、分からない。でも、たぶん、誰かから貰った……のかな？」弥生は視線を左右に細かく動かして、自分の記憶の中から懸命に答えを捜索していた。そして、確信を見つけ出す。「うん。たぶん貰った。さっき、誰かに貰った」

「どんな人だった？　男の人、女の人？　知り合い、知らない人？」僕は更に弥生の記憶に問いかける。

弥生は頭を傾けてよりストイックに記憶を搾り出そうとしていた。「ご、ごめん……そ、それは思い出せない。でも、知り合い……だったかも」弥生は自問自答のようにそう言ったあと、更に脳の深くに潜りこんでから「うん。会ったことのある人だったと思う。でも、誰だったのかは思い出せない」と答える。

僕はチケットに視線を落とした。

『株式会社レゾン電子主催――人の幸福を考える集い　本当の幸せとは何か――人の背中に幸運を見よう』

幸福。幸運。背中の幸運。背中の数字。

この文面をそのまま受け取れば、それは思想的で宗教的な集りのようにも思えるが、僕には分かる。このチケットは間違いなく、僕に宛てられている。

『会場：東京ビッグサイト東ホール（受付：東6ホール）

日時：七月二十三日〜二十七日　午後六時入場開始
なお、本券を持参いただければイベントの全日程にご参加いただける上、右記の期間、会場に近接する有明ボストンホテルにご宿泊が可能です（朝、夕食付き）』

何かが僕を呼んでいる。

何者かが、弥生にこの怪しげなチケットを手渡し、それを更に僕に渡すよう告げた。だけども弥生はその記憶を半ば損壊してしまっている。記憶は弥生の中で断片的に折り曲げられ、ねじ曲げられ、その存在を奇怪なものへと変貌させている。まるですべてが夢の中の出来事のように。

なんだこれは。まったくもって普通じゃない。

「ご、ごめん大須賀くん。そ、その……うまく説明できなくて」

弥生は心の底から申し訳なさそうな顔をした。どことなくそのツインテールも萎れているような錯覚を受ける。

「気にしないでいいよ。それより、ありがとう。わざわざこれを渡してくれて」と僕は言う。僕にもこの現象が、ひいてはこのチケットが何なのか、理解はできない。だけども、少なくとも、僕のほうが弥生よりもほんのりと真相の光明が見えてはいる。

僕は四年前。それも人の背中に数字が見えるようになった前日に聞こえた、あの言葉を思い出す。ずっと気がかりで、僕の心に、ヤスリの掛かっていない金属のバリのような蟠りを残し続けてきたあの言葉を。

「お、大須賀くんは……そのチケットに心当たりはあるの？」

「ほんの少しだけね」と僕は答える。「だけども、逆に言うならば、心当たりしかないんだ」

弥生は更に眉を八の字に傾け、怪訝そうな表情をした。

「じゃ、じゃあ。大須賀くんは、それに行くの？」弥生は僕の手の中のチケットを指さす。

「分からない。でも……多分、行くことになると思う。きっと……」僕はそこで一度言葉を区切って、自分の中で考えを整理した。前後の関係性を踏まえ、事態の異常性を見極め、そして、言葉を紡ぐ。「きっと……その時が来たんだと思う」

僕は自転車を押して帰った。セミが警報と紛うような鳴き声を上げ、辺りには湿度の高い夏の空気が充満する。確かに快適ではないけども、すべてが問題なくいつも通りに、オールグリーンで稼働しているように見えた。夏は夏。日常は日常。でも、どうやら、違うらしい。何かが起ころうとしている。

その時が来る。

僕は時折、右手のチケットを確認しながら、自宅に向かって自転車を押し続けた。

弥生は別れ際、僕にこの後、予定があるかどうか訊いてきた。もし何も予定がないのなら、どこかに行かないか、と。いつものように詰まりながら、声を震わせながら、顔を赤く染めながら。

僕はその言葉に思わず、何も予定はないと言いたくなったが、本日は午後からアルバイト（ファストフード店で働いている）が入っていた。僕は事情を説明して、弥生に対し両手を合わせて謝った。今日は一緒には遊べない、と。

別れを告げ、どことなく淋しげな表情で去っていく弥生の背中には「52」と書かれてあった。そんなに悪い一日じゃないらしい。その事実に僕は少しだけ安心しながら、自転車を押す今に至る。

僕は不可解なチケットのことと、弥生のことを考えながら、ようやく自宅アパートの敷地に到着した。駐輪場に自転車を止め、チケットをポケットに仕舞ってから階段を登る。

二階に上がると、そこにはお隣の田中さん（ご主人）が柵に両手を乗っけてもたれ掛かって立っていた。爽やかさが売りの田中さんらしくもなく、小難しくも険しい表情。奥さんのものと思われる女性物のバッグを肩にかけて、どこか遠くの方を見つめていた。

何か深刻なことについて思いを巡らせているのか、田中さんは僕の存在には気付いていないようだった。僕は声をかける。

「こんにちは」

田中さんは、今ようやく我に返ったように、ぴくりと肩を動かしてからこちらを振り向いた。

「おぉ、駿くんか。お出かけだったのかい？」

「まあ、そんな感じです」

田中さんは笑顔を見せる。ただ、その笑顔には、いつものような底抜けの清涼感が含まれていなかった。どこか、表面的に取り繕った感があり、まるで粘土細工で制作したような完成度の低い笑顔だった。

どうやら、僕の洞察は気のせいではないらしい。その証拠に、背中を覗くと、田中さんは昨日の「61」から一変して、「38」というあまりにも小さな数字を背負い込んでいた。

「何か、良くないことでもあったんですか？」

僕の質問に田中さんは一瞬驚いたような表情を見せた後、小さくはにかんだ。

「どうしてそう思うんだい？」

「そう書いてありますから。田中さんの背中に」

田中さんは控えめに笑ってから、〈参ったなぁ〉というような表情をした。「駿くんには、お見通しってことかな」

僕は肩をすぼめる。

田中さんは体勢を入れ替えて、今度は柵に背を向ける姿勢を取った。田中さんの全体重を、頑丈とは思いがたい錆びた柵がミシミシと受け止める。田中さんはそのまま流れるような動作でポケットからタバコを取り出し、手早くジッポーで火をつけた。白い煙が風に舞う。

「駿くんさぁ、人間の目的って、何だと思う？」

「えっ？」

なんとも唐突な質問だ。それもテーマが大きい。こんなボロボロのアパートの玄関先で交わされるような議題には思えないし、僕自身、そんなスケールの大きな話に結論を下せるほどの人物ではない。

「ちょっと、よく分からないです」と僕は言う。

「そうだよね。そりゃ、そうだ」と田中さんは笑った。「ああ、勘違いしないでくれよ、決して駿くんを馬鹿にしてるわけじゃないんだ。僕を含めて、普通はこんな人類の根本的な議題に、答えは出せないよね、って意味なんだ」

「大丈夫ですよ。気にしないです」

「それだと助かるよ」田中さんは煙を吐く。「でもさ、とある僕の知り合いがこう言うんだ。生物の存在理由っていうのは、結局のところ『子孫を残すこと』なんじゃないかってね。どの生物だってそれを目的に生きている。猫だって、ペンギンだって、単細胞生物だって……だから、人間の目的っていうのも、子孫を残すことなんじゃないかってね。ちょっとばかり幼稚な結論ではあるけれど、筋は通っていると思う。でも、それだけが目的じゃないと僕は思いたいんだよね……」

田中さんはタバコを軽く弾いて灰を地面に落とした。灰は赤い炎を伴いながら地面に吸収され、光を失い、他の塵と同化する。そのすべてが、どこかもの悲しげで、哀愁を漂わせた。

僕は幾分学問的な話に今ひとつ乗りきれずに、無粋とは分かりながら、先を急いでしまう。

「それで、結局何があったんですか？」

田中さんは目を閉じて、自嘲気味に笑ってから答える。

「喧嘩だよ。喧嘩。ただの夫婦喧嘩さ」そう言って僕に対し、肩にかけた奥さんのバッグを見せつける。「お出かけ中に、ちょっとした口論から、お姫様がへそを曲げちゃってね。僕にこれを投げつけて、どっかに行っちゃったんだ。猛ダッシュでね」

それは驚きだ。僕にとって、田中夫妻はおしどり夫婦のイメージが強く、喧嘩だなんて想像もできない。ましてあの奥さんが、ご主人にバッグを投げつけるほどの剣幕を見せつけるだなんて尚のこと。

田中さんは、僕に伝えるためではなく、おそらく独り言として、最後に小さくこぼした。

「『それじゃ、幸せになれない』……か。どうしたもんかね」

タバコの灰が、今度は意図されず重力に押し負けるようにして、地面に吸い込まれていった。まるで、田中さんの思念がぽとぽととこぼれ落ちていくように。

『それじゃ、幸せになれない』

それは、奥さんの台詞なのだろうか。

幸せ。

幸福。

幸運。

僕はポケットに仕舞ったチケットを取り出し見つめる。

『本当の幸せとは何か』

僕は思う。つまるところ、それは、本当の意味では誰にも分からないことなんじゃないだろうか。

無論、それは背中に数字が見えている僕でさえ。

七月二十三日（初日）

ギターケースとドミノ。
福沢諭吉と素晴らしき家庭

三枝 のん ◆

「では、行って参ります！」

あたしは玄関でとびきりの敬礼を決め込み、両親との別れを惜しんだ。しばらく背筋を伸ばして敬礼の姿勢をとっていると、背中のリュックの重みに屈し、そのまま地面に後ろから倒れこみそうになってしまう。あたしは慌てて体勢を立て直し、リュックを背負い直した。

「本当に……大丈夫なんだろうね、のん？」と心配するお父さん。

「寂しくなったら、すぐ帰ってくるのよ」と心配するお母さん。

心配性の両親は、まるで赤紙を貰った息子を送り出すような表情をしている。あたしは、そんなお通夜のようなムードを払拭するために、握りこぶしでぽんと一つ胸を打った。

「だいじょーぶ。あたしはいつだって万全を期して、万難を排して行動してるのさ。心配にはまったくもって及びません」

すると、リビングから弟が顔をのぞかせる。

「あれ？　姉ちゃんもう行くの？　昨日は午後六時くらいに行けば間に合うってなかったっけ？　まだ二時過ぎじゃん」

ぐぐぐ。こやつ中々痛いところを突いてくる。

あたしは昨日から興奮のあまりほとんど眠れておらず、さらには自分の中から溢れ出す力強い衝動に圧倒され、家でじっとしていられなくなっただなんて、こやつには口が裂けても言えない。

「ちょっとばかりの予定変更があってだね。少しだけ早めに行くことにしたのだよ、我が弟よ。貴君は自宅にてテレビでも見ているがいい」

「あっそ」

あたしは弟が去っていくのを見極めてから、両親に再び別れを告げ、いよいよ玄関の外へと飛び出した。

遠慮なく照りつける夏の日差しが、あたしの気分の高鳴りを象徴するように熱気を帯び、今日という日の特別性をさらに際立てる。あたしは心の中でカッと大見得を切る。いざ参らん、と。

背中の大ぶりのリュックとは別に、肩には小さめのショルダーポーチを一つ下げている。あたしは歩いて水道橋駅に向かう道中、ポーチの中を再び確認する。念を入れるに越したことはない。

財布、定期入れ、ハンカチ、手鏡、マシュマロ、文庫本、ラッキーチケット。そして、封筒。あたしはその封筒を見つめていると、不意に何者かに中身を抜き取られてやしないかという、あらぬ不安にかられ、再度中を確認せずにはいられなくなる。封筒を開くと、そこには幕末には咸臨丸にのり込み太平洋を渡り、その後『学問のすゝめ』の執筆や慶應義塾の創設に尽力したことでも知られる、かの福沢諭吉翁がずらりと二十人並んでいた。あたしは安堵の息を吐く。二十万円。

この封筒を持っているだけで、あたしは心に五キロほどの負荷を感じる。心なしか周囲の人間が、皆あたしのポーチに犯罪的な視線を注ぎ、舌なめずりをするハイエナのように見えてきた。ここはもはや世界屈指の大都市トウキョウなどではない。ここは紛れもなく、獰猛な肉食動物うごめくアフリカの大草原なのだ。あたしは緊張から思わず唾をごくりと飲み込む。

ここからビッグサイトまでは、遅延もなく、乗り換えがスムーズに行けば、およそ四十分そこそこ。チケットによれば受付開始は午後八時。些か遅いような気もするが、なにかしらイベント運営の上でそういったのっぴきならない事情があるのだろう。初日の受付は遅くとも、きっと二日目以降は午前中から開催されるに違いない。

あたしは、今一度BOOKフェスタを頭の中で展開し、にやりと微笑む。周りにハイエナがうごめいていようとも、屈してなるものか。あたしは今からこの諭吉翁を、彼自身がすゝめるとおりに、学問へと通ずる書籍に変換しなくてはいけないのだ。

待っていたまえBOOKフェスタ。足取りはさらに軽くなる。

あたしは十四時二十分の総武線三鷹行きに乗り込んだ。車内は家族連れを中心にほとんどの席が埋まり、何人かの乗客がつり革に摑まっている。いつもなら幾分クーラーが効きすぎているように感じる肌寒い車内も、熱気ムンムン状態の今のあたしにはちょうどいいそよ風だ。あたしはドア際の空間に自分の陣地を見出し、重いリュックをそっと床に置いてから、文庫本を取り出す。

ここから市ヶ谷駅にて十四時二十九分発、有楽町線新木場行きに乗り換え、その後豊洲から十四時五十三分発のゆりかもめに乗り、国際展示場正門駅へ。頭の中に収納してある時刻表を頼りに、正確な路線図を描く。遅延さえなければ到着は十五時一分。

あの愚弟の言うように、確かに出発が些か早過ぎるきらいもあるが、まあ、先に会場前に並んでしまえばいいだろう。おそらく、全国から集まった強者の読書家達が、おのおの身体から『文気』なる特殊なオーラを発して列を成しているはずだ。あたしもそんなむさ苦しくも、インテリジェントな雰囲気の中に溶け込むことにしようじゃないか。うむ。実に垂涎たる光景だ。

電車は市ヶ谷駅に到着。あたしは重たいリュックを再び背負い直して電車を降り、地下鉄へと向かう。

それにしても、リュックが重い。中には向こう四日分の着替えに、予備の書籍が数十冊、それ以外にも細々とした小物が数点。少しばかり持っていくべき物の選抜基準が緩かったかもしれない。愛用の電動歯ブラシはどうしても外せなかったとしても、スタンドライトは不必要だったか。読書灯くらいはホテルに設置されている気がする。

そんな四次元級の容量を誇った千鈞のリュックは、一時期は体育会系で鳴らしたあたしの体力をみるみる削っていき、あたしの重心をどんどんと後方へと引っ張っていく。あたしはその都度立ち止まり、リュックを背負い直して重心を前方向に戻した。電車内との温度差から、いつも以上に暑さが身に染みる。

JRから地下鉄への乗り換えには、一度改札を出る必要がある。なんとも面倒くさい。あたしは市ケ谷の改札を目前に、ショルダーポーチからスイカの入った定期入れを取り出した。

悲劇は唐突に訪れる。

あたしのすぐ前方を歩いていた一人の女性が急に、改札直前で歩を止めたのだ。切符が見当たらなかったのだろうか。あるいは、定期入れを取り出し忘れていたのだろうか。もっとも、そのような原因究明的推論はこの際どうでもよい。問題は他にある。

あたしは、その女性が急停止してしまったことによって、慌てて自分自身にも急ブレーキを掛けた。玉突き事故を起こしてはいけない。しかしながら、そんなあたしの良心と咄嗟の反射が我が身に悲劇を招いた。

現在のあたしの重心はまるで表面張力のような微妙な加減でなんとか前方に保たれている。しかし、その均衡が急ブレーキによって見事に崩され、あたしは背中のリュックにグイグイと引っ張られた。それは、まるで小学生対ラグビー日本代表の綱引きのような、圧倒的なるワンサイドゲーム。

「ぐわっち！」

あたしは自分でもよく分からない悲鳴を上げた末、思い切り背中から地面に叩きつけられる。リュックに激しい負荷がかかり、まるで吐瀉物のように、リュックがその中身を幾らか吐き出した。

大きな衝撃音とあたしの情けない姿に周囲の視線が集まる。大都市東京を象徴するような、冷酷で無関心で機械的で事務的な眼差しが、あたしに突き刺さる。ああ無情、トウキョウ。

「す、すみません、大丈夫ですか⁉」

前方の女性があたしの転倒に気づき、慌ててこちらを振り向く。歳は二十代だろうか。女性は目の前に広がる惨状に、一体何から手を付けたらいいのか測りかね、あたふたとしていた。

あたしはひっくり返されたウミガメよろしく、甲羅さながらのリュックが重たくて起き上がれない。両手両足を駄々っ子のようにじたばたとさせて、なんとか抵抗を見せるものの、起き上がれそうな兆しは一向に見られない。

すると、ようやくやるべきことの取っ掛かりを見つけたとばかりに、女性があたしに右手を差し出し、あたしを起き上がらせてくれる。

「ごめんなさい。本当にごめんなさい！」

あたしは、大丈夫ですとだけ言ってホットパンツについた埃をはたき、床に散乱してしまった荷物を拾い集める。女性もそれに呼応するように、荷物を拾い始めた。まったく、改札の手前で立ち止まるとはあまりにも常識知らずな。

「ごめんなさい。私の不注意で……」

「ですから、大丈夫ですって」

「でも、ごめんなさい」

「お気になさらず」

あたしはだんだんと、しつこ過ぎる謝罪への対応が面倒になってくる。改札の前はそれなりに人通りも多く、先程からこちらを気にする素振りを見せる人間も少なくない。衆目の関心を引くようなことは勘弁して欲しいものだ。

「その……なにか、お詫びを」

「ですから、気にしないでください」

「そうだ！」女性はそう言うと、自分のバッグの中を漁り始める。「これくらいしかないんですけど……どうぞ」

女性が差し出したのは、飴玉だった。

ふむ。ふむふむ。

わざわざ、お詫びをしたいと宣言しておきながら、飴玉を一粒渡すとは、これいかに。このような中途半端な詫びの品を渡されるくらいなら、いっそ何も渡されないほうが幾らか気分もいいというもの。あたしは咳払いをしてから言う。

「ケッコーです」

「そ、そんな……」

「最初から特に怒ってはいませんし、気にもしていません。ので、以降はこれを教訓に、改札の前では立ち止まらないように気をつけてください。そもそも、あたしは飴玉が嫌いなのです」さして食しているという実感もない上に、不用意に口の中を傷つけることになるという、悪魔の如き、ハイリスクローリターンな食品。このような悪しき食品に、わざわざご丁寧に『ちゃん』を付ける関西人の気が知れない。

あたしはよろめきながらリュックを背負って、「では」とだけ告げてから改札を出る。

少々、無駄な時間を過ごしてしまった。自分の中の時刻表を若干修正して、あたしは市ヶ谷の地下鉄に向かう。太陽はカンカンに照り、あたしの頭をジリジリと焼いた。

そんな道中、あたしはまたしてもショルダーポーチの中身が気になる。再びの確認。その中にはきっちりと封筒が収まり諭吉翁がずらりと顔を揃えている。一安心。

転んだ衝撃でうっかりお金を無くしてしまうという、どたばた活劇でのお決まりの失態は何とか回避できたようだ。

あたしは頭の中から先程の転倒の記憶を追い出し、再びBOOKフェスタに向けて気持ちを高めに入る。楽しいことの前には、多少の困難がつきもの。

気を落とすでないぞ。あたし。

今日はあたしの人生史上、最高にエキサイティングな一日になるはずなのだ。地下鉄への階段を駆け下りていくあたしの背中は、緩やかな追い風を確かに感じていた。

江崎　純一郎　♠

俺は手帳をボールペンで叩きながら、先ほど書きこまれたばかりの予言を眺める。

・まあ、なにか面白いものでも見つけてくるといい。

・同志じゃない。
・なら、声を聞いたことがないかな。
・恋人同伴が条件だそうです。
・間違っても、変な気は起こさないでくださいよね。

随分と多様性に富んでいる。珍しくも、誰の発言なのかまったく予想が付かないものも多い。

俺は椅子に深く身体を沈め、天井を仰いだ。

そうだ。今日は例のイベントの日であったのだ。

特に興味もないせいで別段気を払っておらず、危うく出かけることさえ忘れかけていた。俺は幾分不可思議な予言の内容について、ひとまずそれらしき答えを見出し、心の靄(もや)を散らしていく。

人通りの多い場所に出向くと、自ずと無関係な他人の雑談が耳に入る。何の脈絡もない、断片的な一言二言が。

おそらく、今日もアカデミックエキスポという人ごみの中で、様々な人の声に晒されるのであろう。それが今日の予言の結果だ。よって、どれも予想したところで意味がない。いずれも、直接俺に向けて発せられる言葉ではないのだから。

それは、俺の耳が勝手に捉える、他者のための他者の言葉。ただし、最初の予言だけは……。

「まあ、なにか面白いものでも見つけてくるといい」ボブは今日も相変わらずの草臥（くたび）れたスーツ姿で、アメリカンを啜る。「ところで、開場は何時からなのだね、江崎少年？」

俺はポケットにしまっていたチケットを取り出し、時刻を確認する。

「午前十時だ」

「なんだって？　大遅刻ではないか江崎少年。もうすでに、午後三時過ぎだぞ」

「そんなに、慌てて行く必要もないだろ。もし、このチケットの内容が本当なら、イベントは五日間もあるんだ。早く行けばその分、早く飽きる」

「ふむ」ボブは首筋を垢すりのようにゆっくりと撫でてから言う。「実に君らしい」

「お待たせいたしました」

注文していたサンドイッチが、マスターの手から渡される。俺にとって本日、最初の食事だ。

朝食にしろ昼食にしろ夕食にしろ、俺は食事というものを自宅にて摂取したことが殆どない。家には食材どころか、調理器具すら置かれてはいない。誰も料理などしないのだ。俺の母親はもとより料理だの家事だのといったものに対する技術や性格的適性を持ちあわせてはいなかった。それどころか、彼女はできうる限り全てのことをアウトソーシングしてしまうことが、物事における最良の形であると確信している。餅は餅屋といえば聞こえはいいが、当然ながら彼女におけるそれは、職人に対する崇拝から生まれたものではない。純粋に、彼女は何事においても自分の手を煩わせたくないのだ。その証拠に母親は本日も、数人の同類の友人と共にエステに出かけ、『美容』をアウトソーシングしている。

また同様に、父親も家庭的な人間ではない。彼は何よりも『富』をこよなく愛した。人生における最大の目的は、富の収集であり、それ以外にはありえないと信じきっている。そんな彼は運のいいことに社会における時流、時代の先を読む嗅覚に長けていたため、見事なまでの資産運用で金を雪だるまのようにして増やしていった。増えた資金はまた新たな資金を呼び、余剰分は資産として土地や車に変換されていく。所詮は小金持ちの域ではあるが、現状、彼における『富』の充実はまずまずの成果をみせている。苦もなく都内に百坪を越えるマイホームを建て、玄関先に二台の外車を並べられるくらいには。

そんな両親と俺の関係は疎遠と言っても差し支えないほどに冷え切っている。家という存在はただ単に義務的に与えられた共通の寝床でしかなく、それ以上の機能は果たしていない。必要最低限を越えた会話は殆どみられず、冷静に分析してみれば共に生活する必然性すらないかもしれない。

しかしながら、彼らにとって俺の存在は、決して邪魔でも、居心地の悪いものでもないはずだ。むしろ、歓迎すらされていると思う。

俺は馬鹿ではなかったし、不良でもなかった。少なくとも指示されたことは無難にこなし、言われたとおり塾にも通い、反抗期らしきそれもなく、偏差値を順調に上げ、年間に何人もの人間を東大に送り込む私立の進学校に入学した。

肩書きだけを見れば、立派に、優秀なお子様に見えるはずだ。文句はあるまい。それどころか、周囲にはその教育方針を賞賛されるかもしれない。

エステ通いで実年齢よりもほんの少し若く見える母。

脂ぎった野心で資産運用に余念のない父。

従順素直で反抗もない成績優秀の息子。

人は言う。『素晴らしいご家庭ね』と。

実に滑稽だ。

俺はダブルのエスプレッソを飲み干し、サンドイッチも平らげた。振り子時計は午後四時を少し過ぎたところを指し示している。本日も蓄音機からはクラシックが流れ、コーヒーの香りが充満する。店の名も知らないこの喫茶店では、時間の流れが幾らかゆっくりと過ぎていった。

そろそろ行くとしよう。

俺は立ち上がって、カウンターの上に代金を置く。

「江崎少年。いよいよ出発かね？」

「ああ。そうする」

マスターは俺に向かってお辞儀をした。「ありがとうございました」

俺は財布をポケットに仕舞ってから、出口に手をかける。

「江崎少年」

ボブは去り際の俺に言う。

「気をつけて行くのだぞ。外泊中には思いもよらないトラブルがつきものだ」

「心配してくれるのか？」と俺はからかい半分で訊いた。

ボブは眼を細めて温かく笑う。恰幅のよいその体ですべてを包み込むような、見事なまでに懐の深い笑顔。ボブはひととおり笑い終えると、目を開き、俺の目をまっすぐに見つめながら言った。

「もちろんではないか、江崎少年。これから四日間も君には会えないのだ。心配するのも当然。何と言っても、私にとって君は——」ボブは俺を指差した。「息子のようなものだ」

俺は小さな笑みだけを残して店を去り、扉を閉めてからボブに言う。

俺もあんたを父親のように思っているよ、と。

葵 静葉 ♥

午後五時、JR横須賀線千葉行。

私はやはりピアノコンサートに向かっていた。音もなく揺れる電車の中で、音楽プレーヤーは〝Base Ball Bear〟の「ドラマチック」を奏でる。軽快で爽快感溢れる音楽が耳を心地好くくすぐった。

実のところ私は先日、吉田のおじさんにチケットを返そうと考え、一度おじさんにその旨を伝えに行った。せっかくのプレゼントだけれども、きっと高価なものだろうし、私には行く資格がありません、と。

だけれども、吉田のおじさんは優しく首を横に振り、私のチケット返却には応じなかった。

『もしも静葉ちゃんが、私に遠慮をしているのなら、それはいらない心配だよ。そのチケットは「ピアノ音楽振興協会」とかいうところからタダで譲り受けたもので、決して高価なものじゃないんだ。むしろ、静葉ちゃんがいかないと言うのなら他に候補も居ないし、結局チケットは使わずじまいになってしまう。それこそ勿体ない』

それでも悩む私に、吉田のおじさんは付け加えた。

『私には、静葉ちゃんが一体何を背負っているのかわからないから、込み入ったことは言えない。だけれども、静葉ちゃんが「コンサートに行きたい」と思うのなら、それは決して悪いことなんかじゃない。それを誰もとがめやしない。静葉ちゃんが行きたいのなら、是非とも行ってみたほうがいいと思うよ。無理強いはしないがね』

それらの優しい言葉が私の背中をそっと支え、私は今に至る。

私が留守にする五日間、『あの男』の世話は院内の看護師さんが負担してくれることになった。少しの間、ここには寄れそうにないので、私がやっていた分のお世話をお願いしてもいいですか、と訊くと、看護師さんは笑顔で快諾してくれた。些細なことではあるのだけれども、日常の中での他人との確かな繋がりは、私の心に一時（ひととき）の安心感とやすらぎをもたらした。

私は新橋駅で降車し、ゆりかもめに乗り換えるため一度駅の外に出る。駅前のロータリーは様々な目的地を目指した人が混在し、それぞれがばらばらに、各自の目的に添った道をせかせかと進んでいた。混雑しているとまでは言えないけれども、決して閑散とはしていない。

そんなロータリーの一角に、私はストリートライブをしている若者を見つける。男性の二人組で、二人ともアコースティックギターを肩から下げ、白のTシャツに青のジーパンを穿いている。察するに、それが彼らのユニフォームであるようだ。口の動きを見てみると（声はイヤホンのせいで聞こえない）それだけでパワフルな声量と生き生きとした躍動のようなものが感じられるのだが、残念ながら周囲に人だかりはできておらず、今のところ聴衆はゼロのよう。それでも彼らは互いにアイコンタクトをとりながら、周囲の無関心にもめげずに歌い続ける。

私は彼らのことが気になりだして、音楽プレーヤーの停止ボタンを押しイヤホンを耳から外す。すると、予想よりほんのちょっぴり不協和音気味の二人の肉声が私の耳に届いた。声量は充分なのだけれども、サイズの違うねじとねじ回しのように、惜しいところで二人の声は上手くかみ合っていない。

それでも私は、久しぶりに見たストリートライブに思わず心揺さぶられ、足を彼らの方へと向かわせた。私が正面に立つと、彼らは互いのアイコンタクトの中に僅かな喜びの色を滲ませて、さらに演奏に熱を加える。やはり、お客さんは珍しいようだ。

私は乗り換えまでもう少し時間があることを確認してから、彼らの曲をまるまる一曲聴いた。曲は「君」や「愛」という単語が四十回以上は飛び出す比較的甘めな音楽ではあったけれど、メロディラインとギターの演奏は素晴らしいものであった。彼らは演奏が終わると、私に向かって深々とお辞儀をしてお礼を言った。私は小さくお辞儀を返すと、彼らの前で大口を開けたギターケースの中に、千円札をそっと投げ入れた。

「い、いいんですか？」と高音を担当していた男性が、思わぬ報酬に目を泳がせながら言った。

私は頷いてから「はい。とっても素敵な演奏でしたよ」と言う。

それでも、まだ男性は納得しないようで、申し訳なさそうに頭を掻いていた。

「いや……でも、僕らこんな大金貰ったことないし」

私は驚いた。

「いつも、そんなに貰えないんですか？」

「ええ。紙幣なんて、まず貰えないです」

ストリートミュージシャンというのも大変なんだな、などと私が考えていると、低音の男性が何かを思いついたように、突如バッグの中を漁り始めた。

「おい！　これ、貰ってもらおうぜ」

高音の方も〈その手があったか〉というような表情をして「そうか、そうしよう」と言う。

無垢な笑顔で低音の方が私に渡してきたのは、一枚のCDだった。

「それ、僕らがこの間作ったファーストシングルなんですよ。一枚五百円。千円には少し足りないけど、もしよかったら聴いてみてくれませんか？」

私は「ありがとうございます」と言って、それを受け取った。

ジャケットに視線を落としてみると、そこにはこれ見よがしに大きなハートマークが描かれ、さらにそのハートの中心に曲のタイトルが記してある。タイトルを見た私は、一瞬、言葉を失った。

——僕の命、君の命——

『命』

その単語は私の心の最もふれてはいけない部分を的確に刺激し、圧搾した。

指先が反射的に、そのCDを壊しにかかる。忌まわしき思い出を振り払うかのように、過去の出来事を無に還そうとするかのように。身体の奥のほうから重たい圧力が湧き出し、指先へと伝導し、それを物へと送り届ける。

チカの声が聞こえる。そして、『あの男』の顔が浮かぶ。

僕の命、君の命。

チカの命、あの男の命。

「やっぱり、いらなかったですか？」

私はその声にようやく正気を取り戻す。

どうやら、私は随分と難しい顔をしていたようだ。無意識のうちに眉間にも、CDを握る右手にも必要以上の力が入っていた。私は慌てて取り繕い、CDがまだ壊れていないことをひとまず肉眼で確認してから、改めてお礼を言う。

「少しぼうっとしちゃってたみたいで、ごめんなさい……CDはありがたく頂きます。早速聴いてみますね」

「それならよかったです。こちらこそありがとうございます」

「じゃ私、電車の時間なんで、もう行きますね。引き続きライブ頑張ってください」

私は二人と手を振り合って別れる。

すると、駅に向かって歩き出した私の背後から、再び二人の演奏が聞こえ始めた。相変わらず、どこか調子の合わない二人のハモリと、澄み切ったきれいなギターの音が私の背中に降り掛かる。

ところで、私はなぜあの時、千円札をギターケースの中に入れたのだろうと、考えてみる。なんのためらいもなく、迷いもなく、するりとお金が出せたのだろう。どうして、あんなにも、彼らに興味を抱かずにはいられなかったのだろう、と。

答えは簡単だった。

羨ましかったのだ。

自由に音楽を演奏している人が。自由に自分の世界を音にして表現できている人が。羨ましくて、羨ましくて、仕方がないのだ。

だから私はそんな彼らに、あるいは『自由』に近づきたかった。近づかずにはいられなかった。

もうピアノは弾けない。弾いてはいけない自分にはない、自由な世界に、ほんの僅かでも静かな同居感を得たかったのだ。

私はそんな、複雑に入り組んだ思いと共に「僕の命、君の命」を鞄にしまう。

果たして、私は今日から五日間ショパンの音楽を全身で浴び、それでもなお、ピアノを断ち続けていられるのだろうか。あの濃厚で魂が溢れてくるような音楽を聴いてもなお、私は理性で自分を律していられるのだろうか。胸をはって、『ピアノはもう弾きません』と言えるだろうか。

私はゆりかもめへの階段をゆっくりと上る。

答えは明白であるような気がした。

大須賀　駿　♣

僕が国際展示場正門駅に到着したのは午後四時五十九分のことだった。チケットには午後六時入場開始と書いてあったし、やや早めの行動と考えれば、それなりにちょうどいい時間なのではないだろうか。僕は再度チケットを確認しながら電車を降りた。

さすがに夏の陽は長く、辺りには未だに充分な陽の光が照っている。また同様に、暑さも弱まる気配はない。なんともしぶとい太陽だ。僕はTシャツをパタパタと扇ぎながらチケットに書かれた受付場所である東6ホールを目指す。一歩踏み出すたびに、背負い慣れない大きめの鞄が肩に食い込んだ。

今日からの五日間、アルバイトの方はなんとか休みが貰えた。もとよりシフト制であったため、休みを貰うのは基本的に容易ではあるのだけど、五日間というまとまった休日を貰うのはそれなりに面倒が生じる。それでも日頃の働きっぷりが評価されたのか、何人かに頭を下げると一応のところすんなりと代役が立って、僕は晴れて五日間の自由な時間を手に入れた。もっとも、これからこの五日間で何が起こるのかは僕にもよく分からないのだけれども。

一体これから、ここで何が起こるのだろう。

しかしながら、そんな疑問は僕の中で今、静かに消失しようとしていた。謎のチケットを『平』記憶喪失の弥生から受け取ったあの日以来、僕は何度も今日という日を想像してきた。『人の幸福を考える集い』とは、さてどんなイベントなのだろう。一体、何人くらいの人が集まるのだろう。ひょっとすると、僕のように背中に数字が見える人は、僕以外にもわんさかいるのではないか。そして、それらの人々がなにかしらの大会議のようなものを行うのではないか。ならば、僕はそれにどう協力すればいいのか。などなど、とにかく自分でもどうかしているんじゃないかと思う程に色々な可能性を考えてみた。でも今の僕には、そのすべてが取越し苦労であったように思える。

なにせ今現在、会場の前に広がるこの広場には、誰も居ないのだ。人っ子ひとりどころか餌を欲しがる鳩さえおらず、これ以上なく閑散とした雰囲気が漂っている。まるで、休日の学校のような、閉園後の遊園地のような、とにかくこの上ない虚無感と孤独感がここを支配していた。会場の外から眺めてみただけとはいえ、この中でこれから数十分後に、何かしらの大きなイベントがあると考えるのは無理がある。

僕は一人ため息をつき、静かに東京ビッグサイトを見上げた。巨大な逆三角形が不安定にも思える細い柱に支えられ、その形自体が大きな意味を持っているかのように荘厳に、しかし寡黙にそびえる。僕はそんな光景に、忘れられた未来都市に佇む最後の人類になったような気持ちになり、小さく震えた。

本当に誰も居ない。

これじゃ、まったくもって骨折り損じゃないか。僕はそんなことを考えながら、再度、周囲をぐるりと見回した。

すると、建物の端に設置されたベンチに、腰をかけている人間が居ることに気がついた。女の子のようだ。まるで、証明写真を撮ろうとしているのかと思うほどに、微動だにせず背筋をピンと伸ばしている。両手を重ねて腿の上に置き、足は綺麗に閉じられている。歳はどのくらいだろう、詳細は近づいてみないとわかりそうもない。僕は他に手がかりもないため、仕方なくその女の子の方へと向かってみた。ひょっとしたら彼女は何か知っているかもしれない。

近づくにつれて徐々に女の子の全貌が明らかになっていく。真っ黒で艶やかな髪が肩より少し長く伸び、丸くて大きいながらもやや冷たい瞳が遠くを見つめている。服装は要所に小さなフリルがあしらわれた上品な白のキャミソールに、少しだけ丈の長い黒のスカート、そして茶色のミュールを履いていた。

しかしながら、そんなシックでいてお洒落な服装とは対照的に、女の子の顔には、おおよそ表情と呼べるようなものが一切なかった。顔の筋肉にまったくもって力が入っておらず、喜怒哀楽のいずれにも属していない。完璧なる無の表情。もし彼女のその佇まいを何かにたとえて欲しいと言われたら、僕は迷いながらも『氷』と答えるだろう。頑として動かず、凛として冷たい。パッと見ただけではあるのだけど、僕は彼女に対してそんなような印象を持った。

年齢に関しては近づいてみてもなんとも言えない。ひどく幼くも見えるし、すでに成人しているようにも見える。さすがに二十五、六だと言われても納得できるし、中学生だと言われても納得がいく。僕と同い年だと言われると首を傾げたくなるけども、三つか四つの年上という可能性も捨てきれない。そういった意味を含めてもミステリアスな女性だった。

その女の子は僕が近づいているというのに、特に視線をこちらに向けようともしなかった。僕の存在にまるで気付いていないのか、それともまるで関心がないのか、あるいはすでに僕の放つオーラに生理的な不快感を受けているのか。どれが正解なのかはわからないけども、とにかく彼女の視線は未だ遠くに向けられたままだった。

僕は距離にして二メートルくらいのところまで彼女に近づいてから、思い切って声を掛けてみた。

「どうも、こんばんは。あの……僕は大須賀駿って言うんだけど、少し話を訊いてもいいかな？」

女性に話しかけるときにはまず、名前を名乗りなさい。名前を名乗らずに近づいてくる男ほど、信用ならないものはないんだから。という母さんの教えに則り、僕は名前を織り交ぜながら話しかけてみた。傍から聞いたら少し不自然ではあるかもしれないけど、それが教えなのだから仕方がない。僕は彼女の反応を待った。

しかし、彼女は何も返事をしない。

それどころか、視線すら僕の方に動かそうともしない。あるいは僕は静止画か、もしくは彫刻でも見ているのだろうか。そんな錯覚を覚えそうなほどに彼女の静止は徹底している。僕は再び声をかけてみた。

「別に、僕は怪しい者じゃないんだ。ただ、ちょっとだけ話を聞きたくて……。今日ここで、何かしらのイベントが開催されるかどうか、知らないかな?」

「知ってるわよ」

僕は彼女の突然の返答に一瞬どきりとする。僕が最初に抱いた『氷』の印象に違わず、声もまたどことなく冷気を帯びた冷ややかなものであった。

彼女は真っすぐ前を向いたまま声を出した後、ゆっくりと、ようやく僕の方を見た。その深く沈み込んでいきそうな瞳に見つめられると、僕は言いようのない不思議な感覚に包まれる。吸い込まれそうな、逃げ出したくなるような、縛り付けられているような。

とにかく僕の中で何かが脈を打った。僕は唾を一つ飲み込んでから話を続ける。

「……僕は、これに来たんだけど」そう言って、僕はチケットを彼女の前に提示してみる。

「これは、本当に今から開催されるのかな?」

「それも、開催されるわよ」と彼女は僕のチケットをろくすっぽも見ずに答えた。一度視線が合うと、打って変わって彼女は僕の目を捉えたまま離さない。

「それ『も』ってことは、他にも何かイベントがあるのかな?」

「ええ。色々」彼女はベンチの左半分を指し示す。「どうぞ。立っているのも疲れるでしょう？」

僕はその提案に、どうも、と言ってから、彼女に指示されるがままベンチに座り、鞄を地面に置いた。ベンチに座って改めて横から彼女の顔を覗いてみると、やはり僕は不思議な気持ちになる。彼女のことを以前どこかで見たような気もするし、まるで知らないような気もする。

今、こうやって顔を見ている最中は、きれいな顔だな、だとか、目が大きくて鼻が高いな、などと、その顔の特性についての感想を述べられるのだが、一瞬でも彼女の顔から視線を切ってしまうと、僕は途端に彼女の顔を思い出せなくなってしまう。決して没個性的な顔ではないのだが、実物を目にしていないと、どこかピントの合っていない写真のような不鮮明な記憶しか残らない。頭の中でいくつかモンタージュを並べてみるのだが、一向に正解が見当たらない。そんなもやもやした気持ちにかられて彼女の顔を見つめ直すと、そこでようやく記憶が蘇る。そうそう、こんな清楚な雰囲気の顔だちだったな、と。

とにかく僕はこの短時間で、この女性に対してあまりに大きな神秘性を感じずにはいられなかった。

「君も、このイベントに招待されたの？」と僕はチケットを指差しながら訊いてみる。

すると、彼女は静かに首を横に振った。まるでそよ風に揺れる木の葉のように。

「じゃ、君はここで何をしてたの？」と僕は重ねて訊く。

「そうね……強いて言うのなら」彼女は少し視線を下にずらしてから、また僕を見る。「ドミノ」

「ドミノってあのドミノ？」

「そう、そのドミノ」

僕は思わず彼女の足元やベンチの上を確認してみたのだが、ドミノらしきそれは見つからない。そんな僕の視線の動きに気づいたのか、彼女は言う。

「たとえ話よ」

僕は少し恥ずかしくなって、こめかみを掻いた。

彼女の喋り方は非常にゆっくりとしていて、一音一音を愛でるように正確に発音する。一音でも不正確な発話をしてしまうことは彼女にとって何ものにも代えがたい屈辱なのかもしれない。スピードよりもやや正確性を重視しながら言葉を置いていく彼女の喋り方は、ちょうど一回一回詰まりながら、おどおどと発言する弥生とは対極にある話し方だ。僕はまた彼女に訊いた。

「ドミノって、それはどういう意味なの？」

「そうね……」彼女はまた下を向いてから、僕を見る。「ドミノって、この上なく他者依存的な競技だと思わない」

「他者依存的？」

「そう。ドミノを行う人間というのは、結局のところ、その現象の最中には一切の手出しができない。並べるだけ並べて、後は物理法則のご機嫌を伺うだけ。もしくは、祈るだけ。つまり、厳密には競技に参加できていないのよ。たとえどんなに長い時間を掛け、どんなに膨大な労力を費やそうとも。私もそれと同じ。……私は今、すべてのドミノを綺麗に並べ終えたところなの。後は最初の一つ目をそっと、押してあげる。それだけが、私のやるべき最後の仕事。後は祈るだけ。すべてが円滑に進むように。最後のドミノが綺麗に、音を立てて倒れるように。祈るだけ」

僕は彼女の話を聞いていても、何も理解ができなかった。それでも、理解できていないことをわざわざさらけ出すのも申し訳ない気がして、とりあえず納得したように首を縦に振っておいた。僕は話題を変える。

「僕の他に誰かここを通らなかった？　あまりにも人が少なすぎて心配なんだよね」

「通ったわよ。一人だけ」と彼女は言った。

「たったの一人だけ？」

「そう、まだ一人だけ。あなたが二人目」

僕の頭は事態のややこしさにだんだんとこんがらがってくる。僕が招待されたイベントは問題なく行われると、彼女は言う。それだけでなく、他にも色々なイベントが行われると言う。だけれども、ここにはまだ一人しか来ていないとも言う。僕は眉を八の字にした。

「さっき通った人ってどんな感じの人だったの？」

「女の子よ」と彼女は言った。「大きなリュックを背負った女の子。イベントの開始までは、まだかなりの時間があるというのに、こんなに早く来るだなんて……。あんなに喜んでもらえたら、さぞ主催者も本望でしょうね」

ふむ、女の子か。どんな子なのだろう。もっとも、予想しても仕方あるまい。もう、さっきから予想外の出来事の連続なのだから。僕程度の脳みそでは予測が追っ付かない。

僕は大きく息を吐くと、携帯電話で時刻を確認してみる。時刻は午後五時三十分だった。六時入場開始だし、もうそろそろ受付に行ってみようかな、と僕は企てる。彼女曰く、『人の幸福を考える集い』はきちんと開催されるらしいし。

僕はベンチから立ち上がり彼女に言う。

「そろそろ行くことにするよ。色々教えてくれてありがとう。参考になったよ」

「それは、よかったわ。オオスガシュンさん」

僕は一瞬だけ、彼女がなぜ僕の名前を知っているのだろうかと驚いたが、出会い頭に自己紹介をしたことを思い出して途端に恥ずかしくなった。妙な癖をつけるものじゃないなと、反省する。

「ところで、君の名前はなんて言うの？」と僕は訊いてみた。

「私？」

「うん」

「そうね……名前」

彼女は先程までも何回かそうしていたように、また地面を見つめてから視線を上げた。それは彼女における、物事を考えるときのお決まりの工程のようだ。彼女は言う。

「名前は特にないわ」

僕はきょとんとしてしまう。「ないって。そんなことはないでしょ」

「いいえ、そんなことあるのよ」と彼女は言った。「名前は事物を不必要に規定し、固定してしまうきらいがあるの。だから、私は名前を持たないし、持ちたくない。元来、物事はその本質に即した名前を付けているつもりでいるのだけれども、おおかたのところ、殆どの物事は名前によって、逆にその本質を変化させていることが多いの。『太郎』は『太郎』と名乗るから『太郎』になろうとするし、『ジョージ』は『ジョージ』になろうとする。当然、『オオスガシュン』は『オオスガシュン』になろうとするわ。だから、もし私が今ここで『私はラッセルです』と名乗ったとしたら、私はたちまち『ラッセル』になろうとしてしまうし、あなたの目からも、私という存在に『ラッセル』というラベルが付くことになる。物事の本質が変化してしまうのよ。もしくは縮小してしまう、と言ってもいいかもしれないわ。言っている意味が分かるかしら？」

まったく分からない。「その……観念論みたいなものは別にしてさ。どんなに君が名前を持ちたくなくても、名前って言うのは気付いたら持ってるものだし、納得はいかないにせよ、一応のところ、君にも名前はある訳でしょ？」

「私が名乗らないとご不満かしら？」

「別に、不満ってことはないよ。でも、教えてくれたっていいじゃないか、とは思ったりもするかも」と、僕はなぜだか、彼女の名前を聞き出したくなってしまう。

彼女は僕の台詞に観念したように、目を閉じてから答えた。

「分かったわ。それじゃあ、『メイ』とでも名乗っておこうかしら」

僕はやっと聞けた答えにも眉をひそめる。『名乗っておこう』ってことは、それはつまり、本名じゃないってこと？」

「お気に召さないかしら？」

「もし、偽名だとしたらね」

「そう。それは残念だわ。でも、お生憎さま。これ以上に名前らしい名前は持ち合わせていないの。他のは、もっとあなたのお気に召さないはずよ」

「つまり、他にもあるってこと？」

「ええ」と彼女は事もなげに答える。

僕は一つため息をついた。まったく、名前一つ答えてもらうだけなのに、やりとりがなんともまどろっこしい。最初に名前は持たないと言ったはずなのに、蓋を開けてみればいくつも名前があると言う。これはこれは、とんだ不思議ちゃんだ。

僕は「分かった」と言う。「次に君が宣告した名前で、僕は納得することにするよ。どんなにお気に召さなくても、文句は言わない。だから、名前を教えてよ」

「そうね……なら」

彼女はそう言ってから、たっぷりと間をとった。もしも僕が岩渕さんなら、途中で飽きて帰ってしまうんじゃないかと思うほどに長い間だった。あるいはひょっとすると、何かの手違いで彼女は答えることを忘れてしまったのではないだろうかとも思った。それくらいに長い間だった。

僕が、そんなこんなで、もう一度訊き直したほうがいいのかな、と考えたとき、彼女はようやく口を開く。僕がきっかりと一度で名前を聞き取れるように留意したのか、先程よりも更にゆっくりと。

「『ノワール・レヴナント』と名乗ることにするわ」

僕はそれでも聞き取れずに訊き返す。「の、のわーる？」

「『ノワール・レヴナント』それが私の名前。私の存在を規定するに足る名前」

僕はその意味不明な単語に思わず文句の一つでも付けそうになってしまうが、そこをグッとこらえてなんとか口を噤む。約束は約束だ。僕は躍起になって反論をするような男ではいけないのだ。女性に対してはジェントルマンでなければならないのだから。

「分かったよ。色々と教えてくれてありがとう。ノワール・レヴナントさん」

「ええ、こちらこそ。オオスガシュンさん。お会いできて光栄だったわ」

ノワール・レヴナントは、そこで初めて小さな笑みらしきものを浮かべた。表情を崩した彼女は、『氷』のイメージから一変して、僕の目にはあまりに幼く映った。妙に洗練されて品良く仕上がった言葉遣いや、振りまく老練された雰囲気で幾らか大人びて見えていたが、やはりこの子は僕より年下かもしれない。

ノワール・レヴナントは言った。

「あなたにも、一目会っておこうと思ったの。どんな人なのか少しく気掛かりでね」ノワール・レヴナントは耳元の髪を掻き上げてから続ける。「ところで、あなたには――あなた達には――これから色々なことがあると思うけれども、くれぐれもよろしくお願いするわ。本当にくれぐれもよろしく」

僕はその物言いに若干の違和感を覚えながらも、ノワール・レヴナントと別れた。僕は別れ際に彼女の背中を覗こうと思ったのだが、不思議なことに、彼女の背中の数字は良く見えなかった。経験上、数字が確認できる角度というものは熟知しているつもりだったのだけども、彼女の背中にどんなに視線を食い込ませてみても、彼女の数値は結局見えなかった。もっと背中に回りこまなければいけなかったのだろうか。あの角度ならいつもは見えていたような気がするのだけれど。

いずれにせよ本当に不思議な女の子だった。

一体彼女はなんだったのだろう。彼女の異様な存在感は、僕の心にあまりにも深い爪痕を残す……と思われたのだが、僕はやっぱり、彼女から目を離してしばらく歩くと、彼女の顔を忘れてしまう。こんな鼻だったかな、こんな目だったかな、と考えてみるのだが、いつの間にか記憶に無数のシミが現れ、ついには顔を思い出せなくなる。おかしいな。と考えていると、今度は彼女と交わした会話の内容が思い出せなくなってくる。どんなことを話したのか、どんな相槌を打ったのか、それらがまるで波に晒された砂の城のように、だんだんと形を不明確なものへと変えていく。ボロボロと屋根が取れ、塀が取れ、城が崩壊していく。思い出せない。

さらにもう五歩ほど歩くと、僕はとうとう彼女の名前も、存在すらも忘れてしまう。彼女は何と名乗ったか、彼女とは何か。

どうしても思い出せない。さっきまで、僕は誰かと会話をしていたのだが、それが誰なのかが思い出せない。確か女性だったような、いや、まてよ、あるいは男性だったかもしれない。あれ、誰だったかな、と。

そしてついには、僕は思い出せなかったことすら思い出せなくなる。心にはぽっかりと空白の時間ができるのだが、その空白が、何者かによって、空白とは感じられない何かに変えられてしまう。

僕は忘れたことを忘れた。

よって、何も忘れなかったことになった。

僕はいよいよ東6ホールが設置されている東展示棟の中に入る。広場と同様に、中にもやはり人はおらず、薄気味の悪い静寂だけが空間を支配していた。ツヤの効いた白いタイルも、近未来的なガラス張りの通路も、止まったままの動く歩道も、すべてがどこかおどろおどろしく、僕を不安にさせるための演出のように思える。

館内では自分の足音だけが嘘みたいに鮮明に響いた。一歩一歩が丁寧に反響し、僕の孤独感を増長させる。まるで暗に『ここにはあなたしか居ませんよ』と言われているようだ。やはりイベントなんてものは開催されないのではないだろうか。どう考えてもこの人気(ひとけ)のない静寂は不自然だ。僕はそんな疑問と不安を胸に、天井に掛けられた案内表示に従って東6ホールを目指した。

階段を降りると、そこにはいよいよメインの会場がずらりと並んでいた。向かって左には大きく『東4ホール』と書かれ、反対に右側には『東1ホール』と書かれている。いずれもシャッターが閉まっていて中は確認できないけど、おそらく想像するに相当大きなホールのはずだ。何と言ってもシャッター自体が十トントラックだって楽々飲み込めそうなほどに大きい。

そんな巨大なホールが居並ぶ回廊を、噛み締めるようにして一歩ずつ奥へと歩いていくと、左手にあった『東4ホール』という表示が『東5ホール』に変わる。どうやら東6ホールはこのすぐ奥のようだ。僕は目的地が間近に迫っていることを確認して、一人息を呑んだ。

その時、ふいに誰かがすすり泣いているような声が聞こえた。小さく洟（はな）をすすったような、押し殺した嗚咽の切れ端のような、とにかくそんなおどろおどろし気な声だ。

館内は空調が効いて涼しくはあるものの、いくつもの照明が落とされ、薄暗くも陰鬱とした空気が漂っている。僕は思わず必要以上の肌寒さを感じる。まったく、気味の悪い幻聴など勘弁して欲しいものだ。僕は決して幽霊だのオバケだのといったオカルトチックな存在に対して強い耐性を持ってはいない。ホラー系のテレビ番組や映画は極力避けて通ってきたくらいだ。幽霊なんてものに遭遇しようものならすぐにでも気絶してみせる自信がある。

僕は一度深呼吸をしてからまた歩き出した。泣き声なんて気のせい、気のせい。昔から『おばけなんてないさ』と言うじゃないかと自分を鼓舞しながら。

しかし、僕の耳は今度こそ間違いなく、すすり泣きの声を捉える。深い悔恨の末、非業の死を遂げることとなった悲しき幽霊のそれのようなすすり泣きを。疑いようもないほどに、言い逃れできないほどに完璧に。僕は全身の皮膚という皮膚すべてに鳥肌を立たせた。

ここから見渡せる限り、東1〜5ホールのすべてにシャッターが降りている。いずれも頑丈などという言葉では心もとないくらいに頑丈に、厳重に。

そんな密閉された空間の中から声が漏れ聞こえてくるなどということはありそうにもない。するとなると、その声の発生源は必然、一つに絞られる。僕の目的地でもある『東6ホール』。

ここからでは内部は確認できないけど、どうやら東6ホールにシャッターは降りていないようだ。その証拠に内部の照明がほんのりと僕の進んでいる薄暗い回廊に漏れ出している。現状、イベントの有る無しに関してはまだ分からないが、少なくとも、東6ホールが開け放たれていることは確実だ。他のホールはすべて閉めきられているが、あそこだけは間違いなく開いている。

一体そこには何が待っているのだろう。

若干の恐怖心から、やっぱり引き返したほうがいいんじゃないかな、などという弱気な意見も自分の内側から聞かれたが、僕の足はゆっくりと光の射す東6ホールの入り口へと向かった。怖いもの見たさなのだろうか、それとも、すでに幽霊様の暗示にかかっているのだろうか。とにかく僕は何かに引っ張られるようにして歩を進める。

一歩、二歩、三歩。

すすり泣きの声も大きくなっていく。

四歩、五歩、六歩。

大きく開かれた東6ホールの入り口から光が漏れている。答えはもう、すぐそこにあるのだ。

『人の幸福を考える集い』とは何か。

ここには誰が居るのか。

すすり泣いているのは何者か。

僕は唾を飲み込んでから、思い切ってその中を覗き込んだ。薄暗かった回廊と、ホール内から溢れる眩い光のコントラストに僕の目は一瞬だけ機能を失ってしまう。僕は急いで目を閉じ、光を振り払ってから手探りするように目を開いていった。

瞳の中の絞りがようやくその機能を見せ始め、視認に必要な光量を調節していく。視界がひらけ、目の前の光景が輪郭線を獲得していく。

それはあまりに異様な光景だった。

僕は思わず一歩だけ後ろにたじろぐ。

目の前にひろがる広大な東6ホールの内部は、まったくの『空っぽ』であった。それは比喩表現などではなく、文字通りの純粋なる空っぽ。ざらざらとしたコンクリートがむき出しに広がり、向こう側の壁から柱までが限なく見渡せる。視界をさえぎるものなど何一つない。長机もなければパイプ椅子だって一つも置いてない。

それは、今から何かのイベントを行うというよりは、むしろ誰かに貸し出すために徹底的に掃除をした後という方が幾らか納得のいく光景。とにかく何も置かれていない。

ただ、問題はここからだ。

そこにはなぜか、一人の女の子が跪いているのだ。がっくりと力なく重力にひれ伏し、膝と両手を床につけて項垂れているのだ。

時折、思い出したようにすすり泣きを繰り返しながら、何か途方もない出来事に絶望をしているように見える。下を向いているせいで表情までは確認できないけど、そのとてつもない落胆の様相は表情以外の佇まいから充分に見て取ることができた。何と言っても、まるまった背中に浮かび上がった数字は「41」。これは中々に絶望的と言える。

誰も居ないホールに項垂れる、すすり泣きの少女。

これは誰が見ても異様だといえよう。

しかしながら、このような一見して純度百パーセントのホラーシーンを前に、僕が『お、おばけだぁ！』と取り乱さないでいられていることにも理由がある。実に単純明快。

その女の子は、幽霊と名乗るにはあまりにも生気に満ちているのだ。薄暗く、青白く、あわよくば流血でもしていそうな、幽霊のステレオタイプ的なそれとは、まるで住む世界が違っている。パッと見ただけで、おばけかそうでないかを判断できるわけがないだろう、と非難をする人が（この場にそんな人は居ないけども）いたとしても、実際に彼女の雰囲気を見てもらえば、まず間違いなく共感してもらえると思う。この子がおばけであるはずがない、と。

というわけで、僕はひとまずそういったオカルトチックなニュアンスにおいては取り乱さずに済んだ。だが、この光景が異様で、異常であることには変わりない。

僕はゆっくりと女の子に近づいてから声を掛けてみる。

「あの──」

僕が最初の二文字を発した瞬間、女の子は何かのスイッチが入ったみたいに、勢い良く僕の方を振り向いた。

随分と激しく号泣していたのか、目はうっすらと赤く腫れ、口元にも力がない。ショートカットの髪も寝起きのように入り乱れ、鳥の巣のような有様になっている。泣いていたせいも幾分あるのかもしれないが、顔の印象はだいぶ幼く見えた。僕より年下であることは間違いなさそうなのだが、はて幾つくらいなのだろう。何にしても随分と疲弊しているご様子で、僕は理由も分からず同情せずにはいられない。下手をすれば、もらい泣きしてしまいそうだ。

すると突如、僕を見つめていた彼女の表情が曇り始めていった。ちょうど赤ん坊が泣き出す前兆のように、無音のうちに顔に大きな皺がより始め、今にも追加の涙が溢れ出て来そうになる。

「ちょっと……ど、どうしたの？」

僕は慌てた。

無意識のうちに、彼女の気に障ることをしてしまったのだろうか。どうしよう。どうしたらいいんだろう。さすがに『いないいないばあ』では通用しないだろうし、涙が吹き飛ぶほどの漫談も持ち合わせていない。なにか、手を打たなければ。そんなふうに、今にも暴発しそうな涙への対抗策を考えていると、いよいよ彼女は声を上げて泣き始めてしまう。間に合わなかった。

まさしく「うえ〜ん」という表記が最適と言える、あまりにも壮大で、なんの遠慮もない、見事なまでの泣き姿だ。

ホール全体に反響して何倍にも膨れ上がった彼女の泣きじゃくりが、隅から隅までこだまする。

大号泣を前にして戸惑う僕に、彼女はようやく口を開いた。まるで餅つきの返し手のように、号泣と号泣の間になんとか台詞を潜り込ませて彼女は叫ぶ。

「本が……本がないっ！」

三枝のん ◆

「一冊も……一冊も本がないのですよ！」

あたしの目からは涙が次々にこぼれ落ちる。否、涙だけではない。高ぶった感情も、ぶつけようのない失望も、潰えた希望も、心の咆哮も、すべてが溢れ出す。

《泣くことも一種の快楽である》とは『随想録』の中のモンテーニュの言葉。しかしながら、この仕打ちはあんまりではないか、神様、仏様、稲尾様。どうして、どうして、ＢＯＯＫフェスタが行われていないのですか。そんなもの、もはや泣くしかないでしょうが。

今、あたしの目の前に現れたこの男性もおそらく、本を愛し、本と共にその人生を肥やしてきた強者の読書家であるに違いない。見た目からして実に人が良さそうで、虫も殺せないような、まさしく人畜無害を具現化したような雰囲気の御仁。これは休み時間は教室、もしくは図書室にこもり寡黙に読書をしている種類の人間であること確実。これぞ同志。唯一あたしと、この言いようのない絶望を分かち合うことができる本物の同志だ。そう考えると、涙がまた一層に込み上げてくる。同志よ、この絶望をあなたとどう分かち合おうか。

《他人もまた同じ悲しみに悩んでいると思えば心の傷はいやされなくても気は楽になる》——ウィリアム・シェイクスピア

彼もどうやら戸惑いの色を隠せていない。それもそのはず。何と言っても本がないのだ。それどころか、イベント自体が存在していなかったのだ。絶版本や希少本、各出版社の特設ブース、著名作家陣の講演会。そんな夢の世界はどこへやら、フリーペーパーの一つだって置いてない。美容室の雑誌コーナーだってもう少し充実している。ひどい。ひどすぎる。

「あ、あの……僕は大須賀駿って言うんだけど。君は、ここで何をしてたの？」と、人の良さそうな青年は戸惑いの表情で尋ねる。

はて、同志よ。『何をしてたの』とは、これいかに。そんなこと、決まっているではないか。

あたしは涙を拭って、震える声を落ち着かせてから話す。

「待ってたんですよ。ずっと」

「待ってたって……何を？」と大須賀なる人物は重ねてとぼける。

あたしはやや声を荒らげた。『本』に決まってるじゃないですか！ 今世紀最大級の『BOOKフェスタ』ですよ！ なのに、なのに、それがこの有様ですよ。なんですかこれは、この惨憺たる光景は」あたしは何もない無の空間を右手で示してみる。「確かにまだ午後六時で、開場までは少しだけ時間がありますよ。だけれども、さすがにここから二時間足らずで準備が整うだなんて、誰が信用しますか。なんで、やらないんですか？　どうしちゃったんですか、これは？」

　大須賀と名乗った青年は、ますます表情を濁した。「ご、ごめん。僕にもよく分からないよ」

　あたしははっとする。これは、いけない。あたしとしたことが、善良なる同志に対して八つ当たりをしてしまったようだ。彼は悪くない。それどころか、この大須賀さんも歴とした被害者ではないか。少しとぼけられたくらいで平静を乱すとは、あたしらしくもない。あたしは素直に謝る。

「すみませんでした……少し取り乱してしまいました」

「いや、別に大丈夫だよ。なんとなく、君がものすごく落ち込んでるってことは分かるから」と大須賀さんは未だ困惑した顔のまま言う。「実を言うと、僕はその、なんて言ったっけ、ブックフェスティバル？」

「BOOKフェスタ」とあたしは訂正をする。

「そう、そのBOOKフェスタっていうのに来たんじゃないんだ」

「へっ？」

　あたしは素っ頓狂な声をあげてしまう。この人は一体、何を言っているのだ。なら、ここに何をしに来たというのだ。野球場には野球観戦に出向くように、スーパーマーケットには買い物に出向くように、公衆浴場には入浴に出向くように、七月二十三日の東京ビッグサイトにはBOOKフェスタに出向く他ないではないか。

あたしが、まるで理解のできない展開に頭を悩ませていると、大須賀なる人物は大きめの旅行鞄の中から、一枚のチケットを取り出してあたしに見せつける。

「僕はこれに来たんだけどさ、君は何か知らないかな？」

あたしは、そのチケットを覗き込む。

そこには大きな文字で『人の幸福を考える集い』と書かれてあった。それはまったくもって聞いたことのないイベントであるばかりか、幾許か宗教的で抹香臭さすら漂わせていた。思わず本能的に少しだけ距離を置きたくなる。

しかし、そんなイベントの内容は一旦どこかに置いておくとして、今、最も注目すべきなのは何よりもこのイベントの開催場所と日時だ。確かにそれはよくよく確認してみると、あたしの目的であったBOOKフェスタと見事に時間と場所がバッティングしているのである。BOOKフェスタは午後八時入場開始とあったのだが、この『人の幸福を考える集い』という怪しげなイベントは午後六時入場開始とある。さすがに二時間で会場をそっくり入れ替えることは不可能だと思われるし、どう考えても現実的ではない。これは、どういうことであろう。

事態は夢野久作の如く複雑に入り組んでいるように思われたが、そんな複雑な状況下でも、今現在、たった一つだけ確実に言えることがある。

この大須賀なる人物、「同志じゃない！」。

「ドウシ？」彼は三角刀で彫ったような深いシワを眉間に寄せて、あたしを見下ろす。困惑した彼の表情はいかにも頼りなく弱々しく、『文気（ぶんき）』など微塵も感じさせぬ、あまりにも間抜けな表情であった。

　あたしは頭を抱えて再び地面に沈み込み、コンクリートに身体を同化させていく。なんと世知辛い世の中であるのだろう。あたしにとってのユートピアであるはずだったBOOKフェスタは、悲しきかな字義通りのどこにもない場所（ユートピア）であり、そんな絶望を分かち合えるかに思えた男性も同志ではなかった。なんと、なんと、慈悲なき世界であろうか。あたしの心には完璧なる絶望がのしかかる。真っ暗で、真っ黒で、すり潰した炭のように苦い、絶望が。

《完璧な文章などといったものは存在しない。完璧な絶望が存在しないようにね》――村上春樹、『風の歌を聴け』の冒頭。

　春樹先生。残念ながら、後者の、完璧なる絶望は存在するようです。なにせ、あたしの今の境遇をそうと呼べなければ、他に修辞の仕様がないのですから。これこそが完璧なる絶望です。

　思わずこぼれたため息は、こんなにも濁った絶望のさなかでも、きっちりと無色透明であった。あたしはそんな事実に、再びため息をつく。

　すると、二度目のため息に呼応したように、どこからかシャッシャッと擦るような足音が響きだした。この音はスリッパか、もしくはサンダルか。とにかく、誰かがこちらに向かってくる。あたしは会場の大きな入り口に視線を動かした。

　そこには、一人の若い男性が立っていた。

中肉中背。八方に飛び交ったぼさぼさの髪の毛に、足元には薄っぺらのビーチサンダル。服装は無地の灰色のポロシャツに濃い青のジーパン。肩には小さめのドラムバッグを背負っている。しかしながら、そんな頭髪と着用物のだらしない雰囲気とは対照的に、目元だけは鋭く冴え渡っているように見える。すべてのものを冷静に、あるいは冷酷に見極め、何事にも動揺を表しそうにはない堂々たる視線。

その男の姿を見た大須賀なる人物も、どこか怪訝そうな表情をしている。どうやら彼もまた知り合いではないようだ。

男はサンダルを擦りながらゆっくりとこちらに近づいてくる。決して慌てず、マイペースに。

あたしはそこに思わずあるものを感じ取る。

『文気（ぶんき）』――これぞ『文気』ではないか。

言うなれば太宰治や坂口安吾が身に纏っていた無頼派の『文気』。

あたしは、この絶望の中にようやくもって同志を見付け出したのかもしれない。

《明朗になろう、耐えきれないほどひどい不幸などありえないのだから》――ジェームズ・ラッセル・ローウェル

あたしは震える声で訊く。

「あ、あの……あなたは本を探しに来たのですか？」

江崎純一郎 ♠

「いや、違う」

「同志じゃない！」と、小柄な女は言った。

俺は学生風の男女を前に、ポケットに仕舞ったチケットを確認する。七月二十三日、午前十時入場開始、受付は東6ホール。時間はともかくとして、日付と場所はここで間違いない。今日は七月二十三日で、ここは東京ビッグサイトの東6ホール。

にもかかわらず（大いに予想された事態ではあるが）現状を見るからに、ここにはアカデミックエキスポというイベントは存在していないようだ。俺はボブの言葉を思い出す。

『九分九厘、この招待券は本物さ』

残念ながら、あんたの見立ては大外れだったようだ。学問のイベントなんてものは、真っ赤な嘘だった。

だがそんな事実にもめげずに、回想の中のボブは続ける。

『もし、これが真っ赤な嘘だとして、このイベントが開催されず、怪しげなイベントが代わりに開催されたとしよう。どうだね。それはそれで、結構ではないか。新興宗教の勧誘でも、マルチ商法の説明会でも、君にとって「不変的」で「見え透いている」人生に、一石を投じる素晴らしき、革命的イベントではないか。題して、「世の中の裏側、のぞき見ツアー」だ』

頭の中のボブはすべてを言い終えると、いつものようににやりと笑った。よく磨いたブリキのような、深みの中にくすみを含んだ笑顔。

俺は目の前の二人に対して訊く。

「で、これは何の集まりなんだ？　マルチか、宗教か？」

すると、何かにふてくされて座り込んだままの女が、もう一人の男を指差しながら言う。

「宗教ならおそらくこの方ですよ。幸福関係の宗教だそうです」

「えっ？　ちが、違うよ。僕は別にそういうのじゃないよ」

冴えない男は慌てて両手を振る。どうやら会話の内容からして、この二人も初対面らしい。

俺は口論を始めた二人に対し、アカデミックエキスポのチケットを見せてみる。

「俺は、これに来たんだが、何か知らないか？」

二人は食い入るようにして俺のチケットを覗き込んだ。まるで初めて見る生物の詳細を観察するように、念入りに、熱心に。しかし、しばらくすると二人はほぼ同時に観察を中断して、それぞれ何かを俺に見せつけた。

それは、俺が持っているのと同じようなチケットだった。

女が持っていたチケットには、『BOOKフェスタ』と書かれていた。話を聞けば、女はこれを目的にここに来たらしい。それで俺の姿を見つけるなり、『あなたは本を探しに来たのですか』と訊いたのか。

また、男が持っていたチケットには、『人の幸福を考える集い』と書かれてあった。女が言うとおり、確かに宗教的な響きだ。男はこれを目的にここに来たという。俺は男に対し、こういうのに興味があるのか、と訊いてみると、男は答えにくそうに口を濁した。

「別にそういう訳じゃないんだけど、ちょっとだけ、思うところがあってね」

とにかく、いずれのチケットも開場時間に関してのズレはあるものの、場所を含め、おおよその詳細は一致していた。

確かに、俺は端からこの『アカデミックエキスポ』のチケットに懐疑的な視線を送っていた。場末の喫茶店のポストに、なんの前触れも関連性もなく、こんな大層なチケットが投函されるはずがない、と。よってイベントが嘘であったとしても当然驚きはしない。むしろ納得さえする。しかしながら、この状況には理解し難い部分が大きかった。まったく別のイベントだと知らされた人間が三人、一堂に会している。そして、そのいずれのイベントも開催されてはいない。今ひとつ解せない。

『気をつけて行くのだぞ。外泊中には思いもよらないトラブルがつきものだ』

俺は思わず苦い笑みをこぼした。ボブの意見や箴言（しんげん）は、最初こそやや的外れに思えても、最終的にはしっかりと本質を捉えてくる。やはりボブは奇人だ。

「あ、あの……？」

不意に背後から声が聞こえた。女性の声だ。

振り向くとそこには、また別の女が立っていた。若い女性。こちらも学生だろうか。

女はやや青みがかった白いワンピースを着て、キャスター付きのキャリーバッグを転がしている。身長は女性にしては高め。百六十センチ以上ありそうだ。体形は細身で指先からつま先まで一貫してすらりとしている。表情や身のこなしの雰囲気が実によく洗練されていて、幾らかの品を感じさせた。まっすぐな黒髪は一本の例外もなく見事に重力に従い、光沢の輪を作り上げている。

世の中のきれいな部分だけをかき集めて造られたような清潔感と、そこはかとない知性を感じさせる女だった。

「あの……ここって、東6ホールですよね？」と女は訊く。

俺を含めた三人が頷いた。

「ピアノのコンサートって、中止になっちゃったんですか？」

俺を含めた三人がため息をついた。

葵　静葉 ♥

「――という訳で、僕たちも今ここに来たばっかりで」と、大須賀さんと名乗る人は言った。

三人からひと通りの話を聞いても、私は未だに現状がうまく飲み込めないでいる。

何にしても、ピアノの演奏が聴けないということは、私にとって少なからず残念な事実であった。

ピアノを断ってから、生の（しかもプロの）ピアノ演奏を聴くなどという機会は私にはただの一度もなかった。それだけに私は自分自身の想像以上に、今日という日のコンサートを楽しみにしていたようだ。その証拠に、私の心には桜が散り終わった後のような、何とも言えない喪失感が漂っている。

でも、これでよかったのかもしれない。ピアノはもう弾かないと決めたのに、私はあんなことをしてしまったのに、一人でのうのうとコンサートに来ようとしたのがそもそもの間違いだったのだ。原因は分からないけれど、今回の中止は神様からのメッセージなのかもしれない。きっと、そうだ。私は開きかけた自分の禁忌の扉にまたしっかりと鍵を掛けた。錠前が落ちる音を耳に焼き付け、心を落ち着かせる。

「そうだ。ホテル！　ホテルはどうなるんですか！」と、三枝さんと名乗った女の子が言った。三枝さんの横には随分と大きなリュックが置いてある。きっと、宿泊のために大掛かりな荷物が満載されているのだろう。そこには彼女の『わくわく』の香りがいっぱいに付着しているように見えた。膨れ上がったリュックは彼女の心情を雄弁に語る。

「イベントが嘘だったんだ。そっちだけは本当なんてことは、考えにくいけどな」と江崎さんが言う。

「でも、絶対に確認しに行くべきです！」と三枝さんは息巻いた。

私のチケットだけでなく、三枝さんのも、江崎さんのも、大須賀さんのも、みんなのチケットが『ホテル招待券』を兼ねていた。会場から歩いて数分に位置する、有明ボストンホテルの四泊五日招待券（朝、夕食付き）。だけれども江崎さんの言うとおり、イベント自体が中止なら、このホテル宿泊券も無効であるような気がする。肝心のイベントが中止なのに、宿泊だけができるだなんて、ちょっと考えにくい。

私たちのチケットはそれぞれのイベント名、イベントの詳細、開場時刻以外は、まったくもって同じ文章・体裁で造られていた。ホログラムのデザインから、チケット自体の色・形、切り取り線の位置、文字のフォント、イベントに関する諸注意の文言。すべてが同じ。まるで、同じ商品の色違いみたいに。

そしていずれの主催者も『株式会社レゾン電子』となっていた（強いて細かい違いを挙げると、江崎さんのチケットだけは主催者の欄が非常に小さくて、見難かったけれども）。つまり私たちのイベントは、すべて株式会社レゾン電子が同じ場所で（時間はそれぞれちょっとずつずれているけれど）同じ日に主催したということになる。一体、どうしてレゾン電子はこんな多重ブッキングをしてしまったのだろう。大手企業にしてはちょっと考えにくいミスだ。

「とにかく、ホテルに行ってみましょう！」

三枝さんの力強い熱弁に押されるようにして、私たちは何もない東6ホールから移動を始めた。ゆっくりと、のそのそと。みんなそれぞれ、イベントの中止に拍子抜けしているようだ。足取りは決して軽くない。

「あのさ……ちょっと変なことを訊いてもいいかな」

数歩歩いたところで、口を開いたのは最後尾に居た大須賀さんだった。私たち三人は立ち止まって、大須賀さんの方を振り向く。

私は「どうしたんですか？」と訊いてみる。

「いや……あの。今の僕たちの境遇っていうのは、ものすごく変だと思わない？」

私たちは当然のように頷く。〈何を今更〉というように。

大須賀さんは構わず続けた。

「みんなが別のイベントを目的にしてここにやって来たのに、イベントなんてものは一つもやってなかった。場所も開催日も主催者も同じだったのに、どのイベントも存在していなかった。開場時間だけは少しずつずれていたけど」

それも〈今更〉。また私たちは頷く。

「だけども僕たちは、ほぼ同時刻にここに集まった」

確かに。冷静に考えてみると、それは少しできすぎているような気もする。私が来た時点で、最初に三枝さんが来てから一時間となかったらしいし、私たちはまるで図ったように同時刻に集合している。

大須賀さんは自分自身を納得させていくように、少しずつ話すペースを上げた。

「何となくなんだけども、今の僕には、これが単なる中止には思えなくなってきたんだ。……ひょっとしたら単なる思い過ごしかもしれないんだけども、僕はこのチケットを見たとき、つまり、『人の幸福を考える集い』っていうイベントの名前を見たとき直感したんだ。これは、僕を呼んでいるって」

「はぁ……」と三枝さんが相槌のような、疑問符のような声を出した。「それはつまり『宗教が僕を呼んでいる』と？」

「いや、違うんだ。そうじゃなくて」と、大須賀さんは言葉を探す。「そういう意味じゃなくて。僕は、まるで直接肩をぽんぽんと叩かれて、呼び出しを食らったみたいに、宿命的なものを感じたんだ。これは僕を名指しで呼んでいる。僕は行かなくちゃいけない、って。そもそもチケットの入手経路からして、不思議なところが多かったんだ。このチケットを僕にくれたのは友達の女の子だったんだけども、その女の子はどんなふうにしてこのチケットを入手したのか覚えてなかった。僕は当然、彼女の台詞に首をかしげた。だけどもその女の子の状態と、チケットの内容を見て直感した。これは、決して見過ごせない出来事だ、なにかが僕を呼んでいる、って……だから、今ここにいる他のみんなにも、偶然以上の何かが存在している気がするんだ。これは、『偶然』日程がかぶったイベントの、『偶然』の中止じゃない」

大須賀さんの突然の熱弁は私たちを驚かせた。一体、何を言い出すのだろう。話はどこに着地するのだろう。どういった結論で結ばれるのだろう。そういった疑問が私たちの頭の上を静かに漂っていた。

一見して、まるで見当はずれなことを言い出しているようにも思えてしまうけれども、それ以上に私はどこか、大きな期待感のようなものを感じていた。ひょっとすると、まるで答えのわからない状況の中で、大須賀さんは何か答えに近いものを掴みつつあるのかもしれない。大須賀さんは身振りを交えながら、徐々に話の高度を下げ、話を着陸の態勢へと導く。

「それでも正直、実際にここに来るまでは、僕もまだ半信半疑だったんだ。これは何かの『偶然』の連続であって、そんな大きな意味は含まれていないんじゃないかって。でも、ここにそれぞれ別の目的を持った四人が、何もない会場に集められた今、僕はようやく確信できそうな気がするんだ。やっぱり、これは僕を呼んでいた。もっと、言うならばみんなを呼んでいた」

「結局、何が言いたいんだ」と言ったのは江崎さんだった。

確かに（江崎さんの言い方には少しだけ刺があったけれど）江崎さんの言うとおり、大須賀さんの話は何かの核心を保留したまま説明しているようなふうであった。まるで紛争地帯を避けて大きく遠回りをしながら物資を輸送するトラックのような、婉曲的な話し方だ。大須賀さんの風呂敷は広げ切られてはいない。それに少し抽象的すぎる。

江崎さんの発言に、大須賀さんは一度躊躇するように唇を噛む。そして、ずっと大事に取っておいたワインの栓を抜くように、ゆっくりと口を開いた。

「僕には……」一度言葉を区切る。「……『普通じゃない』ところがあるんだ。それは、単なる性格とか、癖とかじゃなくて、もっと根本的な意味において、『普通じゃない』ところが」

江崎さんはほんの一瞬だけ眉をぴくりと動かした。「どんなふうに『普通じゃない』んだ？」

「見えないものが見える」と大須賀さんは言った。

江崎さんはジーパンのポケットに両手を突っ込み、しばらくコンクリートの床を眺めていた。まるで床の黒い斑点を数えているみたいに。それから不意に右足をサンダルから抜き、足の指を二、三回ぐっぐっと握ってから、またサンダルに仕舞った。すべてを終えると江崎さんは口を開く。

「それは、確かに『普通じゃない』」

大須賀さんは神妙に頷いた。「ここからが本題で……もし、これが僕の思い過ごしだとしたら、それはものすごく恥ずかしいことではあるんだけども、たぶん、少なからず僕の予想は当たってると思う。だから、思い切って質問してみようと思う」大須賀さんは小さく深呼吸をした。「みんなもどこか、普通じゃないところはないかな?」

普通じゃないところ。

つまり、一般的な規格から外れたところ。

世の中、本当の意味で誰しもが、自分を平々凡々で、完璧なる無個性な人間だと思ってはいないと思う。個性がないと言いながらもほんの些細な違いが、密かに、確固たる個性を生み出している。私は、あるいは僕は、つまらないことではあるけれども、人とはここが違う。ここが私のアイデンティティだ。よってそういう意味では、みんながみんな『普通ではない』。私は花の種類を誰よりも多く知っている。短距離走なら誰にも負けない。寝起きがいい。好き嫌いがない。舌が長い。猫が嫌い。あるいは、ピアノが弾ける。それぞれが誰も歩んだことのない道を歩み続けたパイオニア。普通ではないオンリーワン。

でも、大須賀さんが訊いているのはそんなことではない。もっと、根本的な異質。根本的に『普通ではない』ところ。

なら私は、どうだろう。私は自問してみる。

大須賀さんが訊いた意味においての『普通ではない』のだろうか。

すると、江崎さんが顔を上げた。

「おそらく……俺も『普通じゃない』」と江崎さんは向こう側の柱を見ながら言った。「聞こえないものが聞こえる」

大須賀さんはそれを聞くと、笑顔のような苦悶のような混沌とした表情で頷き、流れるようにして三枝さんの方を見た。答えを促しているのだ。

三枝さんはどこか放心状態だったのか、空中の一点を見るとはなしにぼうっと見ていたのだが、大須賀さんの視線に気づき慌てて声を出した。

「あ、あたしは……」三枝さんはかすれていた声を咳払いで整えた。「よ、読めないものが読めます。おそらく、『普通じゃない』です」

心臓の音がよく聞こえた。不気味なくらいにとてもよく。

ひどく喉が渇き、呼吸も速くなる。私は体の細部まで汗をかいていた。じっとりと、ひんやりと。

順番が回ってきた。視線は必然的に私に集まり、三人の六つの瞳が私を射ぬく。だけれども、それは決して敵対的なものではない。むしろ、どこか因縁めいていながらも温かい視線。ただ、いくらか重たい視線。

私は震える喉を押さえながら、押し出すようにして声を作る。

「私は……私も、きっと『普通じゃない』」

私はなぜか涙を流しそうになっていることに気がついた。なぜだかはまったく分からない。

でも、何かの終焉と、何かの序章がせめぎ合って、私の涙腺を確かに刺激していた。ほんの先ほどまで、ピアノのコンサートに胸を躍らせていたのに、そんな私はとうの昔の存在であるように思えた。私は大きく息を吸ってから、一息に言葉を紡ぐ。

「私は……壊せる。何でも壊せてしまう」

大須賀さんは全員の台詞を聞き終えると、最後の質問をした。

「なら、声を聞いたことがないかな？」

私は心の奥深くで、しっかりと頷く。

ある。聞いたことがある。

それは、後の私にとっての最大の救済でもあり、最大の悪夢の始まりでもあった四年前。私の心に大きなレバーができたあの日。確かに声を聞いた。今となっては、それは男性の声なのか、女性の声なのかも思い出せない。それは声という歴とした音声情報でありながら、今となっては純粋な文字情報でしかなかった。

だけれども、未だに一字一句間違えることなく想起できる。

その時が来たのだ。

記憶の片隅でたっぷりと埃をかぶって忘れ去られていたあの夜の声を、私は静かに思い出す。

それは、あなたに預けます。
ですから、その時まで、
どうぞご自由にお使いください。
ただもしも、その時が来たら、
私に協力しなさい。

その時が来ても、
あなたが、私に協力をしないと言うのなら、
あなたは——

大須賀 駿 ♣

僕たちはホテルに向かった。

有明ボストンホテルは東京ビッグサイトにぴったりと隣接していると言っても大かた差し支えないところに位置していた。会場からわずかに数分。白い外装の高層ホテル。見上げたホテルのほとんどの窓には明かりが灯っていた。隣の会場で何もイベントのない今日のような日でも、宿泊客はそれなりにいるようだ。僕たちは重たい沈黙を携えながらホテルの入り口をくぐった。

中はいかにもホテルらしい真っ白な床と壁と天井。暖色系の照明が所々で淡い輪郭の光を放っている。僕たちはまっすぐにフロントへと向かった。

アルバイト先のファストフード店とは比べものにならない、ホテルマンの洗練されたお辞儀が僕たちを出迎える。ポマードでがっちりと造り上げられたオールバックが印象的な中年男性だった。

僕たちはそれぞれ自分のチケットをフロントに差し出し、このチケットが宿泊券として使えるかどうかを尋ねてみた。

ホテルマンは四枚のチケットを手早く点検すると、上品な笑みを浮かべながら、「ええ、ご利用いただけます」と言った。

僕たちはその言葉に思わず互いに顔を見合わせる。

僕は重ねて「本当に四泊もできるんですか？　それもごはん付きで」と訊いてみた。ホテルマンは目を閉じて頷く。「ええ、もちろんでございます。お話は伺っております」

イベントはなかった。でも、ホテルには泊まれるらしい。やはり、ここには何かがありそうだ。僕たちの戸惑いと驚きをよそに、ホテルマンはおもむろに後ろを振り向いて、棚の中から一枚のカードキーを取り出した。

「では、お部屋にご案内いたします。荷物は係の者にお預けください。お部屋までお運びいたします」

ホテルマンはカウンターを出て、僕たちの前に立つ。更に別の若いホテルマンがどこからともなく現れ、僕たちの横に立った。長身で彫りの深い男の人だ。

若いホテルマンは荷物をお預かりいたしますと言って、みんなの荷物を一つずつ器用に背負っていく。一番重たそうだった三枝さんのリュックを背負っても男性はびくともしない。さすがにかなり手馴れているようだ。

僕たちが身軽になると、オールバックのホテルマンは右手で進行方向を示した。

「では、エレベーターでお部屋のございます二十二階に参りましょう」

「ちょっと、待ってください」と僕は言う。「今から行くのは誰の部屋なんですか？」

「誰の部屋？」とホテルマンは目を大きくして言った。

「はい。……僕たち四人のうちの誰の部屋なんですか？」

ホテルマンは困った表情をした。「申し訳ございませんが。ご予約頂いておりましたのは四人部屋でございますので、みなさんご一緒のお部屋ということになるのですが……」

「えっ？」

僕たち全員が聞き返してしまった。

「四人部屋？」

「ええ。ご予約は四人とお伺いしておりましたので、四人部屋をご用意させて頂きました。なにか不都合がございましたでしょうか……」と、ホテルマンは心配そうにこちらを見つめる。

「不都合というか、僕たちもまだ事情がよく飲み込めてなくって……。今回、予約を入れたのは、一体どんな人だったんですか？」

ホテルマンは僕の質問に嫌な顔ひとつせず、まっすぐな目で頷き「少々お待ち下さい。ただいま、お調べいたします」と言って、機敏な動きでフロントに戻っていった。

しばらくすると、何かの資料が挟まったファイルを手に戻ってくる。その間、若いホテルマンの方は荷物を背負いっぱなしだった。

オールバックのホテルマンは、持ってきたばかりの資料に目を通しながら言う。

「ご予約頂いたのは『株式会社レゾン電子』様でございました。申し訳ないのですが、インターネット予約でございましたので、実際に担当者様のお姿は拝見しておりません。予約時に『当日、お客様が専用の招待券を持って来たら、部屋にお通しするように』と添え書きがございましたため、その方針に則らせて頂きました。料金はすでに振込み形式でお納め頂いております」

「できれば、その資料を見せてもらってもいいですか？」

「ええ」とホテルマンは言い、ファイルの中から一枚の紙を抜き出し、それを僕に手渡してくれた。謎多き展開に困惑しながらも、僕は資料に目を通す。他の三人も僕の脇から資料を覗き込んだ。

お客様氏名……株式会社レゾン電子様
お客様電話番号……0120（909）2×710
お客様住所……東京都大田区田園調布1―2×
宿泊人数……四名（男性二名・女性二名）
ご利用プラン……四人部屋ご利用：1Fレストラン『グレッグタウン』朝、夕食付き
ご宿泊日程……七月二十三日〜七月二十七日
ご予約方法……インターネット予約
料金……前払い：頂戴済み
お客様からの要望：当日、お客様は弊社でご用意させていただきました特別招待券をお持ちになってお越しになります。もしも、弊社のロゴの入った招待券をお持ちになったお客様がお見えになった場合には、速やかにお部屋にお通しくださいますよう、よろしくお願い致します。

（レゾン電子ご担当者様より）

やはりイベントの主催者でもあった株式会社レゾン電子が、ここのホテルの予約もしていたようだ。僕たちは資料から顔を上げると、やっぱり顔を見合わせた。互いに手がかりや、心当たりを掴んでいる者がいないかどうか確かめるように。でも、もちろん僕には心当たりなんてなかったし、また、他の誰にもありそうになかった。

「よろしかったら、そちらの紙は持って行かれても構いませんが……」とホテルマンは言った。あまりにも長い間紙を握り締めていたから、気を利かせてくれたのかもしれない。僕はありがとうございますと言って、紙を受け取った。

「では、そろそろお部屋に向かわれますか？」とホテルマンが促したので、僕たちはまごつきながらもようやくエレベーターへと向かった。

少しずつではあるけれども、小さな情報を集めていくたびに僕はゆっくりと確信を深めていった。これはやっぱり『偶然』なんかじゃない。僕たちはあの『声の主』に呼ばれたんだ。そして、なにか大きなものを突きつけられている。黒くて、ぼんやりとしていて、ぞっとするほど冷たい、何かを突きつけられている。僕たちは今から、ここに呼ばれた理由を考えて、それに『協力』しなければいけない。さもなければ、僕たちは……。

「お部屋はこちらになります」

二十二階はこのホテルの最上階であった。母子家庭に生まれ、言わずもがな貧乏暮らしの僕にとって、ホテルという存在はあまりに遥か遠くのものであったけども、そんな僕でもホテルの最上階の部屋と言われれば『凄そうだ』という漠然とした印象は持てる。そして、案の定、案内された部屋は、飛び上がるほどとまでは言わないけども、それなりに高価な雰囲気の部屋だった。十五畳以上は悠々ありそうな、シックなカーペット敷きのリビングに、そこから通じる寝室が二つ（それぞれベッドが二つずつ置いてあった）。お風呂とトイレはきっかり別々で（トイレにはウォシュレットが付いていた）、そこかしこにクローゼットがいくつもあった。リビングには大きなテレビに、据え置きのパソコン（インターネットが利用できるらしい）、大きなステレオスピーカーも置いてある。置いてある物はどれも普通すぎず華美すぎない、実用性と様式美を兼ね備えた品々であった。変な形の壺だったり、ライオンの敷物だったり、そんなふうなごてごてした装飾品は一切ない。おかげで、未だにブラウン管のテレビにお世話になってるような後進的な僕でも、そこまで息苦しくならずに済んだ。

また、部屋から一望できるお台場の夜景はなかなかに圧巻だった。煌々と輝くビル街の照明と、ゆらゆらと月明かりを反射する東京湾。これはちょっとばかり心動かされる景色だ。僕は密かに、弥生と来られたらよかったのにな、とあらぬことを思ったりもした。

でも、そんな浮ついた妄想もそこそこに、僕たちには今、解決しなければいけない課題が山積みだった。一体、僕たちはどうしてここにいるのか、どうしてここに集められたのか、何をしなければいけないのか。

僕たちは誰からともなくテーブルを囲んだリビングのソファに腰を下ろした。まるで麻雀（マージャン）でも始めるみたいに、綺麗に一辺ずつを陣取って。

僕たちは改めて簡単に自己紹介をし直した。出身地、年齢、ここに来た経緯、そして、それぞれの『普通じゃない』点を、詳らかに。

最初に自己紹介をしたのは僕。

僕は大須賀駿。千葉県千葉市の出身で、地元の高校に通う高校三年生。これといった趣味もなければ特技もないけども、強いて言えば、高校に入ってからずっとファストフード店でアルバイトをしていることは、ちょっとした特徴かもしれない。もっとも、アルバイトをしている理由は純粋に貧乏であるからなのだけども。

ここに来た経緯は、さっきも話したとおり、友達の女の子にチケットを貰ったから。その子は、チケットに関しては何も覚えてない、でもこれを大須賀くんに渡しなさいと何者かに言われた気がするとのことだった。

そして、一番肝心な僕の『普通じゃない』ところは、人の背中に数字が見えるところ。おそらくそれは『幸福の偏差値』。その人がその日どれだけ幸福なのかが、数値化されたもの。見ようと思えば、今も皆の背中に数字が見える。

おおよそそんなことを話した。

「じゃ、あたしの背中には一体、いくつって書いてあるんですか？」と三枝さんが訊いてきたので、僕は素直に答えた。

「『41』だよ」と。

「ふっ」と三枝さんは自虐的に鼻から勢い良く息を吐き出した。「でしょうね。こんなにもがっかりな一日は初めてでしたから。悪夢の一日です。市ヶ谷では改札で転ぶはめになるし、軍資金を二十万円も持ってやって来たというのに、まったくの収穫ゼロでしたからね」言い終わった後はふてくされたように唇を尖らせていた。

僕は残りの二人の数字も伝えてみた。江崎さんは「56」で葵さんは「44」だと。

葵さんは「そうね、そのくらいかも。ピアノのコンサートは楽しみだったし、その分残念だったから」と、透明感のある笑顔と、せせらぎのような声で答えた。江崎さんに関しては特に感想は得られなかった。「56」が妥当なのか、不本意なのか、その表情からは見極められない。

次に自己紹介をしたのは、三枝さん。都内水道橋に住む高校一年生。僕の一個下だったようだ（後に解ることだけども、この四人の中では最年少だった）。ただ、見た目に関しては正直もっと幼く見える。髪の毛は整ったショートカットで、ぐしゃぐしゃだったさっきまでは分からなかったけども、前髪がぱっつんに切り揃えられている。小柄で細身でありながらも、それは『げっそり』という感じでなく、『シャープ』な印象。どことなく引き締まっていて、小さいながらも（小さい分余計になのかもしれないけど）身体のしなやかなバネや力強さが強調され、快活な雰囲気を演出する。

「是非とも『のん』と呼んでください」と、まるで英会話の例文のような台詞を高らかに宣言したので、僕も以後は『のん』と呼ばせてもらうことにする。

趣味は何と言っても読書をおいて他になく、読書こそがあたしの存在証明ですらあると、のんは言い放った。ここに来た理由もＢＯＯＫフェスタだと言っていたし、その入れ込みようは大いに窺い知れる。また、チケットはそんな読書の過程で、思わぬところから手に入ったと、彼女は言った。書店で買った新刊の文芸書の中に入っていた、と。

彼女の『普通じゃない』点は、その趣味に合致したかのように、『指で本が読めること』だそうだ。どんな本でも冊子でも、それがおおむね本の形を保っていれば、人差指で背表紙をなぞるだけで本が読める。また、指で読んだ本は、二度と忘れないでいられるそうだ。一ページどころか、一字一句、端の方に添えられた挿絵だって忘れることはない。とても便利そうで羨ましい。

正直、人の背中に数字が見えたところで、特にこれといった役得はないから（それどころか、残念な気分になることの方が多い）幾らか実用的な、そっちの方がよかったな、と、僕はしょうもなく幼稚なことを考えた。テストの点だってよくなるだろうし、色々と利点がありそうだ。

三番目は江崎純一郎と名乗った男性。東京都は西日暮里に住んでいると言った。彼は僕と同い年の高校二年生。発しているオーラが僕よりも大人びていたから年上かと思っていたのだけども、歴とした同学年だった。江崎さんは何があってもちょっとやそっとでは取り乱しそうにないような、堂に入った感じがある。

会話の中で僕が『江崎さん、江崎さん』と呼んでいると、『一々「さん」なんて面倒だから付けなくて良い、俺も「大須賀」と呼ぶから敬称なんて付けるな』と一蹴されてしまったので、こちらものんと同様、以降は江崎と呼ばせてもらうことにした。少しだけこのオーラの前で呼び捨ては恐れ多いのだけども、とにかく、以後は江崎と呼ぶことに決めた。

江崎の第一印象に関しては、少し取っ付きにくそうだなというものだった。常に何かを持て余しているような気だるそうな視線で、体中に退屈の二文字を背負って歩いている。でも、決してマイナス方向一辺倒の印象ではなく、一人でも生きていけるクールな男性というイメージもあった。僕は正直、そういうクールな雰囲気に少しだけ憧れる。何かから独立している感じというのは単純にカッコイイのだ。

江崎はチケットを行きつけの喫茶店で貰ったと言った。細かい事情は話すと長いと言って省略したが、とにかく貰った時から胡散臭いチケットだと思ったそうだ。アカデミックエキスポというイベントにも特に興味はなかったと言う。ここに来たのは、本当に気まぐれだった、と。

江崎の『普通じゃない』点は、毎朝、起き抜けに予言が聞こえてくるということらしい。毎朝決まって五つ。

それらの予言は必ず、その日のうちのどこかで聞こえてくるのだそうだ。こちらも僕よりは実用的だ。すぐにはこれといった応用方法は思いつかないけど、うまく利用すれば、……なにかがどうにかなりそうだ（自分の発想力の貧困さに涙が出そうになる）。

「ちなみに、今日はどんな予言が出たの？」と僕が訊いてみると、江崎はポケットから手帳を取り出してぺらぺらと中を覗いた。そこに予言が書いてあるのだろう。江崎は目的のページを見つけたのか、僕の方を見る。

「悪いが、今日はもう五つのうち、三つを聞き終わってる。今から聞こえてくるのは二つだけだ。それも、あまり面白そうな言葉じゃない」と、気乗りしないような口調で言った。

「なら、その二つだけでも教えてよ」と僕が言ってみると、江崎は仕方なさそうに手帳の新しいページを一枚破いて、そこにボールペンで文字を書きだした。書き終わると、それを折りたたんでから僕に渡す。

「そこに、今からの二つを書いておいた。四つ目に関しては誰から飛び出すか分からないが、五つ目はおそらく女性。もっとも大方の予想は付くが……」と言って江崎はのんをちらりと見てから、視線を戻す。「今日の終わりにでも、確認すればいい」

僕は「ありがとう」と言って、その紙をポケットに仕舞った。

最後は葵静葉さん。こちらは神奈川県出身の高校三年生。僕より一個年上だった。随分と教養の有りそうな、気品あふれる（江崎よりも柔らかくて温かい）オーラが漂っていたから、どことなく『年上の品の良いお姉さん』という印象だったので年上だということに驚きはしなかった。ずばり言って清楚で清純派な雰囲気は見ていて清々しい。

葵さんは、ここにはピアノのコンサートを目的にやってきたそうだ。チケットは知り合いの楽器屋さんから譲り受けたとのこと。以前までは自分でもピアノを弾いていたが、最近は色々とあって弾かなくなってしまったという。葵さんが流暢にピアノを弾く姿は、それはそれはなんとも絵になりそうだな、と僕は思った。いかにも葵さんの雰囲気に似合いそうだ。

肝心の『普通じゃない』点についての質問をぶつけると、葵さんは急に悲しげに目を伏せてしまった。その点についてはあまり触れたくないというように。でも、彼女はしばらくすると、何かを決心したように僕たちをまっすぐに見てから口を開いた。

「さっきも少しだけ言ったけれども、私は何でも壊せてしまうの」

「……それってどういうことですか？」と僕は訊く。

葵さんはきれいな白い額に、小さな皺を寄せて考えながら、静かに続けた。「口で説明するのは、とても難しいんだけれどね。私の心の中には大きなレバーみたいなものがあるの。線路のレーンチェンジをするときに押し倒すような、錆びてて重くて固くて、簡単には倒れないレバーがね。それで仮になにか壊したいものが目の前にあったとき、私はそれに手を触れて、心の中のレバーを向こう側に倒すの。すると、外見上まったくの無傷なんだけれども、対象物の機能やら本質やらを内側から壊すことができる」と、そこまで言ってから、葵さんは思い直したように話を区切った。「実際にやってみせたほうが早いね。誰か、もう要らないものを持ってないかな。二度と使えなくなってもいい、本当に要らないもの」

すると、江崎が鞄からボールペンを四、五本取り出して葵さんに手渡した（どうしてそんなにたくさんのボールペンを持っていたのかは、僕にはよく分からない）。

「これならもう要らない。壊れたって構わない」

「本当に？」

「ああ」と江崎は答える。「どっかで貰った安ものだ。鞄の肥やしになってて邪魔で仕方なかった」

「そう、なら……」そう言って葵さんはそのうちの二本だけを大事そうに手にとってから、ゆっくりと細部を観察し始めた。グリップのラバーや、ノックするところから、ペン先までを事細かに。まるで前もって行われるボールペンへの弔いの儀式みたいに。

観察が終わると、葵さんは更に一本だけを手にとって、目を閉じた。ペンを右手全体でげんこつのようにして握りこんでいる。

「こっちは、レバーを真ん中くらいまで倒して壊すね」

はて、真ん中くらいまでとは、どういうことだろうと思ったのも束の間。葵さんはふーっと息を吐いてから、ゆっくりと目を開いた。

「はい。どうぞ」

ボールペンは葵さんの手から再び江崎に返された。

「もう壊したのか？」

「ええ」

ボールペンを受け取った江崎は、再び先程の手帳を取り出して、ペンを試し書きしてみようと試みた。何も書かれていないページを開き、ペンをノックする。それからおもむろに紙の上にペン先を走らせてみた。

しかし、字が書けない。どんなに紙とペンを摩擦してみても、一向に字が書けないのだ。まるでインクの入っていない万年筆みたいに、ペンは紙をただいたずらに引っ掻いていくだけ。

ボールペンは葵さんが言ったように、機能的に、本質的に、壊されてしまったのだ。

「今度はレバーを最後まで倒して壊してみせるね」と葵さんは言い、僕らの驚きが覚めやらぬ中、二本目のペンを取り上げた。そして、今度は先程より、幾らか力を込めてペンを握りこんだ。一体何が起こるのかという緊張感から、僕たちの間には静寂が立ち込める。まばたきの音さえ許されない、完璧な静寂が。

しかしその静寂を、『パキッ』という小さな音が破る。葵さんは先ほどと同じように、ゆっくりと目を開き、右手の指を一本ずつ開いていった。すると葵さんの右手から、ばらばらになったボールペンの破片がこぼれ落ちてきた。柿の種くらいの大きさになったボールペンがぱらぱらとテーブルの上に落とされる。

江崎が差し出したボールペンは、今度は物理的に壊されていた。

「さっきよりも、もう少し力を入れると、こういうふうにも壊せるの」と葵さんは、少し淋しげに答えた。

「す……すごい」と唸ったのはのんだった。「本当にどんなものでも、壊せちゃうんですか？」

「そうね。おそらくだけれども、ほとんどのものが壊せてしまうと思う。でもね、正直、こんなことができてもなんにもすごくなんかない。実際に物を壊したのだって、本当に久しぶりなの。例えば、日常の中でゴミとして処分したいものはあっても、心の底から壊してしまいたいものなんて、そんなにないでしょ？　だから、こんなのはまったくの無意味なの」

「でも、すごいです」と、のんはどこか興奮していた。「じゃあ……じゃあ、今まで葵さんが壊したものの中で、一番大きなものって何ですか？　もしくは、一番すごいものって」と興味津々で質問をする。それは、一番大きい恐竜は何という種類なのか、や、一番速い乗り物は何なのか、というような実に無垢な成分から構成された質問に聞こえた。そして実際のところ、のんにとってそれは、そういう種類の質問だったのだと思う。

だけども、葵さんは明らかに表情を曇らせた。

話の焦点が葵さんの『普通じゃない』点の話に入ってから、確かに葵さんの表情は幾らか悲しげにはなっていたけども、ここまではっきりとしたものではなかった。葵さんは視線を落とし、特に見るともなくテーブルの角の辺りを眺めていた。

葵さんはひと通りテーブルを眺め終えると、聞きもらしてしまいそうな程に小さな声で言う。

「人……かな」

それからしばらく、僕たちの間には一番重たい沈黙が流れた。沸騰したお湯だって一瞬で凍りつきそうなほどに冷たく、身体が鎖で縛り付けられているのかと思うほどに窮屈な沈黙が。随分と長い時間（実際にはどのくらいの時間かは分からないけど、少なくとも僕は五分以上の時間の経過を感じた）が経ってから、葵さんは「なんてね」と言って、全部を嘘にしてくれた。嘘だとは思えないだけの時間が経ったのに、ここにいる全員が暗黙のうちにそれを嘘にすることに決めた。もしくは聞き間違いにすることに決めた。

僕たちはぎこちない笑みを浮かべてからゆっくりと凝り固まった空気をほぐしていく。葵さんが静かな告白をした以前の時間に遡るために。

僕たちはそれぞれの自己紹介を終えると、いよいよ現状についての考察に移った。一体誰が、どういった理由から、なにを目的として、僕たちをここに集めたのか。

今のところ、僕たちの間には、共通点らしきものはほとんどなかった。出身地も、年齢も、性別も、趣味も、好みも、すべて一貫性がない。そんな中で挙げられる唯一の共通点が、全員『普通じゃない』ということ、そしてそれに伴う形で声を聞いたことがあること。

僕たちはその後も自分たちの共通点や、何かの法則性に関する議論を続けてみた。どこかで昔出会ってないかとか、共通の知人友人はいないかなどの話から、血液型だとか、星座だとかのくだらない話まで。だけども、一向に共通点は見つからなかった。それどころか、話を進めれば進めるほどに僕たちに共通点などというものはまったくないことが、ますます浮き彫りになっていった。

僕たちは仕方なく共通点の議論に終止符を打ち、このチケットと、ホテルから渡された資料に関する議論に移った。当然ながら、最も強く目を引くのは『株式会社レゾン電子』の文字。現在、僕たちに示された唯一の手掛かりだ。

「誰か、レゾン電子と関わりのある人は居ないかな?」と、僕は訊いてみたのだが、全員、曖昧な表情になってしまった。それもそのはず、誰だってレゾン電子とまったく関わりが『ない』とは、言い切れないのだ。僕だって正直、どこかでお世話になっているような気がする。

株式会社レゾン電子といえば、言わずと知れた、日本有数の電子機器メーカーだ。テレビやオーディオ、パソコンから、白物家電までを手掛ける国内トップクラスの有名企業。レゾン電子が電子機器メーカーの業界内でどういうカラーを持っていて、どのくらいのシェアを誇っているかなんてことまでは僕にはわからないけど、とにかく有名すぎるほどに有名な会社だ。

ひょっとすると、僕の家のテレビはレゾンだったかもしれないし、そうじゃなかったかもしれない。

「『び〜いんぐ、あらいぶあっざ、ひゅーまん』ですよね」と不意にのんが言った。

突然、呪文のようなものを唱え始めたのんに対し、僕は「なにそれ？」と訊いてみる。すると、のんは得意気な表情で僕を見下ろした。

「大須賀さん、ＣＭは見ないんですか？　企業のキャッチコピーですよ」

「キャッチコピー？」

「ええ。『び〜いんぐ、あらいぶあっざ、ひゅーまん。レゾン』ですよ」

「はぁ……」

僕が無知なだけなのか、あるいはのんの発音が悪いせいで聞き取れないだけなのかは分からないけど、とにかく僕は何を言っているのかぜんぜん分からなかった。

「一応、私の音楽プレーヤーはレゾン製だけれども……」と葵さんが言う。

葵さんは鞄の中から音楽プレーヤーを取り出してみせた。

いかにも高性能そうな、黒い光沢を纏った手のひら大の音楽プレーヤーだ。イヤホンからはコードが伸びていない。どうやらコードレスの音楽プレーヤーのようだ。

結局、みんなそれぞれ自分の身の回りを捜索してみたところ、僕たちの中で現在、レゾン電子の製品を持っていたのは葵さんだけだった。残念ながら、これだけでは何かの結論を導けそうにはない。

「そうだ。電話をしてみればいいじゃないですか」と言ったのはのんだった。「ここに電話番号も書いてありますし」のんは、先ほどホテルマンから受け取ったテーブルの上の資料を指さす。そこには確かにフリーダイヤルから始まる、企業のそれらしき電話番号が記されている。

お客様電話番号……0120（909）2×710

「あたし、早速かけてみますよ。それで、根掘り葉掘り訊き出してやります」と、のんは思い立ったが吉日とばかりに、早速自分の携帯電話を取り出し番号を打ち込み始めた。そして打ち終えると携帯を耳に当て、静かに応答を待つ。

しかし、すぐにのんは顔をしかめてしまう。

「……繋がらない」のんは不快の表情で終話ボタンを押した。

「まあ、どう見ても桁が多いしな」と江崎が冷めた声で言う。「デタラメの番号に、デタラメの住所だ」

僕は首をかしげる。「どういうこと？　番号がデタラメだっていうのは分かったけど、住所は何でデタラメだと思うの？」

江崎は、資料の住所欄を人差指で二度叩いた。

お客様住所……………東京都大田区田園調布1―2×

「田園調布にレゾン電子の事業所があるわけないだろ」

「そうなの？」と僕は、みんなの表情を窺う。

葵さんが優しい声で答えた。「高級住宅街だからね。確かに大きなビルなんかはないと思う」

そうなのか。僕は都民じゃないので、そういった都内の地域ごとの雰囲気が分からない。

「『田園調布に家が建つ』って言いますしね」と、のんがまたよく分からないことを言い出したのだが、これに関しては僕以外の二人も理解できていないようだった。

のんの発言は放置しておくとして、さて、電話番号も住所も嘘の内容だったのだとすると、ここに予約を入れたのは株式会社レゾン電子を名乗る、まったく別の誰かということになるのだろうか。あるいは、やっぱりレゾン電子に密接に関係する誰かなのだろうか。せっかく小さな取っ掛かりを見つけたかのように思えたのに、またすぐに袋小路だ。

僕が頭を悩ませていると、のんはまた携帯電話に何かの番号を打ち込み始めていた。

「じゃ、『レゾン電子かすたまぁさーびす』に掛けてみます」

「番号は知ってるの？」

「ええ。『たうんぺーじ』を読んだことがありますから」

何を言っているのだろうと思ったのだが、なるほど。『指』で電話帳を読んだのか。必然的に番号も覚えているはずだ。本当に便利そうで何より。やっぱりちょっぴり羨ましい。

それにしても、のんのカタカナの発音の悪さは常軌を逸しているように思えた。そこだけ何かの魔法に掛かったみたいに、まったくもって呂律が回らなくなる。まるで溺れている人がほんの僅か水面に出てこられたときに喋ったみたいに、言葉はぎりぎりの存在感で発せられる。どうしたらああなるのだろう。

「あっ、もしもし？」とのんが言う。どうやら電話が繋がったようだ。「え〜と、質問があるんですけど……何を訊いたらいいんだろう？」

「私が代わろうか？」と言って葵さんが助け舟を出すと、のんは迷わず飛び乗った。携帯は葵さんに手渡される。

葵さんは実に要領よく、レゾン電子のカスタマーサービスとコミュニケーションを取っていた。こちらの疑問を一つ一つぶつけてみて、その返答を丁寧に慎重に記憶し、まるで社会人五年目くらいの上品な相槌を打っている。十分程度の通話の後、葵さんはお礼を言って電話を切り、僕たちに説明を始めた。

「まず、東京ビッグサイトの件だけど、どうやらレゾン電子は何も知らないみたい。会場の予約もしてなくて、もちろんチケットも造ってない。このホテルについても訊いてみたんだけれども、なにも知らないって。ものすごく親切に『そのような事実はございません』って言われちゃった。まぁ、つまり——」葵さんはやるせなげに笑った。「なにも知らない、って」

これは完璧に振り出しだ。掴まれそうな岩にはひと通り飛びついてみたのだけども、どれもこれもろくも崩れてしまった。結局、僕たちは進むべき方向すら見定められない。

その後、同じようにしてのんの電話帳を頼りに、葵さんが東京ビッグサイトの方にも電話を入れてみた。だけども、東京ビッグサイト側はここのホテルと同じように『本日の東展示棟はすべて株式会社レゾン電子様からご利用の予約がはいっておりました』と言い、料金も頂戴していると言った。つまり結局のところ事態に進展は見られなかった。一歩進んで一歩戻る状態。思わず力ないため息が漏れた。

「あたし、パソコンでちょっと調べてみます。レゾン電子のこと」とのんは言い、リビングに設置されたパソコンを立ち上げる。手慣れた手つきでパソコンを操るその姿は、中々に機械に精通しているように見えた。のんはクリックとタイプを繰り返し、ちゃきちゃきとインターネットの世界へ飛び込んでいく。僕はパソコンをいじった経験が少ないからよく分からないけど、とにかくのんは宣言通りレゾン電子のことを調べ始めているようだった。

僕はめまぐるしく動き出した現状に疲れを覚えて、なんとはなしに天井を見上げる。天井にはきらきらと綺麗なシャンデリアが光っていた。まるで宝石のように、生き物のように。そんな光景を見ていると、僕はますます自分の境遇が分からなくなってくる。

弥生からチケットを貰い、電車を乗り継いで東京まで足を運び、三人の『普通じゃない』人々に出会い、ホテルの部屋に案内されて、いつの間にかレゾン電子についての考察を始めている。そもそも、僕がなんでこんなことをしなくちゃならないのだろう。今ここで、『なんだか、不思議な出来事だったね、それじゃあ』と言って家に帰ってしまっても別に問題はないのだ。僕自身の損得的な観点からは、特にここに居座らなきゃいけない理由はない。それどころか、こんな薄暗くて奇妙な世界からは一刻も早く抜けだして、貧しいながらも温かい我が家に帰りたいという願望のほうが強い。

だけども、それでも僕たちは今この課題を解決しなければいけない理由がある。

四年前のあの『声』の存在だ。僕が人の背中に数字を見るようになった前日の夜。夢の中で（もしくはひょっとするとあれは、夢の中ではなかったのかもしれない）聞いた確かな声。

『それは、あなたに預けます。ですから、その時まで、どうぞご自由にお使いください。ただもしも、その時が来たら、私に協力しなさい。その時が来ても、あなたが、私に協力をしないと言うのなら、
あなたは――――――』

あなたは――――――

それ以降の声は聞こえなかった。声はまるで作りかけの鉄橋みたいに、ここでぷっつりと切れている。声が不鮮明でうまく聞こえなかったというよりも、純粋にその先は沈黙でとじられていたのだと思う。それ以降は自分で考えろということだろうか。とにかくそれ以降の台詞を僕は知らない。

「もしもだけどさ、僕たちがあの日聞いた声に『協力をしない』と言った場合、僕たちはどうなると思う？」と僕は三人に投げかけてみた。「何か、ペナルティみたいなものが用意されてるのかな？」

「さあ」と言ったのは江崎だった。「だが、少なくとも俺達を『普通じゃない』状態にできた『何か』だ。もしも、何かの出来心でこちらにペナルティを与えようとすれば、それは実に容易

に行えそうに思える。たとえば――」江崎はつまらなそうに言う。「殺すことだってできそうだ」

僕は唾を飲み込んでから、またシャンデリアを見上げる。シャンデリアは相変わらずきらきらと光り続けていた。僕は家賃五万四千円のボロボロのアパートに母親と二人で住む、これといった特徴もない、しがない高校生。そんな僕が、どこでどうなってしまったのか、東京のど真ん中にそびえる建物のてっぺんに居る。すでに、二つ分くらいの世界を跨いできてしまったような気分だった。

「とりあえず、現状に対して、足掻くだけ足掻いてみるしかないだろう」と江崎は本当につまらなそうに言った。まったくもって本意ではないことを無理やり言わされているみたいに。

僕がソファに座りなおすと、背後から不意に「うおっ。可愛いバッグ！」という声が聞こえた。声の主は言うまでもなくのんである。すでにパソコンでの面倒な作業に飽きてしまったようだ。

「レゾン電子について調べてたんじゃないの？」と僕が後ろを振り向きながら言うと、のんは僕に画面を見せながら説明した。

「その通りですよ、大須賀さん。あたしが血眼になってレゾン電子についての情報を片っぱしから調べていたら、このバッグに行き着いたんです！」とのんはパソコンの画面を指差す。

「これによると、なんと、今レゾン電子はちょっとしたモニター募集のキャンペーンをやっていて、その参加者にもれなくこのバッグを無料でプレゼントしちゃうぞ、と豪語しているのですよ」

僕はのんが指差すバッグを見つめる。それは赤茶の革でできた女性用のバッグで、ところどころにさりげなくあしらわれた金色の金具がオシャレな一品だった。僕はバッグに詳しくないから、果たしてそれが『なに』バッグというのかは分からないけども、とにかくオシャレな女性が身につけているところは容易に想像できた。というか、僕は以前このバッグをどこかで見たような気がする。はて、どこでだろう。何にしても、こんなかっちりしたバッグを無料でプレゼントとは太っ腹だ。モニターをとったくらいで採算がとれるのだろうか。

「これに行きましょう！」

「へっ？」

「モニターに参加するんですよ」と、のんは握りこぶしをつくりながら言った。目は不必要なまでにきらきらと輝いている。「このままインターネットで予約ができますし参加は無料。開催は毎週日曜日ですので明日もやってます。それに、え〜と……ここには確実に何か、あたしたちの現状を打破する大きなヒントが隠されているに違いありません。ええ、間違いないです」

なんだか後半の方は取ってつけたような安定感のない台詞だった。

「それは何のモニターなの？」と僕は訊く。

「え〜と、簡単な商品のテストとアンケートへの回答。そして、社内見学ツアーもあるそうです」

僕の頭には何よりも先程の『うおっ。可愛いバッグ！』という声が鮮明に響いていた。のんは現状を打破するヒント云々などということは関係なく、純粋にバッグが欲しいとしか思えない。

「僕には、そのモニターが何かしらのヒントになりそうには思えないんだけれども」

「何をおっしゃいますか！《乗りかけた舟にはためらわず乗ってしまえ》と、ツルゲーネフも豪語してるじゃないですか。絶対に行くべきなんですよ！　これに」

「バッグが欲しいわけじゃなくて？」

「ぐわっち！　そんなことは一向に関係ありません」

最初の奇声が気になる。

「行ってみればいいじゃないか」と言ったのは江崎。「どのみち手がかりになりそうなものなんて殆どないんだ。行ってみるだけ行ってみればいい」

「おお！　ご賛同ありがとうございます！」とのんは思わぬ援軍に声の張りを強める。「そうなんですよ。江崎さんの言うとおり、絶対にこれに行くべきなんですよ。ふんふん」と、のんは腕を組んで、何かを吟味するように何度も頷いていた。随分と上機嫌。

しかしひと通り頷き終えると、のんはすっと真顔に戻って人差指を立てる。

「あのですね。ひとつだけ問題点というか、モニターに参加するにあたっての条件みたいなものがあるんですけど」

「どんな条件なの」と僕は訊く。

「恋人同伴が条件だそうです」

「は？」

「ですから、モニター参加は『かっぷる』ごとの受付らしいのですよ。ですので、男女一組でようやく一口参加できるのです」

なんだ、その条件は。

僕はそのどこかふざけた条件に首をかしげ、のんが見ていたホームページを確認してみる。すると、確かにそこには、『今回のモニターは現代の若年層のカップルを対象とさせていただいておりますので、必ずお二人一組でのご参加をお願いしております』と書かれていた。やや腑に落ちなくも思えたが、よくよく考えてみれば、欲しいデータサンプルとしてターゲットを指定するのはそんなにおかしな話ではないのかもしれない。

「誰か、恋人は居ないのか？」と江崎が言った。「誰か、付き合ってる人間がいるのなら、そいつが行くのが適当だろう。わざわざこの中から急造の擬似恋人を作る必要もない」

誰か恋人は居ないのか。

その質問を聞くと、僕の頭にはどこからともなく弥生の姿が現れる。終始どこかおぼつかない足取りで頼りなく歩く弥生の姿が。振り向くたび、そよ風が吹きつけるたび、さらさらと揺れるツインテールが。うるうるとした大きな瞳が。振りまくその幼くも愛らしい雰囲気が。克明に思い出される。弥生が現れる。

僕はひとりでに顔が紅潮するのを感じながらも、懸命に気持ちを落ち着かせる。そして平静を装う。

「あんたも居ないのか？」と江崎が訊くので、僕は動揺してないふうを装って頷いた。

「うん。いない。残念ながら」と事実を述べる。

江崎は特に感慨なげに言う。「なら悪いが、あんたが三枝と一緒に行ってやってくれ。俺は面倒だが、ここに行ってみようと思う」

江崎は先程の資料の住所欄を指さした。

お客様住所…………東京都大田区田園調布1—2×

「ひょっとすると何かを知っている人間が住んでるかもしれない」そう言ってから、江崎はソファに深く座り直す。「あまり、気乗りはしないが」

なるほど。確かに望みは薄いが、そこに行ってみる価値は充分にある。

という訳で、話の流れの上。僕は明日、のんとレゾン電子のモニターに。江崎は資料に書かれた田園調布の一丁目に（葵さんも江崎に同行して）向かうことになった。何が何だか分からないけど、とりあえずの行動指針は立った（モニターに関しては特に役に立ちそうにはないけども）。

僕たちの会議がひと通りの区切りを迎えると、それを見計らったように部屋の電話が鳴った。ホテルマンからの電話だった。ホテルマンは一階のレストランで、僕たちの夕食の準備ができていると告げた。そんな訳で、僕たちはレストランに向かい、夕食を食べ（サーモンのマリネ、オニオンスープ、鶏肉のソテーなどなど、数えきれないほどの食べ物が次々に運ばれてきた。貧しさと共に過ごしてきた僕の人生においては、まず間違いなく最高の食事であった）また部屋に戻った。女性陣から順番にお風呂に入り、それぞれ寝間着に着替え、歯を磨き（のんは驚くべきことにマイ電動歯ブラシを持ち込んでいた）十二時少し前に寝室へ。うまい具合に部屋は二つ用意されていたので、男性陣二名と、女性陣二名に分かれて、それぞれのベッドに就くことができた。

僕は寝る直前になって、ふと江崎から貰った予言の紙のことを思い出した。僕はおもむろに鞄の中を漁り、畳んだズボンのポケットからそれを取り出し広げる。そこには江崎が言ったとおり、二つの単語が並んでいた。

・恋人同伴が条件だそうです。
・間違っても、変な気は起こさないでくださいよね。

僕は分かっていながらも驚く。確かに一つ目はさっき聞いたばかりだ。江崎の予言はピタリと言い当てられている。

でも、二つ目に関しては聞いていない気がする。あるいは僕が聞きそびれているだけなのだろうか。

すると突如、僕と江崎の寝室の扉が勢い良く開け放たれた。扉の向こう側に立っていたのは、寝間着に着替えたのんだった。寝間着はピンク地に白の水玉が入ったもので、頭には睡眠用の帽子みたいなもの（ピエロがかぶっていそうな、フワフワの布でできた三角の帽子）をかぶっていた。冗談みたいな恰好だ。

「間違っても、変な気は起こさないでくださいよね！」

僕が「はいはい」と言ったのもろくすっぽ聞かずに、扉は再び勢い良く閉められる。のんはそれだけを伝えに来たようだ。

「すごいや。一言一句ぴったり当たってた」と僕は江崎に言う。

すると、すでにベッドに寝転びこちらに丸めた背中を向けていた江崎は、なんの脈絡もなく「つまらない人生だ」とだけ答えた。僕にはその発言の意図がよく分からなかった。

だけども背中の「56」という数字は、今日一日が江崎にとってどういう日だったのか、僕にだけひっそりと寡黙に語っていた。

僕は小さく微笑むと、ベッドに潜り込み静かな眠りに就く。

七月二十四日（二日目）

バッタと火事と性交渉

三枝　のん　◆

午前九時ちょうどの、JRは品川駅。

太平洋のごとくどこまでも広がる広大な駅ナカに、無限に居並ぶ自動改札。光が溢れ出す天窓と、つり革のごとく垂れ下がる無数の電光掲示板。

平日ならば、粉骨砕身、お国のGDPに貢献することに奔走する熱きサラリーマンの波という波が大いに押し寄せようここ品川も、日曜日である本日は実に平和。確かに幾らかはスーツ姿の人々も見られるが、量としては並。日本が誇るサイバーシティ品川も、休日はしっかりとお休みを貰っているようだ。

「道は分かるの？」と訊くのは大須賀さん。

「もちのろんです」と、あたしはここ数ヵ月で一番のキメ顔をかましてみる。その程度はお茶の子さいさい。あたしを誰だと心得よう。

大須賀さんは千葉の田舎から出張ってきただけあって、エレクトロニクスな都心のターミナル駅に圧倒されていた。まるで冥王星あたりから連れてこられた宇宙人のように、物珍しそうにキョロキョロと辺りを見回している。お里が知れますぞ、大須賀さん。

あたしたちは改札を出ると、ここから歩いて十数分と謳われるレゾン電子の本社へと向かった。当然、目的はモニター参加。モニター参加という名のバッグの受け取りではない。決してそうではない。バッグをもらいに行くのが最終目的ではなく、それは、オマケみたいなもの。間違いない。

「バッグが欲しいんだよね？」

「へっ⁉」あたしの心を見透かしたかのような大須賀さんの不意打ちが真っ直ぐに胸元を貫く。

「と、唐突に何をおっしゃいますか、大須賀さん！　そんなわけないないじゃないですか」

「でも、なんだかすごくウキウキしてるように見えるし――」

「気のせいですよ、気のせい」

「――背中には『58』って書いてあるし」

うおっ。何という恐ろしき力。勝手にあたしの本心と本来の目的を裏付けされてしまった。あな、おそろしや。

あたしは形勢不利と見るやいなや、論点を逸らしにかかる。

「ところで大須賀さん。大須賀さんが人の背中に見てしまうという数字のことですけど、ちょっとばかり、あたしなりの疑問をぶつけてみてもいいですか？」

「疑問って？」と、大須賀さんは見事に乗っかった。

あたしは訊く。「その数字は誰が決めてるんでしょうか？」

「へっ？」

「ですから、大須賀さんが毎日目にすることになっている、人の背中に浮かび上がる数字は、一体誰が算出している数値なのでしょうか？　という質問です」

「ごめん。ちょっとよく分からないや……」

あたしは芝居がかったため息を一つ挟んでみる。「なにも、あたしは完璧なる答えを求めてはいないのですよ。大須賀さんの予想で結構なのです。一体、その数字は誰が算出したものなのか、大須賀さんはどう予想しているのですか？」

大須賀さんは大失敗をかました後の営業社員のような情けない表情をした。「どうだろう……そんなこと考えたこともないからよく分からないけども、一種の『神様』みたいなものが決めてるんじゃないのかな？　ちょっと適当な言葉が見つからないけど」

あたしは話の本筋が、先程のバッグの件からは確実に離れていっていることを肌で感じ取り心の中でほくそ笑む。あたしはこの距離感を確固たる物にするべく、話の根を更に深く下ろしていった。

「大須賀さん。幸福というものについては、古くから世界中で議論が絶えません。人々は『幸福』という存在の真相を究明し、あらゆる書物や名言にその過程を残していきました。例えば、かの有名なシェイクスピア。彼は《世の中には幸も不幸もない。ただ、考え方でどうにもなるのだ》という有名な言葉を残しました。素晴らしい名言であり箴言です。そこであたしはこの言葉の中に『幸福』についての基本原理を見出したいと思います。つまるところ、『幸福』というのは、普遍的存在ではなく、誰かしらの思考と判断に基づいて規定される存在だということです。お分かりになりますでしょうか？」

「う、うん。何となく」と大須賀さんはあまり分かっていなそうな顔で言った。

あたしは続ける。「ですから、もしも大須賀さんには『幸福』というものが数値として可視化されているのだとしたら、それは必ず誰かがその数値を恣意的に設定しているということなんです。それは『神様』だなんて有能で万能な存在ではなく、もっと碌々たる人物によってなされたものです。だって、『神様』だなんて高尚な存在には、人の幸福を一律で数値化するだなんて大雑把でテキトーなことができるはずがないのですから。決して普遍的に、万人に満遍なく適応できる『幸福』に関する尺度など存在してはいません。例えば人にマシュマロを貫ったらプラス三ポイントだとか、犬の糞を踏んでしまったらマイナス十八ポイントだとか。そんなものはありえないのですよ。それぞれ感じ方に差異があるのですから。だからそんな基本的な原理を無視して、『神様』がおざなりな仕事をしているという説を、あたしは受け入れられません」

「じゃあ、こういう説はどうだろう」と大須賀さんは言う。「みんながみんな、心の中で感じている『今日はこのくらい幸せだなぁ』と思っている感覚が数値になっているというのは？　つまり、その数値を決めているのはその人自身ということ」

「それもありえませんね」とあたしは頭ごなしの否定を入れる。「大須賀さん。それだとすると数値は『偏差値』にはならないのですよ。みんなが好き勝手に自分の基準を設けてしまっては、おそらく数値が現れたとしても、それは全体として見たときにあまり有用な指標にならないのです。Aさんの60と、Bさんの60では意味として根本的な差異が生まれてしまうのです。誰かが同一視点で見定めた数値ならまだしも、各々が勝手に決めていいのなら、数値の振り幅がとてつもなく大きくなってしまいます」あたしは、一つ咳払いをする。「具体的に言うのなら、例えばこうです。ここにとある猫さんを一匹連れてきたとして、Aさんにこう伝えます。『この猫は基準を50点だとして、どのくらいかわいいですか？』と。そこで、Aさんがその猫を『死ぬほど可愛い』と判断して70点と評価したとします。それは結構です。ところが、同じ質問をBさんにしたときに、Bさんがその猫を『死ぬほど可愛い』と、つまりAさんとまったく同じように判断したとしても、70点を付けるとは限らないのです。同じ判断でも、明確な基準が設けられていなければ数値化の際にはそれぞれの振り幅が自由に変更されてしまいます。ので、おそらくその説もありえません」

あたしが言い終わると、大須賀さんは感慨深げに黙りこんでしまった。横道に逸らすために咄嗟に出た言葉であったにもかかわらず、大須賀さんの心には想像以上に深く響いているようだ。うむ。よかった実によかった。これにて一件落着。みんなハッピーではないか。あたしは話の結びとして、カッチョよく名言を大量投入する。

「フランスの作家ジュール・ルナールはこう言っています。《幸福とは幸福を探すことである》と。ならば、大須賀さん。人の『幸福』を常に垣間見ている大須賀さんこそが幸福の象徴ではないですか。《幸福は幸福の中にあるのではなくてそれを手に入れる過程の中だけにある》というドストエフスキーの言葉も見逃せません。どうですか、大須賀さん。大須賀さんが考えている以上に、幸福の世界とは深くも広いものではありませんか？」

「……うん」と大須賀さんは小さく頷きながら言った。あたしの言葉をなんども吟味して反芻するように。

　正直、あたしとしても悪い気はしない。人の価値観に影響を与えているのだとしたら、それはなんとも名誉なことだ。たとえそれがごまかしのための小話であったのだとしても。

「のんはさ、いつもそういう難しいことを考えてるの？」と大須賀さんは訊く。

「さあ、どうでしょう」とあたしは少し照れて言う。「まあ、読書があたしを造りあげていく過程で、あたしは必然的に常に考える葦としての人生をまっとうしようと、そう肝に銘じて生きているのかもしれませんね。ぐわはは」

「ふぅん。ところでさ、僕の方も、のんが指で本を読めることに関して疑問があるんだけど、質問いいかな？」

　あたしは目をぱちくりと大きくさせてから言う。「どうぞ。なんでしょうか」

「なんで、のんは指で本が読めるのに、わざわざ本を買って普通に目で読もうとするの？」

　なるほど。いかにもアンチ読書家な発想から生まれる疑問だ。

　あたしは人差指を立てて、それを指揮者のタクトよろしくゆらゆらと揺らしながら答える。

「いいですか、大須賀さん。あたしの敬愛する寺山修司先生の言葉にこういうものがあります。《忘れることもまた、愛することだという気がするのである》暗記と理解が違うように、記憶と読書もそれはまったくもって別の行為であるのです。例えばどうでしょう。大須賀さん、平家物語の冒頭はご存知ですか？」

「うん。多分……」と言い、大須賀さんは快晴の空を見上げながら慎重に答える。「祇園精舎の鐘の声、諸行無常の響きあり、沙羅双樹の花の色、盛者必衰の理(ことわり)をあらわす、で合ってるかな？」

「ふん。では、大須賀さん。それはどういう意味ですか？」

「……そうだな、それは分からないや」

「そうなんです。覚えたって理解しなければ意味がない。暗記しただけではそれはただの呪文であって、人生を豊かにする『言葉』には成り得ていないのですよ。ですので、自分の中に言葉をそっと落としこんで、記憶の篩(ふるい)に掛けたとき、それでも自分の中に残った言葉こそが読後感、あるいは感慨、感銘と呼べるんです。自分の篩から漏れてしまった言葉たちは決して置き去りにされたのではなく、愛されて自分の身体を通過していくのです。そのようにして自分を成長させていく、それこそが読書の良さ。だのに、指で読んでしまってはそういった楽しみがおジャンです。そんなのはただの暗記であって、読書ではないんですよ。おわかりになるでしょうか？」

「なるほどね……」

「更に！」とあたしは自分の領域である議題に、思わず熱くなる。「大事なのは『すぴぃーど感』です。読書は、テレビや映画と違って、受け手が自由に理解の速度を選べます。ゆっくり読みたい人はゆっくりと、素早く読みたい人は素早く。そんな風にして、本と時間の流れを共有する読書の『過程』という楽しみも、あたしは大事にしているのですよ。《読書は先人との会話なのだから、相手の性格と喋り方を想像しながら、最適のペースで読むのがいいわ》とは、サッちゃんの言葉です」

「さ、サッちゃん？」と大須賀さんは言葉を挟む。

「ええ、サッちゃんです」とあたしは胸をはる。

「誰なのそれは、有名な人？『なんとかサッチャー』みたいな？」

「どこの誰が『マーガレット・サッチャー』のことをサッちゃんって呼ぶんですか」とあたしは呆れて言う。「サッちゃんは、あたしの永遠の師匠であり友達ですよ。ばりばりの日本人です」

「ふぅん」と大須賀さんは心底興味深そうに唸った。「それって、どんな人なの？」

ほほう。サッちゃんに興味を持つとは、これはお目が高い。あたしは瞬時に心の引き出しの中からサッちゃんに関するものを取り出し、整理し、一つの体系にするために再構築していく。ちょうど大通りの信号待ちをしているところであった。セミがちょいとばかしうるさい。

「何を隠そう、サッちゃんこそがあたしに読書の素晴らしさを教えてくれた張本人であります。ですから、サッちゃんなくしては、今のあたしは存在していなかったと言っても過言ではありません。言うなれば『のーサッちゃん、のーのんちゃん』です」

「で、どんな人なの？」と大須賀さんは先ほどと同じ台詞を言った。どうやら早く結論が欲しいらしい。

「サッちゃんはあたしより二つ年上の女の子でした。出会いは五年前まで遡ります」とあたしはそこまで言ってから、今から話そうとしているストーリーの分量が多いことに気が付いて、一旦大須賀さんに確認を取る。「話は少しばかり長くなりますが、問題ないですか？」

　大須賀さんは携帯電話で時刻を確認してから「別に問題ないよ。まだ時間もあるし、レゾン電子の本社までも距離があるだろうし」と言った。

　あたしは頷いてから、話を始める。サッちゃんの話は簡単に始めて二言三言で終わりにしていいようなものではないのだ。それは、きっとキリスト教徒がキリストについて語るときや、電車マニアが夜行列車について語るときに似ている。自分にとって重要な存在というのは、よく練られていない中途半端な表現や言葉で、簡単に体外に排出してはいけないのだ。

　あたしはなるべく丁寧に話を始める。自分の感覚や感想に最も近い言葉を選びながら。

「あたしは当時小学校五年生でした。当時のあたしは毎日毎日、陽がとっぷりと暮れてしまうまで、これでもかとばかりにあちこちではしゃぎ遊び歩いていました。当然、一人じゃありませんよ。同じ小学校の数人の男子と一緒にです。あるときは商店街に買い食いに行ったり、あるときは近所の土手にバッタやカナヘビを捕まえに行ったり、またあるときはドッジボールに興じました。自分で言うのもなんですが、現代っ子らしからぬ実に健全で健康的な子供であったと自負しています。あれはある意味では一つの、小学生のあるべき姿でありました。とまあ、それはいいとして、とにかくあたしたちはいつも決まった四、五人の集団であちこちを徘徊していました。

　そんな中で、あたしたちの行動『るーてぃーん』の一つに近所の公園があったのです。テニスコート一面分くらいの非常に小さな公園でしたが、当時のあたしたちにとっては恰好のたまり場でした。何と言っても、よくバッタがとれたのですよ。それもトノサマバッタやオンブバッタです。凶暴でレア度の低い血吸いバッタは居ませんでした。そんな訳で、あたしたちはかなりの高頻度でその公園に顔を出しました。最低でも週に三回は行っていたと思います。

それでもって、その公園にいつも居たのがサッちゃんでした。サッちゃんは休日と雨の日以外はいつも公園の隅に設置されているベンチに座り寡黙に本を読んでいました。公園のすぐ近くにあった有名な私立の女子中学校の制服を着て、だいたいはハードカバーの文芸書を開いていました。ときには新書や文庫のときもありましたが、基本はやはり文芸書でした。それはまさしく、当時のあたしとはちょうど対極に存在していた女の子と言えたかもしれません。かたや泥まみれの元気っ子少女、かたや制服の文学少女。あたしが当時、まだ幼さの残る小学生だったことを差し引いても、当時のサッちゃんは中学生にしては随分と大人びていました。それは、決して化粧っけがあるとか、そういうことじゃないですよ。純粋に大人っぽい落ち着きのようなものが感じられたのです。ページを捲る指先、髪を掻き上げたときの耳元、不意に視線を動かしたときの表情。すべてが大人っぽいそれでした。当然、あたしたちは毎日公園に現れるその謎の中学生の存在についてはよく知っていましたが、誰もその中学生と何らかのコンタクトを取りはしませんでした。あたしたちも子供ながらに、住む世界の違いのようなものを肌で感じていたのですね。たとえそこが同じ時間の同じ公園であっても、あたしたちの間に流れている時間の感覚はまったく別のものなんだ、と。という訳で、あたしたちは長い間、奇妙な距離感の不思議な顔見知りでありました。知った顔ではあるけれど、知り合いではない、というような。

しかし、ある時、あたしは思い切ってその女の子に声を掛けてみることにしました。ちょっとした事件があったのです。と言っても、事件の内容については大須賀さんの方で察してください。あたしは男の子に交じって毎日快活に遊んでいた当時小学校五年生の女の子でした。それ以上を訊こうだなんて野暮な真似はしないでください。つまり事件があったのです。そんなあたしの身に降りかかった事件の相談相手として、サッちゃんは——もちろんそのときは名前なんて知りませんでしたが——これ以上ない適任に思えたのです。

ですからあたしは思い切って声を掛けてみることにしました。もちろんそのときばかりは一人で公園に行きました。あたしは公園に着くと、まっすぐにその中学生のもとに行き、『少しお話を聞いてもいいですか』と訊きました。サッちゃんは不意の出来事に面食らったような顔をしていました。きっと、こちらから声を掛けられるなんて予想だにしていなかったのでしょう。それでもしばらくすると、サッちゃんは本をしまって、あたしの相談を受け付けてくれました。サッちゃんは、『どうして私に声を掛けたの？』と訊いてきました。ので、あたしは『他に相談できそうな人が居なかった』と答えました。嘘ではありませんよ。本当です。あたしはお母さんともお父さんともきちんと豊富な『こみゅにけーしょん』を取ってはいましたし、決して仲が悪い訳ではありませんでしたが、今回の事件のような事情になってくると逆にそこは避けたくなるのです。やや近すぎてどこか怖かったのです。そんな訳であたしはサッちゃんに相談したのですが、サッちゃんのアドバイスは少しばかり意外なものでした。当時のサッちゃんはあたしにこう言ったのです。『《すべての良書を読むことは、過去の人と会話をするようなことである》こんなようなことをデカルトは言ったわ。だからもし何かに迷ったら、本を開いてみるといい。そこには、かけがえのない人生訓や、相談相手がいるはずだから』おそらくほぼ一字一句間違っていません。それはあたしの中の最重要めもりぃに保存されているからです。サッちゃんの細い指先から、優しく紡がれる唇の動きまであたしは完璧に覚えています。正直なところ、当時のあたしにとっては、その発言自体がもたらした効力というものはさして大きなものではありませんでした。でも、あたしの心は果てしなく大きく揺り動かされたのです。今にして思えば、大事なのはサッちゃんの雰囲気と、タイミングだったのですね。お分かりになるでしょうか？　それは、見事なまでにすべての『しちゅえいしょん』があたしにとって最高の配置だったのです。あたしは震えました。そして、あたしは目覚めました。『こうなりたい！』と。この人みたいになりたい、と。こんな些細な事件ごときで動揺などしない、どっしりとした大人の女性になりたい、と。

それからは、今まで所属していたグループを離れ、毎日のようにサッちゃんのところに遊びに行きました。今度はどの本を読んだらいいのでしょうか、あの本は面白いのでしょうか、どうやったら頭がよくなるのでしょう。どうしたらもっと楽しい毎日が送れるのでしょう。質問は尽きませんでした。ですが機関銃のごとく発せられるあたしの質問にも、サッちゃんはその都度偉人や何らかの作中の名言を引用しながらあたしに的確なアドバイスを施してくれました。あたしはそのたびに感動し、魅了され、みるみるうちに謎の中学生であったサッちゃんの色に染まり上がっていきました。あたしはなんて素晴らしい人に出会えたのだろう、と。毎日が飛びっきりの個人授業でした。濃厚で、有益で、最高の日々。あたしは一日の中でサッちゃんとお話しする時間が一番好きでした。

しかしながら、大体の良き出会いの結末がそうであるように、別れは突然訪れます。ちょうど、初めてサッちゃんに会ってから一年くらい経った小学校六年生の夏休み前のことでした。どことなくサッちゃんの雰囲気がいつもと違うことに気づいたあたしは、なにかあったのかと訊いてみたのです。すると、サッちゃんはらしくもなく動揺しながら途切れ途切れに話を紡いでいきました。本当にサッちゃんらしくもなく、話は何度も前後し幾つかの濁しを孕んでいましたが、話の核は実に単純であって、サッちゃんは転校することになったとのことでした。親の仕事の都合だそうです。あたしは突然の別れに途方もないほどに泣いて悲しみました。当然です。当時のあたしは何と言ってもまだ小学生ですから。自分にとっての大事な存在を失うことに慣れてはいません。あたしは恥も外聞もなくサッちゃんの目の前でわあわあ泣いて叫びました。《なみだは人間のつくる一番小さな海です》とは、やはり寺山修司先生の言葉ですが、まさしくあたしはその公園に海をつくったのです。しかし、しばらく経って涙が落ち着くと、あたしはゆっくりとサッちゃんとの別れを受け入れるように努力していきました。子供ながらに、泣いてばかりではいけないと、そう判断したのです。ですからあたしは気持ちを切り替えて、すぐさま一度家に帰り、サッちゃんとの友情、あるいは師弟としての絆の証として『三羽鶴』をプレゼントしたのです」

「三羽鶴？」と大須賀さんが随分と久しぶりの相槌を打つ。

あたしは頷く。「ええ。千羽鶴は流石に一人で、しかも短時間では折れませんでしたので、三羽で止めることにしました。確かに、見た目には些か華やかさも派手さも足りませんでしたが、それでもサッちゃんは喜んでくれたように思います。サッちゃんは三羽鶴を崩さないように大事に手に持ったままお家へと帰って行きました。それ以降は一度もサッちゃんには会っていません。うっかりしていて、あたしはサッちゃんの転校先を聞きそびれてしまったのです。あたしはその後の人生で何度も何度も、サッちゃんの住所を訊かなかったことを後悔しました。しかし全ては後の祭り。これも運命と潔く受け入れるしかないのです。『守破離(しゅはり)』の精神とも言いますし、遅かれ早かれ最終的にあたしはサッちゃんの殻から飛び立たなくてはいけなかったのですよ」

あたしは、そこまでを話すと、サッちゃんに関して何か言い零しがないか自分自身に問いかけてみる。うん、一応大丈夫だろう。おそらくそれなりに正確にサッちゃんに関する事柄を述べることができた気がする。あたしは頷いてから言う。

「話は以上です。ご清聴ありがとうございました」

気付くと、目の前には巨大な要塞のごときビルがそびえ立っていた。全面ガラス張りの近未来的な外観に、きらりと輝く銀色の看板。そして刻まれている『株式会社レゾン電子』の文字。その建物は、ビル街の中にほどよく調和しつつも、若干の異質な存在感をアピールしていた。夏の日差しをガラスの壁面が鮮やかに跳ね返す。

「ここであってるの？」と訊いてきた大須賀さんに対し、あたしは力強く頷いてみせる。

「ええ。バッグはここです。ここで間違いありません」

あたしは大須賀さんが苦笑いしていることで、ようやく自分の失態に気が付き舌打ちを放つ。それから唇を尖らせた。むむむ。どうしてもあたしは詰めが甘い。

まだまだサッちゃんには程遠い。


エントランスを抜けて中に入ると、美人すぎる受付嬢が二人、あたしたちに深々とお辞儀をした。黒い大理石調の床が美しく綿々と続き、受付台の背後に設置された液晶パネルではプロモーション用のVTRが色鮮やかに放映されている（最新型テレビの宣伝映像だった）。科学的技術力と文化的荘厳さが見事に融合した館内だ。広くて、余計な物がなにも置かれていない空間の中では、重厚な柱や天高く吹き抜ける天井が視線を集める。もしも、この広いエントランスホール内で大きな声を出したら、優に三分間くらいは反響していそうだ。何も置かないという贅沢なスペースの使い方からはそこはかとなくレゾン電子のお財布の温かさが窺える。さすが天下のレゾン電子様。まるであたしがうまい棒を買うような気軽な感覚で、バッグをプレゼントしてくれるに違いない。

あたしは受付嬢の前に進み出て言う。

「モニターの参加に来ました」

受付嬢は再びお手本のような斜め四十五度のお辞儀をした。「ありがとうございます。お名前をお伺いしてもよろしいでしょうか？」

「三枝です。三枝のんです」

受付嬢は少々お待ち下さいと言い、手元のタッチパネルを操作していた。どうやら予約リストを見ているようだ。受付嬢はしばらくすると顔を上げる。

『『サエグサノン』様ですね。お待ちしておりました。では、左手前方に見えます、第一メディアホールにお進みください」

「了解です。あの……ちょっとした質問というか確認なんですけれども、バッグって本当に貰えるんでしょうか？」

受付嬢は笑みを浮かべた。「ええ。もちろんでございます。イタリアの有名デザイナー『ブジャルド氏』が弊社だけのために手がけました、本革製のハンドバッグをもれなくプレゼントさせていただいております」

「ふふふ。ありがとうございます」

かっかっか。心のなかではにやにやが止まらなくなってくる。あのバッグはインターネットの画面上で見る限り、中々に愛らしいデザインであるだけでなく、実用性にも富んでいそうに見えた。あたしの中ではすでに、どのポケットにどの小物を入れるかなどの皮算用が終了している。バッグよ、逸早く我が軍門に降りたまえ。

「やっぱり、このモニター参加が何かしらのヒントになってるとは、僕には思えないんだけど」と大須賀さんが今更なことを言い出す。

「何をおっしゃいますか、大須賀さん！　絶対に重大なヒントが次々に現れるはずですよ！　間違いありません。それはもう、ボンボンと」

「だといいんだけど」

ふん。大須賀さんが不満を口にしたくなる気持ちは、まあ、ほんとにほんの少しだけ、言うなれば小さじ一杯分くらいは理解できるが、ここまで尾を引くこともなかろうに。なんとも煮え切らない人だ。

あたしは先陣を切ってずんずんと大股で、指定された第一メディアホールへと向かう。第一メディアホールの中は、これまたレゾン電子の名に恥じぬ圧巻の空間であった。大きなプロジェクタが正面に設置され、それを、弧を描いて取り囲むように焦げ茶の机がずらりと並ぶ。そして、各机には漏れなく何かしらのマイクのような、ヘッドホンのような怪しげな装置が設置されていた。ひょっとすると、例えば同時通訳のようなハイテクな何かができるのかもしれない。椅子は折りたたみ式のふかふか仕様。ホール内の薄暗さは、何かの秘密組織の会議室を思わせる。

ホール内にはすでに十組程度のカップルがひしめき合っていた。必要以上に互いの身体を寄せ合い、耳元で何かをささやき合っては、笑い合っている。どうやら彼らにとっては、あたしが秘密組織の会議室のようだと形容したこの薄暗さも、どことなくエロティックな演出にしか映っていないようだ。あたしは思わず敵対的な視線を放り投げてみる。けっけっけ、と。

あたしたちは適当に空いている席を見つけて腰を下ろす。ふかふかの椅子はあたしをすっぽりと心地好く包み込んだ。

「本日は当モニターにご参加いただき誠にありがとうございます。間もなく開始させていただきますので、どうぞそのままお掛けになってお待ちください」

プロジェクタの横に立っていた、これまた美人すぎる女性が言う。どうやらレゾン電子には掃いて捨てるほど、美人がわんさかいるらしい。今のところ美人率は文句なしの百パーセントだ。何ともいかがわしい企業、レゾン電子。

あたしがそんなことを考えていると、薄暗かった照明が更に絞られ、ホール内は闇に包まれる。そして、それと同時にプロジェクタから強い光が放たれ、何かが映しだされた。

『株式会社レゾン電子　新商品モニター兼　社内見学会』

ふむ。いよいよ始まりのようだ。もっとも、バッグが貰えるまでは、あたしを支配するのは退屈だけであるのだろうが。

丁重な挨拶からプレゼンテーションを始めたのは、新たに現れたまた別の美人の社員であった。眼下に広がるは、次々に現れる美人軍団に、ひしめく十代後半から二十代前半のカップル共。

あたしは鼻息をふんと吐き出して、ふかふかの椅子に身体を預ける。

サッちゃん。あたしは今、ものすごく場違いなところに居ます。

葵 静葉 ❤

ゆりかもめで新橋へ、京浜東北線で蒲田に、そして現在は東急多摩川線の車内。私たちは資料に記されていた田園調布の一丁目を目指していた。

車内は私が通学に利用しているJRの電車よりも、ほんの少しだけ小ぶりな印象で、空間はややコンパクトにできている。車窓を流れていく風景は、都内といえどもだいぶ落ち着き、そのほとんどを閑静な住宅街が占めていた。都心にほど近くも、喧騒とは無縁ともいえる辺りの雰囲気は（電車から眺めてみただけでも）とても住み心地が良さそうに思えた。

江崎くんはドアにもたれかかって腕を組んでいる。そして退屈そうに自分の足元に視線を落としていた。何かに対し深く考え込んでいるようにも見えるし、反対に、何もかもの思考を放棄しているようにも見える。

私たちはホテルを出てから電車を二度乗り換え、徒歩での数分間の移動を挟みながら、すでに四十分以上の時間を共にしている。だけれども、私たちの間にはおおよそ殆ど会話らしい会話は存在しなかった。江崎くんは少しばかり話しかけにくいオーラを醸していたし、私もそんなオーラを乗り越えてまで声を掛けられるほどの社交性を持ちあわせてはいない。それになにより、私は未だに男性と二人きりという環境に慣れてはいなかった。江崎くんは何も悪くないのに、やはり私の中で男性は、あくまで『男性』というジャンルにカテゴライズされてしまい、心のどこかで『あの男』と静かな同一視を始めてしまう。男はみな一様に『あの男』のように振舞うのではないか、もしくはそうでなくとも、本質として『あの男』のような腹積もりを懐に忍ばせながら、常時はそれを表出させないようにしているだけではないのか。それらの身勝手な考えは本当に失礼きわまりのないことだとは分かっているのだけれども。どうしても私は心のどこかで男性を前にすると小さく身構えてしまう。

電車が下丸子駅に到着したとき、不意に江崎くんが口を開いた。ようやく長い沈黙が終わりを告げる。

「あんた、三年なんだろ？」

私は久しぶりの問いかけに一瞬だけ言葉を見失ってしまったが、すぐに頭を切り替えて答える。

「そう。もう高校三年生」

「受験はしないのか？」江崎くんは質問をしている最中も決して私の顔を見なかった。相変わらず自分のサンダルを見つめている。

「一応、推薦で合格を貰っているの。そんなに有名でもない、小さな私立大学だけどね」

「専攻は？」

「一応、経済学。特にものすごく興味があるっていうわけじゃないんだけれど、やっぱり生活に直結してるしね。一番実用的かな、って」

私は自分でも驚くくらいに綺麗に言葉を吐き出せたな、と感心してしまう。それは所詮、私がこの数ヵ月間で仕方なく用意した、もっともらしい建前でしかなかったから。

本当はそんな道になど進みたくないし、経済学になどこれといった展望も持ってはいない。だけれども私は声に出してそう答えることによって、習慣的にそれを自分の本心であると言い聞かせるようにしていた。私自身がこう言っているのだから、それは間違いない、と。いつかそれが本当の本心になる日を信じて。

そんな私の答えにも、江崎くんは特に反応を見せなかった。私の回答を、建前で上辺だけのものと見破ったのか、あるいはその内容にひとまず納得したのか。江崎くんがどのような感慨を覚えたのかは分からなかった。

「あんた、ピアノが好きなのか？」と江崎くんは続けた。何かの殻が破れたみたいに、一度崩された沈黙は緩やかにその姿を消失させていく。

私は質問の順序に（疑心暗鬼とは分かりつつも）何かの意図のようなものを感じてしまい、思わず江崎くんの表情を窺ってみる。それはまるで『経済学以外にやりたかったことがあったんじゃないか？　そしてそれはピアノなんじゃないか？』と訊かれているような錯覚を私にもたらしたのだ。だけれども江崎くんは特に色のない表情で相も変わらず下を向いている。当然だ。昨日初めて会ったばかりの江崎くんが、私の過去のことを知るはずがないのだから、質問には意図も悪意もない。そんなのはちょっと考えればわかることであって、こんなことで一々動揺してしまう私がおかしいのだ。

私はここ最近、ちょっとばかり不思議なことに遭遇しているせいで、思考の歯車がずれてしまっているのだ。私は自分を落ち着かせるために右手で髪を掻き上げてから答える。

「うん。それなりに好きだと思う」

それからまた江崎くんは黙りこんでしまった。私たちは、一度は消失したかに思えた沈黙の中に再び吸い込まれていく。イヤホンによってノイズキャンセルされた世界より、ほんの少しだけ騒々しい沈黙へ。


電車が目的の多摩川駅に着くと、私たちは静かに電車を降りた。そして駅のコンビニで地図を買い、住所を確かめながら目的地を目指した。さすがに高級住宅街と名高い田園調布ともあって、駅前もひっそりとした物静かな雰囲気に包まれている。どこの道も人通りは少なく、たまにすれ違う人々もどことなく上品な香りを醸していた。着ている洋服にはいずれも皺ひとつ寄っておらず、洗練された生活が垣間見える。

江崎くんは何度か地図に視線を落としながらも、基本的には迷わずにてきぱきと道を選んでいた。曲がるときは迷わず曲がり、直進するときは左右を振り向きもしない。気だるそうに見えるその背中も、今はどことなく頼もしかった。

昨日の話の流れで、私は江崎くんと二人でここに来ることになったけれども、もし万が一、私が一人でここに来なければならなかったとしたら、それはやっぱり多分に心細かっただろうから。先陣を切ってここに来てくれる江崎くんの存在は大きい。

私はそんな江崎くんの三歩後ろをつかず離れず歩いた。

駅から幾らかの距離を取るにつれ、周囲の家々は心なしかその規模を大きなものにしていった。値段なんて見当もつかないような大きな家がそびえているだけではなく、黒い塗装の頑丈な柵が張り巡らされていたり、高級車が眠っていることが容易に想像される巨大で厳重なシャッターが降りていたり。とにかく、辺りはすっかり富裕層の領域だった。私の家も一応は二階建ての一軒家ではあるけれども、このあたりに住んでいる人からすればそれは『家』とすら呼んでもらえないかもしれない。まさしくうさぎ小屋だ。

駅を出てから十分くらいしたところで私は「もう、そろそろ着くころかな?」と訊いてみる。江崎くんが地図を見る回数が増えてきたような気がしたからだ。

江崎くんは地図を見ながら「ああ」と言う。「おそらく、あの角を曲がった先にあるはずだ」

私は目的地が目の前に迫っているという事実にやや足取りを軽くしながら、江崎くんと共に『角を曲がった先』を目指した。

果たして、そこには一体誰が住んでいるのだろう。私はここまで来て、ようやくそんなことを考え始めた。この街並みを見て察するに、きっと大きなお屋敷があって、大きな庭があって、ベンツなんかが止まっているに違いない。中に住んでいるのは誰だろう。私たちについての『何を』知っている人なのだろう。あるいは(拍子抜けではあるのだけれども)何も知らない無関係の人なのだろうか。私は幾つかの予想を胸に角を曲がった。

しかし、私の予想はいずれも見事に裏切られた。あまりに鮮やかに、反論の余地もないほどに。

「本当にここなの？」と私は思わず訊いてしまう。

江崎くんは「間違いない」と言い地図を手渡してくれた。

確かに何度地図を読み返してみても、江崎くんの言うようにここがあのホテルの資料に書いてあった住所であるようだ。

東京都大田区田園調布一―二×。

私は改めて目的地を眺めてみる。

そこは更地だった。

ここ以外には一つだってそんな空き地はないのに、目的地であったこの住所だけがぽっかりと、まるで虫食いみたいに抜け落ちている。個人が所有するにはかなり大きめの土地（二百坪くらいはあるかもしれない）には雑草が生え散らかった荒涼な地面と、侵入者を防ぐために周囲を囲んでいるトラロープくらいしか特筆すべき点はない。それ以外には本当に何の看板も、表示もない。虚しいまでにただの空き地。

それは、目的としていたものが存在していなかったという点において、どことなく東京ビッグサイトを訪れたときの感覚に酷似していた。だけれども、この空き地の発見はある意味では前進と言えるかもしれない。私はそう思った。

なにせ、もしも私が先ほど予想したように、ここに誰かが住んでいたとして、その人物がまったくの無関係の人であった場合には、私たちがここに来た収穫は本当にゼロだったということになってしまう。あそこに書いてあった住所はやっぱりでたらめだったんだな、と。だけれども、ここには何もないという名の『異様』がしっかりと存在している。何もないからこそ怪しい。よって、私たちにとって『ここには以前、何が建っていたのか』という点を究明することは、一つの重要なヒントに成り得るように思えた。おぼろげではあるけれども、岩壁に飛び出したほんの小さな突起のように、僅かな手がかりが私たちの前に顔を見せたような気がする。

江崎くんも私と同じような結論に至ったのか、静かに口を開いた。

「周りの家の人間に訊いてみるか」

「そうだね、それがいいかも」

私たちは近いところから順に何軒かの家を回ってはインターホンを押してみた。どの家のインターホンも高性能で、付属されたカメラが無言のうちに私たちを精緻に観察しているようだった。性別、年齢、服装から、あわよくば性格まで。しかし、残念ながらいずれの家からも応答はなかった。ピンポンという音は、どこか遠い世界の遠い空間を震わせただけで、私たちには何の見返りももたらさない。カメラの向こう側で居留守を使われてしまっているのか、本当に留守にしていたのかは分からない。それとも、ひょっとするとお金持ちになるとインターホンに応答するのは何かしらのご法度になっているのかもしれない。それぐらいの断固たる無回答だった。いずれにせよ、私たちは七、八軒のインターホンを押してみたものの何の成果も得られなかった。

私たちは再び元の場所へと戻ってくると、二人して何もない空き地を見つめた。

それから五分ほど経過しただろうか、人通りの少なかったこの通りに一人の女性が現れた。

歳はおそらく四十代（ひょっとすると若く見える五十代という可能性もある）。ランニング用のぴったりとした黒い長袖の上に、淡いピンクのTシャツを着てテンポの速いウォーキングに励んでいる。頭にはサンバイザーをかぶり、下半身にはジャージを穿いていて肌の露出は殆どない。日焼け対策をしているのだろう。いかにも美容と健康に励む、お金持ちの奥様というふうであった。

「あの、すみません」と私は咄嗟に声をかけていた。せっかく見つけた地域住民だ。逃す手はない。

すると女性は力強いウォーキングの歩をぴたりと止め、こちらを向いた。

「なにかしら？」

女性の視線や仕草は決して不快そうではなかった。目を大きく開き、シワの少ない顔でこなれた笑みを浮かべている。私は好意的な人物の発見に少しだけ安心する。

「あの……ウォーキング中にすみません。少しお時間大丈夫でしょうか」

「ええ。大丈夫よ、怪しい勧誘でさえなければね。この間なんか、よく分からない洗剤の勧誘を受けちゃって、三時間くらい付き合わされたのよ、だから、ああいうのは勘弁して頂戴ね。汗で身体も冷えちゃうし」と女性は冗談めかして言った。

私は笑みを浮かべる。「大丈夫です。そういうのじゃないんです。ただ、少し質問があって」

「ええ、どうぞ」

「ここの土地」と私は言って、例の空き地を指さす。「ここって以前は何があったのか、ご存知ないですか？」

「ああ、ここね」と言って、女性はさも〈よくある質問ね〉というような表情を見せた。「ここは火事があったのよ」

「火事？」

「ええ、そうよ。あなた間近で火事を見たことってある？　あれって結構遠くから眺めてても、相当な熱さを感じるのよ。炎ってやっぱりすごいわね。私びっくりしちゃったもの。不謹慎だけども、後学のためにもああいうのは一度見ておいたほうがいいわよ。人生観変わるから」

私はへぇと相槌を打つ。「なんていう方のお家だったんですか？」

「はてねぇ……」と女性はげんこつをおでこに当てて考え込む。「ちょっと待って頂戴。今、ちゃちゃっと思い出しちゃうから」

女性はそれから小声で幾つかの苗字を試しに発してみて、その語感から答えを探していた。かなり真剣に、慎重に。

何にしても、この女性が一を訊いたら十を答えてくれるような気さくな雰囲気の方で良かったな、と私は思った。せっかく捕まえた人に、邪険な態度であしらわれてしまっては敵わない。

「えー、あと少し。あと少しなのよ」と女性の想起は佳境に入る。「ミフネさん……違うわね、ちょっと違う、ちょっとだけ違うのよ。なんだったかしらね、流石に五十を過ぎると物忘れが酷くて。自分でも情けないわ……ミフネじゃなくて……そうだ」

女性は樹海の中で青い鳥との奇跡的な遭遇を果たしたような晴れ渡った笑みを浮かべてから、

指を思い切り良くぱちんと弾いて言う。

「完璧に思い出したわ！　そうだ黒澤さんよ。ク・ロ・サ・ワさん。間違いないわ。表札を何度も見たもの。間違いなく黒澤さんね」

クロサワ。黒澤。

私は自分の記憶の中から、クロサワと名乗った人物を探してみる。

黒澤。くろさわ。

しばらく私はそれを呪文のように頭の中で繰り返してみた。

クロサワ、黒澤、くろさわ。

だけれどもこれといった心当たりはなかった。

代わりに何の脈絡もなく、私の頭の中では小さくピアノの音が鳴り始める。躍るように流れる、澄み切った低音のアルペジオだった。

大須賀駿 

「こちらが五階、資料庫になります」

スーツを纏ったレゾン電子の女性社員はバスガイドのように右手を差し出した。目の前にはまるで金庫のような、大きくて頑丈そうな扉に、タッチパネル式のなにやらこむずかしそうな機械が併設されている。おそらく、あそこに暗証番号やらを入力しないと扉が開かない仕組みなのだろう。ひょっとしたら静脈認証とか、網膜認証とか、もっと高度なセキュリティがあるのかもしれない。なににしても、さすがは日本屈指の電子機器メーカーの資料庫だ。

僕たちモニター参加者は、最初に入室した第一メディアホールにて簡単な企業の歴史やら主力商品の説明などを受けた。まるで前もって録音してあったみたいに、社員の女性たちはよどみなく、流暢にプレゼンテーションをした。あんまり興味はなかったけど、よくよく聴いてみればそれなりに面白かった（中でも製薬会社を買収し、近年は製薬事業にも取り組んでいるというのは意外な事実だった）。その後、僕たちは簡単な紙のアンケートに答え（日頃どの程度当社の商品をお使いになりますか？ などの簡単な質問だった）、なにやら最新式のデジカメのモニターをさせられた。機械には疎い僕にはよく分からなかったけども、なにやらデジカメの表情認識機能のテストだったらしく、色々な表情をさせられた挙句その都度写真を撮られ、少し恥ずかしい思いをした。のんの表情もどことなくひきつっていた。周りのカップルとの温度差があったせいもあるかもしれないけど、とにかく僕にとっても（おそらく、のんにとっても）あんまり楽しい時間ではなかった。それからは社内見学が始まり、僕たちはセキュリティ用の自動改札みたいなところを抜けて、エレベーターに乗り込み、三階の会議室スペースを見学した。きれいなガラス張りの会議室がいくつも用意されていて、中には日曜日だというのに実際に会議中の部屋もあった。ガラス越しではあるけど、年配のベテラン社員風の男から若手らしい女性の社員までが談笑しながら会議をしている様が見えた。『このようなアットホームで、上下別け隔てのない社風が弊社の先進的な商品開発に一役買っております』と抜け目なく紹介を入れた女性社員の台詞が、少しできすぎているくらいにできすぎていた。

とまあ、そんなやや批判的な捉え方はさておき、僕たちは会議室の見学を終え、現在の五階資料庫の見学に至るという訳だ。

「この五階はその殆どのスペースをこの資料庫に割り当てており、我が社の肝とも言える施設であります。現在、当社では顧客情報を始めとする殆どの機密情報をこの資料庫にて紙面保管しております」

相変わらず女性社員に言い淀みはない。立て板に水とはこういう喋り方のことを言うのだろうか。比べるのはあまり適当ではないけども、詰まりがちな弥生とは大違いだ。

「あの、ちょっといいすか？」と、説明を聴いていたうちの一人の男性が手を挙げて女性に質問をする。「全部、デジタルにしちゃった方がスペースも取らないし、便利でいいと思うんですけど、どうして資料庫なんて作るんすか？」

男性は言い終わるとちょっと得意げな表情をつくった。横に居た彼女が、男性に対して少しばかり尊敬の眼差しを向ける。〈〇〇くんすごーい〉とでも言いたげな、ちょっとしたイチャつき成分を含んだ視線の交換だ。仲が睦まじくてなにより。気のせいか、のんが小さく「チッ」と舌打ちを放ったような気がした。

女性社員は質問を受け付けると、目を閉じてゆっくりと頷いた。

「確かに情報のデジタル化というのは今や世界の常識です。どこの企業におかれましても最重要課題といっても過言ではないでしょう。ですが、情報をデジタル化するということは、非常に多くの危険を孕んでいます。たとえば、簡単なところから申し上げさせてもらいますと、情報の破損であります。どんなに優れた一流のシステムエンジニアであったとしても、一度破損してしまったデータを復元することはできません。それは言うなれば、死んだ生物を生き返らせるに等しい作業であります。しかしながら一方、紙媒体の場合、情報の管理体制さえ万全を期していれば、データを破損してしまうおそれはありません。情報は常に一定の品質を保ったまま保存されます。また第二に、情報をデジタルとして保存する場合、我々は常にクラッキングとの戦いを強いられることになります。簡単に言ってしまえば、情報流出の可能性がある、ということです。情報をデジタル化し、オンラインで保管しておくというのはある意味で共同のロッカーに重要機密を保管しておくようなことでもあるのです。たとえ万全を期しているつもりであっても、デジタルクラッキングは日々進歩と変革を遂げています。私たちはその猛威から身を守るための最良の手段として、情報のアナログ保管という道を選択したのです」

　女性は言い終わるとまた丁寧にお辞儀をした。質問をした男性は先程の得意顔の居場所を探すように、どこか居心地の悪そうな表情をしている（よくよく見れば背中の数字は「42」だった。彼女は「41」。心なしか、今ここにいるカップルたちの数値はなぜだか軒並み低い）。これまた気のせいだと信じたいのだけども、僕の横でのんが「無知め、黙っておれ」と冷たい笑顔で毒づいたのが聞こえたような気がした。切実に気のせいだと信じたい。

　次に僕たちは七階のオフィス見学に移った。オフィス内は非常に清潔で労働環境としては実に快適そうに見えた。それぞれが小奇麗な個別のデスクとパソコンを持ち、ご丁寧にすべてがパーテーションで区切られている。

僕も、大人になったらこういうところで働くサラリーマンになるのだろうか。いや、こういうところで働けるのは江崎みたいな高学歴の人間か。するとなると、僕はもっと小さな会社で働くことになるのだろうか。なににしても、今の僕にはまだ想像がつかない。

そんな平和に思えたオフィス見学の途中で、不意に「痛っ！」という声がどこからともなく聞こえてきた。はて、何が起こったのだろう、と、おもむろに横を向いてみるとなぜかレゾンの女性社員と、のんが地面に突っ伏しているのが発見できた。何かのドラマでよくあるみたいに、女性社員が持っていたファイル類が地面に散乱して、ちょっとした惨事と化している。衝突したのだろうか。どうしたら社内見学の最中にこんな事故が起こるというのだろう。

「だ、大丈夫ですか？」と女性社員は打ち付けた頭を右手で押さえながら、のんに言う。

「ええ、問題ないです」と、のんも答え、手を振って無事をアピールしていた。

僕はのんに手を差し出して起き上がらせる。のんは力なく僕の右手に摑まり、のっそりと身体を起こした。どことなくのんはゆっくりと肩で息をしているように見える。まるで徒競走の後みたいに、はぁはぁと口で呼吸をしているのだ。まったく。僕がちょっと目を離した隙に、何かに興奮して社内を駆け回ってでもいたのだろうか。難儀な女の子だ。やはり読書というよりも昆虫採集の方が様になっている。

「どうして、ぶつかったの？」と僕はのんに訊いてみる。

「チャンスだと踏んだのですよ」と、のんは本当に意味のわからないことを言った。

僕たちは転倒してしまった女性社員と一緒に散乱してしまった書類をかき集めて、再度お詫びをした。僕がお詫びするのもどことなく不思議な構図ではあるのだけども、僕はのんの『彼氏』であるみたいだし、これが一応の礼儀ではあるのかもしれない。

バッグが欲しくなったり、男性に対し暴言を吐いたり、無意味に社内を駆けまわったり、とんだトラブルメイカーだ。きっと、そんなのんの相手をさせられる僕の背中には40台の数値が浮かび上がっているに違いない。

すべてのイベントが終わると、僕たちは再び第一メディアホールに集められた。そして、最後の最後にもう一つだけ、ちょっとした紙面のアンケートがあると告げられた。時刻は午前十一時半。ここにきてから大体二時間以上が経過している。なかなか密度の濃い二時間だった。ほんのり疲労感はあるけども、近未来的な建物や商品を見ることができたし、見学会や説明会も中々に興味深かった。まあこれはこれで一応は楽しめたかもしれない。結局、何もヒントは得られず終いで、本末転倒ではあったのだけども。

しばらくすると、最後のアンケートが手渡された。

「こちらは『一組様ごと』の回答で結構ですので、本日ご来社なされましたお二人のうち、どちらか一名様がご回答ください」

僕は表紙を捲りアンケートに答える。そこには、今日の初めに回答したアンケートとは少し毛色の違う質問が待ち構えていた。

・現在の恋人とはどのくらいの期間交際されていますか？

僕は頭をポリポリと掻いてみる。ものすごく答えにくい質問だ。僕は仕方なく、『一年半』と嘘の記述をしておく。よく分からないけども、このあたりなら角も立たないだろう。しかし一山越えた僕の前には、更に大きな山々が列をなして待ち構えていた。

・性交渉の頻度はどの程度ですか？

A：ほぼ毎日
B：二日に一度
C：週に一、二度
D：月に一、二度
E：それ以下

僕は咳払いをする。

・一度の性交渉における、平均射精回数はどの程度ですか？

A：一回
B：二回

C：三回〜四回
D：五回以上

僕は鉛筆で紙面をこつこつと叩きながら、なるべく心を無にしようとしてみる。少しでもものを考えようとすると、疑問と羞恥とが大量に噴出して、僕自身が原形を留められなくなりそうな気がした。この質問は何なのだろう。何でこんなことを訊くのだろう。どの辺が相場なのだろう。無知故に変なことを書いてしまったらどうしよう。

僕はほとんどの質問に無回答のまま静かにアンケート用紙を閉じ、鉛筆をその上にそっと載せた。ふと周りを見回してみると、ほとんどのカップルはそれぞれ笑顔を咲かせながら嬉々としてアンケートに回答している。ふむ、これが大人の世界なのだろうか。

「大須賀さん答え終わったんですか？」とのんが言う。

僕は思わず動揺してしまった。「え？　いや……まだなんだけどさ。ちょっと休憩というか、なんというか……」

「相変わらず煮え切らないですね。なら、あたしが答えておきましょう」

そう言って、のんは俊敏な動きでアンケート用紙と鉛筆をむしりとり、早速、回答を始める。

当然、のんは幾らもしないうちに僕がつまずいていた質問にたどり着いた。非常に答えにくい質問。僕は顔が赤くなっていないか注意しながら、なるべく軽めの声を出して言う。

「その……テキトーに答えておいてよ。そんなに気にせずにさ」

「了解です」

するとのんは、黙々と、しかし素早くアンケートに取り掛かり始めた。鉛筆はシャッシャッという乾いた音を立てて、次々に選択肢に丸を落としていく。なににしても助かった。こういうきわどい質問に対する回答を女性に任せっきりにしてしまった僕の所業は、極めて紳士ではないと思うのだけど、背に腹は代えられない。のんがやってくれるというのなら、それは非常にありがたいことだ。遠慮なくやってもらおう。僕は素早く動き始めたのんの手元を覗き込んでみる。

・性交渉の頻度はどの程度ですか？

Ⓐ：ほぼ毎日

B：二日に一度

C：週に一、二度

D：月に一、二度

E：それ以下

・一度の性交渉における、平均射精回数はどの程度ですか？

A：一回

B：二回

C：三回～四回

Ⓓ：五回以上

うおおおぉ。

「ちょっ……ちょっとのん？」

「なんでしょうか？」と、のんは手元の動きはそのままに言う。

「いや、申し訳ないんだけどさ。確かに僕は『テキトーに答えておいて』って言ったかもしれないけど。その……もう少しだけ吟味してさ、ね？」

「はい？　どういうことでしょう？」

「いやね。それじゃ、なんだか、僕があまりにもその……なんていうかさ。ちょっとパ、パ、パワフルっていうかさ」

「はい？」

「だからもう少しだけ、常識的に考えてっていうか」

「ああ、もう！」とのんは、音を立てて勢い良く鉛筆を置く。「何ですか？　本当に煮え切らないですねぇ。かの有名なゲーテはこう言っています。《それが魂のほとばしりなら、なぜ言葉を飾るのか》と。大須賀さん、言いたいことがあるのならビシッと具体的に言ってください。余計な修飾語や接続助詞は省いて、生身の言葉で言いたいことを伝えるべきなんですよ。どぅーゆぅーあんだすたん？」

僕はのんの雄弁の前に力なく頷いた。「は……はい。問題ないです」

「おっけぃ」

のんは、再びアンケートにとりかかる。

「本日は貴重なお時間を使って弊社のモニターに参加していただき、誠にありがとうございました。本日のプログラムは以上になります」

社員がホール内を回って全員分のアンケートを回収すると、いよいよ長い午前が終わった。

僕はほっと一息つく。正直、ちょっと疲れた。

「ではただ今から本日の参加謝礼として、イタリア製ハンドバッグと、その他幾つかの粗品を進呈させていただきたいと思います」

「待ってました！」と、のんの目に輝きが戻る。

長い時間と労力を割いて、勝ち取ったのがこのバッグだけとあってはちょっとばかり釣り合わないような気もするけど、今更くよくよしても仕方ない。ここに、僕たちに関するヒントは何もなかったということが分かっただけでも、それはそれで一つの収穫であったと、プラスに捉えておこう。

しばらくすると、女性社員が全員の席を巡回して、一組一組に茶色のハンドバッグを手渡していった。僕たちにもそのバッグが進呈されると、のんは間髪容れずにその革素材に手をスリスリとさせて満足気に微笑む。嬉しそうでなにより。

しかし、僕はそのバッグを見ていると、パソコンの画面上で確認したときと同じように、何らかの既視感を覚える。やっぱり実物を見てみても、このバッグをどこかで見たことがある気がするな、と。そして、僕はようやく思い出す。

そうだ、これはお隣の田中さんの奥さんが持っていたバッグだ。弥生にチケットを渡されたあの日、アパートの廊下で立ちすくんでいた田中さんの旦那さんが肩にかけていた（奥さんが喧嘩をして旦那さんに投げつけたという）あのバッグに違いない。そうだそうだ。どうりで既視感を覚えたわけだ。

僕はひとつ、心の中のもやもやを解消して少しだけ心地好くなる。

のんはひと通りバッグの金具やら継ぎ目をさすり終えると、いよいよバッグ内部の物色にかかった。太陽二つ分くらいの眩しすぎる笑みを浮かべながら、いかにも楽しくて仕方がないといった様子で。

バッグの中にはなにやらA4サイズの冊子と、包み紙にくるまれたきれいな丸形の赤い飴玉が二つだけ入っていた。

「バッグの中には勝手ながら弊社のパンフレットと、今ヨーロッパで密かな話題となっている『コントラッツィ』というキャンディを入れさせていただきました。そちらのキャンディは二つで一組をなしており、男女がそれを一粒ずつ食べると二人に幸福が訪れるとの言い伝えがございます。非常に貴重なものとなっておりますので、よろしければこの機会に是非ともご賞味ください」

なるほど。なんともよくありそうな謳い文句の飴玉だ。僕たちはともかくとして、会場に来ているカップルなら少なからず心惹かれるキャッチコピーかもしれない。その証拠に会場を見渡せば、殆どのカップルがその飴玉をほいほいと口の中に放りこんでは、お互いを見つめ合って頬をゆるめていた。

「大須賀さん。あたしは飴玉いらないんで、一人で食べちゃっていいですよ」とのんは相変わらずバッグに夢中のまま言った。

「食べるだけ食べてみれば？　ひょっとしたら美味しいかもよ」と僕は言う。

「いいえ、ケッコーです。あたし飴玉が大嫌いなんですよ。おいしくないし、口の中が血まみれになるし、ひりひりするし。それに、大須賀さんと永遠の幸福を分かち合うことになるのもぞっとしませんし」

「あ……そう」

なんか、最後に軽く侮辱されたような気がするけど、まあ、いいか。

僕もこれといって飴を舐めたい気分ではなかったし、基本的に飴が好きなわけでもないから処分に困る。とりあえず、僕は飴玉を何の気なしにポケットに仕舞っておいた。ひょっとしたら、いつかこの飴を誰かと食べて、一緒に顔をほころばせる日が来るかもしれない。幸福が訪れるかもよ、と囁き合いながら（正直、柄でもないけど）。

飴と一緒に入っていたパンフレットには、先ほど受けた説明と殆ど同じことが書かれてあった。事業内容、歴史、資本金、製品、従業員数、事業所の所在地などなど。一応レゾン電子のモニターに参加したという証明としてこのパンフレットを持っておくのも悪くはないかもしれない。ペラペラと中をめくったあと、また僕は表紙に目を落とした。そこにはかっちりとした重みのある字体で〝Raison〟という社名のロゴが入っていて、その下には〝Being alive as a HUMAN.〟と書かれていた。

『「び〜いんぐ、あらいぶあっざ、ひゅーまん」ですよね——大須賀さん、CMは見ないんですか？　企業のキャッチコピーですよ』

のんが、昨日の夜言っていたのはこれのことか。

〝Being alive as a HUMAN.〟

どういう意味なのだろう。英語が苦手な（だからといって得意な教科もないけど）僕にはよく分からなかった。なににしろ、きっとカッコイイ意味が含まれているに違いない。

会場の外に出ると、正午にほど近い最大出力の太陽が僕たちに夏を思い出させた。それでも、久々の外の空気はどことなく清々しくもある。僕は大きく深呼吸をして、伸びをした。

のんは大事そうにバッグを抱え、隠しきれない笑みをうっすらと浮かべている。念願のバッグの肌触りが相当気に入ってしまったらしい。

「いやあ、実に貴重な経験になりましたね。大須賀さん」と、のんはものすごく的はずれなことを言った。

「まあ、収穫はなかったけどね」と僕は言う。

「なにをおっしゃいますか、大須賀さん。収穫ならちゃんとありましたよ」

僕はため息をついた。それは、のんはバッグを手に入れてご満悦かもしれないけど、結局のところ、僕たちは一歩たりとも前進はできていない。僕たちの現状に関する何かしらの手がかりという意味での『収穫』はまったくなかった。

「江崎と葵さんが、何か手がかりを掴んでるといいんだけど」と僕は独り言のように言った。朝出かける前に見た二人の背中の数字は、江崎が「54」、葵さんが「56」だったから、二人とも、それなりにいい一日ではあるはずだ。

「電話をしてみましょうか」のんはそう言うと、素早く携帯電話を取り出して電話をかけ始めた。「昨日のうちに葵さんと番号を交換しておきましたし……あっ、もしもし？」

どうやら、葵さんが電話に出たようだ。

僕は夏の暑さの中、ポケットの中の飴玉が溶けないかどうか心配になる。どうせならこの一連の珍事が片付いた後、弥生と一緒にこれを食べたいな、などと浮ついたことを考えながら。

江崎純一郎 ♠

「もうそれはそれは、すごい火事だったわね。周囲が騒がしいなと思ったときにはすでに大炎上。あっという間にぜ〜んぶ焦げクズよ」と、ウォーキング中であった中年女性はどこか自慢気に語る。

それにしてもよくしゃべる人間だ。一つ質問をすると、訊いてもいない情報が三つも四つも供給される。まるで出来損ないの福袋みたいに。

「その、『黒澤さん』って人はどんな人だったんですか？　お会いになったことはありますか？」と葵静葉が訊く。

俺は心底、ここに葵静葉が居てよかったと思った。正直、俺は初対面の人間と（ましてやこのようなおしゃべりな人間と）ここまで和やかに、友好的に会話をこなす自信はない。今現在、葵静葉が会話を一手に担ってくれていることは非常にありがたかった。俺は横から二人の会話をひたすら聴くことに徹した。

女は言う。

「残念だけど、会ったことはないわね。でも噂だと四十代くらいの男性と、中学生くらいの娘が居たって言ってたかしら。奥さんの目撃情報はなかったわね……ごめんなさいね、いずれにしてもちょっとうろ覚えで自信がないわ。あそこの家はいつも不自然なほどに静かだったのよ。私としてはあそこが無人の屋敷だって言われても驚きはしなかったわね。いつもひっそりとしていて、まるで人や車の出入りがないのよ」

「火事で負傷者は出たんですか？」

「さあ、分からないわ。近所でも噂が噂を呼んでね。やれあそこの家は少し『危ない』ことをしてたから放火されて一家全員焼死しただとか、いやいやあれはただの事故でけが人は一人もいないだとか、とにかく好き勝手に噂が飛び交うのよ。だから、私にはどれが本当でどれが嘘だったかなんて見極められないわ。でも、少なくともここが空き地のままだということは、黒澤さんはお引越しなされたか、もしくは……ということでしょうね」

俺は黒澤という名前に対して微塵の心当たりもない。おぼろげにも『クロサワ』という響きを聞いた覚えもない。もとより俺の交友関係は極端に狭く、候補に挙がる人物など両手で足りる程度なのだが少なくともその中に黒澤は居ない。

「火事って、いつごろのことだったのかわかりますか？」

「夏だったわね、確か。だって私『夏なのに、こんなによく燃えるのね』って感心した記憶があるもの。あれじゃない？　冬は乾燥するからよく燃えるって言うじゃない。だから、夏の火事は珍しくて覚えてるのよ」

「何年前の夏でしょうか？」

「うんとねぇ……三年前か四年前くらいかしら。ごめんなさいちょっと自信が持てないわ。でも、息子がまだ家に居たから、確かそのくらいよ。三、四年前の七月か八月ね。たぶんその辺よ」女はそこで何かを思い出したように、明るい顔をつくった。「そうだ、あなた知ってる？　火事の事後処理って誰がやるのか？　私ビックリしちゃったわよ。だってああいう処理って、勝手な想像だけど警察とか消防がやってくれそうなイメージあるじゃない？　でも、そうじゃないのよ。ああいう瓦礫だとかの処理っていうのはそれ専門の清掃業者があるのよ。火事だとか、自殺の死体処理とかを専門にした清掃業者がね。それがね、あなた。火事の次の日くらいにはぞろぞろとやってきて、みんな綺麗にしていっちゃうのよ。圧巻ね、あれは。不必要なものはゴミとして即処理。必要そうなものは丁寧にくるんで保管よ。私、知らなかったわ。あんな人達が居るなんて」

葵静葉は女の話に笑顔で頷く。それを見たウォーキングの女も満足そうに深いシワを寄せてにんまりと笑った。〈どう、この話。びっくりでしょ?〉とでも言いたげな表情で。

俺たちは女と別れ（女はその後もしぶとく葵静葉にあらゆる小話を提供した）どちらからともなく、もときた多摩川駅へ歩を進め始めた。

「江崎くんには『黒澤さん』って知り合いは居る?」

「居ない」と俺は答える。

その口ぶりだと、葵静葉にも『黒澤』に関する心当たりはないものと見える。どうやら現状、即戦力になるような情報を摑むことはできなかったようだ。だが、この『黒澤』という存在に対して深くメスを入れていく必要性がある。資料に書かれた住所からなんとかひねり出せた唯一の手がかりだ。一体、誰が俺たちに普通じゃないものを預け、来るその時に協力するように語りかけてきたのか。どうしてそれは何の関係もない俺たち四人なのか。あまりにも漠然としていた俺たちの眼前の課題に、小さな『黒澤』という影が姿を現した。

葵静葉は帰り道ということもあって道順が分かるせいか、往路のときよりも幾分俺の近くについて歩いていた。ぴったり横とまではいかないが、半歩後ろ辺りを俺より少し細かい歩幅で歩いている。ポロシャツ、ジーパン、サンダル姿の俺はともかくとして、淡い色のワンピースを纏った葵静葉は、何の違和感もなくこの田園調布の街に溶け込んでいた。どちらかというのなら先程のウォーキングのおしゃべり女性よりも、葵静葉のほうがいくらかここらの住民に見えなくもない。進行方向をまっすぐ向いたまま歩く葵静葉の横顔は、まるでしんしんと積もった新雪のように真新しく潔白で、純真無垢を連想させた。

昨日の三枚のんの質問。『今まで葵さんが壊したものの中で、一番大きなものって何ですか？　もしくは、一番すごいものって』

葵静葉は躊躇いながらも『人』だと答えた。

微妙な会話の間や表情からして葵静葉のその発言が嘘だとは到底思えなかったが、それと同時に、葵静葉が人を壊すような人間だというふうに思うこともできなかった。この女が何かの拍子で人を手に掛けてしまうような、そんな危うい均衡で生きているようには思えない。

俺は思い切って訊いてみた。それが葵静葉という人間の最も痛む部分を一直線に貫く問いだと分かりながら。

「あんた、少し訊いてもいいか？」

「なに？」と、葵静葉は無垢な顔のままで言う。

「どうして、人を壊したんだ？」

予想通り葵静葉は顔を凍らせた。中途半端につくられた柔らかな笑顔が行き場所を失い虚空を彷徨う。困ったような、笑っているような、泣きそうなような、落ち込んでいるような、そんな混濁した表情が完成を待たずに完成する。俺は続けた。

「まだ会ってそんなに時間は経ってないが、俺にはあんたが衝動的に人を手に掛けるようなヒステリックな女には見えない。別に話したくなければ話さなくても構わない。ただ訊いただけだ」

俺は『話さなくても構わない』と言ったものの、内心、葵静葉が九分九厘口を開くであろうと踏んでいた。もとい、葵静葉が口を開くことを知っていた。それは今日の確定事項。

葵静葉はゆっくりと、意識的に表情筋を動かして徐々に顔をほぐしていく。それからようやく言葉を紡いだ。

「江崎くんは……私が『人を壊した』っていうの、本当だと思う？」

「分からない。だから訊いてる」

葵静葉は急場でつくったぎこちない笑みを浮かべ、小さくため息をついた。

「私はね。この話を最初から最後まで、正確に、正直に誰かに話したことは一度もないの。この話を語るにはどうしても私は心の中にある『レバー』の話をしなくちゃいけなかったから。だから私はいっつも核心は避けてきた。私の普通じゃないところを語らなくて済むように、部分部分を入れ替えて、それでも筋が通るようにいくつかのアレンジを加えて」葵静葉は一度空を見上げてから俺の顔を見た。「少し長くなるかもしれないから、どこか座れるところを探さない？」

俺は無言で頷いた。

運良く道中に小さな公園を見つけたため、俺達はそこのベンチに腰を降ろすことにした。公園は数人の子供とその母親がいるだけで、基本的には閑散としている。砂場でじゃれる子供が三人に、その脇で立ち話をする母親が三人。それはどこにでも見られる、平和な昼前の光景のように思えた。静かな公園の静かな時間。

強い夏の日差しで汗ばむような気温の中、わざわざ外で会話をするのも気がひけたが、手頃な建物が見当たらなかったのだから仕方ない。幸い俺達が座ったベンチは、ちょうど垂れ下がった木の枝の影になっていて幾らかの涼はとれた。

葵静葉は自分の身体が充分ベンチに馴染んだことを確認してから、ゆっくりと口を開く。

「事件自体は今からちょうど二年前の出来事になるんだけれど、この話をきちんと話すには、もうちょっとだけ前から話さなくちゃいけない」葵静葉は左手で髪を払った。形の良いきれいな耳がわずかだけ姿を見せる。「二年前の春。私は今通っている神奈川の県立高校に入学したんだけれど、最初はなかなか友達ができなかったの。別にイジメられてたとか、事あるごとに無視されてたとか、そういうのじゃないんだけれど、どうにも打ち解けるのが苦手だったの。話しかけるきっかけというか、話題というか、そういうものを見つけるのが私は極端に下手だった。それに毎日のようにピアノのレッスンもあって、なるべく早く家に帰らなくちゃいけなかったから余計に馴染めなくてね。やっぱりみんな高校生の女の子だし『放課後にどこどこに行こう』ってなるじゃない？　一緒にケーキを食べに行ったり、お洋服や雑貨を見たり、カラオケに行ったり。みんなそういうところでいつもより密度の濃い時間を過ごす。なのに、私はせっかく誰かが気を利かせてそういうのに誘ってくれても、全部断らなくちゃいけなかったから、やっぱりそういう友達作りの流れに乗り遅れちゃうの。だからと言って、誰も私に対して『お前、付き合いが悪いぞ』なんてプレッシャーは掛けてこなかったし、基本的に温かくは接してくれたんだけれど、やっぱり一線を越えた友情みたいなものは育めなかった。私はクラスの中では害も益もない、物静かな女の子としてのポジションをいつの間にか確立してしまっていたの。『ピアノを習っているらしい』ということがせめてもの特徴の、中途半端な存在としてね」

俺は黙って聴いた。

「でも、入学してからひと月くらいが経ったある日、私にもようやく自信を持って『友達』と呼べる存在ができたの。『チカ』って女の子なんだけどね。本当に私とは対照的で、明るくて社交性もあって人見知りもしない元気な女の子だった。髪は校則もなんのそので茶色く染めて、顔にはたっぷりのおめかし。長いつけまつげにアイシャドウ、つやの効いたリップグロスに、明るいチーク。それに携帯電話にはいっつもごてごてしたストラップが束になってた。とにかく、いかにも今をときめく女子高生っていう雰囲気を振りまいていたの。何となくクラスを眺めていても、彼女は私とは住む世界が違うな、って勝手に感じてたくらい。だけれども、そんな遠い世界の住人だと思ってたチカが、ある日私に声をかけてきたの。『静葉ちゃんって、ピアノうまいんだって?』って。授業終わりに唐突に、まるで親友にでも声をかけるみたいに自然に。私びっくりしちゃって、最初は何を言われているのか、どうして声をかけられたのかまったく分からなかった。きっと、私はとぼけた顔をしちゃってたんだと思う。そしたらチカは『私、ピアノ弾きたいんだけど教えてくれない？』って生き生きとした顔で言うの。それがきっかけ。

それから私は時間を見つけては、チカにピアノを教えてあげた。変な話だけどね。数時間前までは私が先生にピアノを教わってたのに、その数時間後には私が先生になってチカにピアノを教えてるって……。とにかく私は、私にとっての唯一の特徴であるピアノを活かして、チカと友達になることができたの。それは色々な意味で嬉しかった。何だか自分が認められたような気がしてね。周囲の人間はチカに対して『どうせ、チカがピアノなんて続くわけないんだから』と笑ってたけど、チカは本当に真面目に私のレッスンを聴いてくれた。どんな用事があっても、最優先で私のもとに来てくれたし、レッスン中の表情は真剣そのものだった。最初はどこが『ド』の鍵盤で『レ』の鍵盤で……なんて、基本的なことから始めて、最終的にはチカが弾きたがっていた『エリーゼのために』が弾けるようになったの。曲が完成したとき、チカは涙を流して喜んでくれてね。**私も思わずもらい泣きしちゃった**。そんなふうにして私たちは一緒に過ごす時間が増えていったんだけれど、私たちはその過程で自分たちの息がぴったりと合うことに気がついたの。何て言うか、『波長』みたいなものなのかな。話のタイミングから、気持ちの浮き沈みの波、時間の感覚とか、とにかくそんな色んなことが、私たちの間では完璧に噛み合ったの。本当に意外だったけどね。だって、見た目の雰囲気から性格まで、何から何までが違う二人だったから、お互いにこんな対照的な人間と意気投合するなんて思ってなかったの。でも、まるでどこか遠い場所で作られたねじが偶然ぴったり嚙み合うみたいに、私たちは本当にぴったりと嚙み合ったの。チカは私が持っていないものを全部持っていたし、チカにとってもおそらく私はチカ自身の不足を補うような存在だったんだと思う。私たちはピアノのレッスンの合間を縫っては度々二人で色々なところに遊びに行った。チカのおすすめするケーキ屋さんに行ってみたり、一緒にピアノのコンサートに行ったり、都内に行ってお洋服を見たり。とにかく私たちは短期間のうちにものすごいスピードで理解し合って、密度の濃い時間を過ごして、お互いを大事にし合ったの。はたから見ても、私とチカのコンビは少しちぐはぐだったみたいで、街の中では知らない人に二度見されたりなんかもした。でも、本当に私たちはよき理解者だったの。『親友』と呼ぶに相応しいくらいにね。

でもね、そうやってチカをよく理解していくうちに、チカの欠点も見えてきた。あまりこういうことを言いたくはないけれど、過去のチカの恋愛話を聴く限り、チカは本当に男性を見る目がなかった。チカは人生においてなにかしらの優先順位をつけなければならないとしたら、迷わず恋愛を一位か二位に持ってくるほど、『恋』というものを重要視していたのだけれど、いつも決まって好きになった男性に泣かされることになった。チカはね、俗な言葉を使ってしまうのなら、いわゆる『面食い』だったの。だけれどチカの名誉のために少しだけ擁護させてもらうなら、たぶんそれは『顔がよければ誰でもいい』っていう感覚ではなくって、むしろ『顔がいいと、性格もよく見えてしまう』っていう魔法のような何かがあったんだと思う。その二つのどこが違うの？　って言われたら、私には何も言えなくなってしまうけれども、とにかくチカはどうしても男性の顔を起点に恋愛をしてしまう体質だったの。そして、ものの見事にチカが好きになってしまう男性は、本当に最低な人間ばかりだった。以前は平然と浮気をされたと言っていたし、その前は毎日のようにお金をせびられたって言ってた。中学生、高校生がそんな目に遭うだなんて、私にはにわかに想像できなかったけれど、でもそれは紛れもない事実で、チカはそういう男の人達にまるでメトロノームみたいにブンブン振り回されたの。

そんな中、チカがそのとき正に恋をしていた『ある男』がいたのだけれども、これがチカにとっても、私にとっても悪夢の始まりだった。その『ある男』っていうのは、チカの働いていたカラオケボックスの常連客だったらしいんだけどね。歳は十七。背が高くて鼻筋が通ってて彫りが深くて、とにかく抜群のルックスなんだ、ってチカは力説するの。カラオケでその男がいる部屋の前を通ると、色っぽくて上手なエグザイルのティアモが聞こえてくるんだって。とにかく、たちまちチカはその男の全部が好きになったの。ドア越しに聞こえる歌から、よくも知らない性格から、服のセンス、はたまた一緒に遊びに来る周囲の人間まで、本当に全部の全部が。それから、チカはどうにかしてその男とのデートに漕ぎ着けた。私にはどうしたらデートに漕ぎ着けることができるのかとか、そういう手順みたいなものはよく分からないんだけどね、とにかくチカは『うまいことやりましたよ』って言ってものすごく喜んでた。当日は何を着ていけばいいだろう、どんなふうに振舞おうか、どこに連れていってもらえるのだろう。デートの日が近づいてくると、チカはそんなことを笑顔で話してくれた。少女漫画の主人公みたいに本当に無邪気にね。世間ではああいう華やかでちゃらちゃらしているように見える女の子に対するイメージはあまり肯定的じゃないかもしれないけれど、私にはああいう子のほうが、よっぽど純粋で素直に生きてるんじゃないかなって思う。

それから、チカは何度かその男とデートを重ねて、見事に恋人のポジションを射止めた。チカが男とのデートに忙しくなったせいで、必然的に私とチカのピアノレッスンの時間は減り、一緒に居られる時間はだいぶ少なくなってしまった。だけれども、私は基本的にはチカの恋愛を応援したかった。今度こそはいい人に恵まれますように、ってね。一回だけ、私もチカの彼氏である『その男』に会ったことがあるの。チカが何かのついでに『私の彼氏を紹介するよ』、って言ってくれて、三人で近くの喫茶店で落ち合った。確かにチカの言うように男の見た目はあまりにも端麗だった。『職業は俳優です』って言われたら、思わず納得してしまったかもしれないくらいにね。でもその実、男はただのフリーターだった。確か、色々とあって高校を中退して、そのまま現在はガソリンスタンドで週三日程度働いているって言ってたかな。収入は本当にわずかで、ほとんどを親からの小遣いでまかなっている、って。それだけで判断するのは失礼だし、勝手すぎるのは充分わかっていたけれど、やっぱりどことなく嫌な予感がした。チカは変な男に引っかかってるんじゃないかって。でも、基本的にはチカは楽しそうに毎日を過ごしてたし、私にも笑顔でデートの話をしてくれたから、取越し苦労だったんだなってすぐに思い直したの。一応、全部うまくいってるんだな、って。

だけれどもある日突然、本当に何の前触れも、虫の知らせもなく、チカは自ら命を絶った。自分の部屋で首を吊ってね。私には本当に何が何だか訳が分からなかった。だって、自殺しそうな心当たりなんて一つもなかったから。毎日元気そうだったし、前兆のような異変もなかったし、さよならの挨拶もなかった。何かの不調和が働いている気配なんて私にはこれっぽっちも見抜けなかったの。一体、どうしてチカが自殺なんてしなくちゃいけなかったのか、何がチカをそうさせたのか、私にも、チカの家族にも、学校の人間にも、誰にも分からなかった」

葵静葉は何かが落ち着くのを待つように、しばらく間をとった。

「でもね……しばらくしないうちに、理由が分かってきた。警察が色々と調べると、チカは自殺をする数時間前に病院に行っていたことが分かったの。それも産婦人科にね。そこまで来たら、あとはすべてが芋づる式にずるずると判明していった。チカはね、そこで自分が妊娠しているかどうかを調べていたんだって。結果は陽性。チカは疑いようもなく、『あの男』の子供を妊娠してしまっていたの。きっと、生理が来ないことを不審に思って、誰にも相談せずに一人で病院に行ったんだと思う。その証拠に周りの誰も、チカが病院に行っていたことも、チカの部屋のゴミ箱に捨てられていた妊娠検査薬のことも知らなかった。

チカの両親はね、かなり厳しい人だったの。チカが髪の毛を染めてたのだってよく思っていなかったくらいだし、何においても勉学、そして精進みたいな、かなりお堅くて古風な家柄でね。チカだけを見てると決してそんな両親が居るようには思えなかったけれど、とにかくチカの両親は相当に厳格で曲がったことを許さない人たちだった。今思えば、チカのああいう染髪とか派手な服装はある意味で親への反抗のようなものだったのかもしれない。そういう堅苦しいものから解放されたいという切なる願いの表出。今となっては訊く術もないけれど。

とにかくね、そんな訳だからチカは妊娠してしまったという事実を突きつけられたとき、選択肢のようなものがなかったの。産めるわけがないし、産まないでいいわけがない。中絶手術を受けるなんて非道徳な真似をチカの両親は絶対に許さなかっただろうし、かといって高校一年生の女の子が出産だなんてもっと許されない。選びようがないの。きっと、そのことを誰よりもチカは理解していたんだと思う。だからチカは病院を出てすぐに、その足でホームセンターに向かい、太いロープを買って、あっという間に自殺してしまった。僅か三時間足らずで。

私は絶望なんて言葉じゃ生ぬるいくらいに絶望した。だって、チカは本当にかけがえのない無二の親友だったし、私には何の心の準備もできてなかったから。どうしてチカは誰にも相談できなかったのか、どうしてチカの両親はもっと寛容にチカを受け止めるような態勢を整えていなかったのか、どうしてあの男はチカに対してそんな真似をしたのか、チカはどうしてあの男を好きになったのか、どうしてチカは私に何か言ってくれなかったのか。正直、どれに対して怒りをぶつければいいのか、私はまったく分からなくなった。すべてがちょっとずつ、ちょっとずつチカを悪い方向に持って行って、チカはその微妙な力の加減で崖の下に落とされてしまったの。私は悔しくて悔しくてたまらなかった。何日も家から出られなかったし、食欲もわかなかった。でもピアノだけは弾けた。ううん、違う。弾かずにはいられなかった、の方が正しいかもしれない。絵や詩なんかがそうであるようにね、ピアノもまたそれを奏でると一番心地好く感情を放出できるの。怒りなら怒り、憎しみなら憎しみ、愛なら愛。すべてが綺麗に音になって自分の中から洗い流れてくれる。だから、弾いていないと私は自分がどうにかなってしまいそうになった。時には勢い余って、ピアノを壊してしまいそうにもなった。心の乱れや高ぶりが、勝手にレバーを向こう側に押し倒そうとするの。だけれども私はそういう乱れを整えるためにも、慎重に、大胆に、毎日毎日ピアノを弾き続けた。何も考えないで居られるようにね。

それから数日経って、チカのお葬式の日が来た。高校生の早過ぎる死、というのもあるけれど、それ以上にチカは本当に友達が多かったから、斎場には溢れるほどにたくさんの人が来た。小、中、高の同級生、教師、親戚、アルバイト先の同僚。みんなが涙を流してチカの死を哀しんだ。私は多くの人がチカの死を嘆いているという事実に、また一層の涙をこぼした。こんなにチカは愛されていたのに、こんなにもチカは必要とされていたのに、チカは命を絶つことになってしまった。私は本当にやりきれなかった。そんな式の中に、例の『あの男』の姿もあったの。フリーターとは思えないほどにきれいなスーツを着込んでた。その男は厳粛な雰囲気に帳尻を合わせるように、それなりに神妙な面持ちをつくってはいたけれど、それは当事者とは思えないほどに何食わぬ顔だった。まるでテレビでアフリカの紛争を見てるみたいに、どこか遠くのことでほんの少しだけ胸を痛めているような顔だった。私以外のほとんどの人間はチカの恋人の顔を知らなかったから、大部分の人はその人間こそがチカの恋人であるということに気がつかなかった。私はその男に何かひとこと言ってやろうと思ったんだけれども、どうしても言葉が選べなかった。言葉が見つからなかったの。怒るべきなのか罵るべきなのか、罵るのだとしたらどんな言葉で罵ればいいのか。私には一切が分からなくなった。男の顔をみていると私はただただ悔しくて悔しくて、言葉が出てこなくて……。そしたら驚くべきことに、その男は自らこっちに歩み寄ってきたの。私には何が起ころうとしているのか、まったく分からなかった。男は私の前までくると、『チカの友達の子だよね？　以前会ったことがある。チカにピアノを教えてた子だ』って言ったの。私は男がどういう心境で私に話しかけてきたのか分かりかねて、とりあえず小さく頷いた。すると男は控えめな笑みみたいなのを浮かべてね、私の携帯番号とアドレスが知りたいって言ったの。『今度、チカのことで話したいことがある』って。その男を私は許せなかったし、そのときの気持ちとしてはやっぱり憎かった。この男さえ居なければ、この男とさえチカは一緒にならなければ、って男に平手打ちでもしてやりたい気持ちだった。でもそれ以上に、私はこの男がわざわざ私に何を伝えようとしているのか興味があった。だから、今思えば自分でも本当に軽率だったとは思うのだけれど、そのときの私は仕方なく男とアドレスを交換した。男は『近いうちに連絡する』って言って、またどこか人ごみの中に消えていってしまった。

それから数日すると、男から連絡が来た。『今日の午後八時に藤沢駅に来て欲しい』って。ちょうど今日みたいな蒸し暑い夏の日だった。私は家族に『ちょっとだけ出かけてくる』って言って、家を抜けだした。私の家も――チカの家ほどじゃないけれど――門限なんかが、それなりに厳しい家庭だったから夜八時の外出は少し咎められたけど、すぐ戻るって言ってなんとか家を抜けだした。時間通りに藤沢駅に行くと、男は灰色のタンクトップにラフなハーフパンツを穿いて笑顔で私を出迎えた。流石にお葬式のときには外してたけれど、そのときは耳に銀色のイヤリングを付けていた。なにかとっても嫌な感じがした。私は挨拶もそこそこに早速話を切りだしてみたんだけれど、男はへらへらっと笑ってまともに取り合わなかった。そのかわり男は『ちょっと移動しよう』って言って、すたすた歩き出したの。私は不審に思ったんだけれど、ひとまず男に従った。そして男はある程度、人通りの少ない道まで来ると、ようやく口を開いた。それはあまりにも予想外の言葉で私は自分の耳を疑った。男は大体こんなことを言ったの。『チカは死んだ。だから、残された俺達が精一杯生きて行くべきだ。俺と付き合わないか』って。私は体中の力がすべて空気中に逃げ出して、そのまましぼんでしまうような錯覚を覚えた。何を言っているのか、何が言いたいのかまるで分からなかった。だから私は『どういうことですか？』って聞き直したの。男はなおも変わらぬ調子で『俺とお前が手をとりあって生きていくことを、チカも一番望んでいるはずだ』って言ったの。まるでそれがこの世で最も正しい意見であるみたいにね。そのとき、私の中に溜まっていた怒りも憎しみもすべてが、重たくなって滞留していくのがわかった。静かに、だけれど確かに何かが弾けそうになっていた。それでもね、私は男が口にしていることはまったくの冗談であって、何かのどんでん返しがあるんじゃないかと思って、最後の、本当に最後の質問をぶつけてみたの。『本当に、そう思ってるんですか？』って。そしたら男はけらけらと笑ってね、頭に手を当ててこう言ったの。『ごめんごめん。冗談冗談。本当はさ、俺、単純に君のことがちょっと気になってたんだ。それに俺、ピアノが上手い子と付き合ってみたかったんだよね』って……。

よくよく話を聴いてみればね、男はチカが病院で陽性の結果を受け取った後、電話でチカと話をしたんだって。チカは『妊娠してたみたいなんだけども、どうしよう?』って、男に相談したの。きっと、チカはすがるような想いだったと思う。両親に相談なんてできないし、チカ自身にも名案は思い浮かばない。でも、彼ならあるいはなにか思いもよらない取っておきの提案をしてくれるかもしれない。絶望の淵に落とされたチカが、そんなふうにして一縷の望みを託した電話だったんだと思う。だけれどね、そこで男はまるで使い終わった歯ブラシを捨てるみたいに、簡単にチカをフッたんだって。『なら、わかれよう。俺はまだ若いし子供はいらない』って。その言葉が一体どれだけチカを傷つけたのかは、私には計り知れない。でもいずれにしても、チカはその言葉を受け取って、静かに首を吊った。『この男』の確かなとどめによってね。それだけでも、私は充分すぎるほどの怒りと不快感に包まれたんだけれど、私は更にもうひとつの事実を知ることになった。『俺、ピアノが上手い子と付き合ってみたかったんだよね』……つまりね、この男が『ピアノが上手な子が好き』って言ったから、チカは私のところに来てピアノを習おうと決めたの。こんな最低で、最悪な男に振り向いてもらうために、チカは必死で毎日、周りに無理だ無理だと言われながらもピアノの練習をしたの。楽譜だって読めなかったチカが、指を痛めながら猛練習を重ねてたった数週間で一曲弾けるようになったのも、すべてこの男を振り向かせるため。チカは本当に楽しそうにピアノを弾いていた。一小節覚えるたびに、『やったやった』ってはしゃぎ回りながら、私とハイタッチをした。八小節弾けるようになれば、一緒にケーキを食べてお祝いをした。暗譜で弾けるようになったときには抱き合って喜び合って、小一時間泣きあった。チカは一生懸命に、それこそ後ろを振り向きもせず頑張った。好きになった人に、好きになってもらえるために。こんなに真っ直ぐに純粋な想いでチカは頑張っていた。なのに、この男は……なのに。

それにね、なんでこの男が『ピアノが上手い子と付き合いたい』って言ったか、分かる？正直、口にしたくもないほどに最低な理由だった。『指先が器用な子って上手そうじゃん』本当に、心の底からその男は腐っていた。世の中に、これほどまでどうしようもない人間というのが存在していることに、私は言いようのない悲しみすら覚えた。でもやっぱり悲しみなんかより、もっと大きくて真っ黒い怒りと憎しみが綺麗にすっぽりと私を覆い尽くした。

男は止めを刺すように、私にこう言った。『今からホテルに行かないか』って。きっと最初からそのつもりだったんだろうね。じゃなきゃ、夜の八時に呼び出したりなんかしない。私が黙って立ち尽くしていると、男は痺れを切らして強引に力強く私の腕を引っ張った。圧倒的な男性の握力で私の左腕は思い切り締め上げられた。ぎゅうって。ものすごく乱暴で、万力みたいに強い力だった。チカはこの男の『この手』で汚され、殺された。あんなに優しくて、明るくて、一途で、まっすぐな女の子を、この傲慢で無能なこの男のこの腕が汚した。

その瞬間。私の中のすべてがきれいにはじけ飛んだ。それまで限界の限界まで引っ張られていた太いゴムみたいなものが、ものすごい音を立ててはち切れたの。バチンって。

私はレバーを向こう側に倒した。感情的になっていたにもかかわらず、なんとかレバーを真ん中まで押しとどめられたのは不幸中の幸いだったかもしれない。男はまるでコンセントを抜かれたパソコンみたいに、急にすべての動力を失って、その場に倒れた。倒れた後の男は

『最低な人間』でも『チカの彼氏』でも『親の脛齧り』でもなく、ただの肉塊だった。重くて、大きくて、ただ横たわっているだけの、無意味な肉塊。こうして私は人を壊した。この手で一人の男を植物状態へといざなってしまった。随分と長くなっちゃったけれど、これが事件の全貌、全容」

葵静葉はすべてを吐き出すと、開き直ったように涼しい顔をした。

俺は葵静葉の話を頭の中で何度か転がし吟味する。話の中に出てきたいくつかの人間の感情を、なるべく綺麗になぞれるよう追想しながら。だけれども、それは容易な作業ではなかった。俺にはどうしても、男から愛されるために日々の努力をする女の気持ちも、そんな女を手玉にとって悦に入る男の気持ちも理解できない。俺は、思わず夏の空を見上げてそこに答えを求める。でも、もちろんそこには何もなかった。遠くに浮かぶ積乱雲が徒歩よりも緩慢なペースで空を浮遊しているだけ。

ただ俺は、この話において葵静葉の心境にだけは唯一共感できたかもしれない。俺には生憎、『親友』と呼べるような存在の人間はいない。親友というものはどういうもので、自分の腹をどこまで割って話せる存在なのだろうか。それが俺にはよく分からない。だけれども、順を追って一つ一つの周辺事情を理解していけば、葵静葉が人を壊してしまうまでに至った経緯に関してはひと通り腑に落ちた。そこにはいかにも人間らしい動機と、生々しさが存在している。

いつの間にか公園には誰も居なくなっていた。セミは鳴き止み、ベンチに掛かる影は二回りほど濃くなっている。どこからか流されてきた雲の関係だろうか、一時的ではあるが陽が陰っていた。

「それで、その後どうしたんだ？」と俺は訊く。

葵静葉は目を閉じて答えた。「直後はものすごく取り乱した。男を壊してしまえば、私の気持ちも少しは晴れるかと思ったんだけどね、そんな気持ちには微塵もならなかった。それどころか、男が倒れこんですぐ私は自分の犯してしまった大罪に気付かされることになった。私はいいい、人を手に掛けてしまった、という事実にね。確かに男は救いようのないほどに最低の人間だった。いつどんなしっぺ返しを食らおうとも、文句は言えないくらいに最低の男だった。だけれどね、どんな理由があったとしても、他人に対して危害を加えるなんてことは絶対にあってはならないの。私はまだ十七の人間の、向こう六十年、七十年に及ぼうかという膨大な未来を奪ってしまった。どうやったって取り戻せない大切な未来をすべて無に帰してしまった。そんな私は、当然、罰を受けてしかるべき。牢獄にでも入れられて、反省と後悔と懺悔の日々を強いられるべき。むしろそうして欲しいとさえ思った。この男はチカを殺し、私から罰を受けた。ならこの男を壊してしまった私も、司法によって罰を受ける必要がある。そうすれば、一応のところ――それはあくまで人間が設定した法という規定のもとではあるけれど――私は贖罪を果たすことになる。人を壊した罪を、ルールの上では浄化したことになる。だけれどね、誰も私を裁いてはくれなかった。男を壊してしまってすぐに、私は警察と救急車を呼んだの。そして状況説明として、『私がこの男を手に掛けた』って、正直に話した。でもね、そんなこと誰も信用してくれなかった。当然といえば当然だよね。完璧に、私は頭のおかしな人間だと思われた。ちょっとファンタジーを愛しすぎている自意識過剰な女の子ってね。もちろん無罪放免。私はいくつかの質問をされ、その回答を無理にねじ曲げられ、何のお咎めもなく、そのままの足で家に帰らされた。

事件の後、しばらくは学校周りに不穏な空気や噂が立ち込めて、私もちょっと居心地の悪い生活を送らざるを得なかったけれど、そんなものすぐにどこかに消えてなくなった。チカを失ったそのころの私は、元の『ピアノを習っているらしい、物静かな無害の女の子』に戻ってしまっていたから、噂の渦中に居続けるにはちょっとキャラクターが弱かったの。良くも悪くも。でもね、周りが私をいつものように扱うからって、私が日常に戻って良い理由にはならない。私は偽りようもなく、『人殺し』ならぬ『人壊し』になってしまったのだから。私は然るべき罰を受けなきゃいけない。だから私は、自分に二つの罰を科したの。一つは『以降の人生において、一切ピアノを弾かないこと』。それは、他人からすれば、罪に対してあまりに不釣合いで、軽すぎる刑罰のように思えるかもしれないけれど、私にとってそれは本当に何よりもつらいことなの。私は三歳でピアノを始めてから、例外なく毎日ピアノを弾き続けて育った。それは私の血となり肉となって、私を構成していた一番大きな部品と言っても過言ではないの。だから私からピアノを奪うということは、扇風機からファンを抜くような、飛行機から翼を取るような、花から花弁を毟るような、それくらいの欠落と無機能性をもたらすの。だから、私はピアノを放棄することに決めた。自身への最大の罰としてね」

「二つめの罰はなんなんだ？」と俺は訊く。

「それは……」葵静葉はベンチの角を見つめてから、またこちらを向いた。「それは……一つめに比べたらたいしたことじゃないし、今のところとくにその罰のせいで苦労もしてないから、秘密にさせて」

俺は小さく頷いた。

葵静葉の話をそこまで聴くと、俺は不意にボブの話を思い出した。「新世界より」を聴いたときに話していたシンバルの話。曲中でたったの一回しか鳴らないシンバルの話を。きっと葵静葉にとって『ピアノ』という存在は、何度でも叩きたくなるシンバルのようなものだったのだろうと俺は思った。それほどまでにピアノを愛していたのだろうと。

俺はおもむろにポケットから手帳を取り出し、今日のページを開いて、既出の文章に線を引く。

・もう、そろそろ着くころかな。

・ええ。大丈夫よ、怪しい勧誘でさえなければね。

・やっぱりそういう友達作りの流れに乗り遅れちゃうの。

・私も思わずもらい泣きしちゃった。

・私、この子知ってる。

今日の予言はなかなか予想がつかず、ほとんど役にも立たなかった。もっとも、予想がついたらついたでそれは日常を少しく無味乾燥なものへと誘導するだけではあるのだが。

俺は実のところ、昨日からの流れに退屈はしていない。それどころか、今までの予定調和がさらなる予定調和を育むような、不愉快なほどに波のない生活よりは数段に張りがあって面白く思えた。何が何だか分からないから、少しはマシだ。俺の常識という枠を（非常識なボブよりも）大きく外れた今の環境はなかなか悪くない。今、葵静葉から聴いた話もそうだ。そこにはそこはかとなく、俺が知らない、あるいは想像もできない別の次元の世界が広がっていた。俺は今のところ、葵静葉の話に明確な答えを持つことはできない。葵静葉自身はあくまで自分が加害者であることを強調していたが、果たしてそれが正しいことなのか、誤ったことなのか、今の俺には分からない。俺はひとまず、頭の中の保留スペースに葵静葉の話を落とし込み、今後ゆっくりと時間をかけて回答を探すことにした。

・私、この子知ってる。

この発言は葵静葉のものなのだろうか。もしそうであるなら、葵静葉はどの子を知っているのだろうか。

セミが思い出したように再び鳴き始めたとき、さらに呼応するように電話のベルが鳴った。

当然、俺の電話ではない。俺は携帯電話を所持すらしていない。

葵静葉はバッグの中から携帯を取り出して言う。

「のんちゃんからだ」

三枝 のん ◆

「そちらはどんな感じでしょうか？」

あたしは見事なまでの自分の成果を逸早くお披露目したい衝動にうずうずしながらも、ひとまずあちら側の戦況を訊いてみる。自分の功をひけらかすばかりではいけない。まずは聴き、そして伝える。これが肝心要なのだ。

電話越しの葵さんはホテルの資料に書かれていた住所に何があったのかを丁寧に報告してくれた。

記されていた田園調布の一丁目はただの更地で、そこには何もなかった。たまたま通りかかった人に訊いてみたところ、そこには以前『黒澤』という人が住んでいたらしい。噂では中年男性が一人に、中学生の娘が一人。奥さんは居たかどうか曖昧。ただその家は三、四年前に焼失してしまったとのこと。

「のんちゃんには、黒澤さんって知り合いは居る？」と葵さんが訊く。

「残念ながら居ないですね」とあたしは答えてから、「大須賀さんにも訊いてみますね」と告げる。あたしは一旦電話を保留モードにしてから大須賀さんに事情を説明し、『黒澤』なる人物を知っているかどうか尋ねた。

大須賀さんは首をかしげる。「知らないや。聞いたこともない」

あたしは保留を解除し、葵さんにその旨を告げた。

「そっか……ところで、のんちゃんたちは何か収穫あった？」

あたしは〈よくぞ訊いてくれました〉とばかりに一つ大きく咳払いをしてから答える。「レゾン電子の社員名簿を手に入れました」

「えっ？」と一番大きな声を出したのは電話越しの葵さんではなく、隣にいる大須賀さんだった。やはり大須賀さん、あたしのエクセレントな妙技を見逃していたようだ。あたしがぬくぬくとバッグだけを待ち続けて、おとなしくモニターに興じていると思ったら大間違いだというのに。

「どうして、そんな嘘をついちゃうの？」と大須賀さんは慌てた様子で問いかける。

「嘘とは失敬な！　あたしはばっちしと社員名簿を盗んできたんですよ」あたしは電話そっちのけで大須賀さんに取り合う。

「いや……でも、現に何も手に入れてなんかないじゃないか」

「ははん、大須賀さん。なにも物質的な収穫だけが有益なものとは限らないのですよ。あたしはこの頭の中にレゾン電子の連結全社員十六万三千四百四十六人＋(プラス)あるふぁの情報をするりと収納して帰ってきたのです」

「どういうこと？」

「大須賀さん。あたしは見たのですよ。社内見学のその最中、間抜けそうなぺーぺーの女性社員が大事そうに分厚い社員名簿を小脇に抱えながら通りすぎていく様を。あたしはその瞬間、大鵬も真っ青の『のんちゃんタックル』をかましてやったのです。狙い通り間抜けペーペー社員は社員名簿をぽろりと落球。そこをあたしが指でささささっと読んだという訳ですよ。気の抜けた大須賀さんは気がつかなかったかもしれませんがね」

「全然気がつかなかった。ただ、人間としてはどうかと思うけど……」

大須賀さん如きに気づかれてたまるものか。あの瞬間、あたしはデューク・東郷も青ざめるほどの凄腕スナイパーと化したのだ。

「だから言ったじゃないですか、大須賀さん。このモニター参加こそがあたしたちにとって最大のヒントになる、と」

「ほとんど、偶然だけどね」と大須賀さんはなおもつまらなそうに言った。

あたしはまた咳払いを入れて、大須賀さんに向かって人差指を立てる。「《偶然は準備のできていない人を助けない》パスツールの言葉です」

あたしはしばらく放置したままにしていた携帯を耳に当てる。

「ああ、すいません。ちょっと取り込んでました。もう大丈夫です」

「本当にレゾン電子の社員名簿を盗んだのか？」と、受話口から聞こえてきたのは男性の声。いつの間にか、電話は江崎さんにバトンタッチされていたようだ。

あたしは胸を張って言う。「ええ、もちろんです」この胸の張り具合が、江崎さんと葵さんに伝わらないのが惜しい。

「なら、レゾン電子の社員の中に『黒澤』っていう人間はいるか？」

おお、なるほど。その発想があったか。あたしは急いでレゾン電子の社員名簿の中から黒澤という人間を検索してみる。

「えーとですね。全国に三十五人いますね」

「なら、都内の社員なら？」

「それなら、十四人です」

「男性に限れば？」

「九人です」

「四十代から五十代に絞ると？」

「……それなら、ここ数年の間に退社してしまった人を含めても、たった三人です」

「そいつらの住所か電話番号はわかるか？」江崎さんの質問ペースは尋常ではなく、あたしは思わず呂律が回らなくなりそうになる。それでもなんとかあたしは留まり、声に自信という名の張りを滲ませて答えた。

「ええ、当然です。なにせ社員名簿ですからね。住所、氏名、年齢、電話番号、役職、社員番号、すべてお見通しです」

「なら、その辺を当たってみてくれないか？」

「ほう」あたしは何となく鼻を摘んでみる。「つまり、その人達を訪ねろ、と？」

「そのくらいしかやることはないだろ？」

ごもっとも。あたしはもう一度葵さんに代わってもらい、挨拶を告げてから電話を切った。

あたしは携帯をおニューのバッグの中にしまうと、くるりと反転して大須賀さんに向き直る。

「大須賀さん。レゾン電子の三人の黒澤さんを訪ねる旅が始まることになりました」

「へっ？」

「ですから、都内に住んでいる黒澤という名前のレゾン電子の社員を一軒一軒訪れる旅が始まるということですよ」

「なるほど……」と大須賀さんは言う。「でも、別にわざわざ家に行かなくてもいいんじゃない？　電話番号が分かるんでしょ？」

「まったくもって大須賀さんのおっしゃるとおりです。ちゃちゃっと電話をしてそれで済めばいいのですが、簡単に電話に出てくれそうにない雰囲気の御仁が二名ほど交じっているのですよ。ですので、ヨネスケよろしく休日のご自宅に突撃する心積もりで行きましょう」

「それってつまり、どんな人なの？」

「まぁまぁ大須賀さん。落ち着いてください。そう、ほいほいと結論を求めちゃあ、野暮ってものです。ですので謎は謎のままに、まずは三人のうちの一人の、さして会うのに苦労しなそうな雰囲気の人に連絡を取ってみることにしましょう。本命は最後に取っておくのが物語の鉄則です」

大須賀さんははぐらかされたことにやや不満そうな顔をして黙りこんだ。でも、あたしはそんなことお構いなしに、一人目の候補、『黒澤龍之介（りゅうのすけ）』さん（五十五歳）に電話を掛けてみる。

おそらくこの人は、あたしたちを取り巻く今回の一連の出来事に関してなんの情報も、ヒントも持っていないに違いない。それはおそらく確実。というのもこの人は他の二人に比べると、ちょいと『小ぶり』なのだ。よって、もしなにかしらのヒントを持っている『黒澤さん』がレゾン電子の社内に居るのだとしたら、残りの二人のうちのどちらか（あるいは両方）。でも、（なんの収穫もなさそうだと思っても）とりあえずこの黒澤龍之介さんにも連絡を取ってみることが必要である。何事にも慢心なく、抜かりなく臨むのが今後の自分たちにとって少なからずのプラスとなる。

電話が四コールほどしたときに受話器を上げる音が聞こえ、黒澤龍之介さんの奥さんらしき女性の声が聞こえてきた。

あたしたちは品川から電車を乗り継ぎ、黒澤龍之介さんの自宅と職場がある飯田橋駅で降りた。ここからはあたしの家も近い。電話で黒澤龍之介さんの奥さんと話をしたところ、ご主人である龍之介さんは現在、自宅近くの町工場で仕事中であるとのことだった。

カンカン照りのコンクリートジャングルをかき分けての移動は少しばかり骨が折れたが、それでも実際に本人を目にして初めて分かることもある。話し方、目の動かし方、細々（こまごま）とした所作。そのようなところから漏れ出すメタ情報を、人間は多分に所有しているのだ。それに苦労はした分だけ、その報いが大きくなる。鈴木三郎助も《少しでも多く苦労を積んだか否かの違いで成功・不成功の道が分かれてくる》と言っている。だから、あたしたちは本命ではなかったものの、黒澤龍之介さんにもきっちりと会ってみることにした。

この黒澤龍之介さんという人は、あたしが指で読んだ社員名簿によると、大学を卒業して間もなくレゾン電子に入社し、技術者として溶接工場に勤務していたらしい。それから何度か工場と研究所の異動を経た後に、長年にわたるレゾン電子での社員生活にピリオドを打ち、七年前に退社。奥さんの話によれば、そういった経緯の後、現在は飯田橋の小さな町工場でほそぼそと働いているとのことだった。日曜日もお仕事であるとは、これはいやはや頭がさがる。

あたしは電話越しで奥さんに『以前お仕事の関係で龍之介さんにお世話になった者です』と、はったりをかまして、なんとか龍之介さんの職場の住所を入手した。『是非とも、龍之介さんにお礼が言いたいのです』とハリウッド顔負けの演技も添えて。嘘をついたのは決して褒められたことではないかもしれないが、それでも全部を説明するのは大いに骨が折れる上、他人を説得するには些か信憑性に欠ける。嘘も方便。

あたしたちは教えてもらった住所に従い、何度か道に迷いそうになりながらも黒澤龍之介さんが勤務する町工場を発見した。薄汚れた白い外壁の、大きなガレージのような構図の工場。溶接用と思われる幾つかの機材が内部に整然と並び、中では五人の男性がそれぞれ何かの作業の真っ最中。工場の外装から、作業員の煤けた作業着に到るまで、すべてのアイテムがなんとも な町工場感をプンプンと漂わせている。

何人かの人間は目を保護するためのマスクのような物を被っていて顔がわからない。あたしは思い切って、工場内の全員が聞き取れそうな大声で呼びかけてみた。

「この中にぃぃぃ、黒澤龍之介さんはいらっしゃいますかぁぁ⁉」

突然の大声に一番驚いたのは、予想通り大須賀さんであった。もっともこんな真横で大声を出されたら、それも致し方ないかもしれない。

工場内の人々はあたしの大声に例外なくこちらを振り向き、そのまま流れるようにして、今度は工場内の一人の男性に視線を集めた。男性は溶接用の器具をひとまず所定の位置に戻し、あたしたちの方へと顔を向ける。

「俺が黒澤龍之介だが、何の用だ？」

黒澤龍之介さんは、こんがりと日に焼けた浅黒いおじ様であった。量こそ申し分ないが、髪はすべて白髪にすり替わっていて黒い肌とのコントラストが激しい。さすがに技術者として長年肉体労働に従事してきただけあって、体つきが良く何かのスポーツ選手のようにも見えた。

あたしは、はて、目的の人物に会えたものの、何を訊いたらいいのか分からなくなってしばらく口を開けない。ええと、何を喋ったらいいのだろう。

すると、大須賀さんが口を開いた。「あの、突然押しかけちゃってごめんなさい。申し訳ないんですけど、以前、田園調布の一丁目に住んでいたことはありますか？」

黒澤龍之介さんは一度目を丸くしたかとおもうと、次の瞬間高らかに笑い始めた。まるで上等な日本酒を手に入れた森の天狗みたいに。

「はっはっは。住めるもんなら住みたいよ。田園調布」

ふむふむ。やはりこの人は関係がなかったようだ。それさえ分かれば結構毛だらけ猫灰だらけ。後はさよならばいばいでも構わないのだが、これだけを訊いて立ち退くのもいくらか申し訳ない気がして（それに、それでは直に会いに来た意味がない）、あたしはついでの質問をぶつけてみる。

「以前はレゾン電子にお勤めになってましたよね？」

黒澤さんは意外そうな顔をした。「おう、そうだよ。それは間違いなく俺だ。どうしてそんなこと知ってるんだ？」

「いや……あの、ちょっとレゾン電子について個人的に調査みたいなことをしてまして……」

「ほぅ。なんだか知らねぇけど、若いのにご苦労なこった」と黒澤さんは黄ばんだ歯をちらりと見せた。

「黒澤さんはどうしてレゾン電子を辞めちゃったんですか？」とあたしは訊いてみる。

「まぁ、なんつぅかなぁ、あれは……リストラってのとはちょっと違うが、まぁそんな感じだ」

「どういうことですか？」

黒澤さんは愚痴をこぼすような口調で言う。「それがよぉ、ある日突然、変な質問をされたんだ。直属の上司から『これは、君の今後の人生に関わる質問だから真面目に答えるように』って言われてな。んで、よく分からねぇ質問を幾つかされたんだ。内容はもう覚えてねぇよ。でも確か『未来について』だとか『子供について』だとか、くっだらねぇ質問をされたんだ。まぁ、でも俺はそんな下らねえ質問にも、それなりには真面目に答えた。一応のところの自分の本心を、本音を、ぶつけてみたわけだ。するとどうよ？　次の日にはスパッと首切られてたんだよなぁ……ビックリするぐらいあっさりと。あんなに腑に落ちねぇこともねぇよ」

「本当に、それで……それだけでクビになっちゃったんですか？」

「おうよ。まぁ、そればっかりが直接的な原因とは決め付けられねぇが、まったくの無関係と考えるのもちょっとマヌケだ。それ以外に心当たりはねぇからな。もっともレゾンは色々と退職後の面倒は丁寧に見てくれたけどな。それで紹介してもらったのが、ここの工場よ。どうだい？　なかなかいい感じの工場だろ？　俺ぁ気に入ってんだ。だから、別に首切られたことも根に持っちゃいねぇよ。むしろ感謝してるってもいいね。なんだかんだで、ここに来れたんだからよ」

黒澤さんの言葉に嘘はないようだった。黒澤さんは本当に誇らしげに、自らの工場へ眩しそうな視線を送っている。しかし、そんな黒澤さんの境遇は別として、先程の『変な質問をされた』の件（くだり）はちょっとばかり引っかかるではないか。そのときレゾン電子に何があったというのだろう。

「その黒澤さんが訊かれたという、『変な質問』について、うかがってもいいですか？」

黒澤さんは困った顔をした。「うかがうも何も、悪いがこれ以上覚えちゃいねぇんだ。あっという間だったからな。でも、とにかくその頃の社内にはほんのりと怪しい空気がタレ流れてたね。きな臭いっつうか、何というか……。悪い噂もバンバン流れてた。やれ、上層部が危ない事業に着手しようとしてるだの、新宿のうらぶれたビルの一角で暴力団と結託して賭博場を開くようになっただの、どう考えても嘘としか思えないような噂が、平然とその辺を転がってた。ありゃあ本当に、異様に居心地が悪かったね。そこに来て、謎の質問攻めとリストラだよ。俺も当時は会社に対して不信感を募らせたっつうもんだよ」

黒澤さんは眉をひそめる。

「ぶっちゃけた話、あれはあれで外面はいいが、実際のところ会社の内部はテキトーもいいところよ。老害どもは発言力もなくヘコヘコと周囲の顔色窺って、若手は揃ってただただ上の意見に従う能なしのイエスマン。内部統制のために必要なのは『考える社員』よりも『素早く動く社員』なんだとよ。そんなもんで、いつからか高卒のガキばっかり採用するようになった。悪いが俺にゃ理解できないね。最近のレゾンの経営方針は」

あたしたちは何度か言葉をやり取りしたのち、黒澤さんと別れた。

まったくのノーマークであり、一時はかませ犬的キャラにも思えた黒澤龍之介さんであったが、蓋を開けてみればそこからは思わぬ情報が得られた。謎の質問と謎のリストラ。それに悪い噂。

世間一般、あたしたち消費者の立場からすれば、基本的にレゾン電子という企業に対するイメージは決して悪くない。先程の品川の本社ビルのエントランスが象徴するように、こぎれいで、未来的で、発展的で、もっと俗っぽい言い方をするならば『カッチョいい』企業という印象すらある。それがどうだろう。内部ではちょっとしたいざこざがあったという。あたしは心のメモ帳に強めの筆圧で今回の証言を記述しておく。

そして、改めて黒澤さんの証言に基づいて社員名簿を紐解いてみると、あたしはふとあることに気付く。

この社員名簿というものには、今現在レゾン電子に勤務していなくても（さきほどの黒澤龍之介さんのように）退社十年以内の人のデータならばその詳細が記されていた。何か法律上の関係で、退社した人の個人情報も数年間は保管しておかなくてはならないのかもしれない（六法全書を過去に指で読んだことはあるのだが、生憎、あまりにも内容が複雑怪奇で未だに理解できない）。とにかく、退社十年以内の人のデータはバッチリと、現役の社員と同じような詳細さで情報が残っていた。しかしながら、この退社してしまった人の人数をざっと頭の中で数えてみると、黒澤龍之介さんと同じように『七年前』の退社の人の数が異常に多いのだ。それは他の年度の比ではない。前年度の十二倍。次年度と比べても十五倍。突出していると言っても過言ではない。いずれの人もどのような理由での退社かということまでは書かれていないのだが、おそらく先程の黒澤さんの話を鑑みるにどれも『リストラ』に近いものが行われたのではないかと考えたくなる。社内に不穏な空気が流れ始め、怪しい噂がはびこり、突如謎の質問をぶつけられ、気がつけば首を切られていた。残念ながら若輩この上ないあたしには、社会という荒波の恐ろしさや威力のようなものは、想像することしかできないのだが、果たして世の中そんなにも危うい基盤の上に成り立っているのだろうか。まるで庭先のぺんぺん草を摘むように、人の首というものはバッサバッサと簡単に切り落とされてしまうものなのだろうか。あたしは不思議なまでに多い『七年前』の退社のお話を大須賀さんにも伝えてみた。

あたしたちは飯田橋駅沿いのショッピングモールのベンチに腰をかけている。

「どうなんだろう。僕にもよく分からないけど、とりあえずさっきの黒澤さんは『田園調布に住んでた黒澤さん』じゃなかったみたいだし、そっちを探す方を優先してみたらどうだろう？」

そりゃごもっとも。話の本筋を履き違えてはいけない。まだ、江崎さんと葵さんが突き止めた『謎の空き地』の元住人がレゾン電子の社員と決まった訳ではないが、決して悪い線は突いていないと思われた。おやつのシュークリームを盗み食いした子供を探すときに、口の周りにクリームの付いているやつを最初に疑うくらいまっとうで正攻法なアプローチに違いない。しばらくはこの方向で調査を進めるべきなのだ。

あたしは決意を新たに大須賀さんに言う。

「それじゃあ、ちゃきちゃきと、次の黒澤さんに『あぽいんとめんと』を取ってみましょう！」

「でも、のんの話じゃ、残りの二人は何やらちょっとばかり厄介そうなんじゃなかったんだっけ？」

「ええ、まあ厄介といえば厄介です。というのも実はですね大須賀さん。残りの二人は重役なんです。それもかなりの、です。でも、ひるんでなんていられません。ひとりずつテキパキと片していきましょう」

あたしはそう言うと、早速新たな黒澤さんの電話番号を携帯に打ち始める。正直言って、電話に出てくれる可能性は乏しい気がする。

何と言っても、あたしが今から掛けようとしているのはレゾン電子の子会社である『メントル製薬』という企業の元社長さんなのだ。もっとも、彼はすでに社長の座を退いていて、現在はレゾン電子の関係者ではないようだ。名前は『黒澤裕史』さん。年齢は五十三歳。まだまだサラリーマンの世界では働き盛りとも言える五十代にして、社長を辞するとは一体どんな経緯があってのことなのかは想像し難い。しかしながら留意すべきはそこではなく、この黒澤裕史さんが退社した年が偶然か否か『七年前』ということだ。これはちょいと気になる。なににしても、まずは電話に出てくれるかどうかが一番の問題だ。元社長なら、現在もきっと多忙な生活を強いられているに違いない。月月火水木金金。

電話のコールが数回鳴ったところで、聞きなれたNTTのお姉さんの声が聞こえてきた。

[電話を転送しています]

はて、転送とはこれいかに。あたしが謎のメッセージについて考えていると、向こう側で受話器があがる音がした。

「お電話ありがとうございます。こちらブランシュ」

「ほえっ？」な、なんじゃこりゃ。思いもかけず電話口にはブランシュさんなる人物が登場した。あたしは戸惑いながらも言葉を紡ぐ。

「あ、あの……黒澤裕史さんのお宅に電話をしたつもりだったんですが……」

「そうでしたか、失礼いたしました。少々お待ち下さい」ホテルのフロントみたいに徹底して礼儀正しい、落ち着いた男性の声だった。日本語の発音が綺麗すぎて、外国の方には思えないが（するとなると、『ブランシュ』はコードネームの類なのだろうか）。

しばらくしないうちに、電話口から別の声が聞こえてくる。

「はい、もしもし」

あたしは取り乱しながらも訊く。「突然のお電話、大変恐縮なのですが、そちら黒澤裕史さんでしょうか？」

すると、男性は驚いた声で言った。「おお。いかにも私が『黒澤裕史』だ」男性の声は低くしゃがれていた。「ところで、そちらはどなたかね？　私にはあなたのような若い女性の知り合いは、ちょっと思いつかないんだがね」

「いや、あの、あたくし怪しいものではございませんで……。レゾン電子について調べている『三枝』と申す者なんですけれども――」

「レゾン。懐かしい名前だ」と男性はあたしの声にかぶせるようにして言った。重みがあってゆったりとした喋り方だ。「それで、どんなご用かね？」

「あの……色々お話をおうかがいしたいので、今から、お会いすることはできますでしょうか？」

「ふん……」と言ってから、黒澤裕史さんはしばらく沈黙を挟んだ。これからの予定を考えているのだろうか。「申し訳ないが、ちょっとそれは勘弁してもらってくれないかね。私はもう無関係な人間だ。それにその辺の話題は、残念ながら私にとってよくない思い出が多い」

あっさりと断られてしまった。しかし簡単には食い下がれない。「なら、今ここで二、三質問をしてもよろしいでしょうか？」

「答えられる範囲で答えてみよう」

あたしは小さく咳払いする。「以前。田園調布の一丁目にお住みになってたことはありますでしょうか？」

「いいや。ないね」それは何の迷いもない即答だった。嘘をついているようにも思えない。

「そうですか……。なら、レゾン電子について何か知っている怪しい噂みたいなもの、ないでしょうか？」

「あるね。それもたくさん」今度も即答だった。

あたしは暗闇の中に一筋の光明をみたような気持ちになって、慌てた声で言う。「ならば……ならば、それをちょびっと、教えていただけないでしょうか」

黒澤裕史さんは笑った。「それはできないね。私は言い逃れのできない敗者だ。告げ口みたいな真似はできない」

敗者？　とあたしが訊いたのもろくに聞かず、黒澤さんは「悪いが。お話はここまででいいかな。こちらも色々と忙しい」と言って、電話を一方的に切ってしまった。

受話器からはツーツーという情けない音が通話の余韻として静かに漏れる。

「どうだったの？」と大須賀さんはいぶかしそうな表情で訊いた。

「えー。説明がものすごく難しいんですけれども。顛末を簡単にお話ししますと、黒澤裕史さんに電話をしたら、それが転送されてブランシュさんに繋がり、ブランシュさんから黒澤裕史さんに代わり、あげく面会を断られました」

「まあ、つまるところ。黒澤裕史さんは『田園調布の黒澤さん』ではなかったみたいです」

「それは、残念」大須賀さんは、それでもどこか開き直った顔で言う。「まあつまり最後の一人に望みを託すしかなくなったわけだ。なら、アポ取ってみようよ。重役の、最後の黒澤さんに」

あたしは一つため息をつく。「大須賀さん。残念ながらここまでです。ここで終了です。あたしも冷静に考えてみたんですけども、最後の人は、やっぱり電話も自宅訪問もできません」

「どうして？」

「最後の黒澤さんの住所は『東京都港区六本木六丁目十番地〇号』。そこはですね、大須賀さん。金持ちの中の金持ち、いわばキングオブお金持ちが集結するタワーなのですよ。電話はおろか突撃なんてもってのほかです。ですので、今日はここまでにして、我々のアジトへと引き返しましょう。ひょっとすると、葵さんと江崎さんが、更にいい感じの情報を掴んでるかもしれません」

最後の黒澤さんは『黒澤孝介（こうすけ）』さん。四十九歳。大学卒業後、間もなくレゾン電子に入社。営業社員からみるみる昇格と栄転を繰り返し、現在、株式会社レゾン電子の代表取締役社長。

高いヒルズの上に住む、すげー偉い人。

一応ダメもとで電話をしてみたところ、案の定電話はつながらなかった。ＮＴＴのお姉さんが、何か聞いたこともないような難しい台詞を言わされていた。何かの都合が云々カンヌンでお客様の電話が云々カンヌン、と説明をされたが、要するに繋げられないらしい。

黒澤龍之介さんが受けた謎の質問攻め、敢行された七年前の大量リストラ、ブランシュなる謎のコードネーム、意味深なことを匂わす元子会社社長に、電話の繋がらないヒルズ族。一体、この会社はどうなっているのだ。

東京ビッグサイトに四人の高校生が集められ、レゾン電子という企業名と、資料に書かれた住所だけを頼りに、あの日聞こえた『声』に『協力』するという、言っている自分でも意味のわからない無理難題。謎を追おうと思えば、それは逃げ水のように遠ざかり、ふえるわかめちゃんみたいにどんどん膨らんでいく。一体どうしろというのだ。あたしは戦利品のバッグを見つめながら、途方もない気持ちに苛まれずにはいられなかった。

あたしはお家でゆっくりと本が、読みたい。

葵静葉 ♥

ここは、先の旧黒澤邸からほど近い街の図書館。館内は学生らしき男性が一人と、年配の男性が一人居るだけで閑散としている。建物の外を囲む緑によって程好く抑えられた夏の日差しが、大きく切り開かれた窓から館内に美しく差し込んでいた。

私は江崎くんと二人で大きなテーブルを贅沢に使い、黙々と過去の新聞を捲っていた。物音一つない静かな館内では、新聞を捲る音が申し訳ないくらいに騒々しく響く。

のんちゃんとの電話を終えた後、私たちはファミリーレストランで簡単な昼食を取った。相変わらず私たちの間には活発な会話は見られなかったけれど、どことなく私たちの距離は縮まっているような気がした。無論、私が勝手にそう感じているだけのことなのかもしれない。いずれにしても私は、自分の暗く淀んだ長く苦しい過去を江崎くんに伝えることによって、幾分かの解放感を手に入れていた。二年間、誰にも話すことのできなかった記憶を、自分と同じように（厳密に『同じ』ではないけれど）普通ではないものを持った人間と共有することができたのだ。心が軽くならないはずがない。

ファミリーレストランを出ると、私たちは地図を頼りに最寄りの図書館へと向かった。ひょっとすると、『黒澤さん』の火事について書かれた新聞記事があるかもしれないと踏んだからだ。もちろん新聞の一面に載っているとは思っていないけれども、地元の地域新聞になら少しくらい情報があってもいいはずだ。

先程のウォーキング中だった女性は、火事は三年前か、もしくは四年前の夏だと言っていた。そこで、私が三年前の六月以降の記事、江崎くんが四年前の六月以降の記事というふうに手分けをして、新聞を読んでみることにした。一日ずつ、見落としがないよう新聞を丁寧に追っていく作業は予想以上に骨が折れた。何枚も紙を捲るうちに、いつの間にか右手の指はインクで真っ黒になり、摩擦でヒリヒリとしてきた。それでも私たちは、互いにそれぞれの担当年度の新聞を黙って捲り続けた。

「あった」

新聞を見始めてから三時間ほど経った頃だろうか。江崎くんは新聞を見つめたまま、ぽつりとそう言った。

「本当に？」

「ああ。間違いなくこの記事だ」

私は慌てて立ち上がって江崎くんの背後に回りこみ、示してくれた新聞記事を覗き込む。

それは予想したとおり、比較的小さな記事だった。

『住宅火災で十四歳女子中学生死亡　大田区／東京都』という見出しが目を引く。私はそのまま本文を読み進めた。

大田区田園調布一丁目で三十一日午後十時ごろ、黒澤孝介さん（四十五歳）方から出火、鉄骨二階建て住宅六百三十平方メートルが全焼し、焼け跡から長女の黒澤皐月（さつき）さん（十四歳）の遺体が見つかった。孝介さんも左肩部から腹部に掛けてやけどを負い重体。現在も田園調布中央病院にて治療を受けている。出火から間もなく住民からの通報を受けた消防が出動し、出火から約四時間後に火は消し止められた。消防は一階のリビングを火元とみているが、出火原因は未だ特定できていない。警察は孝介さんの容態が回復次第、詳しい事情を訊く方針だ。

火事に関する記述はこれがすべてで、写真が記事の左側に小さく載っている。

「この日以降の新聞も三日程度確認してみたが、この火事については何も書かれていなかった」と江崎くんは言った。「あの女の話からして、間違いなくこれがあそこの火事だろう」

私は写真の方に目を通す。そこには火災で亡くなった黒澤皐月さんの写真が載っていた。学校の証明写真をそのまま流用したのか、黒澤皐月さんは学校の制服を着ていた。笑みの一切ない、完璧なる無表情。

黒澤皐月。私はふと何かが心に引っかかる。

黒澤という苗字だけを提示されたときには何も感じなかったのだが、下に皐月という文字がつくとそれは途端に私にとって有意なものへと変化した。それはまるで凡庸なメロディの上に劇的なコード進行が乗っかったときのような、圧倒的な変革を私にもたらす。

黒澤皐月。黒澤皐月……思い出した。

「私、この子知ってる」

江崎くんはぴくりと眉毛を動かした。「本当か？」

私は頷く。間違いない。改めて写真を見つめてみると、なぜ先程まで気づかなかったのかと思うほどに、それは私の思い出の中心に居座っていた顔だった。

『黒澤皐月』

四年前のピアノコンクールでショパンの「革命」を弾いていた女の子だ。まるで何かにとりつかれたかのようなとんでもない熱量を纏わせながら、決して乱暴にはならぬよう繊細に指を動かし続け、見たこともないような名演奏を見せつけた、あの時の彼女だ。

私たちは急いで新聞記事をコピーして図書館を出た。図書館の中で大きな声は出せない。

「で、あんたはどこで、この黒澤皐月を知ったんだ？」と、江崎くんは図書館を出るなり、開口一番尋ねてきた。私たちはひとまず、図書館の外のベンチに腰をおろす。

「私が中学二年生の時に参加したピアノコンクールに出場していた女の子だったの。私が最後から二番目にショパンの『英雄』を演奏して、この黒澤皐月さんが最後にショパンの『革命』を演奏した」

「それだけの繋がりか？」

「う……うん」

確かにそう言われれば、たった、それだけの繋がりだ。他人からすれば、それはあまりに希薄で、無関係と言っても差し支えないような印象を覚えるかもしれない。だけれども、私は後にも先にも、同年代のピアノ演奏に関して彼女ほど心を揺さぶられたことはない。彼女はある意味で特別で、特殊なピアニストだった。私は先程まで彼女の名前こそ忘れてしまってはいたものの、彼女の「革命」の演奏を忘れたことはない。名前より、その演奏のほうが脳に焼き付いて離れないような、生粋のピアニストだったのだ。

当時、私が参加したコンクールは小学生の部、中学生の部、高校生の部、大学生の部、大学院・研究科生の部に分かれたものであった。私は当時中学生であり、この黒澤皐月さんも私と同い年の中学二年生。当然、私たちは同じ部で競いあうことになった。もっとも、コンクールが始まるまで、私は彼女の才能、彼女の得意な音楽、それどころか彼女の名前すら知らなかった。

ピアノの世界でも、中学生くらいになってくると、ある程度名前の知れた子供というのが出てくる。××に住んでいる○○という子はいつもコンクールで上位に食い込んでくるだとか、今年あの先生のところに入った○○くんはうまいらしい、とか。国内では大きなコンクールの数も限られてくるし、実力者は特にこれといったプロモーション活動をしなくても、自ずと名が知れてしまう。自分で言うのも少し気が引けるけれども、私もおそらくそんな中の一人だったと思う。何度かコンクールで最高位もとったし、上位を飾ることも稀ではなかった。

先生がそれなりに有名だったことも手伝って、私は会場に行くと、必ずと言っていいほどの確率で声をかけられた。『葵静葉さんですよね？』と、見ず知らずの大人や子供達から。そして私も、反対にある程度名の知れている同年代の子に挨拶をしに行かされた。先生の間に微妙な上下関係もあるのだろう。とにかく、そんなふうにして、中学生であってもピアノの世界では閉塞したコミュニティみたいなものが形成される。

しかしながら、そんな中『黒澤皐月』はまったくの無名であり、誰もその日まで彼女の存在を知りはしなかった。黒澤皐月の先生は古典派を得意としていた国内でも有数の講師だったのだが、その先生が黒澤皐月という子を教えているという事実を、（少なくともコミュニティ内の人間は）その日まで誰も知らなかった。

コンクールは前半が課題曲で、後半が自由曲だった。課題曲はツェルニーの練習曲五十番から任意の三曲を選択して演奏する課題で、私はその当時もっとも自信のあった三曲を選んで演奏した。結果はまずまずだったと思う。拍手も温かかったし、先生からの評価も上々だった。

しかし一方の黒澤皐月のツェルニーは見るに堪えない出来栄えだった。トリルからアルペジオまですべてが未熟。次の音を奏でるまでに空中で運指に迷い指がよれよれと泳ぐ。高い確率で隣接する鍵盤に触れてしまい、四小節に一度は意図しない不協和音を奏でた。ときには譜面すら無視して即興でその場限りの音を奏でたりもした。まるで暗譜をしていないのだ。それはもはやツェルニーの五十番とは呼べない、ただの指の運動にすぎなかった。本当に失礼ではあるのだけれども、私も本音を言わせてもらうなら、彼女はまだまだコンクールに出られる領域には達していないように思えた。また会場全体の見解も同じようなものだった。『どうして、間違えずに弾くことすらできないような人間を、コンクールに出場させたのだろうか』会場は一様に彼女に冷ややかな視線をぶつけた。

課題曲が終わると、プログラムは自由曲に移った。私はショパンの円熟期の傑作「英雄」ポロネーズを選曲していた。荘厳に、気高く、力強く突き進むような、ショパンの愛国心の賜物と言われる名曲。緊張がなかったといえば嘘になる。それでも他人の演奏を聴く限り負けていない自信はあったし、それを裏付けるだけの練習量もあった。私は呼吸を整えて、一気に「英雄」を弾き上げた。会場は拍手喝采。私はスタンディングオベーションを受けて満面の笑みでお辞儀をした。自身の演奏の中でも五指には入るかと思われるぐらい完璧な演奏だと思えた。指は自動的に次の音を選び、私はただ指先に感情を乗せるだけでよかった。必然、音に心が乗り、厚みが増す。とにかく、私は最高の演奏に心から満足をした。

そんな中、再び黒澤皐月が登場。

自由曲で彼女が一体何を弾くのか、会場全体が注目をした。それは当然好意的な興味ではない。『あの程度の技量では、ろくな演奏はできまい』という侮蔑的で非難に満ちた好奇の眼差しだった。しかしながら会場の空気をよそに、コールされたのはショパンの「革命」だった。会場の誰もが、その選曲に疑問の眼差しを向けずにはいられなかった。すでに嘲笑の声を上げている人さえ居た。

「革命」と言えば、数あるショパンのエチュードの中でも、抜群の知名度と、難易度を誇った名曲だった。雪崩れ落ちるような左手の低音が饒舌に蠢き、それに対抗するように右手が激しく叩きつけるような主張を繰り返す。少しでも音を踏み外せば音はたちまち濁りだし、まるで積みそこねたトランプタワーのように一瞬のうちに崩れてしまう。そんな難曲。

私もその選曲には首を傾げるしかなかった。なぜツェルニーのエチュードが弾けないのに、ショパンのエチュードを弾こうと思うのだろう、と。先程の演奏で彼女の演奏技術には致命的な未熟が存在していることは確実だった。ショパンを弾きこなせるようには到底思えない。

しかし、彼女が一度鍵盤に触れると、会場は一瞬にして凍りついた。そこには先程までのまごつきも、技術的未熟も存在していない。黒澤皐月はまるで急流の滝を踊りながら流れていくように、「革命」の世界を走り抜けた。

「そこにいたのはもはや練習不足の女の子ではなかった。それどころか、『黒澤皐月』ですらなかった。そこにいたのは紛れもなく『フレデリック・ショパン』だったの。まがうかたなき作曲者本人。誰もが彼女の背中に、怒りと悲しみを背負ったフレデリック・ショパンの姿を見た」と、私は黒澤皐月に関する記憶のあらましを江崎くんに伝えた。

「それはどういう意味だ？」と江崎くんは言う。

「『革命』という曲はね、一説によればワルシャワ陥落に対するショパンの怒りの心が渦巻いて出来上がった曲だと言われているの。濃厚でいて、その精神が芳醇に漂うショパンの作品の中でも、特にメッセージ性の強い曲だ、ってね。故郷の友人たちの死と、国自体に対する悲しみが集結して完成した曲を、彼女の背中は雄弁に物語っているように見えたの。そのときの私にはね」

「でも、勝ったのはあんただったのか？」

「まあね。黒澤さんは課題曲がボロボロだったから、さすがに賞はあげられなかったんだと思う。でも会場の空気は完璧に彼女に持って行かれた。ある時、シューマンがショパンを前にして『諸君、帽子を取りたまえ、天才だ』と評したらしいのだけれど、私もまさしくそんな心境だった。もっとも、自分をシューマンになぞらえるだなんておこがましいけれどね。でも、本当に彼女の演奏は圧倒的だった。『賞は彼女に与えてください』と進言したっていいように思えたくらい」

江崎くんは納得したように黙って頷いた。

焼け跡から長女の黒澤皐月さん（十四歳）の遺体が見つかった。

そんな彼女が死んでしまっていた。それはチカの死に比べれば、私に対して与える衝撃というものは少ないけれど、それでも心から残念なことだった。彼女はあの後も練習を続けていれば、きっと素晴らしいピアニストになっていたと思うし、まさしく時代の『革命児』になれたかもしれない。そんな彼女が火事によって失われたことは本当に心苦しい。私がピアノを弾かなく（弾けなく）なってしまった今、一人でも多くの人が素晴らしい演奏を世に残してくれることが、私の中での一つの切なる願いであった。

「あんたは、黒澤皐月とは会話したのか？」

私は首を横に振る。「ううん、何も話してない。何か話してみたいなとは思ったのだけれど、彼女はあっという間に姿を暗ましてしまったの。演奏も、その佇まいも本当に不思議な女の子だった」

江崎くんは先程の新聞のコピーを眺めている。

「江崎くんは、やっぱり知らない？　黒澤皐月さん。もしくはそのお父さんの黒澤孝介さん」

「ああ。間違いなく知らない。うっかり忘れてる、なんてこともなさそうだ。確実に知らないと自信を持って言える」

江崎くんはなおも新聞のコピーを睨みつけていた。

「あんた。自分がいつ、物を壊せるようになったか、覚えてるか？」

私は先程の流れからはやや方向が転換された質問に頷く。「覚えてるよ。夏休みの出来事でものすごく印象的だったから。確か、そろそろ宿題を片付けなきゃな、って思ってた、八月の頭だったと思う。『四年前の八月一日』。目が覚めると、心のなかに重たいレバーができていた」

その日の私は、目覚めてすぐに自分の異変に気づいた。それは朝起きたら、ベッドの横にライオンが寝ていたのと同じくらいに、衝撃的に、確実に、私に異変を知らしめた。四年前の八月の一日。私はその前日の夜中に例の『声』を聞き、普通ではなくなった。

江崎くんはコピーから視線を切り、ゆっくりと私の方を向いた。

「俺もだ。俺も初めて予言を聞いたのは『四年前の八月一日』だった。あんたと同じように、夏休み中の出来事だったから記憶は鮮明だ。まず間違いない」

すると江崎くんは先程のコピーを私に差し出し、その日付を人差指で叩いて示した。私はコピーを受け取り、改めて記事に目を通す。私はすぐに江崎くんの意図を理解した。それは震え上がるほどに運命的で、明白なる因果の証明。

「この火事があったのが『四年前の七月三十一日』つまり……俺達が『普通』じゃなくなった前日の出来事だ」

私は肌寒さを感じた。どこか遠い場所に存在していた無意味な点と点が、音を立てて結びついたような感覚に見舞われる。何かがカチリと嚙み合った。

「それって……」

江崎くんは首を横に振る。「どういうことかは分からない。だが、偶然の一致だとは考えにくい」

私は改めて彼女の演奏を思い出す。本当に異常なまでに完璧な演奏だった。先程まではまるでままならなかった左手のアルペジオも、熟練した動きで華麗に奏でられていた。その演奏にも、また彼女自身にも、捉えどころのない深みのようなものが存在していた。

　コンクールで奏でた自分の演奏は記念としてＣＤにされ、コンサート後にプレゼントしてもらえた。現に、私は未だに当時の自分の演奏を音楽プレーヤーの中に入れ、時折思い出しては耳にしている。でも今の私は自分の「英雄」なんかより、何よりも黒澤皐月の「革命」を聴き直したくて仕方がなかった。切実に、自分の曲の代わりに、黒澤皐月の「革命」をＣＤにしてプレゼントして欲しかった。そこには今回の出来事において、何かしらの答えのようなものが眠っている気がする。ショパンのように感情が音楽として表出され、そのときの「革命」に答えが見いだせそうな気がした。でも、そんなことは叶わない願い。彼女はもう失われ、彼女の「革命」も失われた。

　私は小さくため息をつく。

「ショパンっていうのは、どういう作曲家なんだ？」

「えっ？」

「その黒澤皐月は、まるでショパンのよう、だったんだろ？　なら、そのショパンはどういう人物なのか、少し気になっただけだ」

「なるほどね」と私は言う。「江崎くんはクラシックには興味があるの？」

「いいや、あまり」江崎くんは陰り始めていた空を見上げていた。「強いて言うなら『新世界より』くらいしか知らない」

「ドヴォルザークだね。交響曲第九番」

私はショパンについて知っていることを自分の中で整理する。

「私も、あんまり詳しくはないから、偉そうなことは言えないんだけれどね。でも、そうだなぁ……ショパンに関して何かの特徴をあげていくとしたら、ショパンはとにかく、曲にタイトルをつけることを嫌ったの。さっき言った『革命』だってショパンじゃなくてリストがつけたタイトルだし、『英雄』だって誰か別の人がつけたタイトルだったの」

「どうしてタイトルをつけなかったんだ？」

「さあ」と私は言う。「それは本人に訊いてみなくちゃ分からない。でも予想でいいのなら、私は、ショパンが『音に依る思想の表現』というものを深く追求していたからなんじゃないかな、って、勝手に思ってるの」

「どういうことだ？」

「『芸術』というのはある意味で『単一手段による意志の表現』というものが必要とされている、とショパンは考えていたんじゃないかな。例えば、『絵画』で自分のテーマを表現するのなら、それは最後まで『絵画』だけで意志を表現しきらなければいけないし、『文章』なら最後まで『文章』で伝えきらなければいけない。それが本質的な芸術。それは本当に難しいことだけれど、それを成し遂げてこそが真の芸術であり、真の『思想の表現』だとしたんじゃないかな。もっと分かりやすく言うのなら……」私は一つ間を挟む。「例えばピカソの有名な『ゲルニカ』っていう絵があるじゃない？　あれは曰くスペインの内乱を描いた作品らしいのだけれど、もしあの作品の制作背景やタイトルが分からなかったとしても、あの作品を私たちは正当に評価できると思う？　『ふむ、これはどう見てもスペインの内乱を描いてますね』って。おそらく、それはできない。私たちはあれを有名な画家『ピカソ』が『ゲルニカ』というタイトルで発表したから、初めて絵の意味を理解することができるの。でも、どうだろう、果たしてそれは真の芸術なのだろうか？　って考えたとき、ショパンは『違う』と判断したんじゃないかな。もちろんショパンはピカソよりもずっと昔の人だけど」

江崎くんは難しい顔をしながらも、話を理解しようと努めてくれているように見えた。私は続ける。

「つまりね、曲にタイトルをつけてしまったら、それは聴衆に不必要な情報を与えてしまうことになるの。練習曲十―十二っていう没個性的な作品が『革命』と名乗ることによって、聴衆は『これは革命をテーマにした曲なんだな』って勝手に判断を下してしまうことになる。もっと極端に言うならば、『地獄』をイメージした曲なのに、『花畑』っていうタイトルをつけたとしたら、きっと聴衆は勝手に頭の中に思い思いの花畑を思い浮かべてしまう。だからショパンはタイトルをつけたくなかったんじゃないかな。音楽なら『音』そのものだけで『思想を表現』すべきだ。音だけで聴衆に思想を伝達することこそが芸術である。それがショパンの考え、あくまで予想だけどね。だからショパンはタイトルを持たないし、持ちたくなかった」

「つまり、黒澤皐月は『音に依る思想の表現』ができていたと？」

「そうだね……少なくとも私にはそう思えた。彼女が何を背負っていたのか、何を伝えたかったのか――そこにはタイトルがなかったから――正確にはわからなかったけれども、充分に鬼気迫る何かが伝わってきた。彼女は自分の意志を確かに音に乗せて、会場を震わせていた。あれは芸術であって、ショパンだった」

黒澤皐月。

彼女の存在はあまりにもミステリアスで、芸術的で、印象的だった。彼女は四年経った今も私の記憶という空間の中に確かな領土を確保している。そんな彼女が火事で死に、私（私たち）は普通ではなくなった。そこには何の因果が絡んでいるのだろう。彼女の死が、私たちにどうして影響を及ぼさなければいけなかったのだろう。私はしばらくその事実に関して考えてみた。でも答えは分からないし、いくら考えても分かりそうになかった。

ツェルニーが弾けなかった黒澤皐月。私はふとショパンがツェルニーを評した言葉を思い出す。

「（ツェルニーは）とてもいい人ですが、それだけの人です」

彼女にとってツェルニーは、ただの練習曲だったのかもしれない。

大須賀駿 ♣

午後六時。僕たち四人は再びホテルに集まる。

そして、それぞれが今日集めた情報を持ち寄って、ちょっとした会議みたいなものを行った。

僕とのんは、飯田橋の町工場に勤務していた黒澤龍之介さんの話と、電話で連絡をとった元レゾン電子子会社社長の黒澤裕史さん、連絡が取れず終いだった現取締役社長黒澤孝介さんの話をした。

「黒澤孝介？」と江崎が眉間にシワを寄せながら言った。「『黒澤孝介』が、今のレゾン電子の社長なのか？」

僕は頷く。「うん。さすがに連絡は取れなかったけど、黒澤孝介っていう人が社長なのは間違いないよ。パンフレットにも書いてあったし」

すると江崎と葵さんは互いに目を合わせて、アイコンタクトで何かの意思疎通を図る。どうやら二人には何かの心当たりがあるようだ。次の瞬間、葵さんは自分のバッグの中から折りたたまれた一枚の紙を取り出し、江崎と二人で確認しあう。

「実はのんちゃんと電話した後、私たちは図書館に行って過去の新聞を調べてみたの。あの火事についての記事を探すために。それで、私たちはなんとかその記事を見つけることができたんだけれど、あの田園調布の家に住んでいたのがまさしく『黒澤孝介』さんだったの」

僕は目を見開く。「本当ですか？」

「ええ。もっとも、レゾン電子の黒澤孝介さんと、田園調布の黒澤孝介さんが、実は別の人物だという可能性もゼロではないけれど」

「新聞記事の黒澤孝介は何歳ですか？」と、のんが口を挟んだ。

葵さんは再び紙面に視線を落とす。「ええと……四年前の記事の時点で四十五歳だね」

のんは目を細めて頷く。「あたしの持っている社員名簿によれば、レゾン電子の黒澤孝介は現在四十九歳です。少なくとも年齢的には一致してます」

そうなればやはり、二人は同一人物と考えるのが自然に思える。そもそも、僕たちがビッグサイトに来たときからこんなにも『レゾン電子』という企業名が前面に押し出されているのだから、その社長が今回の出来事に一枚嚙んでいると考えるのは至極当然だ。そこに来て、ホテルの資料に記された住所に黒澤孝介が以前住んでいたとなるのならば、それはもはや答えと言っても過言ではない。レゾン電子の社長であり、四年前に火事で自宅を焼失した『黒澤孝介』は、僕たちについての何かを知っている可能性がある。

ようやく、僕たちの周囲にぼんやりとした輪郭線が浮かび上がってきた。まだ全体の半分も見えてはいないが、ようやくその片鱗らしきものが、僕たちの前に小さな影のようなものを落とし始めている。

「大須賀くんとのんちゃんは、『黒澤皐月』っていう人に心当たりはない？」

「クロサワサツキ？」と僕は訊き返す。

葵さんは僕の目を見たまま頷いた。「四年前の火事で亡くなった、黒澤孝介の娘なんだけれども、二人は会ったことない？」

僕は首を傾げる。聞いたことのない名前だ。黒澤皐月。僕は頭の中で何度かその名前を転がしてみる。ひっくり返したり、横に振ってみたり、裏から覗いてみたりする。でもやっぱり心当たりはなかった。そもそも黒澤という苗字からしてまったくピンと来ない。

のんも同様に首を横に振った。「あたしも知らないです」

　すると葵さんは少し残念そうな顔をしてから、自分と黒澤皐月が知り合いであったことを明かし、その関係を説明してくれた。葵さんは四年前（よくよく考えてみれば、火事の二週間前だそうだ）ピアノのコンクールで彼女に会ったそう。その時の黒澤皐月の奇妙な佇まいは、今も葵さんの中に鮮明に息づいているという。

　葵さんは僕たちがここに集まるきっかけとなった、例のチケットを取り出した。

「それを踏まえれば、このチケットにショパンの『英雄』と『革命』の文字が書かれていたのも頷ける。今回の件に黒澤皐月が関わっていたから、このチケットにもこんな記述が見られたんだ、って」

　僕は葵さんからチケットを受け取り、その文面を覗き見る。

主な演奏予定曲：ポロネーズ第六番―作品五十三「英雄」
　　　　　　　　エチュード―作品十―十二「革命」

　確かにそこには葵さんの言うように、四年前、葵さんと黒澤皐月が演奏をしたという二曲が記されていた。僕とクラシック音楽という関係はちょうど京都とサンパウロぐらい離れているから、僕にはこの二曲がどんな音楽なのか微塵も分からない。ショパンという人がどんな音楽家であるのか、いったい何人なのかさえ分からない。

　しかしどういうことだろう。なぜ葵さんだけが、この黒澤皐月という人と関係があったのだろう。声に呼ばれたのは僕たち四人であるにもかかわらず、本質的な繋がりが見えたのは葵さんだけだ。僕も江崎ものんも、黒澤皐月を知らないし、またその父親であるレゾン電子社長黒澤孝介のことも知らない。それとも僕たちはその関係性に気づいていないだけで、実はこの二人の黒澤とどこかで密かに繋がっているのだろうか。いずれにせよ今の僕に心当たりはない。

僕はそんなことを考えながら葵さんのチケットをしばらく眺めていると、不意にある文言の存在に気付く。それはおそらく僕のチケットにも、江崎のにものんのにも書かれていた文言だ。でも、僕はそれに対し今までこれといった注意を払っていなかった。僕はチケットから顔をあげて、皆に尋ねてみる。

「ちょっと気になったことなんだけどさ。僕たちに『時間制限』みたいなものはあるのかな?」

三人は要領を得ないような濁った表情をした。

「それってどういうこと?」と、三人を代表して葵さんが僕に訊く。

「なんとなく気になったんです」と僕は答える。「僕たちは『協力』しなさいと要請されたわけだけども、それをいつまでに完遂しなきゃいけないのかという点について言及されてなかったから。でも、ふと、僕はこのチケットのこの文章が気になったんです」

僕はそう言って、その箇所を指でさしながら皆にチケットを見せてみる。それは本当に小さな文字だった。

・本券では五日間のご宿泊が可能ですが、それ以上のご宿泊は不可能となっております。
たとえ、お客様ご自身で追加の料金をお支払いいただきましても、五日間以上のご利用は絶対にできません。

「わざわざこんなことを書くってことは、これがある意味で時間制限なんじゃないかなって、ふと思ったんです」

みんなはしばらくチケットの文章を興味深そうに見つめてから、ゆっくりと顔を上げた。

「つまり、この五日間が期限だと？」と江崎が言う。

「わからないけど……そんなふうに考えられなくもないかなって」

江崎はそれについて考えるように、ソファに深く掛けなおした。そして、天井を見つめる。脳細胞が活発に動く音がじりじりと聞こえてくるんじゃないかと思うほどに、江崎は頭をフル稼働して思考に当たっているように見えた。

そんな中、思い出したように葵さんが、僕とのんが『普通』じゃなくなった日付を尋ねてきた。僕ものんも、それは間違いなく『四年前の八月一日』だと答えた。四人とも全員四年前の八月一日。そして葵さんは、火事があったのは『四年前の七月三十一日』つまり、僕たちが普通じゃなくなった前日であることを教えてくれた。

僕は思わず唾をゴクリと飲み込む。

田園調布の一丁目。株式会社レゾン電子。

黒澤皐月。黒澤孝介。七月三十一日の火事に、八月一日の変化。

真相の上に掛かっていたモザイクが、少しずつ薄くなっていくのが実感できた。それはドリップコーヒーが一滴ずつポットに垂れていくような、本当にゆっくりとした変化だったけども、そこには確かな前進が見られる。ゆっくりと、だけども確かに前に進んでいる。

僕たちは期限(かもしれない)『五日間』の間に、『声』が求める課題を見つけ出し、それに協力をしなければいけない。でなければ、
私に協力をしないと言うのなら、あなたは――

何か良くないことが起こる(かもしれない)。(かもしれない)ばかりでまどろっこしいけども。

「そうだ、黒澤皐月の顔写真を見てみる?」と葵さんは言った。「大須賀くんも、のんちゃんも、名前は聞いたことがなくても、ひょっとすると顔を見たら思い出すかもしれないしね。現に私だって、顔を見て初めて思い出したの」

葵さんは折りたたまれた新聞のコピーを差し出した。確かにそのとおりだ。名前は覚えてなくとも、顔だけは覚えている、なんてことは往々にしてある。写真を見てみる価値は充分にあるはずだ。

僕はその紙を丁寧に広げてそこにある写真を覗き見た。

写真越しにもよく手入れされていることがわかるきれいな髪が肩より少し長く伸び、彼女の雰囲気に落ち着きを与えている。視線はカメラに対しまっすぐに向けられ、写真を見ている者

を射ぬこうとしているような印象を与えた。でも、その視線からは彼女の心境は何も分からない。それは見事なまでに完璧な中立の表情で、どの感情にも所属していなかった。

僕は彼女の写真を見てほんの一瞬だけ既視感を覚えたような気がしたのだけども、すぐに自分の思い過ごしに気づいた。まるで見たこともない。そもそも、葵さんと同い年ということは僕より一つ年上ということになる。年上のお姉さんの知り合いなんて、お隣の田中さんと、昨日出会ったばかりの葵さん、それからアルバイト先の数人の先輩を別にして、殆ど心当たりがない。それは幼少のころから、現在に到るまで一貫している。というわけで、僕は黒澤皐月をやっぱり全然知らなかった。

「あたしにも早く見せて下さいよ」とのんが僕を急かした。

律儀に順番待ちをしていたようだ。僕はごめんごめんと言って、のんに新聞のコピーを手渡す。のんは紙を受け取ると、まるで楽しみにしてた漫画の最新刊を手に入れたみたいに笑顔になった。

しかし、次の瞬間。まるで顕微鏡のカバーガラスがあっけなく割れてしまうみたいに、のんの表情から一瞬にして笑顔が消えた。写真に釘付けになったまま、紙を持つ手を静かに震わせ始める。のんは三度しっかりとした瞬きをしてから、囁くような声で言った。声に出してみて、初めて事実を確認するみたいに。

「……サッちゃんだ」

七月二十五日（三日目）

昔話と〝みっしょん〟

葵　静葉 ♥

「いいですか、葵さん。何度も言わせていただきますが、失敗は許されません。言うなればこれは我々に与えられた『もすといんぽ～たんとみっしょん』なのです」

のんちゃんは気合の入った表情で言うと、歩くペースを少しだけ早めた。まるで見えない何かに引っ張られているみたいに、ぐいぐい前へ前へと進んでいく。昨日の落ち込み具合からは想像もできないほどに力強い前進だ。おそらく相当な無理をしているに違いない。一晩寝ただけでかつての友人の死をすっかり忘れられるほど、人間の頭は都合良くできてはいない。

のんちゃんは昨日に引き続いて二日連続の品川。私たちは二人でレゾン電子の本社へと向かっていた。

昨日、火事に関する新聞記事に目を通したのんちゃんは、本当に激しく狼狽した。最初は何も信じられないというように何度も何度も記事を読み返し、懸命にその事実を自分の身体の中に落とし込もうと努めていた。向けられた視線には、自分の勘違いを願うような懇願の色と、記事の一字一句を逃すまいという集中の色が窺えた。丸い瞳はまるで「仔犬のワルツ」のようにめまぐるしく動き、躍動した。それからのんちゃんは四度ほど記事に目を通して内容をようやく理解すると、今度は糸が切れた操り人形みたいにへたりとソファに身を預けてしまった。

私たちはのんちゃんが『黒澤皐月』とどんな関係だったのかを尋ねようと試みた。だけれども、その時ののんちゃんは完璧なる放心状態で、誰の声も耳には届いていないようだった。

「ごめんなさい……ちょっと、失礼します」

のんちゃんはかすれがすれの一言を残して、するりと寝室へと向かってしまった。明るくにこやかなイメージの強いのんちゃんからは考えられないほどに、表情は冷たく凍りついていた。まるですっぽりと心臓を抜き取られてしまったみたいに。

のんちゃんが居なくなってしまうと、代わりに大須賀くんが私と江崎くんに『サッちゃん（黒澤皐月）』についての説明をしてくれた。黒澤皐月はのんちゃんにとって、友人のようなものであり、且つ師匠のようなものであったと。大須賀くんは一つ一つを丁寧に話してくれた。

それから一時間ほどが経った頃だろうか。のんちゃんは私たちが集合していたリビングへと戻ってきた。

「いやはや、失礼しました。やや取り乱してしまいましたが、もう大丈夫です」

のんちゃんの目の周りはうっすらと赤らんでいたが、誰もそのことには触れなかった。それはのんちゃんが自分と闘った証であり、懸命に抑えこんできた感情の栓でもあった。彼女のぎこちない笑顔の前では何者も言葉を持つことなどできない。

のんちゃんは、私たちに『サッちゃん』の話をしてくれた。当然、さきほどの大須賀くんの話と重複する箇所も多分にあったけれども、私たちは黙ってそれを聞いた。のんちゃんは身振りを交えながら精緻にサッちゃんを描写し、『サッちゃん』という存在に対して私たちに感情の同期を促した。私たちは何度か頷き、自分の中の『黒澤皐月』という像の中に『サッちゃん』という要素を染みこませた。ピアノのコンクールで「革命」を弾いた黒澤皐月は、のんちゃんに読書を教えた『サッちゃん』という伝道師にもなった。

それから私たち四人は次の日（つまり今日）の作戦を立てることになった。色々なことが少しずつ分かってきたとはいえ、未だ私たちは迷宮の奥深くにいる。答えに近づいてはいるものの、答えを手に入れてはいない。そこで江崎くんが提案する形で、私たちは究明するべき点を大きく二つに絞った。
1．黒澤皐月について
2．レゾン電子という企業について
言わずもがな、今回の件について『黒澤皐月』が大きな鍵を握っていることは疑いようもない。彼女の焼死と、私たちの『変化』が同時期だったことからもそれは確実だ。また、私とのんちゃんに関しては『黒澤皐月』との明確な繋がりが立証されたものの、江崎くんと大須賀くんに関しては未だ繋がりが見えてこない。ならば、私たちはより深く『黒澤皐月』を調べ、彼女を知る必要があるはずだ。それが一点目。

そして二点目としてレゾン電子についての調査も必要だと、江崎くんは言った。大須賀くんとのんちゃんが昨日のインタビューで、レゾン電子に関する怪しい噂をいくつか聞いたということもあるし、なにより社長が黒澤皐月の父親である『黒澤孝介』であることは見逃せない。

よって私たちは黒澤皐月とレゾン電子を調査することになり、私とのんちゃんが『レゾン電子調査部隊』に任命されたというわけだ。私は昨日、のんちゃんと綿密な打ち合わせを重ね、レゾン電子から情報を引き出す作戦を打ち立てた。それは正直なところ、あまりにお粗末な作戦であり、私はにわかには首肯しかねた。こんな子供じみた手法で果たして万事うまくいくのだろうかと。

『大丈夫です。あたしは直に本社を見学してきましたが、この作戦なら間違いなく成功するに違いありません。昨日お会いした元社員の方も、ああ見えて結構テキトーな会社だと太鼓判を押してくれましたし』とのんちゃんは胸を張っていたが、私はまだ不安のほうが大きい。この作戦には、怪しまれるような点があまりに多い上、相当な演技力と堂々たる度胸が必要だ。私にとってこの作戦は、太平洋を一路ペダルボートで横断するに匹敵する無謀にも思える。『葵さん、私たちは女子高生ですよ。どこの誰が、こんな年端もいかぬうら若き乙女が、悪さをすると勘ぐるでしょうか？　その油断こそが、あたしたちを成功へと導くのですよ』それでも私が自信なげに困った顔をしていると、『サッちゃんのためなんです。どうか、協力お願いします』と心から訴えかけるような目で私を覗き込んだ。うまくいく自信があると言えば嘘になる。この作戦が万全だとも思えない。けれど、弱音を吐くことは許されなくなってしまった。のんちゃんの『サッちゃん』に対する切なる哀悼と友情の意に、私は根負けをしたのだ。私はのんちゃんの立てた筋書きに若干の変更を加え、現在、レゾン電子本社が建つ品川に至る。

のんちゃん曰く《およそ事業をするのに大事なのは、する力ではなくてやり遂げるという決心である》とのことだ。満州事変で有名なリットンの言葉だそう。

「再確認です、葵さん。侵入が完了したら、あたしは葵さんに空メールを送ります。葵さんの携帯は、メール受信時には何回ほど『ばいぶれぃしょん』しますか？」

「三回かな」と私は答える。

のんちゃんは頷いた。「ならば、その三回の『ばいぶれぃしょん』が成功の合図です。合図を受け取ったら速やかに撤退してください。……でももしも、あたしが『まずいことになった』場合。あたしは葵さんに電話を掛けます。おわかりだとは思いますが、電話には出なくてケッコーですよ。ただ、携帯が四回以上震えるようなら、それは『あたしがピンチだ』という合図です。できることなら、あたしを助けに来てください」

私は再度、今度はさっきよりもゆっくりと頷いた。そして頭の中で今一度、今回の作戦を思い描いてみる。初めにどう動き、次にどう動き、最後にどうすべきか。なすべき任務を確認すると、私は深呼吸をした。極度の緊張感が私を襲う。

二千人の聴衆を前にしてもここまで緊張はしなかった。ピアノのときとは何もかもが違う。これはまるで別の戦場であり、別の競技なのだ。私はポケットの中から昨日のうちに認めたメモ書きを取り出し、最後の確認をする。名前を間違えてはいけない。それが最初の関門なのだ。

「出陣です。葵さん」

目の前にはガラスの巨大なビルがそびえていた。本当に潜入などできるのだろうか。私は弱気な自分を諫め、背筋をぴっと伸ばして心を切り替える。まるで唐突な部分転調のように。

曇りひとつないまっさらなガラスの自動ドアがするりと開く。中からはまるで氷河期から輸入してきたような涼しい風が溢れ出した。のんちゃんが言っていたとおり、綺麗な受付嬢さんがお手本のようなお辞儀をする。

私たちのような見るからに企業とは縁のなさそうな女子高生の来訪にも、受付嬢は一切表情を曇らせなかった。糊付けされたような張りのある笑顔で、最上のもてなしを演出する。

レゾンの社員を前に、いよいよ私の心臓は大きな鼓動を刻み始めた。もう引き返せない。その思いが私の内臓をキュッと締め付ける。それでも目一杯の演技で、打ち合わせ通りの台詞を口にした。

「すみません。父が家に書類を忘れてしまったもので、届けに来たんですけれども」

受付嬢は変わらず静かな笑みを浮かべながら頷いた。

「かしこまりました。お父様のお名前をお伺いしてもよろしいでしょうか？」

「井上光平（いのうえこうへい）です。おそらく企画部の人間だと思います」

受付嬢はちらりと私の顔を窺ってから「かしこまりました。少々お待ち下さい」と言う。

その一瞬の視線のゆらぎに、嘘を見破られたのかと錯覚したがどうやら杞憂（きゆう）に終わったようだ。ひとまず受付嬢は淀みなく手元のタッチパネルの端末を叩いて社員名簿を開いている。あくまで笑顔で軽快に。私は極度の緊張からのどの渇きを覚えた。

しばらくしないうちに、受付嬢はパネルを叩き終える。

「企画部の『イノウエコウヘイ』ですね」

私は頷く。「はい、そうです」

私たちは『井上光平さん』とは一切関係ないのだが、のんちゃんが昨日読んだ社員名簿の中から、本作戦のために本社勤務の手頃な人を抜粋させてもらった。どうやら無事、端末の中から『井上光平さん』が発見されたようだ。

受付嬢は瞬き少なめに言う。「では、こちらで届けておきますので、書類を拝借してもよろしいでしょうか？」

私は少ない唾を搾り出すようにして飲む。「……分かりました。ありがとうございます」

私は昨日のうちに用意しておいた鞄の中の角二茶封筒にゆっくりと手を掛けた。一応のところ、受付がこのような対応をすることは予想の範囲内だ。そう物事が簡単に運ぶとは、私たちも考えてはいない。

私は時間を稼ぐため、まるで書類が見当たらないとでも主張するように、鞄の中を少しだけごそごそといじくりまわしてみた。ためしにハンカチを触ってみたり、ポーチを触ってみたり。程好く間が取れれば、そこからはのんちゃんの出番。

「えええぇ!?　イヤだイヤだ、お父さんに直接渡したいぃ!!」

迫真の演技だった。のんちゃんははっとするほどの大声を上げ、両手をブンブン振り回して駄々をこねる。受付嬢も突然の大声に、それまで鉄壁だった表情を崩して初めて動揺を見せた。

私はのんちゃんの台本に則り、次の台詞を言う。

「わがまま言わないの。迷惑がかかるでしょ？」

「イヤだイヤだイヤだ！　直接渡すの！」

演技などではなく、のんちゃんは真剣に駄々をこねているように見えた。やや幼げに見える外見も手伝って、中学生、あるいは角度によっては小学生にすら見えなくもない。のんちゃんは更に演技に拍車をかけ、地べたに寝そべり激しく転がり出した。

「イヤだイヤだイヤだ！」

「わ……分かりました」と受付嬢が憔悴した表情で言う。「ご、ご案内いたしますので、こちらへどうぞ」

のんちゃんはむくりと立ち上がり、涼しい顔で笑った。「ありがとうございます。お姉さん」

受付嬢はのんちゃんの唐突な変貌に苦い顔をしながらも、私たちをフロアの奥にあるエレベーターの方へと誘導する。

ひとまずは第一関門の突破だ。事態はのんちゃんの筋書き通り、コマを一つ前へとすすめる。それにしても、のんちゃんの完璧すぎる演技には感動すら覚えた。あの役は到底、私などでは務まりそうにもない（当初、のんちゃんが私に提示したシナリオでは、私が駄々をこねることになっていた）。

受付嬢はヒールで大理石の床をこつこつと叩きながら、美しい姿勢で私たちを先導した。エレベーターの前には駅の自動改札のようなセキュリティゲートがそびえていたのだが、受付嬢が社員証のようなものをかざすとゲートはあっさりと開いて私たちを中へと招き入れた。

私はゲートを抜けると、のんちゃんの話を思い出す。

『昨日の社内見学で聞いた限り、ビル五階の「資料庫」なるところに、社内情報が一括管理されているとの話でした。ので、兎にも角にもあそこになにか重要な秘密が眠っているに違いないのですよ』

果たして、企業の心臓部とも言えるそんな場所に上手く潜入できるのだろうか。

私たち三人はエレベーターに乗り込んだ。受付嬢は企画部が存在する十八階のボタンを優しく押す。すると、エレベーターは音もなく滑らかに動き出した。ボタンの最下部には『レゾン電子ビルシステム』の文字。このエレベーターの動き方一つとっても、レゾン電子の高い技術力の一端が垣間見える。

資料庫があるのは五階。このまま順当にエレベーターが上り続ければ、あっという間に通りすぎてしまう。なにせエレベーターは現在、十八階を目指しているのだから。

しかしながらここもまた、のんちゃんの仕事。電光表示の数字はゆっくりと上昇していく。

2F……3F……4F……「ちょいや!!」

のんちゃんはしれっとした顔から一転。リスのような俊敏な動きで五階のボタンを力強く押しこんだ。エレベーターは急な停止指示に驚きながらも（きっと、驚いてはいないけれども）五階に急停止した。受付嬢は突然の出来事に戸惑い、目を瞬いている。

「ど、どうなさいましたか？」

のんちゃんはそれには答えず、ドアが開くと同時に五階へと飛び出した。まるでちょっと陽気な脱獄囚のように、軽い足取りで駆け抜けていく。受付嬢も事態を測りかねながらも慌ててのんちゃんを追いかけた。私も当然後を追う。あたかも私自身ものんちゃんの奇行に驚いているふうを装いながら。

「どうしたの、のんちゃん!?　勝手に降りちゃダメでしょ！」

もちろん、のんちゃんは立ち止まることなく、まるで追いかけっこを楽しむかのような笑顔のままに走り抜けていく。

『あたしはエレベーターを降りたら、ダッシュでトイレを目指します。あの階には社員が常駐していそうな施設は何もありませんでしたが、トイレだけはばっちし完備してありました。ので、あたしは「突然無性に鬼ごっこがしたくなった無邪気な女の子」を装って一目散にトイレへと「えすけ～ぷ」します。それも、なるべく自然に』

行動自体はあまりに不自然だ。順当に十八階を目指して上昇していたエレベーターを止め、突然飛び出し走りだしてしまう。普通に考えれば、それはちょっとありえない行動だ。だけれども、のんちゃんの走り姿はものの見事に自然そのものだった。浮かび上がった天真爛漫な笑みは、正しく突然はしゃぎたくなってしまうような年齢の子のそれに見えるし、慌ただしい腕の振り方から、こちらに向ける〈やいやい、追いついてみろ〉とでも言いたげな視線まで、すべてが完成された演技だった。私自身も本当にのんちゃんは急に走り出したくなってしまったのではないかと錯覚してしまう。見るからに幼く、楽しげで、まだ事の善悪の判断も付いていない子供の、無邪気な振る舞い。いよいよもって、のんちゃんは小学生にしか見えない。

着々と逃げ続けるのんちゃん。それを数歩遅れて追う受付嬢。最後尾には私がつけた。だけれども私は追うふりだけをして、二人の後を完全にはついていかない。私にはやるべき仕事があるのだ。私は二人がトイレの方へ向かっていくのを確認すると、ちらりと資料庫の方へと視線を移す。のんちゃんから聞いていたとおり、あまりにも頑丈な鉄製の扉がすべてを固く閉ざしていた。扉の横にはセキュリティの機械。タッチパネル式の入力装置にうっすらと明かりが灯っている。きっとパスワードの入力か、もしくは社員証の呈示などが必要なのだろう。私はトイレの方へと消えた受付嬢の目を盗んで、そっと資料庫の入り口へと近づいてみる。

本当に誰も見ていないだろうか。今一度、右、左、右と周囲の確認をしてみる。大丈夫。肉眼で確認する限り、誰も見てはいないようだった。私は恐る恐るセキュリティのタッチパネルの前に立ってみる。そこには綺麗な明朝体でメッセージが浮かび上がっていた。

［**社員番号を入力してください**］

メッセージの下には0～9までの数字が記されたテンキーが浮かび上がっていた。社員番号を入力……それならちょうどいい。私は先ほどの『井上光平さん』の番号だけはメモに控えていた。さすがに社員番号を打ち込んだだけでは扉は開かないだろう。まだもう一つか二つのパスワードが必要なはず。そんなに簡単に開くようなセキュリティなら、こんな大仰な機械は設置されていない。それでも最初に打ち込むべき数字を把握できているという事実は、少なからず私を勇気づけた。

時間の経過が気になる。のんちゃんはトイレに飛び込み、いまだ受付嬢の気を引いているはずだ。ならば事はその間に済まさなくてはならない。受付嬢がいつ帰ってきてもおかしくはないのだ。

［社員番号を入力してください］

私はもう一度周りを確認して、鞄の中からメモを取り出す。井上光平さんの社員番号が記されたメモを。

「058―96554―8891」

それが井上光平さんの社員番号だった。

私は震える指で最初の数字『0』に触れた。タッチパネル上の数字が黒に反転して、入力の確認音として『ピッ』という音が鳴る。私はそんな些細な反応音にも動揺してしまうが、それでも急いで続けざまに数字を打ち込んだ。589654……。

［入力は承認されました］

私は思わず小さな声で、よし、と呟く。

［個人パスワードを入力してください］

しかし目の前にはむっくりと壁が現れる。

［個人パスワード］

やはり、パスワードは一つではなかった。さすがにそんなものまで私は知らないし、のんちゃんの社員名簿の中にも記されてはいなかった。私は藁にもすがる思いで、井上光平さんの個人情報を記したメモを食い入るようにして見つめる。そこに何かヒントはないだろうかという淡い希望を抱いて。

個人パスワードに必要とされている数字は、画面を見たところ四桁のようだ。その証拠に四マスの空欄が私の前で明滅を繰り返している。私は井上光平さんの個人情報から連想される四桁の数字を考えてみた。電話番号の下四桁。住所の番地。生年月日。しかし冷静になるまでもなく、あまりに無謀な予想だった。作れそうな数字はあまりに膨大で、可能性は無限のように広がっている。第一、資料庫の鍵となる大事なパスワードを、個人情報から連想できるように設定するだろうか。私は頭の中で様々な思考が絡まり始めるのを感じた。どうしよう。どうしたらいいのだろう。

それでも私は駄目で元々で、井上光平さんの電話番号の下四桁を入力してみることにした。一度くらいパスワードを間違えたところで、重たいペナルティはないはずだ。私は試しに「3」の数字に手を掛ける。震える指が静かにタッチパネルに触れた。

「井上さん！」

私はその声に肝を冷やす。瞬間的に身体の硬直を感じながらも慌てて振り向いた。そこには肩で息をする受付嬢の姿がある。

「妹さんがトイレから出てこなくなってしまって……」と受付嬢は本当に困り果てたような表情で言った。

私は返事もそこそこに、タッチパネルの方をちらりと見る。

やってしまった。受付嬢に、私のやっていたことはバレていないだろうか。私は努めて平静を装おうとするのだが、どうしても視線がちらちらと背後のタッチパネルへと吸い寄せられる。

それでも幸い、受付嬢はのんちゃんとの追いかけっこに困憊気味で、タッチパネルの変化には気付いていないようだ。私は念を入れて受付嬢とタッチパネルの間に死角を作るようにして立ちはだかる。

「そ、そうですか……ごめんなさい。本当に困った妹で……」

私は照れ笑いの変形のようなものを浮かべながら、そのままトイレへと向かう。あくまで受付嬢からタッチパネルが見えないように注意をしながら。

トイレの中では予定通り、のんちゃんが籠城戦を繰り広げていた。大理石調の清潔なトイレの中で、のんちゃんは個室を独占し籠もりっきりになっている。私は個室に向かって声を出した。

「どうしたの？」

すると、のんちゃんはすり潰したような声で呻く。「お……お腹が痛くなっちゃった」

私はため息をつく（もちろん演技として）。「そんなはずないでしょ？　さっきまで元気に走りまわってたじゃない」

「でも、痛くなっちゃったんだもん」

「でも、じゃないでしょ？　いいから出てきなさい。お姉さんも困ってるでしょ？」

私は予定されていた会話を交わしながら、受付嬢の顔色を窺った。さすがに何かを不審に思って、彼女も私たちに疑いの眼差しを向けるのではないだろうか、と。

しかし幸いにして、受付嬢は心底のんちゃんの奇抜な行動に驚き疲弊しているだけで、そこにある裏を読み取ろうという疑りの表情は一切見られない。それだけ、のんちゃんの演技は完璧だったのだ。というより、極論、平時ののんちゃんは今日のように行動するのではないだろうかとさえ思われる。私自身も危うく騙されそうだ。

父親に直接会いたいと言い、五階でエレベーターを飛び出し、謎の大疾走、そしてトイレでの腹痛、籠城。すべてが一貫性も、論理性もない意味不明な行動なのだが、のんちゃんがやるとすべて様になる。それどころか、それこそが最も自然な行動のようにさえ思えてくる。私はこんな事態の最中でもそれらの不思議な魅力には感心せざるを得ない。

「じゃあ、お姉ちゃんがお父さんに書類を届けてくるから、ちゃんとここで待ってられる？」

「……うん」と、のんちゃんはしょげた子供のような声で言った。

私は受付嬢に向き直る。

「すみません、ご迷惑をおかけして……。そういう訳なので、先に父に書類を渡しに行ってもいいですか？」

受付嬢は戸惑いながらも頷いた。

「か、かしこまりました。そうですね……では、私たちだけで企画部へ向かいましょう」

流れるようにして第二関門の突破。非常に拙い作戦ではあったけれども、今のところすべて予定通り運んでいる。これもすべて絶妙なるのんちゃんの演技力のおかげと言えよう。

私と受付嬢はのんちゃんをトイレに残し、再びエレベーターへと向かった。私の脳裏にはタッチパネルの姿がよぎる。青く、鮮やかに映し出されていた文字とテンキー。そして重厚な資料庫の扉。

果たしてあれでよかったのだろうか。私は受付嬢に誘われる形で、エレベーターへと吸い込まれていった。

『五階の資料庫以外のすべての「ふろあ」には、エレベーターを出てすぐのところに自動改札が用意されていました。どうやら各階ごと、徹底して「せきゅりてぃ」に力をいれているようです。ですから、葵さんはそこでうまく時間を使ってください。その間、あたしがなんとかうまいことやっておきます』

エレベーターは上品に音もなく十八階に到着する。静かに開かれたドアからは、稼働中のオフィスが垣間見えた。上品にスーツを着こなし、さっそうと職務に励んでいるレゾン電子の社員たち。整然と並べられたデスクにコンピュータ。

私はエレベーターを出ると意識的に（だけれどもなるべく自然に）早歩きをして受付嬢を追い越し、自動改札に手を掛ける。時間を稼がなくてはいけないのだ。

私は自動改札に触れたまま、レバーを真ん中まで押し倒した。すると社員証のタッチ式だった自動改札は瞬間的に機能を消失させる。タッチ部分の明かりも、その隣の液晶画面も、すべてがグレーアウトし、自動改札はたちまちただの邪魔者の門番と化した。

当然、受付嬢はすぐに異変に気付く。

「あれ？」

そう言って、何度も試すように社員証のタッチを繰り返した。タッチしては離し、離してはまたタッチ。しかし当然ながらゲートはうんともすんとも言わず開かない。

「どうしたんですか？」と私はとぼけた様子で訊いてみる。人様の資産、所有物を壊してしまったという罪悪感は確実に私の中にあった。自動改札はおそらく安い設備ではないだろうし、きっと技術的にも機能的にも貴重なものであるはずだ。だけれども、私も私で今は自分の仕事を全うしなければならなかった。

「すみません。機械の調子が悪いみたいなので、少し待っていただけますか？」

「分かりました。気にせずゆっくりと様子を見てください」

私はそう言って、しばらく受付嬢の背後に立ち尽くす。

時間は簡単には流れていかなかった。時間は必要なときにはまるで足りないのに、要らないときには冗談のようにぶくぶくと膨れ上がり体積を増す。ここでは三秒経ってようやく一秒に換算されるような、一種異質な時間が流れていた。私はもどかしさと緊張の狭間で改めて息苦しさを感じた。

受付嬢はしゃがんで機械の様子を点検している。動きは機敏で実に手際がいい。機械を点検していくときの手順のようなものを心得ているのかもしれない。だけれどもそれは直らない。決して直らないのだ。『あの男』と同じように。

ゲートを壊してから間もなく、オフィス側から一人の男性社員がやってきた。

「どうしちゃったの、これ？」と改札に視線を向け、怪訝そうな表情を見せる。

何か外出すべき用事があるのだろうか。荷物を小脇に抱えゲートを通りたがっている。受付嬢は慌てて立ち上がり美しいお辞儀をした。

「申しわけありません、機械がどうやら不調のようでして」

男性社員は右手で頭を掻いた。「ありゃりゃ。それは困ったな……」

私はそんな二人を尻目に引き続き時間の経過を待つ。

すると、私の鞄が小さく揺れるのが分かった。それは紛れもなく携帯のバイブレーションだった。のんちゃんからの連絡だ。私は鞄の揺れを察知することに神経を注ぎ、振動の回数を正確に数えるよう尽力した。バイブレーションは静かに鼓動する。

一回。二回。そして三回――止まった。

私は無言で頷く。届いたのはメールだ。空メールだ。

『それが成功の合図です。合図を受け取ったら速やかに撤退してください』

私は受付嬢に言う。

「すみません。申し訳ないんですが、妹のことも気になりますので、ここで失礼させていただきます。無理を言ってわざわざ連れてきてもらったのにごめんなさい……あの、これ、父によろしくお願いします」

「かしこまりました。ご迷惑をおかけして大変申し訳ございませんでした」

「いえ、こちらこそご迷惑をおかけしました。では」

私は何も入っていない角二の茶封筒を手渡すと、ゆっくりとエレベーターの方へと引き返す。

大丈夫。すべてうまく行ったのだ。のんちゃんが描いたイメージの通りに事は運び、私たちは見事に成功を遂げたのだ。私はエレベーターの下りボタンを押して、エレベーターの到着を待つ。

エレベーターは中々やってこなかった。全部でエレベーターは四基あったのだが、いずれも十八階より下の階を降下中で、まるで日中の土竜のように、しぶとくも姿を現さない。あるいは、このエレベーター達は私をじらすために故意にそうしているのではないかと思いたくなるほどに、電光表示はゆっくりとのんびりと推移した。私は心で何度も『早く来て』と強く念じる。

今、この場所には重たい空気が充満していた。私の背徳的な感情と、企業の洗練された匂いと、事態の虚が露呈しないかという緊張。それぞれが絶妙なバランスで混じり妖しげな空気を作り出す。一刻も早く私はここから立ち去りたかった。

すると、あろうことか、私は再び鞄の揺れを感じた。また携帯がバイブレーションしているのだ。私は先ほどと同じように、注意深く腕の感覚を澄ます。

バイブレーションは鼓動する。一回、二回、三回——四回。以降も震えは止まらなかった。

電話だ。

『それは「あたしがピンチだ」という合図です』

私は唇を強くかみしめた。のんちゃんの身に何が起こったというのだろう。逸早く、のんちゃんのもとに向かわなくてはいけない。もとより砂上の楼閣と言ってもいいほどの、不安定で穴だらけの計画であったのだ。所詮は子供の浅知恵。いつ事態に綻びが生じてもおかしくはなかったのだ。

だけれどもエレベーターは来ない。今ようやく一階を折り返し、十八階へと向かい始めたところだ。早く、早く来て。私は一層強く念じた。

「えっ？　俺だけど」

背後の改札から声がする。何かに驚いたような声だった。私はのんちゃんのことに頭を奪われながらも、後ろを振り向く。受付嬢が不思議そうな表情で私を見つめていた。

「娘さんがあちらに」

改札の前で立ち往生をしていた男性社員が私を見つめる。

「だれ、君？」

私は足元から一気に冷え上がっていくのを感じた。身体の下の方から順番に神経が死滅していっているかのような絶望感と、喪失感、そして動揺。

目を凝らして、男性の首にかかっている社員証を見た。改札を隔てた向こう側ではあるものの、私はそこにある文字をしっかりと視認できた。

『井上光平』

私は言葉も出せずにただ立ち尽くした。無意識のうちに瞬きの回数が増え、口元に力が入らなくなる。

「おい、誰なんだ君!?」

今度の声には力が籠っていた。彼は（井上光平は）自分の娘を騙（かた）る異様な人物に確かな不信感と憤りを覚えている。目は悪人を射ぬくように敵対的で鋭い。私は今、彼の中で確固たる『悪』として認識をされているのだ。

それでも、私は何もできない。ただただ、動揺の中で震える。

「おい！」

いよいよ男性は故障したゲートを乗り越えてこちらに踏み入れた。ほんの数センチ距離が縮まっただけなのに、男性の身体はあまりにも巨大になったように見える。

私は『あの男』に腕を掴まれたときのことを思い出した。彼の握力は本当に強く、私が対処できる力の範囲をはるかに超えていた。私がレバーを所持していなければ、あの日の私はきっと悲惨な結末を迎えることになっていただろう。

今それと同じように、私の前に男性が迫ってきていた。あのときとは違い、今回は私に確固たる非があり、悪がある。言い逃れはできない。

そんなふうにして私が絶望と敗北と失敗を覚悟しかけたとき、背中の方がすぅと広がっていく感覚を覚えた。

——開いたのだ——

私はそのまま力強く後退し、エレベーターの中に飛び込んだ。そして慌てて『閉』のボタンを押し込む。すると、ドアは腹立たしいほど緩慢に閉鎖の動作を開始した。どんな状況下でも、ドアはじりじりと無音で滑らかな動作を続ける。

「待て！」

男性の指が閉鎖していく扉に挟まりそうになる。それはあと、ほんの数センチ、あるいは数ミリの世界での出来事だった。男性は間一髪のところでドアの向こう側に締め出され、エレベーターは完全なる密室へと変貌を遂げた。

私は安堵の息をつく間もなく、急いで五階のボタンを押す。自分の安全確保を喜んでいる場合ではない。事態を察知した男性、あるいは受付嬢がすぐさま後を追ってくるかもしれない。

そしてなにより、のんちゃんにピンチが迫っているのだ。エレベーターはゆっくりと下降を開始した。

大須賀駿 

応接室で待たされていた。そこは六畳くらいの個室で、エンジ色をした二人掛けのソファが向かい合って設置されている。僕はそこにちょこんと腰をかけていた。ここで待たされてから大体、五分位経っただろうか。手持ち無沙汰な僕はとりあえず時間つぶしのために部屋の中をなんとなく観察してみる。

壁には額に入れられた賞状が三枚。棚には金色に輝くトロフィーが二つに、それを獲得したであろう中学生たちの集合写真が飾られている。ユニフォーム等の雰囲気から察するにバレーボール部だろうか。汗で濡れた髪が細い束になって顔にかかりながらも、部員たちは白い歯をこぼしてピースサインを送っている。何ひとつとしてその部活動の背景を知らない僕ですら思わず祝福したくなるような、見事なまでに決定的な幸福の瞬間を切り取った一枚だった（きっと背中にはいい数字が浮かんでいるに違いない）。どうやらこの応接室には、そんないつぞやの栄光が、時を経ながらも静かに眠り続けているようだった。

室内に置いてある品々はどれも年季が入ってはいたが、いずれも手入れが行き届いていて保存状態はまずまず。室内には埃も塵も髪の毛だって落ちてはいない。こういった施設の清潔度合というものは、ともすれば学校の偏差値とも比例しているのだろうか。ここの部屋に来るまでに、何人かの女子生徒（もっともここは女子校なのだけど）とすれ違ったけど、いずれも非常に教養の有りそうな雰囲気を振りまいていた。歩くときはピシッと背筋が伸びていて、鞄は割れ物を扱うように大事に肩に掛け、笑顔を見せるときは口元を必ず隠す……というのはちょっと言い過ぎかもしれないけど、とにかく品行方正が具現化されたような印象を受けた。そんな彼女たちは僕を見ると、きまって河童でも見つけたみたいに物珍しげな表情でジロジロと見つめてきた。僕の顔はそんなにも個性的なのだろうか。何にしても〈素敵な人だな〉というような表情ではなかった。自分に一目惚れされるような資質がないことは僕自身が一番良く知るところだけど、やっぱりそういった視線は僕を居心地悪くさせた。

コンコンと、ドアがノックされる。ようやく来たみたいだ。僕はやや腰を浮かせてドアへと視線を向ける。

ドアが開かれた。すき間から女性がこちらへ顔を覗かせる。

「お待たせしました。私が望月です」

見たところ五十歳くらいだろうか。口元にはやや深めのシワが濃く残り、目尻からもカラスの足跡がくっきりと現れている。髪は緩くパーマがかかったミドル。それでも表情に張りがあるせいか、バイタリティに溢れていて若々しい印象をうけた。眼力も中々に強い。

望月さんは口の端をいっぱいに伸ばし、健康的な笑顔を見せた。

「座り話も面白みに欠けますから、少し校内を歩きながらお話ししましょうか。そのほうが、ここでの黒澤さんのことも想像しやすいでしょうし」

僕は頷いて立ち上がった。「ありがとうございます。お時間を取らせてしまって申し訳ありません」

望月さんは目をつぶって、ゆっくりと首を横に振った。

「《朋あり遠方より来たる。亦た楽しからずや》わざわざお越しいただいて、私としても光栄です。私も話し相手を求めていたところでしたから」望月さんは再び微笑んだ。

残念ながら僕には言葉の意味がよく分からなかったけど、とりあえずその高尚そうな響きに頷いておいた。

望月さんは中学時代の黒澤皐月の担任。中学時代の彼女を一番よく知る人物の一人だ。

僕は望月さんに先導される形で応接室を後にする。望月さんの背中はやや幸福とも取れる「56」の数字を携えていた。

のんは黒澤皐月（サッちゃん）がいつも着ていた制服から、彼女が通っていた中学校を知っていた。

『ものすごく頭のいい中学校でした。あたしの家の近くにあったのですが、それはもう飛びっきりの天才校でした。そこの制服を着ているだけで羨望の眼差しががしがしと突き刺さったというものです』

そこでその中学校に電話をしてみると、なんとか電話口のやりとりで黒澤皐月の当時の担任を知ることができた。

『望月桐子(きりこ)』

未だに同校で現役の教師を張っているとのことだった。私立の中学校だから異動がなかったのかもしれない。とにかくラッキーだった。僕が『是非とも黒澤皐月さんについてお話を伺いたいのですが』とお願いすると、電話口の望月さんはしばらく悩んだ後しっかりとした口調で言った。

『わかりました。十一時からなら時間がとれると思うので、そこで少しお話ができるかと思います』

僕は喜んで約束を取り付け、黒澤皐月の母校である水道橋の女子校へと向かった、というわけで今に至る。

「本当は、このような機会を持つことはあまり好ましくないのです」と望月さんは廊下を歩きながら言った。

僕は表情で続きを催促する。

「外部の方と——それも男子高校生と——個人的な接触を持つことは教師という立場上あまり

褒められたことではありません。勘違いされたとしたらごめんなさい。別に私とあなたが一緒に歩いていても、誰もそれを恋仲だとは思わないでしょう。だけれども、やはりそれは多角的な意味からなるべくなら避けるべきことなのです。とりわけ生徒の個人情報を守るという意味において」望月さんは僕を振り返った。「だけれども今回は事情が事情でした。黒澤皐月さんの名前を出されてしまっては、私もお話ししないわけにはいきません。それはまさしく私の教師生活における最大にして唯一の心残り、そして気掛かりでしたから……。大須賀さんは黒澤さんの小学校時代の同級生だったと？」

僕は頷く。「はい」

僕は黒澤皐月の小学校時代の同級生だったのだが、黒澤さんが亡くなったとの話を最近になって聞いて、居ても立ってもいられなくなった、ということにしておいた。嘘ではあるが一応、筋は通る。

望月さんは言う。

「どうでしょう、大須賀さんの目から見て、小学校のときの彼女はどのような子でしたか？」

僕はその質問に戸惑う。なにしろ僕はのんや葵さんと違って、彼女に会ったこともないのだ。想像をするのすら難しい。僕は仕方なくささやかな情報を頼りになんとか答えをひねり出した。

「そうですね……。いつも本を読んでいた気がします」

望月さんは深く頷いた。まるで、それが唯一の正解だとでも言うように。

「それは彼女の大きな特徴の一つと言えるでしょうね。黒澤さんはいつも教室で読書をし、教室の開放時間が終わると今度は近くの公園に移動して読書を続けました。まさしく『本の虫』と呼ぶにふさわしいでしょう。それは教師にとって嬉しくもあり、悲しくもある一面でありました」

「悲しくもある？」

「ええ」と望月さんは頷く。「もちろん、本を読むということは人格形成、ひいては感受性の養成などにあたっては非常に大事なことと言えます。ある意味では最良とさえ言えるかもしれません。しかしながら少なからず『読書』というのは個人での作業であるのです。ですから、あまりの読書への没頭というのは、集団の中で生きる『社会人』を育成する教師という立場としては、些か協調性という点における懸念材料ともなりかねないのです」

「なるほど」と僕は言う。「つまり黒澤さんはあまり『協調的』ではなかったということですか？」

望月さんは肯定の意を含めた笑みを作った。照れ笑いのようにも見える。

「何かしらの班活動やグループ学習の際は、少しばかり手間取りました。彼女は本当に寡黙で、むしろ孤独を好んでいるようにさえ見えました。ですから、自分だけグループからあぶれてしまっても、そこに危機感のようなものを覚えないのです。よくも悪くも。彼女はその歳にしてすでに何かを悟っているような風格すら持ち合わせていました。彼女の視線は私にこう語るのです。『一人でも、自立して生きていければ、それでいいでしょ？』と」望月さんは廊下を進み続ける。「なにより彼女は優秀でした。ですから、彼女はどんな課題も一人でスイスイとこなせてしまうのです。それは難関な入試を掻い潜ってきた本校の生徒の中でも、取り分け瞠目せざるを得ない程に」

望月さんは一つの教室の前で立ち止まった。

「ここが、黒澤さんが二年生のときに使っていた教室です。もっとも、すでに四年も前の話ではありますが……」

夏休みの教室には誰も居ない。それに物もあまり置かれていない。だけどもそこには、なんとなく女性だけの集団生活を垣間見せるような柔らかい空気が立ち込めていた。望月さんは何かの雰囲気を壊さないようにゆっくりと教室へと足を踏み入れる。僕も三歩遅れて後に続いた。

「失礼であり、且つ大変心苦しくあるのですが、教師として毎年様々な生徒を見る以上、どうしても忘れてしまう生徒というのが居ます。それどころか、そういう子の方が多いとさえ言えるでしょう。なにせ毎年受け持ちが四十人、それを三十年ですから……単純計算でも千二百人。他のクラスの生徒も合わせれば、数は更に何倍にも膨れ上がっていきます。ですので、私がここまで饒舌に一人の生徒のことを語ることができているという事実は、かなり稀なこととさえ言えるのです。それだけ黒澤さんは印象的な子でした」

「望月さんの目から見て、黒澤さんはどんな子でしたか？」

望月さんは言い淀みなく続ける。「一人の人間を一単語で表すことは大変難しいことです。ですが、強いて一言で彼女を表すなら『不思議な子』でしょうか。稚拙で、凡庸で、抽象的で、つまらぬ回答ではありますが」

不思議な子、か。

それは会ったことのない僕からしてもまったく同じ印象だ。彼女はかなり不思議だ。間違いない。もしも、世界中で最も不思議な女子中学生を決める大会があったとしたら、少なくとも彼女は圧倒的なシード権を与えられるに違いない。準々決勝あたりからの登場だ。

望月さんは続ける。

「黒澤さんは誰よりも早く登校しました。まだ誰も居ない朝の教室で、彼女だけが読書をしながら着席している光景を何度も目にしました。そして、彼女は必ず最後に帰宅しました。理由は分かりません。それだけ学校という場を愛していてくれたのなら、私にとって本望とも言えますが、そんなようにも見えませんでした。とにかく彼女は最初に登校し、最後に下校する決まりを持っているようでした」

どこかの誰かみたいだな、と僕は思い出した。どこにでもそういう不思議なルールを持っている人は居るようだ。

望月さんは教室の窓から見える水道橋のビル群を眺めている。そこに四年前の黒澤皐月の姿を思い出しているのかもしれない。視線は淡く儚げだった。

「黒澤さんのご両親をご存知ですか？」と僕は訊く。

「そうですね……」と望月さんは視線を窓の向こうに向けたまま答えた。「残念ながら殆ど面識はありません。彼女の家庭は随分と複雑な体(てい)を成していましたから、入学手続きのときにちらりとお父様の顔を拝見した程度です」

「母親はどんな人なんでしょう？」

望月さんは否定の意として首を振る。「黒澤さんは父子家庭でした。お母様はまだ彼女が幼い頃に病気で亡くなったとのことです。残念ながらそれ以上のことは存じ上げておりません」

父子家庭。ちょうど僕と反対だ。

母子家庭の僕にとっては、父親が居る家庭、更には父親だけに育てられる感覚というのはあまり想像できない。

とまあ僕の話は置いておいて、黒澤皐月が父子家庭であったということは火事の新聞記事に、母親に関する記述が見られなかったことからも窺える。葵さん曰く旧黒澤邸は相当大きな土地面積を誇っていたとのことだったけど、そこに二人暮らしとはなんとも人口密度の低いお屋敷だったわけだ。豪邸に親子（それも父と娘）二人きりという生活は、果たしてどのようなものだったのだろう。そこには濃密な親子愛があるのか、日々の団欒があるのか、言い得ぬ摩擦があるのか、確固たる隔たりがあるのか。貧乏アパート、母子家庭育ちの僕には想像すらできない。

教室の隅には一台のピアノが置いてあった。僕の中学校にも、教室には小さな電子オルガンが置いてあったけども、ここにあるのは歴とした本物のピアノ。随分と豪勢だ。どうやら私立ともなるとお金の掛かり方が違うらしい。

「黒澤さんも、ここでピアノを弾いてたんですか？」と僕は訊いてみる。

しかし意外なことに、望月さんは首をかしげた。「ピアノ？」

僕は頷く。「ええ。黒澤さん、すごくピアノが上手だったんで、ここでも弾いてたのかなって」

望月さんは視線をやや下げて記憶を遡る。「ごめんなさい。私は彼女がピアノを弾けただなんて初耳です。彼女は必要とされなければ、なるべく個人情報を秘匿しようとつとめる人間でした。能ある鷹は——などとも言いますが、それに近いものかもしれませんね。しかし、そうですか……ピアノ。もし弾けたのなら合唱祭の伴奏をお願いできたのに」

望月さんは叶わぬ願望を淡い笑顔に滲ませた。

「黒澤さんは、どんな曲を弾いたのですか？」

「えっ……そうですね」僕は昨日教えてもらったばかりのタイトルを思い出そうとした。なんだったかなと考えてみるのだが、やっぱり思い出せない。僕は仕方なく、とりあえず作曲者を言うことにする。「ショパン……だったと思います」

望月さんは感心するように頷いた。

「それは素晴らしいですね。私もピアノ音楽は嗜む程度に聴きますが、ショパンは格別です。『華麗なる大円舞曲』『幻想即興曲』『英雄ポロネーズ』エチュードなら『別れの曲』『嬰ハ短調』いずれも名だたる名曲です。ショパンが弾けたというのなら、ますますその才能を知らずに終えてしまったことは残念でならないですね」

残念でならない。そう、彼女はすでに死んでしまったのだ。閑静な住宅街を襲った突然の炎に焼かれて。十四年という短すぎる生涯に、彼女はすでに幕をおろしている。

僕は訊く。「火事のことについては何かご存知ですか？」

望月さんは、あまり思い出したくないというように静かに目を細めた。

「痛ましい出来事でした。『死に方』というものは数多くありますが、中でも溺死、焼死は最も苦しみの多いものかと思います。彼女はまだ中学も二年でした。聡明で希望に満ちた若人でした。本当に悲しき、嘆かわしきことです」望月さんはやりきれない思いで首をゆっくりと振った。「私は残念ながら火事の『原因』については存じておりません。当時の彼女の担任として、警察や消防に掛けあってみたのですが、彼らは一様に口を噤んで答えてはくれませんでした。なぜ答えてくれなかったのか、それは私にも分かりません。私には聞く権利も義務もあるというのに、ついぞ彼女の焼死は謎のまま迷宮に閉ざされてしまいました。私には何かしらの『緘口令』のようなものが敷かれていたようにしか思えません。そこには簡単に説明してはならない何かがあったのです。言うなればパンドラの箱が」

望月さんは生徒の机の一つを指で優しく撫でる。まるで何かの悪い埃を払うかのように。

「ただ、一つの事実として、火事の一ヵ月あたり前から黒澤さんの様子はどこか不自然なものがありました」

「どういうことですか？」

「どう表現したらいいのでしょうか」望月さんは手元を見つめて考える。「平生の彼女は、常時凛とした筋のようなものを、体内に一本保有しておりました。たとえるなら凧の骨の部分のようなものです。彼女は常に自分の支配者であり、自分を頑丈な骨で支えていました。しかし、ある時から——今思えば、それは火事のひと月前からなのですが——彼女は決定的にその支えを失っていました。骨の折れた凧が上がるはずもありません。彼女は授業中も休み時間もどこか落ち着かず、窓の外を眺めたり、教科書を開いては閉じたりと、行動が安定しませんでした。本も読まなくなりました。一応、何かのお守りのように、本を手に持ってはいるのですが決して読むということをしませんでした。ただ辺りを眺めているのです。何日かは珍しくも早退しました。欠席もしました。何かに恐怖しているような、何かに絶望しているような。とにかく、そのひと月の間、彼女の中に確実に何らかの『異変』が起こっていたであろうことはあまりに明白でした。疑いようもありません。そんな訳ですから私はそろそろ、彼女と個人的に会話を持つ時間を取らなければならないなと、考えておりました。彼女の中に溜まっているであろう何らかの『膿（うみ）』を出してあげなくてはならないな、と。しかし……」望月さんは目を閉じる。

「火事のほうが先にやってきてしまいました」

　望月さんは少し語調を強める。

「私は断言さえできそうに思います。あの火事は『普通の火事』ではありません。そこには隠すべき何かがあったのです」

　僕はその言葉に小さく震えた。何かがある。なら何があったというのだろう。僕は訊く。

「火災では黒澤さんのお父さんも被害にあったんですよね？」

「ええ、どうやらそのようですね。レゾン電子の社長さんだと聞いたときには私も驚きました。悲しい事実ではありますが、人間、大きくなればなるほど敵もまた多くなるというものです。

ひょっとすると、と、時折考えてしまう私は、やや深読みのし過ぎなのでしょうかね」

敵の多い社長。つまり望月さんは火災の原因は放火なのではないか、と踏んでいるのだろうか。放火。それは充分に有り得そうに思える。むしろこれだけ事態が複雑に絡み合っている中で火災の原因が天ぷら油などというよりはよっぽどしっくりとくる。なら、誰が放火をしたというのだろう。

僕は話のサイズがとたんに大きくなってしまったことを感じて、少し立ち眩みしそうになる。世の中の黒い陰謀をあっさりと暴けるほどに、僕は聡明でも、大人でもない。

チャイムが鳴り響いた。教室の掛け時計は十二時半を指している。

「もうこんな時間ですか……申し訳ないのですが、午後からは用事がありまして――」

「いえいえ、とんでもないです。貴重なお話を聞かせていただけて嬉しい限りです。お忙しい中ありがとうございました」

望月さんはにっこりと微笑んだ。「門まで送らせてください」

校内は本当に清潔だった。柱から壁から床まですべて傷んではいるのだが、うまい具合にいい味を出している。上手な歳の取り方をしている、なんて表現もできるかもしれない。どれも年季は入っているのだが、決して古めかしくはないのだ。ちょっとおしゃれなアンティークにすら見える。

僕は望月さんに案内される形で建物を出た。部活動中なのだろうか、外を歩いていた女子生徒二人組が望月さんに挨拶をし、やはり僕を怪訝そうな顔で見つめる。

「僕の顔って、何か特徴的ですかね？」と僕は不安になって望月さんに尋ねてみる。「みんな、僕のことを不思議そうに見つめるんですけど……」

望月さんは目を細くして笑う。「物珍しいのですよ、若い男の子が。ここは女子校ですから、校内で目にする男性は若いとは言えない教諭ばかりです。三十代の教諭でさえ、生徒には重宝がられますから」

「……なるほど」

確かにそう考えれば、僕が校内を闊歩しているという構図はただそれだけで異様に映るのかもしれない。女子校。それは男性のいない社会。僕は今そんな男子禁制の世界に堂々と足を踏み入れているというわけだ。それにしても、ジロジロ見られるのはどこか落ち着かない。これじゃまるで動物園のパンダだ。

「みな通常の生活、あるいは環境の中では、重要な、もしくは貴重なものに簡単には気づけません。富豪がお金のありがたみを忘れてしまうように、日本人が水のありがたみを忘れてしまうように、それはある意味で必然的な感覚の麻痺なのです。ですので、あえて自分をいつもと違う非日常の環境においてみる。それこそが逆説的に日常の探索と言えるのかもしれませんね」

僕は小さく笑った。

非日常とはまさしく今の僕のことじゃないか。今、僕の目には何が見えているのだろう。いつもは何の気なしに恩恵にあずかっていた何かに、僕は気付きつつあるのだろうか。それは決してなおざりにはできない大事な心構えのように思えた。非日常に、日常を見なければいけない。僕はその言葉を体内でじっくりと味わった。

望月さんは門の手前で立ち止まった。

「本日はご足労ありがとうございました」

「いやいや、やめてください」僕は深々と頭を下げる。「こちらこそ、突然押しかけちゃってすみませんでした。本当にありがとうございました」

夏の重たい風が、僕たちの前を精一杯爽やかに駆け抜けていった。望月さんの髪が風に揺れる。

「人須賀さん。一つお伺いしてもよろしいでしょうか？」

「もちろんです」と僕は答える。

望月さんは一度ためらうように口を閉じてから、意を決したように口を開いた。「彼女は……黒澤皐月さんは、幸せだったのでしょうか？」

「えっ？」と僕は思わず訊き返す。

望月さんは難しい表情をしていた。

「彼女は自らの寄辺をほとんど絶って生きているように思えました。まだ中学生ながら、自立し、そして孤立していました。平生の彼女はそのことに不満は持っていなかったようですが、それは一般的な尺度において、『幸せ』だと定義することは難しく思えます。誰も本質的には、すすんで独りを好んだりなどしません。そんな彼女の人生は猛火の中で幕を閉じました。どうでしょう……彼女は果たして幸せな人生を歩めたのでしょうか」

僕は黙っていた。

「実のところ、私は黒澤さんの件でここを訪れてくるような人が居ることに、幾らかの驚きと、喜びを覚えていました。それは私に、彼女は完璧なる、『孤独』でも『孤立』でもなかったと、そう伝えてくれたように思えたからです。大須賀さんは、少なくとも小学校時代の友人として彼女を気にかけてくれました。それは私にとって、小さいながら確固たる救いであったのです。……どうですか？　黒澤さんを気にかけてくれたあなたの目から見て、彼女は、黒澤皐月は幸せだったのかどうか、大須賀さんの考えをお聞かせください」

望月さんは涙こそ見せなかったものの、声を小さく震わせていた。まるで言葉に感情の絞り滓を混ぜているみたいに。

僕はもちろん、黒澤皐月の小学校時代の同級生などではない。それどころか面識もない。だから、望月さんの言葉はすべて僕のウソを元に構成されてしまっている。僕の目から見て黒澤皐月は幸せだったのかどうかの判断などつくはずもないのだ。

だけども、僕はここでウソをついてしまうことにためらいは感じなかった。なぜなら実際に事実として、黒澤皐月に友達は居たのだ。その事実は揺るがない。それが僕ではなかったというだけで、黒澤皐月には大事な友達が居たのだ。今日だって本当は、ここにはのんが来たかったはずだ。それが一番自然な流れで、自然な交流ができる。だけど、もろもろの都合でそれが叶わなくなった。

ならば、僕は今ここでのんになるしかない。僕は黒澤皐月の友人として、三枝のんとしての考察を述べなければならない。僕は一つ仰々しい咳払いを挟んでから望月さんの問いに答えた。

「シェイクスピア曰く《世の中には幸も不幸もない。ただ、考え方でどうにもなるのだ》だそうです。幸福かどうかは、本人にしかわかりません。でも……」僕は望月さんの目を見る。

「僕は、彼女は幸せであったと、そう信じたい一人です」

望月さんはシワとも笑窪（えくぼ）ともつかないものを口元に深く寄せ、にっこりと笑った。「ありがとうございました」

「背中が見えればよかったんですけどね」

望月さんは頭の上に疑問符を飛ばしていたが、僕はただ笑ってその場を去った。

望月さんの話で色々なことが分かった。

黒澤皐月は学校では一人で過ごしていた。母を幼いときに亡くし父子家庭で育った。そしてなにより火事の原因はいまだ分からない。更には、火事の一ヵ月前から黒澤皐月の様子は不自然だった。

僕たちが手にしている情報を時系列順に並べればこうだ。
・のんが黒澤皐月と友達になる——これが火事の一年前の出来事。
・黒澤皐月の様子が変わる——これが火事のひと月前の出来事。
・黒澤皐月がのんに、『転校することになった』と告げる——これが火事の二週間前。
・ピアノのコンクールで葵さんと会う——これも火事の二週間前。
最後に火事。

黒澤皐月の異変と、火事との間にはどんな因果関係があったのだろう。僕はしばらく考えてみる。だけども、それはあまりの難問だった。ひとまずはホテルに戻りみんなの帰りを待とう。江崎は別行動だし、葵さんとのんは特別任務に従事している。

女の子二人だけで本社に潜入するのはあまりに危険だと僕も江崎も止めたのだが、二人は一向に聞かなかった。

『失礼ですが大須賀さん。大須賀さんが居てもあまり役には立たないのですよ。残念ながら今回の場合、背中に素敵な背番号が見えたところで何ら実利はないのです。それに比べどうですか、あたしと葵さんの「たっぐ」ならそれはもう、見事なまでの少数精鋭「えり〜と」部隊ではないですか。それにですね、大須賀さん。女の子だけ、というのがむしろ安全を呼びこむのですよ。相手もまさかこんな可愛らしい女の子たちが資料庫破りをするとは夢にも思わないでしょうしね』

予定通りなら、もうそろそろ任務を終えている頃だろうか。何にしても、のんの指摘は手厳しい。僕が居ても役に立たないとは、それは確かにそうなのだけど、もっと言い方があるじゃないか。少し不満げな心持ちで、僕はのんのことを考える。

果たして今頃、のんはどうしているのだろうか。

僕は女子校を去って、のんの地元をとぼとぼと歩いた。

三枝　のん ◆

サッちゃん。

よく手入れされた絹の黒髪を風に揺らし、流れるような視線の動きでさらさらと本を読んでいたサッちゃん。お話をしてくれるときは文節ごとに丁寧に間を挟みながら、まるで絵本の読み聞かせのようにつらつらと訥々と語ったサッちゃん。誰よりもたくさんの名言を知っていたサッちゃん。言葉を愛したサッちゃん。静かで優雅で綺麗なサッちゃん。

あたしは、サッちゃんの本名を知らなかった。

もっとも、初めてサッちゃんに話しかけたとき、きっとサッちゃんは自分のフルネームを教えてくれたのだと思う。だけれども、あたしは黒澤皐月という名前を聞いた瞬間に『サッちゃん』と呼ぶことに決め、本名はどこかにうっちゃってしまっていた。『皐月』というのは些か呼びづらかったのだ。

焼け跡から長女の黒澤皐月さん（十四歳）の遺体が見つかった。

サッちゃんが火事に遭った。そして死んだ。四年も前に。

それも、あたしに『転校することになった』と告げた数週間後。サッちゃんは、自分の身に不幸が降り掛かることを知っていたのだろうか。あるいは、転校するというのも事実であったのだが、その転校を目前にして不幸にも火事に遭ってしまったのだろうか。どちらにしても、サッちゃんは帰らぬ人になってしまった。その事実だけは揺るぎない。

サッちゃんと最後に会ってから、早四年。あたしはあれから身長を二・一センチ伸ばし、体重もその分ちょっぴり増やした。髪は変わらず短いまま。サッちゃんを真似てミドルにしようと思った時期もあったが、挑戦する前に早々自分には似合わないと判断し断念した。本はたくさん読んだ。目でも、指でも。一冊を読むと、あたしという存在が前進していくのが分かった。あたしは本を読むたびに僅かずつ別の存在へと移行していった。ときには優しくなり、ときには冷たくなり、ときには賢くなり、ときには艶っぽくもなった。それらはまるで違う方向への変化ではあったが、いずれも紛れもない前進である、とあたしは豪語できる。

あたしは変わった。前進した。

いつか、いつか前進した自分をサッちゃんに披露したいと強く願っていた。あたしはこんなにも本を読みました。こんなにも変わりました、と。バージョンアップした自分をお披露目したかった。もちろん、前進するのはあたしだけではない。サッちゃんもきっと前進を経ているはずだ。同じ年月を過ごせば、自分の求めるベクトルへと向かって、誰しもが前進をする。あたしは、変わったあたしを見せると同時に、変わったサッちゃんも見てみたかった。

だけれども、サッちゃんの時間はずっと止まっていた。あの別れから僅か数週間後。まるでカセットテープの終わりみたいに、ぷつりと途切れて終わっていた。

——それは、あなたに預けます。ですから、その時まで、どうぞご自由にお使いください。

ただもしも、その時が来たら、私に協力しなさい。
その時が来ても、あなたが、私に協力をしないと言うのなら、あなたは――

あれはサッちゃんの声だったのだろうか。可能性としてそれは充分考えられる。あたしがこの声を聞いたその日にサッちゃんは炎の中で命を落としていたのだ。そこになにかしらの因果を見出してもおかしくはない。むしろ自然ですらある。

あたしは、ふーっと力強く息を吐いた。身体に溜まった悪いガスをすべて吐き出すように。いけないいけない。こんなにもブルーになってしまうのはあたしらしくもないではないか。あたしは頰をピシャリと叩いた。

洋式トイレの上であたしは体育座りを決め込む。一番上の蓋まで閉じてその上にふてぶてしくも腰を掛けていた。個室の中はまるで秘密基地のように、みっしりと詰まった閉塞感がどこか安心感をもたらす。四方の壁にあたしは守られているのだ、という余裕が生まれているのかもしれない。

あたしはウォーミングアップもせずにダッシュをしたものだから、少しばかり息が切れそうになっていた。受付嬢は生まれてこのかた全力疾走というものを経験したことがないような貧弱さだったので、元陸上部のあたしの好敵手となるには程遠かった。ちょろいちょろい、あまりにちょろい。大企業の社員があの程度の身体能力とは、これいかに。入社試験に短距離走は含まれていないのだろうか。

「どうしたの？」という葵さんの声が聞こえてくる。

受付嬢が葵さんを連れ戻してきたようだ。すべて手はず通り。あたしは瞬時に押しつぶしたような声を出す。

「お……お腹が痛くなっちゃった」

葵さんはドアの向こうでため息をついた。

「そんなはずないでしょ？　さっきまで元気に走りまわってたじゃない」

「でも、痛くなっちゃったんだもん」

「でも、じゃないでしょ？いいから出てきなさい。お姉さんも困ってるでしょ？」

あたしが黙ったままでいると、葵さんが少し焦れたような声で言った。

「じゃあ、お姉ちゃんがお父さんに書類を届けてくるから、ちゃんとここで待ってられる？」

あたしは改めて子供を装って声を出す。

「……うん」

するとトイレから二人の気配は消えていった。あたしをここに残して十八階の企画部へと向かったのだろう。しめしめ作戦通り。

あたしは二人が居なくなったのを確信してからも、頭の中で更に三十秒を数えた。もしもひょいと飛び出したところに受付嬢がいてはかなわない。急ぎたいときにこそ、念を入れるべきなのだ。

《星の如く急がず、しかも休まず》――ヨハン・ヴォルフガング・ゲーテうむ。誰も居なくなったはずだ。あたしはそれでも物音を極力立てないよう静かに個室を出る。個室を出ると同時に、あたしを包んでいた安心感も消失していった。もはや丸腰。あたしは今、武器もなく敵地に立たされている。そんな感覚を肌でぴりぴりと感じた。あたしと葵さんは一般的に考えて、あまり良くないことをやろうとしている。だが構ってなどいられない。これは（サッちゃんも含めた）あたしたちにとってのモストインポータントミッションなのだ。

あたしはトイレを出て資料庫へと向かう。

昨日の社内見学のときすでに、この階には誰も人が居ないことを確認済みだ。おそらくけったいなセキュリティ装置の存在に胡座をかいているのだろう。警備員もいなければ、社員が常駐するようなオフィスも併設されていない。セキュリティ装置が掻い潜られるなどとは夢にも思っていないのであろう。昨日お会いした黒澤龍之介さんの口から『レゾンは割にテキトーな企業だ』とのお話があったが、なるほどそれもあながち嘘ではないのかもしれない。

資料庫はやはり銀色の重々しい扉に閉ざされている。どこかの筆箱にあやかって『ゾウがぶつかっても壊れない』とでも形容しておこう。これでもかというほどに固くて、重くて、頑丈な印象を与えた。

そして横にはセキュリティの機械。こちらは扉とは対照的に理知的で論理的でクールな印象を覚える。さながら力自慢の弟（扉）と知識自慢の兄（機械）のコンビとでも表現しておこう。二つは互いに絶妙なバランスを取り合っている。相互扶助。共存共栄。相互依存。片方だけではまるで無用の長物なのだ。あたしはセキュリティの現状確認のためタッチパネルの前へと進み出る。もしも手はず通りに事が進んでいれば、兄弟の相互扶助関係は崩壊しているはずだ。

あたしがダッシュで逃げ回っている間の葵さんの立ち回りによって。

あたしはタッチパネルを覗き見る。それは案の定、ぷっつりと事切れていた。画面は墨汁を垂らしたように真っ暗で、試しにパネルに触れてもなんの反応もみせない。葵さんが壊してくれたのだ。例のレバーを使って。

ふむふむ、ここまでは予定通り。しかしながら、このタッチパネルを壊したということが、そのままイコールの形で「解錠」を意味するのかどうかは分からない。そこにはちょっぴり賭けの要素も含まれていた。あたしたちの仮説では「鍵（セキュリティ装置）」の崩壊は、すなわち「解錠」に当たるのではないかと踏んでいたのだが、果たして結果やいかに。万事うまくいきますように。

あたしは重厚な扉に手を掛けてみる。理知的な兄を失った屈強なラガーマンの如き弟に。優しく触れてみる。

取手に手をかけ下へと押し倒した。それは呆気なく、と言ってもいいほどに、何の抵抗もなくカタンという音を立てて回った。あたしはにやにやが止まらない。諸葛孔明も真っ青の、あたしの完璧なる軍略の前にすべての道が切り開かれたのだ。ぐわっはっは。

あたしは念のため今一度周囲をぐるりと見回し、レゾン電子の社員様の目が光ってはいないかを確認する。大丈夫、オールグリーンだ。なら早速、入らせていただきましょう。あたしは扉を目一杯奥へと押し込んだ。

扉は重かった。初めはやっぱりロックは解除されていないのではないかと錯覚さえした。だけれども、あたしが体重を乗せてぐいぐいと押しこむと、弟は最後っ屁も出し尽くしてゆっくりとその扉を私に明け渡した。のそりのそりと室内をさらけ出す。

資料庫の中は薄暗かった。まるでワインセラーのような、カラオケボックスのような、そんな薄暗さだ。紙が茶色く焼けてしまわないように気を払っているのかもしれない。なににしても見づらいことこの上ない。もっと侵入者に優しい設計にしてほしいものだ。

広さは果たしてどのくらいあるのだろうか。入り口に立っただけではその全貌を計り知ることはできない。薄暗いせいで見通しが悪いのだ。それに視界を遮るように背の高い書棚がびっしり綿々と並び、余すところなくファイルが整然と収められている。ちょうど大きな図書館の閉架書庫のようだ。

あたしはとりあえず中を適当に歩いてみる。大型書店の中を歩くときのように努めてゆっくりと、じっくりと、見落とし目溢れをしないように。いずれのファイルも幅十センチはあるのではないかと思われるほどに分厚く、頑丈そうで、重要そうだ。ファイルの背表紙には簡単なタイトルが振ってある。

『デジタルオーディオ部門ブランディングレポート』

『00年度決算報告書類──エッセンシャル』

『製品移動情報（メントル製薬）』

そんな、一見して何が何だか分からないような資料が、何千冊、何万冊と、所狭しと並んでいるのだ。一応、並び順の秩序のようなものはあるようで、似たようなタイトルのファイルが同じようなところにずらりと横並びになっている。

はて、しかしながら、あたしはどれを読めばいいのだろう。

葵さんはきっと、あたしがこの資料庫内を縦横無尽に駆けまわり、圧倒的なスピードをもってして、すべての資料を読み干すと考えているのだろうが、いかんせんそれは不可能。葵さんには言いそびれてしまったが、一冊を読むだけでも中々の体力を要する。いわんや、こんな分厚いファイルなら尚更のこと。おそらくどっと疲れてしまうに違いない。読めて三冊。頑張っても五冊。

あたしはひとまず、葵さんに潜入が成功したことを報告するため予定通り空メールを送る。携帯を取り出し、ぴぽぱ、と。

じっくりと何時間でも掛けて資料の選定に当たりたくはあるのだが、残念ながらあまり多くの時間は残されていない。あの受付嬢が井上光平さんに資料を手渡した瞬間に、あたしたちのウソはまるで初日の出の如く衆目に晒されてしまう。タイムリミットは短いのだ。

そんな中、ふと一冊のファイルが目に留まる。

『レゾン電子企業情報──詳細』

ほほう。これは中々役立ちそうなタイトルの資料ではないか。貯蔵されている資料が膨大すぎてどれから手を付けたらいいのか迷っていたあたしにとって、このタイトルは何とも魅力的だ。このファイルで企業の基本と根幹が知れようというもの。

昨日の説明会で社員はこう言っていた。『情報をデジタル化するということは、非常に多くの危険を孕んでいます～最良の手段として、情報のアナログ保管という道を選択したのです』あたしは不敵な笑みを浮かべてファイルに対して正対する。残念無念、レゾン電子。あたしはこの世でただひとりのアナログクラッカーなのである。情報を紙面で保管しておいたのは大きな失態にございます。

あたしはいつものようにファイルの背表紙のてっぺんに右手人差指を掛ける。それから目を瞑った。意識を集中させるために。

呼吸を整えると、ゆっくりと指を降下させていく。なるべく疲れずに済むように、じりじりとじっくり。

やはり情報量は膨大だった。指を背表紙の中腹辺りまで運んだ時点で、すでにあたしの息は切れ始め汗ばむような暑さを感じた。情報はスコールのように激しく降り注ぎ、あたしの身体に吸収されていく。吸収しても吸収しても、情報の雨は止まない。

重たい。

指を運ぶのが苦痛になるほどの重量感だ。以前、百科事典を読んだときに匹敵するかもしれない。否、それ以上か。あたしは乱れる呼吸を懸命に整えながら、ようやく指を背表紙の最下部まで運び終える。

思わずあたしはしゃがみこんだ。そのまま地面にお尻をついて、後ろに倒れこまないように両手で身体を支える。

このファイルには確かに有用で優良な情報が多分に含まれていた。

企業の黎明、成り立ち、株主比率、年度別・商品別売上、各工場の概要、輸出入金額、製品年表、各製品の詳細、主要社員一覧。などなどなどなど……。

しかしながらここには『社外秘』とも言えるような、レゾン電子にとっての完璧なる暗黒部分は含まれていなかった。すべてがクリーンで普通すぎる情報だ。あるいは、あたしが同業他社の企業スパイであったのならガッツポーズものではあるのかもしれないが、残念ながら欲しいのはこんな情報ではない。できるならば、悪い企み(たくら)の一端のような情報が欲しいのだ。隠したくて隠したくて仕方のないような、真っ黒すぎる情報が。

あたしは息が整うのもそこそこに立ち上がり、資料庫を奥へと進んでいく。新たな資料を求めて。

奥へと進んでいくとようやく壁にぶつかった。本当に広い資料庫だ。入り口から反対の壁に到達するまで、ざっと三十メートルくらいはあるのではないだろうか(あくまで目測ではあるが)。こんなにもたくさんの資料をよく秩序立って保管できるというものだ。感心感心。あたしは壁に突き当たると左に曲がり、更に資料庫の端を目指す。単純な発想ではあるが、隠したいものほど奥にあるのではないかという読みだ。昔からどんなRPGでもダンジョンの最深部にもっとも貴重な宝箱が眠っていると、相場がきまっている。ならば行くべし奥の奥。

しかしながら、あたしが到達したのはダンジョンの最深部ではなかった。資料庫の端に到着すると、目の前にはデジャヴとも思えるような、頑丈な扉がでしんと仁王立ちしている。銀色のフォルムに包まれた、重くて固そうな扉。扉には大きな文字で、こう書いてある。

『第二資料庫』

あちゃちゃ。あたしは顔をしかめて腕を組む。

なんですかこれは。扉の中にまた扉。資料庫の奥にまた資料庫。大事なものほど奥の方に隠すのではないかというあたしの読みは的中していたものの、ここまで万全を期しているとは予想外。ふむ、確かに宝箱の前には屈強なボスとのバトルが付き物。残念ながら、今のあたしにはボス戦を乗り越えるだけの魔力も攻撃力もパーティも足りない。

扉の横にはやはり先程の扉よろしく、セキュリティ用のタッチパネルが併設されている。あたしは薄暗い室内に青白く光るタッチパネルを覗き込んだ。そこには大きく文字が記されている。

[Being alive as a HUMAN.]

ふむ、こんなところにキャッチコピーとはおしゃれではあるが、まったく分からない。この英文の意味が分からないという意味ではなく、このタッチパネルに対して何をどうしたらいいのかが分からない。あたしはため息をついた。葵さんを呼ぶしかない。これも壊してもらおう。

あたしは携帯を取り出し、電話発信画面を呼び出す。きっと電話を受け取った葵さんは、あたしが絶体絶命のピンチなのだと錯覚して大慌てで駆けつけてくれるだろう。だが仕方ない。今は何よりもこの第二資料庫の扉を開くことが優先事項。こんなにも厳重に閉ざされた扉なのだから、ここにこそ本当に隠したい重要機密が転がっているはずだ。この扉の向こうこそが、あたしたちが最も欲しい情報の巣窟。間違いない。

あたしは通話ボタンに手を掛ける。

「あれ？　壊れてんぞ、これ」

唐突に男性の声がした。部屋の入り口からだ。あたしは急激に体温を失い、動揺から静かに青ざめる。

誰か来た。来てしまった。

そして、セキュリティ装置が壊されていることに気付いてしまった。あたしは息を殺し、しゃがみこみ、間髪容れずに通話ボタンを押し込む。

ヤバいヤバいヤバいヤバい。助けて葵さん。

幸い、この部屋は書棚でご丁寧に均等に区切られ、なおかつ視界も悪い。うまく立ち回れば、なんとか見つからずに逃げ出すことが可能かもしれない。あたしは唇を強く噛んで身を屈め、這うようにして入り口の方へと移動する。

部屋に侵入してきた社員の足音が聞こえた。大丈夫、まだ遠い。

「誰か、居るんですかぁ？」

男性の声はやや高い。どことなく呑気な響きも含まれており、ほんのりと男性社員が抜けている人間であることを窺わせた。油断をしてくれているのなら、こんなにもラッキーなことはない。あたしは物音を立てないように立ち上がり、脱出の準備を始めた。なるべく一息にダッシュで脱出したい。こちらに気付かれる前に、姿を見られる前に。

男性の足音が移動していく。嬉しいことに男性はあたしから遠ざかっているようだ。悪くない。あたしは唾を飲み込んで、身をかがめた。ちょうど中距離走のスタンディングスタートのように。

しかしあたしは、ここでふと思う。

果たしてこれでいいのだろうか。

ここで逃げてしまって、本当にいいのだろうか、と。

現状、あたしがこの部屋に侵入して得られた情報は、たったのファイル一冊分の会社概要だけだ。そして実際問題として、その資料はあまり役に立ちそうにない。なのに、あたしはここでしっぽを巻いて逃げ出していいのだろうか。

否、断じて否ではないか。

これっぽっちの成果では、危険をかえりみず協力してくれた葵さんにも、常時煮え切らない大須賀さんにも、愛想のない江崎さんにも、火事で命を落としたサッちゃんにも、合わせる顔がない。

あたしは背後の第二資料庫の扉を睨む。悔しいが、葵さんが居ない今、あの扉を一人でこじ開けるのは不可能だ。ならそこは諦めるほかない。しかし、今あたしの目の前にあるこの膨大な量の資料。あたしの精根尽き果てるまで、読みつくしてやろうではないですか。月性（げっしょう）の漢詩にもこうある。《人間（じんかん）到る処青山あり》と。

あたしは男性から身を隠しながら、タイトルも見ずに目の前の一冊を勢い良く指で読み干す。

まるでカードをスラッシュするかのごとく指をスッと背表紙に滑らせる。

こんなスピードで指を走らせたことなど今の今まで一度もなかった。怖くてできなかったのだ。ゆっくりと指を這わせてもあれだけの疲労感に襲われる。ならば、勢い良く指を降ろしたときの衝撃というものがどういうものであるのか、あたしは計りかね、恐れていたのだ。

案の定、勢い良く読んだ反動は凄まじいものであった。脳を直接両手で摑まれ揺さぶられているかのような目眩と、呼吸が追いつかない程の息切れを伴った疲労感。もはや立ってさえいられなかった。あたしはそれでも、なるべく物音を立てないように留意して床に膝をつく。大丈夫、いつものように情報はすべて頭の中に流れ落ちた。一つの陰りも曇りもなく、鮮明な情報が頭の中に息づいた。

ファイルの中身は『接客対応マニュアル』であった。笑えてくるくらいに必要のない資料だ。あたしは乱れる呼吸音のせいで所在がばれてしまわないか心配になりながらも、次の資料へと指を掛ける。

ちょうどしゃがみこんだあたしの目の前に置いてあったファイル。あたしは先ほどと同様に勢い良く指を滑らせた。まるで背表紙についた埃をそぎ落とすように。スッと。

中身は『社内セキュリティの詳細』。悪くないではないか。直接的な情報ではないものの今後、充分に役立ちそうだ。

それに今度の反動は、先程に比べればまだ幾分耐えうるものだった。慣れ、だろうか。呼吸は再び再加速を始め、一瞬の意識の遠のきささえも感じたが、耐えかねるほどではない。あたしは歯を食いしばって、次の資料に指を掛ける。頬に汗が伝っていくのを感じた。

「誰か居ないんですか？　扉壊れてましたよぉ」

声は先程よりもほんの少し接近しているようだった。だが、構ってなどいられない。あたしは数歩移動してから無作為に選んだ一冊のファイルをまた指でなぞる。

いよいよあたしの身体には途方もない負担が襲ってきた。まるで隕石に衝突したような、ダンプカーに押し潰されたような、プレス機でのど元を潰されたような、想像を絶する反動。もはや自分がどのように呼吸をしているのかさえ分からない。どのような体勢で居るのかさえ分からない。だが察するに、今の状況で立っていられているとも思えない。あたしはきっと床に突っ伏しているのだろう。ただただ、『苦しい』という感覚だけがあたしを支配した。今のあたしはただ一つの概念となって宙に浮いているようだった。身体という容器を離れ、ポワンポワンと苦しみを携えて漂っている。そんな感覚。

今しがた指で読んだ資料は驚くべきことにトランプの遊び方ガイドのようだった。なんだこりゃ。なぜにトランプ。どうしてこんな場所にそんな資料が置いてあるのだろうか。いやいや、どう考えてもそんなハズはない。あたしはまどろみさえ覚える。どうやら、あたしの頭は現在、正常に稼働していないようだ。もはや考えるという行為さえロッククライミングの如き苦痛。ともすれば、今のあたしは自分の名前さえも正確に答えられないかもしれない。すべてが浮かんでいる。宙に、ポワンポワンと。

トランプなんて何年もやっていないなぁ、とあたしは思う。久しぶりに大富豪をしてみるのも一興だ。いやいや、それよりも本が読みたい。最近は訳の分からないことに巻き込まれて読書から幾分遠ざかっている。読みかけの本もまだホテルに置きっぱなしだし、早く買いたい本も山ほどある。ああ、本が読みたい。ふむ、本？　はて、あたしは何か読まなければならないものがあったような。

あたしはかすれ行く意識の中で、目の前に飛び込んできた一冊のファイルに指をかける。そうだ、資料だ。これを読まなければいけなかったのだ。あたしは背表紙を勢い良くなぞる。

するとと、何か大きなドンという音がした。

何の音だろう。あたしは痛みも覚える。はて、これはなんだ。

花瓶だ。花瓶が落ちてきたのだ。キッチンの戸棚に入っていた水玉模様の花瓶がひょっこり落ちてきたのだ。今の大きな地震が原因で。これはいけない。転がった花瓶の中からは、一匹の猫さんが飛び出してくる。猫さんはぐるぐると花瓶の周りを回ると、しっぽをフリフリと振りだした。愛らしい愛らしい。これは愛らしい。しかし気づけば、猫さんは亀さんに変わっている。亀はあんまり好きじゃないなぁ。嫌いではないが、別段好きになる理由もない。亀は首を引っ込めたり出したりして楽しんでいる。なんだかどこかヒワイで象徴的な動作だ。そこにはなにか大きな意味でもあるのだろうか。『大丈夫ですか』と、亀さんは言う。なにがですか亀さん。『大丈夫ですか』何を言っているのだ亀さん。『大丈夫ですか』ああ、もうまどろっこしい。言いたいことがあるのならはっきり言ってくださいよ。

「大丈夫ですか？」

あたしはその声に思わず目が覚める。身体は鉛のように重く、額には鈍痛があった。しゃがんだまま声のする方を見上げれば、そこにはスーツ姿の男性が立っている。

「やっと気付いた。大丈夫ですか？」

あたしは慌てて現状の把握に努める。薄暗い室内。周りには書棚。並べられた無数のファイル。目の前には会社員。社員……レゾン電子の社員。

「いやぁ、こんなところで倒れてるんですもん。びっくりしましたよ。どうしたんですか？　入り口の鍵は開いてるし」

あたしはそこでようやく事態を飲み込む。あたしはどうやら気絶していたようだ。幸い、気を失っていたのはほんの一瞬ではあったようだが、社員にバレてしまっては元も子もない。あたしは慌てて声を出そうとするが、声が出なかった。いったい、どうしたらいいのだ。あれだけ慎重を期していたつもりが、あっさりと見つかってしまったではないか。あたしは口をもごもご動かすばかりで言葉を選べない。すでに息切れこそ収まってはいたが、残る疲労感は尋常なものではなかった。

「どちらの部署の方ですか？」と男性は訊いてきた。

あたしはいまだ冴えない頭で慎重に言葉を読み解く。

『どちらの部署の方ですか？』

こやつ。さてはあたしがレゾン電子の社員だと思っているのか。あたしは男の首にかかった社員証を覗きみる。

ならば、この好機に乗るしかない。乗ってこの難局を乗り越えるしかない。男のマヌケに感謝して。レゾン電子のテキトー加減に敬意を表して。

『財務部：武田守』

「あ、あの……総務の者です」

「ああ、なるほど。でも、どうしてここで倒れてたんですか？」

「ちょっと、つまずいてしまいまして……へへ」

男性はあたしに手を差し伸べる。あたしは軽く会釈をし、男性の右手を取って起き上がった。

「あ、ありがとうございます」

「いえいえ、どういたしまして」

本当にこの男、まったくの無警戒だ。あたしが外部の人間だと想定すらしていないよう。自分で言うのも癪だが、到底オトナには見えない、このあたしの童顔を目にしているというのに。ましてや、あたしはスーツすら着ていない。何というマヌケ。あたしはそんな男を前にちょっぴり欲が出てきた。このマヌケを使わない手はない。未だ完全稼働していない頭を無理やり再起動させて咄嗟の作戦を練る。

《逆境は青年にとって光輝ある機会である》——エマーソン

あたしは第二資料庫の扉を指差して言う。

「あ、あの……あそこの扉なんですが……」

「あれが、何か？」

「あの扉は壊れていないでしょうか？」

男性は目を丸くする。「壊れてないと思いますよ。どうして、そう思うんですか？」

「いえね。この資料庫の入り口の扉が故障していたので、ここの扉も故障しているんじゃないかと思いまして……。一応、総務として検査に来たのですが、ちょっと試しに開けてみてくれませんかね？」

男性は軽快に頷く。「なるほど。いいですよ」

あたしは懸命にしたり顔をもみ消し、事務的な表情に徹する。〈そうなんですよ、他意はありません。あたしはあくまで検査のために来たのですよ〉と言わんばかりに。それにしても、なんとちょろい男であろうか。こんなにも無警戒な人間を雇ったレゾン電子は、人事制度を早急に改善すべきである。これが龍之介さんが言っていた『テキトー』の一端なのだろうか。

あたしは男の後ろに続いて第二資料庫の扉の前へと歩き進んだ。

男は慣れた手つきでタッチパネルを操作し、パスワードらしきものを次々に入力していく。一つ、また一つと、解錠へと道は進んでいく。あたしは男の陰でほくそ笑んだ。いいぞいいぞ、開けてしまってください。扉が開いた瞬間、あたしはするりと中に忍びこみ、機密情報を抜き取ってしまうのだ。正直、体力的に限界かもしれないが、そうも言っていられない。今度こそあたしは見事な戦果を挙げて帰還を果たすのだ。

カチャン、という小気味のいい音が鳴り響いた。男はあたしに向き直って言う。

「ほら、ちゃんと開きましたよ」

あたしは大きく頷いた。「それはよかったです。じゃ、ちょっと中を確認させてもらいますね」

完璧だ。すべてが完璧だ。

あたしはなるべく落ち着き払った態度を意識して、ゆっくりと扉に手を掛ける。あたしはとうとうやってやったのだ。お宝の前に立ちはだかる凶悪なボスを、出会い頭の即席パーティと共に討ち滅ぼしたのだ。ぐわっはっは。あとはお宝を頂くだけ。あたしは取っ手を下におろす。

そのときだった。

どこか遠くから(廊下の方だろうか)、勢いのいい足音が聞こえてきた。足音はみるみるうちにこちらに近づいてくる。どうやら走っているようだ。

コツコツコツコツ。

ついには資料庫の扉が開く音がした。足音の主は猛スピードでこちらにやってくる。

「のんちゃん!!」

葵さんだった。そういえば、あたしは葵さんにSOSを送っていたのだった。これはうっかり。もう大丈夫なのですよ葵さん。すべての扉は開かれたのです。ですからそんなに慌てて、汗で湿った髪を頬に張り付かせてまで走る必要はないのですよ。せっかくの清楚系美人が台無しです。

あたしはむしろそんな葵さんの登場が男性にとって不審に思われやしないかと不安になる。せっかくここまでうまく騙せたのだ。ここでおジャンにはできない。あたしは空気を察してもらうために葵さんに声をかける。

「あのですね……総務の葵さん。実は――」

しかし葵さんは聞く耳も持たず、あたしの言葉を遮るようにしてあたしの腕を摑んだ。そして摑んだかと思うと、そのまま勢い良く入り口の方へと引っ張った。どうしたというのだろう。困惑するあたしになど構いもせず、驚くべきことに葵さんはそのまま走りだした。

疲労感たっぷりだったあたしは抵抗することもできず、なされるがままに葵さんに引っ張られる。取り残された男性はあっけに取られていた。

「あ、葵さんちょっと待ってください。もう少しで――」

「ごめん、のんちゃん。今は急いで！」

「へっ？」

葵さんはあたしを引っ張ったまま資料庫を出て、そのままエレベーター乗り場の方へと走り続ける。

そこには、エレベーターのうちの一台がタイミング良く開いていて……と、思ったのだが、どうやらそうではなく、葵さんが自分のバッグをエレベーターの扉に挟んで階を移動させないようにしていたようだ。エレベーターは葵さんが出て行った後も、まるで送迎タクシーのようにここで待たされていたらしい。葵さんのバッグが、エレベーターの突っかえになっていた。

あたしたちはするりとエレベーターの中へと乗り込む。葵さんは大慌てで『閉』を押し、一階のボタンを押した。

すべてがあっという間で、ほんの一瞬の出来事だった。あたしは抵抗することも、抗議することもできずに、エレベーターの中に押し込められてしまう。何が何だか分からない。なんぞこれ。なんぞこれ。

葵さんの横顔はこれぞ『鬼気迫る』というような、非常に険しく深刻なもので、あたしに発言の余地を与えなかった。あたしは資料を連続して読み続けた疲労と、突然の脱走劇に対する困惑と、ゴールが目前に迫りながら閉ざされた第二資料庫への心残りで、頭がいささか混乱気味。

結局、エレベーターが一階に着くと葵さんは再びあたしの手を取り、セキュリティの改札をハードルよろしくジャンプで飛び越え、そのまま一目散に社外へと飛び出した。あたしは事情が飲み込めぬままに葵さんに引っ張られ続ける。

勢いそのままに外に出ると、先程までのすべてがまるで夢のなかの出来事であったかのように感じられた。トイレに逃げ込んだことも、資料庫に潜入したことも、男性社員に見つかってしまったことも、第二資料庫の存在も、そのすべてが。

だけれども、あたしの頭の中には静かに、確かに、くすねてきた五冊の資料が収容されていた。まるで先ほどまでの一連の出来事が間違いなく現実の出来事であったのだと、証明するように。

江崎純一郎 ♠

俺は端から鎌をかけるつもりだった。

そもそも両手を擦りあわせて媚びを売り、低姿勢で取り合うのは俺の得意とする分野ではない。相手が誰であろうとも、自分の身の丈に合った接し方で俺は対応する。もしそれで態度が悪い、と足蹴にされてしまったなら、それはそれで仕方がない。それが俺にとっての限界だったというわけだ。

ただ、俺には密かに足蹴にされない自信もあった。

・あれからもう七年も経つのか。

・口止め料もそれなりに頂いたからね。

・何か兄弟間で骨肉相食む争いがあったのだろう。

・私は純粋にもう歳をとっていた。

・なんて、ゲームだったの。

少なくとも取り合っては貰えるらしい。言葉の断片からどことなく会話の骨子が浮かび上がっている。

俺は白金台にある、とある邸宅の前に立っていた。俺の家のように装飾的な高級車こそ止まってはいないが、屋敷の門構えや佇まいは随分と立派なものであった。いかにも品の良さげな白を基調とした建物で、庭先にはよく手入れされた植物が彩りを添えている。ガーデニングでも趣味にしているのだろうか。モンキ、モンシロチョウが辺りをひらひらと飛びまわり、そこはかとなく友好的、平和的な匂いが漂う。退職後の隠居生活も中々の充実ぶりを見せているようだ。

俺は改めて住所を確認してからインターホンを押す。家の中から僅かにホンの音が漏れ聞こえた。

「はいはい。どちらさまでしょうか?」

やや歳のいった女性の声だった。敵対的でも猜疑的でもない、温かみのある声だ。俺は警戒されないよう落ち着いた声を意識して答える。

「ご主人の知り合いなんですけど、ご主人は在宅でしょうか」

「ええ、ええ。居ますよ。ちょっと待っててくださいね……」

あなたー、お客さんですよ。という声を残し、通話の途切れる音がした。どうやら俺の話をすっかり信用し、このまま玄関を開けてくれるようだ。事がすんなり運ぶのは好都合であって喜ばしい。俺は勝手に門を開けて、花やら家庭菜園やらが入り乱れるガーデニングスペースを抜け堂々と奥へと進み続ける。そして玄関の前までたどり着いた。俺はそこで扉が開くのを静かに待つ。まるで田舎道に佇む苔の生えた地蔵のように息を殺して。

しばらくしないうちに玄関がガチャリという音を伴って開かれた。中からはこの家の主人である男性が顔をのぞかせる。虫も殺せぬような柔和な丸顔に、ボリュームのある白髪頭をしていた。

男性は思いもかけず玄関の前に居た俺の姿に一瞬ひるむ。瞬きが不規則にぱたぱたと二度三度行われ、咄嗟に俺の正体を暴こうと努める。でも分かるはずはない。我々は正真正銘の初対面なのだから。

俺は男の動揺を逃さず、開かれた扉の隙間に素早く右足を差し込んだ。必要以上に警戒心を煽らないようにさりげなく、それでもストッパーとしての機能を確実に果たすようにしっかりと。

男性は反射的にドアノブを手前に引こうとするが、既（すんで）のところで俺の足に阻まれる。男性は俺の足に視線を落としてから、今一度俺の顔を見つめた。男性は更に五度ほど瞬きをしても俺が誰なのか分からず、いよいよ声をだした。

「……どなたかな。いったい何故こんなことを？」

「少し乱暴な導入をしてしまったことは謝る。申し訳ない。でも、こうでもしないと真面目にとり合ってもらえない気がしたんだ。あんたは『森重昭（もりしげあきら）』で間違いないか？」

男性は困惑した表情でゆっくりと頷いた。瞬時に周辺事情を吟味し見極めるように。そんな細かな表情の動きからはこの男の幾許かの知性と頭の回転の速さが窺えた。現役は退いても未だ重役としての知性は健在のようだ。

「少し話を聞きたい。ただそれだけだ。元レゾン電子副社長」

男性は眉間に力を入れた。「何の話をだね」

俺はたっぷりと含みを持たせて用件を告げる。まるでそこには広大な水脈でも存在しているかのように。

「本当の黒澤孝介について、話をしたい」

俺の中に確固たる勝算や裏付けがあったわけではなかった。俺の発言は目一杯に外装だけを取り繕ったものであって、実際のところ『中身』のようなものはまるでない。はったりだ。だが現状を考察するに、どう考えても『黒澤孝介』はキーパーソンとしか思えない。彼が平凡な人間であって、平凡な人生を歩んでいるのなら、こんなような形で俺達に影響は及んでこないはずだ。ならばそこには必ず裏がある。俺達の知らない（だが、知るべき）真実の黒澤孝介の像がある。

森重は警戒心をむき出しにしていた表情から徐々に力を抜いていき、ついには皮肉にも似たような笑顔を見せた。

「面白い少年だ」

男性は握っていたノブを離してドアを明け渡すと、俺に背を向け三歩奥へと引っ込んだ。そして履いていたサンダルを脱いで中へ上がり、こちらを振り向く。

「上がりたまえ」

あまりにもあっけない展開に薄気味悪さを感じたが、森重はそんな俺の態度を見越して付け加える。

「なあに、警戒しなさんな。取って食ったりはしないよ。こちらも珍客の登場に心ばかりの好奇心をくすぐられたまでだ。君の望むとおり、少しだけ話をしよう」

俺は無言で頷き、森重邸の中へと踏み込んだ。

家の中は外観にも増して清潔でいて、随所に造り手のこだわりが見られた。なにか構造上の工夫がなされているのか、至る所から夏の日差しが射し込み照明を点けずとも非常に明るい（しかし涼しい）。廊下や部屋の隅などに観葉植物が添えられ、一つの空間としてのまとまりを演出していた。自然との調和をコンセプトにでもしているのかもしれない。

俺が通されたのは森重の書斎だった。書斎にしては広々とした十畳程度のスペースは、四方の壁を本棚に囲まれている。並んでいる書物は経営理念のビジネス書から歴史、道徳など、多岐にわたっていた。俺はそんな書斎の中心に据えられたソファに腰を掛けさせられる。

「コーヒーは好きかね？」と森重は訊いてきた。

俺は「程々に」とだけ答える。森重は笑みを浮かべて、自身の妻にコーヒーを二つ淹れるよう注文をつけた。森重の妻はこちらに満面の笑みを向け、コーヒーを淹れるために書斎から消えて行く。

森重は年齢を感じさせるのっしりとした歩き方で書斎の扉を閉め、俺の正面のソファに腰を下ろす。すべての動作がいかにも最盛期を過ぎた人間のそれであった。

「君はいくつだね？」と森重は訊く。

「十七」と俺は特に感慨もなく答えた。

しかし森重はその数値に大変興味を抱いたように、にんまりと笑顔を作った。そして「十七」と繰り返して口に出してみる。その語感を転がして楽しむように。

「年齢がなにか問題か？」

「いやいや、見たところ随分と若そうに見えたもので、少し気になっただけだよ。他意はない」森重は背もたれに身体を預けた。「それで、十七の君がどうしてここに来たのだね？　それも黒澤孝介のことについて尋ねに」

「話せば長くなる。それに要領よく説明できる自信もない。悪いが割愛させて欲しい」

森重は鼻で小さく笑ってから「よろしい」と言う。「では質問を受け付けようか。君は何が聞きたい？」

・あれからもう七年も経つのか。

「まず、七年前のレゾン電子で何が起こったかを知りたい」

七年前。それは三枝のんが言うに、レゾン電子にて大量の人が退職した年。社内に不穏な噂が流れ始めた年。なにより当時副社長であったこの森重昭も七年前に退職をしている。意味深な予言の内容を踏まえればなおのこと見逃すことはできない。

森重は右手の指を一つずつ折って「いち……に……さん」と年を遡っていった。森重は一つの指を折るたびに時間を吟味し、時代をゆっくりと逆方向へと進んだ。そして指は七回の屈伸運動を終える。

「ふむ……」森重は視線を上げる。「あれからもう七年も経つのか」

「その七年前について聞きたい」

森重は鼻から大きく息を吐き出し、気難しそうに腕を組んだ。

「一口に『七年前』と言っても、それはあまりに膨大で煩雑な事情を孕んでいる。AがBになった、で終わるような話じゃない。もっとも、話を至極簡単にまとめてしまうならば、『私が退職した年だ』と言えなくもないが――」

俺は森重の目を見て言う。「あんただけじゃない。もっと大勢の人間が退職している」

森重は分かるか分からないか程度に小さく頷いた。「その通りだ。たくさんの人間が社を去った。君はそこまで知っている」

「ああ」

「だが、そこまでしか知らない」

俺は頷く。その通りだ。俺はそこまでしか知らない。

「本当に早い。もう七年か」森重は独り言のようにつぶやき天井を仰いだ。

不意に目をやった本棚の『家庭菜園のすすめ』という実用書が目に付く。やはり庭いじりがこの男の趣味らしい。

森重は姿勢を前傾に戻して、こちらを窺った。

「ところで、君はどこまで知りたいんだね？」

俺は目を細めた。「どこまで？」

「そう、どこまで？」

「質問の意図がよく分からないが、できるなら『すべて』を聞かせてもらいたい」

森重は頭を振った。「それはできない。時間的な意味においても、私に課せられた義務という意味においても。君にすべてを語ることはできない」

「なら、限界までだ。あんたが話せる限界まで俺は聞きたい。口止め料もそれなりに頂いたからね」

七年前の集団退社の秘密。不穏な噂の真相。そして本当の黒澤孝介について。

森重は一度唸ってから「限界まで」と繰り返した。彼の中のコンピュータが無音のうちに『限界』を弾き出しているのが感じられる。彼はローテーブルの上に視線を落とし、静かに演算を行っていた。

書斎のドアが二度ほどノックされ、森重の妻がコーヒーを盆に載せて現れた。森重の妻は一言二言を挟みながら、俺と森重の前にコーヒーを置いていく。マスターのコーヒーほどではないが、挽きたてのコーヒーから生まれる芳醇な香りが僅かに立ち込めた。それからコーヒーフレッシュとスティックの砂糖をテーブルの中心に置き終えると、笑みを絶やさず書斎を後にした。

書斎の扉が閉じられると、沈黙とコーヒーの香りが混じり合って図らずも不気味な空気が完成する。苦く、重い沈黙。

「毒は入っていないはずだ。飲みたまえ」と森重は言い、コーヒーフレッシュをひとつだけ垂らした。黒のコーヒーに白の液体が螺旋状に混じり合う。

俺は勧められるままにコーヒーをブラックのまま口に運んだ。やはりいつも飲むコーヒーより味は浅い。舌の上ではやや品のない苦味がじんわりと広がった。俺は一口だけ含むと、カップを優しくソーサーへと戻す。

森重はスプーンでコーヒーを回し終えると、視線を落としたまま口を開いた。

「まず、黒澤孝介の人となりについて少し話そうか」

森重はまだ微かに回転を続けるコーヒーの水面を眺めていた。絶対にそこから目を離してはいけないという取り決めでもあるかのように。

「一言で彼を表すのなら、『カリスマ』というやつだろう。仕事はできる、顔も精悍、喋り方も、随所にちりばめる何かの引用や比喩も、すべてが完璧だった。こなす仕事や作業は非の打ち所もないほどに確実でいながら、どこか小洒落ていて、周囲を常に魅了した。特に若い人間は皆、やつに心酔したよ。彼こそが新時代のリーダーたる存在だ、とね。私は彼よりも十以上年上ではあるが、私ですら彼のそういった実力は認めざるを得ない。努力だけじゃどうあがいても補えないような知識不足、経験不足や、他の派閥からの湿った圧力、やつはすべてを乗り越えた。四十そこそこで社のトップに上り詰めるのはそうそう簡単なことではない。それはひとえに彼の実力と魅力が成し得た功績だ。否定はしない。彼は一見して魅力的な人物にも見えた」

「ただ、欠点もある」

森重はコーヒーから視線を上げて俺を見る。そして目を閉じて頷いた。

「やつは子供なのだよ。私に言わせればね。ものすごく子供だ。確実で堅実で、誰よりも現実的な人間のようにも思えるのだが、時折小学生でも口にしないような空論を吹聴することがある。扁桃腺が痒くなるくらいの馬鹿げた、地に足の着いていない理想論をだ」

「たとえば？」

「悪いが口にするのすら馬鹿馬鹿しい。どうだろう『世界征服をしたい』とでも言ってくれた方がいくらか建設的だったかもしれない。とにかく、やつは時折別人にでもなったかのように訳の分からない戯言を抜かす。それがやつの欠点でもあり、七年前の『それ』の発端だ」

俺は黙って聴いた。

「たとえば、そこら辺のプータローがいくら嘘や理想やビッグマウスを吹聴しようとも、それは一向に問題ない。誰もそんなものに耳は傾けないし、その内容に関して信用もしないからだ。ただ不幸なことに、やつには、『黒澤孝介』には確固たる肩書きがあった。ビジネスマンとしての風格、経営者としての実績、そして他を魅了するカリスマ性。どれをとっても一流だった。すると不思議なことに、やつの口から飛び出す反吐がでるような空論は、すべてがいつの間にか一流の経営者が述べる最高の新提案へと変貌してしまうのだよ。『黒澤が言うのなら間違いない』とな。権威主義の象徴だ。今、考えても本当に馬鹿らしい」

森重はカップのコーヒーを勢い良く飲み干した。まるでとびきり味の悪い漢方薬でも飲むみたいに、極めて不本意そうな表情で。

「我々は『レゾン』だ。国内なら一位。世界では三位のシェアを誇る電子機器メーカーだ。電子機器メーカーなのだ。だのに、やつはとんでもなく意味の分からない提案をし始めた。それが七年前」

「どんな提案だ？」

「君は、それについては何も知らないのかね？」

俺は頷く。

「少しも？」と森重は慎重に確認をした。

俺は再びゆっくりと明確に頷く。「ああ。少しも知らない」

森重はまるで急激な眠気に襲われたようにじんわりと目を閉じ、ややうつむく体勢を作った。

「私としてはてっきり、君はその事実をたどって私のもとにたどり着いたのかと思ったのだが、そうではないということか……」

「もったいぶらないでくれ。黒澤孝介は何を提案したんだ？」

「申し訳ないがそれは言えない」森重はむっくりと顔を起こし、目を開けた。「君がその事実を知っているのなら問題なかったのだが、君がその事実を知らないとなるのなら、私の口からそれを語るわけにはいかない。それが――」

「限界？」

「そのとおり」

「ならそこは棚上げにしてもらって構わない。話せる部分を話してくれ」

「ふむ」森重は腕を組んで唇を曲げた。「七年前のある日、私は本社ビルの最上階にある会議室に呼び出された。私だけではない。関連会社の社長、役員を含めた重役十二名が、レゾン電子社長黒澤孝介に呼び出された。中々、不気味な予感がしたものだよ。なにせ大層な重役をわざわざ一堂に集めて、新しい商品の企画会議が行われるはずはない。なにか大きな決断、あるいは発表があると誰もが額の汗を拭った」

森重は小さく微笑んだ。

「だが、蓋を開けてみれば、黒澤孝介の口から飛び出したのはかくも幼稚な提案だった。例の戯言だ。私は辟易したものだよ。こいつは普通に仕事をさせれば文句のつけようもない程のリーダー、ビジネスマンだというのに、どうして時折こういう姿が顔を覗かせるのか、とね。黒澤もその時点で優に四十は過ぎていた。いい加減、本当の意味で大人になれ、と私は声をかけようかと思ったものだ。しかしそのときばかりは、黒澤は今までのような中途半端な理想論や夢ものがたりで『その計画』を終わらせる気はなかったようだった。やつは徹底的に綿密なプランを打ち出し、持ち前の饒舌で巧みにプレゼンをしたよ。そして、彼は熱弁をこう締めくくった。『Being alive as a HUMAN. なのだ』とね」

「キャッチコピー」

「いやいや、そのときはまだそれがキャッチコピーではなかった。その後、黒澤がそれをキャッチコピーとして採用したのだよ。なんともなワンマン社長だ。"Being alive as a HUMAN."

私にはチンプンカンプンだがね。とにかくその日、黒澤は重役十二人に対してそれを提案した。彼は私たちに単刀直入に訊いたよ。『賛成』か『反対』か、とね」

「で、あんたはそれに反対した」

森重ははにかんだ。「明確な反対は表明していない。だが難色は示した。いつだってそれが日本企業の重役としての大事な仕事だ。ノーと言えないのではない。言わないのだよ。色々な事情を鑑みてね」森重は緩んだ表情を引き締める。「だが驚いたのは、その後の黒澤の注釈だ。彼はこう言った。『反対ならば速やかに退社してもらいたい』とね。私たちは皆一様に震え上がったものだよ。そんな非人道的な真似が許されてたまるものか、とね。だが黒澤はこうも付け加えた。『退社する場合には全力で以後のビジネスライフをバックアップする。再就職口もこちらで用意し、現在と比較的同程度の生活レベルを維持できるような体制を作り上げる』と。結局、彼の提案に真っ向から反対したのは五人。主に黒澤と接点の薄い者達だった。彼らは黒澤の話を暴論と詰り倒してそのまま社を離れた。だが、黒澤は約束通り、彼らの再就職口を丁寧に世話し手配した。いや失礼、『一人を除いて』だった。一人を除いて、黒澤は彼らのその後の面倒をみた。もっともいずれの社員も元重役だ。放っておいても職に困るような連中じゃあないがな」

「一人を除いてっていうのはどういうことだ？」

「ん？　ああ。一人だけ当時の子会社の社長だった人間が随分と酷い仕打ちを受けたのだよ。黒澤はそいつにだけは、再就職どころか、反対に同業他社を始めあらゆる方面に手を回し、そいつが二度と働けないような環境をつくりだした。傍から見ていてもあれは残酷だったね。もっとも、どうして黒澤がそいつにだけそんなことをしたかというのは明確な話で、その子会社の社長というのは黒澤の兄だったのだよ。何か兄弟間で骨肉相食む争いがあったのだろう。詳細は知らんがね。とにかく、そういった理由から反対票を投じた重役の中で黒澤の兄一人だけが酷い制裁を受け、社を去った。まぁ、それは置いておこう。それは重要な話じゃあない。結局、黒澤は重役だけでなく、社の人間全員に自分の提案に対して賛成か反対かの決をとった。といっても黒澤の打ち出したプロジェクトはトップシークレットだ。それを全社員に漏れなく説明していてはとても秩序が保たれない。そこで黒澤はそれとなく賛同か反対かの意思を測る質問を用意した。そして、それをあまねく全ての社員に答えさせ、反対票とみなしたものには退社を命じた。もっともこちらも先ほど同様、第二のビジネスライフのバックアップを約束されている。当然、社員と企業の間で少々こじれる場面もあったが、多くの社員は円満に社を去っていった。それが七年前の概要だ」

森重は話の終わりを示すように両手を広げてみせた。

俺は間を取るようにコーヒーをまた一口啜り、なるべく時間をかけてゆっくりとソーサーに戻す。森重の話は核心こそ隠されているものの、一定以上の有益な情報には成り得た。三枝のんが言う集団退社の理由も摑むことができたし、黒澤孝介の人間性についてのうっすらとした輪郭線も理解できた。だがやはり話の核が分からなければまだ不十分。俺は口を開く。

「その時の黒澤の『ある提案』については、どうしても教えてもらえないのか?」

「どうしてもだ」

「なら、その提案は実際に実行に移されたのか、そうでないのか、それだけでも教えてもらえないか？」

「それは申し訳ないのだが、分からない。答えられない、ではなくね。私はあの会議の数ヵ月後に社を去ってしまった。あのときの私の退社は、やつの提案に反対したのが原因ではないのだよ。**私は純粋にもう歳をとっていた。**老害は早々に立ち去るべきなのだよ。良い企業というのは若い力が強い。せっかく社長があれだけ若いというのに、老人がいつまでも社にのさばっているようじゃあいけないのだよ。よって、あれ以後の社について、私はいかなる情報も持ってはいない。ただ、彼の提案は二、三日で実行できるようなそれではなかった。たしか、やつの計画では『五年』というのが一つの目安だったな。五年で計画を完成させよう、と」

「それからすでに七年」

「そうなるな。もうすでに完成しているか、まだやきもきしているか、もしくはちょうど完成したところか。いずれも予想でしかないがね。ところで――」森重はスティックシュガーで俺を指差す。「君の、目的はなんなのだね？」

　俺は考える。俺の目的とはなんなのか。俺はなぜここに来たのか。俺は最終的にどうするべきなのか。

「分からない」

「分からない？」と森重は聞き返した。

「ああ、分からない。正直俺は、俺たちは随分と混乱してるんだ。色々と訳の分からない事件に巻き込まれたもので。でも、ひとまずは『黒澤孝介』に会わせてもらいたい。会って話をしてみて、それから考えたい。黒澤の娘でもよかったんだが、彼女はすでに亡くなっているし――」

「娘？」と、森重はその言葉に何か大きな驚きを覚えたように上体を浮かせた。「黒澤には娘が居たのか？」

俺はその態度に疑問を抱きながらも答える。「ああ、四年前に火事で死んでいる。当時、十四歳だ。それがどうした？」

「いや……」森重は自分を落ち着けるように、またソファに身体を落とした。「そうか、娘か。それはなんとも残酷な話だ……しかし、するとなると、もしや黒澤は……」

後半は半ば独り言のようで聞き取るのも困難だった。森重はひとしきり考え終わると雑念を払うようにして首を振り、こちらを向いた。

「失礼。それで、君は黒澤孝介に会いたい、となな？」

俺は頷く。

「だが、想像に難くないように、一企業の、それも大企業たるレゾン電子の社長ともなれば、日々はそれなりに多忙だ。そこらの高校生が雑談がてらで面会できるなんてことはまずありえない」

「口利きしては貰えないか？」

「不可能ではない。君がどうしてもと言うのなら、まぁ近いうちに面会の場を設けることもできなくはないだろう。夏場も過ぎればやつも少しは時間に余裕ができる」

「それじゃ駄目なんだ」と俺は言う。「できれば、明日、明後日のうちに会いたい」

俺は大須賀駿の話を思い出していた。大須賀駿は俺たちにはタイムリミットがあるのではないかと言った。そして、それはまさしくあのチケットに書いてあった五日間なのではないかと。

俺はそのタイムリミットを全面的に信じているわけではない。しかし、あながちまったくの黙殺を決め込むこともできなかった。

「どうにかいい方法はないか？」

森重は目を閉じて苦い顔をした。「それは無理だな。それじゃあ平社員にだって会うのは難しい。君だってそうだろう？　そんな急に予定を訊かれたところでうまい具合に都合がつくはずもない」

俺は当然の返答に視線を落とし、まだ僅かに残る目の前のコーヒーを見つめる。コーヒーフレッシュも砂糖も入れられていない透き通った黒が、小さく円を描いて揺れていた。まるで不可逆的に過ぎ行く時間を象徴しているように。

「そうだ……。一つだけ可能性がないこともない」

俺はその声に顔をあげ森重の顔を覗き込む。

「本当か？」

「ああ、望みは極めて薄いがね。それでもいいというのなら一つだけ面白い話がある」

「どんな話だ？」俺は無意識に前傾姿勢を取っていた。森重の方へと僅かに吸い込まれる。

森重は意味深長な笑みを浮かべながらのっそりと立ち上がり、書斎の中心に据えられた机へと向かった。杖でも突かせたくなるようなおぼつかない足取りで机の正面へと進み出ると、引出しから小さな金色のピンバッジを取出して再び戻ってくる。森重はそのピンバッジを俺の前に静かに置いた。さすがに純金ではないだろうが、それに準ずるような高級感と重厚感を兼ね備えた、風格のあるピンバッジだった。デザインは簡素な円形。中心には「R」の文字が深く刻み込まれている。俺は森重にその意を問うような視線を投げかけた。

森重は割れ物を扱うように慎重にソファに腰掛け、口を開く。

「これも思えば七年前の出来事だ。先ほど話したように、例の提案があって大量の退職者が出た後も、私は数ヵ月だけ社に残った。単純に、ただでさえ大勢が退社して引継ぎが忙しい中、わざわざ同時期に退社するのも気が引けたんだな。よってあれ以降もほんの少しの間だけ、私は社に残っていた。そんなときのことだ。あの提案以降なぜだか黒澤はしきりに携帯をいじってはどこかの人間とコンタクトを取り、来る日も来る日も何かを気にかけるようになった。時には電話で、時にはメールで。別にビジネスマンが携帯端末を始終いじることは取り立てて珍しいことでもない。それどころか営業社員ともなれば終日携帯電話と時間を過ごすことにさえなる。よってそれは大きな問題ではないのだが、やつの場合には連絡の取り方が少々異様だったのだよ。私も初めは、黒澤が株や為替の値動きでも気にしているのかと思って、さほど気を払ってはいなかったのだが、どうやらそうでもないようだった。やつは電話口で『それらしきは居なかったか？』だの『今日は現れなかったのか？』だのといったことを頻繁に叫んでいた。どうやら誰かが来るのを待っている風な様子だった。私はそのことについて気になったし、まして社のトップが外部の何かにご執心では部下の士気にも関わるからね、思い切って訊いてみたよ。『誰と連絡を取っているのだ？』と。しかし、やつは口を濁して微笑み『森重さんにも、いつか教えますよ』とだけしか言わなかった。何とも意味深で不気味だった。私はしばらく首をかしげたよ。そんなある日。私の退社が目前に迫ったある日だ。やつはそれを私に手渡してきた」

森重は俺の前に置かれたピンバッジを指さす。

「私は当然、訊いたよ。『これはなんなのだ？』とね。すると黒澤はこう言った、『入場パスだ』とね」

「入場パス？」

「ああ。もはや意味も分からなかった。私がなんの入場パスなのかと訊いても、いよいよ黒澤は答えない。黒澤は私にとある住所だけを教えて、『そこに行けばわかります』と言った」

「あんたは、そこに行ったのか？」

「もちろん」森重は目に力を込めた。「覚えておきんさい。新宿駅の東南口からエスカレーターを降りてそのまま外に出る。まっすぐ進むと、短い横断歩道がある。よく路上で大道芸をやっている連中がいるところだ。そこをわたってから左に曲がる。するとポルノ映画館が並んでいるんだが、そのまま通り過ぎてその奥の奥の奥の建物。要するに三つ奥の建物。見るからに古めかしい灰色の雑居ビルだ。そこの入り口付近にある階段を下りて地下に向かう。そこが、黒澤の言っていた場所だ」

「で、何があったんだ？」

森重は肩をすくめて小さく首を振った。「私も驚いたものだよ」

俺は回答を促すように強く睨み付けた。あまりに長い余興は煩わしい。森重は俺のそんな視線の意味を敏感に察知し、簡潔に、明瞭に答えた。どことなく得意げに白い歯を見せながら。

「カジノだよ」

「は？」

「文字通りさ。カジノだよカジノ。ルーレット、バカラ、ブラックジャック、スロット、様々な遊技に人々が興じていた。後に聞いた話だがね、黒澤はどこかの怪しげな暴力団からそこを買い取って、個人で密かに運営していたらしい。まったく、驚いたと同時に呆れたよ。なんのリスクも考えずにやりたいことに走る。やつはやっぱり子供だとね。私も何とはなしに店内をとぼとぼと歩いてみたが、いかんせんすべてレートが高い。心の準備も、勝利への執念もなしに、ひょいと出せるような金額ではなかったよ。一番のメイン台に至っては聞いたこともないカードゲームが繰り広げられていて、異様な雰囲気だったね、あれは」

森重の目は嘘をついているようではなかった。もとより、嘘をついてなにか得をするようなシチュエーションでもない。それでも俺はにわかには受け入れがたく、充分な間をとってから口を開く。

「それで、あんたは俺にどうしろと言うんだ？」

森重は微笑み、身体を乗り出した。

「黒澤は誰かを待っていたんだ。カジノに誰かが来るのを常に待っていた。それが誰かは私には分からないが、しかし予想するに難くない。おそらく黒澤はそこで大勝ちする猛者を探していたはずだ。間違いない。性格上、やつはそういう強運の持ち主に対して高い評価を下す傾向があった。なにせ、まさしく黒澤こそ強運の持ち主だったのだから。あの歳でほいほいと昇進していったのは実力もさることながら運もまた必要だ。やつは同志を、同類を探していたんだよ。カジノを開いて、虎視眈々とね」

「本当にそんな理由でカジノを開くのか？　俺には正気とは思えない。あまりに理由が曖昧だ」

「まあそう思うのも、当然かもしれない」と森重は言った。「信じるも信じないも君次第だ。ただこれだけは言っておこう。一つ。やつは秘密裏にカジノを経営し、毎日執拗にそこと連絡を取っていた。二つ。やつはそこに何者かが現れるのをずっと待っていた。三つ。やつは君が想像するよりはるかに子供。この三つだけは紛れもない真実だ。これだけは明言しておこう」

俺は腕を組んで目をつむり、ただ黙考した。話は信用するに値するか、話の筋は通っているか、なにか不可解な点はないか。それらを総合的に統合的に考えてみる。しかし、そこでふと気付いた。俺には情報を取捨選択している余裕などないということに。（大須賀駿の説をもとに考えるなら）タイムリミットは僅かに残り二日。今の俺には、情報を選り好みする権限も時間もない。俺は目を開いた。

「このピンバッジは貰ってもいいのか?」

「ああ、いいとも。私はこの家でミモザでも育てていればそれで満足の余生だ。ギャンブルなんて硬化気味の血管にはいささか不健康でね。君に譲るも大いに結構。ところで君は信じてくれるのかね? 私の話を」

「信じるしかない」と俺は言う。

「信じるしかない」と森重は繰り返した。「おもしろい表現だ。まあ、とりあえず社会見学とでも思って見てくるがいい。それだけで興味深い施設だ。ただ、もしカジノに参加するならそれなりに『資金』を用意していくことだ。気を抜いてかかれば三十分でも百万は損することができる程にバカ高いレートだった。ひょっとすると勝てば黒澤に会えるかもしれないが、それだって確約はない。暇つぶしにパチンコを打ちに行くのとは、わけが違う」

「金なら一応あてがある」

「ほう、ご両親にでもせびるかね?」

「……いや」俺は顔をひねる。「うちは貧乏じゃないが、よくも分からぬ理由で気軽に息子に札束をプレゼントしてくれるほど、好意的な奴らじゃない。金は知り合いの女からせびるさ。一人、のうのうとゲンナマで二十万を持っている女を知っている」

森重は「はっは」と高笑いした。「悪い男だ。十七歳」

俺はそれには返事をせず、残りのコーヒーをすべて飲み干した。テーブルの上からコーヒーは消え、室内の空気は一回りほど軽くなる。まるでヤスリを掛けられた彫刻のように。

「なににしても気を付けていくことだ。常識的に考えて普通の十七歳にはちと馴染めぬ世界だ」

俺は頷いた。「同意見だ。馴染み難い。それも普通の高校生には。ところで、一つ質問してもいいか？」

「どうぞ」

コンコン、と唐突にドアがノックされた。森重はやや渋い顔ののち、やや乱暴に返事をした。開かれた扉の向こうでは、電話の子機を片手にした森重の妻が立ちすくんでいる。

「ごめんなさいね、あなた。どうしても急な電話だって言うから」

「誰からだね？」

森重の妻は暗に〈答えにくい〉とでも言うように申し訳なさそうな顔をした。森重は妻の表情に顔をしかめてから、保留状態の子機を受け取る。そして俺に向き直った。

「質問の続きはなんだね？」

俺は首を横に振る。「先に電話に出てもらって構わない。それからでも結構だ」

「いいや、そうはいかない。なにせ君のほうがこの電話より先に質問をしたのだからね」

俺は森重には分からない程度に小さく笑う。「なら、遠慮なく。どうしてあんたは、見ず知らずの俺にそんなにも色々なことを話してくれたんだ？　そんなことをしてもあんたに利益はないだろう？」

森重は口を横に大きく引っ張り、含みに含んだ含み笑いを浮かべた。「別に取り立てて大きな理由はないさ。ただ、君が『本当の黒澤孝介』だなんて言うもんだからね、ついつい家にあげてしまったよ。私はね昔から——」森重は声を少し落とした。「黒澤が気に食わなんだな。やつの順風満帆なそれが、思いもかけぬどこかから小さくほつれていくさまを、ちぃと見てみたかったんだな」

森重は歳不相応にいたずらっぽく笑うと子機の保留を解除し電話に出た。声の質はすでにオフィシャルなそれへとシフトしている。

「どちら様かな?」

さすがに電話口で何を話しているのか、俺には分からなかった。ただ電話口の誰かが事情を説明した途端に森重の表情は曇った。あまりにも明白に。そして森重の視線はいつしか俺をとらえ始める。渋く、険しい視線が俺の顔へと注がれた。

「……いや。こちらには何も。異変はない」森重は俺から目線を切らずに続ける。「おいおい。今更、こんなロートルが一騒ぎを起こしたところで何のメリットもなかろう。それにそんな名前に心当たりもない。私はシロだよ」

森重はその後も幾つかの言葉のやり取りの末、静かに電話を切った。

「いやはや、これは驚いたね。しかもこのタイミングで……」

「どうしたんだ?」

「あれかね?」森重はどっと疲れたようにのっそりと子機をテーブルに置き、書斎の窓から外を眺めた。ラティスに蔦(つた)が激しく絡まっている。とても窮屈そうに生い茂りながらも、葉の全体で陽の光を懸命に浴びていた。森重は独り言のように言う。「君は団体行動なのかね?」

俺は静かに動揺を覚えた。「どういうことだ？」

「レゾン電子に金庫破りが入ったらしい。それも年端もゆかぬ女性二人組」

「なるほど」と俺は答える。肯定とも否定ともとれないように、あくまで第三者を気取りながら。

しかし森重が発した次の言葉で俺は頭を抱えた。それも大きなため息と舌打ちをはさみながら。

森重は言う。

「拘束されたそうだよ」

俺の中では憤りと後悔と反省と焦燥が激しく混じり合ってひとつの塊となる。まるでミルクを垂らした不純なエスプレッソのように。

葵静葉 ♥

私たちはホテルの部屋に戻ると、どちらからともなくリビングのソファに倒れこんだ。私はふらふらと背中から、のんちゃんは勢い良く正面から。二人とも極度の肉体的、精神的疲労に困憊していた。

私は井上光平さんの娘という身分詐称がばれてしまってから大急ぎで本社のエレベーターを降り、のんちゃんを連れてレゾン電子本社を飛び出した。必死の形相で逃げる私たち二人を周囲の社員は一様に怪訝そうな表情で眺めていたけれども、事情を知らない多くの社員たちは私たちを追いかけるようなことはしなかった。おかげで私たち二人は一応のところスムーズに社を脱出し、そのまま品川駅へと直行。慌てて電車を乗り継ぎ、なんとか無事にホテルに帰還することができた。電車での移動最中も私とのんちゃんは油断ならぬムードにぴりぴりと疲弊し、互いに言葉をほとんど交わさなかった。

「……何かいい情報は仕入れられた？」

私は部屋について五分ほどの間を計ってから、ようやくのんちゃんに訊いてみる。のんちゃんはソファに顔を埋めたまま、ややくぐもった声で答えた。

「あと、ちょっとだったんですよ」

私は曖昧な回答に返事もできず、のんちゃんが再びしゃべりだすのを待った。するとのんちゃんは機敏な動きで、唐突にするりと顔だけをこちらに向けた。

「資料庫の鍵は葵さんのおかげでばっちし壊れていました。もう、これ以上ないくらい完璧にです。だけどもですね、資料庫の更に奥にですね、第二資料庫なるものがどしんと転がっていてですね。え……と」のんちゃんも疲れているようだ。どことなく目が据わっている。「とにかく、あと少しだったんですよ。葵さんが来るのがもう少しだけでも遅ければ……」

「ご、ごめんね」

私はそれ以上訊かずに沈黙を作ることに決めた。お互いにいくらかの休憩時間が必要だ。部屋にはまだ江崎くんの姿も、大須賀くんの姿もない。二人が帰ってくるまで少し眠ってしまうことにしよう。私は心で呟くと、そっと目を閉じた。

「それより、葵さん」

私は閉じた目をすぐに開け、のんちゃんの方を窺う。

「どうしたの？」

「あの、なんていうんでしょうか。うまく表現できない自分の語彙の貧困がお恥ずかしい限りではあるのですが、冷静に考えてみてですね。その、あたしたち大変なことにならないですかね？」

私はすぐには意味を理解しかねたけれども、徐々にそれとない意図を把握できていった。

仮にも私は一企業の内部にずかずかと潜入して、資料庫のセキュリティ装置と十八階のセキュリティゲートを壊してしまっている。おまけに多くの人に嘘までつき、さんざん良くないことをしていながら、平然と素顔を晒してしまった。法律には詳しくないけれども、おそらく私たちのそれは違法行為に違いない。今になってみれば考えるだけで鳥肌が立つような無謀とも思える計画だったのに、実行している最中、もしくは計画段階ではそれほどの恐怖感を抱いてはいなかった。私たちは知らず知らずのうちにちょっとした麻痺状態にあったのかもしれない。不思議なチケットをきっかけに事態はみるみる不可思議な展開へ。その過程において良く言えば私たちはかなり思い切りの良い人間に、悪く言えば無鉄砲な精神構造の人間になってしまっていたようだ。まるで潮が引いていくように麻酔が覚めていく今、私は改めて自分の取った行動の大胆さ、無謀さに静かな驚きと恐怖を覚える。

——あたしたち大変なことにならないですかね？——

私は苦笑いで答える。

「あ、あんまり考えたくはないね」

私とのんちゃんは無理いっぱいの笑顔を作って、互いに笑い飛ばして励ましあった。私たちは室内にぎこちない笑い声をカサカサと響かせる。

その時、ピンポーンと、私たちの笑いを制止するように部屋のチャイムが鳴り響いた。私たちは顔を見合わせる。一体、誰だろう。江崎くんも大須賀くんも、部屋のカードキーはそれぞれ持っているからわざわざチャイムを鳴らす理由などない。となると、チャイムを鳴らしたのは別の誰かだ。

先ほどまでの話の流れのせいで私たちの間にはどことなく緊張が走る。現在、私たちが部屋に戻ってきてからまだ十分と時間は経っていなかった。もし、レゾン電子を抜けだしたあと誰かに後をつけられていたのだとしたら、ちょうどこのくらいのタイムラグで私たちのもとに到着してもおかしくはない気がする。二人は目を合わせたまま唾をごくりと飲み込んだ。

「申し訳ございません。フロントの者なのですが、少々お時間よろしいでしょうか？」

ドア越しに聞こえたその声に、私たちはようやく顔をほころばせて安堵の息をついた。ホテルの従業員の方だ。室内の掃除か、もしくは夕食のことについての連絡でもあるのかもしれない。私は「はい」と少し大きな声を出して、入り口の方へと駆けていった。キーを外してドアを開く。

半分だけ開いたドアの外には制服を纏った若いボーイさんが立っていた。ボーイさんは笑顔で小さく会釈をする。

「突然お伺いしてしまい申し訳ございませんでした」

私は手を振って問題ないことをアピールした。

「とんでもありません。それで、何のご用ですか？」

「ええ、実は先ほどお客様のお知り合いであるという方から、ぜひともお客さまに挨拶をしておきたいとのご要望がございましたため、ご同伴させて頂きました」

「……知り合い？」

「ええ、こちらの方なのですが……」

するとと死角になっていたドアの陰からスーツ姿の男性がするりと現れた。身長は百八十センチ強。肩幅もあってがっしりとした体形をしている。歳は四十前後だろうか、髪は短く刈り揃えられ、体育会系のオーラを放っていた。

私はドアから吹き抜けるすきま風に幾らか気味の悪い涼しさを覚える。嫌な予感がした。私はこの男性に会ったこともないし、どこかで見かけた覚えもない。

私の戸惑いの視線に気付いたのか、ボーイさんはやや困った顔をして尋ねた。

「あの……お知り合い、ではございませんでしたか？」

「いえいえ、間違いなく知り合いですよ。それも大親友だ、ね？」

私が答えるよりも先にスーツ姿の男性は張りのある声で答え、ボーイさんの肩に手を置いた。

そして横目で私を見下ろす。

「この子、僕の同僚の娘さんなんだよ」

確かな戦慄が私の五臓六腑を走り抜けていった。声は声にならず、退歩もままならず、呼吸すらも適切に行えない。私は全身の震えを制御することで手一杯で、それ以上のアクションを起こせなかった。

スーツ姿の男性は爽やかな笑顔でボーイさんを制し、穏便に私たちの部屋へと侵入する。そして静かに、だけれども確実にドアを閉じた。オートロックが小さな音を奏でて私たちの絶望を明示する。

私はここでようやく後退。男の威圧感に押し負けるようにして一歩、更に流れるようにしてもう一歩、後はバランスを崩すようにしてズルズルと後ろへ押し戻された。

部屋の中に居たのんちゃんも起き上がり顔面を凍りつかせている。視線は男性一点に据えられ、移動も瞬きさえもない。

「どうもこんにちは。私はレゾン電子の薮木(やぶき)という者です。色々とこっちにも事情があってね、後を付けさせてもらいました。どうぞよろしく」

男性は不気味な笑みを顔中に浮かべて自己紹介をした。私とのんちゃんはいよいよ耐えられなくなり、そのまま床に倒れこむ。カーペットの上にぺたりと尻餅をつき、上背のある男性を震える眼差しで見上げた。男性は私たちの前に進み出て、目線を合わせるようにしゃがみこむ。

「どうして、あんなことをしたのかな、お嬢さんたち？」

　私たちは何も答えず、質問を黙殺した。ありのままを正直に語ることなどできない。もっとも、正直にすべてを話そうとしたところで、私ものんちゃんも今の状態では上手に喉を動かすことができなかったと思う。藪木と名乗った男は私たちが答えないのを察知すると少し冷たい目をしてから、またいかにも作り物らしく笑った。

「ＯＫ。なら質問を変えよう。どうしてこんなところに泊まっているのか、目的を教えてくれないかな？」

　私は喉の震えを懸命に押し殺して、下を向いたまま答えた。

「……か、観光です」

「ふむ」と男性は唸ってから、私の顔を覗き込んだ。「本当だね？」

　私は震えにも似た頷きをする。男性は微笑んだ。

「じゃ、次の質問だ。どうしてうちの会社に忍び込んだりしたのかな？」

　緊張の裏返しから身振り手振りを多めにしながらも、のんちゃんが顔を上げて答えた。

「その、あ、あたしたち、い、田舎者で……それで友人が『もし東京に行くならレゾン電子のビルは見ておかないと、損だぞ！』って言うものでしたから、ど、どうしても一度拝見したくて……つ、つい……」

「つい――」男性の目は笑っていなかった。「忍び込んだ？」

　のんちゃんは燻すような視線に耐えられなくなり思わず下を向いた。男性はのんちゃんを諦めると、ぎろりとこちらを注視する。

「じゃあ次の質問にいこうか。どうしてうちの社員の個人情報を知っていたのかな？」

「そ、それは……」私は目をキョロキョロとさせながらたどたどしく弁明をする。「い、インターネットの掲示板みたいなところに、たまたま名前が載っていたんです。……そ、それで、勝手に利用してしまいました……すみません」

「本当に？」

私は唇をかみしめて何度か頷いた。視線を右下の方に逸らしながら。

男性はそこで大きく息を吸った。鼻の穴を一センチほど余分に広げて、部屋中の酸素をすべて吸い込むような勢いで身体に空気を蓄える。それから不気味なほどにゆっくりと質問をした。

「ＯＫ。では、最後の質問といこう。どうして、資料庫に入ったのかな？」

室内はエアコンが充分に機能しているはずなのに、嘘のように蒸し暑く感じられた。汗は額、脇、首筋、手のひらと、至るところから止めどなく滲み出てくる。私は何も答えられずに下を向きっぱなしだった。すると、のんちゃんが男性の顔は見ないように注意しながら、勢い良く頭を下げた。ちょうど土下座のような恰好。

「……ご、ごめんなさい。本当にただの好奇心だったんです。た、たまたま入り口のドアが開いていたので、中に入ってみたくなって、それで……。で、ですので、なにも盗んだり、覗き見たりなんてしてません。誓います。神様に誓います。わ、悪いことはしていません。信じてください！」

のんちゃんは言い終わっても顔を上げずに下を向いていた。視線はカーペットを焼き尽くすほどに力強く床へと向けられている。男性は、今度はやや控えめに息を吐いた。

「資料庫の扉は最初から開いていた、と？」

「そ、そうです」

のんちゃんはそこで勢い良く顔を上げ、震える眼差しで男性の目に焦点を合わせた。自分の正当性を主張するように、懸命に目を離すまいとする。その姿は強敵に立ち向かう草食動物のように、弱々しくもどこか猛々しいものを感じさせた。

「ふむ」と男性は一つ頷いた。「確かに、資料庫から何かが持ち出された形跡はない。それにうちのうっかり者の社員が第二資料庫の扉も開けてしまったそうだが、中には入れていないとの報告を受けている。君が資料庫の中で『盗み』をしていないということに関しては、一つ信用してみようか」

男性はそこで大きく手を叩いた。それは何かの終わりを明示するように部屋の中に響き渡る。男性はにっこりと笑って口を開いた。

「私たちとしてもあまり事を荒立てたくはない。我々企業側が完璧な被害者であったとしても、何かしらの事件というのは少なからず企業の評判を落としかねないしね。我々にも落ち度はある。なんといっても、君たちが来た途端、偶然にもセキュリティ関係の装置が二ヵ所で、原因不明のダウンをしているという不備もあった。できれば穏便に済ませたい。お嬢さん相手に、尋問も、拷問もしたくないし、けが人も、死人も出したくはない。そこは同意してくれるかな？」

私ものんちゃんも首にバネが付いているおもちゃみたいに、小刻みに首を縦に振った。男性はまたなにかのお手本みたいににっこりと笑顔を作る。

「OK。ここの部屋は随分と豪勢だけど、宿泊しているのは君たち二人だけかな？ 他にも誰か居るんじゃない？」

「め、滅相もございません！ 二人だけです。ほ、他にはだ〜れも居ません」とのんちゃんは笑顔で取り繕う。

男性はどこか腑に落ちなそうな表情だったがそれでも仕方なく頷き、手持ちの鞄からA4サイズの紙を取り出した。そしてそれを私たちの前に差し出す。

「じゃ、とりあえず君たち二人の住所氏名年齢電話番号。ここに書いてもらっていいかな？ お互い、円満に事態は収拾したいじゃない？」

男性はその紙をクリップボードに挟み、ボールペンを添えて私の前に置いた。紙には男性が言ったように住所氏名年齢電話番号の欄がかっちりとしたフォーマットで記載されている。私は紙をまじまじと見つめながら、自らが大きな決断を強いられていることを感じる。

私には一体、この紙に何を書けばいいのか気の利いた答えが思いつかない。本当の情報を丁寧に記すのも危険ではあるが、かといってまったくのデタラメというのも書くのが難しい。もっとも、先ほどのんちゃんが『あたしたち田舎者で』と言ったことから、私たちは必然的に『田舎』と思えるような地名を挙げなければならなくなってしまった。私はただ悩み、震え、紙面を見つめる。

すると、のんちゃんが私の前から書類一式を取り上げ、ボールペンを右手で握りしめた。

「あ、あたしが書いておくよ」と言い、のんちゃんは震える手で氏名の欄を埋めに掛かった。私は恐る恐るのんちゃんが記す内容を横目で追う。そして、のんちゃんは二人分の氏名を記し終えた。

氏名……国栖　涼子（フリガナ：クニスリョウコ）　十八歳

**　　　国栖　響子（フリガナ：クニスキョウコ）　十六歳**

完璧なデタラメだった。それに二人を同姓にしていることから、私たちは引き続き姉妹設定のようだ。なににしても、デタラメで書くにしては少し奇抜すぎる苗字が気になる。鈴木や佐藤のような、もっとオーソドックスな苗字の方がカモフラージュとしては効果的に機能しそうに思えた。だが、そんなことを悠長に考えている場合ではない。私は静かに息を整える。せっかくのんちゃんが堂々と嘘を記述しているのに、私が動揺してその嘘を露呈させてしまっては元も子もないのだ。私はなるべく自然を装った。

しばらくすると、のんちゃんはすべての空欄を埋め終える。予想していたことではあるけれども、すべてが純度百パーセントの嘘で塗り固められていた。

住所………山形県酒田市下安町９―××

電話番号……０２３４（２９）××５６

「随分と珍しい苗字だね」と男性が目を細めてのんちゃんに尋ねる。明らかに疑っているような視線だった。

「え、ええ。よく言われます」とのんちゃんは笑って答えた。

男性はクリップボードをのんちゃんから取り上げるとそこに記された情報をまじまじと点検する作業に入る。目線が左から右に、上から下へと忙しく移動していった。私はその視線が何も嘘を発見せずに、すべてを素通りしてくれることを期待して祈る。このまま何事もなくこの男性が部屋を出ていってくれますように、と。

「うん」と男性は納得の笑みを浮かべた。

私はその反応に思わず胸をなで下ろしそうになる。大きく息を吐き体中の緊張を解き放ってしまいそうになる。だけれども私は厳しい表情を何とか維持し、男性の返答を待った。しかし、次に男性が取った行動はあまりに予想外のものであった。

男性は次の瞬間、その紙をクリップボードごと勢い良く床に叩きつけた。カーペット越しとはいえ、叩きつけられたクリップボードは凄まじい衝撃音で部屋を震わせる。私たちはその豹変に背筋を凍らせた。男性はそのバイオレンスな行動とは裏腹に先程からの変わらぬ笑顔をこちらに見せつける。

「もしも、ここに書いてある情報が、嘘だったとしたら……分かるよね？」

威嚇であった。暗に男はこう言っているのだ。〈嘘をつくならば、我々はいつでも非情に、そして暴力的になれるのだよ〉と。男性は続ける。

「とりあえず、今からここに電話をさせてもらうけれども、問題はないよね？」

「そ……それは！」私は思わず声を裏返しながら答えてしまった。なんとか嘘をつき通し続けなければいけない。私は慌てて次の言葉を探した。「あの……り、両親はこの時間はいつも留守にしていますので、電話を掛けても無駄かと……」

男性は何も言わず、ただただ私に鋭利な視線を突きつけた。その視線に私の心臓は一突きにされ、すべてが奪われてしまうような感覚に苛まれた。私はそれ以上の反論の言葉を持てない。

男性は淡々とした動きで鞄から携帯電話を取り出し番号を入力する。そして入力が終わると電話を耳に当て、私たちを冷ややかな眼差しで釘付けにしながら電話口の応答を待った。

僅かに電話口からコールの音が漏れ聞こえる。プルルルという聞きなれた音が、私たちの耳に絶望へのリミットとして提供された。向こうが電話に出れば、すべてが終わる。終わってしまう。もしデタラメの電話番号に何者かが出たとしても、その人が偶然にも『国栖(くにす)さん』であるという可能性はあまりに低い。その点、もしも先ほどの紙に佐藤や鈴木と書いておけば（それでも可能性はとても低いけれども）ひょっとすると電話口に佐藤さんや鈴木さんが出てくれたかもしれないという希望はあった。私は目を閉じてのんちゃんと共に絶望への待ち時間を全身で味わう。

「……あっ、もしもし」

電話に応答があったらしい。男性は軽妙な営業トーンの声色で挨拶を告げた。

「どうもお電話失礼致します。酒田市役所の者なのですが、国栖様のお宅でよろしいでしょうか？」

私は下をむいて唇を噛み続けた。口の中が出血しそうなほどに力強く、五感をすべて滅却するように。

――けが人も、死人も出したくはない――

この後のことを考えると、私の中にはより一層の恐怖がこみ上げてくる。やはりレゾン電子はただの企業ではなかった。蓋を開けてみればあまりに暴力的で非人道的な素顔が顔を覗かせた。それだけ、あの資料庫の中には知られたくない情報が眠っていたのだ。ただ、もう遅い。私たちの嘘はあまりに確実に白日のもとに晒された。

「……そうですか、ちなみにですが、娘さんはご在宅でしょうか？　涼子様と響子様です」

私はそのやりとりに奇妙な感覚に包まれた。どういうことだろう。電話口には国栖さんが出たとでも言うのだろうか。男性は納得したような、それでいてどこか不満気でもあるような曖昧な表情で電話口に挨拶を告げると、静かに終話ボタンを押した。

「どうやら、嘘ではないようだね。君たちが正直者で助かったよ」

私は驚きの表情が浮かび上がりそうなのを懸命に抑えこんだ。そして、何とか平静を装おうと顔の筋肉をぷるぷると不自然に震わせる。自分自身を強く制御するために。

男性は幸運にも私の動揺には気付いていないようで、そそくさとまた電話をいじり始めた。そして電話帳から目当ての番号を見つけると、すぐさま通話ボタンを押し、真剣な表情で電話を耳に押し当てる。

「今、身元を押さえたところだ。一応のところ問題はなさそうだが、念のため確認をよろしく。時期が時期なだけに無視はできないからね。クサイやつに片っぱしから連絡を取っといてくれ」

男性は電話を切って立ち上がり、こちらを笑顔で見下ろした。

「それじゃ、私はこれでお暇させていただくとするよ。色々と悪かったね。これからはもう人様の会社に忍び込もうだなんて悪だくみはしちゃいけないよ。そんなことをしてると、いつかバチが当たっちゃうからね。一応、君たちの個人情報もいただけたし、そんな気を起こすことはないとは思うけど、今後もし何か変な気を起こしたら、その時は分かってくれるよね？」

私とのんちゃんはまたおもちゃのようにペコペコと頷いた。男性はまた大げさなくらいに微笑む。

「ＯＫ。では、ほどほどに、分別を持って東京観光を楽しんでね」

男は最後にまた一段と気味の悪い微笑を残し、ようやく部屋を去っていった。開けられたドアが再びゆっくりと閉まっていき、オートロックがカチャリと落ちた瞬間、私たちを拘束していた緊張の糸がぷつりと切れ、私たちは同時に床に手を突いた。呼吸を止めていたわけでもないのに、二人とも肩で息をしなければならないほどに疲れ果てていた。

「よ、ようやく帰ってくれましたね」とのんちゃんが目をうるうるさせながら言う。

「何とかごまかせたね。ところで、のんちゃんは、あの名前と住所と電話番号はどうやってごまかしたの？」

「あ、あれですか？　あれはですね」のんちゃんは喉を休ませるように一度間をとった。『たうんぺーじ』を指で読んでしまっているので、あのくらいのでっち上げは割と簡単なのですよ。あたしの記憶勝ちです」

「じゃあ、あの子たちが留守だったのはたまたま、ってこと?」

「いえいえ」とのんちゃんは力なく微笑む。「『酒田の星。レスリング国栖姉妹、涼子と響子。目指せ姉妹でオリンピック』」

私がぽかんとしていると、のんちゃんは疲労の中で精一杯の得意顔を繕う。

「たまたま読んだことのある東北のちょっとした会報誌です。読んだ経緯だって覚えてはいませんが、本当に『らっきー』でした。『たうんぺーじ』によれば『国栖』だなんて珍しい苗字、酒田市には一世帯しか記載されていません。……どうです葵さん? オリンピックを目指している体育会系ごりごり姉妹が、こんな時間、自宅でゴロゴロしてると思いますか?」

のんちゃんは最後の力を振り絞って拳をあたしにつきつけると、そのままカーペットに寝そべった。本当にヘトヘトに疲れている。

「本当にありがとう。私だけじゃ、きっと、どうにもならなかった」

「感謝してくださってありがとうございます。持ちつ持たれつで行きましょう。もし、万が一あの藪木なる人物が『ゆーたーん』して戻ってきた場合には今度は葵さんが相手をしてくださいね」

私は、はははと笑う。「それはちょっと困るかも。でも、努力はしてみるね」

その時だった。

唐突に私たちの部屋のドアの鍵が開けられる音がした。『ピッピ』という解錠の音に、私とのんちゃんは反射的にドアへと視線を向ける。二人の脳裏には最悪のシナリオが顔をのぞかせた。嘘から出た真。私は固唾を呑んでドアを見つめ続ける。どうして戻ってきたのだろう。もはや鼓動速度の上げ下げに疲れた心臓は、ぐったりとその動きを終焉にも向かわせていくような気がした。

大須賀　駿　♣

僕はようやくホテルのエントランスに戻ってくる。複雑に入り組んだ都内の路線事情は自転車通学が常の僕としてはちょっとばかりややこしかった。JRと地下鉄の区別や、あっちからこっちの乗り換えに苦労して、お恥ずかしくもホテルへの帰還が少しばかり遅れてしまった。こればっかりは慣れが必要なのかもしれない。もっとも結果的には無事に戻ってこられて何よりだ。現在の根城であるホテルの姿を見つけただけで、僕は小さな達成感に包まれる。

エントランスを抜けるとホテルマンの方が皆丁寧にお辞儀をして出迎えてくれた。単純だけども悪い気はしない。風速十五メートルくらい吹いたら飛んでいってしまうようなボロアパートに住んでいる僕としては、別世界のおもてなしだ。僕はそのまま最上階へと繋がるエレベーターへと向かう。

ボタンを押してしばらくすると、一台のエレベーターが降りてきた。中にはスーツ姿の男性が一人だけ乗っている。僕はエレベーターの外から『上』ボタンを押して、男性がエレベーターを降りるまで扉を開けっ放しにしておいてあげた。特に意識的に取った行動ではないのだけども、男性は僕がボタンを押しているのを見ると笑って会釈をして「ありがとう」と声を掛けてくれた。これもまた悪い気はしない。たとえ小さな出来事であっても、他者との心の触れ合いというものは素直に心が温まるものだ。ただ少し残念だったのは、過ぎ去っていった男性の背中には「41」という物寂しい数字が浮かび上がっていたこと。せっかく人当たりの良さそうな(言うなれば僕の目指す『紳士』のような)人だったのに、今日はあまりツイていないらしい。僕はちょっぴり表情を曇らせながら、エレベーターに乗り込み最上階へと向かった。

エレベーターが最上階に到着すると、僕はカードキーを取り出し部屋の正面へと向かう。すでに誰か帰ってきているだろうか。江崎はそこまで危険にさらされることはないと思うけれども、のんと葵さんに関しては少し心配だ。無事に帰ってきているといいのだけど。僕はそんなことを考えながら差込口にカードを入れ、鍵を開けて中へと入った。

僕は扉を開けると思わず「うおっ!」という驚きの声をあげてしまう。なぜだか知らないが、部屋の中ではのんと葵さんがカーペットに跪いたまま、僕のことをこれでもかとばかりに凝視しているのだ。硬直していてピクリとも動かない。二人ともどことなくお疲れ気味で、心なしか目には水分が多く含まれている気がする。

「ど、どうしたの?」

僕の問いかけに二人はようやく石化を解き、ゆるゆるとカーペットに吸い込まれて行った。

「な、何て『たいみんぐ』で帰ってくるんですか! びっくりして心臓が危うく止まりかけたじゃないですか!」

のんがなぜだかものすごい剣幕で僕に罵声を浴びせかける。

「でも、よかった……」と葵さんは頬に汗を伝わせながら呟いた。心底安心したような表情で。

僕はてんで状況把握ができずにただ立ち尽くす。僕がこのタイミングで帰ってきてはなにかまずかったのだろうか。少しもどかしい思いを胸に、僕は二人が落ち着くのをしばらく待った。


「――だから、一応のところ問題ないと思うのだけれども、ここのホテルの場所も割れちゃったし、私たちの顔もしっかりと覚えられちゃったの。でも、具体的に私たちがしたことに関しては何もばれてはいないと思う」

僕は葵さんの口から二人の冒険活劇を聴かされ、思わず手に汗を握ってしまった。やっぱり女性二人で本社に潜入だなんて真似は、江崎と協力してやめさせるべきだったのだ。もっとも後悔先に立たず、今更うだうだ言っても仕方がないことだけど。

「それで僕が部屋に戻ってきたとき、そのレゾン電子の社員が戻ってきたんじゃないかって、勘ぐったんですね？」

葵さんは力なく笑った。「あの男性が部屋のカードキーを持っているはずもないし、もっと冷静になっていれば部屋の鍵を開けたのが大須賀くんか江崎くんだってことはすぐに気付けたと思うんだけれどね。私ものんちゃんも随分慌ててたから」

「ごめんなさい。まさか二人がそこまで危険な目に遭うとは思いもしなくて……。朝、二人の背中を見たとき、葵さんに関しては『48』で、のんに関しても『46』だったから、特に問題ないんじゃないかって。確かに『50』は下回っていますけど、大体40台も後半をキープしていればそんなにおかしなことは起こらないんで……」

葵さんは優しく微笑んだ。

「なにも大須賀くんが背負いこむことなんてないよ。私たちが自分たちで決めたことだし」

のんも大きく頷く。

「まったくもってその通りです。同情するならなんとやらです。大須賀さんに心配されなくともあたしたちはご覧の通り無事に『かむばっく』して来られたので、問題はございません」

僕は（もちろん気丈に振舞っているのだとは思うけど）一応のところ元気そうな表情で胸を張った二人に安心し、ほっと小さく息をつく。のんの言うとおりだ。無事で何より。

「ところで、潜入した結果、なにか成果はあったの？」と僕は訊いてみる。うっかり忘れそうになっていたが、それこそが一番の問題だ。

のんは眉間に皺を寄せて渋い顔を作った。

「まぁ、可もなく不可もなく、ですかね。資料庫から盗んでこられたファイルは全部で五冊。その中で使えそうなのは、まあ、実質二冊だけでしょうか。一つは『レゾン電子企業情報』。会社についての基本的な情報が細かく記されていました。少なくとも昨日のモニターで貰ったパンフレットよりは遥かに細かくて良質な情報が含まれているかと思います。二つ目は『社内セキュリティの詳細』の資料。各工場、事業所ごとにどんなセキュリティを施しているのか、どのような業者にセキュリティを依頼しているのかなどの詳細が載っていました。あとは正直、役に立ちそうにもありません」のんは目を大きく見開いた。「そういう、大須賀さんは何か有益な話は聞けましたか？」

「それなりに有意義だったとは思うよ。黒澤皐月という人間が、どんな女の子だったのか、何となくだけど分かったような気がするしね」

のんはどことなく寂しそうな表情で、それでもうっすらと微笑んだ。「それは、よかったです。大須賀さんにもサッちゃんの素晴らしさが伝わればこれ幸いです。とまあ、それはいいとして、何か大発見はないのですか？　思わず目を見張るような新発見は？」

「一番興味深かったのは、黒澤さんは火事のちょうど一ヵ月前くらいから何となく様子がいつもと違ったそうなんだ。担任の先生曰くね。それについてのんはどう思う？」

のんはやや神妙な面持ちで言う。「そうですね……。あたしは当時ピカピカの小学生でしたから、正直なところすべてをばっちし鮮明には覚えていません。ですけれど、何となく『転校する』と切り出したサッちゃんの様子は異様だったように思います。いつも物静かなサッちゃんでしたが、それ以上に意気消沈しているというような、元気がないというようななんというか……。当時のあたしは『なるほど転校が相当にショックでこのような雰囲気になっているのだな』と一人合点していましたが、転校が嘘だったとなるとその理由は不明です。結論としては、確かにサッちゃんの様子はどことなく不自然だったと思います」

僕はそれに頷いてから、先程望月さんから聞いてきた情報のあらましを二人に説明してみた。黒澤皐月は父子家庭で育ったこと。学校での黒澤皐月はいつも独りだったこと。学校では一切ピアノを弾かなかったこと。火災の原因については消防も警察も口を開いてくれないこと。望月さんは火事の原因は何かの陰謀なのではないかと勘ぐっていること。話している最中、所々でのんの表情が暗くなったり、悲しげになったりして、僕は何度か話を中断してしまいそうになった。だけども、すべてをきちんと伝えることこそがのんのためだとも思い、最後までを丁寧に伝えた。

「……するとやはり、当時のサッちゃんの周辺では何かしら『怪しげな』事情が絡んでいたと考えるのが自然でしょうね。火事についても、サッちゃんの元気がなくなったことについても」

のんはなるべく私情を挟まず客観的に分析をしようと、変に腕を組んで気難しそうな顔をしていた。そういう姿を見ていると、言いようもなく胸が苦しくなる。ずばり言って僕はのんや葵さんよりも、この事件に対する距離が遠い。僕はピアニストの黒澤皐月の姿も、読書家のサッちゃんの姿も、どちらも人からの伝聞でしか知らない。彼女のしぐさも声も空気感も、僕は何も知らない。だからこそ、黒澤皐月（サッちゃん）のことで落ち込んでいるのんを見ると、そこに共感できない自分にやるせなさを感じ、一層悲しい気持ちになるのだ。本当に身勝手な思考だとは思うのだけど。

「誰か当時の黒澤さんが悩みを打ち明けるような人は居なかったのかな？」と葵さんがのんに訊く。

のんは首を振った。「自分で言うのもなんですが、あたしはかなりサッちゃんと近しい『ぽじしょん』に居たと思います。なのに、あたしに相談をしてくれなかったとなると、誰かに相談しているという望みは薄いかもしれません。もっとも当時のあたしは小学生であって、相談相手としては些か力不足ではありましたし、誰か他の候補がいるということも可能性としてゼロではありません。ただ、大須賀さんの話を聞くかぎり学校にも友人はいなかったようですし、そうなると……」のんは困ったように口をへの字に曲げた。「親御さんですかね」

親御さん。……つまり黒澤孝介か。話は大きな弧を描いてまた元の位置へと跳ね返ってきた。結局、僕たちは黒澤孝介に会わないことには次には進めないのだろうか。ほとほともどかしい気持ちになる。どうしたものだろう。

「そうだ、サッちゃんはいつも日記を書いていました！」のんは頭の上に電球マークを作り出して、両手をポンと打った。まさしくこれが名案だと言わんばかりに。「それです！　日記を探し出せば、すべてが書いてあるはずです。万事解決です！」

僕は盛り上がるのんを横目に、眉間を掻きながら尋ねてみる。

「で、その日記はどこにあるの？」

「なぁにをおっしゃいますか大須賀さん。そんなの分かりきったことです。サッちゃんのお家に決まっているでしょう？　今すぐ探しに行ってみましょう。あ、そうか。火事で焼けちゃってました。今のは忘れてください」

僕と葵さんは苦笑いを浮かべてのんの一人芝居をやり過ごした。どこかコミカルで調子のいい雰囲気に見えるのんだけれども、僕は密かにのんに対して知的な印象を覚えていた。様々な言動の端々からは知識水準、そして思考能力の高さが大いに垣間見える。よって、そんなのんが今のような軽率な判断ミスを犯したことは、僕にとってちょっとばかり新鮮というか、意外なことであった。やっぱりのんは精神的にいくらか疲れているのかもしれない。

「……そうだ」と、唐突に何かを思い出したふうだったのは、葵さんだった。「日記。もしかしたら見つかるかもしれない」

「へっ？」と、僕とのんは揃って間抜けな声を上げた。葵さんは清らかな笑みを浮かべて、僕たちを聖母のごとく温かく見つめている。僕とのんは大いに興奮しながら、葵さんの説明に耳を傾けた。

ひょっとすると、本当にひょっとすると、日記は見つかるかもしれない。

江崎 純一郎 ♠

俺は森重の家を出た。森重は会社に忍び込んだ女子高生二人がホテルで尋問されているという情報を俺に漏らしたが、それに関しては心配なさそうだとも付け加えた。現在はすでに解放されている上に、会社側からも『クロ』という判断はくだされていなかったようだ。それに、聞けば二人の苗字は『クニス』ということで回っていた。どうにか自力で危機を脱したのだろう。不測の事態も軽傷で済んだことに、俺は小さく安堵する。

俺はホテルへと戻る電車の中で、先の森重の話を何度も反芻していた。新たな事実、事の真相、やはり分からぬ核心。俺はおもむろに金のピンバッジを取り出し、手の中で弄(もてあそ)んでみる。

小さく動かすたびに微妙に光の反射角が変わり、美しいプリズムが奏でられた。

森重が提供した多くの情報は大部分、俺の中にすんなりと吸収された。黒澤孝介という人物の人となり。七年前の事件のあらまし。黒澤個人が運営しているというカジノの話。すべて若干の現実離れはしているものの、一応話の辻褄は合うようにも思える。なにしろ、言ってしまえば現在の自分自身の境遇こそが最も『普通』ではない。この数日間で多少の浮世離れは問題なく肌へと染みこんでいくようになった。しかしながら一方で、未だしっくりとは来ない部分も確かにあった。

『カジノで黒澤孝介は強運の持ち主を探している』

その考察はあまりにも陳腐で見当はずれであるように思える。まるでインチキの学者が手を拱いて語るそれのように、地に足の着いていない浮遊感を覚えた。本当に黒澤は、そんな曖昧な目標を達成するためにカジノの運営に着手したりするのだろうか。俺にはそうは思えなかった。まだ、『カジノ運営は趣味の延長だ』と言われたほうが幾らかの納得も行く。強運の持ち主を探すだけなら、歴代の高額宝くじ当選者にでも声を掛ければ済む話だ。どうも漠然としていて、非効率で、人を動かす動機たり得ないと俺には思える。俺は下車する駅が近づいたことに気付くと、静かにピンバッジをポケットへと戻した。

黒澤孝介本人との確固たるパイプが確証されないかぎり、存在すらも疑わしい新宿のカジノへ出向くモチベーションも上がってはこない。俺はもうしばらくそのことについての熟考を重ねた。

ホテルの部屋にはすでに他の三人が戻っていた。三人ともそれぞれに自分の情報を持ち寄り、小さな会議を始めている。

「何かいい情報はあった？」と大須賀駿が俺に尋ねた。

俺は「それなりに」と答え、森重から聞き出した情報についてのさわりを三人に話した。また同時に他の三人からも情報を聞いた。葵静葉と三枝のんがレゾン電子の本社から盗み出した情報について、大須賀駿が黒澤皐月の母校で聞いてきた情報について。俺たちは互いに自分たちの知識量を同期させた。

「ふむ、何だか随分ときな臭いお話になってきましたね。カジノだなんてまたなんとも穏やかじゃないじゃないですか。『ざわざわ』要素満載ですね」と三枝のんは言う。「それともあれですかね。資料庫にもなぜかトランプの遊び方ガイドが置いてありましたし、異様なまでのトランプ好き企業なのかもしれませんね」

「トランプ？」と大須賀駿が尋ねた。三枝のんは頷く。

「ええ。あたしもびっくりしましたよ。資料庫の中、死に物狂いで手に入れた資料がまさかのトランプのルールブックだったとは。そりゃあ、あたしだって最初は勘違いかと思いましたよ？　そのときのあたしはらしくもなく、今世紀最大級の満身創痍状態でもろもろの判断能力を欠いていましたからね。でも冷静さを取り戻した今、まじまじと読み返してみても、これはもう言い逃れができないくらいの堂々たるトランプのルールブックです。徹頭徹尾、資料の頭っから尾っぽまで全部がトランプ、トランプ、トランプです。それも聞いたことがないゲームです」

「なんて、ゲームだったの？」

三枝のんはやや視線を上に移動し、大事に記憶した歴史の年号でも読み上げるみたいに、ゆっくりと、はっきりと答えた。

「のわ〜る・れゔなんと」

俺の心臓は僅かだけ跳ね上がった。たとえ三枝のんの不完全な発音であっても、その言葉の響きが持つ独特の匂いは、芳醇なコーヒーの香りと一緒になって俺のもとへと舞い戻ってくる。

『この「ノワール・レヴナント」は、言うなれば「差」のゲームなのだよ』

ボブの声が蘇ってきた。今となってはもう四、五年と関係が隔たっているかのようにも思える懐かしき声。ボブがマスターとプレーし、俺も挑戦したカードゲーム。ボブが好んだカードゲーム。

――ノワール・レヴナント――

俺は自身の身体に、にわかに電流のような、あるいは気泡のようなものが迫り上がってくるのを感じた。肌の表面で気泡はぷちぷちと弾け飛び、身体に僅かな電気信号を送る。電気信号は瞬く間に俺の脳を刺激し、語りかける。俺の中で革命的な想起が湧き起ころうとしていた。

俺はボブの言葉を思い出す。たとえ下らぬ端書のような言葉であったとしても、俺はボブの言葉なら隈なく思い出すことができた。俺にとってのボブという存在は、他の誰のどのような存在とも符合しない。

ボブは俺にとっての友人以上の友人であり、教師以上の教師であり、肉親以上の肉親である。あの日のボブも、いつもと同じあの声で、俺に言葉を残していった。その時の俺にとってそれは、何気ない雑談の一端でしかなかった。しかし今はっきりと、それが現在の俺たちにとって最も重要な、事物の核心であることを痛感する。

ボブにチケットを渡されることになったあの日、俺はノワール・レヴナントというゲームをどこで知ったのか、とボブに訊いた。

『私がまだ幼かった頃に、弟が私に教えてきたんだ。「面白いゲームがあるぞ」と言ってね。もっとも、私の方が弟より遥かに強かったがね。ワンセットだけ対戦して、コテンパンにしてやったのを今でも鮮明に覚えているよ。いやはや、今となってはいい思い出だ』

弟が私に教えてきた。ボブは間違いなくそう言った。

ボブの弟がノワール・レヴナントをボブに教え、そして奇しくも、ボブは弟との勝負に勝利した。

『それ以降は、毎日、毎日、弟に再戦を迫られたよ……「勝ち逃げは許さん」と言われてね』

それで、あんたは再戦したのか？

『いいや……まんまと、勝ち逃げさ。もっとも、弟は異常なまでの負けず嫌いで、その上執念深くてね。これが計算外だった。そのたった一度の敗戦をずっと根に持っていたらしくて……いやはや、たかだかトランプであそこまで執念を燃やすこともなかろうに。あいつにとって、敗北とはたとえどんな形式であれ、それ自体の存在が許せなかったのだろう』

ボブは弟に再戦を迫られた。それも執拗に激しく。

俺にとって、それは単なる子供の駄々のようなものだとしか了解していなかった。あくまで負けん気の強い子供の、無邪気なお願い程度であると。

しかし、もしそれがもっと度を越えたものだったとしたら。トランプゲームの負け程度で沸き上がる範囲を越えた、いわば常軌を逸したものだったとしたら。

『やつは子供なのだよ。〜〜ものすごく子供だ』

今度は先ほど聞いたばかりの森重の声が聞こえてきた。

『(カジノの) 一番のメイン台に至っては聞いたこともないカードゲームが繰り広げられていて、異様な雰囲気だったね』

話を黒澤孝介へと移す。黒澤は七年前の提案で大量の社員の首を切った。何も知らぬ末端の社員から、提案に反対した社の重役五名まで。しかし、すべての社員の第二のビジネスライフをバックアップした。新しい就職口を手配し、生活レベルの維持に助力した。

ただ一人を除いて。

当時のレゾン電子の子会社社長にして、黒澤孝介の兄。

『いやはや、いやはや。今となっては私の負けだ』

体中の気泡がすべて弾けきった。俺の身体は新しい次元のそれへと移行し、頭の中に脈絡なく散らばったばらばらの破片から綺麗な一つのオブジェが完成する。すべての根源は、すべての理由はそこにあったのだ。

「どうしたんですか江崎さん。いつもより一層難しい顔をしてますよ？」と三枝のんが真面目な顔で訊いた。

俺はそこでふと我に返り、何かを壊さないよう慎重に口を開く。

「分かった気がする」

「なにがですか？」

俺の顔には意図せず皮肉めいた笑みが浮かび上がる。妙な因果もあったものだ、と。

「俺がここにいる理由」

「ほう」と三枝のんは口を蛸にして、こちらを食い入るように覗き込む。「どういうことでしょうか？」

俺はそれについてすべてを説明する気にはなれず、首を振って聞き流すことにした。その代わりに、俺は提案を持ちかける。

「お前は元々ここに、本を買いに来たんだったな？」

三枝のんは目を見開いた。「ええ、そうですが……何を今更？」

「そして、現金を持っている」

「へっ？」と三枝のんは間の抜けた声を出した。

俺は躊躇せずに言う。

「悪いが他にあてもない。全部貸してくれ。それとあんた」

指名された葵静葉は「わ、私？」と自分を指差して慌てた声を出す。俺は同様に希望を告げた。

「音楽プレーヤーを貸してくれ。明日使う」

黒澤孝介は待っている。

それは『強運の持ち主』などではない。もっと具体的で、完全に特定された個人だった。それは紛れもなく「ノワール・レヴナント」にて敗北を喫した、自身の兄。今は西日暮里にひっそりと佇む場末の喫茶店でアメリカンコーヒーをちびちびと啜ることに従事する男。

ボブ。

黒澤孝介は年甲斐もなく未だ再戦を望んでいるのだ。たかだかトランプゲームの敗戦。しかし黒澤孝介にとってそれは耐えうるものではなかったのだ。何年経とうが色褪せない敗北感、屈辱感。

森重の言うとおり、本当に子供だ。それもものすごく、、、。

俺は思わずにやりと笑うと、ボブの顔を思い出した。毎日毎日することもなくただ喫茶店に入り浸り、貧しさの象徴のようにほそぼそとコーヒーを啜り続けるボブ。

『こう見えても、昔は社長を張っていたのだがね』

ボブは事あるごとにそのことを主張していた。俺はもちろんのこと、あるいはマスターすら、そんな戯言を真実として受け止めてはいなかった。ボブのあの風貌と雰囲気は社長などという存在とはちょうど対極に存在している。それがまさか真実であったとは。俺はポケットに眠るピンバッジを右手でころころと転がした。

「あのさ、その『ノワール・レヴナント』ってどういう意味なの？」と大須賀駿が皆に向かって質問した。「なんか、どこかで聞いたことがある響きな気がするんだけど、意味がわからないんだよね」

それを聞いた三枝のんは「おっほん」と一つ挑発的な咳払いを入れた。「ああ、無知な大須賀さん。そういうことはすべてこのあたくしにお訊きください」

「のんは分かるの？」

「大須賀さん。指で本を読めばそれが永遠の記憶になるという素晴らしき力を有しながら、辞書の類を読まないとでもお思いですか？」

「なるほど、それはそうだ。で、どういう意味なの？」

「まあ、正直言ってあんまり美しい言葉の配列じゃないですよね。『のわ〜る』はフランス語ですし、一方の『れゔなんと』はフランス語から派生した英語ですし。でもまあそうですね、辞書的意味を披露するなら『のわ〜る』はずばり言ってフランス語で『黒』という意味です。あるいはやや暴力的で血なまぐさい印象の言葉でもありますね」

「それで『レヴナント』は？」

「まったくせっかちですねぇ。えー『れゔなんと』はですね——」

【レヴナント／Revenant】

1.（長い留守の後に）帰って来た人

2. 死の世界から戻った者・亡霊

七月二十六日（四日目）

英雄

葵 静葉 ♥

時刻は午前十一時十二分。外は快晴。私はホテルのリビングルームで音楽プレーヤーを操作していた。タッチパネルの画面をするするとスライドさせて動かし、楽曲をあっちからこっちへと移動していく。流石に購入してから数年経っているだけあって、私の操作にも淀みはない。まるで前もって決めてあった動作のように、一つのプレイリストが滞りなく形成されていく。

江崎くんはなるべくインストゥルメンタルの曲で、音が途切れにくいものが好ましいと言っていた。幸い私の音楽プレーヤーにはクラシックを始めとするインストゥルメンタルの楽曲が多く登録されている。始終音楽と共に時間を過ごしてきた私からすれば、このような楽曲選びに苦労することはなかった。

「できそうですか？」とトイレから戻ってきた大須賀くんが私の正面のソファに腰を掛けて尋ねる。大須賀くんの表情はやや心配そうであった。

「うん、大丈夫だと思う。ノイズキャンセル機能もついてるし、イヤホンもブルートゥースが搭載されたコードレス仕様だから目立たないと思うしね」

「そうか、ならよかった……」大須賀くんは少しだけ明るい顔になる。「江崎はまだ部屋ですか？」

私の視線は自然に寝室の扉へと移動する。扉は静かに、重たく閉ざされたままだ。

「うん、まだ寝てるみたい。うまくいくといいんだけどね」

大須賀くんは黙って頷いた。どことなく祈りのような想いをそこに滲ませて。祈りたくなるのも無理はない。何と言っても、今日に関しては江崎くんの両腕に私たちのすべてがかかっていると言ってもいいのだ。残念ながら私と大須賀くんは、今日は終日このホテルで留守を預かる予定。すべての成り行きを見守る傍観者にしかなりえない。

「のんは一人で行かせて良かったんですかね？」と大須賀くんはまた少し心配そうな顔になって尋ねた。

「大丈夫じゃないかな、きっと。それに、のんちゃんの背中の数字は幾つだったんだっけ？」

大須賀くんは僅かに視線を動かして思い出すようなしぐさをしてから『51』でした」と言った。

「なら、尚更ね」

「それはそうなんですけど、なんだかやっぱり気掛かりで。もし、うまくそれが見つかったとしても、変なことを知っちゃったら、ショックを受けるんじゃないかな、って。のんは黒澤皐月の友達だったわけだし……」

「私にも分からないけれど、だからこそ一人で行きたかったんじゃないかな？」

「どういう意味ですか？」

「黒澤皐月さん――つまり、サッちゃんに関してもし何か悲しい情報を知ってしまったときに、周りに誰か居たら少し気まずいと思ったんじゃないかな？　泣きたくても泣けないし、怒りたくても怒りにくいでしょ?」

「なるほど……」と大須賀くんは小さく首を縦に振った。

のんちゃんもまた、本日は単独行動。昨日話していた通り、一人で目的の場所へと向かった。大須賀くんが心配したくなる気持ちも分かるけれども、本人のたっての希望なのだからそれを制止することもできない。ホテルでの朝食の後、のんちゃんは先日入手したバッグを片手に笑顔いっぱいでホテルを後にした。

「それにしても、気付けば私たち、随分と突拍子もないことに巻き込まれてるよね」と私はしみじみ思ったことを口にした。

大須賀くんも苦笑いしながら「本当ですね」と答えた。「チケットから始まって火事、黒澤皐月、黒澤孝介、そして今度はカジノ。次から次へと不思議な話ばっかりで、今の自分が、この間まで自宅でゆっくりしてた自分と同じ世界の人間だとは、ちょっと信じられないですよ」

私は笑って返した。大須賀くんの言うとおりだ。以前までの自分と、今の自分との間に確固たる連続性があることに、私は驚きさえも覚える。ピアノを弾いていた私も、物が壊せるようになった私も、あの男を手に掛けた私も、ここ数日間の私も、すべてがまるで別の次元の、別の世界の生き物のように思えた。私はリビングの真上に構える煌びやかなシャンデリアを見上げ、不可思議な感覚の行き場を探す。まるで灯籠に思いを託すように。

「あの、葵さん」と大須賀くんは表情をやや硬くして言った。「僕なりに仮説みたいなものを考えたんですけど、聞いてもらえますか?」

「仮説？」

「はい。今回の一連の不可思議な出来事に関する仮説です」

私は大須賀くんの表情の比重がみるみる重くなっていくのを感じて、思わず神妙に頷いた。大須賀くんの中では今日までに集まったばらばらのピースが「仮」ではあるものの一つの答えとして組み上がっているよう。私は膝の上で両手を揃えて大須賀くんの話を聴いた。

「本当にただの仮説でしかない、あくまで僕個人の考察なんですけど……。昨日、江崎が当時の副社長から聞いた話からも、レゾン電子というのがどことなく怪しげな企みをしていることは間違いないと思うんです。七年前、黒澤孝介はなにかを提案したと言っていましたし」

私は頷く。

「さすがに僕にはその提案の内容に関してはてんで見当もつきませんけど、それが『よくないこと』だというのは確実だと思うんです。副社長の人も答えるのに随分と渋ったと江崎も言っていたし、なんてったってカジノを運営するような社長が経営する会社です。後ろ暗い企ての一つや二つあって当然のようにも思えます。黒澤孝介が七年前に打ち出した謎の提案は『どうしても他人に知られたくない、よからぬ話』だった。これは間違いないはず」

私は再び頷いて続きを待つ。

「それで、今度は火事の話。昨日も言ったとおり当時の担任の先生の話だと黒澤皐月は火事の一ヵ月前から様子がおかしかったそうなんです。どことなく上の空というか、そわそわしてたというか、とにかく『いつもの黒澤さんではなかった』と担任の先生は言っていました。そして『あれは放火であって、黒澤さんはその火事を予期していたんじゃないか』とまでも予想を付け加えています。黒澤皐月が亡くなった火事は、今から四年前……ここからが本題です」

大須賀くんは重心を前に移動し、ソファからやや身を乗り出した。話が結びの部分へと向かっていることを示すように、ソファの革がぎゅうっと軋んだ音を鳴らす。

「何かの拍子に黒澤皐月は、父親の、つまり黒澤孝介のある提案の内容を知ってしまったんじゃないかと思うんです。父である黒澤孝介がひた隠しにしていたある提案を、娘の黒澤皐月がひょんなことから知ってしまう。それに気付いた父、もしくは別の社員が口封じのために……」

「火事を起こした？」

大須賀くんは唇を嚙んでから少した515めらうような目付きをし、やや声色を弱めて言う。「あくまで予想です。黒澤孝介自身も火事で負傷したことを考えると、ちょっと不自然にも思えますけど、でも、なんとなくこの仮説なら全体の意味合いも見えてくる気がして」

私は大須賀くんの話を自分の中で吟味してみる。突拍子もない推察ではあったけれども、今現在私たちが手にしているピースから作れる最も美しい答えであるような気もした。

黒澤皐月は父が秘密にしていた『よくない』企みを知り、口封じのために命を狙われた。自分の身に危険が迫っていることに薄々感づいた黒澤皐月は、日々の生活でも上の空になりがちになり、それが学校の先生の目にも留まる。そしていよいよ火事が発生するが、そこには大人の陰謀が見え隠れし、企業から圧力がかかった事件の真相はまるで雪解けのように鮮やかにもみ消される。ただの偶発的なボヤ騒ぎだったかのように扱われ、真相は姿をくらます。

――それは、あなたに預けます。ですから、その時まで、どうぞご自由にお使いください。ただもしも、その時が来たら、私に協力しなさい。その時が来ても、あなたが、私に協力をしないと言うのなら、あなたは――

彼女は息絶えたが、事の真相を告げるために私たち四人に『普通ではない』施しをして、メッセージを残した。

『その時が来たら、私に協力しなさい』

その時、というのがおそらく『今』なのだろう。彼女の死から四年の歳月が流れた、ちょうど今現在。

すべての謎がすとんと腑に落ちるとまでは言えないけれど、それが答えであると言われれば文句のつけようもない。まるで奇才が描くアクの強い抽象画のように、理解よりも手前の前提として、完成、完結は認めざるをえない。だが、やはり疑問は湯水のごとく溢れ出す。

例えば、私たちが呼ばれたのはなぜ『今』なのだろうという疑問。この疑問に対する答えは見つからない。なぜ四年前、つまり火災の後すぐに私たちは呼ばれなかったのか。月日が経てば様々なものが不鮮明に風化、あるいは消滅し、物事の本質はみるみるうちに見極めにくくなっていってしまうというのに、どうして彼女は四年間のインターバルを置いたのだろう。本当の意味で『その時』とは、なんなのだろう。

私は減った疑問と増えた疑問を頭で整理してから、再び音楽プレーヤーのプレイリスト作成にとりかかった。ひとまずは今、私ができることをやるべきだ。私たちはたった一枚のチケットからここまでたどり着くことができた。それだけでもはや奇跡に近い所業なのだ。

『私に協力しなさい』

どうだろう黒澤皐月さん。私たちはあなたの望むとおりに協力ができているのだろうか。私は返答のない問いかけを虚空の彼方に優しく解き放ち、音楽プレーヤーの設定を終える。これで江崎くんが望んだ通りのプレイリストが完成したはずだ(少しだけ余計なアレンジをしてしまったような気もするけれど)。

「そうだ、葵さん。お昼ごはん買ってきましょうか？　もし、なんでもよければ、僕、適当にコンビニで買ってきますけど？」と大須賀くんはソファから立ち上がり言った。

「ありがとう、それなら江崎くんの分も適当に買ってきてくれる？　きっとお昼ごはんは食べてから出かけると思うから」

「分かりました。じゃ行ってきます。もしよかったら葵さんも行きますか？」

私は少し考えてから、首を横に振る。

「もし二人で出かけてる間に江崎くんが起きちゃったら申し訳ないし、私はここでおとなしくしてる」

「そうか……それもそうですね。じゃ、ちょっと行ってきます。もし僕が買い物している間に江崎が起きたら、急いで連絡してくださいね。なんてったって江崎は今からカジノに行くんですから、一応、僕が背中を見ておかなきゃいけないと思うんです。『運』だとか『ツキ』っていうのが一番大事ですから」

「わかった」

大須賀くんは言い終わると、携帯電話とお財布だけをポケットに詰めてホテルの部屋を後にした。入り口の扉が閉じられると、私はリビングに一人きりになる。

やがて寝室から物音がした。どうやら江崎くんがベッドから起き上がったようだ。私は閉ざされたままの寝室の扉に視線を傾ける。まるで開演間近の舞台の緞帳を眺めるように。寝室から聞こえる足音がこちらに近づいてくるのがわかった。私はますます扉を注視する。すると扉は開かれないままに、一枚の紙片（かみきれ）がするりと扉の最下部の隙間から差し出された。私は慌てて立ち上がり、押し出された紙を取りに行く。それは江崎くんが使っている手帳の切れ端のようだった。薄く罫線が何本か引かれ、紙の端は手帳から乱雑に切り取ったことが瞬時に連想されるよう、ぎざぎざとしている。私はすぐさまそこに書かれた至極簡略な文に目を通した。すべてを読み切るのに、たったの三秒も掛からない。

そこには決して丁寧とは言えないが、男子高校生のものとは到底思えない流麗な文字で言葉が書かれていた。私は静かに安堵の息を吐く。無骨な文面には江崎くんの江崎くんらしさが滲みでているような気がした。

――うまくいった――

私は声を出さないよう気をつけながら、その紙を二つに畳んでテーブルの上に置いた。まるで何かのおまじないみたいに。

大須賀　駿 ♣

僕はホテルを出ると最寄りのコンビニへと向かった。大した距離はない。ややのんびりと歩いたにもかかわらず、部屋を出てから五分と掛からずに到着する。入り口をくぐると、冗談みたいにひんやりとした冷房が僕の身体を包み込んだ。

時間帯がちょうどよかったこともあってか、売り場には種類豊富なお弁当の数々がこれでもかとまでに綺麗に陳列されていた。僕は江崎と葵さんの好みを考えながら（もっとも、二人の好き嫌いなんて殆ど知らないのだけど）、お弁当を三つ選んでみる。取り立てて個性的でもなく、好き嫌いがあまり分かれそうにないものを意識しながら。しかし僕はお弁当を手に取ったところで、不意に財布の中身が気になる。はて、僕は今どのくらいの資金を持っていただろう。僕は一旦お弁当を棚の隅に置き、ポケットから財布を取り出してみる。覗いてみれば、千円札が二枚に小銭がいくらか。僕は思わず唇をへの字に折り曲げた。

ここ数日間の昼食代、そして幾つかの電車移動のおかげで、アルバイトでちょっとずつ積み上げてきた手持ち資金は未曾有の恐慌状態を迎えていた。もともとの貧乏暮らしがここに来て痛む。アルバイト代はただでさえその大部分を家計に回しているので、僕の手元に落ちてくる金額は雀の涙ほどしかない。

僕は情けない思いを胸に、仕方なく現在の手持ち資金で三つのお弁当（できればお茶も）が無事に買えるか否かを、携帯の電卓機能で導き出しにかかる。幸いなことに、すべての金額を合計してもなんとか手持ち資金内に収まりそうなことが判明した。僕はほっと一つ息を吐いてから、お弁当とお茶をレジへと持っていく。

購入したお弁当を左手に、手持ち無沙汰な右手で携帯をいじってみる。特に携帯をいじるのが好きな種類の人間でもないし、正直なところ、こうやって携帯をいじっていてもあまり生産的なことはしていない。昔のメールをなにげなく読み返してみたり、どこかで撮った写真を見なおしてみたり。そんな訳で特に目的もなく、僕はいつかのメールを見直していた。すると、一通のメールが目に留まる。

・From: 真壁弥生

僕はその名前が持つ特別な響きから、あの日のプラネタリウムを思い出した。「85」を背にした弥生とハンバーガーを食べて、プラネタリウムを見て、コーヒーを飲んで、それから――。今となっては、それらはまるで遠い昔のことのようにさえ思える。あるいは映画や漫画の中での出来事のようなどこかパラレルな感覚さえ覚えた。僕はなんとなくそんな感情が居心地悪くなり、唐突に弥生にメールをしてみたくなる。このホテルで過ごした数日間の世界とは違う、今まで僕が確かに生存していた現実と交信を持ちたかったのだ（もちろん、理由はそれだけではないけども）。

僕は思いつくままに適当な文章を作成してから、はて、本当にこれでいいものかと何度か思い直し、五度にわたる推敲の末にメールを送信した。

『久しぶり。弥生は最近どう過ごしていますか？』

シンプルこそが最良だ。という結論の下、当初は十五行にも及んだ文章をほとんど割愛し、軽量化に軽量化を重ねた文章を送った。この時点で僕は適当なベンチを見つけて座り込んでいる。すると幾らもしないうちに返事が返ってきた。僕は慌てて（少しドキドキしながら）メールを開封する。

『久しぶり。最近は特に変わったことはしてないよ。夏休みを満喫しています。大須賀くんは今、例の旅行中だよね？　どんな様子ですか？』

弥生のメールには随所に可愛らしい絵文字があしらわれていた。中でも『満喫しています』の後にくっついているパンダの絵文字が中々に愛らしい。両手をパタパタと振るパンダの様子は、常にどこかたどたどしい弥生自身の姿を連想させた。また、僕が現在旅行中だということを認識しているということもちょっぴり嬉しい。僕は急いで文章を認めて返事を送った。

『夏休みを満喫できているなら、それはなにより。旅行は中々刺激的で、ちょっと予想外の出来事の連続です』

返事はやっぱりすぐに返ってきた。

『帰ってきたら色々なお話聞かせてね』

今度は、目を細めて笑う猫の絵文字が印象的だった。

僕はその後、数回弥生とメールのやりとりをしてからホテルの部屋に戻った。もう少し外でのんびりとメールをしていられたらよかったのだけども、暑さにお弁当がいたんでしまってはいけないし、あんまりにも長い時間『日常』と接することは今の僕にとっていいことではないような気もした。僕はまだお茶が冷たいことを確認すると、エレベーターに乗ってホテルの部屋へと向かう。

部屋に着くと、先程と同じ体勢で葵さんがソファに腰掛けていた。

「お弁当買ってきましたよ」

すると葵さんは少し困惑したような表情で振り向いた。僕は訝しく思って視線を寝室へと向けてみる。すると先ほどまでぴっちりと閉ざされていた扉が開け放たれているのが確認できた。僕は葵さんに向き直る。

「江崎はどうしたんですか？」

葵さんは少しだけ頭を沈めて、やや申し訳なさそうに上目遣いをした。

「あ、あの。止めたんだけれどね、どうしても、もう行くって言うから……」

「行っちゃったんですか⁉」

僕の慌てた声に対して、葵さんは重たい物を動かすみたいにゆっくりと頷いた。僕は脱力しため息をつく。

「そんな……もし背中に『35』なんて書いてあったら絶対に止めなきゃいけなかったのに。というより僕にはそのくらいしかできないんだから、江崎も、ちょっとくらい待ってくれたらいいのに」

葵さんはまるで自分に責任があるとでもいうように、深めに頭を下げた。「ごめんね。でも、江崎くんも一応『うまくいった』とは言ってたから、大丈夫だとは思うんだけれど……」

僕はやるせない思いを吐息に滲ませながら、葵さんの正面のソファにどっかりと沈み込む。不意に目をやったテーブルの上には、江崎のものと思われるメモが残っていた。

――悪いが、待たずに行く。吉報を待て――

僕はお弁当をテーブルの上に置くと、右手で頭を掻いた。

確かに江崎の気持ちも分からなくはない。たとえ背中にどんな数字が書いてあろうとも、今の僕たちに『撤退』や『後退』といった選択肢は用意されていないからだ。どんな運命が待っていようとも、僕たちはただあの声に『協力』するしかない。それは分かっている。だけども僕はやっぱり江崎の、ひいては皆の役に立ちたかったのだ。

のんは指で様々な資料を読み込み、今回の謎解きに大いに貢献している。葵さんはレゾン電子本社の鍵を壊して、見事に資料庫への活路を見出した。そして江崎は今日、予言を引っさげてカジノへと向かっている。それに比べて僕はどうだろう。僕は……何一つ役に立っていないんじゃないだろうか。皆それぞれがこの数日間に際して非常に有用なスキルを兼ね備えているというのに、僕だけが『背中に数字が見える』だなんて、あまりに貧弱としか言いようのない力を授けられている。こんなものがいつ、どうやって役に立つというのだろう。

『私に協力しなさい』

僕はすべての原初でもある、あの声に対して、大声で問いかけてみたくなる。『どうやって協力しろと言うのだ』と。こんなにも平和ボケした力が、どうやったら皆の役に立つんだ、と。読めない、聞こえない、壊せない。僕は自分が情けなくなった。情けなくなりすぎてこのまま身体がパチリと弾け飛んでしまうような気さえした。でも、冷静になってみると僕はなんてことなく目をつぶっていただけだった。実体としての僕は一片の疑いようもなく、情けない存在のままでソファに沈んでいる。

「ごめんね、私がもっと江崎くんをしっかりと引き止めておけば……」と葵さんは僕の落胆に同調するように表情を曇らせて言った。

「いえいえ、葵さんは何も悪くないですよ、僕は勝手に自分のことで落ち込んでるだけです。気にしないでください。気長に江崎の『吉報』とやらを待ちましょう」

葵さんは少しだけ表情を元に戻してから「そうだね」と言った。「そうだ。お弁当、頂いてもいいかな？」

「どうぞどうぞ、せっかく買ってきたんだから遠慮せず食べてください。落ち込んでいても仕方がないですしね、それに……」

葵さんは首をやや傾ける。「それに？」

「葵さんは今日、割とツイている一日ですよ」

「どのくらい？」

「『54』」

葵さんは品よく笑ってから、お茶を小さく口に含んだ。

江崎純一郎 ♠

音楽プレーヤーの操作方法は昨日のうちに葵静葉から聞いておいた。今日になってからでは他人と碌に会話もできなくなってしまう故、大体の話し合いは昨日のうちに済ませておく必要があった。俺はぶらぶらと街を歩きながら、右手の中で音楽プレーヤーのリモコンを転がし、その感触を肌になじませていく。リモコンという存在を、自分の意志に添って忠実に動く己の従僕へと調整するため。

音楽プレーヤーを構成しているパーツは大きく分けて三つだった。

一つは音楽プレーヤー本体。タッチパネル式の黒い板のような機械で、音楽プレーヤーとしての機能の中枢を成している。今は俺のポケットの中。

二つ目はリモコン。小さな液晶パネルがついた縦長スティック型の機械で、現在再生されている曲名と歌手名（もしくは作曲者・演奏者名）が随時表示される。リモコンはコードレスで、本体とは完全に独立を果たしており、現在は俺の手の中におとなしく収まっている。

三つ目はイヤホン。言わずもがな音楽を聴取するために耳に装着する部品であり、今もなお進行形で俺の耳に聞きなれないクラシックを送り出している。リモコンの表示によればタイトルは『ワルキューレの騎行』、作曲者は『ワーグナー』、演奏者が『エルム・クライバー』だそうだ。当然ながらいずれの情報も俺にはさしたる意味を成さない。今のところ俺にとって音楽とは、ただの耳栓でしかないのだ。俺は今一度リモコンの『再生／停止ボタン』『ノイズキャンセルON／OFF』のボタンを手の中で念入りに確認し、頭の中で予行演習をつんだ。親指の微妙な加減で再生と停止をし、同時に人差指の腹でノイズキャンセルのスイッチを操作する術を確認する。二つのボタンは不愉快なほどにぴったりと隣接していて、思わず誤操作を犯してしまいそうになった。それでも、幾度か練習を重ね、操作感を手になじませていく。

予言は日に五つ。

この四年間で一度たりとも変化したことのない絶対的な法則であった。それは二時の一時間後が三時であることと同じくらい確実で、不変的なルールである。

あれは俺が中学二年のときだった。予言の不気味さや不可思議さ、そしてその仕組みに徐々に慣れ始めてきたころのこと。

当時の俺は学校の指導のもと、英語検定を受けさせられることになっていた。強制受験だった。もとより俺は英検などに興味もなく、まして会場への移動や試験に手間もかかるため、これといったモチベーションも持てず、受験という行為が不愉快ですらあった。道中の足取りも重い。しかしながら一次試験を受験してみると、結果は良好で順当にパス。手元には二次試験の日時と場所を通知する書類が郵送されて来た。嬉しくないどころか、億劫な気分の方が俺を大きく支配していた。どうして二度も会場に向かわなければならないのだ、と。

二次は面接。簡単な英語文の音読と、英語の質問に対する回答を行うことになっていた。もちろんやる気などない。幸い通っていた中学からは、受験しないことに対する罰はあったものの、不合格したことに対する罰は用意されていなかった。試験会場に赴くだけ赴き、無言で試験官を睨みつけたのち帰宅しても、なんら不都合はなかったのだ。さすがに睨みつけようとは思っていなかったが、俺は特に意気込んで面接に臨むつもりはなかった。だが、俺は二次試験を前日に控えたその日、ふとした好奇心に駆られる。

この『予言』が試験にあたってうまく機能しないものだろうか、と。

一日の予言は『五つ』と決まっている。ならばもし、一日に『五文』しか耳にすることがなかったとしたら、予言の内容はどうなるのだろう。俺は自分でも珍しくささやかな興奮を覚え、慌てて近くの百円均一店で耳栓を購入し、しっかりと奥深くまで栓をしてから床につき、二次試験の日を待った。

結果は予想通り。万事うまく運んだ。次の日の朝、俺の手元に現れた五つの予言はすべて『英文』。それも疑問文。それは紛れもなく二次試験での質問文であった。俺は耳栓をしっかりとはめ込んだまま会場に向かい、面接室に迎え入れられるまで決してそれを外さなかった。すると起床から会場への道中で、俺の耳には誰一人の言葉も届かない。必然、予言は面接室での会話しか拾い集めなかった。

もちろん俺は非の打ち所のない出来栄えで面接を終えることになった。なにせ、すべて事前に知らされていた質問であったのだから。

俺は面接室を後にすると再び耳栓をしめ、帰路についた。面接の前後で俺の耳は何ひとつとして余分な会話を吸収しない。

先にも述べたように、特に試験にパスしなければならない理由もなかったし、その意志さえもなかった。あのときの俺の行動はすべてが純粋な好奇心のみで構成されていたのだ。この計画を実行に移したら、一体どうなるのだろう、という幼心ながらの探究心、知求心。よって二次試験の合格通知が郵送されてきても感慨らしきそれはなかったし、それどころか思い通りの結果が転がり込んできたことに対して、小さな物悲しささえも覚えた。一連の出来事は俺にとって、またしても『不変的』な『予定調和』の人生を印象づけることになったのだ。以降、日常生活の中で二度と同じ手法を用いることはなかった。

今日という日まで。

俺は昼食をとりに足を運んだチェーンの喫茶店の中で、おもむろに手帳を開く。そこには見慣れた自分自身の筆跡で五つの文が記されていた。

・ハートの6です。
・スペードのキング。
・ダイヤの3。
・クラブの7。
・スペードの7。

そこには俺が所望した通りの予言がずらりと顔を揃え、またしても俺の前に計画通りで、安定感のある人生を見せつけた。俺は音を立てて手帳を閉じ、ポケットへと仕舞う。それからベーグルをちぎって口に運んだ。最後にコーヒーを啜る。リモコンの液晶画面には『序曲コリオランー ベートーヴェン／トマス・ロットマイアー』という文字が浮かんでいた。重厚感のある旋律が耳を震わせる。

『ハートの6』などを始め、すべての予言にトランプ関連のものが噴出してきたということは、まずもって俺は『カジノ』というものの存在を認めなければならない。森重からその存在を聞かされ、俺は一応のところ納得したような体を作ってはいたが、胸のどこかではまだ僅かに疑いの心が残っていた。本当にカジノなどという薄寒くも、非現実的な施設が東京の真ん中にあるものかと。しかしながら、今、現実として、俺の予言にはトランプを連想させる言葉が浮かび上がってきた。街中で不意に『ハ、ハ、ハートの6です』などという会話を聞く可能性もないだろうし、まず間違いなく、俺は今からカジノでこの台詞を聞くことになるのだろう。俺は残りのコーヒーを飲み終えるとすぐに席を立ち、そのまま店を出た。森重に言われたとおり新宿に向かうことにする。

森重の示した順路を思い出しながら、新宿駅を東南口から出た。目の前のエスカレーターを下り、吐き出されるようにして道に出る。さすがに人通りは多かった。スーツに汗染みを浮かべながら歩く会社員から、笑いが絶えない学生風のカップル、ややよそ行きの服装、厚化粧で決め込む中年女性に、荷物を載せたカートを引きながらよれよれと放浪するホームレス。俺はそんな群衆の中に溶け込み、横断歩道を左折した。

左手にはポルノ映画館。森重の言った通りだ。胸を顕にした女性の写真の上に、おどろおどろしい字体で刺激的なコピーが貼り付けられている。陽も暮れれば一層、妖艶な雰囲気がこのあたりに漂うのであろう。俺は映画館を通り過ぎビルを三つ数えた。

灰色の雑居ビル。どうやらここが指示された場所のようだ。

まったくもって無機質で一切の個性を主張しない、言うなれば背景のようなビルだった。壁面には程好くひびが入り、鬱蒼とした空気を醸し出す。俺はビルの前でしばらく立ち止まった。

俺は大須賀駿に背中を見せずにここまでやってきた。というより『見せないように配慮して』抜けだしてきた。理由は明確だ。

俺はこれ以上、何かの予想や、予測、予告、予言、のようなものに携わりたくないのだ。すでに未来が算出されたなかでの活動は言うなれば俺にとっては拷問でしかない。誰かに幸福（もしくは不幸）を約束されて過ごした時間など、それはもはや自由な俺の時間ではなく、誰かの見えざる手に導かれた不自由の中での俺の時間でしかないのだ。もし仮に、俺の背中に『60』という数字が浮かび上がっていたとして、俺はその日最高に幸福だったとする。だがそれはあくまで俺の背中からやってきた幸福であって、俺が自らの手で産み出した幸福ではないのだ。よって、背中を見せなかった。見られたくなかった。俺は俺の時間を消費する。俺は常に、俺自身の支配者でなければならない。

俺は陽も当たらず照明もない地下へと延びる薄暗い階段を、一歩ずつ確かめるように降りていった。サンダルが小さな砂利を踏みつぶし、ジリジリと不快な摩擦を生み出す。耳元からは未だに大きな音でクラシックが流れていた。曲名はリモコンを見ないと分からない。だが俺は気にせずに（もとよりタイトルに興味などない）階段を降りきる。すき間風が俺の肌に冷気を感じさせた。

階段の下には重厚感溢れるそれらしい扉が待ち構え、更にその手前には見張り役と思しき眉毛のない若者が座っていた。男は俺を見ると口を動かして何かを伝える。表情を見て察するにあまり友好的な姿勢ではない。目線はまるで迷子でも追い返すように鋭く凶暴で、口の動きは牙を見せる狼のように威圧的だ。しかし、俺の耳には何も届かない。すべては指揮者のタクトによってまたたく間に打ち消され消失していく。俺は無言で男性に近づき、森重から受け取ったピンバッジを指で弾いて投げつけてみた。男性は少し慌てながらもピンバッジを両手でつかみ、見極めるように目を細めてピンバッジを凝視する。しばらくすると男性はそのバッジが本物であることを認め、やや驚いたような表情で俺を見つめた。おおよそ俺の容貌、身なりは、いつもここにくる人間のそれとは大きくかけ離れたものなのであろう。俺の恰好はいつものジーパンに白のポロシャツだった。剛毛の髪はイヤホンを隠すように耳まで覆い尽くし、寝ぐせを四方に散らしている。自分で評してみても、金持ちには見えない。

俺は無言で身構える男性に対し『それで中に入れるんだろ？』と告げてみた。『悪いが早く入れてくれないか？』と。もっとも耳が完全に塞がっているため、上手に発音できたかどうかに関しては自信がない。自分の声に対するフィードバックがないというのが、こんなにも会話に支障をきたすものなのかと、俺は驚きともどかしさを感じていた。

しばらくの間、男性があまりにノーリアクションであったため俺は自分の声が正しく伝わっていないのかと思い、今一度同じメッセージを告げようとした。しかし俺が口を開きかけたところで、男性は何かを俺に告げてから、重い扉の鍵を開け放った。切り裂かれるようにして現れたスリットから金色の光が漏れ始める。薄暗い踊り場と対を成すかのような喧騒と光と闇の世界が俺の目の前で開かれようとしていた。

ちらりと覗きみたリモコンからは『前奏曲作品三―二「鐘」―ラフマニノフ／アンドレイ・ドミトリエフ』の文字。

扉はいっぱいに開かれた。

三枝　のん　◆

「本当にまだ取っておいてあるんですか？」

「ええ、もちろんです。それが当サービスのウリですから」とエプロンをつけた坊主頭の男性は誇らしげに笑顔をみせて答える。「いつなんどき引き取りの声が掛かるかわかりませんから、どのような物品でもおおよその原形を留めてさえいれば、引き取りから五年の保管をお約束しております」

男性は戦隊もののレッドでも気取るように五本の指をおっ立て、あたしの眼前に印籠のごとくつきつけた。表情は心なしか恍惚のそれ。あたしは男性の気分を盛り下げないよう「おお！」という相槌を少し大げさに打っておいた。

あたしは現在、白いカウンターを挟んで男性と向き合っている。店内は、業務内容が業務内容なだけになかなか清潔に保たれていた。あるいは店員が短髪なのも清潔感を演出するための小道具の一つなのかもしれない。裏に併設されているであろう倉庫部分とは完全に切り離された来客スペースには、『特別清掃業』という名が背負う生臭さや血生臭さはこれっぽっちも感じられなかった。

「えー、それで、お客様は『黒澤様』でお間違いないでしょうか？」

「ええ、その通りです」

あたしは男性に負けじと胸を張ってみた。男性は了解の合図として小さめに頷く。

「お電話でも確認致しましたが、ご住所は大田区田園調布一―二×でお間違いないですか？」

「完璧です」

「かしこまりました。では倉庫の方に確認に行ってまいりますので、ここで少々お待ち下さい」

男性は卒業証書を受け取るかのごとく深々とお辞儀を決め込んでからくるりと反転し、背後の扉から倉庫の方へと移動していった。

昨日の葵さんのお話。

葵さんは以前、江崎さんと火事の現場（元サッちゃんのお家）を見に行ったとき、近隣のおしゃべりなオバ様に出くわしたそうだ。そのオバ様はご丁寧にも数多有用な情報をちゃきちゃきと友好的に提供してくれたという。それはそれはありがたいことこの上ないのだが、しかしながら良くも悪くもちょっとした（余分な）小話も多かったらしい。

『きっとおしゃべりが好きな人だったんだろうね。火事にまつわることもそうでないことも、とにかく色々なことを話してくれたの』

葵さんはその時を思い出して少し参ったような表情をしながら言った。

『それで、今思い出したんだけれどね、確か火事の事後処理……つまり、瓦礫のお掃除とかは専門の業者さんがやってくれるんだって、その人は私に教えてくれたの。現場のゴミはきれいに廃棄して、必要そうなものは保管しているんだ、って。だからもし、黒澤さんのお家で起こった火事を清掃した業者がわかれば、なにか遺留品みたいなものが見つかるんじゃないかな？　運がよかったら、日記だって見つかるかもしれないし』

あたしも大須賀さんも大掛かりな手品のタネを教えてもらったみたいに、思わず唸り声をあげてしまった。なんとも、素晴らしきオバ様の雑談。

《好機に出会わないものはいない。ただ好機にできなかっただけだ》――アンドリュー・カーネギー

見事、葵さん。たわいもない会話の切れ端にこそ好機を見逃さなかったその選球眼は、かの榎本喜八にさえ匹敵するというもの。鉄鋼王もきっと賞賛してくれるに違いない。

その後は目当ての清掃業者を探し出すため、手の空いていた大須賀さんによる怒濤の電話作戦が決行された。ホテルの部屋に据え付けられていたパソコンで近隣の清掃業者を検索、リストアップし（四十件ほど見つかった）、頭から順に、矢継ぎ早に電話を掛け倒した。

『黒澤という者なのですが、四年前の七月三十一日に田園調布で起こった火事の清掃をそちらで担当していると聞きまして……』という文句を謳い、虱潰しに業者を探した。すると見事、二十件目付近にてアタリに遭遇。大須賀さんは大いに興奮してあたしたちに告げた。

『港区にある「グリーングリーン」っていう会社。そこが四年前の火事で清掃を担当したんだって。倉庫を確認してみないといけないからなにが残っているのかすぐには分からないけども、明日来てくれれば遺留品は渡せると思う、って。ただ遺留品を引き取るには黒澤さんの「親族・親戚」だと証明できるものが必要だって』

そんな話の流れの中で、あたしは右手を天高く突き上げ、本日の清掃業者訪問に立候補した。もし万に一つもサッちゃんの遺留品が手に入るようなことがあるのなら、あたしはそれをスルーすることなどできない。あたしは誰よりも早く、正確に、サッちゃんの心を、火事の真実を見出さなければならないのだ。

サッちゃんの最大の友人として、最大の弟子として。

しばらくすると『グリーングリーン』という清掃業者名が刻まれた大きめのプラスチックケースを抱えて、先ほどの男性が戻ってきた。男性は坊主頭のすき間から汗をキラキラと光らせながらゆっくりとケースを運び、カウンターの上になるべく音を立てないようやさしく置いた。それからケースの側面についた番号と手元の資料を見比べて満足気に頷く。

「こちらが、七月三十一日の火事で保管させていただいた黒澤さんのお荷物になりますね」

「な、なにが残っていますか？」

あたしにはそのプラスチックケースが世界遺産級の宝箱のようにも思え、思わず身震いして訊いた。男性は〈まあまあ、落ち着いて〉と言わんばかりに余裕をこいた表情を作ってから、わざとらしくも必要以上にゆっくりとケースの蓋を開ける。そして、ケースの最上部にしまわれていた一枚の紙を取り出して読み上げた。

「えー。まず食器類が数点ですね。お皿に、コップ、スプーンにフォーク。それからキーホルダーなどの貴金属類。指輪とネックレスもありますね。後は缶くらいですね。それ以外は分類不能の小物しかありません」

「カン？」とあたしは訊いた。

男性は自分で言ったことを再確認するように、目を細めて資料を睨んでから頷く。「ええ。ここには『缶』とだけ書かれていますね。どれどれ……」

男性はそう言ってケースの内部を物色し始めた。あたしもそれに続いて、ちょっとだけ背伸びをしながら中を覗きみる。たしかに男性の言うとおり、ケースの内部の殆どは食器類で占められていた。元は真っ白であったであろうプレートやマグカップ。おそらく観賞用かと思われるウェッジウッドらしきお皿。いずれも丁寧にビニールにくるまれているものの、悲しいくらいに煤けて傷んでいた。

　男性は幾つかの食器を取り出して更にケースの奥をまさぐりにかかる。すると、中からちょっと高級なお菓子でも入っていたかのような缶々が姿を現した。重箱くらいの大きめサイズ。表面の斑のステンドグラス模様が炎の被害から所々変形し黒ずんでいる。あたしも男性も缶々を発見すると顔を上げて目を合わせた。

「『缶』っていうのは、これ……ですかね？」あたしは言う。

「そうみたいですね」

「中身がなにか、分からないんですか？」

「えーと……」男性は今一度資料に目を通してから言う。「あ、失礼。記述がありますね。中身は紙類、他、書籍が数点だそうです」

　あたしはピクリと眉を動かす。「書籍？」

　男性は再度資料に視線を落とした。「ええ。書籍と書いてありますね。何の書籍かは分からないですけど」

「あの！」あたしはカウンターに両手をついて僅かに男性の方へ乗り出した。ずずいっと男性の顔面へとにじり寄る。「この缶々を開けてもらうことは可能でしょうか？」

　男性はあたしの接近に幾許か居心地悪そうにしてたじろいでから、小さく首を縦に振った。

「え……ええ。可能ですよ。お開けいたしましょうか？」

　あたしは勢い良く首を振る。ブルン、と音が鳴るんじゃないかと思うほどに。

男性は缶々をカウンターに置いてから爪を立てて蓋を開けにかかる。しかしながら時間の経過のせいか缶々は開きにくくなっており、しぶとくもその中身を晒そうとはしない。男性は缶々の異様なまでの防御力の高さに気付くと、やや目付きを鋭くして両手に力を込めはじめた。闘争本能に火がついてしまったのかもしれない。頑張れ。すごく頑張れ、清掃業者のお兄さん。

すると、ぱかっ！　という音が小気味よく響いた。

男性は悪代官の如き得意顔で目の前の缶々を見下ろし、にやりと微笑む。

「中をご確認されますか？」

あたしはまたブルンと力強く首を振る。男性は物欲しそうなあたしの態度に満足したのか、さも部下に分け前を与える盗賊団のボスのように、蓋をゆっくりと外してあたしに中身を見せつけた。

あたしはまた軽く背伸びをしてそれを覗き込む。

江崎純一郎 ♠

豪華絢爛。まさにその一言だった。

外から眺めたビルの寂れぶりとは裏腹に、その内部には光が金色に揺らめく黄金郷の世界が広がっていた。衝撃をすべて吸収するような深い真紅の絨毯(じゅうたん)が綿々と続き、天井には煌びやかに輝くシャンデリアとガラス細工。目の前には等間隔に並ぶ重厚なスロットマシーンにデジタルポーカー。笑いが止まらない中年女性に、額に脂汗の壮年男性。耳元のクラシック音楽で相殺されているものの、その賑やかさは自ずと視覚から伝わってくる。そこは外界とは完璧な独立を果たした異次元の世界であった。

俺はひとまずカジノの内部をゆっくりと歩きまわってみることにする。平日の午後であるにもかかわらず、客入りは中々のものだった。いずれの人間も、タバコを吹かしながら競馬場で腕組みをしているような粗野な人間とは一線を画した、上流階級風の人間たちであった。身なりはスーツないし、ややよそ行きの私服が殆どで、やはり俺の存在は言い逃れようもなく浮いている。客から店内の従業員まで一様に俺のことを、厨房に紛れ込んだネズミでも見つめるようなやや侮蔑的な表情でやり過ごした。

カジノに入ってしばらく歩くと、大きめのテーブルが幾つか並ぶスペースへとたどり着いた。楕円形のテーブルの向こう側にチョッキを着たディーラーが微笑みを浮かべながら手元を動かし、洗練された動きでトランプをフェルト生地の上にすべらせる。周囲に群がったプレーヤーとやじうま達が、その結果に大いに盛り上がったり、あるいは消沈したりしていた。並んでいたテーブルは全部で三つ。

一つ目はブラックジャック。横目でテーブルを覗いたときのカードの配置から把握した。それなりの盛況ぶりだ。プレーヤーもやじうまの数もそれなりにいる。

二つ目はバカラ。こちらも横を通り過ぎながら確認した。その繁盛ぶりは隣のブラックジャックと同程度だろうか。やや盛況と言ったところ。

そして三つ目。

三つ目のテーブルは今までの二つのテーブルよりも一回り大きく造られていて、その装飾にも意匠が凝らされていた。チョッキを着たディーラーも心なしか他のテーブルより精悍で、インテリジェンスの片鱗を表情に滲ませている。歳は四、五十くらいに見えるが、その手元の動きに淀みはない。言うなれば、他のどのディーラーよりも、『プロ』らしく見えた。とにかくそのテーブルは、明らかに特別、特殊な存在として設定、君臨しているように映る。他とは扱われ方がまるで違う。

しかしながらその特殊性とは裏腹に、三つ目のテーブルはあまり賑わっていなかった。周囲をかこむやじうまは一人もおらず、テーブルの正面に設置されたスツールにプレーヤーの客が三人腰をかけているだけだ。しかも、内ひとつは空席。まるで何かの祭に乗り遅れたように、ここだけが閑散としている。

俺はそのテーブルが放つ異様な空気に吸い寄せられるようにして近づいていった。すると、ディーラーが俺の姿を捉えて声を掛ける。口を品よく動かし、落ち着いた身振りをおりまぜながら、何か尋ねてきているようだった。だが、俺にはディーラーが何を言っているのか分からない。耳元ではバイオリンが激しく高鳴っている。鼓膜を激しくつんざくように。

仕方なく俺はディーラーの質問には答えずに、自ら質問してみることにした。俺は発音に留意しながら慎重に声を出す。

『ここはノワール・レヴナントの台か？』

するとディーラーは〈ええ、その通りでございます〉とでも言うように、笑みを携えて小さく頷いた。それと同時にスツールに座っていた三人のプレーヤーが怪訝な表情で俺を覗きみる。〈なぜ、お前のような人間が、ここに居るのだ？〉とでも問いかけたげな目付きだ。

音声が遮断されると、どうにも人の表情に敏感になる。『目は口ほどにものを言う』とはよく言ったものだが、俺はいま正しくそれを体感していた。言外のメタメッセージの重さ、存在感を。

俺はまた発音に注意しながら『ここに座ってもいいか？』と訊いた。ディーラーはこっくりと頷く。

俺は誰も座っていなかった一番左のスツールに腰掛けた。すると再び右に並ぶ三人のプレーヤーが不愉快そうな眼差しで俺を睨む。暗に〈場違いだ〉と言いたいのかもしれない。もし、そうだとしても俺に否定などできない。間違いなく俺は場違いであって、この雰囲気に相応しくなどないのだから。

俺はスツールに身体を落とし込むと、ディーラーに向かってかける言葉を探す。なるべく簡潔に、そしてディーラーがイエス、ノーで答えられるような種類の問い掛け。俺は無難な質問を頭に思い浮かべると、例によって慎重に声にした。

『ここは黒澤孝介が所有しているカジノで間違いないか？』

ディーラーは苦笑いを浮かべて質問を黙殺した。それも当然かもしれない。たとえそれが周知の事実であったとしても、それにほいほいと頷くような真似はしないはずだ。ここはあくまで『違法』の下に形成されている施設であって、他者から賞賛されるようなものでもなければ、まったくもって健全でもない。俺は質問を変える。

『あんたは人を探している』

するとディーラーの目付きが僅かに変わった。一瞬だけだが確実に、間違いなく。視線に静かな動揺の色が波紋のように緩やかに浮かび、すぐさま静かにフェイドアウトしていった。

ディーラーは何か一言二言口を動かして返答する。首を傾げて声を出していることから、おそらく〈さぁ、なんのことだか〉というようなとぼけの発言だと推測された。さすがに場慣れをしているのか、ディーラーの表情からはすでに動揺は一掃されていた。影も形もない。俺は続ける。

『俺は黒澤孝介に会いたい。どうにか口利きをしては貰えないか？　俺はあんたが探している人間と、実に関わりの深い人間だ。悪い提案じゃないだろ？』

しかしながら今度は、ディーラーは一切の動揺を見せなかった。先ほどの発言で少し耐性ができてしまったのかもしれない。表情は俺が席に着く前の状態である小粋な微笑へとシフトしてしまっていた。

ディーラーの口元が僅かに動いたのを確認した俺は、懸命に口の動き方から発言を予測してみる。どうやら『おっしゃっている意味がよくわかりませんが』とでも言っているようだ。多分に俺の個人的な解釈が混じってしまっているとは思うが、おそらく当たらずとも遠からずなはずだ。ディーラーはすでに興味なさそうに下を向いて、次のゲームで使うであろう新品のトランプを開封している。

俺の右隣に座っていた男性が眉間にしわを寄せ、何やら俺に対し激しい剣幕で言葉をまくし立てた。さすがに口の動きを読むことは叶わなかったが、察するにゲームの邪魔をするなというようなことを言っているのだろう。他の二人のプレーヤーも同様に俺に対して冷たい視線を送っている。それもそうだ。彼らにとっては今このノワール・レヴナントこそが、金を、あるいは人生を左右する一大事なのだ。突如得体のしれない子供がのこのことやってきて、ゲームそっちのけで訳知りをしゃべくられるのが心地よいはずもない。俺は右手で男性を制してから言った。

『悪かった。邪魔するつもりはない』

俺はディーラーに向き直る。

『せっかくだから参加させてくれ。ルールは知ってる。これをチップに替えてくれ』

俺は三枚のんの二十万円が入った封筒をテーブルの上に投げ出した。ディーラーは封筒を拾い上げ、中身を確認。それから万札の枚数を見事な手さばきで数え上げ、『1』と書かれたチップを二十枚、俺の目の前に手渡した。隣の男性が嘲笑を浮かべながら俺に言葉を吐きかける。

隣の男性の正面には『100』のチップが数十枚に『10』と『1』のチップが山積みにされていた。おそらく一万円で『1』に換算されるのであろうから、隣の男性は数千万単位のチップを有していることになる。なるほど、手持ち二十万円の俺を笑いたくもなるはずだ。

正直なところ、できればこんなトランプゲームなどに俺は関わりたくない。というのも、そんなことをせずともディーラーとの会話だけで、黒澤孝介との面会を取り付けられたのならそれが最善なのだ。文句のつけようもないほどに安全で、確実で、効率的。しかし先の通り、ディーラーは知らぬ存ぜぬを押し通してきたのだから仕方がない。もとより、予言にはかくも明確にトランプ関連の言葉が飛び出してきているのだ。避けられる道ではないと予め決まっていた。

――何事にも積極的とはいかないまでも、それなりに参加しておくのは大事なことだ。人生の土壌を肥やすためにも――

ボブもそう言っている。参加できるものにはそれなりに参加しておくとしよう。

俺が正面に向き直ると、いよいよディーラーはトランプを配り始めた。四人のプレーヤーにそれぞれ五枚ずつ、華麗な動きで捌き、フェルトの上に滑らせる。俺は五枚の手札を左手に並べると、身体に何かのスイッチが入るのを感じた。どこからか冷涼な風が現れ、俺の肌をベッタリと、しかしながらツルリと撫でていく。俺は首を左右に勢い良く伸ばして骨を鳴らしてから改めて手札へと向き直った。耳元では曲が変わる。『組曲惑星「火星」――ホルスト／レイモン・ラトル』

ノワール・レヴナントの始まりだ。

一応のルールは以前ボブから聞いて知っていたつもりではあったが、昨日改めて三枝のんから正しい『ノワール・レヴナント』のルールの内容を聞いてみると、俺がボブから知らされたルールはほんの一端であったことを思い知らされた。単なる遊びではなくカジノにて『ギャンブル』として使用されるために変更された幾つかのルール、飛び交う専門用語、そして細かな手順、様々な情報が新たに必要とされた。俺はその手順と用語を今一度頭で整理し、再確認する（なお、今からここに『ノワール・レヴナント』の詳細なるルール、手順、役名を記すこととするが、もしも取り立てて興味が湧かなければ読み飛ばしてもらって一向にかまわない）。

※　※　※

まず基本のルールとして、このゲームはボブが言っていた通り『差』のゲームである。二枚のカードを場に出し、その二つのカードの数値の『差』がそのまま『強さ』であり、勝敗を決するポイントとなる。手順は以下のとおり。

1．初めに手札としてカードが五枚配られる。
2．その五枚のうち、不必要だと思われるカードを裏向きにして一枚捨てる（これをレヴナントのカードと呼ぶ）。
3．残った四枚の手札の中から二枚を選び、こちらも裏向きにして場に出す（これが勝負札）。
4．勝負札を開き、対戦相手（今回の場合はディーラー）と見比べ、その関係によって勝敗が決まる。

基本的には勝負札の差が大きい方の勝利となる。AとKの二枚であったなら単純な引き算でその差は『12』。対戦相手が6と7であったならその差は『1』となり、AとKを出した方の勝利となる。

しかし、このゲームの特徴として『10以上の差を持つカードは、同じ数字のカードのペアには負ける』というサイドルールが存在する。このルールがクセモノでもあり、かつゲームの醍醐味でもある。先ほどのようにAとKを出した場合、差は『12』つまり『10以上』となる。すると、例えば7と7だとか、QとQのような同じ数字の組み合わせには敗北してしまうのだ。

以上がこのゲームの基本的なルールである（現に俺は、ボブとの対戦では右記のルールでプレーした）。しかしながら、今回のカジノ仕様のルールでは若干の変更がなされていた。

今回の対戦相手は右隣の他のプレーヤーたちではなく、あくまでもディーラーとの一対一だ。他のプレーヤーも各個それぞれがディーラーとのみ対戦する。よってディーラーとの間に幾らかの心理戦が発生しなければゲームは成立しないのだ。ノーヒントで互いにカードを出しあっても、勝敗の結果は完全なる運任せ。それでは些かの面白みに欠ける上、ギャンブルとしてはまったくの二級品。そこで、今回のカジノ仕様のルールでは、ディーラーの勝負札は一枚だけ表になっていることと決められていた。つまり、二枚の勝負札（差を見極めるためのカード）の片割れが見えている状態で我々は勝負ができるのだ。プレーヤー側にとっては有利といえるルールかもしれない。しかしながら、過度の考えすぎがミスを誘発し、気を抜けば自滅してしまうことにもなりかねない。

以下にこのゲームで用いられる役名を記す。

【グランデ】――自分の勝負札の『差』が、ディーラーの勝負札の『差』よりも大きい場合の役。一番オーソドックスな勝ち方だ。配当は賭け金の2倍。

【ジェメリ】――相手の勝負札の差が『10』以上だった場合に、同一カードを提示した際の役。先ほど説明したサイドルールだ。配当はグランデより少し上がって3倍。

【カバロ】――自分の勝負札、そしてディーラーの勝負札が共に同一カードだった場合（例、『AとA』対『5と5』）数字が7に近い方が勝利となる役。特殊な事例だけに配当は更に上がり賭け金の5倍。

【レヴナント】――あえて自分の勝負札を裏にしたまま放棄し、最初に捨てたレヴナントのカードで勝負を宣言。そして、見事に相手の勝負札二枚と、自分の捨てたレヴナントのカードが同じ数字であった場合（つまり三枚のカードが同じ数字だった場合）に勝利となる役。

このゲームにおける特殊な手の一つであり、あの日のボブが俺には教えなかった役だ（曰くロイヤルストレートフラッシュと肩を並べる難易度とのこと）。配当は驚異の10倍。ただし、その配当の大きさから、レヴナントを宣言して敗北してしまった場合には、賭け金の5倍を支払わなければならないペナルティが存在する（これを『ペコラ』という）。

【ノワール・レヴナント】――先ほどのレヴナントとほぼ同じ要領で発生する役なのだが、相手の勝負札の柄がどちらも『赤』であり自分のレヴナントのカードがスペードであったときに宣言される役。ゲームの名前にも採用されている通り、難易度は高く、配当も20倍。

【ピッコロ】――自分の役が上記のいずれでもない場合（つまり敗北の際）に宣言される言葉。いわゆるポーカーで言う所の『ブタ』。当然配当はなし。賭け金のすべてが没収される。

なお、ゲームには必ず10回単位で参加しなければならず、一回だけプレーして後は降りる、というようなことをしてはならないことになっている。１セットに10ピリオドずつ、これがこのカジノにおけるノワール・レヴナントの全景だ。

※　　※　　※

俺の手に収まっている五枚の手札は、左から『スペードの4／スペードの6／ダイヤの10／クラブの10／スペードのK』であった。過去にたった一度しかプレーしたことのないビギナーの俺が知ったようなことは言えないが、なかなか悪くない手札なのではないだろうか。10と10で同一数字の組み合わせも作れるし、4とKを組み合わせれば『9』というそれなりに大きな差も作れる。最初の手にしてはなかなかだ。幸先もいい。

俺はレヴナントのカードとして、不必要と思われたスペードの6を場に捨て伏せる。それから残りの四枚を再び手の中で整列させた。するとディーラーは俺の前に右手を差し出し何かを催促する。どうやら隣のプレーヤーたちを見て判断するに、ベットするチップの量を決めろと言っているようだ。見れば右隣の男性は『10』と書かれたチップを六枚積み重ねて提示している。単純に換算して六十万円だ。すでに俺の全資金を優に上回っている。

俺はぼさぼさの髪をやや乱暴に掻いてから1のチップを二枚だけ場に出した。瞬間的にディーラーを含めた俺以外の四人が薄ら笑いを浮かべる。ノイズキャンセルされたイヤホン越しにも、その嫌味な嘲笑の声が漏れ聞こえてきそうだった。

俺は二度ほど強めに目を瞬いて、自分を自分だけの世界の奥深くへと沈めていく。他人との関わりが極力制限された自己の精神の中へ。俺は視界から他のプレーヤーたちを排除し、ディーラーの提示したトランプとだけ相対することにした。眼光から全身の毛穴まですべてを敏感に尖らせ、トランプの柄と数字だけに集中していく。

ディーラーは二枚の勝負札を決めると場に伏せ、内の一枚だけを表に向けた。細長い指の隙間から顕になったカードは『ダイヤの3』。

　俺は一つ息を吐いてダイヤの3を睨みつける。なかなかイヤラシイ数字だ、と俺は思った。もし伏せられているもう一方のカードが『K』であった場合、その差は『10』。しかしながら『Q』であった場合には、差は『9』で、ぎりぎり『10』に届かないのだ。つまり同一数字を出せば敗北を喫してしまう。そういった意味で、この『3』という数字はプレーヤー側にちらつかせるには絶妙な数字に思えた。高い木の上に生った甘美な果実のように、妖艶な魅力で人々を吸い寄せる。守りに入れば実は手にはいらず、攻めに徹すれば木から落ちる。俺は右目だけを瞑って、しばし黙考にふけった。

　――いやはや、このゲームではなんだかんだ言っても、同じ数字、つまり差を『0』にするのはなかなか勇気のいることなのだよ。普通ならリスクを冒してまで、無理に差を『0』にして裏をかこうとは思わない――

　頭の片隅からは、またもボブの話がこぼれてできた。俺は耳から聞こえるオーケストラに合わせて、右手の人差指でリズムを取ってみる。安定感のあるメロディが身体に心地好く馴染んだ。

　俺はそこでいよいよ二枚の勝負札を決め、静かにテーブルの上に伏せる。ディーラーは洒落の効いた笑顔をみせてから、テーブルの端に置かれたハンドベルを振り、カードの移動を締切った。以降は勝負札の変更も、ベット金額の変更もかなわない。俺はスツールに座りなおし、ディーラーの勝負札が開かれるのを待った。

　ディーラーは俺を含めた四人のプレーヤーに対し何かを宣言してから勝負札を表向きにした。

隣のプレーヤーたちは思い思いに顔をしかめる、あるいは綻ばせる。

ダイヤの3の隣で翻ったカードは『クラブのK』だった。つまりその差は『10』。

再びディーラーが何かを宣言すると、右端のプレーヤーから順次自らの勝負札を表に返していった。そしてそれぞれのプレーヤーは返すと同時にその役名を宣言していく。するすると流れるようにしてカードは捲られ、その都度役名が読み上げられた。待つこともしないうちに、俺のもとへと順番が回ってくる。俺はうつ伏せ状態の二枚の勝負札を右手で摑み、そのまま表に向けた。そして宣言をする。

『ダイヤの10とクラブの10』それからディーラーの目を覗き込んで言った。『ジェメリで3倍付け。あってるか？』

ディーラーはやや不服そうに目を細めながらも頷き、賭け金の3倍で六枚になったチップを差し出した。俺は無言で受け取り、自分のチップの上へと重ねる。現在のチップはこれで二十四枚。他のプレーヤーも俺に対して何か茶化すようなことを言っているようだったが、すべてレゾン製のノイズキャンセルによってかき消されていった。

ディーラーは再びハンドベルを鳴らすと、紙でできた手元の数字表示をめくって『1』から『2』へと変更する。ピリオドは第1ピリオドから第2ピリオドへと移行。最終の第10ピリオドまで不可逆的に進行していく。

ディーラーの手元にある数字表示が『10』を迎えたとき、俺の手元のチップは六十三枚にまで増えていた。途中、数回のピッコロ（ブタ）を喫したものの、慎重に勝負どころを見極め続けた結果、チップは漸進的に、しかし確実に増えていった。

　正直なところ、順当に戦い続ければ大敗がないことを悟った俺は若干の興醒めさえしていた。相手がいくらプロのディーラーであるとはいえ、所詮はどこにでも居る普通の人間。その表情、手さばき、場の流れ、周囲の空気、それぞれを統合的に考えてみると、おのずと勝負札は透けて見え、こちらの采配は最大公約数的に算出された。そしてそれが当たる。俺は思わず耳元のクラシック音楽の方に気を取られ、数度の欠伸をしてしまったほどだ。

　まして、俺は未だ切り札とも言える『予言』を使用してはいない。俺には、このゲームに苦戦をしいられている右隣の木偶の坊たちの心境がまるで理解できなかった。彼らは俺と反対に、まるでボランティア精神に則るまま募金でもしているみたいに、みるみるそのチップの枚数を減らしていった。俺はややけだるくなった身体を動かし、着座の体勢を入れ替える。

　ディーラーの手元からは五枚の手札が配られ最終第10ピリオドの開始が告げられた。俺は配られた手札をちらりと眺め、それが悪い手ではないことを確認すると、いよいよ手持ちのチップすべてを賭け金として前に押し出した。計六十三枚のチップが、俺とディーラーの間に何かのオブジェのようにそびえ立つ。場内の音は聞こえなくとも、空気が音を立てて変化するのが皮膚細胞で感じられた。

　ディーラーは口を動かし、何かを俺に尋ねる。無論、ディーラーが何を言っているのかは分からないが、俺は一言『これでいいんだ』とだけ答えておいた。他のプレーヤーは互いに目を合わせどこか気味悪そうに俺のことをちらりと見やる。まるでグロテスクな戦争映画でも見てしまったように。

二枚の勝負札のうち、ディーラーが表にしたカードは『スペードの6』であった。片一方は未だ裏返されたまま。赤い線で紡がれたシンメトリーの幾何学模様がその匿名性を主張する。

・ハートの6です。

俺は最初の予言を頭に思い浮かべた。そしてそれを裏返しのカードに当てはめてみる。すると必然的に俺の勝負札は決まり、また同時に勝負それ自体も決定した。

俺は二枚の勝負札を選んで場に伏せる。ディーラーは機械的にハンドベルを二度ほど振ってから、裏返しのままの勝負札にゆっくりと手をかけた。

俺はタイミングを逃さないよう、素早くポケットから音楽プレーヤーのリモコンを取り出し、右手の中に収める。そして昨日の夜から幾度となく練習した動作で音楽を止め、同時にノイズキャンセルのスイッチをオフへと切り替えた。親指と人差指が同時に躍動すると、俺の耳元に広がっていた音楽の世界はどこか遠くへ消失し、そこには現実感溢れるリアルな『音』の世界が復活した。ディーラーがトランプを持ち上げる僅かな摩擦音から服の衣擦れの音までが耳に届く。

音が戻った。

鋼鉄のしがらみから解き放たれたような、あまりに圧倒的で、快感とさえ表現できる解放感。

しかし俺は変化に気を取られすぎないよう注意して、ディーラーの声に耳を澄ます。それは絶対に聴きこぼしてはいけない、最大の予言であり福音なのだ。俺はいっそう神経を尖らせる。

「ハートの6です」

ディーラーの声は想像よりも太い、重厚なバス声であった。俺は安堵の一呼吸よりも素早く右手を動かし、再び音楽を呼び覚ました。勢いのあるピアノの音と共に、世界を逆再生したようなノイズキャンセルの始動。リモコン上には『束の間の幻影─プロコフィエフ／村井寿明』の文字が浮かび上がる。まるで雲間から見えた一時の陽光のように、静寂の世界は瞬く間に閉ざされ、厚い雲の中へと吸収されていく。俺は再び音楽の世界へと引き戻された。

例によって右端の人間から喜怒哀楽を顕に、勝負札を表へと返していく。一人、二人、そして三人。

俺は自分のターンになると、そこで一呼吸を置いた。首を左右に伸ばし再び骨を二度振動させる。すでに不自然なほどに余分な時間が流れたが、周囲の人間は誰もそれを糾弾しなかった。なにせ俺は今、六十三万円の勝負をしているのだ。それを軽はずみな気持ちでせっつくことなど誰にもできはしない。皆、一様に寝そべったままの俺の勝負札を凝視し、その時を待っていた。

俺は息を大きく吐いてからカードに手をかけ、ディーラーの目を見ながらカードを返した。

そして宣言する。

『クラブの3とダイヤの6』目をつむって右手を差し出す。『グランデで2倍付け』

俺の目の前には五枚の『10』チップに、七十六枚の『1』チップ、計百二十六万円が積み上げられた。あまり実感が湧かないのは、あるいは耳元で鳴り響く幻想的な音楽のせいなのかもしれない。

うずたかく積み上げられたチップを尻目に、俺はディーラーの表情を窺う。ディーラーは相変わらず無表情に微かな笑顔を咲かせている程度で、これといった動揺や驚きをしめしてはいなかった。俺がノワール・レヴナントをワンセットプレーしただけで二十万円を百万以上に変えたところで、そこには一滴(ひとしずく)の感慨すら湧かないらしい。

俺は思わず『まだ黒澤孝介には会わせてもらえないか？』とディーラーに訊いてみる。

ディーラーはとぼけ顔で俺の質問を黙殺し、新たなトランプの封を切り始めた。どうやら徹底して白を切るつもりらしい。俺は再び言う。

『もう少し勝てば、気も変わるか？』

ディーラーは動かしていた手元をいったん止め、俺の目を覗き込んだ。そして口元をゆっくりと動かす。声は聞こえずとも発音それ自体を楽しんでいるかのような緩慢な語感が感じられた。まるで現在、俺の耳が聞こえていないことを知ってやっているかのような動きだった。あるいはディーラーは声を出していなかったのかもしれない。いずれにしても音楽で封殺された世界で、ディーラーの発話は更に控えめな囁きとなって俺の耳に無音の言葉を告げた。ディーラーの口元は動く。

——ひょっとしたら——と。

俺は小さな笑みを作って人差指を一本立てた。

『もうワンセットやらせてくれ』

ディーラーは頷き、ハンドベルを上品に揺らした。数字表示は再び『1』に捲り戻され、第1ピリオドの開始を告げる。

~~・ハートの6です。~~
・スペードのキング。
・ダイヤの3。
・クラブの7。
・スペードの7。

俺は頭の中で今日の予言を整理してから、2セット目のノワール・レヴナントにかかる。手元に滑りこんできた五枚のトランプを拾い上げると、耳元ではちょうど音楽が入れ替わるところだった。俺は名も知らぬクラシック音楽を携え、再びゲームの世界へとこの身を投じていく。シンバルの音が何かの警告のように、少しだけ威圧的に鳴り響いた。

ディーラーが慣れた手つきで数字表示を捲る。この2セット目も早、第7ピリオドへと突入していた。ゲームのシステムや手順に慣れてきたせいか、体感時間は先程よりもいくらか短かった。ゲームは滞りなく、実に快調に進んでいる。

俺はやや調子を落としたものの、手元のチップは百五十三万円分と、僅かに増幅させることに成功した。たとえ不調に陥ろうとも、こうも単純なカードゲームだ。取り立てて神経を尖らせることはなくとも、そこにはほぼ確実に約束された利益がある。まるでインサイダー絡みの株取引のように。あるいは、ここまで歩んできた俺自身の人生のように。

ただ綺麗に縁どりされた一本の道を左右に振れないように、なるべくまっすぐ歩いて行く、そんな人生。約束された一定の利益と、確実性と、不変性と、判で押したような無個性。それが俺の目の前にははっきりと示されている道だ。どうあがこうとも待ち受けるのはこれ以上にないほどに無難な結末、あるいは無難な勝利。そうやって最後には亡霊（レヴナント）になるのだ。あまりに空虚で、石ころほどの価値もない、真っ黒な亡霊に。

俺は皮肉の笑みを心に浮かべてから、配られた手札を左手に並べる。適度に数字がばらけた、悪くない手札であった。俺は目を閉じて音楽へと耳を傾ける。

残る予言は四つで、現在は第7ピリオド。つまり残り第7、第8、第9、第10の、計4ピリオドのみ。よって以降は、全ピリオドで予言を使えることになる。

・スペードのキング。
・ダイヤの3。
・クラブの7。
・スペードの7。

今日の朝、俺の耳元に降って湧いた予言が、すべて今からのディーラーの勝負札に当てはまるということになる。必然的に、俺の敗北は消失した。ここにはいつものように、確約された成功が転がっているのだ。定期テストの返却のように、学内順位の発表のように、受験の合格者掲示のように。もちろんそんなもの微塵も面白くはないが、贅沢を言ってはいられない。今必要なのは胸躍るような興奮でも、口の中がざらつくような刺激でもなく、純粋なる黒澤孝介とのアポイントメントなのだ。明日、黒澤に会えさえすればいい。それだけなのだ。今の俺には、目の前にある確実なる勝利を見過ごす資格も、またそれを逸する必要もない。

俺は随分と体積を増やした眼前の百五十三万円分にも及ぶチップを両手で押し出し、そのすべてを賭け金としてディーラーへ献上した。すると規定の演技でもこなすように、また右隣のプレーヤーたちがたじろぎ何かを呟く。俺は黙って手札を睨みつけ、頭の中で予言だけを繰り返した。

・スペードのキング。

ディーラーが次に開くのはスペードのK（キング）。それだけを考えればいい。それだけが最も重要なことなのだ。俺はディーラーが勝負札の一枚目を捲るのを静かに待った。

ディーラーはゆっくりと一枚目の札を開く。捲られたカードは『ダイヤのK』であった。俺はひとつ呼吸を整え、自らの勝負札の選定にかかる。と言っても、予言に照らし合わせればディーラーの勝負札は『ダイヤのK』と『スペードのK』だということが分かる。カード間の差は意表を突いた『0』。勝負札を選ぶのに時間など掛からなかった。そこにはすでに解答が転がっていて、必勝の手を手放しに語りかけている。俺は軽快な手さばきで二枚を選び、投げ捨てるようにして場に伏せた。

プレーヤー全員が勝負札を場に伏せるとディーラーはハンドベルを振ってカードの移動を締め切り、裏返ったままの自身の勝負札に手を掛ける。まるで赤ん坊でも撫でるように優しい、どこか生々しい仕草だった。俺は息を殺し、手早い動作でまた音楽プレーヤーのリモコンを取り出す。そしてそれを右手の最もフィットする位置に収め、ボタンの握りを確かめた。

そのとき、何が起こったのだろう。

俺は、それをうまく説明できない。ある意味で油断であり、慢心であり、しかしながら偶発的なトラブルでもあり、不運でもあった。あるいは何かの因果が生み出した計算ずくの、ごく当然の現象だったのかもしれない。いずれにしても俺はそれを説明する言葉を持たない。三歩離れて客観的に見ても、反対に自己の中心から焙り出すように凝視してみても、答えは一向に見つからなかった。

ディーラーが勝負札を表に返し、そのカードの柄と数字を口頭にて告げようとしたその瞬間。俺は例によってリモコンの停止ボタンとノイズキャンセルボタンを切り替えに掛かった。昨日、何度も練習した人差指と親指の連係動作。まず親指で停止のボタンを押し込み、そのままノンストップで人差指を動かす。

手応えはあった。

俺の人差指は確かにノイズキャンセルのスイッチをオフの方向へカチリと動かし、その高性能の防音膜を綺麗に除去できたはずだった。

しかし、現実世界の音は戻らなかった。音楽はすでに停止し、葵静葉が用意したクラシック音楽は激しいシンバルの音を最後に消失していたのだが、厚い防音膜はなおも健在。俺の耳を徹底的なまでに塞ぎ、周囲の雑音を何一つ拾い上げなかった。何も聞こえない。

ディーラーの声が聞こえない。

俺は咄嗟のトラブルに一抹の焦りを覚え、僅かばかり血の気が引いていくのを感じた。世界がスローに流れる。しかしそれでも漸進的に、確実に時間は侵食され、ディーラーの手元はみるみるうちにカードを摑み上げた。

俺は焦りの中で精一杯平静を装い視線を手元に落とす。そして、ノイズキャンセルのスイッチを視認してから勢い良く弾いた。途端に世界は色を取り戻し、俺は現実の世界へと引き戻される。僅かな空調の音から、隣のプレーヤーの小さな咳払いまでが鮮明に耳に届いた。俺は慌てて顔を上げ、ディーラーの手元に視線を移す。

すると、そこにはすでに開かれた勝負札と、差し出されたディーラーの右の掌だけがあった。

俺は開かれたカードに釘付けになり、思わず声を失う。

すでに開かれていた一枚目の勝負札の隣で姿を顕にしたのは、予想だにせぬ『ハートの4』であった。

予言にあった『スペードのK』ではない。

並んだ二枚は『ダイヤのK』と『ハートの4』で、その差は『9』。

俺は自分自身が確かに動揺しているのを強く感じた。喉の渇きに発汗、交感神経の働きが加速する。あまりに久しい感情との対面であった。しかし、俺には自らの情動との再会を懐かしんでいる暇など用意されていない。悲劇は続く。

「スペードのK(キング)」

俺は唐突に耳に飛び込んだ謎の声に右を向く。もはや俺は冷静な判断能力を欠いていた。俺の中に僅かばかりの思考能力さえ残っていれば、すぐにでも再びノイズキャンセルのスイッチを入れ、音楽を再開させるべきだったのだ。しかし俺は目の前で繰り広げられている予想外の連鎖に足を掬われていた。まるで未知の警報を聞かされた無垢な子供のように、俺はただただ呆然と硬直する。

「ダイヤの3」

俺はそこでようやく事態の危険性を理解した。今聞こえているこの声は本来聞くべきディーラーのものではなく、何の関係もない他のプレーヤーのものであるということ。この声は右隣のプレーヤーが自らの勝負札を読み上げる声だ。見れば、一番右のプレーヤーが手元の勝負札を捲り終えている姿が目に入った。これを聞いたところで万に一つも利益などない。それどころか、俺が今聞いてしまっているこの声は他ならぬ『予言』だ。

――ハートの6です。――

――スペードのキング。

――ダイヤの３。
・クラブの７。
・スペードの７。

予言が無為に消費されていく。俺は慌ててクラシック音楽を呼び戻し、ノイズキャンセルのスイッチを入れた。周囲の雑音はたちまち耳元で相殺され、音楽が思い出したように豪快に鳴り響く。世界は再び大いなる膜に包まれ、その現実感を急速に消失させていった。

薄ぼんやりとしていた俺の視界に、ディーラーの右手が飛び込んでくる。ディーラーは俺の意識を覚ますように優しく手を振り、俺の顔を覗き込んだ。

俺は懸命に呼吸を整えてから、なるべく結論を先延ばしにするようにゆっくりとディーラーの顔を見上げた。そこには、憎らしいほどに変化しない、ディーラーの何食わぬ上品顔が待ち受けている。ディーラーは口を動かし、俺に指示を与えた。現状の乱れきった精神状態で、ディーラーの口を読むことは当然ながら不可能ではあったが、指示の内容は察するに難くない。

勝負札を開くよう告げているのだ。

俺はあまりの衝撃にしばし沈黙を守っていたが、流れる時間がそれを許しはしなかった。空気が硬直し、視線が俺の手元に集まっていくのが感じられる。俺の手は半ば受動的に自らの勝負札に掛けられた。他のプレーヤーたちも息を潜める。ディーラーは冷たくも張り詰めた眼差しを向ける。俺は一息にカードをめくり上げ、そのすべてを宣言した。

『クラブの7とダイヤの7』

空気が弛緩し、だらりと爛れる。

『役なしの……ブタ』

俺の目の前に積み上げられていた百五十三万円分のチップはあまりに無感慨にあっけなく、そして形式的に、ディーラーに吸収され消えていった。チップは一掃され、俺は文無しになる。

そこには、かつて体験したことのない未知の領域が広がっていた。どこまでも永遠に続くような漆黒に、皮膚の上を緩慢に流れ落ちていくぬめぬめとした敗北感、喪失感。

耳元のノイズキャンセルが俺の生気まで奪い去っていくようだった。

三枝 のん ◆

清掃業者のお兄さんが開け放った缶々の中を、あたしは食い入るようにして覗き込んだ。中には一体、なにが入っているのだろう。そこにはサッちゃんの何かを示す重要な手がかりが含まれているのだろうか。あるいは、てんで関係のないガラクタがごろごろと詰め込まれているのだろうか。お兄さんが缶々の蓋を完全に取り去ると、まるで薄暗かった井戸の底に光が差し込むように、缶々の内部がその全貌を明らかにした。

そこにはお兄さんが先ほど読み上げたとおり、年季の入ったハードカバーの書籍が平積みで

三冊。それから、その隣には……、

「……三羽鶴だ」

あたしは思わず声に出してしまう。書籍の隣に並ぶようにしてしまわれていたのは、四年前、他でもなくこのあたしがサッちゃんにプレゼントした三羽の折り鶴であった。折り鶴はぶきっちょな当時小学校六年生のあたしが折った時点で、すでにだいぶ歪な形ではあったのだが、それにも増して月日の流れが変形を加速させていた。

ピンクと、黄色と、水色の折り鶴。

折り鶴はただそこに存在しているだけで、あたしの心の深くにしまわれていたサッちゃんとの想い出を根こそぎ掘り起こした。まるで電動ドリルで延々掘り進んでいくみたいに、ざくざく、ざくざく想い出のボーリングが止まらない。サッちゃんの声、表情、仕草、すべてが今までより一回り鮮明になって、あたしの周りに蘇った。不覚にも目頭がじんわりと熱を帯び始めてしまう。いけない、いけない。あたしは今、大事な任務に従事している最中ではないか。それに清掃業者のお兄さんの前でおいおいと泣き始めてしまうのもあたしらしくはない。あたしは目をパチクリと瞬いて、落涙を必死で押しとどめた。

お兄さんは蓋を缶々の横に置くと、中から三羽鶴を掬い出し、続いて三冊の書籍を取り出した。ハードカバーの古ぼけた書籍がカウンターの上に横並びにされた。

一冊目は茶色の装丁に包まれた『デカルトと近代哲学』。

誰よりもたくさんの言葉と文学作品を愛したサッちゃんだが、中でも取り分け多くの言葉と思想を引用したのがこのルネ・デカルト。あたしにたくさん本を読みなさいと告げたときに引用したのも、デカルトの言葉だった。

三羽鶴が缶々から発見された時点で予想されたことではあったが、デカルトの本の登場でこの缶々がサッちゃんのものであることがより濃厚となった。この缶々は間違いなくサッちゃんが残したものだ。あたしはゴクリと唾を飲み込む。

その隣に置かれた二冊目は『幸福論―バートランド・ラッセル』

正直あたしはサッちゃんとの会話の中でこのラッセルの引用を聞いた覚えは殆どない。でも、この缶々の中に大切にしまっておいたということは、サッちゃんにとって重要な一冊なのだろう。いくらあたしはサッちゃんと仲が良かったとはいえ、当然のことながらサッちゃんのすべてを余すところなく知っているわけではないのだ。あたしの知らない未知の領域の一端こそが、このバートランド・ラッセルの『幸福論』なのだろう。あたしはふむと頷き、最後の三冊目へと視線を移した。

『DIARY』

それは紛れもなく、あたしたちが探し求めていたサッちゃんの日記であった。真っ黒なハードカバーに包まれた、重厚感溢れるノスタルジックな趣（おもむき）の装丁。間違いない。

なんだか事があまりにうまく運び過ぎていて、どこかちょっぴりの気味悪さすら感じてしまうが事実は事実である。あたしは日記を前に胸の高鳴りを感じていた。

なにせ、これこそがあたしたちの出発点であり、ゴール地点であるのだ。おそらくあたししたちはサッちゃんに呼ばれ、そしてサッちゃんへの協力を強いられている。ならばあたしたちは知らなければならない。なぜサッちゃんがあたしたち四人に『それ』を預けたのか、なぜ今が『その時』なのか、なぜ『協力』を頼んできているのか。その全ての答えが、ひょっとするとこの日記の中に眠っているかもしれないのだ。呼ばれた理由。あたしたちが為すべきこと。あたしが今ここにいる理由。

「これは故人様の書物と日記ですかね？」とお兄さんは三冊の書籍を眺めながら言った。あたしに配慮してなのか、どこか遠慮がちな表情で。

あたしは頷く。「だと思います。まさか見つかるとは思いませんでしたが」

「お引き取りになりますか？」お兄さんは柔和な笑みを浮かべて一枚の紙を取り出した。「こちらに必要事項の記入と、ご遺族との関係を証明する身分証明書の呈示さえしていただければ、すぐにでもお引き取り頂けますよ」

あたしはしかし黙ってカウンターの上に転がったままの日記を手に取る。手に持ってみてもずっしりと重い本格仕様の日記だ。これくらいの装丁の本であってこそ、サッちゃんが日記をつけるにふさわしいというもの。あたしは手の中で日記を二、三度軽く弾ませてその重みを両手で感じる。

「あの……身分証明書はお持ちでしょうか？」

あたしはお兄さんに右手を突き出し、勢い良く宣言する。そこにはためらいのニュアンスも、謝罪のニュアンスも含めない。あたしは力強く返答した。

「ないっ！」

「へっ？」

「ないったらないのです！」

お兄さんは困惑、呆然とし、口をあんぐりと開け放った。わざわざ倉庫から重たい荷物を持ってきてもらった手前、若干申し訳なくもあるのだが、ああだこうだも言ってられない。嘘はいけないのだ。ないものはない。

「いや、しかし、身分証明書がないとお渡しできないのですが……」

「致し方ない！」

「へっ？」

「持って帰れないのならそれは仕方ありません。『ていくあうと』はひとまずのところ諦めさせて頂きます。しかしながら、ならばこその『い～とぃん！』。ちょいとだけお待ちください」

あたしはそう言い放つとお兄さんには有無を言わせず、日記を真っ白なカウンターの上に垂直に立てた。厚いハードカバーの日記は手を放しても微動だにせず美しくそびえ立つ。まるでエッフェル塔のように悠然と力強く。

あたしは背表紙の最上部に人差指を突き立てる。指が反り返って筋がぐいぐいと伸びるほどに力を込めて、気合を込めて。

このまま指を下にするりと滑らせれば、あたしはおそらくすべてを知ることになる。火事に関する真実、あるいはレゾン電子の企みに関する真相、そしてサッちゃんの心境。日記と銘打っているからには、サッちゃんがそこら辺の大事なエピソードに触れずにいる筈がない。絶対にここには解答が載っているのだ。あたしはお兄さんが不審がるのも無視して、大きく、大きく深呼吸をした。室内の酸素をすべて二酸化炭素に変えんとばかりに、フーッと胸を膨らませ、すぼめる。緊張から更にもう一度スーハーと。

あたしは背表紙をぎらりと睨んでから、目を閉じる。神経をどこまでも鋭利に尖らせ、アイスピックよりも遥かに細く鋭く精神を一点に集約した。

指を降ろす。

じりじりと、毎秒五ミリメートルほどの速度で降下。背表紙の厚ぼったい革素材があたしの指にざらざらとした摩擦を与える。指先はまるで痙攣（けいれん）のように小刻みに震えた。

日記を通じて、あたしの頭にはサッちゃんそれ自身が流れこんでくる。決して忘却をすることのない完全な状態としてのサッちゃんが、琥珀（こはく）に包まれた古（いにしえ）の生物のように、そっくりそのまま侵入してくる。あたしの中に流れ込んだサッちゃんは、最早あたし自身と完全には分離できない一つの重要な部位としての地位を確立した。四年前に火事で命を落としたサッちゃんは今、あたしの中で再び生命を宿す。デカルトは言った。《すべての良書を読むことは、過去の人と会話をするようなことである》今、正しく、あたしはサッちゃんとの会話を果たしているのだ。四年の時を経て、今や過去の人物と相成ってしまったサッちゃんとの命の会話を。

それは凄絶で、壮大で、悲惨で、簡単には他者の共感を許さない異質な物語であった。あまりに衝撃的で、あたしはにわかには軽率な感想を持てない。

指が最下部まで降ろされる。

本革仕様の背表紙は余すところなく撫でられ、あたしの指はつるつるとした無機質なカウンターへと到着した。あたしは本日に至るすべてを理解し、サッちゃんの真意を手に入れる。

あたしは何よりも先に、涙をこぼした。ポタリと控えめな音を立てて、白いカウンターの上に水滴が浮かぶ。一粒、そして間髪容れずもう一粒。全身に力が入らず、口元は情けなくも緩く開かれたまま閉じられない。声もでない。あたしはただ広い砂漠の上で途方にくれていた。

真実は何よりも非現実的で、残酷で、誰の想像をも凌駕していた。

「あの……どうされました?」

あたしはお兄さんの声にうまく反応できず、ただ黙って目元から溢れる涙を拭った。お兄さんは更に心配してくれてなのか、優しい声を出す。

「だ、大丈夫ですか?」

あたしはそこでようやく口元に力を入れ、懸命に返答を紡いだ。

「す、すみません。少し取り乱してしまいました……。今日は身分証明書を忘れてしまったので、また後日、取りに来てもいいですか?」

お兄さんはあたしの涙に動揺しながらも首を縦に振った。

「かしこまりました。また機会があれば是非よろしくお願いいたします。あ、あの……」お兄さんは念を押すように付け加える。「本当に、大丈夫ですか?」

あたしはサッちゃんの日記、それに他の二冊の本と三羽鶴を缶々の中に丁寧に戻し、元のように蓋を閉めた。パチンという音が、無音の室内で永遠に反響しそうなほどに深い余韻を残す。

あたしはお兄さんに向き直って言う。

「あたしは大丈夫です。でも、大丈夫ではありませんでした」

首を傾げるお兄さんを横目に、あたしは清掃会社を後にする。扉を開くと、外の生暖かい風があたしの心にべっとりと張り付いた。あたしは行く当てもなく、ただ気持ちの行き場を探すようにとぼとぼと歩いた。

あたしには一人になる時間が必要だった。

それは乱れに乱れた気持ちを整理する上でも、またサッちゃんの身に降り掛かった事件を落ち着いて理解する上でも必要不可欠なインターバルであった。

あたしはひとまず元来た駅へと反転し、改札を潜って早々ホームのベンチに座り込む。時間帯が時間帯な上にあまり出入りの激しい駅でもなかったため、ホームにはざっと見たところあたししかいないようだった。辺りはちょいと面白みに欠けるやや古びた地味めのオフィスビルと昔ながらの団地がぱらぱら。電線の上にはカラスが三羽とまっている。かーかーと作り物みたいに規則正しく鳴いた。

ベンチに腰掛けたはいいものの、思考の絡まりは簡単にはほぐれなかった。物事を秩序立てて考え、出来事を時系列順に並べ、それぞれの心象を紐解くという作業は、今のあたしには到底不可能なものであった。あたしは兎にも角にも動転していたのだ。

あたしの目の前を鈍行の電車が三本ほど到着しては出発して行った頃に、あたしはおもむろにベンチを立って自動販売機へと向かう。随分と喉が渇いていたことに気がついたのだ。あたしは小銭を取り出してナタデココジュースを購入する。そして、ひんやりとしたジュースを手に取ると再び元のベンチへと沈み込み、ジュースの缶をプシュリと開栓した。

するとその小気味のいい音に共鳴したのか、再びあたしの目からは涙がこぼれ落ちた。涙は目尻から頬を伝ってくっきりとした一筋の線を残す。それもとめどなく、絶え間なく。

あたしはこぼれた涙の代わりに、グビグビとナタデココジュースを補給した。ころころとした固形のナタデココが、あたしの喉を不器用に駆け降りていく。まるで園児の徒競走みたいに。

ホームには特急列車の通過を知らせるアナウンスが鳴り響いた。しばらくしないうちに特急列車が線路を震わせる音が耳に届く。ごとごと、がたがたとまるでトトロの唸り声のような騒音。あたしは通過していく電車に向かって、心の内を叫んだ。

「サッちゃんのぉ、大バカヤロー!!」

列車は鮮やかにもあたしの声を騒音でかき消し、慌ててどこか遠くへと向かっていった。あたしは膝の上に顔を埋め、服の上に染みを落とす。

サッちゃん。

転校するだなんて、とんだでまかせの大嘘だったではないか。本当に心から苦しんでいたのなら、あたしに少しくらい相談してくれたってよかったじゃないか。確かに当時のあたしはまだ小学生で、相談相手としては些か頼りなかったかもしれない。それでも、ちょびっとくらい打ち明けてくれてもよかったんじゃないだろうか。サッちゃんが直面した問題は、子供風情には到底処理しきれないものだ。だけれども悩みや、苦しみを共有することくらいはできたんじゃないか。

──私は英雄にはなれなかった──

本当に大馬鹿だ。サッちゃんに対してこんな言葉を浴びせかけるのはあまりに心苦しいし、あたしの本意でもない。だけれどもやっぱり、サッちゃんは大馬鹿だ。本当に、本当に大馬鹿だ。

かのベルトルト・ブレヒトは言った。《英雄のいない時代は不幸だが、英雄を必要とする時代はもっと不幸だ》と。英雄なんて、そんなものは元々必要ないのだ。それを欲してしまう時代というものが、そもそも罪であり、悪なのだ。

《しばしば勇気の試練は死ぬことではなく、生きることだ》──アルフィエリ

あたしの心にはふつふつと怒りがこみ上げてきた。しかし果たして、この怒りは何に対するものなのであろうか。サッちゃんに対するものなのか、サッちゃんの境遇を生み出したものに対するものなのか、それとも当時の不甲斐ない自分自身に対するものなのか。あたしには分からなかった。

ただ一つ言えることは、死んだら何もかもが失われ、すべての可能性がゼロになってしまうということだ。そんな非合理的で、不条理な真似がどうして許されよう。

あたしはナタデココをすべて飲み干し、潰れないスチール缶を力強く握りしめた。そしてサッちゃんへの届かぬメッセージを、心のなかで唱える。

《世の中は君の理解する以上に光栄に満ちている》――チェスタトン
夏のホームはただただ開放的で、決してあたしを包み込もうとはしなかった。

江崎 純一郎 ♠

これこそが絶望だった。

俺の四方は巨大な壁に囲まれ、一切の進退を閉ざされる。2セット目の第7ピリオドにして俺の全資金は底をつき、体感したことのない窮屈な感情だけが手元に残る。体中の骨が溶けて霧散してしまったように、残らず力が抜けていった。

ディーラーが俺に何かを語りかけ始める。落ち着いた身振りを交え、何かを懇切丁寧に説明しているようだ。もちろん俺はディーラーが何を語っているのかわからない。俺はただディーラーの身振りと口の動きを追った。しかし一向に真意は摑めない。しばらくすると、ディーラーは俺に語りかけるのを諦めてテーブルの下から一枚の紙を取り出した。現在の俺は敗戦からの放心状態で、聞く耳を持っていないと判断したのかもしれない。ディーラーはA4サイズの紙を差し出した。俺は戸惑いながらも目を通す。

『緊急時資金借用書』とタイトルがふられていた。俺は慎重に詳細を読み進めていく。

本借用書は当カジノにて「ノワール・レヴナント（以下『当ゲーム』）」をプレーしていただ

きながらも、第10ピリオドを見ずに資金が尽きてしまった方への救済として提示される緊急時資金借用書であります。当ゲームでは誠に勝手ながら第10ピリオドを完遂しない時点での途中棄権を禁止させていただいております。知能と心理による駆け引きという本ゲームの醍醐味や趣旨を無視した軽率な大金張り、卑劣な勝ち逃げを自粛して頂く為です。よっていかなる形であれ、10ピリオドをプレーし終えない時点での本ゲーム途中棄権は認められません（※1）。

本借用書はお客様に最後までゲームをプレーして頂くために用意された救済措置であります。本借用書にご同意頂ければ、当ゲームプレー中に資金が尽き、ゲームの継続が困難になってしまった場合にかぎり、無担保（※2）でプレー資金を百万円借用して頂けます。なお特殊な形での貸与となりますゆえ、当日返済におきましては利子「1・5倍」とさせていただき、その後、日を重ねるごとに「0・1倍」ずつ利子を加算させて頂きます。

以上の内容を精読して頂き、本措置、緊急時資金借用をご利用頂けます場合には以下の署名欄にご署名、押印の上、係の者にご提出くださいますようお願いいたします。

引き続き、素晴らしきゲームをお楽しみください。

※1．特例として、途中棄権を宣言された時点で総賭け金の二倍をお支払い頂きました場合に限り、途中棄権を了承しております。

※2．貸与金の返済が不可能、もしくは困難になった場合には、相応の対価をいただきます。ご了承ください。

俺は読み終えると顔をあげてディーラーの表情を覗き見る。ディーラーは〈そちらに書いてあるとおりです〉とでも言うように、手のひらで借用書を指し示した。俺は今一度紙面に視線を落とす。

いかなる形であれ、10ピリオドをプレーし終えない時点での本ゲーム途中棄権は認められません……返済が不可能、もしくは困難になった場合には、相応の対価をいただきます。

相応の対価。

俺は陳腐ながらも、その言葉が持つ背徳的な響きに心をくすぐられた。身体の中では何かのポンプが静かに加速を始め、俺の全身に得体の知れない感情を送り届ける。頬はうっすらと紅潮し、指先が不思議なほどに繊細に動いた。

沸き上がった感情は先程までの敗北感などではない。ましてや絶望でも悲しみでも恐怖でもない。これは紛れもなく期待と興奮の感情であった。おそらく俺の今の状態を何者に説明したところで、完璧な共感は誰からも得られないと思われる。俺を支配している高揚感はあまりに異質で、あまりに特殊だった。ただただ胸の高鳴りを覚える。

俺はこの紙を手にして初めて『先の見えない展開』というものを実感したのだ。なに一つ約束がされていない世界。いわば原初に広がる無法の世界。英語検定とも、定期テストとも、入学試験とも違う。『成功』が約束されていない自由の領域。

俺は貴重な予言をふいにし、地道に増やし続けたチップを無に還し、空っぽの一文無しに陥った。それまでの順風満帆から一転してあまりに悲惨な、絶望とも言える状況へと転落していった。しかしながらそんな俺に『救済措置』という名のあまりに胡散臭い手が差し伸べられた。

いかなる形であれ、10ピリオドをプレーし終えない時点での本ゲーム途中棄権は認められません。

あまりにも悪魔じみたルールだ。こんなサイドルールを知っていたのなら、誰もチップの全賭けなどできはしない。俺はごく控えめに言って『陥れられた』わけだ。

無担保でプレー資金を百万円借用して頂けます。

しかし差し伸べられた手がどんなに薄汚れていようとも、タネまで見えた罠のようなものであったとしても、俺にはこの手を振り払うだけの力はない。この提案に乗らなければ、おそらく俺はこのカジノから退店することも許されないのだから。

俺は紙と一緒に差し出された黒の万年筆を右手に取り、署名欄にしっかりと名前を記す。そして渡された朱肉に親指を押し付け、克明な拇印を刻みつけた。

それは悪魔との契約であり、同時に自由との遭遇でもあった。

俺は大きく深呼吸をすると借用書をディーラーへと叩きつける。ディーラーはお辞儀をしてそれを受け取り、対価としてチップ百枚を俺の目の前に差し出した。手の付けられていないまっさらなチップが、俺を誘うように嬉々として現れる。

ディーラーはまるで何事もなかったかのように手元の数字表示を捲った。数字表示は俺が大敗を喫した第7ピリオドから第8ピリオドへと変わり、新たなゲームの始まりを告げる。

捲られる前と後ではすべてが変革を遂げていた。俺の手持ち金、残りの予言数、そしてなにより精神状態。すべてがものの数分の間にめまぐるしく変化していった。

配られた五枚の手札を拾い上げると、俺はカードの重みが変わっていることに気がついた。もはや俺が挑戦しているこのゲームは、欠伸をはさみながら片肘をついて取り組めるようなそれではない。全身全霊をもってして挑むべき、人生の取引なのだ。

この時点で、俺にとってはもはや黒澤孝介のことなど半ばどうでも良くなっている。なによりも『今』が異常なまでにスリリングで、至上の快感だった。俺は自由の上で闘争する。それだけで心臓が加速を始め、全身が火照りだした。

――題して、『世の中の裏側、のぞき見ツアー』だ――

まったくもって、いつもあんたの言うとおりだボブ。チケットに誘われるままにやってきたこれは、一歩足を踏み外せば落ちるところまで落ちてしまう世の中の裏側を慎重に歩いて行く、綱渡りのようなツアーだった。俺は小さく小さく微笑んでからカードを睨む。

ゲームの攻略方法に関しては、すでに一定以上の自信を得ていた。たとえ予言があと二つしかなかったとしても、大敗はないだろうという自負。よって、俺にとっての最大の目標は、残りの3ピリオドでどれだけチップの枚数を増やせるか、という一点であった。そして中でも一番気を払うべきなのは、予言を使わずに乗りきらなければいけないこの第8ピリオド。ここは予言を封印しながらも、まず間違いなく勝利しなければならない。

俺は自分を鼓舞するためにもいきなり七十枚のチップを賭け金として差し出した。負けは許されないという極限の状態こそが、俺の中に眠る未知なる集中力を引き出す。

ディーラーが勝負札を一枚開くと、俺は脳細胞を総動員して自らの勝負札を選定した。周囲にちらばる諸情報をこぼさずに見極め、慎重に、しかしながら大胆に豪快に二枚の勝負札を選んだ。ディーラーは、伏せられていたもう片方の勝負札を捲り上げる。

俺は強く奥歯をかみしめた。額から汗が滴り落ちる。落下した汗はフェルト生地に吸収され、波紋となってテーブルを揺らす。

右のプレーヤーから次々に勝負札は開かれ、まるで急流の川下りのようにめくるめく内に俺のもとへと順番が回ってきた。俺は自分の勝負札を摑むとやや乱暴に表に返す。

『ダイヤのAとスペードのK……グランデの2倍付け』

俺は息切れ混じりに微笑み、ディーラーは小さく頷いた。

一気にチップは百七十枚へと膨れ上がる。高揚感はまだ止まない。

利子は当日返済で『1・5倍』と書いてあった。つまり金額にして百五十万円の返金が必要。そして俺の個人的な貸し借りとして、三枚のんに二十万円を返す必要がある。当然、そんなけち臭い金額で云々と御託を並べるのは不毛極まりないが、つまるところ俺にとって必要最低金額は百七十万となる。よって一応のところ、最低限の資金は確保できたことになった。俺は深く息を吐き、次のピリオドへと態勢を入れ替える。

もっとも残りのピリオドは、温存してきた二つの予言を使うことが可能だ。

・ハートの6です。
・スペードのキング。
・ダイヤの3。
・クラブの7。
・スペードの7。

難易度という意味において、以降のゲームは非常に有利にすすめることができる。もちろん、先ほどのような失態をやらかさなければ、ということではあるが。

第9ピリオドに入っても、俺の集中力は増すばかりだった。不必要な情報は頭からすべて排除され、ディーラーの手さばきも、場の空気も、すべてが鮮やかに頭に流れ込んできた。

手札が五枚配られ、ディーラーがベット金額を催促する。俺は考えるよりも先に、目の前のチップ全てに手を掛けていた。保身を考えている場合ではない。先ほど、チップを二十から百五十強に増やしたところで、ディーラーは動揺の影すら見せなかったのだ。ならばもっと派手に勝利を収めなければいけない。このディーラーが黒澤孝介と繋がっていることは明らかなのだ。なら圧倒的な実力で有無を言わせず、この男の本音を引きずりださなければいけない。それこそが、俺が今ここにいる理由なのだ。

ディーラーは例によって勝負札の一枚目を表に向けた。

目に飛び込んできたのは『スペードの6』。

俺は手のひらの汗を拭い、今一度予言を頭に思い浮かべた。

・クラブの7。

二つの情報を統合すれば、『スペードの6』と『クラブの7』で差はたったの『1』ということになる。どうやら、労することもなく勝利を手中にできそうだ。

俺は手元からダイヤのAとクラブのKを取り出し場に伏せる。順当にグランデで2倍付けだ。俺はテーブルから身を引くようにやや重心を後ろに預けた。少しだけ離れたところから、鳥瞰的にゲームを眺める。

耳元では霞(かすみ)が晴れていくように曲がフェイドアウトし、新たな音楽が再生準備を始めた。寸秒の沈黙を挟んだのち、低めのピアノ和音が俺の耳を重たく揺らした。

不思議とその音色は俺の中へと深く染み渡り、まるで大鍋でスープを煮こむように優しく、俺の感情をかき混ぜた。すべての乱れを調和し相殺するように、橙(だいだい)の波動を俺の胸へと送り出す。以前どこかで聴いたことのある曲でもなければ、取り立てて個性的な曲でもなかった。だがこのピアノ曲は、今まで俺が聴いてきた他のどの曲とも符合しない一種の特殊性を、確かに醸している。俺は初めて、曲のタイトルが知りたいと切望した。なぜだろう。

俺は思わずテーブルの下でリモコンを取り出し、ディーラーに気取られぬよう曲のタイトルを確認してみる。液晶上を静かに流れる曲のタイトルと演奏者の欄を見ると、不意に声を出してしまいそうになった。

『「英雄ポロネーズ」―フレデリック・ショパン/葵静葉』

とんだ因果もあったものだ。おそらく、今まで俺の耳を通り過ぎていった数々のクラシック音楽たちは世界に名だたる演奏家たちのものであったのだろう。いわば選りすぐりのエリートたちだ。しかしながら、そんな音楽に囲まれながらも、ショパンは、ひいては葵静葉の演奏は一向に引けを取らないどころか、一種の威光さえ放っている。俺はその才能に素直に感動を覚えた。

素晴らしい演奏だ。

音楽などほとんどわからない俺ではあるが、この演奏がいかに秀逸で、瞠目に値するものであるかという点は充分に理解できた。俺はまさしく心を洗われたような気分で、再びテーブルの上のカードに目を落とす。

そこには、先ほどと寸分違わず『スペードの6』というディーラーの勝負札が翻っていた。

しかし俺は、そこでふとある違和感に気付く。

本当にこの『スペードの6』と対になるのは、次の予言である『クラブの7』なのだろうか、と。

そもそも単純に考えて『6』と『7』では差は『1』にしかなりえない。意表をついて同じ数字を連ねてくるならまだしも、果たしてこんな局面で『差1』というあまりに脆弱な布陣を組んでくるだろうか。俺は心の疑心が膨れあがっていくのを感じた。この勝負札では、ディーラー側に万に一つのメリットもないではないか。俺はそこで改めて予言について頭を巡らせてみる。

~~・ハートの6です。~~
~~・スペードのキング。~~
~~・ダイヤの3。~~
・クラブの7。
・スペードの7。

非常に単純なことではあったが、俺はそこに見落としが存在していたことを思い知る。

最初の予言であった『ハートの6です』以外は、ただの一つも語尾に『～です』が付いていないのだ。それはあまりに下らない、本当に些細な差異でしかない。しかしながらよくよく考えてみれば、それは確固たる違いなのだ。

これまでのディーラーの口の動きを思い出してみても、ディーラーは必ず語尾に『です』をつけて発音をしていた。そして現に二つ目、三つ目の予言はディーラーの口からではなく、右隣のプレーヤーから発せられたものであった。

・クラブの7。

なら、これはディーラーの口から漏れる予言ではない。

俺は慌てて一度伏せた勝負札を拾い上げ、再編成した二枚を場に伏せた。耳元では何かを祝福するように秀麗な旋律が奏でられる。俺は一つ息を吐いた。

しばらくしないうちにディーラーはハンドベルを振り、勝負札に手をかける。そしてゆっくりと勝負札を捲った。ディーラーのなめらかな手さばきが何よりも鮮明に映える。

俺は音楽を止めることはせず、そのままディーラーの宣言を受け流した。これでいい。間違いはないのだ。

ディーラーが表に向けた勝負札は『ダイヤの6』。

俺は思わず小さな笑みを浮かべ、「英雄」に耳を傾ける。葵静葉は変わらず、荘厳で突き抜けるような前進の音色を奏で続けていた。俺は自分の勝負札である『ダイヤのA』と『クラブの3』を表に返す。ディーラーは不愉快なまでに変化しない表情でチップを勘定し、するりと俺に差し出した。

積み上げられたチップはその数三百四十万円分。

俺の心臓がティンパニのような細かなビートを刻むと、葵静葉の演奏は静かに終息を迎えた。

第10ピリオド。それが終着点であり、最重要地点でもあった。

俺は小さく伸びをすると配られた手札を左手で握りしめる。俺が今日まで歩んできた道程は、すべてここに導かれるために存在していたのではないかとさえ思えた。心は溶岩のごとくぐらぐらと煮えていながら、視界は地平線のその先まで見渡せるほどに透き通っている。俺は初めて自己の存在を認識することができたのだ。

俺は何よりも先に、手元に積み上げられた三百四十万円分のチップすべてをディーラーに差し出した。レヴナントのカードを選定するよりも、ディーラーから指示を受けるよりも、何よりも先にすべてのチップを差し出すことにした。それこそが俺の存在をより鮮明にすることになる大事なファクターに思えたからだ。保身のために退路など確保していてはいけない。それでは今までの人生と同じなのだ。安心で安全で、予定調和が波状に畳み掛けるような人生。俺は今こそ決別を告げる必要があるのだ。

　チップがテーブルの中央に進み出ると、ディーラーは俺の顔を覗き込む。それは先程まで幾度となく繰り返されてきた、いわばディーラーを象徴している動作にすら思えた。しかしそこには確固たる変化がある。先ほどまでディーラーの表情に滲んでいた圧倒的なまでの余裕が消失しているのだ。まるで聖火のように絶え間なく灯っていたディーラーの淡い笑顔が、突然の強風にさらされたかのごとく影を潜めている。俺が三百四十万に及ぶ賭けを挑んだことにより、ディーラーも静かな重圧と焦りを感じているのだ。俺はそのことに得体の知れない充足感を覚え、小さく鼻を震わせた。

　予言は一切を忘れることにした。こんなものに頼っているようではやはり俺には前進などかなわない。そもそも予言は先ほどの第9ピリオドでその欠陥をまざまざと露呈してしまっている。俺は明鏡止水の境地で、ドナウ川よりも清らかな精神でゲームに臨んだ。

　テーブル周囲の空気はこれ以上ないほどに硬化していた。それもこれも、俺の前に差し出されたチップのせいだ。ディーラーはもちろん、他のプレーヤーさえもが俺に注目を始め、自分の手元をなおざりにしている。

　今この瞬間は、すべてが俺を中心にして回っていた。

俺は慎重に一枚のカードを選びぬき、レヴナントのカードとして場に伏せる。空気がまた一段と引き締まった。ディーラーはこわばった表情で勝負札の一枚目を捲った。まるで何十キロもある物を持ち上げるようなじんわりとした動作だった。

開かれたカードは『ダイヤの７』。

俺はディーラーの正面に開かれたカードを睨む。空気はますますその硬度を高め、もはや呼吸すら容易には行えなかった。俺はそんな空気をかき回すように大きく深呼吸をする。

そんなとき、ふと俺の脳裏にある考えが浮かび上がった。

それはあまりに無謀であるように思え、しかしながら一度思いついてしまうと実行せずにはいられない魔力のようなものを保持していた。ある者は無考えだと、ある者は無鉄砲だとなじるかもしれない。それでも、俺にはこの無考えこそ、無鉄砲こそが、自らの自由と生存を確認するための重要な通過儀礼に思えてならなかった。

俺は自らの本能に従うままに、考えもなしに勝負札を右から二枚選び、場に投げるようにして伏せた。カードに対しあまりにぞんざいな態度だったため、それは一見して降参の意思表示にすら見えたかもしれない。しかし、それは俺にとってなによりの宣戦布告であった。

先の見えない闇への、宣戦布告。

他のプレーヤーも含めすべてのカードが場に揃うと、ディーラーは最後のハンドベルを鳴らす。ベルの音はちょうど耳元のトライアングルの音と共鳴して、現実と非現実を見事に中和した。

俺は冷え切ったテーブルの上で一つ宣言をする。

『勝負札じゃなくこっちを開きたいんだが、構わないか？』

ディーラーは俺の言葉に静かに瞳を震わせ、まるで〈聞き取れなかった〉とでもいいたげなとぼけ顔で首を傾げた。そこには確実に濃い動揺の色が浮かんでいる。俺は続けた。

『こっちで勝負をしても構わないんだろう？』

俺は裏に返ったままのレヴナントのカードを人差指でつつく。カードの向こう側にあるテーブルのフェルト生地が、爪を通して反発を与えた。

【レヴナント】――あえて自分の勝負札を裏にしたまま放棄し、最初に捨てたレヴナントのカードで勝負を宣言。相手の勝負札二枚と、自分の捨てたレヴナントのカードが同じ数字であった場合に勝利となる役。配当は10倍。もし、相手の勝負札の柄がどちらも『赤』であり、こちらのレヴナントのカードの柄が『スペード』であった場合には『ノワール・レヴナント』となり配当20倍。ただし敗戦の際の没収金額は賭け金の5倍となる。

これでいい。これでこそ面白い。

仮に敗北を喫した場合、当然、俺には賭け金の5倍もの金を返済することなどできない。すでに一度文無しになり、現在の資金もこのカジノからの借金だ。この金をも使い果たせば俺は正真正銘の地獄へと落ちる。だが、それでこそ面白い。逼迫（ひっぱく）した状況下での一種マゾヒスティックな感情が俺に至上の高揚感を与えるのだ。ある者は俺のことを気味が悪いと表現するかもしれない。またある者は激しい嫌悪すら抱くかもしれない。だが、どう思われようとも事実として俺は今、最高に幸福だった。それは仮にここで負けを喫したとしても、揺ぎようのない事実。

ディーラーは俺がレヴナントを宣言すると、いよいよはっきりとした焦りの態度を見せた。随所に不必要な動作が増え、手で耳元を触ったり、両手を擦り合わせたりと落ち着きが感じられない。先ほどとはまるで別人。

俺の賭けた三百四十万円分のチップが10倍、もしくは20倍に跳ね上がれば、カジノとしても相当のダメージを負うに違いない。それだけの損害を出しながら、当のディーラーがお咎めなしというわけにもいかないだろう。俺は互いの背水を確認すると、小さく笑みを浮かべた。これでいい。これでこそ面白い。

ディーラーは極限まで結論を先延ばしにするように要所要所で間をとってはいたが、とうとう時間の流れに耐えかねて自らの勝負札に手を掛けた。手は細目で見てもわかるほどに小刻みに震えており、汗も潤沢に含んでいる。もはや捲らずともその右手があまりに雄弁にカードの中身を示していた。

開かれたカードは『ハートの7』。

ディーラーの手元では『ダイヤの7』と『ハートの7』が美しく並んだ。俺は発汗が促進していくのを強く感じる。この世の熱という熱すべてが俺の中に染みこんでくるようだった。

ディーラーの二枚の勝負札が開かれると、例によって右側のプレーヤーから順に勝負札を開示していく。しかしながら、いずれのプレーヤーも自身の勝敗に関心を持とうとはしなかった。カードを開いて役名を唱えてはいるようだが、その口元はどこか力なく、視線は早々に俺の手元に集まる。今となっては、彼らの勝負は俺のそれよりも遥かに小規模なものへと変貌してしまっていた。彼らの賭け金は最も高くて八十万円。もはや派手さの欠片もなかった。

順番は瞬く間に俺のもとへと回ってくる。プレーヤーたちのカードはすべて開かれ、彼らはただの観客へと変貌していた。表情は一様に硬く、絵に描いたような緊張の面持ち。あるものは額に汗まで垂らしていた。俺はそんな彼らを見ているとどこか滑稽さを感じたが、表情を崩さずに正面に向き直った。

だが、まだカードは開かない。

俺はしばらく時間の経過を楽しむように、ただ黙ってカードを見つめ続けた。なにせ今この時間は、ともすれば俺にとっての最初で最後の自由なのかもしれないのだ。軽率に扱うことなどできない。時間の侵食をこそ楽しみ、そこに身を委ねなければならない。淀みに浮かぶ泡沫（うたかた）のように、空を流れる白雲（しらくも）のように。

俺はそこで音楽を止めることにした。それは戦略でも計略でもなく、純粋なる雰囲気作りである。この厳粛なる空気には無音こそ相応しい。下手な背景音はかえって情緒を殺してしまうのだ。俺は右手をポケットの中に入れ、落ち着いた動作で音楽の再生とノイズキャンセルをオフに切り替えた。実に他愛もない作業だった。なぜ先ほどはこんなにも簡単な動作に失敗をしたというのだろうと、俺はやはり笑みを浮かべた。

音楽のない現実世界に飛び出すと、俺は改めて硬直した空気を耳で感じる。すべての視線が俺の一挙手一投足に向けられている。俺は液体のように重くなった空間の中で、右手をゆっくりと伸ばし勝負札に手を掛けた。

「クラブの7……」かすれるような声で呟いたのは右隣のプレーヤーだった。「もしくは……スペードの7」

俺は親指をレヴナントのカードの下へと滑りこませる。ディーラーが唾を飲み込む音が聞こえた。無音の空間でそれはなによりの騒音となって響き、再び沈黙へと吸収されていく。

時が止まり、すべてのものが動きを停止させた。

俺は無の空間で右手をゆっくりと翻す。カードは重たい体をよじるようにして姿を晒した。俺はカードを完全に表に返すと、落ち着いた声でそのカードの名前と役を宣言する。

「スペードの7で……」俺は青白くなったディーラーの顔を見つめ、重厚感たっぷりに言葉を落とした。

「ノワール・レヴナント」

俺は精算されたチップの山から、借金である百五十万円分を返済金として差し出した。ディーラーは突き返されたチップを茫然自失の表情で黙って見つめる。まるでチップが独りでに動き出すのを待ってでもいるように。

俺は音楽を再生しなおし、耳元に防音の膜をつくり上げてから言う。

『本題だ。俺はどうしても黒澤孝介に会いたい。それも明日にだ。可能か？』

ディーラーはゆっくりと顔を上げると目を数度瞬いてから、小さく首を横に振った。そして言い訳がましく何かをつぶやく。否定の意思表示ではあるものの、黒澤孝介とのコネクションがあることは遠回しに肯定しているようだ。俺はその煮え切らない態度を見て、積み上げられたチップの塔の何本かをディーラーに差し出す。金額にすれば一千万にはなるだろうか。俺は続けた。

『金はいくらか返してもいい。そんなことは俺たちにとってそこまで重要じゃない。欲しいのは黒澤孝介との面会なんだ』

ディーラーはやや表情をやわらげたものの、なおも苦々しい顔を続ける。俺は更にもう何本かのチップを差し出した。

『もしどうしても黒澤孝介が無理だとごねるようなら、こう言ってくれ、「今日カジノに来たのはあんたの甥だ」と』

その瞬間ディーラーは明らかに表情を変え、目を見開いた。どうやら黒澤孝介が兄であるボブを捜していることは知っているらしい。俺はディーラーの変化を認めると、静かに椅子から立ち上がった。

『午後一時だ。明日の午後一時に俺はレゾン電子の品川本社に向かう。時間を空けとくように言ってくれ。可能か？』

ディーラーはしばらく目を左右に泳がせた。まるで有力な誰かからの助言でも待っているように。しかしながら俺が今一度返答を促すと、何かに根負けしたように、ディーラーは唇を噛んで頷いた。

俺の耳元では再びピアノが鳴り響く。どこかで聴いたことがあるような、あるいはまったくもって聴いたことのないようなメロディが、鼓膜を重たく刺激した。波打つような低音が効いた音楽だった。

葵 静葉 ♥

私はソファに座って窓の外を眺めていた。陽はいつの間にか静かに傾き始め、景色の中にも街灯り(まちあか)の姿がぽつぽつと現れ始める。私は先ほど淹れたばかりのアメニティの紅茶を小さく口に運んだ。ダージリンの香りがじんわりと室内を漂う。

のんちゃんと江崎くんが出発してしまってからは、私は大須賀くんと共にテレビを見たり、何気ない会話を交えたりしながら時間を消費した。それでも誰かを待つ時間というのは、やはりどうにも長く感じるもので、やることも尽きてしまった大須賀くんは一時間ほど前からソファの上で眠りについてしまった。今も静かな寝息を立ててぐったりとソファに身体を預けている。どうせなら私も眠りにつけたのならよかったのだけれど、やはり男性と二人きりの室内で無防備な体勢になることは私の精神構造上とても難しいことだった。もちろん大須賀くんはとてもいい人だし『あの男』とは似ても似つかない。でなければ、私はそもそも部屋で二人きりになることすらできなかったに違いない。大須賀くんは信用に足る人間だし、周囲への気配りもできる。たった数日間顔を合わせただけではあるけれども、大須賀くんは本当に素晴らしい人間だと私には思えた。ただやはりどうしても、定義として『男性』というカテゴライズが強く頭に残ってしまう。本当に失礼極まりのないことであると重々承知しているのだけれども、それは拭い去ることのできない心の刺青と化しているのだ。

紅茶を一口含んだところで、廊下からこちらに向かってくる足音が聞こえ始めた。昨日レゾン電子の社員が押しかけてきたこともあって、足音には若干ナーバスになっていた部分もあったけれど、向こう側からカードキーが差し込まれた音がすると私は一つ安心をする。扉を開けたのはのんちゃんだった。

のんちゃんはゆっくりと部屋の中へと入り、物音が立たないほどに丁寧な動作で扉を閉じる。のんちゃんの表情はどことなく萎れていて、いくらか張りがないように見受けられた。

「えー、ただいま戻りました」とのんちゃんは落胆とも笑顔ともつかないような曖昧な表情で言った。

「おかえり」と私は言う。「何か、分かったことはあった？」

「ええ。出来すぎなくらいです。うまいこと……というかサッちゃんにとっては当然なのでしょうが、目的でもあった日記がバッチシ見つかりまして、全部読んできてしまいました」

私は驚いて言う。

「そこに、何か手がかりは書いてあったの？」

のんちゃんはバッグをクローゼットの中にしまってから、力ない足取りで私の隣のソファに座り込んだ。

「まあ……そうですね。手がかりどころか、そこにすべてが書いてありました」のんちゃんは部屋をきょろきょろと見回す。「ところで、江崎さんはまだ帰ってないんですか？」

「うん。のんちゃんが出ていった後、割とすぐに出ていったんだけれどね。まだ帰ってないよ」

「ふむ」とのんちゃんは小さく唸る。「なら、もう少し待ってから話しましょうか……大須賀さんもこのとおり寝落ちしちゃっていますし、全員が揃ってからお話ししたほうが効率もいいでしょう」

のんちゃんは部屋の時計をちらりと見やった。

「それにしても、江崎さんはうまいことやっているんでしょうかね。何と言ってもあたしの虎の子の二十万円を握っているんですから、下手な真似は許せないのですが――」

すると、のんちゃんの声に反応したかのように部屋の入り口が開き、江崎くんがやってきた。扉の音に気づいて大須賀くんも目をこすりながら顔を上げる。

「おぉ、噂をすれば何とやらとはこのことです。どうでしたか江崎さん？」

しかし江崎くんはのんちゃんの質問には答えず、下を向いたまま扉を閉めた。そしてそのまま無言で私たちの横を通り過ぎようとする。なぜか江崎くんの右手にはジュラルミン製らしきアタッシェケースが握られていた。

「ちょっと、ちょっと江崎さん。どうしたっていうんですか？　もしかして、お金をなくしてしまった後ろめたさから無視を決め込んでるんですか？」

それでも振り向きもせず奥へと歩こうとする江崎くんを見て、私はふと思い出す。

「ひょっとしたら、まだイヤホンをしてて声が聞こえないのかもしれない」

「ほう……なるほど」

江崎くんは一度寝室にアタッシェケースを置いてから、再び私たちの待つリビングに戻ってきた。そして無言で手帳の切れ端らしき一枚のメモと、『三枝へ』と書かれた厚ぼったい茶封筒を私に手渡す。私はメモに視線を落とした。

――明日の午後一時にレゾン電子品川本社で黒澤孝介との面会を取り付けた。今日は疲れたからもう寝る――

私はそのメッセージに思わず笑みをこぼしてから江崎くんを見上げた。江崎くんは本当に心底眠そうな表情で頷いてから、寝室へと向かっていった。

「うおおっ！」

江崎くんが去ると同時に突然の大声を上げたのは大須賀くんであった。大須賀くんは寝起きの垂れ目を何度も瞬いてから言う。「すごい……歴代二位だ」それから「ははは」といかにも寝起きらしく笑った。

「なにがどうしたんですか大須賀さん？　寝ぼけてるんですか？」

のんちゃんの発言に対し大須賀くんは右手を振ってから答えた。

「いやいや……江崎の背中に『75』って書いてあったからさ。ちょっとびっくりして」

「ほう」とのんちゃんはまた小さく唸った。「それは確かにすごいですね。バッグを手に入れたあたしでさえ『58』だったわけですし」

私は寝室に消えていった江崎くんの背中を思い浮かべて、なんだか微笑ましい気持ちになった。なにがあったのかは分からないけれど、今日一日は江崎くんにとって特別なものであったようだ。私はなんだか他人ごととは思えず、素直に嬉しい気持ちになった。

私は手元に残った『三枝へ』と書かれた封筒をのんちゃんに手渡す。

「これ、のんちゃんにだって。なんだろうね？」

のんちゃんは苦々しい顔で受け取った。

「きっとお金でしょう。あたしのなけなしの二十万円が、果たしていくら戻ってきたか……」

のんちゃんは封筒を開けると、そのままお塩でも振るみたいに勢い良く中身をテーブルの上へとぶちまける。すると、中からは紙テープで止められたお札の束が二つ、そして一枚のメモが同時にポトリと飛び出してきた。

「うおっ……えーっ!?」

のんちゃんと大須賀くんの驚きの声が絶妙にユニゾンして部屋の中にこだました。それはどう見ても、百単位で一束にまとめられた一万円札である。私は驚きのあまり言葉を失いながらも、同封されていたメモに目を通した。

——助かった。元金と利息分を返す——

のんちゃんはパラパラ漫画でも見るように、お札の束を右手で勢い良く捲った。それから事実を確認するように呟く。

「じゅ……十倍になってる」

私たち三人は思わぬ展開にしばらく沈黙にふけっていたが、やがてのんちゃんが口を開いた。お札を静かにテーブルの上に戻し、口元にささやかな笑みを浮かべながら。

「こんなにもなお金の山を見てたら少し頭がくらくらしてきました。江崎さんも寝てしまったみたいですし、お話は明日にしようと思います。日記の内容を全部語るのは、ちょっぴし時間が掛かりますし」

私と大須賀くんはのんちゃんの提案に頷く。

この数奇な旅行もいよいよ四日目を終えようとしていた。残すところ僅かにあと一日。のんちゃんの口から語られるのは、いったいどんな事実なのだろうか。

江崎くんは一人眠りにつき、のんちゃんは複雑な面持ちで窓の外を眺め、大須賀くんはソファに座って天井を見つめていた。

つい先日まではまるで接点のなかった四人が集められ、互いに協力し、一つの謎に対して全力で挑んできた。そして統合された力は再び拡散しそれぞれの胸にそれぞれの想いを宿す。

四人で過ごす最後の夜は、音もなく更けていった。

黒澤皐月の想いと共に。

七月二十七日（最終日）

もし、協力しなければ

大須賀駿 ♣

朝八時。僕たち四人は部屋のソファを囲んでいた。初日にそれぞれの自己紹介をしたときみたいに、正方形のローテーブルの一辺ずつを陣取って互いに向かい合う。みんなの表情は一様に硬かった。空気はたっぷりの湿気を含んだように重たく、呼吸をするにもいつも以上の労力を必要とした。

のんは「おそらく長くなると思うので」と断りを入れ、温かい紅茶を淹れてから席に着いた。紅茶からはゆらゆらと陽炎のように湯気が立ち込め、僕たちの鼻を控えめにくすぐる。のんはミルクをたっぷり入れた紅茶を一口啜ると、いよいよ静かに語り始めた。

なるべく主観的な感情誘導みたいなものを避けるためなのか、のんは日記の内容をただただ平坦な口調で読み上げ続けた。暗記した古文でも読み上げるみたいに無感慨に、時系列順に、読み落としのないよう慎重に。喉が疲れると一旦紅茶を啜ってから、小さく咳払いをして再び話し始めた。また、日記の内容が核心に迫り暗い影を帯び始めると、喉の疲労とは別にのんは動揺から読み上げを一時中断したりもした。そんなふうにしてのんが日記を頭から最後まで読み上げるのには約二時間を要した。

すべてを読み上げると、のんは「以上です」とだけ言って、唇を嚙んだ。そのころにはすでにカップの中の紅茶は尽き、立ち込めていた香りも消失している。

僕たちは日記の内容を理解するために、あるいはその衝撃を和らげるために、しばしの沈黙をつくった。空気は一層その重量を増し、僕たちの身体を粘度高く包み込む。それぞれがそれぞれの世界で、真相という名の物語を消化した。

火事の真実。

レゾン電子の企て。

黒澤皐月という人物。

ただそれらの事実はあまりに歪んでいて、奇妙で、難解で、複雑で、僕ごとき一介の高校生にすんなり理解できるような代物ではなかった。まるで高尚すぎる文学作品のように、あるいは幼児が書いた稚拙過ぎて脈絡のない物語のように、一切の共感を許さないのだ。それでも僕は懸命に一つ一つの事実をたぐり寄せて、事態の骨格を洗い出していく。因果関係、前後関係、人間関係。

すると僕のなかに予想だにしない一つの仮説が浮かび上がってきた。

空中にバラバラのままで浮かんでいたピース達がゆっくりと繋ぎ合わさる。花が開くよりも慎重に、漫画のネームよりも漠然と、一つの答えが顔を覗かせた。僕は一つ息を呑んでその仮説を検証していく。信用に値するのか、どこかに論理の破綻はないか。

「どうするんだ？」と沈黙を破ったのは江崎だった。

昨日のこともあって、江崎の声を聞くのは随分と久しぶりのように思えた。江崎は背もたれに身体を預けたまま言う。

「昨日まで、俺たちがやってきたのは言うなれば『調査』だ。今いったい何が起こっているのか、俺たちが集められたのはどうしてなのか、何を求められているのか。……だが、今をもってすべての事実が露呈し『調査』は終了した。よって、俺たちが次にするべきは『選択』だ。俺たちは黒澤皐月に『協力』するのか否か、それを選択しなければならない」

江崎がしゃべり終えると、僕たちの間には再び沈黙が降りてきた。誰もがうつむくように下を向いて、自分の考えをまとめにかかっている。

僕たちに求められているのは『選択』……そして『決断』。

僕は自分の奥深くに答えを探し求めた。

「あ、あたしはできることなら、サッちゃんの力になりたいです」のんはやや慌てたような声で言った。「でも、なんというか……あたしたちにはもっと情報が必要だと思うのです」

「情報？」と僕は訊く。

「はい」のんは頷いた。「もちろんあたしにとってサッちゃんとは、この上ないほどに大切な存在で、最も尊敬できる至上の人物でありました。その意見や考えを全面的に肯定したいという気持ちが、あたしの中には言い逃れようもないほどにガッチシと存在しています。しかしながら、それでは審判を下すには『あんふぇあ〜』だとは思いませんか？　なにせ、この日記を読んで理解できるのはあくまで『サッちゃん』の言い分のみ。ならば、あたしたちはレゾン電子の、ひいては『黒澤孝介』の言い分を聞いてみる必要があると思うのです。それでこそ、あたしたちは初めて『選択』の『すた〜とらいん』に立てるとは思いませんか？」

葵さんが頷いた。

「確かに黒澤孝介さんに会わないことには、すべてを決めることはできない気がする」

「つまり……」江崎が口を開く。「最悪の場合、俺たちは『黒澤皐月に協力しない』という形を取ることになる、と？」

のんは落ち着いた声で言った。「もちろんできることならサッちゃんに協力したいですし、この日記からすれば黒澤孝介の計画はあまりに狂っているようにも思えます。すぐにでも、行け行け押せ押せで突撃したい気持ちもあるのですが、まずもって両者の言い分に対し充分に聞く耳を持つことが肝心であると、あたしは思うのです。そしてその結果から正しい行動を『選択』するべきかと。江崎さんは、ご不満ですか？」

「不満とかそういうことじゃない。確認をとったまでだ。ただ、俺たちは四年前の時点で黒澤皐月から『声による命令』を受け、『普通ではない施し』をされている。日記の内容を鑑みても、そこからは黒澤皐月の相当なる意志が窺える。つまり俺が言いたいのは『黒澤皐月に反対するという選択は、相応の危険が伴うかもしれない』ということだ。黒澤皐月の悲運と四年間にも及ぶ膨大な潜伏期間をすべてふいにする。それがどれほどの危険性を孕んでいるか、俺たちは熟考しなければならない。覚悟もないまま黒澤孝介の話に耳を傾けるのは少々危険だ」

「ふむ……」とのんが小さく唸ると、僕たちの前には決まりごとのように沈黙が駆けつけた。沈黙はただそこに存在しているだけで僕たちを深く悩ませ、混乱させ、困惑させた。

「あ、あのさ……」

重たい沈黙の中で僕は搾り出すようにして声を出した。三人は静かに顔を上げ、僕の方へと視線を移動する。皆がこちらをしっかりと注目していることを確認してから静かに話を始めた。

「僕は正直言って何も分からない。何が正しいのか、何が間違っているのか、僕たちが何をすべきなのか、誰を信用するべきか……ただの一つも分からない。だから一切偉そうなことは言えないし、軽率に判断を促すようなことも言えない。だけども反対に『選択』を放棄するような無責任なこともできない。僕は無知で無能だけども、やっぱり最低限の判断はしなくちゃいけないと思うんだ。それは投げやりなものでも、半ば受動的な消去法でもなく、しっかりとした意見と意志を持って」

みんなは黙って僕の目をまっすぐに見ていた。僕は続ける。

「一つ提案があるんだ……。ちょっと唐突で、それに身勝手な提案かもしれないけど、どうしても確かめたいことがあるんだ。だからどうか今一時だけでも僕のお願いを聞いて欲しい。きっと悪いようにはならないから」

「悪いようにならない根拠は？」江崎があくまで落ち着いた眼差しで僕を射ぬく。

僕は江崎の言葉におもむろに立ち上がってから、皆が座るソファの周りをぐるりと一周歩いてみる。何かの値踏みをするように、あるいは一定のテンポで刻むゆったりとした足音を楽しむかのように。ソファから僅かに浮いた皆の背中をひとりひとり覗いていく。戸惑う皆を尻目に一周を歩き終えた僕は再び自分のソファに掛け直した。革のソファは渋めの摩擦音をあげてから僕の身体を包み込む。僕は自分自身を納得させるように大きく頷いた。

「みんな、今日は悪い日じゃない。それだけが、僕が提示できる最大級の根拠だ」

僕がそう言うと、みんなそれぞれ少しだけ表情を崩した。まるで冷めたご飯をレンジでチンしたみたいに、そこに僅かな有機性が誕生する。僕もそんな皆の顔を見ていると思わず笑顔をつくりたくなった。

遠くから不意に「カチン」という小さな音が聞こえた気がした。たぶん幻聴だとは思う。まるで石膏（せっこう）がぶつかりあったみたいに乾いた、小さな衝撃音だった。それが何の音なのか僕にはまるで分からなかったけども、ひょっとしたらドミノの音なんじゃないかな、と思った。まるで根拠もないけど。

黒澤　皐月の日記

20××年　4月3日　曇り

今できないことは十年たってもできまい。

思いついたことはすぐやろうじゃないか。（二代目・市川左団次）

突然ではあるが、本日から日記をつけてみようと思う。理由は右のとおり。新年度もはじめであり、私自身も中学入学という節目、時期的にもちょうどいいかと思う。以前から日記をつけることにバクゼンとした興味はあった。今こそが好機と前向きにとらえよう。

しかし、冒頭数行にして大変困ったことになったのだが、私にはとりたてて特筆すべきような日常のイベントやシュミなどがないのだ。日記と名乗るからには日々の出来事をつらつらと書き記すべきだとは思うのだが、私にはアイニクそのような芸当はできそうにもない。

よって、ここはひとまず筆をとるということに重きを置こうではないか。なにも実際に起った出来事に対してのみ筆を走らせなければならないわけではない。ちょっとした考えや、日々の小さなキビを文章に落としこむことを、よしとしようではないか。

というわけで手始めに、この日記に対する私自身の姿勢を記していきたいと思う。もし未来の私が（あるいは他の誰かが）この日記を読み返したときに、この日記の「読み方」というものに迷わないよう、私の基本的な姿勢を示しておくことが必要なはずだ。どんなものにも、往々にして説明書きというものが存在する。

まず基本的なガイネンとして、文章というものは（どんなにつまらぬ落書きであったとしても）読み手が存在しないかぎり意味を成さないということを私はここに記したい。たとえ、どんなに素晴らしい詩や名言であったとしても、それが誰の目にも触れないのであるとしたら、それは「言葉」ですらなく、まして「記号」ですらなく、まったくの「無」であるのだ。よって文章の作成というものは、常に読み手をソウテイしなければならない。読まれることをソウテイしない文章などは論理上存在してはいけないのだ。それがたとえ、このような一人の人間の極めて個人的な内省の日記であったとしても。

よって私はこの日記を、未来の人間（それは私一人かもしれないし、あるいは不特定多数の誰かかもしれない）を、「読み手」とソウテイし、書き連ねていくことにしたい。

私は今日まで非常に多くの本を読んできた。それらは一つ一つが私に語りかけ、私という人間を構成していくに一役も二役も買った。デカルトは「良書を読むことは、過去の立派な人物と会話をするようなことである」と言ったが、私もこの日記を書くことによって、後世の人間と会話ができれば非常にうれしく思う。それは厚かましく、そして、うぬぼれた願いかもしれない。しかしながらそれは私の心からの願いであり、また文章が存在していく上で必要不可欠な本能的な欲求であると、私は思う。

初日から張り切りすぎて、あまり多くのことを書き連ねるのも恰好がつかないので、本日のところはこの辺で。追って、様々なことを記述していきたい。

葵　静葉 ♥

ホテルを出ると、私と江崎くんは駅へ向かって歩き出した。驚くほど日差しの強い快晴。姿の見えないセミはどこからか轟音の雄叫びをあげて、夏の空気を揺らす。江崎くんはいつかのような早歩きではなく、私の歩調に合わせるようゆっくりとしたペースで歩いた。

このホテルでの生活も、またこの黒澤皐月にまつわる一連の謎解きも、いよいよこれで最後を迎えるというのに、江崎くんは相変わらずの無表情だった。まるで決められた職務をただただ機械的にこなしていくみたいに、駅への道をぶれずに一直線に歩く。実に江崎くんらしいな、と私はまるでこの五日間の総括をするようにそう思った。

「なんだか二人で歩いてると、火事の現場に行った日のことを思い出すね」と私はなんとなく声を掛けてみた。ひたすら沈黙の続いたあの日を考えれば、考えられないくらいの進歩だ。江崎くんは一度こちらをちらりと覗いてから小さく頷いた。

「もう随分前の出来事みたいだがな」

「本当だね」

「あのとき……」江崎くんはまたちらりと私へと視線を動かす。「あんたはだいぶ怯えてたろう？」

「えっ？」

「あの後、あんたから昔の話を聞いて確信したが、あのときのあんたは随分と身構えていた。俺に対して神経を尖らせて、なるべく隙を見せないようにしてた」

「そ、そんなに露骨だった？」

「露骨というほどではないが、不自然ではあった」

私は妙に気恥ずかしくなって下を向く。確かにあの日の私は、実質初対面の『男性』である江崎くんに対して激しく緊張をしていた。それは紛れもない事実だけれど、それは決して相手に悟られていいようなものではなかった。なによりそれは江崎くんに対して大変失礼な行為にあたるのだから。

「それより」と江崎くんは私の動揺を察してなのか話題を変える。「あの『英雄』の演奏は、黒澤皐月が『革命』を弾いた四年前のコンクールのときのものか？」

私はすぐには話の流れが見えず、しばらく考えてからようやく内容を掴む。

「昨日江崎くんに渡した音楽プレーヤーの曲？」

江崎くんは黙って頷いた。

私もそれに呼応するように頷く。「そうだね。音楽プレーヤーに入ってたからなんとなくプレイリストにも入れてみたの。私にとってはあの曲こそが今回の一件の発端でもあったから……本当になんとなくね」

江崎くんはまっすぐに進行方向を見つめながら言う。

「俺は芸術ことに音楽に関してはまったくの門外漢で詳しいことは一切分からない。どの音楽がどんな特徴を持っているのか、どの曲がどの時代のどの国の音楽なのかも分からない。だからあくまで素人の戯言だと理解した上で聞いて欲しいんだが、俺はあの『英雄』にいたく感動した。言うなれば他とは少しだけ違う何かを感じた気がする」

「そんな、大げさな」

「そう思うなら、そう思ってもらって構わない。だが俺は事実として、あの曲から何かを感じた。うまくは説明できない。ただひょっとすると、あのときあんたの『英雄』が流れなかったら、状況はちょっとばかり違ってたかもしれない」

江崎くんはそこで私の目を見た。それは私にとって心の中まで見透かされそうなほどに力強い視線に思えた。心の内に秘められたなにかが、思わず溢れ出してしまいそうになる。

「あんたは、本当にもうピアノは弾かないのか？」

私は胸の最も痛む場所に突きつけられた問いにたじろぎ、一瞬だけ空白の時間をつくる。それでも次の瞬間には私は自分を律し、小さく、しかししっかりと頷いた。

「うん……決めたことだから」

江崎くんは「そうか」とだけ言って、また正面を向いた。

日差しは地面からも照り返し上下両方向から私たちを包み込んだ。七月も終盤。夏は更にその勢いを増し、私の肌に無数の汗を浮かび上がらせる。帽子を持ってくればよかったなと私は思った。

駅に到着し切符売り場に向かおうとした私を、江崎くんは呼び止めた。私は不思議に思って振り向き、江崎くんに向かって僅かに首を傾げてみる。

「わざわざ電車で行く必要もないだろ？」と江崎くんは言った。

「えっ？　だって千葉の工場まで行くんでしょ。さすがに電車に乗らないと……」

「タクシーで行こう。金は洟をかめるほどあるんだ」

私は小さく笑ってからタクシー乗り場の方へと歩き出す。江崎くんは退屈そうにサンダルを擦りながら歩いた。

「レゾンの話」と江崎くんはぽつりと呟いた。あまりにも控えめな呟きだったので、それは江崎くんの独り言なのだと私は勝手に了解した。目線もやや下方向で、滑らかに地面に向かっている。表情もどこか上の空のように見えた。しかし私の予想とは裏腹に、江崎くんはその続きをあくまで私に向かって話した。視線も声のトーンもそのままに。

「あんたは大丈夫なのか？」

「どういうこと？」

「日記のレゾン電子の話を聴いて……どうだ？」

私は要領がつかめずしばらく江崎くんの横顔を黙って見つめてみる。そこに、まるで手旗信号みたいに江崎くんの真意が浮かび上がってくるような気がして。

しかししばらくしないうちに江崎くんは自ら「いいんだ。気にしてないならそれで」とだけ言って、一方的に話を切り上げてしまった。胸では何かの弁のようなものがぱたぱたと開いたり閉じたりして若干の居心地の悪さを覚えたのだけれど、少しだけ我慢をすれば異物感は日没のように静かに去っていった。

江崎くんはタクシー乗り場にずらりと並んだタクシーの先頭車に乗り込むと、運転手さんに「千葉みなとの方にある、レゾン電子の工場に向かって欲しい」と伝えた。

運転手さんは窮屈そうに身体をよじって後部座席の私たちを振り返った。

「有料道路に乗っても構わないですかねぇ？」

「ああ」と江崎くんは素っ気なく返す。

運転手さんはふくよかな丸顔ににんまりと笑みを浮かべて、シートベルトを締める。カチリというベルトの音が何かの終わりを告げるように、不気味に耳に残り続けた。

黒澤皐月の日記

２０××年　5月7日　雨

（前回の日記の一ヵ月後）

我思う故に我あり。（ルネ・デカルト）

あまりに有名なデカルトの言葉であるが、その本来の意味を正確にハアクしている人はひょっとするとあまり多くないのではないだろうか。ときおり、この言葉の「思う」の部分を自分の好きな単語（例えば「歌う」だとか「走る」）に変換して使っている人を見受けるが、私はそれこそ、この言葉の真意を理解していない人間の最たるものだと断定せざるを得ない。この言葉は「私の存在意義は『考える』ことにあるのだ、よって考えることこそが私の最大級のアイデンティティなのだ」というデカルトの個人的な決意表明では、もちろんないのだから。

我思う故に我あり。

この言葉を少し簡単にしてしまうならば、「世の中のすべての物事がウタガわしく思え、すべてのものの存在が証明できないとしても、その存在をウタガっている自分だけは確かに存在している。つまり私は考えているのだから、確実に存在している」というふうになる。突き詰めてしまえば、「自分以外の何ものも、存在していると定義することはできない」というふうにも表現できるかもしれない。

私はこの言葉をきくと、世界が急に広く、あるいは狭くなったようなサッカクにしばしばおちいる。私は考えている、よって存在している。実に人間の「真」をついた言葉だと思う。

もっともデカルトの打ち出した近代哲学というものは（あるいは物理学的功績も）、残念ながら現代においてはすでに絶対的な支持を集めてはいない。ハイデガーをはじめとする多くの哲学者の手により、デカルトが徹底懐疑主義のもと打ち出した仮説の多くは否定されている。それでも私は「我思う故に我あり（コギト・エルゴ・スム）」をシンポウせずにはいられないのだ。私とは、即物的な世界からカクリされた、別次元に存在するものであり、精神は松果体をバイカイにして肉体を操作している。肉体は、精神でないがゆえに、存在がウタガわしく、本当の意味で「真」のラベルを貼ることができるのは私の精神のみ。私にはそう思えてならない。

精神以外のすべてがウタガわしい。

私以外のすべてがウタガわしい。

しかしながらすべての物事をウタガってかかっていては、何をすることもできない。インスタント食品の賞味期限表示だって、税金に関するテレビのニュースだって、週末の天気ヨホウだって、何もかもを信用しないで生きていくのは非常に困難だ。そこで人間というのはある一定の「信用」や「見極め」をしながら生きていかなければならない（デカルトで言うところの

「方法」や「仮の道徳」。

デカルトについてのドウニュウはここまでとして、私の今日までは振り返ってみれば、この「見極め」の毎日であったような気がする。

通常の人間は生まれてすぐに「家族」という極めて信頼のおける集団の中で生活を開始する。父、母の存在はデカルト的な考えに基づけば完全に「真」として証明できなくとも、それはまぎれもなくゼンプクの信頼を持って接することができる人間であるはずだ（そうでなければならない）。しかしここまで書けばおそらく察していただける通り、私の場合はそうではなかった。私にとっての父とは、まるでエタイのしれない太陽系外の生物のようにすら感ぜられる。信用どころか、一切の理解や納得を得ない。もし私の父に「説明書」というものが存在しているのであれば、それは超弦理論よりも複雑で、山岡荘八の「徳川家康」よりもボウダイなページ数に及ぶことだろう。とにかく私には、唯一の家族であるあの人間のゼンボウが未だに了解できない。

私が三つのときに両親は離婚し、母は妹だけを連れて家を出ていき、その二年後に病でこの世を去った。幼少の頃にしか触れ合っていない母の思い出はあまりにバクとし、センメイには思い出せない。よって私にとっての家族は、どうあがいてもあの父親ただ一人であるのだ。

父と共に食事をとるようなことはカイムに等しい。まともな会話を持つこともない。父が自らの会社でどのような仕事をこなしているのかも知らない。

私と父の関係はただ同じ家を共有しているに過ぎない。私は誰もいない家に帰宅し、父は私が寝静まった頃に帰宅する。私は父が目覚めるよりも寸分でも早く家を出、父は誰もいない家に鍵を閉めて出勤する。特に好きでもないピアノを続けていられるのも、一分一秒でも長く家にいないで済むからだ。

私もいつか誰かと結ばれ、子供を授かることがあるのだろうか。だとすれば、私には決定的に「正しい家庭」に関する知識が不足している。どのようにして人は育つのか、どのようにして愛を知るのか、私は何も知らない。

私は「見極め」というカンテンにおいて、「正しい家庭」というものに「偽」のラクインを押さざるをえない。私は物語の中にタビタビ登場するエンマンな家庭というものを、一度だって実際に見たことがないのだから。

大須賀　駿　♣

僕は大きく深呼吸をした。お腹を空気でいっぱいにしてから、身体中に充満した緊張のガスをまとめて排出する。それでもなお胃の底のほうはぶくぶくと異物感に満たされ、緊張を証明するように横隔膜を震わせた。

僕は目の前にそびえる巨大なビルを見上げる。それはあまりに巨大過ぎて、今にもこちらに倒れてきそうに見えた。首を目一杯に上空へ傾けてもなお霞んで見えるビルの頂上。全面ガラス張りのビルは、まるで近未来の鎧をまとった凶悪な魔獣のように見えなくもない。ビルの表面は必要以上に日光をぎらぎらと照り返し、僕たちの顔を暴力的なまでに焼いた。

「大須賀さん、あんまりオドオドするのはちょいとイケテナイです。ここはドンと胸を張って勢い良く飛び込みましょう」

僕はビルを見上げるのをやめ、隣に立つのんに視線を動かす。

笑顔で胸を張るのんの恰好は改めて見ても随分と異様なものだった。買ったばかりのスワローズの野球帽を深めにかぶり、僕が貸してあげたぶかぶかのTシャツを羽織っている。下は江崎から借りたジーパン。さすがに裾の丈が合わず、何回も折り返してようやく歩けるような体裁を保っている。一応、変装として男の子っぽくしたいという本人の意向を汲んだのだが、これはいかがなものだろう。もともと髪も短めだったし一応男の子には見えなくもないが一見すると、イマイチ乗り切れていない田舎者のラッパーのようで、やや一緒にいるのが気恥ずかしい。

「なんですか？　何か不満でも？」

「えっ？」と僕は不意打ちにたじろぐ。「いやいや、別になんでもないよ……変装は完璧だなって改めて思っただけ」

「ふむ……」とのんは少し不満そうな顔をした。「大須賀さんは、要所要所で煮え切らない部分が多いので、言いたいことがあるならガシッと言ってくださいよね。先日も言いましたが《それが魂のほとばしりなら、なぜ言葉を飾るのか》という言葉を肝に銘じておいてください。どぅーゆーあんだすたん？」

「おーけーおーけー」

「ふん」とのんは一応納得したように小さく頷いた。「なら、いざ出陣としゃれこみましょう。なんてったってこっちは『社長』のお客様ですから、向こうだって下手なあしらいはできないはずです。受付を始めとする下々共に対しては、ドンとぶつかっていきましょう！」

僕は景気づけに頰をピシャリと叩いてから「よしっ」と気合の声を上げた。ここまできてとんぼ返りなどできるわけがない。僕はこの五日間を……もとい四年間を振り返って改めてその意志を強固なものへと変えていった。

僕は力強く一歩目を踏み出すと、二重になったガラスの自動ドアをくぐり抜けて社内に潜入する。そこには以前モニターに参加したときとはまるで異なった、刺々しい緊張感が充満していた。広々とした金属製のエントランス、プロモーション動画が滑らかに流れる大きな液晶モニター、キラリと輝く金属製のレゾン電子の企業ロゴ。そのすべてが僕を威嚇する牙のように思えた。それでも僕は、まるでロボットみたいに整ったお辞儀をする受付嬢の前に勢いそのままにずいずいと進み出る。のんのアドバイスに則ってやや胸を張り、声のトーンを気持ち渋めに整えた。

「午後一時から黒澤孝介さんとアポイントメントを取っていた江崎純一郎という者なのですが」

受付嬢は崩れそうにない表情を僅かに崩し、マスカラがたっぷり付いたまん丸の目を二回り大きくしてから答えた。

「黒澤ですね……かしこまりました。少々お待ちください」

受付嬢は少しの間僕の顔をじっくりと眺めてから、以前もそうしていたように手元のタッチパネルを操作し始めた。そしてしばらくしないうちに操作を終えると、やはり心なしかじっくりとパネルの画面を注視してから顔をあげた。

「江崎様……ですね」

「はい」と僕は答える。

「江崎純一郎様？」

「はい」と僕は念を押す受付嬢に対しやや強めに頷いた。

受付嬢は未だ納得の行かない頭を表情で制御するように、造り物感満載の笑みを浮かべる。

「お待ちしておりました。確かに承っております。……では、オフィスまでご案内させて頂きます」

「あっ、ちょっと待ってください」と僕はカウンターから飛び出そうとする受付嬢を制して言った。「社長室の場所は分かっているんで、勝手に行ってもいいですか？　わざわざついてきてもらうのもなんですし」

すると受付嬢はやや困ったような表情を浮かべてから、視線を左右に一往復させる。どうやら判断しかねているらしい。僕はそんな受付嬢に助け舟を出すように重ねて言った。

「一応、黒澤さんの方に話は通ってるんで、大丈夫だとは思うんですけど」

完璧なでまかせであったにもかかわらず、社長の威を借る僕に対し受付嬢は素直にお辞儀をした。

「そうでございましたか……失礼致しました。では、こちらの方で中央エントランスと、二十五階正面のセキュリティゲートをオフにさせて頂きますので、そのままお進みください」

僕は「ありがとうございます」と言って正面のエレベーターの方へと向かった。後ろからはまるで従者のように離れずのんがついてくる。のんはホテルから借りてきたノートパソコンを重そうに右手に抱え、変装目的のスワローズ帽を必要以上に深く被っていた。

「あの……江崎様」

僕は受付嬢の声にややドキリとしながらゆっくりと振りむいた。

「まだ、なにか？」

「失礼ですが、そちらの方はどなたでしょうか？」

受付嬢が指し示す先にいるのは、もちろん田舎者のヒップホッパーだ。帽子がメジャーリーグ球団でないところが若干ドメスティックで憎めない雰囲気を醸しているようにも思えるが、受付嬢にとってそれが怪しいことに変わりはない。のんは顔を見られないように更にうつむき、受付嬢の死角を探した。

「本日のアポイントメントは江崎様お一人のご登録でございました。そちらのお客様はお伺いしていないのですが」

僕は震えそうな声をまた渋めに再調整してから答える。

「弟ですよ」

受付嬢は無言のまま疑わしげな眼差しを僕に向けた。僕はやや大げさにため息をついて少しばかり憤っているような雰囲気を装ってみる。

「弟の件も黒澤さんには話通してあるんだけど、ダメですか？」

するとないはずの僕の威光に押し負けて、受付嬢は慌てて頭を下げた。

「お引止めして申し訳ございませんでした……」

僕は新たな嫌疑をかけられる前に、素早くエレベーターへと向かった。のんはノートパソコンの重さにやや重心を奪われながらも、早歩きで後ろをついてくる。エントランス周囲の社員たちは僕たちがエレベーターの中に消えてしまうまで、風変わりな大道芸人でも見るような物珍しげな視線を終始こちらに向けていた。

エレベーターの中に潜り込むと、僕は社長室のある二十五階のボタンを押し、のんは五階のボタンを押した。

「本当に五階のトイレに籠ってるの？」と僕は改めて確認を取る。

のんは事もなげに頷いた。「ええ、レゾン電子の社内ならあそこが一番安全であると、あたしは確信してますからね」

「くれぐれも気をつけてね」と僕は言う。

「なにをなにを、それはあたしの台詞です。大須賀さんこそあらぬ社長の気迫に押し負けてお漏らしなどしないよう気をつけてください」

エレベーターが五階に着くと、扉は氷の上でも滑るように音もなく開いた。のんはいたずらっぽい笑みを顔いっぱいに浮かべてから、力強いピースサインを僕に見せつけた。

「ではご武運を」

僕がピースサインを返すと扉は静かに閉まり、僕はエレベーターに一人きりになった。同時に、僕の頭にはスワローズ帽からはみ出したのんの満面の笑みと、江崎のぶれることのない冷静な眼差しと、葵さんの柔和な表情がいっぺんにフラッシュバックする。更にエレベーターが上昇を続けると、あの日のモニター参加、女子校での望月先生との会話、そして新聞の切り抜きに載っていた黒澤皐月の無機質な表情が思い出された。まるでエレベーターの上昇に伴って思い出の水位が上昇していっているようだ。僕は今一度深呼吸をして気持ちを整える。なんといってもこれが五日間の最後であり、四年間の締めでもあるのだ。軽々しい気持ちで臨むことなど許されない。僕は静かに目を閉じてエレベーターの稼働音に耳を澄ませた。それはあまりに微小な音で、極限まで神経を尖らせないと聴き取れなかった。

やがて覚醒を促すように到着を知らせる小気味の良い電子音が響く。

僕はゆっくりと目を開いた。扉が開くと、その向こうにはパールホワイトのスーツを纏った美しい女性が立っていた。女性はゆるく巻かれたダークブラウンの髪を揺らしながら丁寧にお辞儀をする。そのお辞儀はどことなくエントランスに居た受付嬢のそれよりも、更に洗練されたワンランク上のものであるように見えた。耳元には大ぶりな真珠のイヤリングが輝いている。

「江崎純一郎様ですね」

僕が頷くと、女性は上品な笑みを浮かべた。

「お待ちしておりました。ご案内致します」

女性がくるりと身を反転させると、それを祝福するように彼女の髪が風に舞った。僕はタイルカーペットの上を優雅に歩く女性の後ろに続く。

セキュリティ用の改札を抜けると、そこには長さ二十メートルに及ぼうかという廊下がまっすぐに延びていた。廊下の左右にはいくつかの扉があり、なにやら会議室のようなものが並んでいるようだったが、いずれの部屋にも明かりは灯っていなかった。女性はそれらの会議室には見向きもせずに正面だけを向いて歩き続ける。

先日のモニターで少しだけ社内を見学する機会があったけども、この二十五階は一層特別な雰囲気が漂っているように思えた。それは他の階とは少し違うこの特殊な構造のせいかもしれないし、随所にちりばめられた美しい装飾品のせいかもしれないし、あるいは案内の女性が醸し出すちょっぴり妖艶な雰囲気のせいかもしれない。いずれにしても今この空間は僕に対して確かにその特異性をアピールしてやまなかった。

結局女性は廊下の最深部まで歩き続けた。廊下の突き当たりにはスモークガラスで仕切られた大きな扉が待ち構えていて、これまた他の部屋とは一線を画す何かを醸し出していた。扉に取手(とって)はついてない。どうやら自動ドアのようだった。案の定、女性が扉の横についているインターホンくらいの大きさの機械を操作すると、扉はまるで秘密結社のアジトのように勢いよく開かれた。

「中へどうぞ」と女性は扉の中には入らず、右手を差し出して僕を促す。どうやらこの女性はここでお役御免らしい。

僕は一度会釈をしてから扉の境界線を跨いだ。すると扉は僕の退路を断つように間髪容れず勢いよく閉じられる。まるでインディ・ジョーンズの世界に閉じ込められたような気分になり、僕は少しだけ寒気を感じた。

部屋の中はまさしく『圧巻』の一言だった。

バスケットコートだって造れそうな広々とした真っ白なスペースに、大きめのデスクがたった一つ。デスクは必要以上の曲線と過剰なまでの直線で縁どられたあまりにモダンなデザインの物であったため、僕はすぐにはそれが机であることを認識できなかった。また同様に椅子も随分とデザイン性に富んでいる。壁際には所々に観葉植物が置かれていて、涼し気なあるいは南国調のリゾートチックな雰囲気を演出していた。色調はほとんどがモノトーンで統一され、余計なものは何一つとして置かれていない。後ろめたくなるほどに開放的な空間だった。もはや異次元的とさえ思える。更に開放感を何倍にも強調するのが、巨大すぎる窓だ（この部屋の最大の特徴とも言えそうだ）。まるで水族館の水槽のように枠のない一枚のガラスが左端から正面そして右端にまで曲線的に綿々と続いている。言葉もでないほどに強烈な大パノラマだった。周囲のビルは僕が今居るこのビルよりもほんの少しずつ背が低いのか、品川の街はほとんどすべてを見下ろせる形になる。まるで天空のお城にでもいるような、あるいは地球上を周回している宇宙船のコックピットにでも居るような心地になった。

僕は恐る恐る、部屋を一歩前へと進み出る。

デスクの向こうには一人の男性が立っていた。スーツ姿のその男は僕に背中を向け、ただただ窓の外を眺めている。僕の存在にまったく気付いていないのか、あるいは分かっているのに無視をしているのかはわからない。とにかく男は微動だにしなかった。

僕はゆっくりと男性に近づいていく。男性のスーツは濃いグレーの生地にうっすらとシャドーストライプが入った素人目にも高級そうなそれであった。僕は息を潜めながら歩みを重ね、ようやくモダンなデスクの手前にまでたどり着く。男性との距離は五メートルとなかった。僕は立ち止まり男性の背中に焦点を合わせる。

すると「どうもこんにちは」と男性は振り向かずに呟いた。

僕は戸惑いながらも「こんにちは」と返す。

男性の声は低すぎず高すぎず、実に明瞭で聞き取りやすかった。男性は僕の返事を聞くとようやくこちらを振り返り、余裕のある笑顔を見せた。年齢はのん曰く四十代後半とのことだったけども、僕の目には随分と若々しく映った。潤沢に生え揃った黒々とした髪はやや控えめなオールバックにまとめられていて、インテリジェンスの一端を匂わせる。肌は艶もよくつるりと張りもある。目鼻立ちはくっきりとしていて精悍。実に清々しく清潔感のある外見をしていた。三十代だと言われれば納得してしまいそうな若々しい佇まいながら、しかしそこに青臭さはなく、むしろ老練な大人の風格もある。袖の陰から見える高級そうな時計に、薬指にはめられたシンプルながら重厚感のある指輪がその証明のように輝き、男性の周囲二メートル圏内には簡単には近寄れない圧倒的なオーラが漂っていた。

僕は一度唾を飲み込んでから声を出した。

「あなたが、黒澤孝介さんですか？」

男性は目を閉じてから靭やかに頷いた。

「いかにも。私が黒澤だ」黒澤孝介は右手でネクタイを気にするような動作をした。「君が噂に聞く『江崎純一郎』くんかな。私の甥だと自称する」

僕は覚悟を決めて首を横に振った。

「すみません、僕は江崎じゃないんです。僕は江崎の友人で大須賀駿と言います」

「ふむ」と黒澤孝介は唸ってから、目を見開いて興味深そうな顔をした。そしてそれから数度頷くと、洗練された動作で腕時計をちらりと覗いた。「悪いがオオスガくん。私は正直、暇な人間ではない。よって君とお話しできる時間は実に限られている。最大でもおよそ三十分といったところだ。だからオオスガくん。なぜ江崎くんが来られなくなったのか、その理由をなるべく簡潔に教えてくれるかい？」

「……事情があって江崎は都合がつかなくなりました」

「あまり良い答えではないね」と黒澤孝介は言った。「江崎くんはどうして都合がつかなくなったのかな？」

「言えません」と僕は答えた。

黒澤孝介はまた低く唸った。「そうか、それは残念でならない。苗字が『江崎』なのはよく分からないにしても、もし私に甥がいるのだとしたら是非とも会ってみたかったのだがね」

黒澤孝介はそう言うと、まるで次の台詞でも探すみたいに天井を見上げてから、また僕の方を見た。

「それじゃあなぜ、君がここに来たのか教えてくれるかい？」

僕は「代理です」と答えた。

「ほう」と黒澤孝介は感心したような声をあげる。「君は江崎くんの代理として、ここに来た」

僕はそこに強いメッセージ性を含ませるため、極めて明確に首を横に振った。「違います」

黒澤孝介はやや驚いたような表情をつくり僕の顔を窺った。先程から黒澤孝介の表情は実に多彩だった。表情筋が他の人よりもちょっとばかり丈夫にできているのかもしれない。僕は黒澤孝介に相対してから、今すでに数十を越えるパターンの表情を見せられたような気がした。

そんな黒澤孝介は、今度は難問に出くわしたような難しい表情をつくってから声を出した。

「なら、君は誰の代理でここに来たというのかな？」

僕は一つ小さな咳払いをする。それはもちろん喉の調子を整えるためでもあったが、また同時に言葉に重みを持たせるためでもあった。僕は黒澤孝介が放つ力強いオーラに気圧されながらも、しっかりと目を見て言葉を放つ。それが深く黒澤孝介の心にのしかかるように。

「僕は……黒澤皐月さんの代理で、ここに来ました」

黒澤孝介は表情もなく「ほう」とだけ唸った。

黒澤皐月の日記

２０××年　7月30日　雨

（前回の日記の三ヵ月後）

友人とは、あなたについてすべてのことを知っていて、
それにもかかわらずあなたを好んでいる人のことである。（エルバート・ハバード）

この定義にノットるのであれば、私に友人というものは存在しないことになる。私は誰かに自分のすべてをさらけ出したこともなければ、また誰かのすべてを知っていることもない。

もっともこのような定義をサンショウするまでもなく、一般的なカイシャクのハンイナイにおいても、私に友人と呼べそうな人間はいない。学校でアイサツを交わし合う人間はひとりもいないし、またその他の場面においても雑談ができるような人間はいない。

しかしながら、もしこれを読むあなたが（未来の私か、もしくは他の誰かが）私のことをコドクで不幸な人間だと判断するのであれば、それは大きな間違いである。そもそもコドクというガイネンは「メタ認知」のハンチュウなのである。私たちはリョウシツのものを知らずに生きていれば、リョウシツのものの存在すら理解しないで生涯を終えることができるのである。例えばおいしい食事を知らずに日々を過ごせば、まずい食事でも一定の納得をすることができるし（またそれを「まずい」とすら思わない）、赤道直下の国で毎日を過ごせば「寒い」というカンカクはまるで未知のものと化す。つまり、私にとって「友人と過ごす幸福」というものは、ごくカンタンに言ってしまうのならば「意味のわからないもの」なのである。よって私は

現状をとりたてて苦しいとも、またそこからダッキャクすべきだとも思わない。（父親との関係はいつだか記したと思うが）父親とのセッショクは最低限であり、また学校での同級生との繋がりも極めて希薄、しかしながら私は今日もこうして生きている。よって私にはこれらの日々が早急に改善を必要とされているシロモノには思えないのだ。

しかし先日、そんな私の日々に少々の異変が生じた。立地的な条件から読書時によく使用している公園にて、見知らぬ女の子に話しかけられたのだ。「見知らぬ」と言っても、何度か公園を出入りしているのは目にしていたし、元気に駆け回っている姿も中々に印象的だった。ただ（その女の子に限らず）、人に話しかけられることにあまり慣れていない私は少々たじろいでしまった。まさか、このようなところで初対面同然の女の子に声を掛けられるとは……。

彼女と出会ってからは二週間ほどの時間が経過したが、知れば知るほどに彼女は面白い存在だ。実に快活で活発で、私の思考ルーティーンではひっくり返っても思いつかないようなことを平然とやってのける（もちろんいい意味において）。おそらく人間の性格や個性を多次元尺度法によって分類してみれば、私と彼女はまるで対極に存在する遠く離れた人間であるように思う。彼女は私にないものを持ち、私とは違う世界を常に提示してくれている。

彼女が私にとある相談事を持ちかけてきた際、私は彼女に対し、いの一番で読書をススメてしまった。それに対し彼女は、（それはアドバイスをしてくれた人に対する少々オーバーな意思表示だったのかもしれないが）いたく感心し、私に対するキョウレツなまでのサンジの言葉をアびせかけた。しかしながら、私は未だ自分のしたことに対する自信が持てない。果たしてあのような快活な子に「読書」をススメるというのは正しいコウイであったのだろうか。

　正直に言わせてもらうならば、私は彼女の悩みを聞き、それを多元的に客観的にカイシャク、分析した結果、彼女に「読書」という解決策を提示したというわけではない。我ながら非常に情けないのだが、どんなときであっても、どんな悩みであっても、私は「読書」という提案しか持ち合わせていないのだ。それは、物理学者は物理学でしか物事をスイサツできないように、生物学者は生物学でしか事物を測れないように、スポーツ選手は努力とタンレンによってしか技術の向上を望めないように、私には「読書」というツールしか持ち合わせがないのだ。生まれてこのかた、私はアットウテキに人との会話が不足し、ふれ合いもキョクタンに少ない。そんなそれらの代替物として、私は読書というものを寄辺として今日まで過ごしてきた。それは私にこそ有効な対策であって、必ずしも万人に共通して適応できるような解決策ではないはずなのだ。もちろん、彼女にも読書が有効に機能する可能性はゼロではない。しかしながら、それはあまり高い確率ではないような気がしてしまう。前述したとおり、彼女は私とは対極の人間であり、別世界の人間であるのだ。そんな彼女に読書をススメることは果たして「正しいこと」なのだろうか。

　人に悩みを打ち明けられ、知ったようなふうを装って読書をススメた自分に対し、私は異様なイゴコチの悪さを感じる。それもこれも、今までの人生で人との関わりが少なかったことによるヘイガイかもしれない。正しい人との接し方、ひいては他人の悩みに対するテキセツな対処法というものがうまくわからないのだ。

相変わらず、私にとって父はナゾ多き人物であり、自宅という環境はあまりカイテキとは言いがたい。できれば一秒であっても自宅でのタイザイ時間というものはケズリたいものである。今回の、女の子「三枝のん」との出会いは、私に対し様々な問題の再認識と、新たな問題の発見を生み出すこととなった。それについて、私は喜ぶべきなのか、あるいは肩を落とすべきなのかはわからない。

しかしながら、私が自信を持って言える唯一のことは、彼女と話している時間というのは、ここ数年の私にとっても最も面白く、心から楽しいということだ。自宅でのそれや学校で過ごす時間とは、まったくもって異なっている。

今後、私は彼女と接しふれあっていく中で、彼女に私についての多くを知ってもらい、また同時に彼女について多くのことを知ることになるのだろう。そうして互いが互いを了解し、何もかもわかり合えた段階で、まだ彼女と共に過ごす時間が楽しいと感じられたのなら、彼女こそが私の「友人」であり、私における「友人と過ごす幸福」と相成ることであろう。

そんな日が来ることを楽しみにし（あるいは怯え）ながら、私は彼女と公園で会う約束を取り付けている明日を、静かに心待ちにしている。

江崎純一郎 ♠

「江崎くんはどうして昨日、イヤホンを付けたまま帰ってきたの？」と葵静葉は訊いた。

国際展示場を出発したタクシーはすでに千葉県に入り首都高湾岸線を順調に進んでいる。運転手は走行を開始してから間もなく沈黙に入った。俺と葵静葉のことを逃避行中のカップルだとでも思い、いらぬ気を回しているのかもしれない。時折運転手の何か言いたげな（どことなくいかがわしい）視線とルームミラー越しに目が合った。車内には道路を高速で移動していくタイヤの走行音と、途切れ途切れになされる俺と葵静葉の会話以外は終始静寂が続いた。

俺は葵静葉の質問にしばし考える。しかし返すべき答えは簡単にはまとまらなかった。葵静葉は俺が質問の意図を了解していないと判断したのか質問を丁寧に言い直す。

「カジノが終わった時点でもう予言は関係ないんだから、イヤホンを外して普通に会話しても良さそうに思えたんだけれど……」

俺はそれでもしばらく考えた。葵静葉の言いたいことは充分にわかる。しかしながらその回答は一言二言で片付くような簡単なものではなかった。俺は仕方なく話を小さく分割して答える。

「たとえば……」と俺が言うと、葵静葉は小さく頷いた。「時間指定の宅配便を頼んだとする」

「えっ？」と言って葵静葉は首を傾げた。

「あまりいいたとえじゃないが、これくらいしか今は思い浮かばない。悪いが我慢してくれ」

葵静葉はまた頷いた。俺は言う。

「俺は宅配業者に『俺は昼の十二時から十二時十五分までの十五分間しか家に居ない。だからその間に必ず荷物を届けてくれ』と頼むとする。するともちろん荷物は時間通りに届く。俺は時間通りに来た宅配業者に礼を言って荷物を受け取る。『また同じ時間に頼む。それ以外の時間は家に居ないんだ』と言って」

葵静葉は黙って俺の顔をまっすぐに見ていた。俺は続ける。

「しかし別の日。配達員がたまたま午後一時頃に俺の家の前を通り、ふと俺の家の明かりが点いていることに気付いたとする。配達員は思う。『やつは、指定した時間以外にも家に居るじゃないか』と……。するとどうなると思う？

配達員は指定された時間に対してルーズになるはずだ。なにせ十二時から十二時十五分までのたった十五分の間に仕事をしなくとも、少なくとも午後一時までは俺が家に居ることを知ったからだ。『少しくらいなら遅れてもいいだろう』となる。そして更に、俺が午後二時にも、午後五時にも、午後十一時にも家に居ることを知ったとする。するといつの間にか『時間指定』をしていたはずの宅配便は、『昼十二時以降ならいつでも可能』という粗末な時間設定になりさがる。およそ、これと同じようなことが予言に関しても言えるんだが、俺の言いたいことは分かるか？」

「……分かるかもしれない」

「俺が予言に対して真摯でいるかぎり予言も俺に対しては真摯なんだ。だがもし俺が予言に対して不貞を働けば予言も同じように俺を裏切る。俺と予言はあくまでたまたま遭遇した顔見知りの関係であり、互いを疑おうと思えばどこまでも疑える関係だ。よってもし俺が予言を利用したいと考えるのならば、俺は予言に対し真摯でなくてはいけない。だから昨日、俺は最後までイヤホンを付け続けた」

「なるほどね」と葵静葉は俺の話を理解したのかしていないのか、ひとまず納得したような表情をした。俺はそれを確認すると口を閉ざし窓の外を眺める。タクシーは左ウィンカーを瞬かせながら習志野の出口へ分岐していった。

高速を降りてから数十分。タクシーが細かな右左折を繰り返すようになった頃、辺りは住宅街から工業地帯へと変化していった。周囲は人通りも車の通りも少なく、やや閑散とした印象を覚える。くたびれた外装の建物には「○○製粉」や「○○製菓」などの名前が飛びかい、更にはセメント、自動車工場の姿もあった。

「ここらでいいかな？」と運転手がミラー越しに尋ねると、タクシーはみるみる減速を始めハザードを出して路肩に停車した。窓の外、左前方を見れば『レゾン電子千葉工場』と書かれた看板のついた鉄柵の門がそびえている。

「ここで大丈夫です。ありがとうございます」と葵静葉が運転手に向かって言う。

「しかしまあ、わざわざこんなところまで来て、若い二人で工場見学でもするのかい？」

俺はメーターを確認して料金を運転手に手渡した。

「まあ、そんなところだ」と俺は答える。

「感心だねえ」と運転手は言って釣りをよこした。「あれ？　でも、そこの門は閉まってるし、今日は工場お休みなんじゃないの？」

「休みの日のほうが、じっくり見学できるだろう」

「えー。どうだろう？　まあいいや、お気をつけて」

俺たちが車を降りると、タクシーはハザードを四回点滅させてから走り去っていった。車が角を右折して視界から消えたことを確認すると、俺たちは門の方へと向き直る。

『レゾン電子千葉工場』

ちょうど学校の校門にあるような背の低い鉄製の柵で閉じられ、中には入れないようになっていた。門のすぐ近くにある警備用のボックスは当然無人で、外から見ただけでも工場内は閑散としているのが分かる。

俺たちは周囲に人の目がないことを確認してから門へと近づいていった。門は簡易な南京錠で閉じられていた。固定された柵の部分と可動する門の部分が小さな金属片だけで固定されているのはどことなく不安定にも見える。葵静葉はおもむろにしゃがんでその南京錠を右手で包むようにして握りこんだ。

「いいんだよね？」と葵静葉は訊く。

「そうするしかないだろう？」と俺は答えた。

すると葵静葉は開き直りのような笑みを見せてから目を閉じ、静かに沈黙へと身を投じていった。海風の音が寸刻だけ聞こえた後、『パチン』という心地よいとさえ言える破裂音が響く。

実に一瞬の出来事であった。

葵静葉は自らの手により破壊された錠前の残骸を慈しむようにそっと塀の上に置いてから、いよいよ門を開ける。門はガラガラと音を立てながら、あまりにあっけなく俺たちの前に道を明け渡した。

工場敷地内はただでさえがらんとして建物も少ない上に、本日は休みで人も居ないためあまりに荒涼な印象に仕上がった。忘れ去られたように積み上げられたコンテナにやや煤けた外装の巨大倉庫。輸送用のトラックが数台に工業用の機械が数点。ちょうど安っぽい映画やドラマのクライマックスで銃撃戦の舞台として使用されそうなそれであった。

俺たちは工場敷地内を進み、三枝のんが言っていた最奥の建屋に到着する。比較的他の建物よりも小奇麗な外装をしており、建てられてからの時間の経過が浅いことを示していた。サッカー場ほどの大きさの白い建物の正面には巨大なシャッター式の入り口が拵えられていた。シャッターのすぐ横にはセキュリティ用のコントロールパネルが設置されていて、レゾン電子の最新鋭の技術が侵入者を警戒しているのが見て取れた。

「ここであってるのかな？」と葵静葉は言った。

「おそらく」と俺は返す。「三枝のんが読んだ資料から割り出せば、『使途不明』ながら現役稼働中の工場はここだけだった。どう考えても、もしそれを作っている工場があるとするなら、ここで間違いない」

葵静葉は頷いてセキュリティ用のパネルへと歩み寄った。そしてパネルを人差指でつるりと撫でてから、高さ五メートルはあろうかという巨大なシャッターを見上げた。

「やっぱり、これを壊してもちょっと手動じゃ開けられそうにないね……」

俺は葵静葉につられるようにしてシャッターを見上げる。確かにあまりに巨大かつ重厚な造りであった。葵静葉がその力を駆使して鍵を破壊したところで、とても人の手でこじ開けられるような扉ではない。

「三枝がうまいことやるのを待つしかない」と俺は言った。

葵静葉は頷き、セキュリティ用のパネルに触れていた右手の人差指を静かに下ろした。

三枝のんからの連絡を待つだけになってしまった俺たちは、図らずもやや手持ち無沙汰になる。葵静葉は建物の壁面に背を預けて空を見上げ、俺はそんな葵静葉を見るともなく見つめた。

俺にとって葵静葉が何の障害もなく、本日も『物が壊せている』ことに少々の驚きを覚えていた。それはもちろん物理的な現象としての不可思議性についての言及などではなく、もっと根本の問題として。三枝のんに関してはわからないが、大須賀駿も俺たちの背中に数値が見えていた。

俺は自分の中で発生した小さな問題にしばし相対し、その答えを探しにかかる。しかし、答えはすぐには分からない。

黒澤孝介が何を考えているのか分からないのと同じように。

黒澤　皐月の日記

２０××年　6月29日　雨

（前回の日記の一年後——火事の一ヵ月前）

ある状況についての幻想を捨てたいというねがいは、幻想を必要とする状況を捨てたいというねがいである。（カール・マルクス）

少し動転しています。
私はあの人に対して迷惑をかけたことがあったでしょうか？
私という存在は「失敗」そのものだったというのでしょうか？
すべて夢であればいいのに。

三枝　のん ◆

あたしはいつだかのように洋式トイレの上に座り込んでいた。トイレ個室内の閉塞感は、やはりちょっとばかしあたしに対して安心感を与える。天井も足元も完全に密閉されてはいないのだが、それでも廊下など社内の他の場所に比べれば充分すぎるくらいにここは要塞であった。

あたしは膝の上でパソコンを起動しブラウザを立ち上げる。パソコンに関してはホテルの有料サービスを利用し借りることができた。パソコンはそこまで詳しくないという葵さんに、パソコンが自宅にないという大須賀さん、そしてパソコンどころか携帯だって持っていないという江崎さん。そんなこんなで、パソコン操作班にはあたしが任命され今現在に至るという形になる。もっとも、あたしだってそこまで詳しいわけではない。しかしながらあたしには、今日まで蓄えに蓄えた沢山の蔵書が頭の中に収納されている。それらを少しずつつなげていけば、パソコン関係の知識にだって通じるはずだ。おそらくやってやれないことはないだろう。

それに私の使命は取り立てて難しいものでもなかった。

私がすべきは、葵さんと江崎さんが向かった千葉の工場の解錠パスワードをオンライン経由で探しだすこと。先日資料庫で読み込んだレゾン電子の会社概要や、セキュリティ関係の資料がここにきて大いに力を発揮しているのである。おそらく千葉工場の入り口ゲートは重たすぎて、（たとえ鍵が壊せたとしても）人の力じゃ開けることはかなわないだろうという点まであたしは予見していたのだ。

ならば正攻法で開けるしかない。

工場の入り口を開けるには、セキュリティ強化のため十分おきに変更される八桁のパスワードの入力が必要だった。そしてそのパスワードは社員が持つ携帯端末にて確認するか、このレゾン電子社内を飛んでいる無線LANから接続して確認する他なかった。そんな訳で現在、あたしはこのトイレの中から社内無線LANを用いて華麗にハッキングを試みているのである。

あたしはまずネットワーク接続設定から社内LAN回線を選択し、指定されたWPAキーを入力する。キーに関しては資料庫のセキュリティ資料にて確認済み。アイコンが待ち状態に入り、しばらくしないうちにLAN接続が完了した。あたしは小さな声で「よしゃ」と喜びの声をあげ、賞賛の意としてパソコン本体を撫で撫でしてあげる。

続いて社員用のパーソナルページに飛ぶ必要があった。あたしは指定のURLを入力し、現れたページの入力画面に社員番号と個人名を入力する。すべてあたしの頭の中にすっぽりと収まっている情報だ。あたしは軽快な（実はそれほど軽快でもない）キータッチで必要事項を入力し終えると、適当に選んだ一人の社員のパーソナルページにログインした。

――ようこそ、武田守さま――

どこかで聞いたような、あるいはまったく知らないような名前が浮かび上がったのを確認し、あたしは更にスムーズに事を進行していく。まるで冷徹、冷酷、知的で敏腕のスナイパーの如き洗練された仕事だ。あたしは「ふふん」と鼻を鳴らしてみる。どうだろうか。果たしてこれがパソコンのことなどそれほど知らないアマチュアの人間になせる業であろうか。否、否。こんな複雑な作業、他でもないあたしでなければ到底こなすことなどできないであろう。あたしはトイレの中で不気味にもにやにやが止まらなくなってきてしまった。

しかし、任務は速やかに遂行しなければならない。緩む表情を懸命に律し、あたしはすぐさまパーソナルページのメニュー画面から『パスコード一覧』を選択した。するとまるで株価のように、あるいは小さな虫の群れのように蠢く無数の数値が表示される。あたしはそんな異様な光景に一瞬ひるみそうになったが、よくよく見てみるとこれこそが十分おきに絶えず更新されている各工場、事業所その他諸々のパスコードの一覧ではないか。あたしは両手をすりあわせ、舌なめずりして画面越しの威嚇をしてから数字を睨みつける。はてさて、千葉工場のパスコードはどこであろうか。

しかし、あたしの意気込みをよそに、それは突然現れた。

「失礼いたします」

あたしは思わず膝の上のパソコンをほうり投げてしまいそうになる。それは紛れもなく男性の声であった。言わずもがなここは女子トイレ。なぜに、なにゆえに男性が神聖不可侵なる女性の園へと足を踏み入れようか。声の主である男性は、女子トイレ内に侵入すると、あたしの入っている個室の前で立ち止まったようだった。革靴で叩かれた大理石の音があたしの目の前で消失する。あたしは肝を冷やした。

「非常事態のため無礼をお許しください。どうやら社内に侵入者があったようで、ただ今社内全域を捜索中です。受付が一人、謎の人物の侵入を確認した上、社内LAN回線から認識されるはずのない端末からのアクセスが認識されました。大変申し訳ないのですが、お名前と社員番号を名乗りあげていただけますでしょうか？」

ものすごい勢いでバレてるではないか。

やはり付け焼刃の知識ではなにかしらの決定的なミスが存在していたのかもしれない。あたしは震える身体を必死に押さえつけて、何とか返事をしようとする。しかしながらこの極限状態で言葉を紡ぐことは決して容易ではなく、あたしはしばし口をあぐあぐとさせるばかりだった。

「もしもし？　お返事がない場合には、侵入者だと断定せざるを得ないのですが」

なんという暴論。彼に推定無罪という言葉を徹底して教え込んであげようか。しかしながらそんな余裕があるはずもなく、あたしは慌てて声を出す。

「情報システム部の……て、寺井優子です。社員番号は024─3354─7198！」

「ご協力ありがとうございます。只今確認致します」

あたしの身体は震度六強で激しく震え、トイレの便器は今にも破壊されてしまいそうな勢いで揺れた。当然、あたしが今宣言した『寺井優子』さんなる人物はきちんと実在するし、社員番号も名簿から引っ張ってきたので正確そのものだ。しかしながら、もし何かの手違いであたしの嘘がバレてしまった日には、それはもう大変な拷問にあうのではなかろうか。なんといっても先日すでに一度脅しをかけられ、顔も見事なまでに割れている。今度、捕まってしまった日には、『えへへ、社内見学をしたくて』などという、茶目っ気たっぷりの言い訳が聞き入れてもらえるはずもない。

あたしは静かに男性の審判を待った。

「……えー。申し訳ございません。『テライ・ユウコ』さんでよろしいですね？」

「は、はい。そうですよ」

「本当に……寺井優子さんなんですね？」

「そうですってば」とあたしは若干いらいらを声に滲ませてやった。

しかし男性の返事は遅い。あたしは嫌な予感を全身で感じながらも、唇を噛んでじっと耐え忍ぶ。すると男性はようやく声を出した。

「寺井優子さんは、本日の出社履歴がないのですが……」

あたしは心臓の早鐘を肋骨で押さえつけながら、気の利いた回答を脳内からフルスピードで検索した。

「あ、あの……今日はちょっと具合が悪くて……い、いま会社に着いたばかりなんですよ。ですので、出社登録をまだしてなくて……あはは」

「ですが……」男性の声色で、その疑いが確信へと変化していくのが感じられた。「寺井さんは先月から産休に入っておられるのですが」

トイレの個室内は急転直下で氷河期へと突入し、瞬時にあたしの体温を根こそぎ奪っていった。しかしあたしはここでむざむざと氷漬けにされ、野蛮な社員たちに捕まってしまうわけにはいかない。また、捕まるにしても最低限の責務は果たさないといけないのだ。ランナー二塁では右打ちを心がけるように、犬を飼ったら必ず毎日散歩してあげるように、焼肉で焼いた分だけは意地でも食べきるように。最低限の義務は果たすべし。

あたしは男性の台詞に返事するのをやめ、外のことなどお構いなしに画面から千葉工場のパスコードを探しだした。と同時に、左手はバッグの中から携帯電話を探し出し、葵さんに送るためのメールを作成し始める。

だんまりを決め込んだあたしのことをいよいよもってクロだと判断した男性は、電話で他の社員にコンタクトを取り始めたようだった。落ち着いた野太い声で〈ターゲット発見〉的なことを、わんわんわんわと語り始めている。しかしあたしはそんなことには関せずとばかりに、自分の作業に没頭していった。多少物音が立とうが、ハードディスクのシーク音が響こうがお構いなし。あたしは今日までのことを思って、サッちゃんのことを思って、作業に集中する。

サッちゃんは何を思って、あの事実を受け止めたのだろう。

サッちゃんはどのような葛藤を経て、あの日を迎えたのだろう。

それは日記の文面からだけでは決して計り知ることはできないような気がする。

トイレ内部ではにわかに足音が増殖していく。あたしを確実に捕らえるための社員がぞろぞろとこのトイレに追加動員されているようだ。

あたしは心で耳をふさぎ、画面に集中。いよいよ千葉工場のパスコードを確認すると、すぐさま携帯にその番号を打ち込んでいく。なるべく早く、そしてなにより正確に。しかし気持ちとは裏腹に指は震えに震え、あたしは何度か誤入力をしてはクリアボタンで訂正を繰り返さざるを得なかった。すると、否が応でも気持ちは焦る。

早く、早く、早く……と。その時。

「ガチャン」という乾いた音が、あたしの耳を揺らした。それは何かの終わりを知らせるように、極めて明快にあたしの耳に響く。

あたしがあっけに取られていると、目の前の鍵が外側から開けられていることに気がついた。あたしは悟りのような境地にたどり着き、そのまま黙って扉を凝視する。鍵の掛けられていない扉は音もなくするりと、実に抵抗なく開かれた。

外に待ち構えるは複数の男性社員。そしてその中でもあたしの真正面に立つは、あぁ見覚えのある男性。いやはや、嫌な記憶が蘇る。

「これはこれは……なんとも……」と男性は目を大きく開いてから頷いた。「ホテルで会って以来だね。ク、ニ、ス、さ、ん」

あたしはノートパソコンを閉じ、携帯電話をバッグにしまう。

最低限の義務は果たした、潔く行こうではないか。

《墓場は、いちばん安上がりの宿屋である》——ラングストン・ヒューズ

黒澤 皐月の日記

20××年　7月2日　雨

（前回の日記の数日後）

大衆の多くは無知で、愚かである。（アドルフ・ヒトラー）

ああいった社外秘ともいえる重要な資料を、私の目につくところにおいていたのは父にとって最大の失策であり、またそれを不用意に覗いてしまったのは私の失策でもあった。

互いに用心が足りなかった。

一応のところ、筆をとることができるまでに精神は回復したものの、未だに私の心には黒い影がウズ巻いている。果たして世の中に「意味の分からないもの」というものは無数に存在し

ているが、私はあの資料ほど意味の分からないものにソウグウしたことはない。

ただ不気味。ただただ不気味なのだ。

父の会社はいわゆる電子機器メーカーである。しかしながらあの資料は、そのような業種のハンイをゆうにチョウエツし、突拍子もない計画を示していた。なぜ父はあのような計画を打ち立てたのであろう。そのことを考えると、私は胸のあたりを小さな羽虫がざわざわとうごめくような、吐き気をもよおすほどの悪寒に包まれる。

父の計画は、他でもなく「私」という存在が大きく関わっているようにしか思えない。

私という存在は確かに無能であり、父にとっては何一つ有益な存在ではなかったかもしれないが、しかしながら、このような計画を打ち出させる程に迷惑な存在であったのだろうか。父をそのような方向に強く誘導していくまでに、私は「ジャマモノ」であったのだろうか。

最近の私は、ただその疑問を頭の中で何度も周回させている。

本当に後悔がつきない。なんとはなしに覗いた父の部屋に転がっていた一冊の分厚いファイルを、本当にただの興味本位でぱらぱらとめくってしまった。そこには「父の仕事が知りたい」や「父との距離を詰めたい」などというコウマイな精神はこれっぽっちもなかった。それは髪をかき上げるように、窓の外をながめるように、あるいは口笛を吹くように、私にとってさしたる意味を持たない行動だった。なぜ、あのような資料を目にしてしまったのか。

あまりにも皮肉な巡り合わせであった。

そんなものを見ずに過ごすことができれば、私はまさしく「衆愚」でいられたのだ。何も知らずに、ただただ洟でも垂らして毎日を過ごしていれば、それで救われた。それだけで救われた。無知は至上の自由である。学校へ行き、ピアノを習い、本を読み、風呂に入り、夜は寝る。それだけでよかったのだ。なにも、私の周囲にはびこる「真相」のようなものを手に入れたくなどなかったのだ。

私は知る必要のないものを知り、ひどくコンワクしている。

私が目にした、かの資料には以下のようなことが書いてあった。

（〜後略〜）

大須賀 駿 ♣

「なるほど。偶然にも私の娘も黒澤皐月という名前だったのだが、君の言う黒澤皐月というのは、私の娘のことだと考えていいのかな？」

「はい」と僕は答える。

黒澤孝介は今一度なるほどと呟いてから、静かにデスク正面の椅子に腰掛けた。「甥は来ずに、代わりに私の娘の代理がここに来たというわけだ？」

「はい」

「実に面白い」黒澤孝介はそう言うと、僕にデスク向かいの椅子をすすめた。僕は小さく会釈してから椅子を引き、デスクを挟んで黒澤孝介と向かい合う。椅子は随分と特徴的な形をしていたが、座ってみると不思議なほどに心地よく僕の身体を包み込んだ。デザイン性だけでなく、機能性にも特化している。

黒澤孝介は不意にデスクの上に置いてあった一本のペンを拾い上げると、手元でくるくると美しく回した。

「それで、君の目的はなにかな。黒澤皐月とまったく同じ要望だとすると、私としては少々面白くないことになるのだがね」

「話を聞きたいんです」

「ほう」と黒澤孝介は今日何度目かの唸り声をあげた。ペンは未だ手元で華麗に回転を続けている。「さて、何の話をしたらいいのかな？　まさかここまで来てイソップ童話を聞かせてもらいたいわけではないだろうし――」

「一点目は七年前に立ち上がった企画の目的について。二点目は四年前……つまり火事が起こったあの日の出来事について、聞かせてください」

「ふむ……どちらも中々に面倒なお話だね。少し時間も掛かりそうだ」ペンが回転を終える。「それで、もし私が話をすれば、君はおとなしく帰ってくれるのかな？」

「場合によります」

「場合による」と黒澤孝介は繰り返した。「なるほど。悪くないね。何事も決めつけて掛かるのは実に良くない。次は絶対に丁だ半だ、この企画だけはどんなリスクを背負ってでも絶対にやり遂げる、与えられた予算は是が非でも使いきらなければならない……そんな馬鹿が世の中には多くてかなわない。必要なのは想像力と機転の利かせ方だ。悪くない。決断の余白は常に持っておくべきだ」

黒澤孝介はペンをデスクに置くと、部屋の右対角線を眺めた。と言っても、おそらくそれはただ視線が右の方に向いているだけであって本質的には何も見ていないのだ。ただやり場に困った視線の置き場として右の隅を選んだだけ。黒澤孝介は視線そのままに言う。

「仮定の話をしよう。もし私の話が君にとって、あまり喜ばしいものではなかった場合。君は何をするのだろう?」

「黒澤皐月さんの代理として、あなたと闘います」と僕は言い切った。「あなたが七年かけて積み上げてきたその計画を、仲間と共に全力で駆逐します」

僕の回答を最後に、室内には完璧な静寂が訪れる。外を走る車の音も、廊下を歩く何者の足音も、室内を流れる空調の音さえここには存在しなかった。黒澤孝介はただ黙って次の言葉を探し、僕はただ黙って黒澤孝介の反応を窺う。それからしばらく経ち、静寂が痺れを切らした頃になって黒澤孝介はようやく口を開いた。

「君は我々の計画をどこまで知っているのだね?」

「黒澤皐月さんが知っていたところまでは全部」と僕は答えた。

黒澤孝介は途端に視力が落ちてしまったみたいに、極限まで目を細める。

「君がなぜ、また、どこで、黒澤皐月と繋がりがあったのかは私には分からないが、君が私と

『闘う』などと言うからには、それ相応の覚悟を持っていただきたい。私は自分で言うのもなんだが、なかなかの負けず嫌いなのだ。狂おしいほどに敗北が憎いのだよ」黒澤孝介は片肘をつきながら、その憎さを表現するように右の指をはらはらと動かした。「元来、勝負というものは有能なものが無能なものを淘汰しなくてはいけないのだよ。だから勝負にラッキーやアンラッキーは存在してはならない。勝負というものは絶対的な実力のみで判断されてしかるべきなのだ。私の言いたいことが分かるかね？」

僕は黙って首を横に振った。黒澤孝介は頷く。

「私は以前……と言っても、もうかなり前の話だ。まだ私が子供だった頃、兄と共にトランプをしたことがあった。私の兄というのがこれまた能弁しか垂れない実に無能な男でね。事あるごとに知ったような口でペラペラと戯言ばかりを語る薄っぺらい男だった。学業成績という意味においてはそこまで馬鹿でもないのだが、もっと人間の根本としての品性が欠けていて……私が趣味で聴いていたクラシック音楽にもいちいち野暮なウンチクをなすりつけるんだ。ああ、つまらない男だった。まあいい、とにかく私は兄とトランプをしたんだ。いやはや、実に懐かしい。遊んだのはちょっと風変わりな、賭博用のトランプゲームだったのだがね、あろうことか私は無能な兄に『敗北』を喫してしまったのだよ。……実にあってはならない敗北だ。しかし、トランプゲームというのは悲しいかな『巡りあわせ』という要素が大きい。麻雀などもその代表。あれは配られた牌によって大いに状況が異なってくる。よって、そのときの巡りあわせによって実力が相殺されてしまうのを防ぐために最低でも東風戦（トンプウセン）、もしくは半荘戦（ハンチャンセン）をプレーするのだ。ああ、話が逸れてしまったね。私が言いたいのはこういうことだ、ゲームは最低でも数回プレーしないとその実力が表出してこない。変数の切断効果の影響があるからね。そこで私は兄に言ったんだ『もう数回プレーしよう』と。そうすれば、互いの実力が——もっとも私が勝つことになったとは思うが——はっきりするだろうから、と」

黒澤孝介はそこで一度に息を吸い込み、再び喋りを続けた。

「しかし、兄は私との再戦を断った。実に興ざめだったね。以降、兄は私の言葉に耳も傾けなかったのだ。あれは実に面白くなかった。またその、鼻でせせら笑う兄の顔の不愉快なこと、不愉快なこと……。私は諦めず虎視眈々と兄との再戦を待つことにした。なぜなら敗北が憎かったからね。私の実力は確実に兄のそれを凌駕していた。勝負はラッキー・アンラッキーで評価されるべきでなく、実力のみで評価されるべきなのだ。そこで私は、兄が否が応でもゲームをプレーせざるを得ない環境を整備することにしたのだ。普通に提案しても話を聞き入れるような男じゃない。ああ、もし君が私の行為を愚かだと思ってしまったなら、それはそれで仕方ない。それは君と私の価値観の齟齬だ。その溝をすぐに埋めることなど到底できない。言うなれば私には自分の正当性を証明するためにその行為が必要不可欠だったのだ。共感はできなくとも、どうにか理解はしてほしい。

結局、随分と時間は経ってしまったが、私は兄に兵糧攻めを敢行することにした。もちろん兄を再びプレーの場へと引きずりだすために。私は、すでに社会人として満足な地位についていた兄をその職から引きずり下ろすことに成功したのだ。ああ、その手法や手順を事細かに訊くことなどはしないでくれ。それは実に面白みも華やかさもない作業だった。とにかく、私は兄を社会的な敗北者にしたてることに成功した。するとどうなる？　兄は当然、金に困る。しかし当てにできる親類などいないことは他でもない、この私が重々承知している。兄はアルバイトでもするか、もしくは『賭博』でもするしかなくなる。しかし兄は競馬もパチンコもスロットもできはしない」

それは黒澤孝介自身が一度前置きしたように、僕には実に納得のいかない幼稚な行為に思えた。愚行、奇行などとさえ表現できそうだ。まるで意味が分からない。

しかしどうにかして僕が黒澤孝介の昔話を消化し終えると、それを待っていたかのように黒澤孝介は口を開いた。

「すまないね、随分と前置きが長くなってしまった。割におしゃべりは得意な方だと自負していたのだが、ことプライベートな話になるとそうもいかないらしい。生々しい感情が話の骨子を好き勝手に折り曲げる。申し訳ないね……。ああ、しかし私が言いたいのはこれだけなんだ。『私は病的な負けず嫌いだ。それでも私と闘う覚悟はあるのかね？』」

僕は脅しにも似た発言に、しかし動揺はしなかった。僕は胸のど真ん中にしっかりと覚悟を据えて、黒澤孝介の目をまっすぐに射ぬく。

「あなたの話の行く末によっては、僕は……僕たちはあなたとの闘争も辞さない覚悟です」

「結構」と黒澤孝介は乾いた声で言うと、デスク上に描かれた正方形のパネル部分に静かに手を触れた。するとパネルはまるでブラックライトのように青白く光り出し、同時にどこからか声が聞こえ始める。

「ぷつっ」という小さな音が聞こえてきた。僕が事態を把握しかねていると、更にどこからか声が聞こえ始める。

［ササカワです。いかがなさいましたか？］

どうやら、黒澤孝介が触れたパネルは内線の装置だったようだ。おそらく先ほどこの部屋まで僕を案内してくれた女性のものと思われる落ち着いた声が部屋に響いた。黒澤孝介はそのまま空中に向けて言葉を放つ。

「悪いが最優先の急用ができてしまった。十四時からのオーディオ部との会議は二十九日の午後四時に延期。十六時からの中央海上との懇談は適当な者で代行を……それとCのFにKを五人ほどまわしておいてくれ。以降の予定については追って連絡をする」

［かしこまりました。失礼致します］

シャボンが割れたような内線の切れる小さな音が部屋に響くと、黒澤孝介は何か大事な作業にでもとりかかるように両手をこすりあわせた。それから口の端をいっぱいに伸ばして笑顔を見せる。

「これで少し時間もできた。ゆっくりとお話をしよう。では……」黒澤孝介は背もたれに身体を預けた。「私は何の話からすればいいのかな、、、、オオスガくん」

僕は本日何度目かの深呼吸をしてから、慎重に口を開く。

「まず、どうしてあなたが七年前にあんな計画を打ち出したのかを教えて下さい。どうしてあなたは……」

子供が産めない人間を創ろうとしているのですか？

黒澤　皐月の日記

（前回の日記の続き）

私はこの事実をどのように受け止めればいいのだろう。

父とは、言わずもがな（言葉はテキセツでないかもしれないが）私を創った人間の片割れである。それはどうあがいても否定などできない事実。私が今ここにいるのは他でもなく、両親の存在あるがゆえなのだ。トウジキはトウゲイカの手によってつくられるように、音楽は作曲家の手によってつくられるように、料理は料理人の手によってつくられるように、私は両親によってつくられた。

しかし今、そんな、私をこの世に生み出した張本人が、あろうことか「子供の生まれない世界」を創ろうと試みているではないか。いったい私がとるべき最善の行動、あるいは感情は、何だというのであろう。激しいイキドオリなのか、底しれぬ恐怖なのか、多大なる反省なのか……私にはもはや何もわからない。

まるで自分のてのひらさえ視認できないようなクラヤミの中を歩かされている気分だ。今の私には自己認識すら非常に困難な作業と化している。

すでに一年以上、私はこの日記をつけてきたが、中でも父に関する記述は決して少なくなかったと思う。私は私なりに、近くて遠い存在である父のことを様々な角度から考察し、観察してきた。

父は何を考えているのか。――主に仕事のことだろうか？

父は私をどう思っているのか。――ウトましく思っているのか？ あるいは密かに気にかけているのだろうか？ それともやはりなにかしら憎しみのような感情を抱いているのだろうか？

明確な答えは依然として分からない。しかし――

「父は子供が生まれなければいいと思っている」

この事実だけが白日のもとにさらされた。

私の存在とはなんなのであろう。今現在、私の中ではその問いが実に淡々と処理され、転がされ、確固たる明確な回答を待っている。私は果たしてどのような答えを持てばいいのだろうか。

デカルトのコギト・エルゴ・スムの考えによれば「私は思うがゆえに、存在していると規定できる」というカイシャクとなる。私は今も考えている、よって確実に「存在」しているのだ。

しかしながら私の創造主は「子供などいらなかった・子供が生まれない世界を創ろう」とし

ている。私は他ならぬ父の子供だ。すると私を生み出した人間が私の存在を否定していることになるではないか。

私は生存している。しかし私の創り手は私の存在を否定している。

果たしてこの理論で行くと、私は存在していることになるのだろうか。

例えば、画家が自分の作品に対し納得がいかず「こんな作品など描かなければ良かった」あるいは「できそこないだ」と思ったとする。理由はわからない。画家には画家なりのスウコウな考えがあり、自分の作品と規定するためにはある一定のボーダーのようなものがあるのだろう。とにかく、作品は画家自身の「作品」とは認められなかった。

するとどうだろう。この場合、この作品は「存在」していることになるのだろうか。

また別のたとえ。ある工場で金属の部品を製造している。しかしながら製造過程でどうしてもいくつかの不要な金属片がゴミとして発生してしまい工場の人は困っていた。廃棄するのにもお金がかかるし、清掃に費やす時間ももったいない。そこで「この不要な金属片を減らす（あるいはなくす）ことにしよう」と工場の人が動き出した。

では果たして、今まさに駆逐されようとしているこの金属片は、工場の製造物だと言えるのだろうか。

私の言わんとすることが伝わるだろうか。つまり私は「存在」もしていない、ただの「不要物」なのではないか、ということだ。

父は私を「殺したい」とでも思っているのだろうか。
いくら考えてみてもわからない。
わからない。
わからない。

私は両親の愛にまさる、偉大な愛を知らない。（バートランド・ラッセル）

この世には難解なことが多すぎる。

葵 静葉 ♥

工場内の建物のすき間からは僅かに海の姿が垣間見えた。埋め立てられた人工的なコンクリートの向こうに、波のない大人しげな海が横たわっている。鳥が飛んでいた。鳥は潮風を全身に浴びるようにして、海を奥へ奥へと切り進んでいく。

静かな場所で過ごす時間は、いつにも増してゆっくりと感じられた。江崎くんも私も饒舌な方ではないし、空白の時間を会話で埋めることを得意とはしていない。しかしながら不思議なことに、この空白は決して退屈ではなかった。この数日間を経たことにより、江崎くんとの時間は私にとって、なかなか心地好いものになってきているのかもしれない。

そのとき、私たちの沈黙のドアをノックするように携帯のバイブレーションが作動した。私は慌てて携帯を取り出し、メールの内容を確認する。差出人はやはりのんちゃんであった。

『パスワードは08G―51048839です。これで開くは』

なんとも中途半端なところで切れてしまっているが、一応メールの趣旨は了解できた。おそらく、少しばかり焦って入力してしまったため打ち損じてしまったのだろう。ひとまず無事にパスワードが引き出せたことに、私は安心をする。

「三枝からか？」と江崎くんが訊く。

「うん。パスワードが分かったみたい」

私はそう言って今一度セキュリティ用のパネルに向き直り、画面を呼び起こしてみる。鮮やかなマリンブルーで構成されたパネルに、私は素早くパスワードを入力した。なにせ逸早く入力しないと、パスワードは無情にも更新され続けてしまうのだ。私は慌てながらも、右手の人差指を使って丁寧に慎重に入力を完了した。最後に『照合』のボタンを押す。

すると、ピーッという長めの電子音が響き、大きなギアが動くような音がした。音はぎぃぎぃと重たく鈍く鳴り響く。ギアの回転音に混じって、チェーンがこすれるようなじゃらじゃらとした音も漏れ聞こえた。音に耳を澄ませていると、まるで私たちの注意をひきつけるように、目の前のシャッターがみるみるうちに開いていった。すだれが巻き取られていくように、重厚なシャッターは天井にくるくると吸い込まれていく。工場の中からは、密閉されていた少し冷ややかな空気が漏れ始め、私と江崎くんの顔をやや乱暴に撫でていった。

シャッターが開くと、そこにはトラックがそのまま乗り入れられそうなガランとしたスペースが広がっていて、奥には更にもう一つ扉が待ち構えていた。といっても今度の扉はどこにでもあるような極めて常識的な大きさのもので、私たちは少しだけ安心をした。

「この扉なら、壊しても手動で簡単に開けるだろ」と江崎くんは言った。

私は頷き、扉に併設されたセキュリティパネルに手をかける。先ほどのものと殆ど同じ型のパネルだった。私は目を閉じて深呼吸をしてからレバーを半分だけ倒す。パネルはショートしたような音を立てた後、液晶画面を真っ黒にして沈黙した。

江崎くんは私がパネルを破壊したことを確認すると、すぐさま取手に手をかけそのまますると扉を開いた。それは最後の扉にしては呆気なさすぎるほどに、無感慨に開かれた。

「随分と大きいな」と江崎くんは言った。それは、予言と自分との関係を『宅配業者とクライアントの関係だ』と突飛な表現で説明した江崎くんにしては、いくらか直接的で実に単純な感想だった。

しかしながら、江崎くんがそう言いたくなる気持ちも実にもっともだった。江崎くんの言うとおり、工場の中に格納されていた機械たちはあまりにも大きく、また敷地自体も広い。入り口に立っただけでは見渡せないほどに綿々と機械は繋がり、一つの大きな個体を成していた。光沢の効いた白いボディの機械たちが整然と並び、それらを結ぶ「橋」のようにコンベアや太いパイプが何本も通っている。実に巨大。その通りだった。

私たちはおもむろに工場内を奥へと進み始める。まるで博物館の中を歩くように、私たちの歩行速度は緩やかだった。病的とさえ表現したくなるほどに真っ白な工場内の空間には、まるで歯医者の診察室のような独特の臭いが充満していた。消毒液の臭いのような、あるいはかび臭いような、そんな匂い。それはおそらくこの工場が薬品系の工場であるということに起因しているのだろう。

私たちはそのままゆっくりと歩き続け、製造工程を経る製品の気持ちを追体験するように、機械の迷路をどんどん奥へと進んでいった。工場内は機械たちでひしめき合ってはいたが、それでも人が歩けるだけのスペースは十分に確保されていた。よって私たちは飛び跳ねることも、身をかがめることもなく、迷路を奥へと進んで行くことができた。それから十分弱ほどの時間が経過し、私たちはいよいよ工場の最深部にたどり着く。ここより先にはコンベアもパイプも続いてはいない。あるのは山積みにされた段ボールだけだった。段ボールは工場の隅を占拠するようにうずたかく積みあげられ、まるでピラミッドのように圧倒的な存在感を放つ。段ボールの表面はまったくの無地で、製品名、社名などは一切記されていなかった。

江崎くんはおもむろに段ボールの山に近づくと、その内の一つのガムテープを剝がした。そして蓋を開け、中を覗き込む。あまりに躊躇のないその行為に私は一瞬驚いてしまったけれど、私たちはすでに不法に工場内に侵入しているのだ。これ以上些細な罪を重ねたところで大勢に影響はないのかもしれない。

江崎くんは段ボールからそれを取り出すと、右手に納めてまじまじと観察し始めた。

「やっぱり、この工場で間違いなさそうだ」と江崎くんは言い、段ボールの中のそれを一つ私にも手渡した。

私は受け取ったそれを、江崎くんがそうしたように見つめてみる。

それはレゾン電子の壮大な計画とは裏腹に随分と小さく、そしてあまりにも軽かった。しばらく見つめていると不意に気分が悪くなりそうになり、思わず目を離す。軽量感と反比例するようにそれは禍々しく、私の心をどろどろとかき乱した。

「これを飲むと……」と私は江崎くんの方を見ながら言う。「子供が産めなくなる……ってことなのかな?」

「そういうことだろうな」江崎くんはそれを段ボールに戻す。「まるで意義は分からないが」

私はなるべく手元を見ないようにしながら、それを段ボールに戻した。

私は段ボールの山から離れると、今一度機械の全体を見渡した(といっても、巨大すぎてすべては見渡せないのだけれど)。

真っ白な建屋に収まる真っ白な機械たち。とぐろを巻くように伸びる数多のパイプに、美しいまでに等間隔に配置されたベルトコンベア。鼻を突く不快な臭いに、段ボールに梱包されたそれ。

ここがすべての元凶だ。この四年間の元凶。

私は一瞬、頭がぐらりと揺れるような感覚に襲われた。目の前の景色がまだらに歪み、三半規管が正常な判断能力を失う。しかしゆっくりと目を閉じて再び開くと、世界はもとに戻っていた。

私は確かに二本の足で地面に立っている。

私はここにいる。

「江崎くん」と私は声を掛けた。「大須賀くんから連絡が入ったら、これを壊すことになるかもしれないんだよね？」

江崎くんはこちらを向き、当然のような表情で頷いた。「それはそうだ。そのためにここに来たんだ」

「なら少しだけ、この機械を見直してもいいかな？　言葉じゃうまく説明できないんだけれど、物を壊すときには対象物の『輪郭線』を把握しておきたいの。どこまでが壊すべき対象となる機械で、どこまでが壊さないでいい箇所なのか。ちょうど山と平地の境を見極めるみたいにね。さっきの鍵みたいな小さな物なら苦労はしないんだけれど、これだけ大きいと時間がかかると思うから今のうちから取り掛かりたいの。大須賀くんから連絡が来てからやったんじゃ、効率が悪いしね」

江崎くんは頷いた。「わかった。俺は少し外を見てくる。もしも何かの拍子に工場や警備の人間が来たら面倒だからな」

「うん」

江崎くんはその台詞を最後に振り返って工場の出口へと向かおうとした。しかしどうしたのか途中で思いとどまって、こちらをくるりと振り向く。

「あんた……本当に大丈夫なのか？」

それは先程、タクシーに乗る前にも訊かれたことだった。私はその真意がよくわからないまま笑顔で取り繕う。

「ありがとう。大丈夫だと思う」

「そうか」とだけ江崎くんは言うと、今度こそ出口へと向かっていった。相変わらず江崎くんの歩き方は世の中のすべてが不本意だとでも主張しているような、非常に気だるそうな歩き方であった。

私は江崎くんが外に出るのを確認すると、いよいよ機械の輪郭線を見極める作業にかかった。

黒澤 皐月の日記

20××年 7月8日 曇り
(前回の日記の数日後)

存在することは知覚されることである。(ジョージ・バークリー)

一つ、私は決心をした。

この数日間、私は徹底して悩み、苦しんだ。

果たして文面から私の苦悩がどれほど正確ににじみ出ているかは定かではないが、私は「かなりの」苦悩と共にこの数日を過ごした。自分の行うイッキョシュイットウソクに意味を考えてしまうほどに思弁的になり、あるいは本を読むのがオックウになるほどに無気力にもなった。時には吐き気にオソわれ、時にはめまいがした。

そうやって過ごしたこの数日間で、私は一つの結論に達する。

極めてシンプルだ。

苦悩が大きくなり、問題が複雑になるほど、往々にして解答は単純なものとなる。ホウカイするか、あるいはハタンするか、またはムサンするか。私は自分が行おうとしていることに、大義名分を掲げるつもりもなければ、まして正当化するつもりもない。これは私の極めて個人的な生存欲求であり、存在欲求だ。

私は今こそ、行動を起こす——起こさなければならない。

人らしく存在するために。

三枝　のん　◆

「たしか、東京観光に来たんじゃなかったかな、クニスさん？　今日はまた随分と奇抜な恰好をしているんだね」

あたしは個室の入り口を塞ぐようにして立ちはだかる男性の顔を見上げる。その男は以前、ホテルに帰還したばかりのあたしと葵さんを強襲した男であった。確か、『藪木』と名乗っていたような気がする。あたしは男の快活な表情や、その丈夫そうな体軀を見ているだけであの日の恐怖を嫌というほど鮮明に思い出せた。ただ眺めているだけで、あたしの十二指腸はきゅるきゅると音を立ててしぼみ、そのまま消失してしまいそうだ。

男性は先日のようにアイロンで糊付けしたようなパキッとした笑みを浮かべる。

「また、うちのビルを見学に来たということは、随分とこのビルを気に入ってくれたということかな?」

あたしは閉じられたノートパソコンの上に両手を置き、負けじと嘘くさい笑みを浮かべてみた。

「ええ。まあ……そんな感じですかね。特にこのトイレは中々座り心地が良かったもので」

「それはなにより」と男性は頷いた。「でも、勝手にうちの回線を使われてしまうのはちょっといただけないね、それに勝手に個人ページにまでログインしている。これはちょっと……『観光』の範疇ではなさそうだね」

男性はそこで表情を殺した。顔面には三時間嚙み続けたガムのような無味無臭な表情が現れ、あたしの目を射ぬく。

「目的を聞かせてもらおうか」

あたしは黙って男性の目を睨み返した。そして、ただただ大戦中の鈴木貫太郎の如く黙殺を決め込む。上下の唇を内側にしまい込んで嚙み、一切の秘匿を顔面でアピールした。

男性はため息をついた。

「これはこれは、また随分と優秀な特攻隊員のようだ。こんな状況下でもだんまりをするとは、君の背景には相当に大きな何かがあると勘ぐってしまうね、私としては」

男性は目を閉じて首を横に振った。まるで何かを嘆いているような動作だった。

「もっとも君の……いや、前回一緒にいたもう一人の女の子と、更に今現在最上階にいる『江崎』という人間を含めた『君たち』の、おおよその目的みたいなものは、私たちも把握はしているんだ」

あたしは表情が崩れないように、更に唇を嚙み締める。

「千葉の工場に用事があるんだろう？」

あたしはその言葉に、不本意ながら反射的に目を大きくしてしまった。まさしく図星を言い当てられた人間の典型的な反応だ。あたしは情けなくも大慌てで表情を取り繕い、とぼけ顔へとシフトしようとしたがすべては後の祭り。

男は目を細め、悪ぎつねのような笑顔を見せた。

「さっき懇談中の社長から直に連絡が入ってね。千葉の工場に警備会社の人間を向かわせるように言われたんだ。何事かと思ったけど、どうやら君たちがその原因というわけだね」男性は目を開いた。「しかし君たちの目的が千葉の工場だとすると、必然的に目的はあれだということになるね。社員でも一握りしか知り得ないトップシークレットだ」

あたしは千葉の工場に警備の人間が向かっているという情報に動揺をしながらも、男の話を黙って聞いた。たとえ二人が警備員に追い詰められようとも、江崎さんはなかなかどうして頭が切れるし、葵さんは最悪の場合何だって壊すことができる。あたしが心配する必要など微塵もないのだ。

あたしはそこでようやく口元を緩め、男性に向かって質問をした。

「それで……そんな『とっぷし～くれっと』を知ってしまったあたしを、あなたはどうするつもりなんですか？」

男性は小さく微笑んでから口を開いた。

「さあ、どうしようかな……」

男性はいかにも演技らしく天井を見上げて何かを考える仕草をした。それから、視線をあたしの方へと戻すとまた例のごとく笑顔を見せながら言う。

「ちょっとついてきてもらっていいかな？」

口調は実に軽いものであったが、向けられた視線は絶対零度のごとく冷たく凍りついていた。

あたしはパソコンを始めとする荷物を鞄にしまうと、ゆっくりと立ち上がる。

大理石を叩く男性の足音は、トイレの中で絶望的なまでに反響した。

黒澤皐月の日記

２０××年　７月15日　晴れ

（前回の日記の数日後）

音楽とは、生涯にわたる修練と深い研究を必要とする技芸なのです。

（ジョヴァンニ・マルティーニ）

久しぶりに日記らしいことを記したい。かの事実を知ってから私はめっきり思弁的な記述におぼれるばかりであったが、本日に限っては特筆すべき出来事があった。それに関して筆を執りたい。

本日、私は生まれて初めて、ピアノのコンクールというものに参加してきた。あまり触れる機会がなかったが、私はこれまでピアノのレッスンを週に三、四日程度受けていた。もっとも、取り立ててピアノに対して愛着があるわけでも、音楽に対する執着があるわけでもない。ピアノは私にとって単なる時間つぶしだ。

小学生のとき、ちょっとした縁から「ピアノを習ってみる気はないか」と問われ、イゴコチの悪い家にいないで済むのなら……という程度の思いで始めることになった。音楽に対して特に情熱もない私にとって、レッスンはコウヨウ感を得られるようなものでは決してなかったが、私の目論見通り、自宅にいなくていい時間を増やすことには見事に成功した。レッスン中はあの暗くニゴった自宅を離れていられる。それだけが、私を日々のレッスンに向かわせた。

主にレッスンを受ける時間は平日の夕方。先生の自宅にて行われた。

先生は私を扱うのが実に上手であった。おそらく、先生にとって私の存在というものは、言うなればヤッカイなものであったと思う。先生の生徒にしては珍しくもコンクールを目指すわけでもなく（先生のレッスンは本来ならば、厳正なる試験をパスしないと受講できないほどハイレベルなものであった）、取り立てて好きな作曲家が居るわけでもなく、レッスンに対して熱心であるわけでもない。ただ、一定の金を収められるものだから、対価としてレッスンを行っているだけ。そんな存在であったように思う。

先生は私のピアノに対する興味を少しでも引くために、地道で地味で持続が必要な、基礎レッスンのたぐいは一切教えなかった。指遣いの基本、足の位置、椅子の位置、姿勢。このあたりを簡単にレクチャーすると、先生はいきなり、私に曲の練習をさせた。かなりオキテ破りな教育方法であったと思う。しかしながら、先生にとっても私にとっても、それが最適なレッスン方法であった。そのぐらい適度なたるみがあったほうが、存外長続きするのだ。

先生は幾つかの曲を聴かせ、私が興味を持った曲の楽譜を持ってきた。私はそれについて心のオモムくままに適度な力加減で取り組んだ。主にハイドン、モーツァルト、ベートーヴェン（先生は古典派音楽を専門にしていた）、ときにラフマニノフ、チャイコフスキー、そしてショパン。弾ければそれなりにいい気分にもなったが、上達のスピードが遅くともイラダちはしなかった。ショセンは時間つぶしなのだ。そこに不必要な感情を費やすのはあまり合理的ではない。

しかしながら、先述したとおり、私は本日ピアノのコンクールに出場してきた。

なぜだろう？——それは私にもよくわからない。

おそらく自分自身を客観的に考察するに、私は父が計画するあのおぞましき資料を目にしてから、何か些細であっても目標が欲しかったのだ。それは毎日の早寝早起きでも構わなかったし、読書量の増加でもよかったし、なんでもよかった。ただ、私にとってピアノのコンクールというものが一番わかりやすかったのだ。ただそれだけのこと。

私は先日、先生に無理を言って、コンクールに出させてはもらえないかと懇願した。先生は怒るよりも困るよりも先に、驚いた。当然だろう。ただの暇つぶしに（それはまるで喫茶店にコーヒーでも飲みに来るように）レッスンに来ていた生徒が、突如「コンクール」などと言い始めたのだ。実にまっとうな反応に思う。

先生は「今からエントリーできるコンクールなどほとんどないし、練習も不完全な状態では出場はさせられない」と言った。その通りだ。私にはピアノの「イロハ」が備わっていないし、弾ける曲も少ない。もっとタンテキに言ってしまうのなら、うまくない。先生の名誉という意味も含めて、私を生徒として出場させることを承認するわけにはいかなかったのだろう。

しかしながら、私はユズらなかった。どうにかしてお願いしますと頭を下げた。

すると、しばらくして先生は一つのコンクールを提案し、「これならば何とかコネクションでエントリーできるかもしれない」と言ってきた。私は二つ返事で了承し、そのコンクールへの参加を取り付けた。これでいい。これでいいのだ、と私は思った。些細でも何かしらの、目標、ひいてはイベントのようなものが欲しかったのだ。目標は存在理由を生み、ひいては存在自体を形成する。

私は本日まで、今までにないくらいの練習量をこなした。懸命になればなったで、これは中々に過酷な作業だった。指は痛み、ときに爪は割れ、先生の指導も厳しいものになった。それでも悪い気はしなかった。中々に不思議なものだ。

先生と相談し課題曲に関してはほぼ練習を行わなかった。間に合わせの練習でごまかせるような曲ではないし、そもそも曲自体が私にはボンヨウに思えてつまらなかった。練習に身も入らない。よって、私は自由曲のみに力を入れた。

自由曲はショパンのエチュード、「革命」。

カクメイ。悪くない響きだ。まさしく今の私に相応しい。そう思った。窮地に立たされた私にとって、この曲は何よりもうってつけ。曲自体も実に素晴らしい。

果たして、コンクールの会場で私の「革命」はどのように響くのだろうか。柄にもなくそんなことを考えながら、私は会場へと向かった。

書き記したいことは山ほどある。誰の曲がどうだっただの、どの先生がどうだっただの、会場のピアノのタッチがリョウシツだっただの……と。その気になれば（ただでさえ筆の乗りの良い本日の日記だ）永遠のように本日の体験をここに記述できるかもしれない。

しかしながら、私はそれらを思い切りよく割愛しなければならない程の衝撃を受けた。

一人の女性。聞けば歳は私と変わらないらしい。

たった一人の女性の演奏に私は心を打たれた。といってもそれは単純な感動とは少し違うように思う。「ワアスゴイ、アラステキ」などといった判で押したような感想で終われるようなそれではないのだ。はて、私はあの演奏の何をどう感じたのだろう。

強いて言うなれば、「嫉妬」という言葉が最もテキセツかもしれない（ザンティ的な判断ではあるが）。

彼女の演奏は実に優雅で美しかった。奇しくも自由曲は私と同じショパンの、「英雄（ポロネーズ）」。音は清く澄み、どこまでもどこまでも気分を晴れやかにしていくようだった。もっと言うなれば、それは音のみにとどまらず、彼女のその佇まいを含めて一つの作品と化していたのだ。あるいは会場内の「気温」さえも、彼女の手中に収められているのではないかとさえも思えた。なにかが違った。なにかが「決定的に」私とは異なっていたのだ。

それはこれまでの互いに歩んできた道のりの違い、育った環境の違い、性格の違い、選んだ曲の違い、様々要因はあるだろうが、何よりも彼女が「演奏を愛している」という点に起因しているような気がした。彼女は私と違い、ピアノを嗜好し、愛しているからこそ、演奏をしているのだ。私にはそう思えた。その点が私とは決定的に違う。

それが妬ましいのだ。

悔しいのかもしれない。

私はそれを正確に表現できない。しかし、いずれにしても彼女の存在は私の心を激しくかき乱してやまないのだ。まるで炭酸水に落とされた一粒のラムネのように、私の中でキョウレツな化学反応を起こしている。

彼女はまさしく「英雄」であった。

それに比べ、私は「革命」。

あゝ、なんと世の中は素晴らしくも皮肉なものだろうか。

私はショセン、「革命家」なのだ。人々からの喝采を一身に背負い、胸を張って行進していくような「英雄」ではない。

できることなら、私も英雄とはいかないまでも、せめて「勇者」のような生涯を歩んでみたかったものだ。

大須賀駿 ♣

「どうして子供を産めない人間を創っているのか……それは、あまり正確な表現ではないね」と黒澤孝介は言った。「正しくは子供を産みにくい人間だ。決められた代償さえ払えば、子供は産める」

「それは知っています」と僕は答える。「僕がいま聞きたいのは目的です。なぜそんなものを作ろうとしたのか」

黒澤孝介は背もたれにぐいと寄りかかり、椅子のリクライニングをしならせた。それから何もかもが面倒だというように顔をしかめ苦い表情をつくり、僕の胸元辺りに視線を移動する。

「悪いのだが、あまりその件に関して私は饒舌になりたくない。というのも、君のような子供風情に私の意見や論理、ひいてはフィロソフィーが伝わるとは到底思えないのだよ。私が熱弁を振るえば振るうほどに、君はそのあまりに未熟な器で、私のことを『おかしな人』だとでも判断してしまうだろうからね。そうなったらたまらない。私は地動説を支持したガリレオにはなりたくないのだよ……しかし」と言って、黒澤孝介は僕の目を見る。「すべてを話さないことには、君は帰ってくれないのだろう？」

　僕が黙って頷くと、黒澤孝介は頬杖をついて眠そうな目をした。

「これは困ったが、仕方ない……なら少し話してみるとしようか。ああ、君は小学三年生ではあるまいし、まさかコウノトリさんやキャベツ畑を信じてはいないだろう。ならどうだね、人の発生過程というものは実に不自然であるとは思えないかね？」

「意味がよく分かりません」

「ああ、例えば。仮に君はある書籍が欲しかったとしよう。もっとも別に本でなくても構わないんだ。お菓子でも服でも鞄でも、何でも構わない。とりあえず今は書籍ということにしておこう。そこで君はおそらく本屋に向かうはずだ。そしてお目当ての本を手に取り、レジへと向かう。そして、どうする？」

　僕は少しだけ質問の意図を考えてから答える。「お金を払う」

「そのとおり、当然代金を払う。なんだってそうだ。有形の物体に限らず、無形のサービスであったとしても、我々はその対価として常に代金を支払う。世の摂理。これこそがあるべき本来の流れだ。この会社でさえ、その摂理に則って事業を動かしている。しかし……」

　そこまで言うと黒澤孝介は上体を僅かに起こし、言葉の持つ説得力を高めるように右手を差し出した。声にも冷静な力強さが宿り始める。

「子供の場合はどうだろう？　君がもし、書籍ではなく『子供』が欲しいと思ったのなら、一体なにをするだろう？」

僕が答えずに黙っていると、黒澤孝介は慌てて付け加えた。

「ああ、申し訳ない申し訳ない。実に野暮な質問をしてしまったね。今のはちょっとしたプレゼン上の問いかけであって、本気で君に答えさせようとしたわけではないんだ。みなまでは言わずとも結構。だが、そういうことなのだよ。我々が子孫を残したいと考えたとき、我々に必要とされるのは対価としての代金ではない。むしろ、余剰に付加される『快楽』だ。欲しいものを手に入れるために、更に別のものが手に入る。一体、これを不自然だと言わずになんと言うのだろう？……そこに我々はメスを入れたのだ。物事をあるべき形式、摂理へと導くため、少しだけ物事の流れを明確にした。よりよき明日のために。どうだね？」

「僕にはよく分かりませんが……でも、本が欲しいという感情と、子供が欲しいという感情はまったく別のもののような気がします。子供が欲しいと思う感情はもっと本能的というか——」

「ああ、なるほど。悪くない反論かもしれない。確かにその二つを同一のステージに上げて議論させることは、些か窮屈に思えるかもしれないね。君の言うとおりだ。しかしながら、どうだろう。私はこう思うのだ。『我々ヒトの理性は、とうに本能を凌駕してしまっている』とね。あるいは、凌駕していなければならない、と。意味が分かるかい？」

僕は首を横に振った。

「私は先に、性行為による快楽を伴った繁殖は不自然だと確かに明言した。しかしながら、それは『ヒト』に限ったこと。話を『ヒト』以外の生物に限定するのなら、それは実に合理的な繁殖方法だ。なぜなら、ヒトを別にした他の生物にはおおよそ知性や理性が少ないからね。彼らは本能の赴くままにその生涯を駆け抜ける。空腹が訪れれば狩りをする、あるいは草をはむ。身体が痒ければ掻き、便意を催せば排泄をし、眠ければ眠る。行動のすべては『快』を基準にして形成されていく。そして同様に、それらの延長に存在するのが性行為だ。彼らは本能的に『快』という概念を軸に行動するがゆえ異性を求め、『快』を追求しているうちに子孫を残す結果となり、生物の第一目的である種の繁栄を達成する。なるほど、実に結構だ。どころか合理的。なんともシンプルで美しいとさえ形容できそうなまでに完璧な自然体系ではないか。

しかし、話を我々『ヒト』に限定してみよう。広い世の中にはこんな人がいる。『子供なんて要らない』という人だ。……さて、どうだろう？　これは生物として成立しているのだろうか。生物の第一目的が種の繁栄であるのだとすれば、このような生物は発生しないはずだ。なぜなら根本としての本能が欠落してしまっていては生物として生存していけない。種の繁栄を放棄した生き物など、これはもはや一般的な生物ではないのではないか？　つまり、結論としてはこうだ……『ヒト』はもはや、本能に支配されたただの生物ではない。よって、『本能的な選択』などという言葉は、我々の中に存在してはならないのだ。我々は常に知性と理性によって行動し、選択し、生存している。もとい生存すべきなのだよ。

確かに『ヒト』でありながらも本能に支配されている知能の低い人間というものも幾人かは

存在している。しかしあれのなんとも醜きことか。ああ、欲望のままに食し、欲望のままに消費し、欲望のままに生きる。頭は回らず、ただ毎日を無為に過ごしていくだけ。そして気付けば、その醜きものから何人もの醜き子供が生まれていく循環。あれこそもはや『ヒト』ではない。『ヒト』らしくない。

ああ、私はね。つまり、こう考えているのだよ。子供の必要・不必要は、本能から算出される偶然性ではなく、理知的で理性的な判断から下されるべきだとね。噛み砕いて言うなればこうだ。本当に子供が欲しいと思っている人間、ひいては子供を得るに値する人間のみが子供を手にするべきだ……それも相応の対価を支払って。それはちょうど書籍が欲しいなら代金という対価を払って購入をするように……。どうだね、中々崇高で慈愛に満ちた理論だろう」

僕の頭の中では黒澤孝介の言葉が自動的に反復された。

『子供を得るに値する人間のみが子供を手にするべき』

『醜きものから何人もの醜き子供が生まれていく循環』

もはや「ヒト」ではない。

それは、誰のことなのだろう？

僕はじわじわと吐き気のようなものを感じ始めていた。胃の奥がゆっくりと収縮運動を始め、お腹の中に詰まったものをポンプで押し上げ始める。喉が急激に狭まったような感覚を覚え、頭が圧迫されたように視界はぼやけた。黒澤孝介の話が、僕の心に無音のボディブローを放っているのだ。それはとても力強く的確に僕の急所を突き、なおかつ僕を苛立たせた。

「言いたいことは分かりました」と僕は吐き気と苛立ちを抑えながら言う。「でも、どうしてあなたはその理論に基づいた計画を、わざわざ自らの手で実行に移したんですか？　そんなことをしてもあなた自身にも、またレゾン電子にも利益はない。それどころかレゾン電子は電子機器メーカー、あまりに専門とかけ離れている。時間も費用もかさむ。利点なんてないように思いますけれど」

「ふむ」と唸ると、黒澤孝介は顔に深いシワを寄せてくしゃくしゃと微笑んだ。「なかなかいい質問だ。君は先程からなかなか悪くない反応を見せるね。こちらとしても綺麗な道筋を描いて話を進められるのは実に気分がいい。ああ、初めに前提として……、君は『企業』というものの最大の目的というものは何か分かるかな？」

僕は少し考えてから答える。「……利益を上げること」

「二流は決まってそう言う」

黒澤孝介は背もたれから完全に背を離し、デスクに両肘をついて身を乗り出した。それからまるで陽気なコメディアンみたいに華麗な身振りをおりまぜながら言葉を紡ぐ。

「企業の最大の目的は『社会貢献』なのだよ。利潤はそれに伴う副産物であり、また社会貢献のための手段でしかない。我々、『人間』の生きる目的が『血液を増やすこと』でもなければ、『酸素を大量に取り込むこと』でないのと同じだ。我々が人間であることによって為すべきは、その四肢を、頭脳を使って何を残せるかに尽きるのだよ。企業も同じだ。するべきは利潤を追求することなどではなく、その利潤をいかにして社会に還元していくかだ。還元した社会貢献は再び幾らかの利益を生む。しかしながらそれは我々企業に対する『ご褒美』などではなく、次のインプルーヴメントに対する『出資』に他ならないのだ。まだ高校生の君には少々難解かもしれないが、それが企業というものが為すべき社会システム上での最重要のロールなのだよ。我々レゾン電子は確かにスタートこそ電子電圧計を製作していた小さな町工場であった。しかしながらその後我々は事業を徐々に拡大。実に長い道のりを経て、今日の国内外グループ九十三社体制を築きあげたことになる。それは何故か……利潤を徹底して追求し続けたから？違う。我々は常に社会に対し新たなインプルーヴメントを提供してきたからなのだよ。その見返りとして、次のインプルーヴメントへの『出資』として、資金を頂戴してきた。だから我々には、社会に対して次のインプルーヴメントを明確に提示する必要がある。

それこそがこの七年越しの計画だ。我々が提供し続けたカイゼンの賜物。そこにはジャンルなどというボーダーを設置してはならない。できることはやる。我々がよりよい明日を過ごすために。昨日よりカイゼンされた明日を過ごすために。他の生物と同位ではなく、確固たる地位を築き上げた『ヒト』として過ごすために。

それこそが"Being alive as a HUMAN."（人らしく生きる）なのだよ」

黒澤孝介は話を締めくくると、そのまま静かにフェイドアウトしていくように再び背もたれに身体を預けた。両手は所定の位置である肘掛けの上に置かれ、演説は終焉を迎える。

僕はなるべく話を心の深くにまで染みこませないように注意しながら、黒澤孝介の話を舌の上で転がしてみた。利き酒をする人は自分が酔っ払わないように一度口に含んだお酒を飲み込まずそのまま吐き出すという話を聞いたことがあるけども、まさしく今の僕もそんな気持ちだった。黒澤孝介の話は、飲み込んでしまえば僕の心に激しい悪影響を及ぼすに違いない。舐めては吐き出す。そしてそんなことを繰り返していくうちに僕は思う。

やはりこの人の考えていることは分からない、と。

それは黒澤孝介が言うとおり、僕がまだ幼く未熟であるがゆえの理解不足なのかもしれない。僕にもう少し学や、彼の言うところのフィロソフィーがあったなら大いに何度もうなずいて、黒澤孝介に賛同できたのかもしれない。もしくは適切な語句を選んで理路整然と反論ができたのかもしれない。だけど、僕にはそのどちらもできなかった。僕はただ話を聞き、複雑怪奇な印象を覚えるのみ。

よって僕はこの話に明確な意見は述べられない。こうすべき、こうすべきではない。いずれの言葉も持てない。だけども、もし意見ではなく感想を求められるのだとしたら、僕は黒澤孝介の話をどこか『おかしい』と思う。見る人が見れば、一見して黒澤孝介の理論は一理あるように思えるのかもしれない。でも、僕には黒澤孝介には何かが決定的に足りていない、もしくは何かが必要以上に過剰であるように思えてならなかった。

黒澤孝介は間違っている。

普通の神経をしている人間ならば、絶対にこんな計画を打ちたてようとは思わない。明確な根拠も、正当な理論も、具体的な反論もなく。僕はただただ強くそう思った。それはあくまで個人的な感想として。

「その計画が立ち上がったのが、七年前なんですよね？」と僕は残りの疑問を解消するために口を開いた。

黒澤孝介は〈そのとおり〉とでも言うように静かに頷く。

僕はそこで今一度あの声を思い出した。僕たちがここに集められる理由となった、黒澤皐月のあの声を。

――その時が来たら、私に協力しなさい――

僕は黒澤孝介に訊く。

「その計画が完成したのは、つい最近のことですか？」

黒澤孝介はやや驚いたように目を見開く。といってもそれは実際には充分に余裕のある人間が見せる、ポーズとしての驚きの表情であった。

「君の情報源がいったいどこなのかは分からないが、これは少しばかり驚かざるを得ない」黒澤孝介は座っていた体勢が気に入らなかったのか、着座位置を少しだけずらした。「君の言うとおりだ。確かに我々の計画が一つ、形としての完成を見たのはつい先月のこと。七年とはこれ中々に長かったが、すでにテスト運用も始めている段階だ」

「テスト運用」と僕は繰り返した。僕はその言葉に静かな確信のようなものを得る。

僕はのんから黒澤皐月の日記の内容を聞き、自分の中でいくつかの仮説を立てていた。それらは文字通り今この瞬間までは仮の説にすぎなかったのだが、ここにきて真相への階段を一歩上ったことを実感せざるを得ない。

僕は受け取ってからしばらくホテルに保管しておいたそれを、今日ばかりは密かにポケットに忍ばせていた。もしかしたらという淡い予感をもとに。僕は静かにポケットからそれを取り出すと、デスクの上に置いてみる。それから黒澤孝介の反応を窺った。

「ほう」と黒澤孝介は先ほどとほとんど同じようにして驚きの表情を見せた。「これはこれは……それを持っているということは、君はうちのモニターに参加してくれたということかな」

僕は頷いた。「でも、これは口に入れませんでした」

「なるほど。大概の人間は取り立てて気にもせずに口に放り込むのだが、万人に当てはまるわけではないようだ」

「相方が『飴は大嫌いだ』と言ったもので」

黒澤孝介はニヤリと笑った。その笑顔はあまりに幼く不完全であるがゆえ、僕の目には少しだけ不気味に映った。

「好き嫌いか……なるほど、改善策を考えておこう」

僕がデスクの上に置いたそれは、先日のレゾン電子でのモニターの際に貰った飴玉であった。『二人で食べると幸せになれる』といういかにもうそ臭いキャッチコピーと共に配られた、不気味なほどに真っ赤な飴。その飴玉の光沢は、この飴玉（厳密には薬品と言える）が持つ本来の意味を知ってしまえば、とても直視できないほどに禍々しく、また妖艶に僕の心を濁らせた。まるで地球のように綺麗な球形で、ピストルのように鈍く光っている。

「この飴は、本当はなんて名前なんですか」と僕は訊いた。

「名前はない」と黒澤孝介は即答した。「付ける必要がないのだ。付けてしまえばそれは不必要にその本質を規定してしまうことになる。名前を持たないし、持たせたいとも思わない」

どこかで聞いたことがあるような台詞だったが、僕には思い出せなかった。

僕は、モニター会場に居た多くのカップルたちが何も知らずに飴玉を口の中に放り込んでいったシーンを思い出した。今思えばそれは吐き気を催すほどに残酷で、また奇妙な光景だ。再び僕の内臓は胃酸を喉元まで押し上げようとする。しかし僕はなんとか自分を律し、途切れそうになる理性を必死で紡いだ。

「ちなみに、訊いてもいいですか」

「今更、断る理由もないね」と黒澤孝介は答えた。

僕はそれを慎重に尋ねる。「モニターで配られたバッグは、あのモニターでしか手に入らない限定品なんですか？」

黒澤孝介は質問に対し意外そうな顔をしてから、それでも平然と回答してのけた。「もちろん。自社の女性社員を対象にモニターのプレゼントとして何が相応しいかアンケートを取ってね。そのアンケートの中から『オリジナルのバッグがあれば参加してみたくなると思う』という意見を採用した。早速イタリアのデザイナーに声をかけ、それなりのブランドと提携し、無二のバッグを作らせた。君の言うとおり、あのバッグはあそこでしか手に入らない。それがどうかしたかな？」

僕は首を振った。「いいえ、少し気になっただけです」

それを聞くと僕の吐き気が静かに引いていき、その代替の感情として徐々に怒りがこみ上げてきた。まるでそれは火に掛けた薬缶のように、ゆっくりと怒りを沸騰へと誘導していく。あくまでゆっくりと、ゆっくりと。じわじわと煽るように。

「それで……」と口を開いたのは黒澤孝介だった。不意の問いかけに、僕の心に着火していたコンロの炎は強風に晒されたように少しだけ弱まった。黒澤孝介は僕の心境などお構いなしに続ける。「私はあと、何を話せばいいのだったかな？」

「火事のことです」と僕は答える。「火事の日のことを知りたい」

「そうだった」

僕は話の区切りとして小さく咳払いをし、コンロの火をそっと消した。まだ僕には黒澤孝介から聞きださなければならない話が幾つかあるのだ。ここで怒りのままに理性を失うことは賢明ではない。

僕は改めて、はっきりと用件を告げた。

「どうしてあの日、あなたは生き残り、黒澤皐月さんは死んでしまったのですか？」

黒澤　皐月の日記

20××年　7月31日　曇り

（火事の当日）

一人を殺せば犯罪者だが、百万人を殺せば英雄だ。（チャップリン「殺人狂時代」より）

兵を養うこと千日、用は一朝にあり。

諸事情をカンガみて、いよいよ本日をその日としたいと思う。

父の仕事のショウサイは私のあずかり知るところではないが、その生活リズムからして火曜日にはヒカク的早く帰ってくることが多い（といっても九時過ぎではあるが）。準備の整い具合からしても、本日こそが最も適当であるように思える。あまりうだうだと先延ばしにし、余計なインターバルを取っていると自ずと意志が弱まってしまう可能性も否定できない。決意したからには速攻、カンテツ。後ろを振り返ってはいけない。

私は今すべての準備を終え、この日記にペンを走らせている。実に不思議な気持ちだ。文章の持つ力というものを、私は充分に理解して過ごしてきたつもりではあったが、果たして文字を書くということにここまでの意味性を感じたのは初めてのことかもしれない。

本日が、おそらく最後の日記となる。

仮に「日記を書く」ということを続けることができたとしても、この日記帳はまず間違いなくここでシュウエンを迎えることとなる。すべては、本日の結果次第だ。

もしも最悪の結末を迎えたとしても、私は「運がなかった」と潔くアキラめる、もしくはそれこそが偶然（神）の選択だ、と割りきるしかない。勝負とは常に、運によって左右されるものであり、実力などというものはショセン「それまでの」実力でしかないのだ。勝負はおよそ一瞬の運、不運で決する。今の私にはすべてがエンカツに進むことを神に祈るしかない。

人事を尽くして天命を待つ。

先日、久しぶりに「のん」に会ってきた。弱音を吐くならば、毎日でも会いたいほどに寂しさを感じてはいたのだが、今のヒヘイした自分を見せるのは適当ではないように思えて、自ずと公園から足が離れてしまっていた。のんの前ではいつまでも凜としたお姉さんでいたかったのだ。実に自分勝手な理屈である。

のんには心から申し訳ないことをしたと思う。本当のことをすべてヒトクし、「転校する」などという、あまりに見え透いた嘘をついてしまった。のんは私の嘘に気付いただろうか？私にはわからない。のんはいつでも明るく、ハツラツとし、私とはちょうど対極に存在する人間だ。私のものさしで彼女を測ること自体が愚問、そして失礼に値する。できれば、何も気付かずに知らずに終わってくれたなら幸いだ。そうすれば、少なくとも思い出の中の私は、いつまでも（それなりに）美しく残るはずだ。

のんは本当に無二の友人であり妹のような存在でもあった。それどころか、のんを別にすれば私には会話をする相手すら居ない。あまり安っぽい台詞は使いたくはないが、おそらく彼女こそが世間で言うところの「親友」であるのだろう。コドクであった私に友人の味を教えてくれた最大の恩人だ。本当に感謝の言葉がつきない。今回のことで私が唯一謝罪をしたいと思うのはやはり、のんに対してだ。おそらく明日以降のんに会うことは叶わなくなる（本日の勝負の行方が、たとえどちらに傾いたとしても）。

ここにこのようなことを書いたとしても、それが彼女のもとにたどり着く可能性は極めて低いが、それでもあえて書かせてもらいたい。書かずにはいられない。

嘘をついてごめんなさい。

勝手なことをしてごめんなさい。

最後までいいお姉さんでいてあげられなくてごめんなさい。

心残りといえば、私にとってほとんど想い出もないままに父と離婚し他界してしまった母、そして母と共に離れた妹。この点はイクバクか心残りではある。もし、なにかのめぐり合わせで妹に出会えることがあったとしたら、ぜひとも幸せになってください、と伝えたい。そして、できれば私の身勝手が彼女の身に面倒を起こさないことを祈りたい。

私は図らずも、あなたの生存権も含めて闘うということになるのだろう。どうかいつまでも幸せに。

しかし最後の日記かもしれない、と銘打ったのにもかかわらず、清算すべきことがあまりに少ないことが我ながら情けない。なんと、薄く、浅い人生であったことか。これ以上、残すべき言葉も取り立てては見つからない。たとえ十年といくらかしか月日を過ごしていなかったとしても、人間である以上、もう少し人生に厚みというものがでるのではないだろうか。そこもまた、実にミジめだ。大いに私らしい。

さて、色々と雑多なことがらを書き連ねつつも（イササか動揺しているため、少しく散漫な文章であったかもしれない）、ここで本日私が行うことを明確に記しておきたい。後々になって、どこまでが私の仕業なのか、アイマイになってはかなわない。ここに簡潔に、結論から記す。

私は本日。私の父である黒澤孝介を殺したいと思う。

理由は実に単純だ。

「私自身の生存意義を確固たるものにするため」――これに尽きる。

父は、子供を産めないようにする、というなんとも理解しがたい計画を打ち出していた。それはおそらく、本人の口から直接説明を受けたとしても完全なる納得とは相成らないことだろう。意味などわからないし、もっと言うならば知りたくもない。

不気味。

私にとってもはや、父とは恐怖でしかない。

何を考えているのかもわからず、ただただ寡黙に仕事へと向かい、食事をし、寝ては起きて、また仕事へと向かう。ついひと月前までの父の姿はそういったルーティーンを規則正しく守るナゾ多き大人に過ぎなかった。たとえるなら、決まった時刻に少しく地味な演出を繰り返すからくり時計とでも言えるだろうか。「あれはなんなのだろう」と私に思わせるだけで、あとは獄中のように正確で色気のない動きを繰り返すばかり。父はただのナゾであった。

しかし今は違う。あの何を考えているのかわからない父が、唯一考えていることを知ってしまったのだ。それも最も、核心的で、私という人間を真っ向から否定する残酷な事実。

父は子供を不要なものとみなしていた。

この事実を突きつけられて、私はどうあがけばいいのだろうか？　どのように反応すればいいのだろうか？

父は子供の発生確率をキョクタンに落とし、一部の「覚悟ある人々」にしか、子供が行き渡らないように計らった。わからない。なぜそうしようと思ったのかがわからない。

なにがあの人をそうさせるのであろう。

ただ怖い。怖くて仕方がない。

――そんなにも子供が要らないのだろうか？

――そんなにも子供が生まれなければいいと思っていたのだろうか？

――そんなにも私が憎いのだろうか？

そんな怪物にも似た人間が、同じ家に住んでいるという事実が私にとっては何よりの恐怖。まるで家畜にでもなったような気分だ。いつ出荷してしまおうか、いつ処分してしまおうか、憎い憎い、不必要だと思われながら、ひとつ屋根の下で暮らす毎日。まだ、父が直接的に私に文句の一つでも付けてくるならば救いもある。「ああ、私は嫌われているのだな」、「私は必要とされていないのだな」と容易に理解することができるのだから。しかし父は無言で、ただただ水面下で計画を膨らますばかり。絶望だ。

私は早急に手を打たなくてはならなくなった。私の生存理由を確実なものにするため。

　私のことなど要らなかった、と父は思う。しかしながら父は他ならぬ私の創造主。それは悔しいが言い逃れようのない事実だ。私は父と、今は亡き母の間から生まれ落ちた存在。つまり私は創り手側から不要のレッテルを貼られたことになる。

ならば、どうだろう？　私は奪還するほかないのだ。

私のことを要らない、生存してはいけないと豪語する父を討ち滅ぼさなければいけない。あらぬ「革命」を起こそうとする父を、私は「革命」によって封じ込めなければいけない。私のことを要らないとする父がいるかぎり、私は永遠に創り手から「不要」とされたまま生きていかなくてはいけなくなるのだ。

そんなもの「生存している」などとは認められない。柄でもないが、私は心底「生きたい」と強く思っている。生存こそが「有」の始まりであり、「無」などに何一つさえの価値もない。父との繋がりを断ち切ることでのみ、私は初めて「有」、そして「生存」を手に入れるのだ。

私は英雄にはなれなかった。

父はその計画により、私だけでなくこれから生まれるであろう百万人の命をフイにしようとしている。あるいはそれは人類の歴史を長い目で見たときに、英雄だと賞賛されるに値する所業なのかもしれない（歴史とは往々にして予測できない結末を迎える）。しかしながら、私には（個人的な生存欲求の上でも、倫理的な価値観の上でも）これが正しい行いだとは到底思えないし、それを認めるわけにもいかない。私は自分の命を賭して、父を殺す。

すでに室内の至る所にガソリンを撒いておいた。まるで家の中がそのままガソリンスタンドになったかのように、あの独特の臭いが充満している。少しく不快な臭いではあるが、私にとっては覚悟の臭いだ。少し鼻を利かせば、神聖なもののようにすら感ぜられる。

なぜ父を殺すのに炎を選ぶのか？

理由はいくつかあるが、まずもって私は父にフェアな闘いを挑みたいという思いがあった。私は、先にも何度か記したように、これを「勝負」であると考えている。帰宅した父を突然、ナイフで刺し殺すような真似をしても、それは実に美しくもなくアンフェアだ。一方的な虐殺。父は何が起こっているのか理解する間もなく死を手に入れてしまう。それではいけない。父は私の苦しみに耳を傾け、そしてそれを充分に理解した上で、私との勝負を受け入れなければいけないのだ。そこには（完全とはいかないが）ある一定の双方の合意が必要だ。

もちろん、ガソリンが充満した室内で火災を起こすということは私自身にも危険が迫る。それどころか父を確実に仕留められないかもしれない。——しかし、それでいいのだ。

その偶発性こそが、この勝負の行方を左右すると考えればこそ、より勝負の意義が見えてくる。その偶発性が私を選ぶのか、あるいは父を選ぶのか。机の上に垂直に立てた鉛筆が、果してどちらの方向に傾くのか。それを見極めたい。またそれを見極めるにあたって炎は最適のツールであった。

また、細かな理由としては、父の仕事関係の資料も焼き尽くしてしまいたいという思いもある。おそらく資料はコピーなどを用意してあり、自宅に置いてある資料を焼いたところで被害は極小だとは思う。しかしながら私の気が少しは楽になる。まるで炎により計画が破綻していくような、そんなサッカクを一時だけでも味わえるのは気分のいいことだ。

ところでデカルトによれば、「人」は「神（完璧な存在）」の被造物であるがゆえ、本質的には「完璧」であるはずなのだそうだ。完璧の創造物が、完璧でないはずがない。よって人は完璧。

しかしながら人は間違いを犯すことがある。それはなぜか？　デカルトに言わせると、それは「思考」が足りないからなのだそうだ。完璧であるのだが、その機能を十分に活かすことができていないがために、過ちを、失敗を犯してしまう。つまり、十分に考えれば、十分に思考を繰り返せば、「明晰的（めいせきてき）な判断」を下すことができれば、過つはずなどないのだ。

私は今日という日を迎えるにあたって、考えて、考えて、考えた。これ以上ないほどに、唯一の「真」である私の精神は、考えぬいてみせた。

ならばこそ、私が明晰的に下す判断は、必ず正しい。

今しばらくペンを握って記し残したことを考えてみたが、どうやらなさそうだ。私はこれをもってここに日記のシュウエンを明記する。

約一年半に及ぶ日々には様々なことがあったが、まさかこのような結末を迎えることになるとは、果たして予想もしていなかった。運命のめぐり合わせというものは、なんとも不可思議なものだ。

この日記帳の冒頭でも記したとおり、文章とは人に読んでもらうことにより初めて成立する。よって、この日記帳を火災により焼失させてしまうことは私の本意ではない。この日記は未来の私、もしくはその他の第三者の目に触れなければいけない、触れて欲しいのだ。よって、どうしても紛失したくないこの日記帳、私が敬愛したデカルトの書籍、バートランド・ラッセルの『幸福論』、そしてのんから貰った折り鶴を、防火処理を施した缶の中にしまっておく。火災のあとも、これらが元の形のままで残るように願いを込めて。

バートランド・ラッセルの書籍に関しては、私がこの数日「幸福」について考える際、参考にしたものだ。数ある幸福論の中でもかなり出来の良いものだという触れ込みを聞いていたのでおもむろに手に取ったのだが、恥ずかしくも読破はしていない。ここ数日の精神状態の中、落ち着いて書籍を読むことは非常に困難な作業であった。我ながら情けない。

もし、この本が原形を止めたまま残ることがあるのなら、できればのん、もしくは妹のもとに届くことを私は所望する。どちらも狂おしいほど幸せになってほしい存在だ。

人生を支配するのは幸運であり、叡智にあらざるなり。(キケロ)

どうか、幸運でありますように。

またいずれ、文字が書けたなら。

黒澤皐月

江崎純一郎♠

俺は葵静葉を残し工場建屋の外に出た。敷地内は相変わらず人気もなく閑散とし、緩やかに吹き抜ける潮風だけがその存在感を控えめに主張している。俺はそれでも念のため周囲を見回し、近くには誰も居ないことを確認した。俺たちが気付いていないところで、何かしらの警報に引っかかっていたとしても何ら不自然はないのだ。用心に越したことはない。確認が終わると俺はゆっくりと深呼吸をした。先ほどまで建屋内に充満していた化学的で人工的な臭いを身体から一掃するために。

取り立てて臭いに対して神経質な人間ではないと自負していたのだが、どうにもあの臭いばかりは俺の鼻を執拗に刺激し不快な気分へと誘導した。何が原因かは分からない。深呼吸だけでは不快感は拭えず、俺は建屋の脇に設置されていた簡易の水道に手を掛ける。蛇口をひねれば、それは日本の殆どの水道がそうであるように、美しく無味無臭の水を提供した。俺は決まりごとのように簡単に手を洗ってから、両手を器にして口を漱ぐ。劇的な爽快感は得られないものの、二度三度と漱ぐにつれて徐々に臭いの記憶は濃度を薄めていった。

俺は適当なところで切り上げ蛇口をひねり、水道の水を止める。するとそれまで水の音にかき消されていた謎の重低音が俺の耳に飛び込んできた。俺は音の発信源を見極めるため後ろを振り向く。すると著名な警備会社のロゴが冠された重厚な警備車両が、重たいエンジン音を携えこちらに向かって進んでくるのが分かった。俺は少しばかり面倒な出来事に小さなため息をついてから警備車両の挙動を見守る。車は結局工場建屋の正面に停車した。そして停車と同時に中からは立派な（大仰（おおぎょう）すぎる）装備を身にまとった男性警備員が五人ほど飛び出してくる。おそらく何度も訓練を重ねた動きだったのであろう。実に洗練された動きであった。

俺は警備車両を見つけた時点で工場建屋内に飛び込み、葵静葉に危険を知らせるべきかとも思ったが、結局このままここにとどまることにした。どうせ大須賀駿からの指示をメールで受け取るのは葵静葉だし、また破壊行為それ自体を実行するのも葵静葉だ。俺が居なくとも事はスムーズに運ぶ。そもそも突き詰めれば、俺はこの工場に来る必要だってなかったのだ。俺はただの付き添い。ならば、ここで警備員の注意でも引きつけて時間稼ぎをしているのが得策だろう。俺は手元口元に水を滴らせたまま、警備員の前に自ら進み出て行った。警備員は俺の姿を確認すると眉間にシワを寄せる。

「そこで、何をしているんだ」

声を掛けてきたのは、おそらく警備員の中でも最年長と思われる中年の男であった。肌は浅黒く日焼けし、警備員らしく体躯はなかなかのもの。ヘルメットのすき間から僅かに見える両耳は平らに潰れカリフラワーになっていた。

俺はなんと返答したらいいものかとしばらく考えてみたが、俺が返答を考えつくよりも先に焦れた警備員がまくし立てた。

「何をしているんだ、と訊いているんだ」

俺は仕方なく答える。「口を濯いでいた」

俺の返答に対し、警備員は明らかに不愉快そうな顔をした。

「からかってるのか」

「いや、そんなつもりはない。あくまで事実を言ったまでだ。他意はない」

警備員は一層の不快感を表情ににじませる。

「なら口を濯ぐ前は、何をしていたんだ？」

俺はどこか滑稽なその質問に、なにか妙案はないかと空を仰いでみた。しかしながら取り立てて気の利いた台詞が思い浮かぶこともなく、ただ何かの出がらしのようにため息だけがこぼれた。

「逆に質問をさせてもらってもいいか？」と俺は訊いた。

警備員はこわばった表情のまま言う。「いいから質問に答えろ」

「あんたが答えてくれたら素直になるさ」

すると、警備員は譲歩の印として表情をやや緩め、顎を動かして俺の質問を促した。俺は言う。

「あんた、子供は居るか？　娘でも息子でも」

「それを訊いてどうする？」と警備員はやや投げやりな口調で答えた。

「それなりに重要なことなんだ、俺にとっては。……もし、どうしても答えたくないのなら構わない。ただ答えてくれればありがたい」

警備員はさらなる譲歩の印としてため息をこぼした。

「居る。娘が一人に、息子が一人。それがどうした？」

「ならもし……」俺は男の表情を窺いながら問う。「子供が生まれる代償として、あんたも、奥さんも、五感のどれか一つが失われてしまうとしたら。それでも子供は欲しかったか？　目が見えなくなるかもしれない。音が聞こえなくなるかもしれない。それでも、あんたは子供が欲しかったか？」

「……何が言いたい？」

「もっとも六分の一の確率で、なんの代償もなしに子供が産めるということもあるらしい。ちょうどサイコロで一の目がでるのと同じ確率だ。もし二から六の目だったら、五感のどれかが消失する。それでもあんたは子供が欲しかったかと訊いているんだ」

「意味が分からない。お前は何が言いたいんだ？」

「そのとおり。俺も意味が分からない」

俺は勢い良く鼻を鳴らしてから、しみじみと心のなかで反芻した。まるで意味が分からない。

俺はいくら考えても共感も理解もできない問題を棚上げにし、シャッターの開閉を司るセキュリティパネルへと歩き出した。警備員たちを刺激しないようにゆっくりと、まるで髪でも掻き上げるような何気ない雰囲気を装って。

葵静葉は工場の中で未だ沈黙を保っている。まだ大須賀駿からの連絡がきていないのだろうか。あるいは連絡がきたにもかかわらず、例の件により迷いが生じてしまったのだろうか。どちらにしても、工場の中からは物音ひとつ聞こえてこない。

「質問はそれだけか？」と警備員は尋ねた。

俺は歩きながら頷く。「それだけだ」

「なら、先ほどの質問に答えてもらおう。ここで何をしていた？」

「工場を破壊するための下見をしていた」

すると警備員は泡を食ったような顔をしてから慌てて中腰の姿勢を取り、俺に対して警戒心をむき出しにした。表情も、頭のおかしい若者を相手にしていたときのそれから、一気にシリアスなそれへと変貌した。周囲の警備員たちにもにわかに緊張が走る。

「ど、どうしてそんなことをしようとしていたんだ？」

俺はその質問に、すぐには答えを見つけられない。それはこの警備員をあしらうための適当な台詞が見当たらないという意味ではなく、もっと純粋に『なぜ俺はこの五日間、こうまで奔走してきたのか』という問題自体に答えが見つからなかった。すべての始まりは四年前の声であった。

――その時が来たら、私に協力しなさい。その時が来ても、あなたが、私に協力をしないと言うのなら、あなたは――

確かに、この脅しにも似た声がなければ俺は何をすることもなく、西日暮里にある自宅と学校と喫茶店を往復する人生を続けていたはずだ。それは紛れもない事実。だが、今俺がこのようにして黒澤皐月に協力する形で動いている理由というものは、もはや別のものに変容している気がする。『私に協力をしないと言うのなら、あなたは――――』あなたはどうなるというのだろう。

いつからか、そんなものはどうでもよくなっていた。今日の朝も他の三人に対し『黒澤皐月に反対することは危険を伴う』などと発言したものの、実際、俺は一度だってこの声に恐怖などしたことはなかった。俺は脅されているのではない。自分の意思で、今ここに立っている。

そんなことを考えているうちに俺はセキュリティパネルの前にたどり着く。俺はパネルに触れ操作画面を呼び起こした。警備員たちは躊躇のない俺の動きにひるんだように立ち尽くし、ただ俺の手元を見つめていた。あるいは彼らは俺が工場を破壊するための時限爆弾でも操作していると思っているのかもしれない。何にしても好都合だった。俺はパネルを操作し、シャッターの降下を指示する。するとシャッターは、来たときと同じように騒音を伴いながら緩慢に下降を始めた。

「どうしてそんなことをしようとしているんだ、だったか？」と俺は警備員に問いかけ直す。

警備員たちは揃って中腰に身構え、無言のまま降下するシャッターと俺の姿を交互に見つめていた。本人たちはいたって本気なのだろうが、それは実に滑稽な姿であった。重装備の警備員たちが手ぶらの俺に動揺し、萎縮している。もう少し俺の心に余裕があれば、声をあげて笑うことさえもできたかもしれない。

シャッターが地上一メートルほどの地点にまで降下したころを計って、俺は口を開いた。

――私に協力をしないと言うのなら、あなたは――――

「おそらく、これに協力しないと、『これからも見え透いたつまらない毎日を過ごさなくちゃいけなくなる』からだな。参加できそうなものには、それなりに参加しておけと言われたんだ」

俺は答えると身を屈め、転がるようにして閉まりかけのシャッターの中に潜り込んだ。シャッターは地上五十センチほどのところで何とか俺を迎え入れ、そのままじりじりと降下を続ける。俺を逃すまいと警備員たちが慌ててシャッターに近づいてくる足音が聞こえたが、シャッターは彼らを締め出すようにして閉じきられた。俺はひとまず危機を脱したことに満足し、小さな笑みを零す。

水分の残った手で地面を触ってしまったため、手には真っ黒に埃や砂利が付着していた。俺は簡単に両手を叩いてそれを払い、葵静葉の待つ工場の中へと戻る。

化学的な悪臭が再び俺の鼻を突いた。

三枝　のん　◆

あたしの目の前には、これ予想だにせずアイスコーヒーが提供された。ストローの刺さったグラスは適度に汗をかき、コースターをしっとりと上品に濡らす。時折コーヒーの中で氷が揺れる様はなんとも冷涼な夏を連想させた。

トイレから連れだされたあたしが閉じ込められたのは、円形の机が配置された会議室のような部屋だった。それはもう今すぐにでも美しきオフィスの模範例としてモデルルームになれそうなほどに洗練された佇まいをしていた。あたしは連れてこられてすぐさま円卓の前に座らされ、ここで待っているようにとの指示を受けた。それから五分ほどが経過すると、件かの『藪木』なる男がなぜかアイスコーヒーを片手にこの部屋に戻り、それをあたしの前に差し出した。そんなこんなで現在に至る。

あたしは緊張の面持ちでアイスコーヒーを見つめてみた。これはひょっとすると、油断したあたしを猛毒で一息に冥界送りにしてしまおうというなんとも悪人らしい策略かもしれない。あたしは善人面を崩さないアイスコーヒーに対し、疑いの眼差しを向けてみた。

「コーヒーはあまり好きじゃないのかな?」と男はまたうそ臭い笑顔を作ってから尋ねる。

あたしはその笑顔にも、アイスコーヒーと同様に懐疑の眼差しを向けてみた。

「そうですね、『こぉ〜ひ〜』よりも『ここあ』の方が好みです。ですので、これはいただけません」

あたしがそう言ってコーヒーを少し前に押し出すと、男は口を尖らせてからなんとも残念そうな顔をした。

「そうか……それは申し訳なかったね」

「ふん」とあたしは鼻を鳴らしてみる。「そ、それよりも随分とご丁寧な扱いをしてくれるじゃないですか。一体全体、どういう風の吹き回しですか?」

男性は肩をすぼめる。

「今の君は仮にも『社長のお客様の弟さん』だ。勝手にこちらの判断で危害を加えるわけにはいかないし、そもそも我々だって暴力団じゃないさ。ご要望があれば鞭打ち位ならばできたかもしれないけど」男性は冗談ぽく笑い、またすぐに表情を戻した。「社長はまだ例の『江崎』という少年とお話を続けているようだし、ここでしばらく仲良くしておこうじゃないか」

男性はあたしの正面の椅子に腰を掛けると、偉そうにも足を組んで背もたれに寄りかかった。ふんぞり返ったその姿はふてぶてしくも圧倒的な余裕を感じさせる。傲慢とさえ形容できそうなその雰囲気からは一切の迷いが感じられなかった。

ふむ、なかなかどうして理解に苦しむ。

この男は先ほどトイレにて、レゾン電子の七年越しの計画は『一部の社員しか知り得ないトップシークレットだ』と発言した。つまり、この男は紛れもなくその『トップシークレット』を知らされている選ばれた社員ということになる。よってなかなかの重役クラス、もしくは社長の側近であることが推測される。あたしは思い切ってすべてを訊いてみてしまうことにした。

「あなたはこの会社がなにをやろうとしているのか、知っているんですよね？」

男性はどこか別の場所に向けていた視線をゆっくりとあたしの方へと移動させた。「もちろん知っているよ」

「なら……」あたしは少し言葉に詰まったが、なんとか勢いをつけて言葉を吐き出した。ちょうど最後の歯磨き粉を力任せにチューブから搾り出すみたいに。「なら、どうして、そんな態度でいられるのですか？　あたしにはこの会社がやろうとしていることは随分とおかしいことのようにしか思えません。一応の『すぽ～つまんしっぷ』として、そちらの社長の話を聞くことになりましたが、やっぱり常識的に考えて、おたくらの計画は常軌を逸しちゃってます。どうしてあなたはそんなわけも分からない社長の妄言に付き合っているんですか？」

「君は……」男性の目付きが鋭く変化した。「あの人の……うちの社長の何を知っていると言うんだい？」

空気が凍りつく。男性の表情からは先程まで潤沢に蓄えられていた余裕が一切消失し、純粋な怒りの色が浮かび上がっていた。自分の親類を否定されたような、自分の容姿を否定されたような、自分の信仰しているものを否定されたような、そんな直接的な不愉快さと憤りが姿を見せる。あたしは思わずその反応にたじろぎ、次の言葉を引っ込める。男性はふんぞり返っていた姿勢をただして、椅子に座りなおした。

「何も知らないで他人を侮辱することほどいけないことはない。それより、私からすれば君のほうが疑問だけどね。上の階での話し合いが終了してから追々訊いていこうかとも思ってたけど、君が——あるいは君たちが——どうして、うちの会社のことに首を突っ込むのか疑問で仕方ないよ。私は理解に苦しむね。どうしてわざわざ無関係の君が危険を冒してまでここにやってきたんだい？」

話が後半になるにつれ男性の怒りの色はゆっくりと失われていったが、それでも言葉にはズッシリとした重みが残っていた。男性の黒澤孝介に対する言いようのない信用、信頼、崇拝が窺える。

『どうしてわざわざ無関係の君が危険を冒してまでここにやってきたんだい？』

私は改めて考えてみた。なぜあたしはここまで来たのか。確かに難問だった。あたしは例の声を聞き、チケットを受け取ってから流れるようにしてここにたどり着いてしまった。こうするのが当然のこと。こうするのが疑う余地もなくまっとうなこと。そんな風に思えていた。

部活をサボってはいけない、というような強迫観念にも近かったかもしれない。あたしは流れ流され、ここまでやってきた。この四年間を、あるいはこの五日間を過ごしてきた。

しかし、ここでふと立ち止まってみよう。

どうして、あたしは危険を冒してまでここに居るのだろう。

――その時が来たら、私に協力しなさい。その時が来ても、あなたが、私に協力をしないと言うのなら、あなたは――

協力をしないと、あたしはどうなってしまうというのだろう？

あたしはそこで、一つの答えに思い当たる。

ふむ、なるほど。これこそが答えだ。複雑な方程式の解が美しいまでの整数でまとまった時のような、実に腑に落ちる感触があたしの手元に降りてきた。間違いない。これこそがあたしの持てる（もとい、持つべき）答えだ。

あたしはフンと胸を張ってから、男に向かって答えを突きつける。

――私に協力をしないと言うのなら、あなたは――

「この会社の計画に目をつぶったら、あたしは大切な親友の死を受け入れてしまうことになるからです！」

男性はあたしとは対照的に納得がいかないような曇った表情をみせつける。だがそんなことは関係ない。これでいいのだ。なぜなら、これがあたしの正真正銘、正直な答えなのだから。最初こそてんで意味の分からないこの五日間だったが、途中からは確かに違った。サッちゃんがこの件に絡んでいるということが明白になってからは、あたしの中にははっきりとした目的意識が生まれていた。あたしが一番尊敬し、敬愛し、崇拝していたサッちゃんが、この一連の事件の最も核心に近い部分に絡んでいるならば、あたしが黙っていていいはずがないのだ。サッちゃんがそこに居る、それだけで動機としてはすでに充分すぎるほどに充分だったのだ。

男はあたしが黒澤孝介を否定するようなトーンで話をしただけで、あからさまに不快の色を表に出した。それはおそらく、彼にとっては黒澤孝介という人物がもはや自分自身のアイデンティティさえをも構成する大事なファクターとなっているからに違いない。この男にとって黒澤孝介は、形容しがたき尊敬の、崇拝の的なのだ。

あたしもそれと同じ。それでいいではないか。

サッちゃんは自分の父親を殺そうとした。それはもちろん、法律的にも倫理的にもほめられたことではないし、このあたしであってもその行為を『よし』と認めることはできない。何があろうと絶対に人を手に掛けてはいけないし、何者も他人の生存を脅かしてはいけない。だけれども、サッちゃんはそうしないと生きられなかったのだ。それこそが唯一生存に繋がる一本の橋に違いなかったのだ。

あたしは小学校五年生のあの夏から、サッちゃんを尊敬して止まない。毎日がサッちゃんを軸に、サッちゃんを中心に、サッちゃんと共に回っていた。サッちゃんがやることはみな正しく、サッちゃんが否定することはみな阿呆らしい。そう思えて仕方なかった。主体性が足りていないだの、自主性に欠けるだのと言われてしまえば、あたしには反論のしようもない。だがもはや否定できぬ事実として、あたしはサッちゃんにゾッコンなのだ。デカルトがあたしを腑抜けと罵ろうとも、太宰治に『君もまた人間失格だ』との烙印を押されようとも、ヴィルヘルム・ヴントに『内観に欠けるね』と言われようとも、ああ構うものですか。

これでいい。これでいいったら、これでいいのだ。

あたしが明晰的に下す判断は必ず正しい。

サッちゃんはあたしの中で永遠のものとなる。

《死んだ女よりもっとかわいそうなのは忘れられた女です》――マリー・ローランサン

天に上らんばかりに凄まじきあたしの決意と自己理解は、その衝撃のあまりこの高層ビルを崩さんばかりにも思えた。確信を得たあたしにとって、もはや怖いものなどない。

悲しいかな囚われの身となってしまったあたしにできることは皆無に等しい。しかしながら、あたしは強く信じようではないか。そして強く願おうではないか。

サッちゃんが正しいことを。

大須賀さんが納得の上で判断を下すことを。

葵さんがすべてに終止符を打ってくれることを。

あたしは沈黙の会議室で一人、敬愛する親友と、信頼する仲間のことを強く想った。

大須賀　駿 ♣

「火事の話」と黒澤孝介は言った。「これもまた実に嫌な思い出だ。できることなら積極的には話したくないね」

黒澤孝介は自社の計画を語るときよりも更に気が乗らないようだった。口はへの字に折れ曲がり、眉もまた覇気なく吊り下がっている。それでもしばらくすると覚悟を決めたのか小さなため息をつき、ゆっくりと話を始めた。

「私はね、毎週火曜日だけは早々と退社することに決めているのだ。こればかりは他の曜日ではいけない、絶対に火曜日でなければならないのだよ」

黒澤孝介は目を閉じ、舌打ちのような摩擦音を出してから再び目を開いた。

「あれも火曜日の出来事だった。思うにあいつも火曜日を狙っていたのだろう。私が比較的安定した時間に帰って来る故、色々と作戦も立てやすい。あの日あいつは……黒澤皐月は、リビングのソファに座っていた。君には分からないかもしれないが、それは実に珍しいことだった。あいつは基本的に滅多なことがないかぎり自室から出てきはしない。少なくとも私が家に居るときはね。

電気も点いていない真っ暗なリビングで、あろうことかあいつは私に声を掛けてきた。『話があります』とね。いやはや、実に不気味な光景であったね。正直言って、私はその時、その声の主が誰なのかすぐには分からなかったくらいだ。恥ずかしながら娘の声を聞くなど、もう何年も経験していないことだったものでね。私はささやかな驚きと、また自分の生活ルーティーンを崩されることに対する幾許かの不愉快をこらえて、娘が指示する通り彼女と対面する形でソファについた。その時点で、私の鼻はどことない異臭を感じ取っていたのだが、それが何の臭いなのかは一向に把握できなかった。娘もガソリンの強烈な悪臭を放置しておくほど馬鹿ではなかったようだ。どのような手を使ったのかは分からないが念入りに消臭をしておいたらしい。そんな訳で私の鼻は、消臭剤で中和された柔らかな異臭しか感じ取ることができなかった。もっとも、どんなに臭いが強烈なものであったとしても、私はさして気にも留めなかっただろうがね。なにせ、娘がそこにいることが最大の珍事なのだ。これ以上に気に留めるべきことがこの世にあるはずもない。私はまるで教師に呼び出された生徒のように、実におとなしくして彼女の言葉を待ったものだよ。この頃になると不愉快な気分よりも、この人間が私に何を言い始めるのか、心ばかりの好奇心さえ感じられてね。私は開演前の舞台を見つめるように、どこかワクワクした気持ちであいつのことを眺めていた。

しかし、ああ、悲しいかな私の浮ついた気持ちはすぐに消失することになった。何を言い出すのかと思ったら、あいつは実につまらないことをのたまい始めたのだよ。私には一向に理解できなかったね。申し訳ないが、私は今君に対して、彼女の台詞を再現することすらできないよ。それくらいにつまらないことをつらつらつらつらと平坦な表情で述べ続けるのだ。微かな記憶を手繰り寄せれば、ああ、確か『私』と『あなた』と『生存』と『存在理由』この辺の単語がやたらと頻繁に飛び出してきたような気がするね。印象としてはそれくらいだ。実につまらなかった。あれだったら、まだ等倍速でアサガオの生長を見ていたほうがいくらか生産的だったというものだ。あの数十分からもしくは数時間。私は実に無為な時間を過ごした」

黒澤孝介はそこまで言うと深いため息をつき、肩をすぼめてみせた。心底、そのときの娘の発言を馬鹿にしたような表情で。僕は自分の中にまた新たな感情が蠢き始めているのを感じた。でもそれが一体何なのか正確には分からない。僕は黙って黒澤孝介の話の続きを聞いた。

「まあ要約するに、『私はあなたの計画を知った。よってあなたを殺さなければならない』。これだけのことだった。それをまあなんとも面倒な修辞と不必要な観念論をおりまぜて語ること……。もっとも、話がいくらつまらなくかつ興味を惹きつけるに値しないものであったとは言え、私を殺す、だとはこれ中々にいただけない話ではあった。私だって謂れもなくおめおめと殺される筋合いはない。それに、年端もいかぬ小娘に殺されるというのは些か不愉快じゃないか。何にしても、殺されたくはない。

しかしながら、はて、こいつはどのようにして私を殺すつもりでいるのだろうか。考えていると、あいつは不意にテーブルの上にあったマッチを拾い上げたのだ。もっともその時は暗くてそれが何かよく分からなかったのだがね。とにかく、あいつはマッチを拾い上げ、そのうちの一本に火をつけた。火をつけると、まるで暗がりの中にホタルが現れたようでこれ中々に情緒的な光景ではあったのだが、そんな私の趣深い感慨も一瞬。やつはぽとりと、それをカーペットの上に落としたのだよ。マッチの小さな灯火はまるで線香花火のように、実に儚く落下していってね。あいつの話した言葉は今ひとつ思い出せないが、あの光景だけは鮮明に覚えているよ。ああ、なかなか悪くない画だった。

しかしそこからは実に明確な地獄だった。マッチとカーペットが接触した瞬間、目にも留まらぬ速さで室内が炎に包まれたのだよ。まるでラスベガスの噴水を見ているかのような気分だったね、あれは。炎がコンピュータで制御されているように実に的確に、環状に私を取り囲むのだ。思えば、私が座る位置を想定してあいつは重点的にガソリンを撒いておいたのだろう。小憎らしくもなかなかに計算高い。その他、床も壁も窓も一瞬の内に炎に包まれた。私もそのときばかりは慌てたよ。基本的にあまり熱くなるような人間ではないのだが、非常事態に遭遇してまで冷静では居られない。ソファから立ち上がり、大急ぎで退路を探したよ。だが、実に巧妙に、炎が私を取り囲んでいるのだ。どうにも逃げられそうにない。思わず笑みがこぼれてしまいそうなほどに巧みなガソリンの散布だった。一方、あいつは私をまっすぐに睨んだ後、静かにリビングを出ていった。またこれが憎らしいほどに、あいつの周りには炎が立ち上がっていないのだよ。ああ、実に嫌な気分だったね、あれは。まるで炎があの小娘の正当性を主張しているように見えたのだよ。ああ、実に私らしくもない幻影だった。まあいい。娘はそのまま廊下に出て階段を上がり、どうやら二階にも火をつけたようだった。どうしてだかね。理由は私には分からない。あいつの目的は私を殺すことであると最初に明言していたにもかかわらず、実に余分なことをしに行った。二階にはあいつの部屋もあったというのに。最初から最期までよく分からない人間であったね……」

話を区切ると、黒澤孝介は苦笑いのようなものを浮かべた。その苦笑いがどこに向けられたものなのか僕には分からなかったが、好意的な解釈はできなかった。

僕は沸き上がる感情を抑えながら質問をする。

「それで、どうしてあなたが生き残り、黒澤皐月さんが死んでしまったのですか？」

「おそらく……」と黒澤孝介は言った。「炎の勢いを見誤ったのだろう、あいつは。――あいつにとっては――予想だにせず、リビングからあがった炎が廊下のアンティーク時計までをも燃やし、そのまま時計を転倒させてしまったのだ。それがまあ、なんとも間抜けなまでに廊下を塞ぎ、あいつは身動きがとれなくなった。もっとも、推測にすぎんがね。私はあいつが二階にあがっていったところを見、時計が倒れたような大きな音を聞いただけだ。私はそれ以降、結局一度たりともあいつの姿を見ることはなかった、というわけだ。……一方、なぜ私が助かったのか、というと、至極単純な話だ。端的に言って『うまく逃げ出せたから』に他ならない。君はおそらく火事に遭遇したことはないだろうから分からないかもしれないが、火事というものの脅威は実際のところ熱さではなく、煙だ。もうもうと立ち上る灰色の煙にまず呼吸ができなくなる、視界も遮られる。私は遠のく意識の中、娘が出ていった扉とは反対の方向から何かが崩れるような音を聞いた気がしたのだ。実に曖昧な感覚ではあったがね。なにせ、周囲は一面炎と煙。何かが倒れるような音はいたるところから響いているのだ。だが、ああ、そのとき聞いたその音は、どことなく他のそれとは規模が違うように私の耳には響いたのだよ。私は炎の熱さなどには構いもせず、煙の中を夢中で駆け抜けた。まさに藁にもすがるような心境でね。そして音が聞こえた方を頼りにそのまま走り続けると、なんと幸運なことにも壁が焼け崩れていたのだ。しかも崩れた壁の向こうはそのまま外にも通じている。おそらく、リビング近辺はあまりに重点的にガソリンを撒きすぎたのだろう。それが幸いして壁さえも焼け崩れてしまっていたのだ。私は薄れる意識の中で壁を潜りぬけ、そのまま倒れこむようにして外に出た。残念ながらそれ以降の記憶はない。気が付いたときには病院だった」

「……つまり、あなたは娘を置き去りにして外に出たんですね？」

「ふむ」と言って黒澤孝介は不服そうな顔をした。「それはあまり賢い質問ではないね。なにせ、そのときの娘は私の命を奪いに来た死神に違いない。疑いようもなく娘は敵だったのだよ。私とて死の瀬戸際だったというのに、わざわざ手を差し伸べてやる義理がどこにあるのだろう？　ケロイドでも見てみるかね？　私だって無傷ではない」

僕がその言葉をただ黙殺していると、黒澤孝介は付け加えるように言った。

「何にしても、事後処理が面倒だったね。私にも一定の地位と肩書きというものがある。かのレゾン電子の社長が娘に殺されかけたとあっては、なんとも恰好も示しもつかない。口封じをするために随分と金をばら撒いたものだよ。なんとも無駄な出費であったね、あれは」

黒澤孝介の口調、そして表情からは一貫して娘に対する愛情や同情のようなものは感じられなかった。まるで歴史上の出来事を語るみたいに、冷静に、なんの感慨もなく、淡々と事実だけを並べている。これが果たして、父親というもののあり方なのだろうか。僕には分からない。

僕には父親が居ない。

だから、父親の存在としての相場が分からない。僕には分からない。どんなふうに振るまい、どんなふうに子供と接し、どんなふうに日々を過ごすのか。僕には分からない。だけども、僕はこんな黒澤孝介のようなありかたが、父親の一般的な姿だとは到底思いたくはなかった。あくまで自分勝手な推測であり、また多分に個人的な願望も含まれているけども、こんな態度が父親としてのスタンダードだなんて、そんな訳あっていいはずがない。こんな人間が黒澤皐月の（サッちゃんの）父親であるという事実に、僕は本当に心が痛んだ。

事態は多くの人の感情がまるで化学繊維のように複雑に絡まりあい、もはや僕には一概に誰が悪人で、誰が善人だというような判断はできない。僕は千葉の公立高校に通う取り立てて優秀でも劣等でもないごくごく平凡な高校生で、人生だってたったの十数年しか味わってはいないし、交友関係だって広くはない。そんな僕がこんな大それた事件に判決を下すなど、到底できるわけがないのだ。世の中は本当に広くて、僕の知らない、あるいは僕では分からないことで満ちているのだと、この数日間でまざまざと見せつけられた気がする。僕はこの数日間、ただ事件の大きさに口をあんぐりと開けて茫然とするしかなかった。本当に情けない限りだ。

あるいは江崎だったら、黒澤孝介の話に対し何か論理的な解法を導けたのかもしれない。あるいはのんだったら、たくさんの書籍の中から様々な引用を用いて、答えを選べたのかもしれない。あるいは葵さんだったら、自分の中に保有した凜とした芯で物事を考え、正誤の判断ができたのかもしれない。

やっぱりここには僕以外の誰かが来るべきだったんじゃないだろうか。そんな考えがふと僕の目の前を横切った。だけども僕はそんな邪念を振り払い、今一度ここに来た理由を強く再確認する。僕はここに事実の確認をしに来たのだ。ここに来るのは僕でなければいけなかったのだ。

僕は大きく深呼吸をし、心のなかで渦巻く様々な感情を胸の瓶の中にしまい、しっかりと栓を閉める。今しばらく余計な感情は封印し、僕はその事実を身体のど真ん中で受け止めなければならないのだ。それこそが僕がここに来た理由。僕に託された役目。

僕は心に踏ん切りをつけるため、ぎゅっと唇を嚙み締めてから解き、ゆっくりと口を開く。

「もう一つだけいいですか？」

「ふむ」と黒澤孝介はやや疲れたような声で言った。「これはまた中々に終わりが見えないね」

僕は首を振ってから答える。「大丈夫です……これが間違いなく最後の質問です」

「それは朗報だ」

僕は震えそうな声を整えてから慎重に言葉を発する。まるで下書きを清書するときのように細心の注意を払って、間違いのないように、正しくこちらの意思が伝わるように。

「これはあくまで僕の『仮説』です。だから、ひょっとするとあなたにとってはまるで意味の分からない発言に聞こえるかもしれないし、笑い出したくなるくらいに関係のないことかもしれない。でも、僕には確信みたいなものもあるんです。きっとあなたには心当たりがあるはずだ」

「冗長だね。ビジネスシーンでは『結論から』が基本だ。ここは一つ端的に頼むよ」

「あなたは……」僕はつばを飲み込んだ。「『真壁弥生』を知っていますか？」

僕の声が虚空に放たれると、室内には得体のしれない沈黙が訪れた。そもそも音という概念が消失してしまったのではないかと思ってしまうほどに静かな時間だった。空調の音も、自分の呼吸音も、衣擦れの音さえ聞こえない。沈黙はどれくらい続いただろうか。それは数十秒程度だったような気もするし、数十分にも及んでいたような気もした。

ねっとりとした重たい沈黙を破ったのは黒澤孝介の「ほう」という声だった。黒澤孝介は僕の目をまっすぐに見つめながら、まるで年代物のワインを吟味するみたいに小さく何度も頷いた。僕はなぜだか視線を逸らせてしまえば永遠に答えが聞けないような気がして、黒澤孝介の目を凝視し続けた。それこそが最大の責務であるような気がして。するとようやく黒澤孝介は口を開く。

「実に面白い」

黒澤孝介は控えめな動作で足を組んだ。

「いかにも……私の娘だ」

僕はゆっくりと息を吐き出すと、その事実を心の深くに落としこんでいく。弥生と皐月。こうして二つの名前が並んでしまえば、二人が姉妹だということはあまりにも明白な事実であるように思える。それは答えを知った上で述べる自分勝手な結果論でしかないのだけども。

しかしながら、僕はこの事実をもってしてようやく自分がここに居る理由に確証を得た。

僕は改めて黒澤孝介のことを瞳の中心でしっかりと捉える。これが黒澤皐月の、そして弥生の父親なのだ。それは実に奇妙な気分だった。サラリと簡単に一言二言で言い表せそうにもない感情。ただ現象として内臓がきゅるきゅると痛み、体内の異常を警告し始める。そこには理解よりも先に、拒絶が存在しているようだった。僕の身体は認めたくないのだ。この男があの弥生の父親であるという事実を。

僕は心を決めると、ポケットの中から携帯電話を取り出した。手のひらにはぐっしょりと嫌な汗がついていて、分かりやすく僕の緊張と動揺を証明していた。僕は簡単に汗を拭ってから携帯の操作を始める。メールの作成画面を呼び出し、宛先を葵さんに設定。それから簡単にメールの文面を作り上げると、決定ボタンひとつで送信できる状態のところにまで仕上げ、そのまま本体をデスクの上に置いた。

すると、黒澤孝介は僕の携帯をちらりと見てから「何をするつもりかな？」と訊いた。

僕は「闘います」とはっきりとした声で答えた。「あなたの計画に対して、僕には論理的な否定はできません。だけども、僕にはあなたが正しいようには思えない。あくまで個人の感想として、あなたが正しいとは思いたくない。よって今から、あなたと正式に敵対をしたいと思います」

「ふむ」と黒澤孝介はお決まりの唸り声をあげた。「それは残念で仕方ないね。だが共感が得られなかったのだから諦めるほかあるまい。価値観は千差万別だ。しかしながら先にも言ったように、私と相対するとはあまり賢明な判断だとは思えないね。君には勝算でもあるのかい？」

「あります」と僕はまたもはっきりとした声で答えた。「今日、勝負をするのなら、僕たちは絶対にあなたに勝利することができます」

「結構。だが、きちんとした理由が欲しいね。でないと幾許か説得力に欠ける」

「なぜなら……」僕は言う。「今日のあなたは、ものすごくツイてない」

黒澤孝介は力なく呆れたような顔をした。「随分とスピリチュアルなことを言うのだね、君は。知らぬ間に私の手相でも見たのかい？」

「いいえ、背中を見たんです」

黒澤孝介は何を言うこともせず、ただ上辺だけ納得したような表情を見せた。そこからは僕に対する侮蔑や嘲笑的なニュアンスがふんだんに感じ取れる。だけども僕はお構いなしで、葵さんにメールを送信した。大丈夫。きっとすべてうまくいく。

この部屋に入ったとき、黒澤孝介は僕に背中を向けていた。彼の背中に浮かび上がっていた数値は「34」。こんな低い数値で、何もできるはずなどない。

勝負とは一瞬の運によって決まる。たしかそんなようなことを、黒澤皐月は自身の日記に記していたような気がする。僕はそのとおりであって欲しいなと願いながら、静かに携帯を閉じ再びポケットの中へとしまった。

不意に弥生と見たプラネタリウムのことが思い出された。

真っ暗闇の中で小さく光り輝く無数の星たち。それはまるでホタルのようであり、あるいは深い闇に灯されたマッチの炎のようでもあった。弥生は夢中になって天球を眺め、僕はそんな弥生を静かに眺める。

強大な力を持った神の子オリオンは、小さなサソリに殺されたのだ。

大丈夫。勝負は時の運。

きっとサソリはオリオンを刺殺してみせる。

葵 静葉 ♥

江崎くんが工場の外に出て行ってしまうと、私は工場内をぐるりと一周した。江崎くんにも説明したとおり、どこまでが壊すべき機械なのか、どこまでが壊さなくてもいい部分なのかを見極める必要がある。うっかりと工場の柱でも壊してしまっては、建物の中にいる私ごとぺしゃんこになってしまうのだ。この作業の手抜きは許されない。私は極めて念入りに機械類を点検した。

それにしても本当に巨大な装置だなと、私は機械を見上げながら改めてそう思った。工場に対する感想を述べるたびに巨大だ巨大だと言っていると、なんだか語彙力に欠けているような気もするけれどもそれが事実なのだから仕方ない。本当に大きくて、白くて、ぎらりと不気味に光っている怪しげな装置だ。これがレゾン電子の企みの中核を担っているのだと思うと、私の目には余計に不気味に映る。

不意に工場の外から車の走行音のようなものが聞こえた気がした。誰か来てしまったのだろうかと私は一瞬動揺を覚えたが、今さっき江崎くんが外に出ていったばかりだし、ひとまず気にしないことにした。なにせ、怪しげなカジノから見事に生還した江崎くんだ。私ごときがわざわざ外の様子を見に行っても何のメリットもない。作業は遅れるし、足手まといになってしまう可能性だってある。ほうっておいても江崎くんなら上手に対処してくれるに違いない。こんなことを考えながら言うのも説得力に欠けるけれども、これは他力本願ではなく、歴とした信頼の気持ちであった。江崎くんならきっと大丈夫。私がやるべきはこの機械の輪郭線を見極め、大須賀くんからの連絡が来次第すぐさまこの機械を破壊してしまうことなのだ。本来の目的をおろそかにしてはいけない。

それから数分後、私はいよいよ機械の輪郭線の判別作業を完了させた。頭の中では静かに工場の設計図が組みあがり、留意すべきポイントが浮かび上がる。これでいつ大須賀くんから連絡が飛んでこようとも、すぐさま安全に、そして正確に工場を壊してしまうことができる。私は鞄の中から携帯電話を取り出し、まだ大須賀くんから連絡が来ていないことを確認した。そして、これから壊すことになるであろう機械に向き直る。ほんの少しの弔いのような、手向けのような感情を心の隅で浮かべながら。

今は電源も落とされ静かな眠りについているこの機械であるが、一度稼働すればあの飴玉（薬品）を大量に生産することになる。それはおそらく、とてつもない悲劇を招いてしまうはずなのだ。

なにせ、あの飴玉は……。

しかし私の思考はふっと、そこで停止してしまう。まるでスイッチを落とした扇風機のように、ファンは緩やかにしかし確実に回転数を落としていく。思考には靄がかかり自分の考えていることがみるみる不鮮明なものへと変貌する。あれ、おかしいなと考えているうちにファンは完全に停止し、頭の上には沈黙が訪れた。私は沈黙の中に身を落とし、思考の暗闇の中に立ちすくむ。

果たして、この機械を壊さないと本当に大変なことになるのだろうか？

頭の中に生まれた疑念はまるで発酵したイースト菌のようにみるみる膨らみ、私の心を瞬く間に支配していく。今まさに私の頭の中は、固定的に設けられた一つの概念が別の概念によって書き換えられていく瞬間を迎えていた。電圧の関係で転調してしまったテクノポップのように、まったくもって未知の何かが私に語りかけてくる。

チカ。チカのことが頭をよぎった。

髪の色と同じように明るい性格で、誰とでも別け隔てなく接することができた心優しい友人。付き合った時間は決して長くはなかったけれども、チカは本当に無二の親友だった。今思い出してみても、どの思い出も本当に美しくて、楽しくて、面白くて、当時と変わらぬ心持ちで笑みが零れそうになる。ピアノを習いたい、というチカの発言から広がった私たちの時間はしかし、一人の男によって断ち切られることとなった。

そこで私の精神は思い出の世界から異臭漂う工場の中へと舞い戻ってくる。目の前にそびえるは真っ白の巨大装置。振り向けば段ボールの山。私の頭には赤い飴玉の姿が思い浮かぶ。あまりにも原色に近い赤の飴玉は、まるで妖艶な娼婦のルージュのように笑みを浮かべていた。私を誘惑し、私の心に語りかける。

チカは死んだ。自ら命を絶った——なぜ？

娼婦は言うのだ。あの飴玉さえあったなら、チカは死なずに済んだのではないか？　私はしばし沈黙し、それについて考えてみる。

子供が産めないのなら、妊娠もしない。そうすれば、チカは（それが直接的な解決だとは言いがたいけれども）ひとまずのところ死ぬことにはならなかった。悩み、苦しみ、『あの男』の言葉に傷つき、首を吊る必要など一切だってなくなる。すべてが救われていたのではないか。もっともすでに亡くなってしまったチカはどうあがこうが戻らない。それは私自身も充分に理解している。だけれども第二の、第三のチカを生まないようにするため、あるいはこれは必要な装置なのではないか。

すると、ぐらぐらと揺れ始めた私の心を具現化したように、携帯電話がバイブレーションを始めた。私は慌てて携帯電話を開き、届いたメールを確認してみる。それはタイミングを考えれば実に予想通り、大須賀くんからのメールであった。

『黒澤孝介から話を聞きました。僕の判断ではありますが、とても共感などできませんでした。黒澤皐月さんが望んだ通り、この計画を破綻させるため、工場を壊してしまってください』

大須賀くんはレゾン電子の社長から一体どんな話を聞いたのだろう。それは本当に、共感に値しない空論であったというのであろうか。私はメールをしばらく読み返してみた。

『僕の判断ではありますが』

どうにも私には、この一文が材木のささくれのように引っかかった。あるいは本当はなにも引っかかってなどいないのに、言い訳したいがため、私は引っかかったふりをしているのかもしれない。大須賀くんは共感できないと判断した。だけれども、あそこに行ったのが私だったのならどうだろう。

思考は中途半端に分解してしまった機械のようにバラバラと塊ごとに飛び散り、それぞれが自分勝手に適当な動作を始める。私という中枢はそれらをきちんと制御できず、ただただたじろぎ心を決められない。

するとどこからか足音が聞こえてきた。思考の断片を振り払って音のする方を見てみれば、そこには江崎くんの姿があった。江崎くんはいつものすり足で私の方へと近づいてくる。

「まだメールは来ないのか？」と江崎くんは私に向かって尋ねた。

私は首を振ってそれを否定する。「ううん。メールは来たんだけれども……なんだかチカのことを思い出したら、どうしたらいいのか分からなくなってきて。ひょっとして江崎くんが言ってたのはこれのことだったのかな？」

江崎くんはそれには答えず、私のすぐ隣にあった適当な高さの段ボールに腰掛けた。そして汚れを落とすように両手を簡単に払う。見れば、江崎くんの両手にはべっとりと砂埃が付着していた。私はそれを見て鞄の中からハンカチを取り出す。

「これでよかったら使って」

江崎くんは私の手元を見てから、静かに首を横に振った。「そんなに白い布で拭くのはさすがに気が引ける」

「そんなの気にしないでいいよ。ハンカチなら他にも何枚か持ってるの」

すると江崎くんは小さく頭を下げてから私のハンカチを受け取った。「ホテルで洗ってから返す」

「気にしないでいいってば」と私は言う。「それより、どうしてそんなに汚れちゃったの？」

「警備員が数人来たからまいただけだ。大したことじゃない」

「警備員？」と私は少し驚いた声で訊く。

しかし江崎くんは私の動揺をかき消すように、ゆっくりと首を横に振った。「大丈夫だ。シャッターを閉めてきたから、やつらも当分入っては来られない」

私は目を見開いて言う。「つまり、私たちは閉じ込められちゃったってことかな？」

江崎くんは肩をすぼめた。「そうとも言える」

私は江崎くんのその反応になぜだか笑みがこぼれた。一人でじっと考えていた時間がいかに窮屈だったかを思い知らされる。

「江崎くんはどう思う？」と私は訊いてみる。

「なにがだ？」

「この機械を壊してもいいのかどうか」

「分からない」と江崎くんは答えた。「俺にはまったく分からない。これが必要じゃない理由も、またこれが必要な理由も、どちらも分からない」

私は黙って頷いた。江崎くんは続ける。

「きっと、そんなもの俺たちじゃ分からないんだ。例えば邪馬台国は畿内にあったのか九州にあったのか、リーマン予想の証明は正しいのか誤っているのか、資本主義が正しいのか共産主義が正しいのか。その道に精通した大人が何年も議論しているような問題に、正確な答えを出すことなんて土台不可能な作業なんだ。今回も似たようなもんだ。高校生たった四人が五日間で『ヒト』と『生命』に答えを出す。馬鹿げてるだろう？　できるわけない。……だから俺たちは概定的に大須賀に解答を託した。それが今日の朝、全員で話し合って決めた俺たちの総意だろう。大須賀がどんな選択をしようともそれに従う。そしてそれを信じる。それで結構じゃないか。難しすぎるフィフティ・フィフティの問題なら、東大生に出そうが小学生に出そうが、正答率はちょうどチャンスレベルの五十パーセント。これを消極的選択だとなじられれば、俺は反論なんてできない。だが、俺はこれでいいと思ってる。大須賀が考えて、その結果導いた答えならばそれに乗っかる価値は充分にある。もしくは……」江崎くんは私の目を見て言う。「あんたが更に考え、大須賀の解答を覆したいというなら、それに乗っかる価値も充分にあると思う」

私はその言葉を聞いた途端、肩にぐっと重さを感じた。私自身の体重と同程度、もしくはそれ以上の負荷が身体にのしかかる。表情から浮き出る私のプレッシャーを悟ってくれたのか、江崎くんは更に付け加えた。

「別にあんたに全責任があると脅しているわけじゃない。俺が言いたいのは、誰にも分からない問題は誰にも分からないぶん、誰にでも解答する権利があるということだ。あんたに思う所があるなら、俺はそれを否定しない。時間が許すかぎり考えればいい」

「……難しいね」

「なにがだ？」

私はため息をつく。「全部」

江崎くんはハンカチで手のひらを念入りに拭きながら答えた。

「あくまで俺の独り言だ。話半分で聞いてくれ。思うに世の中で起こる大概の良くないことは、おおよそシステムのせいじゃない。包丁があっても人が切られることは少ないように、路上に鞄が置いてあっても盗まれることが少ないように、テレビで過激な演出があっても真似をする人が少ないように。悪いのはシステムじゃなく、いつだって『人の有り様』だ。もしあんたの大切な友人が妊娠してしまったとして、あんたが恨むのはその『男』なのか、もしくはその男の『男性器』なのか。……俺の個人的な見解からすればシステムを恨むのはお門違いだ。我ながら随分と性善的な物言いだが」

「つまり……江崎くんは、壊すべきだと思ってるの？」と思わず私は尋ねる。

江崎くんは下を向いたまま答えた。「さっきも言ったろう？『分からない』って」

江崎くんはまだハンカチで手を拭いていた。すでに汚れらしいものはほとんど落ちきっているというのに、未だ見えない何かを落としたくて仕方ないみたいに拭い続けている。あるいは手のひらを磨いているようにも見えた。

「あまり関係もないかもしれないが、一応話しておこうかと思う」と江崎くんは言った。「今日の朝。『予言』がなかった」

「えっ？」と私は驚きのあまり慌てて聞き返してしまう。あまりに事もなげに江崎くんは語ったが、それは私たちにとって重大な出来事のように思える。

「この四年間、毎日欠かさず聞こえ続けて来た五文章の『予言』が、今日の朝は降りてこなかった」

「……どうしてだろう」と私は訊く。

すると江崎くんは「そう」と答えた。「どうして聞こえなくなったのだろう？　俺もそれを考えていた。どうして四年間欠かさず聞こえ続けてきたものが、最も重要なこの五日間の最終日に聞こえなくなったのか」

江崎くんは顔をあげて言う。

「俺が思うに、『もう予言など必要ないから』だ。もしくは言葉を換えるなら『もう予言として聞くべきことは聞き終えたから』とも言える」

「つまり、予言として聞くべきことっていうのは『カジノの予言』……ってこと？」

江崎くんは頷いた。「あくまで予想でしかないが、俺はそう思っている。おとといまで聞き続けてきた何千って数の予言達はすべて予行演習に過ぎないオマケのようなもの。本当に聞くべきは……いや、本当に行うべきはカジノで勝つことであり、その手段として俺のもとに予言が降りてきた。そう考えるのも一つの答えであるような気がしてきたんだ。だからカジノを終えた俺のもとからは予言が去っていった。そして――」江崎くんは静かにハンカチをたたむ。「この仮説を推し進めると、更に別の答えも見えてくる」

「……どんな答え？」

「俺たち四人に託されたすべての『普通じゃない力』には、意味があるんじゃないか、ということだ。例えば三枝は指で本が読める。つまり三枝には読むべき本があったんだ。それは何だと思う？」

私は少しだけ考えてから、答える。「日記？」

江崎くんは頷いた。「俺もそう思う。黒澤皐月は、三枝のんに自分の日記を読んでもらうために『普通じゃない』施しをした。これで筋が通る。それじゃあ、あんただ。あんたは物が壊せる。それは何を壊すため？」

私は身体の中から何かがすぅーと逃げていくような感覚を覚える。もしも幽霊を肌で感じることができたなら、それはきっとこんな感覚なんじゃないかなと思った。私は小さく息を吐いてからそれを見上げる。

「この機械……ってことになりそうだね」

「おそらく」と江崎くんは頷いた。「もっとも大須賀の背中の数字に関しては俺もよく分からない。何か大きな目的があるのかもしれないし、まったく意味のないものかもしれない。だがとにかく、以上のことから俺に言えることはこうだ。『その機械を壊すことがあんたの仕事』。そうすればあんたの身体からは『レバー』が消え去り、二度と物を壊すことはできなくなる」

「本当に？」

「分からない」と江崎くんは答えた。「すべては仮説だ」

私は江崎くんの話を心で吟味してみた。まるで大好きなアーティストの新譜を聴くときのように身体をまっさらにしてから、全身で浴びるようにして感じる。目を閉じ、言葉を頭の中で反復する。

悪いのはシステムではない。人の有り様だ。

なるほど。もっともかもしれない。悪かったのは世間一般的な男女関係ではなく、あの男の心の有り様だったのだ。江崎くんの言う通り、恨むべきは『男性器』ではなく『男性』のほう（そのたとえは、ちょっとばかり生々しかったけれども）。

この機械があれば救われるんじゃなくて、この機械がなくったって生きていけるような世界が必要なのだ。それは江崎くんも言ったように本当に性善的な綺麗事かもしれないけれども、それを信じてみる価値は充分にあるように思える。むしろ信じたい。

チカが泣くことのない世界が来ることを、私は信じたい。

信じなければいけない。

「壊すね」と私は江崎くんに向かって力強く宣言した。それはこの広い工場の中でも充分に反響していきそうなほどに力の籠った声だったと思う。「この機械を壊す」

江崎くんは目をつむってゆっくりと頷いた。

「あんたの選択だ。俺は異論を唱えない」

「ありがとう」

私は三歩進み出て、突出した機械の一部に右手を触れる。それからその肌触りを楽しむようにしばらく撫でてみた。機械はその本性とは裏腹に、なんとも善良そうなつるつるとした表面をしている。私は心のなかで強く確認した。

これでいい。

こうしなければ……。

――私に協力をしないと言うのなら、あなたは――

「私はいつまでもいつまでも、壊すことだけしかできなくなってしまう」

私は江崎くんの方を振り向いて言う。

「たぶん大丈夫だと思うけれども、思い切りレバーを倒すから少し離れておいて。もし怪我でもしたら大変だから」

「程々にな」

「ううん。きっとこれが最後だろうし、せっかくだから思いっきり壊してみる。『アパッショナート』でね」

「なんだそれ？」

「発想標語。どんなふうに演奏したらいいか楽譜に書いてあるものなの。有名なのだったらカンタービレの『歌うように』、表情豊かに』だとか、カルマートの『静かに』だったり」

「で、その『アパッショナート』ってのは、なんて意味なんだ？」

「熱情的に、激情的に」

江崎くんは眉間に皺を寄せた。「少し離れておいたほうがよさそうだな」

「そのほうがいいかも」

私はそう言って目を閉じた。頭の中に描いた設計図の通りに、この機械を壊す。安全に、だけれども完膚なきまでに、熱情的に、激情的に。すべてを壊しきる。

「終わりにしよう、この五日間を……この四年間を」

レバーは勢い良く倒された。

大須賀　駿　♣

唐突に部屋の扉は開かれた。僕と黒澤孝介が座るデスクの遥か後方。僕がこの部屋に入ってきたときにも使用したスモークガラスの自動ドアが、なんの前触れもなく開かれる。黒澤孝介はゆっくりと視線を扉へと移し、誰が入室してきたのかを確認した。僕もそれにつられ後ろを振り向く。

するとそこには先程僕をこの部屋まで案内した白いスーツの女性の姿があった。女性は早歩きで僕たちが囲むデスクの方へとやってくる。額には汗がうっすらと滲み、その表情はどことなく動揺しているふうでもあった。

「なにがあった？」と黒澤孝介は訊く。

女性は一礼をしてから喋り始めた。声は僕がここに来たときよりも潤い少なく、やや乾いたものであった。

「内線でとも思ったのですが、なにしろ緊急でしたので直接失礼をいたしました。お許し下さい」

黒澤孝介は不愉快そうに目を細める。「まず用件だ」

女性は自身の不手際を詫びるように頭を下げると、ややためらうような視線で僕のことを覗きみる。それは暗に〈この人が居る前で喋ってもいいのですか？〉という黒澤孝介に対する問いかけのようだった。黒澤孝介は視線の意味を察すると「構わない」と言って、女性の発言を促す。女性はいよいよ用件を語り始めた。

「ご指示を頂いたとおり千葉みなと工場に派遣しておりました警備の人間が、工場に侵入していた男女一組を確保致しました」

僕は思わず「えっ？」という声をあげてしまう。間違いなく、それは葵さんと江崎だ。女性は僕の動揺など気にもせず続ける。

「しかし一歩遅く、侵入者の手により３A建屋内の機材が見る影もなく破壊されていたそうです。破壊方法は未だ特定できていませんが、殆どの部品が木端微塵になっていたとのことでした。修復は不可能、被害は甚大です。拘束した男女は目的を含め今もなお黙秘を続けているとのことです」

そこで黒澤孝介は視線を女性から僕に移動した。僕は一瞬怯みそうになったが、そのまま黒澤孝介を睨み返す。黒澤孝介は僕に視線を固定したまま、女性に対し「他には？」と尋ねた。

「別件ですが、無断で社内に侵入していた女性を一名会議室にて拘束しています。女性は社内にてLAN回線を使用し、社員のパーソナルページを閲覧していた形跡がありました」

僕はまたも飛び込んできた衝撃的な事実に、思わず唇を噛み締めた。この女性の話が本当なら、葵さんも、江崎も、のんも、皆囚われの身であるということになる。そしてかく言う僕も、他の皆となんら変わらない準囚われの身という状況。僕の目の前には絶望が優雅に羽根をはためかせながら降りてくる。そして絶望が僕の頬を卑猥な手つきで撫で回すと、身体には無数の鳥肌が現れた。僕は息を呑む。

「すべて……君のお知り合いの仕業かな？」と黒澤孝介は僕に尋ねた。

だけども、僕は何も答えなかった。というより動揺と絶望感から、一切の意思表示ができなかった。ただ唇をきつく噛み締め、震える視線を黒澤孝介に弱々しくつきつける。しかしその沈黙と無回答こそが逆説的に何よりの肯定の意思表示となり、真実は見事に丸裸になって晒された。

するると黒澤孝介はまるで真冬の石像のように冷め切った表情をつくる。「ふん……これはこれは、中々に見上げた行動力とフットワークだ」

黒澤孝介は大きくため息をつくと椅子から立ち上がり、ゆっくりとした足取りで窓の方へと向かった。黒澤孝介が背を向けると、そこには「34」という控えめな数字が否応なく飛び込んでくる。同情できるだけのエピソードはないけども、七年掛けて創り上げたものを一瞬のうちに壊された人間の哀愁のようなものがそこには漂っているようだった。

「君はなぜ……ここまでして私たちのことに首を突っ込んできたのかな？」と黒澤孝介は窓の方を向いたまま言う。「ああ、勘違いしないで欲しい。別に『どうしてこんな酷いことをするんだ？』とハンカチ片手に嘆いているわけじゃない。私が疑問に思っているのは、どうして君がここまでやってきたのか、というプロセスと動機の問題だ。生きていれば誰しも多かれ少なかれ敵というものを作ってしまうものだが、果たして私は君のことを露程も知らない。君はどのようにしてここにたどり着き、またどうして私と相対しようとしたのか？　それが純粋に疑問だ」

僕は唇に入れていた余分な力を解き慎重に答える。

「とてもではありませんが、すべてを説明することはできません。でも、簡単に要約してしまうならば『黒澤皐月さんの遺志』が僕たちをここに連れてきた。そして……」

――私に協力をしないと言うのなら、あなたは――――

「自分と、大切な友人の正当性を証明するために、黒澤皐月（ノワール・レヴナント）に協力をした」

僕の答えを聞いた黒澤孝介は背中越しにこちらを向き、小さく苦笑いを浮かべる。「あまり良い答えではないね」

それからしばらく、黒澤孝介は窓から見える都会の風景をしげしげと眺めていた。僕はそんな黒澤孝介の背中と「34」を黙って見つめ続けた。秘書らしき女性も部屋を出ることはせず、社長の次の言葉を待ち続ける。音のない部屋の音のない時間は、粘り気を伴って緩慢に流れていった。

「黒澤皐月の遺志」と不意に黒澤孝介は沈黙を破る。それは誰に向けて発せられた言葉でもなく、ただその語感を疑うように発せられた独り言のようであった。黒澤孝介は再度呟く。「黒澤皐月の遺志」と。

僕からは黒澤孝介の表情は見えない。果たして黒澤孝介はどんな顔をしているのだろう。まるで予想がつかなかった。あまりにも予想がつかないため、僕は考えるのをやめてただ時間に身をゆだねる。この後、僕はどうなるのだろう。どういう扱いをうけるのだろう。そんなことを漠然と頭の片隅で転がしながら。

「拘束している人間はすべて解放して結構。工場の処理はあとで考える」

僕ははじめ、その言葉が誰の口から発せられたものなのか、まるで分からなかった。それはひょっとすると僕の考えていることが何かしらの手違いで頭の外に漏れてしまったものではないかとさえ思った。ちょうど考え事をしているときに、うっかりと独り言を漏らしてしまうみたいに。だけども、もちろんそんなことはなかった。それは間違いなく大人の男性の声であり、間違いなく黒澤孝介の口から発せられた言葉であった。僕は驚きとも疑いとも取れない表情で黒澤孝介の背中を見つめる。

しかし黒澤孝介は微動だにせず、窓の外を眺めたままだった。

秘書らしき女性は意外そうな顔をしながらも従順に頷き「かしこまりました。そのように手配します」と言って慌てた足取りで部屋を後にした。

女性が居なくなると、僕と黒澤孝介は再び部屋に二人きりになる。

黒澤孝介は体勢そのままに口を開いた。「君ももう用事はないだろう？ 帰ってもらって結構だ」

僕はあまりの拍子抜けに、しばらく椅子から腰を上げられなかった。それでも何とか立ち上がり最後の台詞を黒澤孝介の背中に向けて告げる。

「伝言があります。今日、ここに来るはずだった江崎純一郎からです」

「ほう」と黒澤孝介は言う。「なにかな？」

僕はあずかってきたメモ用紙をポケットから取り出し読み上げる。「『トランプは中々楽しかった。あんたが望むのなら対戦してやっても構わない。あんたの兄よりも、俺のほうがきっと骨があるはずだ』」

黒澤孝介はくすりと笑う。

「『余談だがクレームを一つ。レゾン電子製の音楽プレーヤーを使わせてもらったが、再生ボタンとノイズキャンセルボタンの配置が悪く誤作動の原因になる。もっと構造を考えなおして欲しい。ここぞというときに操作ミスをしてしまい非常に不快だった。要改善——以上』」

「ふむ」と黒澤孝介は唸る。「悪質なそれは別として、優良なクレームは企業の宝だ。設計部に伝えておこう」

　僕は読み上げるとメモ用紙を再びポケットの中にしまい、その場にしばらく立ちつくす。足早にここを去るのもどこか気が引けたし、かといって黒澤孝介の方に歩み寄る理由もない。僕は進むことも戻ることもできずにデスクを挟んで黒澤孝介の背中を見つめ続けた。背中に浮かぶ「34」から何かの答えがにじみ出てきそうな気がして。

「あの……すみません」と、気づけば僕は黒澤孝介に声を掛けていた。「……どうして、レゾン電子に対して滅茶苦茶を働いた僕たちを、お咎めなしで帰してくれるんですか？」

　黒澤孝介は黙って外を見つめている。あまりにも黙って外を見つめている時間が長かったので、僕は仕方なく返事を諦めようかと思った。しかしながら僕の虚を衝くように、充分すぎるほどの間をとってから黒澤孝介は口を開く。

「今日の気分だ」

　それはあまりにも黒澤孝介らしくない答えだった。もっとも、僕はこの人の人となりを完全には知らない。なにせ、先ほど会ったばかりで半ば知らない人と言っても差し支えない程度の関係なのだ。だけども、そんな僕からしても今の答えは実に彼らしくないと、そう判断せざるを得なかった。理論と理念と理屈を好むような人間が果たして『気分』などという言葉を使うのだろうか。僕の中の疑問は膨らむ一方だったのだが、これ以上詰問したところで何も答えてくれそうにない気がしたので、僕は一言「失礼します」とだけ言って、部屋を後にすることにした。

一歩を踏み出すと、黒澤孝介の背中は一気にぐっと遠ざかる。まるで地平線の向こう側に立っているようだ。僕は一度だけ黒澤孝介の方を振り向くと、あとはまっすぐに扉だけを目指し歩き続ける。黒澤孝介は僕がこの部屋に入ってきたときとまったく同じ恰好に戻り、僕もまたこの部屋を後にして元の世界に戻る。

すべては元通りに還っていく。

僕が扉の前に到着すると自動ドアは鮮やかに開かれた。どうやら内から外に出る分にはロックもかかっていないらしい。僕は一拍置いてから、廊下と部屋との境界線を一息にまたごうとした。

「オオスガくん」

背後から大きな声が聞こえてきた。僕は思わずぴくりと肩を震わせてから振り向く。見れば、黒澤孝介が僕をまっすぐに見つめていた。部屋は広く、この入り口から黒澤孝介の立つ位置まではかなりの距離があったのだが、それでも黒澤孝介の表情は実に鮮明に僕の目に映った。目は力強くカッと開かれ、確かな威圧が込められている。口は熟れたイチジクのようにドロリと甘くニンマリと横に広げられ、それでいて野犬の牙のように凶悪的。鼻の穴は心ばかり大きめに広げられ、僕を威嚇した。

黒澤孝介は表情そのままにわずかに顎を上げ、僕を見下ろし言う。

「私は『敗北』を許さない。勝ち逃げなど絶対にさせはしない」

声は広い室内にぴりぴりと響き渡り、恐怖を煽るように僕の鼓膜を震わせた。そしてそれに呼応するようにして身体は再び鳥肌に包まれる。あと少しでも僕に理性と忍耐力がなかったならば、恥ずかしながら失禁してしまっていたに違いない。それくらい迫力のある一言だった。

僕は弱々しくも、精一杯張った声で「覚えておきます」とだけ答えた。黒澤孝介は満面の笑みで頷くと、なぜだかこちらに歩み寄ってくる。僕は早速黒澤孝介の『復讐』が始まったのかと思い、思わず身構えた。身体を硬直させ精一杯の防御を試みる。

黒澤孝介は急ぐこともスピードを落とすこともせず自分のペースで歩き続け、ついに僕の前までやってきた。手が届くほどの距離まで接近した黒澤孝介の姿は先程よりも随分と大きく見える。それは実際の身長の問題なのか、あるいはオーラのような精神的な問題なのかは分からない。とにかく、黒澤孝介は大きかった。

「君にプレゼントをあげよう」

黒澤孝介は不気味に笑うと、小さな茶色の紙袋を僕に手渡す。僕が戸惑った表情をしていると黒澤孝介は更に笑顔の濃度を高め、そして低い声でささやいた。

「ノワール・レヴナントによろしく」

ドミノはすべて、倒された。

　　僕
そして　あたし　たちは
　　俺
　　私

再び日常へと戻っていく。

五日前までの……あるいは四年前までの日常へ

少し長めのエピローグ

ダブルエスプレッソとショパンと名言と「85」の背中

葵　静葉 ♥

電車は東戸塚駅に到着する。車輪は大きな摩擦音をあげ、パンタグラフは電線との間に無数の火花を散らせた。どこからか勢い良く空気が放たれる音がして、ドアは日常への扉として私の前に開かれる。五日分の衣服や生活用具が詰まったキャリーバッグを持ち上げ、私は電車とホームの段差を跨いだ。

見慣れた電光掲示板、聞きなれた発車ベルの音、使い慣れた駅。

住み慣れた街。

私は降り立ったホームで深呼吸をしてみる。それは決して新鮮な空気ではなかったけれども、五日間の区切りとして清々しく私の身体を通り抜けていった。私は自分の身体を地元の（あるいは日常の）空気に馴染ませると、いよいよ改札へと向かった。

改札を出ると私の足は見えない何かに引っ張られるようにして、吉田のおじさんの楽器店へと向かい始めた。一度自宅に帰って荷物を置いてからでもいいはずなのに（というより、それが効率的なのに）、なぜだか私はキャリーバッグのキャスターをころころといわせながら一直線に楽器店を目指す。想い出が時間と共に風化してしまう前に、この旅のきっかけとなったおじさんのもとへと挨拶に向かいたかったのだ。今回の五日間を経て、私が見たり、聞いたり、感じたものを、どうしてもおじさんに説明したい。この五日の間には、本当にいろいろなことがあった。大須賀くんに会い、のんちゃんに会い、そして江崎くんに会った。黒澤皐月を知り、黒澤孝介を知り、レゾン電子を知った。すべての出来事があまりに奇妙で不可思議で、おそらく私は吉田のおじさんにそのすべてを完璧に説明することはできないと思う。だけれども、どうにかしてこの気持ちを少しでも多く伝えてみたい。私はいろいろなものに触れたのだ、そんな私のささやかな情動だけでもおじさんと共有がしたかった。

私は楽器店の前に到着すると、ゆっくりと入り口の扉を開いた。すると扉の隙間からは長い年月を経て息づく木製楽器たちの匂いが溢れ、私の鼻を想い出と共に刺激する。まるで涼しげな森の中のような、静かでいて温かい匂い。私がこれまで何度も嗅いできた、最も落ち着く匂いの一つだ。

「いらっしゃい……おお、静葉ちゃんじゃないか」吉田のおじさんは椅子から僅かに上体を起こし、笑顔で私を迎え入れる。「かれこれ五日ぶりかな」

「お久しぶりです」

最後にここを訪れてからまだ一週間も経っていないのに、『お久しぶり』というのもどこかおかしな気がしたけれども、それでも私の感覚としては本当に久しぶりであるような気がしたのだから仕方ない。それだけ私にとってこの場所というのは離れがたい場所なのだ。

吉田のおじさんは読んでいた新聞を畳むと、私が転がしていたキャリーバッグを見つける。

「まさかまだお家に帰ってないのかな？」とおじさんは少し驚いたような表情で訊いた。

私はやや苦めの笑顔を作って頷く。「なんだか、気付いたらここに来ちゃってました」

「それは、嬉しい話だね」と言って吉田のおじさんはお日様のようににっこりと微笑んだ。

「ところでそうだ、ショパンのコンサートはどうだったのかな？」

「ショパンのコンサート？」と私はとぼけるつもりもなく大真面目で聞き返してしまった。しかしすぐに、私が過ごしたこの五日間の始まりが一枚のチケットであり、チケットの名目はショパンのコンサートであったことを思い出す。私は慌てて適当な答えを見繕った。

「……そうですね、貴重な体験でした」

「それは良かったね」とおじさんはやっぱりにっこりと微笑んだ。

私は色々なことをおじさんに話そうと思っていたのに、なぜだか咄嗟に嘘をついてしまった。もっとも、本当のことなど到底説明できるはずもなかったのだ。ショパンのコンサートは実は嘘で、すべては黒澤皐月さんにまつわる大冒険だったんです。黒澤皐月さんはショパンの「革命」を弾いていた女の子で、火事で死んでしまいました。そこで私たちはレゾン電子に乗り込んで……と、自分で思い返してもまるで意味が分からない。この話は、あの四人以外の誰にも共有できる話ではないのだ。

私はうまく事実を伝えられないもどかしさと、おじさんに軽はずみな嘘をついてしまった罪悪感から静かにうつむく。私はやはりあの五日間と、今ここにある日常との間に確固たる連続性がないような錯覚に陥ってしまう。すべて嘘だったのではないだろうか。黒澤皐月も、大須賀くんも、のんちゃんも、江崎くんも、レゾン電子もなにもかもすべて夢の中での出来事だったんじゃないだろうか。そんなふうに思えてくる。

私の身体からは『レバー』が消失した。すべては江崎くんの言ったとおりだった。あの巨大な機械を壊してしまうと、私の身体の中心に据えられていた頑丈なレバーは、跡形もなく消え去った。まるで魔法にしか思えない手品のように、瞬きをした次の瞬間にそこはまっさらな大地へと変貌している。今となってはもう、私には物を壊すときの感覚さえ思い出せない。レバーを最後まで倒す？　レバーを半分まで倒す？　私はそれまで確かに感じていた感覚を、もはや自分の中で再現することすらできない。私は一体どのようにして物を壊していたのだろう。

でも、それはもちろん、私にとって幸福なことだった。もう何も壊さなくていい。何かをうっかり壊してしまう危険性もない。それだけで私は救われたような気分になった。

「静葉ちゃん、また例のピアノを弾いていくかい？」

私はおじさんの示す先を見つめてみる。そこには、私が以前壊してしまったヤマハのグランドピアノが静かに佇んでいた。私が二度とピアノを弾かないと心に誓ってからも、唯一弾くことを許してきた『音の鳴らない』ピアノ。思えば私はここに来る度、あのピアノを弾かせてもらっていた。もとい、弾く真似をさせてもらっていた。本日も壊れてしまったグランドピアノはぬめぬめとした黒の光沢を伴い、静かに私を誘う。実に巧みに、私の心のすき間を埋めていくように。

「じゃあ、お言葉に甘えて」

私はそう言うと、壊れたピアノ正面の椅子に腰掛ける。それから蓋を開き、フェルトのキーカバーを優しくのけた。

思い起こせば、私が何よりも最初に壊してしまったのがこのピアノであった。

四年前、私の身体にレバーが生まれたあの日、私はいつものようにこの楽器店に遊びに来ていた。温かい笑顔で迎え入れてくれたおじさんの前で、私は実に無邪気にこのピアノを弾いていた。何を弾いていたのだろうか……曲目はちょっと思い出せない。とにかく私はここでピアノを弾いていた。すると不意に、自分の中にレバーがあることに気付いたのだ。もっともその日は朝から、自分の体に何かしらの異変が存在していることに気付いてはいた。今日の私は何かがおかしい、どこかが変だ、だけれども、その異変の正体は一向に分からないまま。まるで喉に小骨がつかえているような気味の悪い異常をただ漠然と感じ取っていた。しかし演奏を始めた途端に、私はその異変が『身体にレバーが設置されているためだ』と気付いたのだ。理由は分からない。演奏を始めた途端にまるで篩（ふるい）に掛けたみたいにレバーの存在が浮き彫りになってきたのだ。ここにレバーがある。倒したら何が起こるのかはわからないけれども、ここにはレバーがある。コント番組で、天井に吊るされた紐を訝しがりながらも引っ張ってみると、頭上からタライが落ちてくるシーンを見たことがあるけれども、そのときの私はまさしくそれと同じことをした。よく分からないながらも、私は演奏をしながらレバーを倒してみた。好奇心、冒険心、いたずら心。どんなことが起こるのか予想すらせずに、実に軽はずみな気持ちでレバーは倒された。そうした私の無知な行いの結果として、ヤマハのグランドピアノは音を出すことをやめた。完全なる私の過失だ。

その後おじさんはピアノを修理しようと試みたが、一向にピアノが直ることはなかった。どの部品も、どの箇所も正常に作動しているのに『音』だけが鳴らない。まるでボリュームのスイッチを入れ忘れているみたいに、ただ音だけがぽっかりと抜き取られてしまっているのだ。おじさんは仕方なく修理を諦め、鳴らないピアノをここに置いておくことにした。『引き取り手もいないし、捨てるには少々愛着が湧きすぎたね』とのことだった（まさか、そのピアノをこのようにして重宝することになるとは、そのときの私は思いもせず）。

私は胸の奥から取り出してきた想い出の数々を再びアルバムの中にしまい、両手を鍵盤の上に載せいよいよ演奏を開始する。

さて、何を弾こうか。

私の頭にはすぐさま一曲のタイトルが浮かび上がってくる。私は自分から提示されたリクエストに快く笑顔を返すと、頭の中から譜面を持ってきた。今弾くなら（もっとも、音は出ないけれども）この曲しかない。私は右手を勢い良く鍵盤に叩きつけた。

そのとき、

私は一瞬、何が起こったのか分からなかった。私は反射的に鍵盤から両手を離しピアノから身体をのけぞらせる。目の前を閃光が走り抜けていったような衝撃と、部屋中のすべてのものが驚愕したような静寂が訪れた。私は両手をあげたまま硬直してしまう。

「し、静葉ちゃん……今」おじさんは驚きのあまり定位置のカウンターから腰をあげた。「お、音が鳴ったんじゃないか」

私はおじさんがそう口にしたことで初めて事実を知る。

今、このピアノは確かに音を出したのだ。私の右手から伝わった振動が一直線に鍵盤を媒介し、美しくピアノ線を震わせたのだ。

私は16ビートで打ち鳴らされる心臓の鼓動を感じながら、恐る恐るおじさんに質問をする。

「このピアノ……い、いつ直ったのか、分かりますか？」

おじさんは勢い良く首を横に振った。「いやいや、そのピアノを触るのは静葉ちゃんくらいだから……私も今知ったよ。それにしてもびっくりだね……どうして直ったんだろう」

私の頭の中には様々な情報と感情が入り乱れる。まず自らの禁忌を犯しピアノを弾いてしまった事実に対する動揺、それから音を伴った二年ぶりの打鍵に打ちひしがれる高揚、そしてなによりおじさんも言ったように『どうして直ったのか』という問題に対する疑問。

――『その機械を壊すことがあんたの仕事』。そうすればあんたの身体からは『レバー』が消え去り、二度と物を壊すことはできなくなる――

私は乱れる思考を懸命に制御してから、江崎くんの台詞を頭の中で反復する。

――二度と物を壊すことはできなくなる――

目的とする物を壊し終えた私からはレバーが失われた。それはもちろん、もう何も壊す必要がないから。黒澤皐月の目的が達成されたから。するとなれば、目的以外の物は壊れている必要がない。

つまり……

推察がそこまでたどり着くと、私のもとにはまるで初雪のように静かに、そして自覚の間をすり抜けてくるように優しく、一つの答えが降りてくる。

私は大慌てで椅子から立ち上がり、お店の隅に置かせてもらっていたハンドバッグのもとへと駆けていった。おじさんは私の突発的な行動に驚いているようだったけれども、私は何よりも事実確認を優先した。もし、私の考える答えが本当であるならば、それは本当にとんでもない結論にたどり着く。私はそれを見つけ出すため砂を搔きだすように必死になってハンドバッグの中を探った。

「あった……」私は思わず呟くと、動揺するおじさんに声をかける。「……おじさん、メモ用紙はないですか？　なんでもいいんで、文字を書いてもいい紙が欲しいんです」

おじさんは合点がいかなそうな表情ながらも「わ、分かった」と言って、カウンターの中を漁ってみてくれた。そして、一枚のチラシを取り出す。「メモ用紙じゃないけども、これでいいかな？」

「ありがとうございます」

私はおじさんからチラシを受け取るとそのまま地面にしゃがんで、白紙部分を表にチラシを床に置いた。そして先ほどハンドバッグから取り出したボールペンを握りノックする。このボールペンは、皆が出会った初日に私がデモンストレーションとして『壊した』江崎くんのボールペンだ。それぞれ皆がどんなふうに『普通じゃない』のかを示すために、私が仕方なく壊したボールペン。

私は深呼吸をしてから、チラシの上にペン先を転がしてみる。すると、ペン先からは私の感情がにじみ出ていくように、滑らかな黒の軌跡が現れた。

「……書ける」

あの日、確かにこのボールペンは壊れていた。どれだけ紙の上で滑らせてみても、このペンはただつるつると紙の上をこするだけ。何も書けなどしなかった。それが、直っている。修復している。

私が今まで壊してきたものが、直っている。

「……おじさん」と私は震える声で言う。「私、用事を思い出して……だから、ちょっと行ってきます」

おじさんは不思議そうな目で頷いてから「分かった」と言った。「何があったのかは分からないけど、気をつけてね」

「ありがとうございます」

私はそう言って楽器店を飛び出そうとするが、急いで移動するにはあまりにも邪魔なキャリーバッグが目に飛び込む。これをわざわざ持っていくのは骨が折れそうだと考えながらそれを見つめていると、おじさんが優しい声で私に提案する。

「もし良かったら、バッグはここで預かっておこうか？　静葉ちゃんさえ良ければね」

私は二つ返事で「よろしくお願いします」と答え、ハンドバッグだけを手に外へと駆け出した。私は来た道を戻り、東戸塚駅へと向かう。身体が走る振動を感じるたびに、私の胸は緊張と不安をシェイカーのように混沌とかき混ぜた。私はそれらの感情を相殺するように、目一杯に風を切って走り続ける。

夏の日のアスファルトにはゆらゆらと陽炎が立ち込めていた。

面会証を受け取った私は、エレベーターを待たずそのまま階段を駆け上がった。病院内はいつもどおりの殺菌されたような静寂に支配され、私の鼓動音だけが大きく響いているようだった。肩で息をしながら三階にまで上がり、私はいよいよ病室の前へとたどり着く。

三〇五号室。

閉ざされた扉のすき間からは私の肌を凍りつかせる不気味な冷気が漏れ出していた。私の心を激しく揺さぶる、ドロドロとした沼の断片のような冷気が。

私は膝に手を当ててしばらく呼吸を整える。大きく収縮運動を繰り返す心臓の動きは、向こう一時間ほどは収まりそうもないように思えた。まるでクレッシェンドがついているように増していくばかり。

それでも私は無理矢理に呼吸を身体の中に押しこめ、病室の入り口に手を掛ける。それから結論を先延ばしするようにゆっくりと、あるいはそんな迷いを振り払うように勢い良く、扉を開いた。

窓から吹き込む柔らかな風がカーテンと私の髪を撫でるようにして揺らしていく。ここは私がこの二年間毎日のように出入りしてきた病室。リノリウム張りの白い床に、天井から下げられている薄緑のパーテーション。壁にはささやかなコルクボードと、薬品会社の名前が入った簡素なカレンダー。いつもの光景。今まで何度も見てきた光景。

だけれども今日は、いつもとは決定的に違うものがある。

私がこの二年間、謝罪と遺恨の感情を送り続けてきた『あの男』が、目覚めている。この二年間決して目覚めることがなかった『あの男』が、ベッドに座って窓の外を眺めている。起きている、生きている、呼吸をしている。

私はただその場に立ち尽くした。吐き出そうとする言葉は喉元で押しつぶされ、踏み出そうとする一歩は鉛の足枷に妨げられる。ただ風だけがゆっくりと部屋を流れ、私の目元からは一筋の涙が零れていった。

しばらくすると男はスローモーションのようにじんわりと首を動かしこちらを振り向いた。世話をしていたときから分かってはいたものの、男の佇まいは二年間の風化を如実に感じさせる。頬は力なく痩け、首筋には幾らかの青筋が浮かんでいる。端整な顔立ちながら目線に力はなく表情にも張りがない。

男は私の顔を黙って十秒ほど見つめると、まるで眺めるのに飽きたように再び窓の方を向いてしまった。それから背中越しに男は言う。

「随分と長い間、原因不明の昏睡状態に陥っていたらしい」

私は男の声を聞くと、身体が裂けるように痛んだ。見た目がどのように変化しようと、声は何一つの変化もなくあの日のままであるのだ。男の声を聞くと必然的に心の金庫からは数多の記憶が取り出される。私の意思とは無関係に、私が一番触れたくない数々の記憶が色を取り戻していく。

　男は再びゆっくりとした動作でこちらを振り向いた。男の表情には心なしか小さな笑みのようなものが灯っている。

「俺が寝ている間、君がほとんど毎日世話をしてくれてたんだと、看護婦さんから聞いたよ。ひょっとして君さ……」男の笑顔が急激に下品なものへと変わる。「俺とのこと、結構まんざらでもなかったの？」

　気付いたとき、私はこの男の頬に力いっぱいの平手を放っていた。入り口に貼り付けにされたままだった足はふっと重さを消失させ一直線にベッドに向かい、そのまま感情から筋組織に直接命令が送られたみたいに、私は男の頬を打っていた。男は私の手のひらの軌道をなぞるようにして首をよじり、そのままの状態で静止する。まるで今の衝撃で絶命してしまったかと思うほどの、歪みのない静止であった。

　手のひらから伝わるむず痒い痛みが、私に罪の意識を想起させる。と同時に、男は首を元の位置に戻し、私のことを睨み殺さんばかりに射ぬいた。

「なにすんだよ、オイ」

　その声は決して大きなものではなかったが、確かな怒りと敵意がにじみ出ていた。私は慌てて三歩後ろに下がりそのまま跪く。そして両手を床に突き深く頭を下げて謝罪の言葉を述べた。それはもちろん今の平手に対するものでもあったが、何よりも私が二年前に犯してしまった罪についての謝罪。

私はこの男に対して言葉では言い表せないほどに罪深いことをしたのだ。この男のかけがえのない『二年間』を、空白のものにしてしまった。

それはこの男がどんな人間であろうと、許されるようなものではない。私は身体の中で渦巻く様々な感情を押さえつけながら、懸命に言葉を発した。

「私が……私があなたにしてしまったことは、本当に取り返しの付かない行いでした。失われた二年間は何ものにも代えがたく、私がどれだけ後悔をしようと、どれだけ謝罪の言葉を並べようとも、決して補完できるようなものではありません。以降も私はあなたに人生の一部を捧げる覚悟と義務があります……。それは充分に承知しています。承知していますが……」私は押し殺された感情のすき間からはみ出た自らの声を聞いた。「チカを死に追いやったあなたのことが誰よりも憎いです。絶対に許すことはできそうにありません」

私が喉元で嗚咽をかみ殺していると、男は「はあっ？」と、挑発的な声をあげた。

「なに言ってんのか全然分かんないんだけど？　俺が二年間も眠るハメになったのは、君のせいだって言うの？」

私は震える声で答える。「……はい。信じてはもらえないかもしれませんが、それが事実です」

「はっ」と男は馬鹿にするように笑った。「それで、君は俺に『人生の一部を捧げる覚悟がある』と？」

「……それが、罪を犯した人間の道理だと思っています」

　すると男は私に対し見下すような目付きをつくる。それから余裕のある口調で言った。

「さっき、医者が簡単に俺の身体を検査したんだよ。したら、驚くほどすべての機能が正常だって言うんだ。下手をすれば一週間もしないうちに元の生活に戻れるかもしれないってさ。こんな事例は見たことがないって驚いてたよ。さっきシャワーにも入ってきたけど、身体にもこれといった不調はなかった。ぶっちゃけ、少し痩せたことを除けば、ほとんど今までと変わらないんだわ。まあいいや、そんなことは……んでさぁ」と男は訊く。「君は何でもしてくれるんだよね？」

　私は頷く。男はまた下品に笑った。

「じゃあさ、悪いけど抜いてくんねぇかな？」

　私はなにも言えずただ男の顔を見返した。男はおちゃらけるように笑ってから言う。

「だからさ、手でも口でもいいから、ちゃちゃっと頼むよ。昏睡中にも夢精はあったらしいんだけど、やっぱり物足んねぇじゃん。だから頼むよ」

「……そ、それは」

「できねぇのか？」と男は声に力を込めた。「あんたついさっきなんて言ったよ？　それが道理だ、つったよな？　いいからさっさとやれよ」

　私の心は巨大なプレス機に潰されて霧散してしまうようだった。世の中のすべてのものが絶望の色に染まり、私の手元には灰や塵だけが残る。どこまでも真っ黒な影が私を覆った。

　座り込んだままで動こうとしない私に対し、男は「早くしろよ」と言って凄む。その声に、私は反射的に立ち上がりベッドへと近づいていった。

嫌だ。絶対にそんなことしたくない。そんなこと、できるはずがない。だけれども——私はこの男を壊し、この男の二年間を奪った。

それは紛れもない事実だ。どう言い訳をつらつらと並べようとも、一ミリだって動くことはない事実。私はこの人の二年間を奪った。それだけの時間があれば、人はなにを為すことができるだろう。（この男が有効に時間を使えるかは別として）二年間というものは、あまりにも長い時間だ。日数にして七百三十日、時間にして一万七千五百二十時間。私は許可もなくこの男の人生を切り取り、そしてゴミ箱へと捨ててしまった。

それがどうして許されることであろうか。

私は罪を償わなくてはいけない。

私はベッドの脇にまで歩み寄ると、男の腰にまで掛かっていた布団をゆっくりと剝がす。すると入院患者用の薄い服を穿かされた男の下半身が現れた。私は唇を嚙み感情を抑えつける。なにも考えるな、考えてはいけない。私の手は凍えているように小刻みに激しく震えた。手だけではない。足も、唇も、胸も、心も、すべてが拒絶の体現として激しく震え続けた。

私は男のズボンに手を掛ける。その瞬間、目からは止めどなく涙が零れてきた。瞬きをするたびに一粒、二粒、三粒と、まるで雨の降り始めのように、布団の上には涙の染みが誕生する。

四粒、五粒、六粒。

悔しかった。本当に悔しかった。親友のチカを死に追いやったこの世でもっとも憎いこんな男に、こんなことをしなければならない自分が本当に悔しかった。

　私はどこか楽観視していたのだ。楽器店のピアノが修復していた時点で、この男が覚醒しているということは充分に予期された。何よりも真っ先にそのことが私の頭をよぎった。しかしあろうことかその時点で私はなにげなくこう考えていたのだ。性根まで腐りきった『あの男』だけれども、二年の昏睡期間を経れば別人のような真人間になっているのではないか、と。何の根拠も理由もなく、なんとなくそんなふうに感じていた。でも、冷静に考えてみればそんなはずはないのだ。この男の時間は、私に『チカは死んだ。だから、残された俺達が精一杯生きて行くべきだ。俺と付き合わないか』という馬鹿げた台詞を突きつけてから止まったままなのだから。

　この男にとって今日という日は、まだあの日の翌日の出来事なのだ。

　私はついに嗚咽をこらえきれなくなる。押さえ殺そうとする嗚咽が新たな嗚咽を呼び、締め切りにしていた心の弁が逆流を始めた。悔しさと、後悔と、涙と嗚咽が止まらない。

「……できません」私は消え入りそうな声でつぶやいた。「ごめんなさい。できません」

　男は乾いた舌打ちを放つと、ベッドの上から私の手を乱暴に払いのけた。

「なんだそりゃ。こっちもね、そんな態度取られたら冷めんのよ。急にめそめそ泣き出しやがって。もういいや、また今度でいいよ。とりあえず今は目障りだからさっさと部屋から出てってもらえる？」

　私は顔を俯かせてから床に置いてあったハンドバッグを手に取って立ち上がり、早足で病室を後にする。飛び出した廊下ですれ違った看護師さんが何か声を掛けてくれたようだったが、私の耳には入って来なかった。今は一人になりたい。私は院内を歩きながらも、涙がとまらなかった。

なぜだか先ほどまでの私は、あの男が目覚めたことにより、すべての問題が解決したような錯覚に陥っていたのだ。でも、答えはまるで逆だった。あの男が目覚めたことによって、私の人生はより暗く、苦しく、行き詰まるような道へと転げ落ちていくだけではないか。チカは帰ってくるはずもなく、男はのうのうと日々を生き、私はピアノを放棄して、男に対する罪を償っていく。

止めどなく零れ続ける涙が、まるでヘンゼルとグレーテルが目印として残したパンのように、私の軌跡を描いて廊下に残されていく。私は廊下の途中で立ち止まり、ハンドバッグの中からハンカチを取り出す。そして目元を押さえ涙を拭おうとした。

しかしふと、異変に気付く。

なにやら、ハンカチの肌触りに少しばかりの違和感があるのだ。いつもよりもやや厚みがあるような、重量が増しているような、そんな違和感があるのだ。私は泣くことも忘れ、ハンカチをおもむろに広げてみる。

するとハンカチの間から、一枚の紙がひらひらと舞い落ちてきた。

紙は踊るように優雅に舞い遊び、柔らかな余韻を伴ってリノリウムの床に音もなく着地する。紙の滞空時間はあまりに長く、私の目には少しわざとらしいほどに印象的に映った。私は床に落ちたメモ用紙らしきそれを拾い上げる。それから四つ折りになっている折り目を広げて、そこに書かれた文章に目を通した。

私は言葉を失う。

それはまるで、極寒の村に訪れた奇跡的なまでに暖かい陽光のように私の心を洗い、溶かし、優しく包みこむ。暗い水底に沈み濁った魂がすくい上げられ、やわらかな毛布と共に陸（おか）へと導かれていくのが感じられる。目からは再び大粒の涙が際限なく溢れ始めた。こぼしてもこぼしても、決して尽きることを知らないそれは、私のすべてを浄化していくようだった。

私は崩れるようにして床に跪き、涙で歪む視界の中、文面を今一度目に焼き付ける。心の深くに、決して消え去ることのないように強く刻みこむ。

『今思い返してみても、あんたが弾いたピアノは至高だった。柄でもないが、あんなに素晴らしい演奏が失われていいはずもない。素直にそう思う。あんたにはあんたなりの信念があるんだろうが、俺に言わせれば、あんたの言う「過失」はただの「正当防衛」だ。もし仮に正式な裁判に掛けられたって絶対に罪に問われるはずはない。必要ないものまで背負い込んで「良い人」でい続けようとするのは愚の骨頂だ。あんたは何一つ間違ったことはしていない。だから、もっと傲慢になれ。

あんたがピアノを弾かないことによって損する人間はいても、得をする人間なんて一人もいない。あんた自身もきっとピアノが弾きたいはずだ。

どうかピアノを弾いてください。心からお願いします。

7月27日　江崎純一郎』

「……江崎くん」

私は思わず声に出して呟くと、メモ用紙を強く抱きしめていた。ありがとう江崎くん。本当にあなたは……本当にあなたは不思議な人ですね。

レゾン電子の千葉みなと工場で江崎くんにハンカチを貸したとき、江崎くんは絶対に洗って返すと言っていた。そして江崎くんは約束通り、ホテルに帰ると真っ先に洗面台に向かい、黒ずんだハンカチを両手でこすって洗い始めた。何回もすすぎを繰り返しようやく汚れが落ちると、今度はドライヤーにあててじっとハンカチを乾かしていた。あまりにも熱心に乾かしているので申し訳なくなり、途中私が『ありがとう。別に濡れていても気にしないよ』と声を掛けてみたのだけれども、江崎くんはドライヤーをハンカチにあてたまま『いや、乾いてから返す』と言って決して作業をやめようとはしなかった。そんな江崎くんがようやく手渡してくれたハンカチ。

相手が年上だろうが目上であろうが、誰であっても終始敬語を知らない言葉遣いを貫いていた江崎くん。そんな江崎くんが残した最後の一文。

『どうかピアノを弾いてください。心からお願いします』

私は顔をぐちゃぐちゃにして泣きながらも、思わず笑みをこぼした。

廊下に伏せて泣き続ける私を見つけた看護師さんが、心配そうに肩に手をおいてくれた。それから「大丈夫、どうかした？」と私の顔を覗き込みながら声を掛けてくれる。私はハンカチで顔を覆いながら、何とか右手を振って看護師さんに問題がないことをアピールした。それでも看護師さんはなおも心配そうに問いかける。

「ほんとうに大丈夫？　どこか具合でも悪いの？」

私は一度洟を啜ってから、嗚咽の間を縫うようにして答える。

「ありがとうございます、本当にもう大丈夫です……たった今、大丈夫になりました」

私はよろめきそうになりながらも立ち上がり、少し皺の寄ったスカートの裾を直す。それから今一度ハンカチで涙を拭くと、それをバッグの中にしまった。洟を啜り、三〇五号室へと続く廊下を振り返る。

『もっと傲慢になれ』

なってもいいのかな、江崎くん。

私には自信が持てなかった。私はただ自分に都合のいい助言を耳にして、一目散に飛びついているだけなのではないだろうか。蛍光灯にたかる羽虫のように、ただ自分の要求を満たす回答に主体性のない迎合(げいごう)をしているだけなのではないだろうか。なら、どうしたらいい。私はどうしたらいいのだろう、江崎くん。

『きっと、そんなもの俺たちじゃ分からないんだ』

江崎くんは続ける。

『難しすぎるフィフティ・フィフティの問題なら、東大生に出そうが小学生に出そうが、正答率はちょうどチャンスレベルの五十パーセント。これを消極的選択だとなじられれば、俺は反論なんてできない。だが、俺はこれでいいと思ってる』

もし、私が考えた上に導いた回答ならば『それに乗っかる価値は充分にある』。

私は大きく深呼吸をしてから頷いた。私の下す結論はあまりにも自分勝手なものかもしれない。あまりにも非倫理的であるかもしれない。そしてなにより過分に傲慢であるのかもしれない。

だけれど私は選択をしたのだ。私は決めたのだ。

私は看護師さんに改めてお礼を言うと、自らの涙を辿って三〇五号室への進路を取る。私の足音は静かな廊下の中で堂々と、まるで凱旋を祝福する拍手のように響いた。私は弱気な自分を奥の方にしまい、胸を張って堂々と歩く。頭の中ではピアノの演奏が始まった。曲目はショパンの「英雄」だったが、演奏のタッチは黒澤皐月のもののようだった。

私は三〇五号室にたどり着くと、躊躇なく扉を開け放つ。『あの男』は不愉快そうな眼差しで私を睨んだ。

「目障りだから出て行けって言ったんだけど、聞いてなかった？」

私は大きく息を吸い込んでから声を出した。おそらくそれは病院内で発するにしては大きすぎる声だったと思う。三〇五号室は私の声でいっぱいになり、部屋に入りきらなかった声は惜しげもなく窓から飛び出していった。幼少の頃から、『葵さんは大人しいよね』と言われ続けてきた私からすれば、それはまず間違いなく人生最大の発声であったはずだ。私は男の目を見て言った。

「前言を撤回します！……私はあなたを許さない、ここには二度と来ない、あなたとはもう二度と会わない！」

私は男の面食らった表情を尻目に勢い良く反転し、そのまま病室を後にする。先ほど私のことを心配してくれた看護師さんが、病室から漏れ聞こえた大声に驚いて廊下に立ちすくんでいた。私は看護師さんに一礼をし「大声を出して本当に申し訳ありませんでした」と言う。看護師さんは驚いた表情のまま目をパチクリと瞬き、「い、以後気をつけてください」とだけ言った。私は更に一礼だけすると、そのまま廊下を直進する。

単に私が見落としていただけかもしれないけれど、帰り道の廊下からは私の涙の跡は見つからなかった。きっと涙は蒸発し、空気の中へと溶け出していったのだ。私の迷いが遠い世界に消えていったように、私の決意が空に飛び上がっていったように。

きっとそうだろう。そう思いたかった。

私は病院を出ると、早足で目的の場所へと向かった。今日は本当にいろいろな場所を行ったりきたりする日だなと、歩きながら少し不思議な気分になる。それでも疲労は感じなかった。すべての移動が、行動が、私の人生にとっては必要不可欠なものであり、私を構成していく大事なプロセスなのだ。私は自らの決意に牽引(けんいん)され、歩くペースをみるみる上昇させていく。イヤホンを付けずに歩く戸塚の喧騒は、まるで即席の鼓笛隊のように私の心にマーチとして小気味よく響いた。

駅から少し離れると周囲には緑の量が多くなり、町から聞こえる音の数々も人工的なものから自然のものへと変わっていく。

セミの声、鳥の声、木々の葉音に風の音。

病院を出て十分ほどしたところで、私はいよいよ目的の家へとたどり着いた。閑静な住宅街に佇む、白い外壁、二階建ての一軒家。私は乱れた呼吸を整えることもせず、すぐさまインターホンを押し込む。すると間延びしたコール音の後に、私がかつて何度も耳にしてきた、独特の魔女のようなしゃがれ声が返ってきた。

「はい、どちら様？」

私はその声から伝わる言いようのない懐かしさと温かみに心を震わせる。私は呼吸を飲み込んで声を出した。

「葵です。二年前まで先生のもとでレッスンを受けていた葵静葉です」

「あら……」と先生は心底驚いたような声をあげた。「ちょっと待ってて頂戴ね、いま開けますから」

しばらくしないうちに、玄関は開かれる。先生の姿はおおよそ二年前とほとんど変わっていなかった。肩まで垂らされたボリュームのある白髪頭に、年齢を暗示するように深く刻み込まれたほうれい線。それでもきりりとした眉と、力のある目元によって損なわれない威厳、風格。

演奏をするとき以外は常時はめられている煌びやかな指輪の数々。間違いなく先生であった。

「あ、あの……先生」

　私が言いかけると、先生はそっと右手を私に突き出した。

「ひとまずお上がりなさい。話はそれから聴きましょう」

　先生は私を部屋へと招き入れる。

　室内の雰囲気も、私が通っていたときとほとんど変わっていなかった。広い玄関に、広い廊下、広いリビングに、広いキッチン。すべてが空間を贅沢に使用して設計された、ゆとりのある家だ。先生はこの家に一人で住んでいる。掃除は定期的に専門の業者さんに頼んでいるらしい。部屋の至る所にあしらわれた精巧なガラス細工が涼しげな雰囲気を演出していた。

　先生は私にダイニングに座るように言うと、一人キッチンに向かっていく。

「コーヒーしかないけれど、構わないかしら？」

「ありがとうございます」

　先生は目を閉じて頷くと、ホットのコーヒーを淹れた。先生はたとえ真夏であっても、ホット以外の飲み物を口にしないのだ。なんでも、冷たい飲み物は芸術的感性を退化させてしまうらしい。

　先生は二つのコーヒーをテーブルの上に置くと、私の向かいに腰掛けた。

「それで、葵さん」先生は非常にゆっくりと話す。「あなたのお話は何かしら？」

「また、ピアノが弾きたいんです」と私ははっきりと答えた。「また、以前のように私にピアノを教えて下さい。音大に行きたいんです」

先生は両指を互い違いに組んでテーブルの上にそっと置いた。先生の指にはめられた指輪たちが、狭い空間にぎゅっとひしめき合う。

「それは、大変に嬉しいことです。あなたは才能に恵まれていました。そんなあなたがピアノに関する情熱を取り戻してくれたことに、私は一指導者として、大いに歓迎の意を唱えざるを得ません。ですが……」先生はため息をついた。「ピアノの技術は生物(なまもの)です。手入れを怠れば腐り、みるみるうちに退化していきます。それは川が流れるよりも早く、また死の訪れのように避けがたいものです。あなたのブランクは相当なものですよ？」

「練習します。何時間でも、何日でも、何年でも、必死に練習します」

「結構」と先生は微笑んだ。「年月を経ても、あなたの向上心が失われていないようで何よりです。それではコーヒーを飲み終わりましたら、早速テストをいたしましょう」

私たちはコーヒーを飲み干すと、グランドピアノが置かれたレッスン用の教室に移動する。

私はその部屋のあまりに懐かしい光景に、胸がいっぱいになった。私は戻ってきたのだ。この部屋に、この空間に、ピアノのある世界に。

「では好きな曲を弾いてみてください。その一曲で、あなたの技術がどれほど錆び付いているか、見極めることにしましょう」

先生は毒リンゴのように妖しく微笑むと、私に演奏を促した。

私は力強く頷いてから、両手を鍵盤に載せる。もちろん弾く曲は決まっていた。先ほど吉田のおじさんの楽器店で弾きそこなった『あの曲』。

私は頭のてっぺんからつま先までを演奏用のそれへとシフトする。久しぶりの演奏がもうすぐそこまで迫ってきている。そう考えると、体中の血液が沸騰しそうなほどの高揚感を覚えた。私は身体を波のようにしならせ、最初の打鍵のタイミングを計る。最初の一音ですべては決まるのだ。私は細心の注意を払い、それから極めて大胆に、力強く、右手を鍵盤に叩きつけた。

ショパン練習曲十―十二「革命」――革命のエチュード

叩くように激しい右手の高音、生命のように躍動する左手のアルペジオ、音の一粒一粒を選定するように踏み込まれる繊細なペダル。

曲自体はゆっくり弾こうとも、およそ二分から三分程度の長さしかない。それはまるで私の五日間を再現しているようでもあった。人生という長い道に比べれば、五日間という時間はあまりに短い。同様に二分という時間も限りなく短い。しかし確かにそこには「革命」が存在しているのだ。何かが崩壊し、何かが誕生する。

時代の節目、人間の節目、精神の節目。

ピアノが「革命」の最後の音を告げると、先生は「酷い演奏でした」と言った。

「右手の跳ね方が大仰で落ち着きがありませんね。それにペダルの踏みどころが劣悪。音がどろどろと濁っているではないですか。これではいけませんね。……でも」

先生は微笑む。

「まるでショパンが弾いているようでした」

私は興奮覚めやらぬ中、頭を下げた。「ありがとうございます」

「あなたが居ないこの二年間、私も随分と暇をしたのですよ。その点を、あなたにも大いに反省してもらいましょう。明日からはスパルタでいきますよ」

私は気付くと、また涙を流していた。ピアノを弾いた感触が確かに手に残っている。じんわりとした痺れのような淡い皮膚感覚が私を充足させている。またピアノが弾ける。もうピアノを弾いてもいいんだ。

私は先生に今一度頭を下げた。

「ご指導、よろしくお願いします」

私の革命は始まったばかりなのだ。

江崎くん。

私はあなたと連絡先を交換しなかったことを、心から『良かった』と思っています。

私はチカと『あの男』の一件により、自分に二つの罰を科した、と言ったのですが、その事を覚えているでしょうか？

一つ目はもちろん、

『以降の人生において、一切ピアノを弾かないこと』ですが二つ目については、結局伝えず終いでしたね。

私が自分へのペナルティとして科した二つ目の罰は、『以降の人生において、一切、恋をしないこと』でした。

チカが傷つき、その身を滅ぼしていった原因である『恋』というものを、私は自分の身から追い出すことに決めていたのです。しかし『恋をしない』という罰則は、私にとっては実に軽い刑罰でありました。なにせ、私はそんな華やかな世界とは切り離された、別の世界の住人であると自負していたからです。

今回の江崎くんとの出会いにより、私は一つ目の罰則である『以降の人生でピアノを弾かないこと』を破ることになりました。そのことについて、私は後悔していません。なにせこれは、私が下した決断なのですから。

しかしながら、私は二つ目の罰については引き続き有効であることにしていきたいと思っています。だって、一度に二つもの罰を反故にしてしまうのは、少し虫がよすぎるじゃないですか。

江崎くん。あなたは今なにをしているのでしょう。

どうか、体調に気をつけて、いつまでも元気に過ごしてください。

いつかどこかで、また会えたなら。

江崎純一郎 ♠

目が覚めたとき、時刻はすでに正午を回っていた。俺は眠い目をこすりながらベッドから起き上がり、そのまま机へと向かう。どんなに目覚めが劣悪なものであったとしても、身体が鉛のように重い朝であったとしても、半ば自動的に行われてきた朝のルーティーン。俺はまだ完全には起動しきっていない頭を揺らしながら、極めて無意識に近いレベルで手帳を開き、ボールペンを右手に握る。しかし当然、言葉は降りてこない。持て余すようにボールペンの先端で机を三回ほどつつくと、ようやく予言が終了したことを思い出した。

もう俺は『普通じゃない』人間ではないのだ。

世の中の多くの人間がそうであるように、前もってなにも知らされていない白紙の一日を迎えることができる。それは実に爽快な気分であった。

俺はいつものようにポロシャツとジーパンを身につけると、誰も居ない家を出てひとり喫茶店へと向かおうとする。しかしふと土産を持っていかなければならないことを思い出し、それを手に玄関を出た。サンダルはいつもより激しい摩擦音を上げる。

「おおマスター。江崎少年のご帰還だ」

俺が店の扉を開けると、ボブは大きな声でそう言った。何かの作業中だったのかカウンターの中でしゃがみこんでいたマスターは立ち上がり、俺に対しいつものように一礼をする。

「いらっしゃいませ」

中に入り扉を閉めると、しばらく喫茶店内を眺めてみる。焦げ茶で統一された床、椅子、カウンターに、回転を続ける蓄音機。名称も用途も分からぬ骨董品の如き小物の数々に、立ち込める芳醇なコーヒーの香り。マスター。そしてボブ。

「なにをぼーっとしているのだね江崎少年。それともなにかな、旅の影響でささやかな物にも慈しみを覚えるようになったのかね」

俺は鼻で笑ってから「そうかもしれない」と答えた。

ボブは褐色の笑みを浮かべる。「ほほう、これはこれは中々余裕のある返答じゃあないか。土産話が楽しみだ」

俺がボブの隣に座ると、マスターは無言のままダブルのエスプレッソを差し出した。ソーサーとカップがこすれあうカチャリという音が、随分と郷愁的に響いた。不本意ながらボブの言うとおり、些か感覚がセンシティブになっているのかもしれない。俺はカップを持ち上げると、淹れたてのエスプレッソを静かに口の中へと招き入れる。この五日間、幾つかの場所でコーヒーを飲む機会があったが、やはりマスターの淹れるコーヒーこそが至高であると俺の五感が頷いた。もっと言うなればこれこそがコーヒーであって、他のものはコーヒーに極めて近い別の物であるようにさえ思える。俺はコーヒーを飲むことによってまた一つ、日常を実感した。

「それで、旅行の方はどうだったんだね江崎少年？」

俺はカップをソーサーに戻した。「なかなか刺激的だった。だいぶ価値観も変わった」

「ほほう」とボブは満足そうに深く頷き、更にもう一度頷いた。「これはこれは、実に君らしくもない。いやはや、実にいい傾向だ」

ボブはアメリカンを舐めるように僅かに啜ると、満面の笑みを作った。それはコーヒーの味に対する表情であるようにも見えたし、また俺の発言に対する表情であるようにも見えた。俺はそんなボブの楽天的な態度を見ていると、可笑しみをこらえることができなくなる。一体どうして俺がこの五日間を旅する羽目になったのか、この奇人（もっとも今となってはその奇人具合にも陰りが見え始めているが）はまるで知らないのだ。

「元はと言えばこれは俺の旅じゃなく、あんたの旅だったんだ。あんたが俺のことを『息子』だなんて形容するから、こんなことになった」

俺はボブの浅黒い横顔に向かって声を掛けてみた。ボブは要領を得ないといったように顔をしかめ、口元を歪めた。

「はて、どういう意味だね」

「これは俺の問題じゃなくあんたの問題だったんだよ、社長さん」

「ふむ」ボブは考えるのが面倒になったのか、開き直ったように元の表情に戻ると「それは迷惑を掛けた。悪かった江崎少年」と実におざなりな返事をよこした。このあたりの適当具合を目の当たりにすると、やはりボブは奇人であると断言せざるをえない。俺はもう一度コーヒーを口に含んでから喉を湿らせ、ボブに対し口を開く。

「まあ、図らずもこの機会に人生の方向性も見えてきた。あんたには感謝しているよ。実にスリリングで高揚感を得られる世界を見つけることができた」

「ほほう」と言うとボブはにやりと悪だくみを思いついたような笑みを浮かべた。「これはこれは、まるで出かける前とは別人ではないか江崎少年。あれだけ凝り固まっていた思考がこうまで解きほぐされるとは、いやはや旅は相当に刺激的だったようだ」

「程々に」とだけ俺は答える。

「それで、江崎少年は一体どんな学問に興味を持ったんだね？」

「学問？」と訊き返したところで、俺はそういえばアカデミックエキスポに行っていたことになっていたのだなと思いだした。俺が何と返答しようか悩んでいると、ボブは右手の人差指をたてる。

「待て待て、ここは一つ当ててみようか。江崎少年の性格を考慮すれば、最有力は『哲学』といったところか、あるいは」

「悪いが――」

「いや待つんだ少年。なにも言わずとも、当ててみせるから安心したまえ。いやしかし哲学よりも、やはり江崎少年は実学の方に興味を示しそうだ。となると経営学、法律学、あるいは――」

「ボブ。悪いがもう勉強をするつもりはない」

「おや」とボブは目を見開いた。「これはさらりと衝撃的なことを言うものだ、江崎少年。一体どうしたというんだね？」

「どうしたもない。勉強に嫌気がさしてたのはここを出る前から一貫していたことだろう？もう世界の表層を撫でるようなつまらない作業に傾注するのには懲り懲りなんだ。それよりも、もっと面白そうなものを見つけた」

「ほう、なら聞いてみようか。その面白そうなものとは何だね？」

俺は少し間を取ってから答える。

「賭博だよ」

ボブは間髪容れずに喉から「かーっ」という声を出した。「なにを突拍子もないことを、江崎少年。君はこの旅でギャンブルに身を投じたというのかね？」

俺は頷いてから答える。「遠くはない」

ボブは「ふん」と唸ってから腕を組むと、眉をひそめて俺を見つめた。「あるいは江崎少年、それは『予言』を使ってイカサマまがいのことをすれば、今後の人生で大勝ちができるのではないかという算段かね」

「逆だ、ボブ」と俺は答える。「実は昨日から予言は聞こえなくなったんだ。だからこそ、俺は賭博に心を惹かれる」

するとボブはしかめていた表情を静かに解凍し、興味深げな視線を俺に向けた。「説明を聞こうか、江崎少年」

「以前にも言ったことだが、俺の人生はあまりにも見え透いている。このままいけばおそらく俺はそれなりに優秀で、それなりに裕福で、それなりに幸せな偏差値58あたりの生涯を送ることになるだろう。俺はそれについて半ば絶望をしていた。なにせ、そんな『中の上』みたいな人生を過ごしたところで、そこには山もなく谷もなく、危険も危機もスリルも張りもない。そんな毎日じゃあ、新世界のシンバルは鳴らないんだ」

ボブは頷いた。俺は続ける。

「実は先日、俺はあんたの言う通り『予言』を用いて賭博をやってきたんだ。それも少し風変わりなトランプゲームだ。だが俺は正直なところ、実際にゲームを始めるまで敗北ということを想定すらしていなかった。俺にとって勝負というものはまるで水に浮かぶゴムボールを摑むような、そんな甘い認識だったんだ。労せずそこにある『勝利』をただ摑みとるだけ、万に一つ失敗してしまったとしても手に僅かに水滴が付着する程度で大きな被害もない。なぜなら『今までの俺の人生があまりに安定していたから』だ。俺は心のどこかで神聖不可侵な何かに保護されているような錯覚をうけていた。それは社会なのかもしれないし、親なのかもしれないし、あるいは『予言』なのかもしれない。無根拠だが確実に負けないし、よく分からないがおそらく敗者にはならない。俺の感覚はどこか麻痺していたんだ。そんな単純なことに俺はようやく気付いた。俺は室内で飼育されてきた動物のように、危険や恐怖を知らずに生きてきていたんだ。だからのうのうと精神論をしゃべくるだけで、手応えのない日々に筋違いな嫌気を感じていた。だが――」

「賭博に身を投じて覚醒したと？」

「そうだ」と俺は答える。「俺は気を抜けば条理的に負けるし、一歩足を踏み違えれば落ちるところまで落ちていく。それはたとえ『予言』があったとしても、だ。賭博は一番わかりやすい形でそれを俺に実感させてくれる。なかなか悪くない感覚だった。俺は危険の間をすり抜けていく最中に、警報にも似たシンバルの音を全身で浴びた気がするんだ。この音が一番心地好い、この音を聴いていれば、俺は救われるような気がする。そう思うんだ、俺は。長い人生の全体を眺めずに、ただ次のカード一枚に全てを委ねる、そんな刹那性に激しく打ち震えるんだ。俺はそんな世界に身を投じてみたい、また、そんな衝動を抑えられそうにもない」

俺が話し終えると、ボブは珍しくもコーヒーを一口ですべて飲み干した。コーヒーは急流の滝を下るように勢い良くボブの体内へと吸収され、一瞬のうちにカップから消失する。蓄音機から流れる音楽が変わり、またそれに伴いコーヒーの匂いも一回り濃くなって現れた。ボブはカップをソーサーに戻し、ナプキンで口元を拭ってから口を開く。

「高校生の口から、将来の夢はギャンブラーだと聞くことになるとは、いやはや、なんとも斬新だ。あるいは若さのなせる選択かもしれない」ボブは両の頰を吊り上げる。「だが江崎少年が初めて見せる能動的な選択だ。ひとまずは、手放しに歓迎をしようじゃあないか。それが江崎少年にとってのシンバルの音だったわけだ。結構、実に結構だ。人生、どこでなにがあるか分かりはしない。それに視野を広く持つようにと常々唱えていたのは他ならぬ私だ。君がなにをやり始めるのかは分からないが、なににしても私には君を止めるつもりなど毛頭ない。好きなように、いろんな所に首を突っ込みたまえ、何事にも——」

「それなりに、それなりに参加しておくのは大事なことだ」

「そのとおり」ボブは満足そうに微笑んだ。「ところで江崎少年。さきほどから気になっていたのだが、その頑丈そうなケースはなんだね？」

ボブの視線をたどれば、そこには俺が持ってきたジュラルミンのケースがカウンターの上に横たわっている。俺ははたとそのことを思い出し、話を切り出した。

「そうだ。あんたに土産があったんだ」

するとボブはまるで少年のように瞳を輝かせる。「おぉ。これはこれはなんとも楽しみではないか。人からのプレゼントほど心躍るものもない」

俺はケースを滑らせそのままボブの前へと差し出した。「あんた随分と、弟に搾取されたんだって？」

ボブは言葉を聞いた瞬間、見たこともないような呆然の表情を浮かべる。まるで脳の回路を何本か強引に切断されてしまったみたいに力なく口を開き、俺のことをぼんやりと見つめていた。しかししばらくしないうちにボブは正気を取り戻し、感心したように微笑んだ。

「これは……これは、江崎少年。驚きの一言だ。どこからそんな情報を仕入れてきたんだね？」

俺は質問には答えず、静かにケースを指差す。

「鍵は掛かってない。開けてみてくれ」

ボブは動揺しているような、苦笑いを浮かべているような、余裕を滲ませているような、実に曖昧な表情でケースに手を掛ける。それから留め具を一つずつ丁寧に外すと、勢い良くケースを開いた。

「……少年。これは?」

俺はありのままを伝えた。「見たまんま、金だ。多分三千くらいはあるんじゃないか?」

ボブはもはや何事にも動じないと決めたのか、新聞でも見つめるような表情で札束を眺める。

「どこで手にいれたんだね、江崎少年」

「あんたの弟から巻きあげてきたんだ。元々はあんたの金だろう? ならあんたに返すのが筋だ。カエサルの物はカエサルに」

ボブはそれでも黙って札束を眺めていた。

「好きなふうに使えばいい。それくらいあれば小さな事業の一つでも立ち上げられるんじゃないか?」

「事業……ねぇ」とボブは笑いながら言った。それから髭の感触を確かめるようにつるりと頬をなで、静かに目を閉じる。「江崎少年、詳しく訊くことはよそう。なぜだか、それはひどく無粋な行いであるような気がするのでね。いやはや、しかしながらなににしても、こんな日が来るとは……本当に、いつなにが起こるか分からない」

「シンバルがいつ鳴るかも分からない」

「その通りだ」ボブは得意げに笑ってからケースを閉じた。「ちなみに江崎少年、本当にこの金は私の弟から巻き上げたものなのかね?」

「間違いない」と俺は答える。

ボブは片目を閉じて不気味に微笑んだ。「なら、私はなんの遠慮もなくこの金をいただくが、それで結構かな？　幼少の頃から私は遠慮というものを知らないのだよ」

俺はその物言いにボブらしさを感じながらも大きく頷いた。「もちろんだ、好きに使ってくれ」

「ならば」ボブはケースをマスターの方へと差し出す。「これは全額、この店への寄付ということにしよう」

マスターは常時あまり変化しない表情を僅かに変化させ、グラスを磨く作業を中断する。そしてボブの真意を問うように無言のままボブを見つめた。ボブは相も変わらぬスケールの大きな微笑を浮かべる。

「マスター、この店にはいつもお世話になってきた。これはほんの恩返しだ。遠慮をせずに受け取ってくれ」

人から受け取ったばかりの物をすぐさま他人に譲渡するとは、まるでいつの日だかに見たような光景だったが、俺は気にせずボブを見守った。ボブの行動はいつだってよく分からないのだ。どんなロジックを引っ張ってこようとも、どんな分析を試みようとも。

「自分のために使わなくてもいいのか？」と俺は尋ねた。

ボブは小さく首を横に振る。「江崎少年。君が賭博の最中にシンバルの音を聴いたように、私はこの喫茶店でシンバルの音を聴いたのだよ。もう、これ以上求めることなどないのだよ。毎日ここでコーヒーを飲みながら、マスターと江崎少年と会話さえできれば、それ以上のものは取り立てて必要には思えないのだ。……ただ、せっかく寄付をしたのだ、ここは一つマスターに対し見返りを要求してみようか」

ボブがマスターを見上げると、マスターは少し身構える。少し耳を澄ませばマスターのつばを飲み込む音が聞こえたかもしれない。なにせボブの要求がとんでもなく悪魔じみたものである可能性も否定できないのだ。マスターは一つ咳払いをはさむと、「どのようなご要求でしょうか？」と尋ねた。

「悪いのだが……マスター」ボブは言う。「これからはアメリカンの値段で、江崎少年と同じダブルのエスプレッソを飲ませてもらえないだろうか？」

俺は笑い、マスターも笑い、ボブも笑った。

コーヒーの香りは店内の隅々にまで染みこみ、すべてを温かく、そして優しく包みこむ。この空間だけは何ものにも侵食されない、三人だけの聖域であった。俺は冷めないうちに今一度エスプレッソを口に含む。

「そうだ、江崎少年。君もなにかマスターに要求するといい。元々は君が持ってきた資金ではないか」

俺は少し悩んでから、店内に好きな音楽を流してもらえるように頼んだ。マスターがどんな曲をご所望でしょうかと訊いてきたので、俺は「ショパンがいい」と答える。

「江崎少年らしくもないが、蓄音機で聴くピアノ曲か、それも悪くない」とボブは一人納得したように頷いた。

時間は雲のようにゆっくりと流れ、喫茶店の中には独立した世界が広がる。ここには面白みが何一つないようでいて、退屈をしないすべてのものが揃っていた。

「ところで江崎少年。君はこの喫茶店がなんという名前なのか知っているかな？」とボブは言う。

「名前？　そんなものあったのか？」

「もちろんさ江崎少年。もっとも、私もつい四日前に知ったのだがね」

「で、何て名前なんだ？」

「『ブランシュ』だそうだ」

振り子時計の鐘が鳴り、俺は何かを思い出しそうになる。

ブランシュか。なるほど、因縁めいた名前だ。

俺は遥か遠くのピアノの旋律に耳を澄ませた。

三枝　のん　◆

ピンポーンというチャイムの音が部屋に響くと、あたしは飛び上がって玄関に向かう。あたしの立てるドタドタという足音に、弟が何やら苦言を呈していたがそんなことは関係ない。一向に関係がないのだ。あたしは勢いそのままに扉を開け放つ。するとそこには予想通り作業着を身に纏ったガテン系のお兄さんが立っていた。

「どうも『成城家具』の者ですが、ご注文の品物をお届けに参りました」

あたしは待ってましたとばかりにお兄さんをお家に招き入れ、自分の部屋へと誘導する。それからそれを設置する場所を念入りに説明した。なにせ、あたしの描いたビジョンとまるで見当はずれの物が完成しては敵わない。ここで手を抜くわけにはいかないのだ。あたしは身振り手振りをふんだんに織り交ぜ、お兄さんが完璧に理解するまで幾度となく説明を繰り返した。

そしてようやくすべてを理解したお兄さんは、〈俺に任せておけ〉の証明として力強く親指を立てた。

あたしはお兄さんに同じポーズを返すと、おとなしくリビングで読書に耽ることにした。あとはプロに任せておいた方が良かろう。餅は餅屋というわけだ。

「では、またのご利用お待ちしております」

二時間後、あたしは去っていくお兄さんの背中を、夕焼けを見るような温かい笑顔で送った。お兄さん、あなたの仕事は完璧でした。

あたしは自分の部屋に戻ると思わずその光景に見とれそうになる。なんと垂涎たる光景であろうか。あまりに美しい、美しすぎる。

あたしがなにをそんなに興奮しているのかというと、あたしは自分の部屋に念願の本棚を設置したのだ。

それも三つ。三つも、である。

考えただけであたしの顔はまたゆるゆるとにやけ始めてしまう。壁面用の背の高い本棚に、回転機能が搭載されたマガジンラック、そして最後はインテリアとしてのデザイン性に特化したガラス製の展示棚。実に満足の行くお買い物だ。

「姉ちゃん、これいくらしたの？」

背後から聞こえる無粋な声に、あたしはドロリとした粘度の高い動きで振り返る。そしてなんとも間抜けな表情の愚弟に向かって、慈悲深く丁寧に説明をしてやった。

「約八万円だよ。どうさね、我が弟よ？　実際的な本の収容量からしても、造形美という点においても、なんと実に素晴らしき『こすとぱほ〜まんす』であろう？」

弟はしかめっ面でこめかみをぽりぽりと掻いていた。「姉ちゃん、やっぱおかしいわ」

「ふん」とあたしは愚弟を一蹴する。「この度はちょっとした投資が実って、臨時収入があったのだよ。その一部をこうやって具体物へと変換させたわけだ。ああ、我が弟よ、ちなみに『東洋の大富豪』ことこのあたしの貯金額はいくら位だと思う」

「分かんね」と弟は心底面倒くさそうに言った。「二万円くらいじゃないの？」

「ぐわっはっは、無知は罪だね、悲しき我が愚弟よ。ひとまずその潤いの少ない脳みそに栄養を与えてやりなさい。ほれ資金を授けよう。きっと良書を購入するのだぞ」

あたしはそう言って弟に金二万円を差し出した。すると弟は、まるで鉄腕アトムの初版本を発見したような感動の表情で瞳を輝かせ、みるみるうちにあたしの前に跪く。

「まじで姉ちゃん、二万円もくれるの？」

「本を買うと約束するかね？」

「しない」

「ぐわっち！」

弟はあたしから二万円をふんだくると、伊賀忍者の如き素早さで玄関を飛び出していった。あたしはそんな愚かな人間の背中を見つめ、そしてため息をつく。まあ、いいことにしよう。貯金は今のところ充分すぎるほどにあるのだから。

外の日差しはギラギラと凶暴だったが、空気が澄んでいる分、割に過ごしやすい印象を覚えた。あたしは自宅を出ると、そのまま水道橋方面へと歩いて向かう。生まれてからずっと過ごしてきたここらの見慣れた光景も、色々な事情を知った今となると少し見え方も変わってくるようだった。

自宅を出てから五分ほどであたしは、かの公園に到着した。小学生時代のあたしが毎日のように入り浸り、友人たちと法律に抵触せんばかりにバッタを乱獲した公園。ぎゃあぎゃあ騒ぎながら全力疾走でケイドロに興じた公園。そして、読書をしていたサッちゃんと出会うことになった公園。

中学生になって以降公園から足は遠のいていたが、公園の雰囲気は何一つとして変わらず当時のままであった。小さな敷地にベンチとブランコが一つずつ。それ以外は雑草がぼうぼうと生え散らかり、行政の手入れが行き届いていないことが見て取れる。あの頃のまんまだ。あたしはおもむろにサッちゃんがいつも腰掛けていたベンチに座り、空を見上げてみる。だけれども、あまりに強すぎる日差しに心が折れてすぐに下を向いた。地面にはあたしの影がまるで黒のペンキで描かれているみたいにくっきりと浮かんでいる。あたしは試しに背筋をぴんと伸ばして、両手を読書している時の形にしてみた。

ふむ、影だけならば、なんとなくサッちゃんに見えないこともない。

あたしはしばらくベンチの感触を楽しむと、立ち上がって再び歩き出す。もとより、この公園はもののついでに寄ってみただけなのだ。本来の目的は別の場所にある。

あたしは今回の小旅行を終えてから、火事があったサッちゃんの自宅周辺の寺院、霊園などなど幾つかに電話を掛けてみた。ひょっとしたら、サッちゃんがどこかに埋葬されているんではないかと考えて。すると案の定、多摩川線沿いにある一軒の小さなお寺にサッちゃんの遺骨が埋葬されていることがわかった。情報をキャッチできたことは中々に幸運だったと思う。死因がどうであれ一応の慣例として、黒澤孝介も埋葬をしないわけにはいかなかったのだろう。

そんな訳であたしは電車を乗り継ぎ、そのお寺へと向かうことにした。

お寺は本当に小ぢんまりとしていて、前評判通りに敷地面積も随分と小さかった。そもそも置いてある墓石の数が十もない。ふむ、これはなんとなく意外だな、などと考えていると、あたしのことを発見したお坊さんが会釈をしてこちらに歩み寄ってきた。あたしが挨拶をして目的を告げると、お坊さんは親切にもサッちゃんのものと思われるお墓へと案内してくれた。砂利を踏むたびに聞こえる乾いた音が、あたしの心に不思議と人の死の匂いを連想させる。

『黒澤家之墓』と刻まれた漆黒の墓石は、つるりとした光沢を伴って日光を反射していた。あたしは唇をぎゅっと噛み締める。

今日まで、サッちゃんの死というものは、あくまで人づてに聞いた情報でしかなかった。それは物的な証拠も、あるいは明確な根拠もなく、ただ『もっともらしく』響いていただけだった。

それが今、こうしてあたしの目の前に『墓石』という形でわかりやすく、シンプルに死が明示される。もちろん『黒澤家之墓』と書いてあるのだから、これはきっとサッちゃん個人のお墓ではなく、先祖代々のものではあるのだろう。これだけでは黒澤家の『皐月さん』の死、ということを完璧に証明していることにはならない。しかしながらあたしは、ただそれだけでも充分すぎるほどにサッちゃんの消失を実感せざるを得なかった。ここには確かな死が存在している。

サッちゃん。あなたは本当に死んでしまったのですね。そうあたしは心で呟いた。

サッちゃんがよく引用していたデカルトは、なんでも『決断』というものを大事にしていたと聞く。デカルトに言わせれば思考をしている最中の人間はちょうど森のど真ん中に佇んでいる状態といえるらしい。よって思考の森から抜け出すためには必ず『歩き出さなければ』ならない。そこに佇んでいるかぎり、あたしたちは永遠に迷いの森の住人であるのだ。森から抜け出すためには（どの方向を選ぶにしろ）絶対に進まなくてはならない、そして、一度決めた進路を曲げるようなことをしてはいけない（それは不用意にさらなる迷いを生んでしまう）。つまり進むことさえすれば（それがどんな選択であれ）、あたしたちは森の中心からは必ず遠ざかることができる。森の出口へと近づくことができる。

きっとサッちゃんはそんな自らの選択に従い、自分の信念をまっとうしたのだ。

今のあたしはサッちゃんに対し、独りよがりに『なんで相談してくれなかったんですか？』、『辛かったのならあたしに気持ちを吐露してくれればよかったのに』などと無責任なことは言えない。サッちゃんは自ら選択をし、自らを信じて生きたのだ。

《我思う故に我あり》

「サッちゃんはラディカルな懐疑主義の下、自己認識と自己の決定こそを最も信頼していたのだ。あたしはそんなサッちゃんを（その行動の是非とは別に）やっぱり誇りに思う。今のあたしはサッちゃんが居なかったら完成しなかった。

「のーサッちゃん、のーのんちゃん」なのだ。

あたしは緩む涙腺を締めなおしてから、静かに微笑む。それから予め自宅にて制作しておいた折り鶴を鞄の中から取り出し、墓に添えた。墓石は何も言わずに日光を照り返す。

もう指で本は読めない。

今までに指で読んできた膨大な量の書籍はまだ頭に一字一句漏らさずに残っているものの、新たなる書籍の追加はできなくなった。だが、きっとこれでいいのだ。これが本来のあるべき姿。やはり本は時間の流れと共に、あるいは共に生きるように読んでいかなくてはいけないのだ。

サッちゃんの日記を指で読んだことにより、あたしの記憶の深くにはサッちゃんそのものが根を下ろした。サッちゃんはあたしの体の一部となり、あたしの身に死が訪れるまで生き長らえる。あたしはサッちゃんと共にいる。それだけで充分なのだ。

サッちゃん。あたしは今から本屋さんに行ってこようと思います。ちょっとばかり臨時収入があったものですからね。肩に目一杯力を入れ、鉢巻をギューッと締めて景気よく散財してこようかと思います。せっかく本棚も入手できたことですしね。それにですね、参考書も買わなくてはいけなくなってしまいましたよ、サッちゃん。四年前にサッちゃんがこんな便利な力をあたしにくれたもんですから、あたしはまるっきり勉強をしないで済んでいたのですよ。なにせ、理系科目を除いて、ほとんどは教科書と参考書をちゃちゃっと頭に入れてしまえば無敵だったわけですからね。そんなわけで、あたしは指で本が読めなくなってしまった今、勉学という意味においてちょいと焦っています。前もって大学レベルの参考書まで読んでおけばよかったですね、まったくもって迂闊でした。もっとも、かの二宮尊徳も《人、生まれて学ばざれば、生まれざると同じ》とおっしゃってますし、人生に勉強は不可欠だったわけですね。

「はは」とあたしは笑って、我慢しきれなかった涙を拭う。

「サッちゃん。きっとサッちゃんの望むとおりに、あたしたちは立ちまわれたんじゃないかな、と思っています。きちんとあの胡散臭い機械は壊しましたし、サッちゃんの日記を読むこともできました。サッちゃんのメッセージも受け取りました」

嘘をついてごめんなさい。

勝手なことをしてごめんなさい。

最後までいいお姉さんでいてあげられなくてごめんなさい。

「サッちゃん。あたしにとってサッちゃんは、最高にかっこいい『く〜る』なお姉さんでした。心配する必要なんて微塵もありません。ですので……何の気兼ねもなく、ゆっくりとおやすみしてください。もう亡霊になってまで、あたしたちの前に出てきちゃダメですよ」

不意に強い風が吹き、お墓に添えておいた折り鶴が飛ばされた。あたしは慌てて鶴を拾い上げ、鞄にしまう。

「やっぱり持って帰りますね。どっちみち雨が降ったらくしゃくしゃですし、お寺の人にも迷惑が掛かりそうですし」

あたしの問いかけにも、やっぱり墓石は無言のままだった。

あたしはなるべく明るく笑ってからお寺を去る。

あたしは電車に乗って新宿に向かった。もちろん目的はかの大型書店。入り口をくぐり、いつものように品定めをしていると、あたしの目には日記帳のコーナーが飛び込んでくる。

ふふん。とあたしは鼻を鳴らしてから、その内の一つを手に取った。

これからはあたしも日記をつけよう。

あたしは唐突ながらも、確固たる意志でそう決めた。

日記をつけることは、文章を生み出すことだ。

文章を残すことは、誰かに言葉を贈ることだ。

誰かの言葉を読むことは、誰かと会話をすることだ。

会話をすることは、忘れないことだ。

あたしは淡い笑顔を携えて、再び本の森を奥へと進みだした。

森は、どこまでも、どこまでも、果てしなく続いている。

大須賀 駿 ♣

僕はその背中を見つけると、思わずほっこりと笑顔になった。なぜならそこには確かな答えがあるのだ。僕が五日間を旅した理由、僕が黒澤皐月に選ばれた理由、僕がこれから口にする台詞、そしてそれに対するリアクション。なんだかちょっぴり卑怯な気もするけど、そんなことを言及したってしかたない。僕は今日も今日とて、僕であるしかないのだ。

図書館の中はやっぱりものすごく静かだった。人の姿はまばらで、時折捲られるページの音や、誰かが立てる控えめな足音の他には、音らしい音は存在していない。空気は常温で熟成された書籍たちが発する重たい香りで充満していて、僕は呼吸をする度にここが図書館なのだなということを再認識させられた。僕は図書館内の慣習にならってなるべく足音を立てないようにしながら弥生に近づいていく。

弥生は椅子に座って何かの本を読んでいた。この距離ではそれが何の本なのかは分からないけど、サイズとしては中々に大きな本だ。本は開かれたまま机の上に広げられ、弥生はそれを見下ろすようにして読んでいる。両手がきちんと膝の上に載せられている所が、なんとも行儀よくて愛らしかった。

僕はそっと弥生の肩を叩き「弥生」と声を掛けてみる。

すると弥生は僕の指から強力な静電気でも感じたみたいに「ひやぁ！」と言ってビクリと身体を震わせ、大慌てで僕の方を振り向いた。

「……え？　あっ、あれ、お、大須賀くん？　何でここに、いや、その……そ、そういう意味じゃなくて」

弥生は言葉が舌に吸い付かないみたいにおろおろとして、顔を真っ赤に染め上げる。弥生の動揺があまりにも激しいおかげで、僕の中に密かに息づいていた緊張は少しだけ緩和された。決して大きくない弥生の声も、この館内に響けばたちまち周囲の人の注目を集める。周りの人が本から顔をあげ、こちらに視線を送っているのが感じられた。弥生はそんな視線に気付いたのか気付いていないのか、慌てて言葉を選びようやく音声に落としこむ。

「そ……その、お、おかえりなさい」

僕は小さく笑ってから「ただいま」と答え、それから「何読んでたの？」と訊いてみた。しかし弥生は何も答えずただ顔を真っ赤にしてもじもじと下を向いてしまう。僕が怪訝に思って机の上の本を覗いてみるとそこにはページ一杯、綺麗に左を向いて整列する鳥たちの姿があった。コムクドリ、カラムクドリ、バライロムクドリ、ホシムクドリ。ふむ。

僕が黙ってそれを見ていると、弥生はようやく小さな声で答える。

「……と、鳥の図鑑」

あまり長いこと図書館内で会話をするのも気が引けたし、ひそひそ声では話も捗らない。僕は弥生を誘って外に出ることにした。弥生は現状を把握しかねるようにうろたえながらも僕の提案を二つ返事で了承し、手馴れた手つきで本を棚に戻してから図書館を出る。弥生がこの図書館の常連であることが容易に窺えた。

図書館を出ると、僕たちはあてもなく国道一四号方面へと歩き始める。特に目的地もなく歩き始めてしまったせいで、僕たちの足取りは亀のようにゆっくりとしたものになった。どこに向かうのかは暗黙のうちに伏せられたまま、互いに探り探りで一歩を踏み出していく。

「弥生は鳥が好きなの？」と僕は訊いてみた。

弥生はただそれだけの質問にも、まるで人生の一大事みたいに取り乱し、言葉にならない声を紡ぐ。

「そ、その……えと……」弥生は両手をもじもじとさせてから、ようやく答える。「き、嫌いではない……かな」

「でも、鳥の図鑑を眺めてたってことは、それなりに好きなんじゃないの？」

弥生は首をぶんぶんと勢い良く横に振った。「た、たまたま読んでただけだから……そ、それより」

弥生は溢れ出しそうなもじもじを押し殺し、僕に問いかける。

「ど、どうして大須賀くんが図書館に？」

「さっき弥生の叔父さんと叔母さんに聞いたんだ。弥生ならいつも図書館に居るよ、って」

弥生はそれを聞くと目を点にし、驚きから口元を力なく開放した。僕たちは赤信号にぶつかりその場に停止を要求される。

「弥生はさ、本が好きなの？」

弥生は再び首を横に振った。

「あ、あんまり……。ただ図書館は静かで、時間も潰せるから……」

「なるほど……」と僕は言う。叔父さんの言っていた通りだ。「お姉さんには、似なかったみたいだね」

「えっ？」

「こっちの話」

僕は今日の朝、一人で弥生の家へと向かった。弥生の家は商店街のはずれに位置する、比較的新しめの木造二階建ての建物だ。これまで一度も弥生の家を訪れたことはなかったけども、なんとなく〈ここが弥生の家〉、ということは漠然と把握していた。なんといっても中学からの同級生だ。意識していなくても、そういったことは自然と覚えられてしまう。

僕は今回の黒澤皐月、黒澤孝介に関する一連の出来事を一度整理し、僕が呼ばれた理由の『答え合わせ』をする必要があった。真壁弥生が黒澤孝介の娘であり、黒澤皐月の妹であることは分かった。しかしながら、どうして妹の弥生は『真壁』であり、姉の皐月は『黒澤』なのか、二人の間に何があったのか、そしてなにより、なぜ『僕（ノワール・レヴナント）』が黒澤皐月に呼ばれたのか。謎はまだまだ山積みなのだ。

弥生にメールをしてから家を訪れようかとも思ったのだけど、今回の場合、より話をしたいのは弥生ではなく、むしろ弥生の叔父さん、もしくは叔母さんだ。よって、僕はそれが失礼だとは重々承知しながらもアポ無しで弥生の自宅に押しかけた。

僕が緊張の面持ちでインターホンを押すと間もなく弥生の叔母さんのものと思われる声がする。

「はい？　どちら様でしょうか？」

僕はなぜだかバクバクと脈打つ鼓動に更に緊張を重ねながらもなんとか声を出し、事情をかなり端折って（なおかつ都合よく改変して）説明をした。

僕は弥生さんの同級生の大須賀という者です。僕の友人に黒澤皐月さんという女の子の小学校時代の同級生が居るのですが、その人が『黒澤皐月さんの妹は、君の友人の真壁弥生さんなんじゃないか』と、色々な証拠を含めて僕に提示してきたんです。僕も最初は半信半疑だったのですが、それらの証拠を検証すればするほどに、弥生さんは皐月さんの妹だとしか思えなくなりました。真壁さんもお忙しいとは思いますし、本当に身勝手な訪問だとも思います。ですが、もしよろしければ是非、その周辺のお話をしてはいただけないでしょうか？

我ながら随分と分かりにくい（そして嘘臭い）説明だと思ったのだけども、これを聞いた弥生の叔母さんはインターホン越しに神妙に相槌を打ち、迷わず僕を家へとあげてくれた。叔母さんは僕をリビングのソファに案内すると、冷たい麦茶を持ってきてくれる。

「すぐに主人を呼んでくるから、少し待っててていただけるかしら？」

「突然押しかけちゃってすみません。わざわざありがとうございます」

するとと叔母さんは人がよさそうに微笑む。「いいのよ。主人もきっと喜んで話をすると思うわ」

弥生の叔母さんは実に物腰柔らかで、迷惑な訪問客であるはずの僕にも嫌な顔一つしなかった。この時点での僕は『弥生も両親は居なくとも、こんな雰囲気の叔母さんに育てられているのならきっと幸せに暮らせているのだろう』などと、随分と楽観的なことを考えていた。

僕はソファに座ったまままぐるりとリビングを見回してみる。ここが弥生の家だ。そう考えると僕の心臓はトクンと一つ跳ね上がったが、よくよく見てみればリビングの周辺には弥生の存在を匂わせるような物品は何一つとして見当たらない。小奇麗な食器棚に、カウンター式のキッチン。木製の電話台に、大型の液晶テレビ。ソファは柔らかで、テーブルは傷一つない。どれも一般的な家庭のリビングを（僕の家よりは圧倒的に裕福そうだけども）成してはいるが、弥生の私物だけは見当たらなかった。僕はそのことについてほんの少しだけ違和感を覚えたものの、まあこんなものなのかもしれないな、と、すぐに考えるのをやめてしまった。

しばらくすると、二階から叔父さんが降りてきた。叔父さんはこれまた叔母さんと同様に、本当に心優しそうな人相、佇まいであった。あまり余分な音を立てないように慎重を期した歩き方や、常に微笑んでいるような優しい目。服装から四角いメガネまで、すべてが叔父さんの人となりの良さを表しているようだった。

「どうもこんにちは、弥生の叔父です」

僕は慌てて立ち上がりお辞儀をした。なんだか叔父さんを前にすると僕はとたんにプロポーズの挨拶でもしにきたような気分になり、必要もなくそわそわしてしまう。それでも叔父さんの柔らかな笑顔に救われ、僕はゆっくりと平静を取り戻した。僕は先程インターホン越しに叔母さんに対してしたように、事情を掻い摘んで説明した。すると叔父さんは目を閉じ、懐かしさを滲ませた小さな微笑みを浮かべると、眼鏡を外して目頭を押さえた。

「ごめんね、少し姉を思い出してね」と叔父さんは言ってから、再び眼鏡を掛けた。

「君にどこまでを話すのが正解なのかは分からないが、そうだね。話せるだけのことは話してみよう。どうせ今日は休日で、一日暇だったわけだしね」

叔父さんが僕に話してくれたのは以下のようなストーリーだった。

叔父さんの実の姉である『真壁優美』はその昔、大変情熱的な恋をしたという。叔父さん曰く、真壁優美は勉学にしろ運動にしろ、各方面に中々の実力を兼ね備え、またその容姿も見目麗しいものであったという。

「『この手紙、お前の姉ちゃんに渡してくれないか?』って、友人からラブレターを預かったこともあったよ。これがまた中々面倒だったね」

それほどの人気だったらしい。とにかく真壁優美は少し出来過ぎているくらいに出来過ぎていたそうだ（叔父さんは「思い出として美化されている気はするけどね」とも付け加えた）。それでも彼女はいわゆる学園のマドンナ、男性からの注目の的、そして高嶺の花であったわけだ。しかし、成績優秀、明朗快活、容姿端麗なマドンナはどんな男性にも振り向きはしなかった。

彼女からすれば、周囲の男性たちは少しばかり物足りなかったのだろうか。あるいは、まだ彼女にとっては恋をする時期ではなかったのだろうか。それとも何か別の要因があったのだろうか。その真相の程は（叔父さんには）分からなかったが、いずれにしても彼女は大学に入るまで恋愛とは無縁の生活を送っていた。

しかし、真壁優美は恋に落ちる。

相手は大学で知り合った男性だった。名は『黒澤孝介』。もともと恋とは縁遠い世界にて人生を送ってきた真壁優美は、まるでその反動を楽しむかのように黒澤孝介にのめり込んでいったという。

「毎日、家に帰ってくるなり、その黒澤さんとやらの素敵なところを聞かされるんだ。まったく、たまったものじゃなかったね。誰が、姉の恋路に興味があるっていうんだい？　家に電話が掛かってくると、姉は駆け足で電話機に向かうんだ。そして誰よりも先に受話器を取る。相手が黒澤さんでなかったら受話器をほうり投げ、黒澤さんだったらそのまま永遠にしゃべり続ける。当時は姉にうんざりしていたね」

やがて真壁優美と黒澤孝介は数年の交際を経た後、当然の帰結のように結婚をする。二人はそれぞれの実家を飛び出し、同居を始めた。

「姉弟（きょうだい）といっても、所詮は他人。姉と黒澤さん、二人の細かな関係は私には分からないけれども、それでも結婚してすぐは順調すぎるほどに順調のように思えたね。電話口での姉の声は毎日弾んでいたよ」

二人は二人だけの時間を堪能し、二人だけの空間を愛した。

そうして間もなく二人は子供を授かる――女の子だった。

「まあ、安易だけれども産まれた月の名前をつけよう、ということになったらしくてね」――そうして黒澤皐月が、この世に産まれる。

子供を授かり、二人だけの空間は必然的に三人の空間へと変貌を遂げた。どこにでも見られる、平凡な三人家族が形成される。

「そしてその翌年、また女の子が産まれたんだ。いわゆる年子というやつだね。本当は九月に産まれたんだけど、どうにも『長月（ながつき）ちゃん』というのも語呂が悪いし、可愛げに欠けるだろう？　しかし、姉はどうせなら姉妹で統一感を出したいと思った。そこで思い切って、嘘の誕生月を名乗らせることにした。どの月を選んだかは、君も知っての通りだ」――黒澤弥生がこの世に産まれる。

皐月から弥生の出産までは毎日がバタバタとしていた、と叔父さんは言う。二人は毎日、子供を育てるための環境づくりだとか、手続きもろもろに奔走した。立て続けの妊娠と出産は、情熱的な恋をしていた二人を象徴するように、瞬く間に過ぎ去っていった。

「しかし、ここにきて、二人の間には決定的な不和が生じる」

黒澤孝介は子供を愛せなかった。

「これぱかりは個人の感覚であって、私にはどのようにも表現できないね。でも、とにかく、黒澤さんは二人の娘をまるで愛することができなかった。面倒を見る気もないし、それどころか夜泣きが酷い時は泣き叫ぶ赤ん坊の頬を思い切り叩いたりもしたそうだ」

どうして黒澤孝介が、子供に愛情を向けられなかったのかは分からない。でも、叔父さんは「私の勝手な推察だけどね」と前置きした上でこう考察した。

「きっとね、黒澤さんは妻である優美しか愛せなかったんだよ。彼にとっては彼女こそがすべてで、子供はまったく必要のないものだった。それどころか、二人だけの生活を阻害する悪者のようにすら見えたのかもしれないね。……もちろん、同情はできない。親がしつけ以外の目的で子供に手をあげるなんて、絶対にあってはならない。もっとも、私と妻の間には子供は居ないんだけどね」

叔父さんは少し悲しげに微笑んだ。

「話を戻そう。黒澤さんの行動に耐えかねた姉は、皐月ちゃんが三歳のときに離婚を申し入れた」

黒澤皐月――三歳。黒澤弥生――二歳。

あまりに幼い子供を引き連れながらの離婚。結婚して姓を黒澤と改めた黒澤優美は、再び真壁優美へと戻ることとなる。

「しかしね、黒澤さんは離婚を頑として受け入れようとはしなかったんだ。少しでも離婚の話が議題に上ると、黒澤さんは膝をついて姉に対し懇願をしたそうだ。『私は反省した、これからは娘たちとも向き合ってみるよう努力する』とね」

どんなに都合の良いことを並べようとも、事実として黒澤孝介はまだ年端もいかぬ娘に対し暴力を振るい、そして育児のすべてを真壁優美に押し付けてきた。情状酌量の余地は一向にない。叔父さんはそう判断していた。しかし……

「姉はね、やっぱり黒澤さんが好きだったんだ。どんなに愛する子供に酷いことをされようと、どんなに人間的な部分に欠落を感じようとも、一生に一度の大恋愛を経た相手。簡単には切り捨てられない」

そこで真壁優美は黒澤孝介の言葉を信じ、一縷の望みを託すことにする。真壁優美は復縁の可能性を匂わせたある条件を黒澤孝介に提案した。

「姉は、皐月ちゃんを黒澤さんに預けることにしたんだ」

その理由について真壁優美は、叔父さんたちを含めた親戚一同の前で以下のように説明したという。

──私は夫の、娘に対する非情な振る舞いを許すことができません。まるでモノでも扱うかのようにぞんざいに接し、時には自分勝手な暴力をも厭いません。それらは何よりも深く、鋭く、私の心を傷つけました。しかしながら、私はまだ夫を完璧に嫌いにはなれないのです。心の奥に眠る夫の優しさは、私が誰よりも知っています。

私はまだ、夫を信じたい。

そこで私は皐月を夫に託すことにしました。女性にとって……もとい母である私にとって、娘というものは自分の腹を痛めて産んだ『分身』に等しき存在です。皐月は、弥生は、私の娘であると同時に、私自身の『片割れ』なのです。そんな自らの片割れを夫に預けるということは、並々ならぬ勇気を伴う決断でした。しかし、私は夫を信じたいのです。

もしも三年後、夫が皐月を立派に育てていたのならば、私は夫と再婚をしたいと思います。また反対に、あの人があいも変わらず皐月に非道な行いを働くようであれば、三年を待たずして速やかに皐月を我が手に戻し、即刻、黒澤孝介との関係を断ち切りたいと思っています。繰り返しになりますが、娘は私の『分身』です。よって、もしも夫が私を愛してくれていたのなら、きっと娘も愛せるはずなのです。

なぜなら、娘は私自身なのですから──

そうして姉の皐月は黒澤孝介のもとに、妹の弥生は真壁優美のもとにそれぞれ引き取られ、別々の人生が始まった。

果たして黒澤孝介は三年間、娘の皐月に愛を持って接することができたのであろうか。しかし現実は残酷にも、審判の機会すら与えなかった。

二人が離婚をした二年後、真壁優美が病でこの世を去ったからである。

「姉はね、生まれつき『心房中隔欠損症』っていう先天性の心疾患を抱えていたんだ。でも恥ずかしながら、そんなことは、姉が小学校に入学する頃には家族の誰もが忘れていたよ。なにせ、姉はさっきも言ったとおり勉強だけでなくスポーツにおいても何の問題もなく平均以上の成績を取っていたからね。もともと、症状が現れないようなら自然に治るかもしれないって言われていた病気だったし、みんな、『ああ、病気は大丈夫だったんだな』って、安心しきってたんだ」

だけども、真壁優美は死んでしまった。

「医者には、原因は疑いようもなく出産による心疾患の悪化だって言われたよ。もともと、出産っていうのは相当に血液系統に負担がかかるらしいんだ。それを持病持ちの姉が二年連続で敢行したものだから、無理がたたって……ということだったらしい」

そうして三年越しの提案は当然無効なものとなり皐月はそのまま黒澤孝介のもとで育てられ、弥生は真壁優美の弟である叔父さんが引き取った。

「うちは子供が居なかったからね、姉の子供ということもあって喜んで弥生を引きとったんだ。家内もそれには大いに賛成してくれた」

そうして月日は流れ、僕たちが生きる現在に至る。

僕は話を聴くと、必然的に黒澤孝介の顔を思い出した。外の景色が一望できたレゾン電子本社の最上階にて見えた、インテリジェントな中年男性。どこか異空間的な価値観を保持した不可思議な人物。あくまでこれは僕の個人的な憶測ではあるけども、きっと黒澤孝介にとって真壁優美の死の原因が『出産』であったことは、何よりも重大な事実であったのだと思う。もっと言うなれば、それこそがすべてのきっかけだったとさえ言えるかもしれない。

「ところで、弥生さんはどこに居るんですか？」と僕は叔父さんに尋ねてみた。

先ほどから小一時間真壁邸におじゃまさせていただいているが、一向に弥生の姿が見当たらない。最初は二階の自室にでもこもっているのかな、などと根拠のない妄想を抱いていたのだけども、どうやら二階からは物音もしない。

僕の質問に叔父さんは少しバツの悪そうな顔をした。

「弥生は……今は外出中だよ」

「外出？」

「なんというかね……弥生はあんまり家に居たがらないんだ」

「どうしてですか？」

叔父さんは間を取るように一度唇を嚙んでから答える。

「きっと、弥生なりに気を遣ってくれているんだろうね。哀しいかな僕も家内も所詮、弥生の『両親』ではない。何年経とうが、あくまで叔父さんと叔母さんなんだ。弥生にとって、僕たち夫婦から受ける恩恵というのは、『親から受ける無償の愛』ではなく、『人様からいただく申し訳ないもの』になってしまってるんだね。だから、弥生はなるべく私たちに迷惑を掛けない、お金も掛けさせないような道ばかり選択しようとするんだ。選ぶ高校は公立高校だし、塾にも行きたがらない。何かプレゼントしようとすれば比較的安いものをねだるし、無理にアルバイトだってしたがる。今だって、家に居ると私たちにあれこれと気を遣わせてしまうから積極的に外出をしているんだ。これぱっかりは弥生に遠慮をさせてしまっている私たちの力不足だね」

僕はそこで弥生に関する一つの事実を思い出した。

弥生は誰よりも早く登校し、誰よりも遅く下校する。それこそがまさしく弥生の発していた最も分かりやすい孤独のサインだったのではないか。奇しくも姉である黒澤皐月も同じように、最初に登校し、最後に下校していた。僕はそれを脳天気にも、不思議なポリシーだなあ、程度の間の抜けた捉え方しかしていなかった。

僕が平凡な日々を享受しているときも、弥生は叔父さんと叔母さんに迷惑を掛けないよう独立して生きていこうとしていたのだ。そう考えると、僕はなんだかとても情けない気分になった。自分の不甲斐なさがまるでバターのように身体の深くに染みこんでいく。

「ところで君は、弥生の彼氏なのかな?」

「えっ?」と僕は唐突な質問に思わず動揺の声をあげてしまう。「い、いや……そ、そういうのじゃないですよ」

すると叔父さんは「そうか」と言って安堵の表情をつくった。「よかったよかった。もし弥生に彼氏ができたなら、私は保護者として一つビンタでもしなきゃいけなかったところだからね。『うちの弥生に何をするんだ』ってな勢いでね」

僕は温厚そうな叔父さんから発せられたその台詞に静かに戦慄を覚える。これは迂闊に迂闊なことは言えそうにもない。僕は場の空気に合わせるように乾いた笑い声をあげておいた。叔父さんも僕につられるようにして笑い声をあげ始める。するといつの間にか二つの笑い声はリビングの中にじんわりと暖かく広がり、潤いを伴って反響していった。暖色の笑いが通り過ぎると、叔父さんは元の柔和な笑みを浮かべて僕に言った。

「弥生はいつも幕張駅前の図書館に居るから、もし会いに行く予定があるんだったらちょっと言ってきてくれないかな。『もっと、叔父さんと叔母さんを頼ってくれ』ってね。あの子、私たちが言ってもあまり素直に受け取ってくれないから」

僕は静かな笑みを浮かべ「分かりました。伝えておきます」と答えた。僕はその後夫妻に礼を言って、真壁邸を後にした。

信号が青に変わり、僕と弥生は再び当てもなく歩き始める。相変わらず僕も弥生も歩くスピードはゆったりとしている。でも、このくらいのペースでもいいのかもしれない、と僕は思った。これだけの膨大な量の情報と物語が、まるでマスゲームのように五日間のうちに僕の周囲をめまぐるしく駆けていったのだ。これからは少しばかりのんびりしたっていいじゃないか。

弥生は基本的には下を向いて歩いているものの、時折時間でも気にするみたいに僕の顔をチラチラと覗き見る。そうして数回に一度僕と視線がぶつかると、まるで悪事を反省するように慌てて視線を下に戻す。もちろん顔をほおずき提灯のように真っ赤にしながら。

僕は思わず笑顔になった。きっと僕じゃなくったって笑顔になるはずだ。なにせそれらの所作は女性的という意味だけでなく、小動物が放つ無償の愛くるしさに似たものを持っているのだから。

「の、飲み物……か、買ってもいいかな？」と弥生は唐突に言った。

僕が「もちろん」と言うと、弥生は少し申し訳なさそうな笑顔を作ってから、道端の自動販売機に駆けていく。そして自販機の前に立つと、まるで進学先でも選ぶように慎重に飲み物の選定に掛かった。もしも僕がここで弥生に対しスマートにお金を差し出せれば、それは随分とかっこいいんだろうけども、そこは貧乏人の悲しい懐事情。すでに、先日の小旅行により財産は極めてゼロに近かった。僕は小さくため息をつくと、飲み物を選ぶ弥生の背中に焦点を合わせる。

「85」と僕は声に出して言ってみた。

弥生は飲み物を選ぶ作業を中断し、僕の方を振り向く。それから首を傾げて、僕の反応を窺った。

「偏差値85ってあると思う？」と僕は一見してチンプンカンプンな質問を弥生にぶつけてみる。

すると弥生は大いに戸惑いながらも空を見上げてしばらく黙考し、自信なげに答えた。

「わ、分からないけど……ないんじゃないかな？　模試の種類にもよると思うけど……。でもやっぱり偏差値でそんなに高い数字は聞いたことがないし……」

「だよね」と僕は答える。「ありえないよね、きっと」

「……うん」弥生は僕の不可思議な質問に腑に落ちなそうな顔をしながらも、再び自販機の方を向き飲み物を選びに掛かる。僕はそんな弥生の背中をやっぱりじっと見つめ続けた。

江崎はカジノに行った翌日、予言が聞こえなくなった。

のんはサッちゃんの日記を読むと、指で本が読めなくなった。

葵さんは工場の巨大な機械を壊してしまうと、なにも壊せなくなった。

それぞれ目的とする対象があり、それを達成してしまうと普通じゃない能力は引き潮のように静かに去っていってしまったのだ。なるほど、中々興味深い。

僕は弥生の背中に向かって、声を掛ける。

「弥生の叔父さんも、叔母さんもさ、もっと頼りにして欲しいって言ってたよ」

弥生は毎度おなじみのようにぴくりと身体を震わせたが、こちらを振り向くことはしなかった。何か自分の中の厳格なオキテに従っているみたいに、背中越しに声を出す。

「い、今でも充分、頼りにしてるよ」

「もっと頼りにして欲しいってさ」

「……ふ、ふぅん」と弥生は動揺を押し殺したような声を出す。それは強がりでもあるようで、甘えを求めているようで、結局その響きの意味するところは僕には分からなかったけども、とても複雑な意味を伴って空気を震わせた。

僕は胸の奥で温めていた言葉を今ここで口にするべきかどうかを迷う。僕の中の個人的な予定では、もっと雰囲気のあるところで、それこそ『紳士』な雰囲気で発言してみたかったのだが、なんとなくそんな算段もどこか違うように思えてきた。僕は僕らしく行こうじゃないか。そんな考えが、僕の心を揺り動かす。

「あのさ、弥生？」

「う、うん」

弥生の返事はどこか身構えたものだった。『叔父さんと叔母さんのことについて、言及されるのかもしれない』そんな弥生の心境が手に取るように伝わってきた。でも僕は、弥生の予想からは少しだけ外れたことを言う。

「柄でもないんだけどさ、僕を頼ってくれても、いいんだよ？」

「へっ？」と弥生は驚いた声を上げ、背中を向けたまま固まる。

僕は続けた。

「なんていうかさ、弥生は小さい時から両親が居なくて、ずっと一人で生きていたような錯覚を覚えていたのかもしれない。だけども、肉親か、そうじゃないかなんて、そんな些細なこと気にしないで。叔父さんでも、叔母さんでも……あんまり力にはなれないかもしれないけど、この僕だって、頼ってもらって構わない。誰だって多かれ少なかれ他人と協力しあって生きていくんだ。自分に足りない部分は他人から拝借して、他人が足りていないと思っている部分は自分が補ってあげる。どっかで聞いたような話だし、ちょっとクサイ台詞だけどね」

「あ、ありがとう……」と弥生は言った。「で、でも叔父さんにも叔母さんにも、それに大須賀くんにだってあんまり迷惑は掛けられないし……あ、ある程度は、自分でやっていかなくちゃと、お、思うから……」

弥生は言葉をフェイドアウトさせると、ようやく自販機の中から一つの飲み物を選び出しボタンに指を掛ける。

「僕はさ、『非日常』に『日常』を見たんだ」

「ど、どういうこと？」と弥生は訊く。

「僕はこの間までちょっとした旅行に出ていたわけだけども、そんな旅行の最中でも、考えることはやっぱり『日常』についてなんだ。つまり、僕がいつも過ごしているこの街、学校、友人、母さん、それに弥生。そんなことが――もちろんずっとではないけども――逐一頭をよぎるんだ。そんな中でもさ、気付けば僕は結構、弥生のことを考えていた」僕は弥生の反応を窺いながら続ける。「弥生とプラネタリウムに行った日のことだけじゃない。思えば中学の頃から、僕は弥生と色々な時間を過ごしていたんだなって。席が隣になって班活動をやったりだとか、三年生のときは一緒に保健委員になったりだとか、修学旅行の肝試しが同じグループだったりだとか……とにかくいろいろなことを思い出したんだ。それなのに僕は、なんとなくそれが普通であるような気がしてた。弥生の存在を、一度立ち止まってじっくりと考え直す機会を、僕はもっと早くに設けるべきだったんだ。ああ……それで、つまりね……なんというか」

ふと、のんの言葉が頭をよぎる。

《それが魂のほとばしりなら、なぜ言葉を飾るのか》

そうなのだ。僕はいつもちょっとばかりまどろっこしい嫌いがある。ここは一つ、シンプルに気持ちを伝えなきゃいけない。僕の魂のほとばしりはゴテゴテとした修飾語をすべて払いのけて、丸裸の真実だけになってぶつけられなければならない。

弥生が自動販売機のボタンを押しこむ音が聞こえた。

僕はゆっくりと息を吸い込み、丁寧に言葉を吐き出す。

「僕は、弥生のことが好きなんだ」

ガチャリという音を立てて、ミルクティーの缶が取り出し口に叩きつけられる。そして乱暴にも思える衝撃音がどこかへ消え去ると、僕たちの周りを静寂が支配した。まるでそれぞれの原素が予め打ち合わせをしておいたみたいに沈黙を決め込み、世界を真空に作り変える。

僕が黙って弥生の反応を待っていると、弥生は音もなく身体を屈め、地面にしゃがみ込むような体勢になった。僕は初め、その動作は取り出し口のミルクティーを掴みに行ったのだと合点していたのだが、どうやらそうではなかった。

弥生は両膝に顔を埋めると、そのまま身体を震わせて静かに泣き始めた。洟をすするような音と、嗚咽が入り交じって僕の耳に届く。

僕は慌てて弥生のもとに駆け寄り、掛けるべき言葉を探した。

「ご、ごめん。やっぱりちょっと驚くよね。つまりさ、僕を頼って貰っても一向に構わないんだよ、ってことで……だから……えぇ」

僕が弥生顔負けの詰まりながらの小声を披露していると、弥生はいつも以上に儚げな声で「ありがとう」と言った。そして嗚咽が引いていくのを充分に待ってから、弥生は続ける。

「嬉しかったから……す、すごく嬉しかったから」

弥生は自分の感情を正確に伝えるべく、懸命に涙と葛藤し、僕に自分の気持ちをぶつけようとしてくれた。恥ずかしがりで、人見知りで、緊張しいな、そんな弥生が一生懸命に自分の感情を吐露してくれている。僕はそんな弥生の反応を見てものすごく嬉しい気持ちになると同時に、少し申し訳ない気持ちにもなった。

ごめんね弥生、実は弥生が嬉しいと思っていることを、僕はなんとなく知っていたんだ。図書館で弥生の背中を見た時からね。

僕は弥生に対し無言の謝罪を入れてから、嗚咽が跡形もなく消えていくように弥生の背中をさすった。まるで弥生の背中に浮かぶ「85」という数字を、愛でるかのように。

あの五日間。僕は何をしただろう？

それはもちろん僕が行ったことを網羅的に列挙すれば、一応のところそれらしい行動履歴が残るかもしれない。だけども、実際問題として僕がみんなに対し貢献できたことというのは実に少ない。

カジノで勝つことも、鍵や機械を壊すことも、情報や日記を読み解くことも、何一つだってできなかった。僕に与えられたどこか平和ボケした力は、結局その真価を見せることなく五日間の日程を終えてしまったのだ。それもそうだ。いったい、どうやってこの力を有効活用すればいいと言うんだ？　そんなもの、今考えてみても、まるで思いつかない。

じゃあ、発想を変えてみよう。

僕はみんなと違い、あの五日間以降も能力が失効していない――人の背中に数字が見える。現に弥生の叔父さんの「61」も、弥生の叔母さんの「54」も、弥生自身の「85」も、確かに僕の目に焼き付けられた。僕はまだ『普通じゃない』のだ。

それはなぜだろう？

きっと僕はまだ、黒澤皐月の要求を達成していないのだ。つまり、僕が本当に協力すべきはあの五日間ではなかった。あの声が言うところの――その時――というのは、あの五日間ではなかったのだ。

僕にはまだ見るべき数字が、背中が、幸福があるのだ。ならば、それは誰の背中なのか？

そんな野暮なこと、今更問いかける必要もない。それはあまりに明白じゃないか。

『偏差値で85なんてありえない』

さっき弥生はそう言った。僕もそうだと思う。そもそも偏差値というのは相対評価なのだ。世界中で何十億という人が生活していてそれぞれに幸運の成績があるのだから、どう考えても『85』なんていう大きすぎる数字を個人が叩き出せるはずがない。

レゾン電子の本社に行く途中の道で、のんは僕にこう言った。

――もしも大須賀さんには『幸福』というものが数値として可視化されているのだとしたら、それは必ず誰かがその数値を恣意的に設定しているということなんです――

つまり誰かが恣意的に、自分の妹の数字を多めに見積もっているのだ。それも僕と一緒に居るときに限って。僕は思わず、やれやれと笑みをこぼす。

黒澤皐月は、自分の目的を達成するために四人の人間を選んだ。

一人目は中学時代の無二の親友であり、師匠と弟子のような間柄だった三枝のん。

二人目はピアノのコンクールで出会った、尊敬の、羨望の、あるいは嫉妬の的であった葵静葉。

三人目は、黒澤孝介の兄と知り合いであった江崎純一郎。

ではなぜ四人目は僕なのか？　それを僕自身が定義するのは、それこそ野暮というものだ。

僕は弥生に『好きだ』と告白をした。でもこれは極めてアンフェアな告白なのだ。本来なら誰だって相手の気持ちがわからないからもやもやしてドキドキとして葛藤する。どんな返事が返ってくるのだろうか、恋は成就するのだろうか、あるいはこっぴどくフラれてしまうのだろうか。そんなことを考えながら前進と後退を繰り返す。でも、僕の場合は違った。まったく、これじゃ僕はとんだ卑怯者じゃないか。

黒澤皐月は僕にこう言っているのだ。

――弥生の幸せを決して絶やさないようにしなさい――そしてそれについて――あなたが、私に協力をしないと言うのなら、あなたは――――

さて、僕はどうなってしまうというのだろう。

僕はそんなことを心配しながら（実はあんまり心配していないけども）、今日からを過ごすことになる。弥生の背中の数字が決して低くなることがないように、たとえ弥生が気丈に振舞っていたとしても、背中からにじみ出るメッセージを見落とさないように。僕は、弥生の傍に居続けなければならない。それこそが黒澤皐月の言う『協力しなさい』の全貌だったわけだ。でも、それはもちろん僕にとってなんら苦痛ではない。

どころか大歓迎だ。

誰に頼まれるまでもなく、率先して弥生の傍にいよう。

僕は弥生のことが好きなのだから――だから、安心していいよ。

ノワール・レヴナントさん。

僕はミルクティーを取り出し、そっと弥生に手渡した。

※　※　※

僕はコンコンと二度扉をノックした。するとお隣の田中さん（旦那さんの方だ）が、ドアを開けてくれる。

「おぉ、駿くんじゃないか、どうしたんだい？」

田中さんは休日ということもあって油断していたのか、無地の黒色Tシャツに七分丈のズボンというらしくもなく手の抜かれた恰好をしていた。それでも笑顔は充分に爽やかで、いつもどおりの潑剌とした印象を覚える。僕は挨拶を済ませると、単刀直入に尋ねた。

「田中さんは奥さんと二人で、レゾン電子のモニターに参加したことがありますか？」

すると田中さんは少し考えてから大きく頷いた。「ああ、あるねぇ。品川のビルでやってたやつだ。どうしてわかったんだい？」

「奥さんが、キャンペーンで貰えるハンドバッグを持っていたので」

「なぁるほどね。駿くん、中々見るとこ見てるねぇ」と田中さんは小いやらしく笑う。

しかし田中さんの笑顔とは対照的に、僕はやっぱり息苦しい気持ちになった。それはつまり、おそらくそういうことだからだ。

「最後に飴がもらえたと思うんですけども、食べましたか？」

田中さんは少し考えてから「食べた食べた。赤い飴だ」と答える。

田中さんの軽快な返答は図らずも僕の心に重くのしかかり、氷よりも冷たく胸の内側に吹きすさぶ。しかし僕は沈む気持ちを懸命に押さえ、田中さんの目をまっすぐに見つめた。

「田中さんは、子供が欲しいと思いますか？」

田中さんは「ははは」と笑った。「どうしたんだい、唐突に？」

「結構、真面目な質問なんです」

「そうだねぇ、お姫様はいっつも子供が欲しい欲しいって言ってるけど。僕としてはどうだろう……半分半分かな。居たら楽しいだろうし、居なかったら居ないで別の楽しみがあるだろうしね」

僕は頷き、紙袋に入った『青い飴玉』を差し出す。

「僕が今から話すことを、頭から最後まで丸々信じてもらえますか？」

田中さんは初めこそ少しおどけていたが、すぐに僕の声色が真剣なものであることを察してくれたようだった。笑顔は消えていないものの、そこには確かな誠実さが窺える。

「いいよ、話してみて」と田中さんは言った。

「この紙袋に入っている飴を舐めれば、おそらく高い確率で子供ができるはずです。反対に舐めなければ、何があろうと絶対に子供は産まれません」

「なかなか、凄絶なお話だね」

「はい。僕もそう思います」と僕は答える。「それにもしこの飴を舐めることによって子供が産まれたとしても、両親である二人には残酷で重すぎる代償が伴うかもしれません。だから、絶対に軽はずみな気持ちでは口に含まないでください。根拠も理論も明示できません。だけども、これはこういうものだと思ってもらうしかないんです。自分で話していても、正直ものすごくうそ臭いと思うんですけど、信じてもらうしかないんです……。信じてもらえますか？」

「分かったことにしておくよ」

「それじゃダメなんです」と僕は語調を強める。「すべてを信じてください。絶対に軽はずみな気持ちでは飴を口にしないでください」

田中さんは目を閉じて頷いた。「まるで浦島太郎だね。分かった。全部を信用するよ。駿くんがそんなに力強く話す姿は初めて見るしね」

田中さんは紙袋を受け取ると僕に向かって簡単に挨拶をし、背を向けて部屋の奥へと戻っていく。僕はその瞬間まで、自分のしたことに自信がもてないでいた。こんなことをする必要はあったのだろうか、僕は余計なことをしてしまったんじゃないだろうか。やっぱり今からでも飴玉を奪い返したほうが良いんじゃないか。そんな迷いが頭の近くをぐるぐると周遊していた。ただささやかな事実として、扉が閉じられる僅かな瞬間に覗き見えた田中さんの背中には、「62」という数字が浮かんでいた。

僕は考えるのをやめて静かに目を閉じる。

——醜きものから何人もの醜き子供が生まれていく循環。あれこそもはや『ヒト』ではない。『ヒト』らしくない——

今思えば、黒澤孝介のこの台詞は自虐の意味を込めたものであったように思える。きっと黒澤孝介は恋に奔走する自らを醜いとたとえたのだ。

黒澤孝介を肯定するわけではないけど、そんなはずはないと僕は思いたかった。

でなければ黒澤皐月はもとより、弥生も、そして同じように父さんの居ない僕自身の醜さも肯定することになってしまうのだ。

ヒトらしくない——Being alive as a HUMAN.

ホテルでの五日間が幕を閉じ、ノワール・レヴナントの四年間が幕を閉じ、僕のこれからは続いていく。僕は誰よりもヒトらしく生きていかなくてはいけない、自分自身の、あるいはそれ以外の多くの人の正当性と、存在理由を証明するために。

※　※　※

回想

のんは携帯電話を取り出すと、声高にある提案をした。チェックアウトまでのささやかな時間を過ごす僕たちの部屋に、気力充分すぎるのんの声が響き渡る。

「ちょいとばかり小粋な『あいでぃあ』を思いついたのですが、どうか一つ聞いてはもらえないでしょうか？」

ソファに座ってゆっくりとしていたのん以外の僕たち三人は、揃って声のする方を振り向いた。僕は少し疑ったような態度で、葵さんは心底興味深そうに、江崎は幾分面倒くさそうな表情でそれぞれがのんを見つめる。のんはみんなの視線が自分に集まりきったことを確認すると、満足そうにニヤリと微笑み、声のハリを強めた。

「ここは一つ、皆の連絡先を抹消してみてはどうでしょう？」

「えっ？」と思わず声を出したのは、僕と葵さんだった。

「どうしてそんな訳の分からないことを……」と僕は重ねて声を出す。

するとのんは大仰なため息をつき、欧米人のように両手をひろげてみせた。

「ああ、無粋な大須賀さんには理解できないかもしれないですね。これは失礼。しかしながらこれはなんとも美しくも素敵な『あいでぃあ』なのですよ」のんはわざとらしく咳払いをする。

「あたしたちが出会えたのは、よくある偶然の連続でもなければ、ちょっとした手違いによるものでもなく、ましてやSNSのおかげでもありません。あたしたちはかくも『サッちゃん』の取り計らいにより紆余曲折、いくつもの必然と不可思議をくぐり抜けてここに集められたのです。それなのにどうですか？　そんな魔法のような出会いを経たにもかかわらず、携帯の電話帳に『大須賀さん』という名前が連なっているのは、何とまあ野暮っちいことこの上ない。そうは思いませんか？　別にあたしは大須賀さんの連絡先を携帯に残しておきたくないから言っているわけじゃないんですよ？　これはただの主観的な『粋』『無粋』のお話です」

なぜだか、のんの言葉には不思議と説得力があった。確かに言われてみれば、なんだかそっちの方が素敵な気がしなくもない。いわゆる、一期一会というやつなのだろうか。

「俺は別に構わない」と言ったのは江崎だった。「というより、俺はもともと携帯を持ってない」

「私もそれでいいよ」と葵さんも続く。「そうしたほうが、少しドラマチックだしね」

二人の肯定的な反応にのんは首を何度も上下させて満足気に頷く。それからひとしきり首を振り終えると、僕の方に挑戦的な視線を向けた。

「それで大須賀さんはどうですか？」

「僕もそれでいいよ」と僕は答える。「のんの言うことも一理あるような気がするしね」

「ほほう」とのんは意外そうな表情をした後、ニンマリと頬を吊り上げた。「では全会一致で法案可決ですね。ならば善は急げ、互いに連絡先を消去してしまいましょう」

そうして（江崎を除いた）僕たちは、それぞれ寡黙に自分の携帯を操作し連絡先を消去していく。携帯からは葵さんの名前が消え、のんの名前が消える。僕は操作を終えると、静かに携帯を閉じた。携帯を閉じるときのパチッという音が、僕たちの間にすべての終焉を告げるように感慨深く響く。僕たちは互いに顔を見合わせ、小さく微笑んだ。

「完璧ですね」とのんは唸った。「こっちのほうがずっと儚げで、劇的です。もしも再会できた日には、きっと大いなる感動があたしたちを包み込むことでしょう」

「できれば、今度はもっと楽しい機会に会いたいね」と葵さんが言う。

「それに、もっと分かりやすい集合理由がいい」と江崎が言う。「謎解きまがいは多分に疲れる」

「確かにそうだ」と僕が言う。「もっと肩の力を抜いて終始笑っていられるようなそんな機会に、偶然の再会を果たしたいね」

僕たちはホテルを出ると、それぞれの道へと、生活へと、日常へと帰っていった。僕の人生で最も濃厚だった五日間は終りを告げ、これからの長い長い人生が幕を開ける。いつか、のんに、江崎に、葵さんに、再び会える日は来るのだろうか。

会えたらいいな、と僕は強く思う。

過ごした時間は短かったけども、せっかく出会えた大切な友人であり、仲間であり、(誰かの言葉を借りれば)同志じゃないか。いつかきっと会える。

それにおそらく、僕たちは何かあれば再び招集を掛けられてしまうんだ。あの声を聴き、チケットを貰い、再びどこかの会場に呼び集められる。なんだかそんな気がしてならない。

僕たちはいつだって、呼び出される可能性があるのだ。

黒澤皐月に、ノワール・レヴナントに。

僕はそんな日を楽しみにしながら（ちょっぴり恐れながら）、毎日を過ごしていこう。

もっとも、何もないならそれに越したことはないのだけど……。

便りのないのはいい便り、とも言うし。

僕は少し軽くなった携帯電話を握りしめたまま、電車のシートに身を沈め眠りにつく。心地よい電車の揺れは僕の身体を深い眠りの底へと誘導して行った。まるで亡霊が僕の精神を闇の中へと引きずりこんで行くように、あるいは僕の知らない真実の世界へのインビテーションのように。

気づけば僕は深い眠りに落ちている。そしてそんな夢のなかで、吐息混じりに囁くのだ。

「おやすみなさい、ノワール・レヴナント」と。

Fine.

あとがき

デビュー二作目『フラッガーの方程式』以降の作品は自分で読み返すこともあったのですが、本作だけは一度たりとも読み返したことがありませんでした。たぶん色々な意味で怖かったのだと思います。つまらなければ当然嫌な気持ちになりますし、近著より面白いと思えてもやっぱり嫌な気持ちになる。どちらにせよメリットはなさそうだから敢えてページは開くまい。ある意味で作品との対峙を避け続けてきたのですが、今回の文庫化にあたってそうもいかなくなり、とうとう二〇一二年の刊行以来、初めて本作に目を通しました。

作品の出来についての判断は読者の皆様にお任せ致しますが、びっくりしました。自著を良書であると断じる勇気も傲慢さもないものの《すべての良書を読むことは、過去の人と会話をするようなことである》というフレーズが十年近く経過して私の手元に戻ってきたからです。もちろん大まかな物語の流れは忘れようにも忘れられませんでしたが、ディテールに関してはすっかり忘却の彼方。自分で書いた作品でありながら、まるで別人が書いたような手触りが実に奇妙で、まさしく私はかつての私と会話をすることになりました。

現在では公式サイトの閉鎖により閲覧できなくなってしまったのですが、「作品の発表にあわせて読者にメッセージをいただけませんか」という依頼に応じて私が寄せた刊行当時のコメントが以下のようなものでした。

『自分が「読みたいと思う」小説を書く。あるいは、「自分好みの」小説を書く。それこそがすべての出発点だったはずなのですが、いざ書き上げてみると（自分の作品である以上）私はこの小説を「純粋な読者」として、客観的には楽しめないことが判明しました。なんたる悲劇でしょう。なんだかとっても悔しいので、私の無念を晴らすためにも、是非この小説を皆さんに読んでいただければ幸いです』

晴れて「純粋な読者」となった私は、本作の行間という行間から若かりし頃の自身の貪欲さを垣間見ました。作品を発表させてもらえる上に、過去の自分との対話をさせてもらうこともできる——本当に幸せな仕事をさせてもらっているなと実感いたします。

執筆当時のことについてはもう一つ正確に思い出せないのですが、このデビュー作だけでは終わりたくない。絶対に二作目、三作目を世に放つんだという強い意志を持ち、単行本版のあとがきには意識的に「今後とも」どうぞよろしくお願いいたしますと書いたことは今でも鮮明に覚えています。何度も心が折れかけましたが、ここまで支えてくださった皆様、本当にありがとうございました。まだまだこれからも本を通じて皆様との対話が果たせるよう、チャンスをいただける限り力一杯、新しい作品を紡ぎ続けていけたらと思っております。

今後ともどうぞよろしくお願いいたします。

浅倉秋成

本書は二〇一二年十二月に講談社より刊行された単行本を加筆修正のうえ文庫化したものです。

ノワール・レヴナント

浅倉秋成（あさくらあきなり）

令和3年 9月25日 初版発行
令和6年 12月10日 14版発行

発行者●山下直久

発行●株式会社KADOKAWA
〒102-8177 東京都千代田区富士見2-13-3
電話 0570-002-301（ナビダイヤル）

角川文庫 22816

印刷所●株式会社KADOKAWA
製本所●株式会社KADOKAWA

表紙画●和田三造

●お問い合わせ
https://www.kadokawa.co.jp/（「お問い合わせ」へお進みください）
※内容によっては、お答えできない場合があります。
※サポートは日本国内のみとさせていただきます。
※Japanese text only

ISBN 978-4-04-109686-4 C0193

◆◇◇

角川文庫発刊に際して

角川源義

第二次世界大戦の敗北は、軍事力の敗北であった以上に、私たちの若い文化力の敗退であった。私たちの文化が戦争に対して如何に無力であり、単なるあだ花に過ぎなかったかを、私たちは身を以て体験し痛感した。西洋近代文化の摂取にとって、明治以後八十年の歳月は決して短かすぎたとは言えない。にもかかわらず、近代文化の伝統を確立し、自由な批判と柔軟な良識に富む文化層として自らを形成することに私たちは失敗して来た。そしてこれは、各層への文化の普及滲透を任務とする出版人の責任でもあった。

一九四五年以来、私たちは再び振出しに戻り、第一歩から踏み出すことを余儀なくされた。これは大きな不幸ではあるが、反面、これまでの混沌・未熟・歪曲の中にあった我が国の文化に秩序と確たる基礎を齎らすためには絶好の機会でもある。角川書店は、このような祖国の文化的危機にあたり、微力をも顧みず再建の礎石たるべき抱負と決意とをもって出発したが、ここに創立以来の念願を果すべく角川文庫を発刊する。これまで刊行されたあらゆる全集叢書文庫類の長所と短所とを検討し、古今東西の不朽の典籍を、良心的編集のもとに、廉価に、そして書架にふさわしい美本として、多くのひとびとに提供しようとする。しかし私たちは徒らに百科全書的な知識のジレッタントを作ることを目的とせず、あくまで祖国の文化に秩序と再建への道を示し、この文庫を角川書店の栄ある事業として、今後永久に継続発展せしめ、学芸と教養との殿堂として大成せんことを期したい。多くの読書子の愛情ある忠言と支持とによって、この希望と抱負とを完遂せしめられんことを願う。

一九四九年五月三日

教室が、ひとりになるまで

浅倉秋成

衝撃の動機が心を撃ち抜く青春ミステリ。

北楓（きたかえで）高校で起きた生徒の連続自殺。ひとりは学校のトイレで首を吊り、ふたりは校舎から飛び降りた。「全員が仲のいい最高のクラス」で、なぜ――。垣内友弘（かきうちともひろ）は、幼馴染みの同級生・白瀬美月（しらせみづき）から信じがたい話を打ち明けられる。「自殺なんかじゃない。みんなあいつに殺されたの」“他人を自殺させる力”を使った証明不可能な罪。犯人を裁く1度きりのチャンスを得た友弘は、異質で孤独な謎解きに身を投じる。新時代の傑作青春ミステリ。

角川文庫

ISBN 978-4-04-109685-7